BASTEI
LÜBBE

Elizabeth Moon

Waffen-Schwestern

Roman

Ins Deutsche übertragen von Thomas Schichtel

BASTEI LÜBBE

BASTEI LÜBBE TASCHENBUCH
Band 23 251

1. Auflage: Juli 2002

Vollständige Taschenbuchausgabe

Bastei Lübbe Taschenbücher ist ein Imprint
der Verlagsgruppe Lübbe

Deutsche Erstveröffentlichung
Titel der amerikanischen Originalausgabe: Rules of Engagement

Lektorat: Uwe Vöhl/Stefan Bauer
Titelillustration: Fred Gambino/Agentur Schlück
Umschlaggestaltung: QuadroGrafik, Bensberg
Satz: Heinrich Fanslau, Communication/EDV, Düsseldorf
Druck und Verarbeitung:
Brodard & Taupin, La Flèche, Frankreich
Printed in France
ISBN 3-404-23251-8

Sie finden uns im Internet unter
http://www.luebbe.de

Der Preis dieses Bandes versteht sich einschließlich
der gesetzlichen Mehrwertsteuer.

Widmung

Zum Gedenken an die Opfer des Tornados vom 27. Mai 1997 in Jarrell, Texas, speziell Brandi Nicole Smith, Stacy Renee Smith und ihrer beider Mutter Cynthia L. Smith

Danksagung

Die üblichen Verdächtigen (ihr wisst schon, wer gemeint ist...), mit besonderem Dank an Ellen McLean und Mary Morell für ihre Hilfe bei der Ausarbeitung der Psychologie hinter der Pathologie. Mary schaffte es, sich den ersten Entwurf durchzulesen und intelligente Anmerkungen zu machen, obwohl es in Strömen regnete, das Dach undicht war und eine tote Maus ins Gästezimmer gespült wurde. Das nenne ich heroische Hilfe beim Schreiben! Diann Thornley nahm geduldig hin, wie ich sie mit Fragen danach peinigte, was Subalternoffiziere in ihren Kursen über Menschenführung lernen. Ruta Duhon half mir eines Tages beim Lunch auf die Sprünge, was eines der letzten dramatischen Details anbetraf, wahrscheinlich weil sie meine Klagen leid war, dass mir nichts einfiel. Anna Larsen und Toni Weisskopf gaben beide Anstöße zum emotionellen Aspekt der Handlung. Kathleen Jones und David Watson übernahmen die Aufgabe, den abschließenden Entwurf laut vorzulesen, und schafften dies innerhalb weniger Tage. Ihre Anmerkungen verbesserten den *neuen* abschließenden Entwurf merklich. Debbie Kirk fand wie üblich mehr Tippfehler als irgendjemand sonst und gab mir sanfte Anstöße dazu, meine wahllose Rechtschreibung wieder konsistenter zu machen. Bestimmte Anekdoten, beigesteuert von Personen, die nicht genannt werden möchten, verliehen der fiktiven Wirklichkeit mehr Substanz.

Die texanischen Anspielungen, die die vorliegende Erzählung schmücken, verdienen besondere Erwähnung. Manche davon sind real (Texaner wissen schon, welche), andere erfunden, wieder andere entstammen einer texanischen Mythologie der Zukunft. Die Fehldeutung und Verzerrung texanischer Geschichte und

Traditionen durch Charaktere des vorliegenden Buches gibt in keiner Weise meine Einstellung zu dieser Geschichte und diesen Traditionen wieder. Leser, die sowohl über historische Kenntnisse wie einen Sinn für Ironie verfügen, werden womöglich durch die Reihung der Vornamen bestimmter Charaktere amüsiert; die Bezüge, die mir dabei vorschwebten, weisen alle in eine Zeit vor dem 20. Jahrhundert. (Es war zwar verlockend, aber auch wiederum nicht *so* verlockend, mit der texanischen Gegenwartspolitik zu spielen.) Alle Namensübereinstimmungen sind reiner Zufall. Die Bewegungen, die im Text als alte Geschichte auftauchen, sind leider im 20. Jahrhundert noch lebendig und nicht minder krank; es wäre nicht nur nutzlos, sondern auch unehrlich gewesen, hätte ich so getan, als speiste sich die New Texas Godfearing Militia, die Gottesfürchtige Miliz von Neutexas nicht aus Elementen, die in Waco, Fort Davis und sogar Oklahoma City nur zu vertraut erscheinen.

Kapitel eins

Ausbildungskommando des Regular Space Service Stützpunkt Copper Mountain

Auf halber Höhe der Klippe bemerkte Brun, dass jemand sie umzubringen versuchte. Sie hatte das Körpergewicht schon vom linken auf den rechten Fuß verlagert, als ihr der Gedanke ins Bewusstsein trat, und sie vollendete die Bewegung, indem sie den linken Fuß auf die winzige Felsleiste fast auf Höhe ihres Unterleibs setzte, ehe sie dem Gehirn das Signal »Nachricht erhalten« gab.

Sofort wurden die Hände durch Schweiß rutschig, und sie verlor den Griff der schwächeren linken Hand um den kleinen Knauf. Sie tauchte die Hand in ihren Kreidevorrat und griff erneut nach dem Knauf, bepuderte anschließend die Rechte und verlieh auch dem dortigen Griff mehr Festigkeit. So viel immerhin verlief rein mechanisch nach diesen Tagen in der Ausbildung ... sodass man jemandem, der einen umzubringen versuchte, nicht auch noch half, indem man etwas Dummes tat.

Brun diskutierte mit sich selbst, während sie sich weiter an der Klippe hinaufschob und das rechte Bein für den nächsten Zug löste. Natürlich konnte man allgemein sagen, dass jemand sie oder auch irgendeinen der anderen Schüler umzubringen versuchte. Das war ihr schon klar gewesen, als sie hier eintraf. Besser, wenn man hier Auszubildende verlor, als unzureichend geschultes Personal im Feld, wo ihr Scheitern andere in Gefahr brachte. Ihr Atem ging ruhiger, als sich durch das innere Zureden auch ihre Geistesverfassung stabilisierte. Den rechten Fuß *dorthin;* dann die Arme bewegen, um die nächsten Griffe zu finden, gefolgt vom linken Bein ... Das Klettern machte ihr schon fast seit dem ersten Ausbildungstag Spaß.

Ein Donnern in den Ohren und ein plötzlicher Stich in der Hand: Sie stürzte bereits, ehe sie Gelegenheit fand, das Geräusch und den Schmerz zu identifizieren. Ein Schuss. Jemand hatte auf sie geschossen ... aber auch getroffen? Dafür tat es nicht weh genug – es konnten nur Gesteinssplitter gewesen sein –, da erreichte sie auch schon das Ende ihrer Leine, und sie wurde mit einer Wucht an die Klippe geschleudert, die ihr die Luft aus den Lungen trieb. Reflexartig griff sie mit Händen und Füßen nach der Wand, suchte Halt, fand ihn, entlastete das Bergsteigergeschirr vom Körpergewicht. Nach wie vor klingelte ihr der Kopf; sie schüttelte ihn, und die beiden Hälften ihres Bergsteigerhelms rutschten herunter und baumelten an den Riemen wie die Deckflügel eines zerdrückten Käfers.

Verdammt!, dachte sie. Zur Hölle mit der Vernunft – jemand versuchte sie zu töten – sie im Besonderen –, und mitten in seinem Blickfeld an einer Klippe zu kleben, das entsprach nicht Bruns Vorstellung vom geeigneten Aufenthaltsort, wenn jemand gerade auf sie schoss. Sie sah sich rasch um. Aufwärts – zu weit, zu langsam, zu sehr preisgegeben. Abwärts – 30 Meter Sturz in einer vorhersehbaren senkrechten Linie, ob nun im freien Fall oder durch die Leine gesichert. Rechts nur offene Felsflanke. Links eine schmale senkrechte Spalte. Man hatte die Kletterer angewiesen, die Spalte diesmal nicht zu benutzen, aber Brun war schon darin geklettert, als es darum ging, sich mit Spalten und Kaminen vertraut zu machen.

Sie stieß sich ab, und der nächste Schuss traf die Klippe dort, wo eben noch Bruns Kopf gewesen war, jetzt zwischen den Positionen von Kopf und rechter Hand. Gesteinssplitter spritzten ihr auf Hand und rechte Gesichtshälfte. Sie stürzte nicht ab. Sie warf sich hinüber zur nächsten Griffposition, nicht in Panik, sondern mit der kontrollierten Geschwindigkeit eines Menschen, der genau wusste, wo er sämtliche Haltemöglichkeiten fand. Wer immer der Schütze war, er hatte irgendeinen Grund, nicht vollautomatisch und mit vollem Tempo zu feuern. Aber jetzt wusste er, in welche Richtung sich Brun bewegte. Er konnte genauer zielen … Brun ging ein Risiko ein und rutschte mit dem Fuß aus. Einen Moment lang hing sie an den Armen und scharrte mit den Füßen … dann fand sie eine Trittmöglichkeit und wieder eine. Die schützende Spalte lag unmittelbar vor ihr – und diesmal war es die linke Hand, die ausrutschte, als Brun sie zu weit vorstreckte, und noch während sie fluchte, zertrümmerte der nächste Schuss die Griffmöglichkeit, nach der sie gelangt hatte, und schlug einen neuen Splitterregen los.

Brun zögerte nicht. Der Bruch bot ihr neue Positionen für Hände und Füße; innerhalb einer Sekunde war sie in der Spalte und zerrte heftig an der Leine, um mehr Spielraum zu erhalten und tiefer in die Spalte vordringen zu können. Was sie wirklich hoffte, war, dass der Schütze die Ausrichtung der Spalte nicht kannte. Hier war Brun an und für sich ebenso verwundbar wie auf der Klippe und steckte scheinbar in einer senkrechten Furche. Die Kräfte, die diese Rinne hervorgebracht hatten, hatten sie jedoch fast zu einer Spirale geformt. Keine drei Meter weiter oben würde Brun für den Schützen nicht mehr erreichbar sein.

Die Leine zupfte von unten an ihr. Kein Spielraum. Die Leute hatten ihr Manöver nicht kapiert … oder waren sie an dieser Intrige beteiligt? Brun zerrte erneut, wiederum erfolglos.

Unser Texas, das frühere Kurzawa-Yahr Gemeinschaftskolonie

Mitchell Langston Pardue, Ranger Bowie der neutexanischen Gottesfürchtigen Miliz auf Unser Texas, saß auf seinem stark mit Schnitzereien verzierten Stuhl und wartete darauf, dass der Captain mit dem Vortrag seines Berichts fertig wurde. Pardue streichelte die Schnitzerei der linken Armlehne – angeblich einem Tier aus Alttexas nachempfunden, einem Gürteltier, was immer das sein mochte – und überlegte, wie er andeuten konnte, ohne es offen zu sagen, dass der Captain ein Idiot wäre.

»Mitch, hörst du mir eigentlich zu?« Pete Robertson, Ranger Travis und Captain der Rangers, redete in einem quengeligen Tonfall, für den ihm Mitch am liebsten einen schweren Gegenstand auf den Kopf gehauen hätte. Der Captain wurde langsam alt und hatte einen lappigen Hals wie ein Truthahn.

»Darauf kannst du wetten, Captain«, antwortete Mitch. »Du sagst, wir müssten noch unser erstes Depot mit weiteren dreißig von diesen Atomsprengköpfen auffüllen, wie sie die Raumflotte der Regierenden Familias hat. Mit dem Zeitplan für den Angriff auf die Guernesi hinkst du etwas hinterher ...«

»Der Plan steckt fest wie ein Maultier in einem Sumpf«, sagte der Captain. »Und falls wir zu lange warten, dann stellen sie nicht mehr die Verbindung her, wie wir sie uns wünschen.« Die Guernesi hatten energisch auf die Entführung einer Schiffsladung Touristen reagiert und sie sich zurückgeholt, wenn auch mit Verlusten. Dann hatten sie ein Handelsembargo verhängt und ein paar Schiffe weggepustet, um zu unterstreichen, dass sie wegen der Toten sauer waren. »Wir müssen einfach mehr Waffen kriegen! Und irgendwas stimmt nicht mit unserem Hauptagenten bei ihrem Raumflotten-Oberkommando – das letzte Signal, das er uns geschickt hat, ergibt einfach keinen Sinn.«

»Er wird langsam alt«, gab Sam Dubois zu bedenken, der Ranger Austin. »Er wurde einer dieser verbotenen Behandlungen unterzogen ...«

»Er wurde verjüngt«, benutzte Mitch den korrekten Begriff. »Sie haben vor zehn, fünfzehn Jahren angefangen, ihre erfahrensten Uffze zu verjüngen, und zu denen gehört er. Wäre das nicht geschehen, dann hätten wir wahrscheinlich gar nichts von ihm gehabt.«

»Aber es ist abscheulich«, behauptete Sam. Stur wie ein Felsen war er, und er hing fester als eine Zecke an Pastor Wells.

»Ja, es ist abscheulich«, pflichtete ihm Mitch bei. »Ich behaupte ja auch nicht, dass es richtig wäre. Aber der Teufel sorgt manchmal gut für die Seinen, und diese Verjüngungen funktionieren jetzt schon seit einiger Zeit. Der Mann ist erst achtzig; er müsste eigentlich noch alle seine Sinne beisammen haben, selbst wenn er diese Medikamente nicht erhalten hätte.«

»Aber genau das ist der Punkt!«, behauptete der Captain und warf Mitch einen triumphierenden Blick zu. »Sieh dir mal das hier an.« Er reichte ihm ein Blatt Papier.

Mitch sah es sich an. »Kauderwelsch«, sagte er nach einem kurzen Blick. »Hat er Codes vertauscht oder etwas in der Art?«

»Nein. Ich denke, er hat mit irgendeiner heidnischen Praxis angefangen – oder diese Verjüngung frisst ihm das Hirn auf. So etwas soll vorkommen.« Der nächste Blick, den er Mitch zuwarf, war berechnend.

»Möglich«, sagte Mitch. Alle wussten, dass er sich tiefer in die gefährliche Literatur der Biomodifikationen eingelesen hatte, als von den Pastoren eigentlich gebilligt wurde. Der Captain versuchte ihn in eine Diskussion zu verwickeln, die beweisen sollte, dass Mitch verunreinigt war, aber Mitch war zu clever dafür. Er verfolgte vielmehr einen eigenen Plan.

»Und?«, fragte Sam.

»Captain«, sagte Mitch förmlich, »ich möchte einen Vorschlag unterbreiten.«

»Sicher«, sagte der Captain. Er wandte den Blick nicht ab. Mitch hätte beinahe gelacht; der Idiot glaubte immer noch, dass er sich belasten würde.

»Du weißt ja noch, dass du mir ganz zu Anfang vergangenen Jahres erlaubt hast, in den Familias persönlich etwas zu erledigen ...«

»Yeah ...«

»Nun, Sir, ich habe Brotkrümel aufs Wasser gestreut, und ich kann dir sagen, dass es dort draußen hungrige Seelen gibt, die nach dem wahren Wort Gottes dürsten.« Jetzt nickten die anderen alle und beugten sich vor. »Ich habe hier und dort einige Agenten aufgetrieben, die jetzt für uns arbeiten – in großen Handelsunternehmen, und einer in einem regionalen Waffendepot, ein stellvertretender Stationsleiter –, und wir erhalten hier seit etwa sechs Monaten einen netten kleinen Strom Schwarzhandelsware.«

Mitch zog den eigenen Bericht hervor und verteilte ihn. »Und noch mehr, Gentlemen: Wann immer wir einen kompletten Laderaum voller Atomsprengköpfe oder sonst etwas haben möchten, dann kenne ich genau die richtige Person dafür. Ich habe mir Folgendes gedacht: Ich sage denen jetzt, sie sollen alles einladen, und dann verschaffe ich uns sowohl einen Transporter als auch die Waffen. Ich kenne da ein Schiff, das eine Abkürzung durch ein verlassenes Sonnensystem nimmt – ein prima Platz für einen Hinterhalt.«

»Ah – und du möchtest, dass wir dir dabei helfen, Ranger Bowie?«

»Nein, Sir, das möchte ich nicht. Bei allem Respekt, Sir, aber es passiert einfach zu viel, um Ressourcen vom Rest unseres Volkes abzuziehen. Was ich mir überlegt habe: Ich nehme mir alle Bowies und kümmere mich um diese kleine lästige Pflicht – und das sollte uns wieder auf Kurs bringen, um den Guernesi voll in den Arsch zu treten.«

Stille trat ein, während die Übrigen das Gesagte verdauten und nach Möglichkeiten suchten, selbst Profit herauszuschlagen. Mitch zwang sich, ruhig sitzen zu bleiben und sie zu beobachten.

»Was ist mit der Besatzung?«, fragte der Captain laut.

Mitch zuckte die Achseln. »Unsere üblichen Regeln. Wir brauchen nach wie vor mehr Frauen, falls wir welche finden, die nicht zu stark verunreinigt sind.«

»Du weißt doch, dass wir praktisch jede fremde Frau, die wir uns geholt haben, stumm machen mussten«, warf Sam ein. »Und ich mache mir Sorgen um die Wirkung, die sie auf unsere Frauen ausüben.«

Mitch lächelte. »Wir sind richtige Männer; wir können unsere Frauen beherrschen.« Die anderen nickten rasch; niemand wollte zugeben, dass er auf diesem Gebiet ein Problem hatte. »Außerdem wissen wir, dass wir Gottes Zustimmung haben, denn die importierten Frauen bekommen starke, gesunde Babys, und nur wenige von ihnen kommen mit Defekten zur Welt.« Auch das war unbestreitbar. Die Defekte eines Kindes spiegelten die Sünden der Eltern wider; wenn also Frauen, die in Sünde aufgewachsen waren, gesunde Kinder zur Welt brachten, dann musste es daran liegen, dass Gott ihre Befreiung von den Abscheulichkeiten der Gottlosen feierte.

»Falls Pastor Wells deine Mission segnet, Ranger Bowie, dann hast du meine Einwilligung«, erklärte der Captain förmlich.

Nur mal abwarten, bis er selbst, Ranger Bowie, zum Captain der Rangers aufgestiegen war, ob er sich wohl jemals für einen anderen dermaßen auf den Rücken drehte! Mitch nickte, und als der Pastor eintrat, erklärte er den vorgeschlagenen Einsatz für ihn erneut. Pastor Wells spitzte die Lippen, nickte aber schließlich. »Achten Sie nur darauf, sich nicht zu verunreinigen, Ranger Bowie.«

Mitch lächelte. »Ja, Sir, Pastor. Ich habe nicht die geringste Absicht, ein Heide zu werden.« Er hegte jede Absicht, mit Waffen, Frauen und Reichtum zurückzukehren – und jede Absicht, es zum Captain zu bringen, ehe er noch viele Jahre älter wurde.

RSS-Ausbildungskommando, Copper Mountain

Als Lieutenant Esmay Suiza im Stützpunkt Copper Mountain des Ausbildungskommandos eintraf, bewegt von den größten Hoffnungen, stellte sie fest, dass sie in einem großen, Echos erzeugenden Saal auf ihre Sicherheitsfreigabe warten musste. Sie erblickte hier zwei der hässlichsten Wandgemälde, die ihr je vor Augen gekommen waren: Rechts über den Kom-Nischen war eine Szene mit Raumschiffen im Gefecht. Sie sahen gar nicht wie die Schiffe aus, die Esmay jemals von außen gesehen hatte. Realismus wäre bestenfalls langweilig gewesen, aber Esmay konnte sich ein verstohlenes, spöttisches Lächeln über die astronomische Dekoration nicht verkneifen ... Sterne, Kometen, Spiralnebel. Links über der Gepäckaufnahme war eine Bodenkampfszene abgebildet, die noch weniger realistisch wirkte als das Raumkampfbild ... um nur einen Punkt zu erwähnen: Niemandes Uniform blieb jemals so sauber. Ein weiterer: Der Künstler beherrschte Anatomie und Perspektive nur unzulänglich; alle Gestalten wirkten seitwärts zerdrückt.

Esmay versuchte sich wieder auf ihre großen Hoffnungen zu konzentrieren. Ein Wechsel der Laufbahn, von der Technik zur Kommandoebene; endlich strebte sie ihrer Bestimmung zu und nutzte ihre besten Talente. Jedenfalls gingen ihre Kommandeure davon aus. Sie hatte Freunde gefunden, darunter Barin Serrano, der – falls sie sich selbst gegenüber ehrlich war – viel mehr war als ein Freund. Angesichts seiner Bewunderung fühlte sie sich tüchtiger; angesichts seiner Sorge fühlte sie sich geliebt. Dabei war ihr nach wie vor unbehaglich zumute: Sie hatte nie wirklich über Liebe nachgedacht, darüber, dass jemand sie liebte, und sie konnte kaum glauben, dass es passiert war oder dass es Bestand haben könnte. Aber immer noch spürte sie seine Hände auf ihrem Gesicht ... Sie kämpfte sich von dieser Erinnerung frei und zwang sich, an das zu denken, was als Nächstes kam.

Sie warf erneut einen Blick auf die Raumkampfszene und konnte nicht umhin, den Kopf zu schütteln.

»Schauerlich, nicht wahr, Sir?«, fragte der Sergeant an der ersten Sicherheitsstation. »Angeblich sehr alt und wertvoll, aber eigentlich – sieht es so aus, als hätte es ein nur halb talentierter Amateur geschaffen.«

»Wahrscheinlich hat man nur so jemanden kriegen können«, antwortete Esmay lächelnd. Sie legte ihre Befehle und ihre Identifikation vor.

»Lieutenant, die neuen Bestimmungen verlangen eine vollmedizinische ID-Prüfung, ehe Sie Stationsschilder erhalten. Wenn Sie der gelben Linie zum nächsten Posten folgen, wird man dort anfangen.«

Die Sicherheitsvorkehrungen waren überall im Raum der Familias verstärkt worden, die natürliche Folge all dessen, was im zurückliegenden Vierteljahr geschehen war. Trotzdem hatte Esmay nicht mit dem gerechnet, was man hier an Bestätigungen verlangte – auf einer Ausbildungsbasis, die man nur über eine von der Flotte kontrollierte Orbitalstation erreichen konnte. Wie sollten Eindringlinge es bis hierher schaffen?

Eine Stunde später wartete sie vor einer weiteren Kontrollstelle des Sicherheitsdienstes. Das war ja lachhaft! Wie lange dauerte es, eine Netzhautprüfung vorzunehmen, ja sogar einen vollen Neuroscan? Esmay knurrte der Magen, was sie daran erinnerte, dass sie gegen eine der Leitregeln des militärischen Lebens verstoßen hatte: Iss, wann immer du eine Gelegenheit findest. Sie hätte sich einen Imbiss schnappen können, ehe sie von Bord des Transporters ging, aber (wie ihr Gedächtnis spöttisch erklärte) der Weg hinunter nach Copper Mountain hätte nur ein paar Stunden dauern sollen.

Endlich ging es hinein zur Netzhautkontrolle. »Folgen Sie einfach der gelben Linie, Lieutenant...«, sagte die Stimme hinter dem Schirm.

»Aber können Sie nicht einfach ...«

»Folgen Sie der gelben Linie.«

Diese führte erneut zu einer Bank, wo sie saß, bis man ihren Namen aufrief. Vor ihr wartete eine ganze Korporalschaft neuroverstärkter Kampftruppen ... von denen Esmay schon gehört, die sie aber noch nie aus der Nähe gesehen hatte. Sie sahen aus wie jeder andere auch, der mit doppelt so viel Muskeln bepackt war und nur halb so viel Fett wie der Rest der Welt hatte. Sie hatten miteinander geplaudert, wurden aber still, als Esmay zur Bank vortrat. Sie kam sich neben diesen Leuten zerbrechlich vor.

»Entschuldigen Sie, Lieutenant ...« Esmay blickte auf und stellte fest, dass sie sich neu gruppiert hatten, sodass jetzt eine der Frauen direkt neben ihr saß.

»Ja?«

»Sind Sie der Lieutenant Suiza, der auf der *Despite* und der *Koskiusko* war?«

Esmay nickte.

»Lieutenant, ich freue mich wirklich, Sie kennen zu lernen. Ich ... wir haben uns schon immer gefragt, wie es ist, wenn man die Überlichtfahrt von außerhalb des Schiffes erlebt. Würde es Ihnen etwas ausmachen, uns davon zu erzählen? Man hat uns gesagt, es würde noch weitere sechs Monate dauern, bis die Infosims herauskommen.«

»Es ist ... wirklich seltsam«, sagte Esmay. »Zuerst verschwinden die Sterne ...« Sie brach ab, als sie aufgerufen wurde.

»Falls wir Sie jetzt nicht drannehmen, sitzen Sie noch stundenlang hier«, sagte der Sekretär. »Bei diesen Neuroverstärkten dauert es ewig.«

Esmay spürte, wie eine Woge kalter Abneigung von den Soldaten aufstieg, und hoffte, dass sie dem Sekretär galt und nicht ihr. »Entschuldigen Sie«, sagte sie zu ihnen.

»Natürlich, Lieutenant«, sagte die Frau, die ihr die Frage gestellt hatte. Sie hatte grüne Augen, die in ihrem dunklen Gesicht überraschten. Dann blickte sie an Esmay vorbei auf den Sekretär, und Esmay war nicht erstaunt zu registrieren, dass diesem der Atem stockte.

Einen kompletten Neuroscan hatte sie seit der Akademie nicht mehr erlebt, und es war noch immer so langweilig wie eh und je, im dunklen Schlund der Maschine festzusitzen und den Anweisungen zu folgen: Denken Sie an dieses, an jenes, oder stellen Sie sich vor, Sie würden den linken kleinen Finger bewegen …

Endlich war es geschafft, und die letzte gelbe Linie führte sie zum Empfangsschalter zurück, wo ihre Reisetasche auf sie wartete, zusammen mit einer Hand voll ID-Schilder, die sie tragen musste, um die Einrichtungen zu betreten, die ihr jetzt offen standen.

»Zu den Unterkünften und dem Kasino der Subalternoffiziere hier entlang, Sir«, sagte der Sergeant und salutierte forsch, nachdem er sie hindurchgewinkt hatte. Esmay erwiderte den Gruß und nahm den angewiesenen Weg. Sie hatte Kurse in Kommandoausbildung versäumt, als sie sich für die technische Laufbahn entschied, und musste das Versäumte jetzt nachholen – noch mehr Schule also! Ihre eigene Schuld, wie sie sich erinnerte, und doch wiederum nichts, worüber sie groß nachdenken wollte. Ihr Altiplano-Gewissen zeigte sich besorgt über die Schnelligkeit, mit der ihre umgeschulten Neuronen diese kurzfristigen Gewissensbisse verdrängten, und sie lachte es in Gedanken aus. Ihr Altiplano-Gewissen konnte ebenso wie ihre Altiplano-Familie dort bleiben, wo es hingehörte … auf Altiplano.

Sie trug sich in den Offiziersunterkünften und der Offiziersmesse ein, wobei sie jedesmal ihre Zutrittsschilder vorwies, und nahm dann einen Dienstplan und einen Unterrichtsplan zur Hand. Sie warf ihre Sachen in 235-H, ein anonymes Kämmerchen in einer Reihe anonymer Kämmerchen, und ging zur Offiziersmesse. Auch wenn jetzt nicht Essenszeit für die Kursteilnehmer war, hielt man dort sicher etwas für Offiziere bereit, die aus anderen Zeitzonen eintrafen.

Der Speiseraum war fast leer; als Esmay eintrat, steckte ein Messesteward den Kopf aus der Küche und kam dann auf sie zu.

»Lieutenant?«

»Ich bin gerade angekommen«, sagte Esmay. »Unser Schiff war auf...«

»Flottenstandard. Ich verstehe, Lieutenant ... Sie warten schon lange auf das ... Mittagessen, nicht wahr? Möchten Sie eine komplette Mahlzeit oder nur eine Kleinigkeit?«

»Nur eine Kleinigkeit.« So passte sie sich schneller an den Tagesrhythmus des Planeten an, auch wenn sie sich zur Zeit hohler fühlte als ein neu gebauter Schiffsrumpf.

Der Steward brachte sie an einem Tisch unter, der in diskreter Distanz zu den beiden schon besetzten Tischen stand, und ging, um ihr das Essen zu holen. Esmay blickte beiläufig zu den anderen hinüber und fragte sich, ob sie wohl zu ihrer Klasse gehörten. Eine junge Frau in Arbeitsuniform ohne Rangabzeichen, das lockige blonde Haar kurz geschnitten, saß über etwas gebeugt, das nach einem Suppenteller aussah. Neben ihr saß ein älterer Mann in der Uniform eines Lieutenant Commanders und erklärte wohl gerade, nach seiner Haltung zu urteilen, was in irgendeinem Punkt Sache war.

Esmay wandte den Blick ab. Ungewöhnlich, jemanden durch die Mangel zu drehen, der gerade aß, aber es wäre unhöflich gewesen, das laut zu sagen. Waren das womöglich Vater und Tochter? Am anderen Tisch saßen drei junge Männer in Trainingsanzügen, die, wie Esmay feststellte, sie betrachteten. Sie erwiderte ihren Blick kühl, und sie wandten sich ab – nicht so, als wären sie verlegen, sondern eher mit einem Ausdruck, als hätten sie alles gesehen, was sie wollten. Die Augen dieser Männer wanderten gleichmäßig durch den Raum, und sie ignorierten dabei das Durcheinander aus Tellern und Tassen vor ihnen.

Der Steward brachte ein Tablett mit Sandwiches, Gebäck und rohen Gemüsestückchen, die in einem Fächermuster ausgelegt waren. Esmay verspeiste ein Sandwich mit dünn geschnittenem Cattleope, bestrichen mit Meerrettichsauce, sowie mehrere Karotten; sie überlegte sich gerade, ob sie eines der gerollten Gebäckstückchen nachschieben sollte, die so köstlich nach Zimt und heißem Apfel dufteten, als die blonde Frau explodierte.

»Ich werde *nicht* aufhören!«, sagte sie laut genug, dass Esmay es unmöglich überhören konnte. Die Frau saß jetzt aufrecht und war ein wenig rot geworden. Dadurch entdeckte Esmay die unregelmäßigen Flecken frisch verheilten Gewebes ... sie hatte in einem Regenerationstank gesteckt, um Verletzungen am Gesicht auszukurieren sowie an – Esmay konnte sich nicht verkneifen hinzusehen – Händen und Armen.

Mit einem warnenden Blick auf Esmay knurrte der Mann etwas, das sie nicht verstand.

»Nein!«, erwiderte die Blonde. »Es ist etwas anderes – etwas Wichtiges. Ich weiß ...« Dann drehte auch sie sich um, begegnete Esmays Blick und wurde still.

Irgendein Instinkt bewegte Esmay, nicht einfach den Blick zu senken, sondern unter gesenkten Lidern zu dem anderen Tisch hinüberzusehen. Die drei Männer dort machten jetzt Sinn ... ihre wegwerfende Einschätzung von Esmay, die ständigen Kontrollblicke durch den Raum. Es waren die Leibwächter einer Person, die nur die Besten nahm – oder üblicherweise nur die Besten zugeteilt bekam.

Auf wen passten sie auf? Sicher nicht auf die junge Frau ... denn falls das so wäre, hätten sie in irgendeiner Form versagt gehabt, andernfalls wäre ihr Schützling nicht verletzt worden. Auf den Lieutenant Commander? Wohl kaum ... es sei denn, er war gar kein Lieutenant Commander.

Esmay blickte erneut zu der jungen Frau hinüber und entdeckte erstaunt auf beiden Gesichtern einen so ähnlichen Ausdruck, dass er einfach auf irgendein Verwandtschaftsverhältnis hinweisen musste. Esmays Blick war auf einem Planeten geschult worden, auf dem Familien wichtig waren und wo man von ihr erwartet hatte, auch die entfernteste Suiza-Kusine zu erkennen, und so las sie jetzt die Ähnlichkeit in Knochenstruktur und Proportion, aber auch Besonderheiten des Verhaltens wie die plötzlich hochgezogenen Augenbrauen, die sowohl der ältere Mann wie die jüngere Frau in diesem Augenblick zeigten.

»Brun ...« Das Wort war für Esmay deutlich vernehmbar, zum Teil deshalb, weil der Tonfall so sehr dem bittenden Ton ähnelte, den sie vom eigenen Vater kannte. Das ungewöhnliche Wort machte sie nachdenklich. Brun. War das nicht...? Esmays Kiefer schlossen sich um den Apfelkuchen. Falls das dort drüben das junge Mädchen war, das beim Xavier-Zwischenfall eine Rolle gespielt hatte, dann war ihr Vater der gegenwärtige Sprecher des Großen Rates ... der mächtigste Mann der Regierenden Familias. Was machten die wohl hier?

Da die Spekulationen die verfügbaren Daten schon hinter sich gelassen hatten, mampfte sie den Kuchen gleichmäßig zu Ende und ignorierte gewissenhaft den Streit, der in gedämpfterem Tonfall an dem anderen Tisch seinen Fortgang nahm. Sie versuchte, sich an all die Bröckchen von Gerüchten zu erinnern, die sie über Thornbuckles ungestüme jüngste Tochter gehört hatte ... eine verdorbene Schönheit, eine hitzköpfige Idiotin, die sich ohne Ausbildung mitten ins Dickicht einer Intrige gestürzt hatte, eine Idiotin, die nach einer Schlacht sturzbetrunken und nackt in der Kapsel eines Asteroidenschürfers gelandet war. Aber Esmay hatte auch das Gerücht gehört, das Mädchen wäre auf irgendeine obskure Art Admiral Vida Serranos Günstling – aufgrund der Dienste, die sie den Familias ... und ganz besonders Admiral Serranos Nichte Heris geleistet hatte.

»Entschuldigen Sie«, sagte jemand. Esmay schluckte den letzten Bissen Kuchen herunter und blickte auf. Sie hatte sich so angestrengt darauf konzentriert, nicht zu bemerken, was sie auch nichts anging, dass sie gar nicht bemerkt hatte, wie jemand zu ihr an den Tisch gekommen war.

Es war einer der Leibwächter. Er trug keine Rangabzeichen am Trainingsanzug, aber nach dem Gesicht zu urteilen, war er älter als sie.

»Ja?«

»Sie sind Lieutenant Suiza, nicht wahr?«

Ungeachtet der Therapie verspannte sich ihr Leib. »Ja, das stimmt.«

»Lieutenant Commander ... Smith ... würde Sie gern kennen lernen.«

»Lieutenant Commander Smith?«

Er deutete mit dem Kopf zum anderen Tisch. »Smith«, sagte er entschieden. »Und seine Tochter.«

Einen Augenblick lang wünschte sich Esmay, sie hätte den Hunger bis zur nächsten planmäßigen Hauptmahlzeit ertragen. Sie hatte keine Lust, in das verwickelt zu werden, was immer hier ablief, ob es nun um eine Meinungsverschiedenheit zwischen Vater und Tochter ging oder irgendeine Intrige gegen die Familias.

»Natürlich«, sagte sie und stand auf.

Der ältere Mann und die junge Frau verfolgten ihre Annäherung mit, wie Esmay fand, der falschen Art von Interesse. Der Mann hatte die Art Gesicht, das normalerweise vielleicht nett gewirkt hätte, jetzt jedoch zu einer Maske der Besorgnis erstarrt war. Die junge Frau wirkte verärgert und ängstlich zugleich.

»Commander Smith«, grüßte ihn Esmay. »Ich bin Lieutenant Suiza.«

»Setzen Sie sich«, sagte der Mann. Obwohl die Uniform seiner hochgewachsenen, schlaksigen Gestalt perfekt saß, war Esmay doch überzeugt, dass sie nicht zu seiner Geisteshaltung passte ... sie hätte Sterne auf der Schulter gebraucht, jede Menge davon.

»Das ist eine unerwartete Ehre«, fuhr der Mann fort. »Ich hatte natürlich schon durch Admiral Serrano von Ihnen gehört, nach Xavier – und jetzt diese kürzlich zurückliegende Sache...«

Das zum Beispiel war nicht die Art und Weise, wie ein echter Lieutenant Commander das Thema angesprochen hätte. Esmay fragte sich, ob sie ihn der Notwendigkeit entheben sollte, eine militärische Identität vorzutäuschen, und hatte schon den Mund geöffnet, als sich die junge Frau zu Wort meldete.

»Dad! Schluss damit!«

»Brun, ich möchte doch nur...«

Die junge Frau fuhr jetzt fast im Flüsterton, aber immer noch zornig fort: »Du bist *kein* echter Lieutenant Commander, und es ist nicht fair.« Sie wandte sich an Esmay. »Ich bin Brun Meager, Lord Thornbuckles Tochter, und das ist mein Vater.«

»Ich freue mich, Commander Smith kennen zu lernen«, sagte Esmay. »Unter den gegebenen Umständen.«

Sein Gesicht entspannte sich etwas, und die Mundwinkel zuckten. »Na, wenigstens eine der jungen Damen verfügt über ein bisschen Diskretion.«

»Ich bin nicht indiskret«, wandte Brun ein. »Sie konnte sehen, dass du im Grunde kein Flottenoffizier bist, und ich konnte sehen, wie sich die Räder in ihrem Kopf drehten, während sie überlegte, wie sie an die Sache herangeht.«

»Man gestattet prominenten Personen, sich vorzustellen, wie sie es für richtig halten«, sagte Esmay. »Man kommt ihnen niemals mit seiner privaten Neugier zu nahe.«

Brun blinzelte. »Woher stammen Sie?«

»Altiplano«, antwortete Esmay. »Wo führende Vertreter des Staates zuzeiten beschließen, mit geborgter Identität aufzutreten.«

»Und wo gute Manieren stärkeren Halt gefunden zu haben scheinen als an einigen anderen Orten«, versetzte Lord Thornbuckle spitz. Brun wurde erneut rot.

»Ich mag keine Täuschungsmanöver.«

»Ach wirklich? Deshalb hast du so sorgsam darauf geachtet, nicht deinen richtigen Namen zu benutzen, als du zurück nach Rockhouse gekommen bist...«

»Das war etwas anderes«, sagte Brun. »Ich hatte guten Grund...«

»Wir haben *jetzt* einen guten Grund, Brun, und falls du das nicht einsehen kannst, werde ich dich mit ebenfalls gutem Grund wieder Dummchen nennen.« Trotz seines gedämpften, gelassenen Tons und seines ruhigen Gesichts war Lord Thornbuckle ernsthaft verärgert. Esmay wünschte sich auf die gegenüberliegende Seite des Planeten. Ein Vater-Tochter-Konflikt weckte Gespenster in ihr, die sie lieber ruhen gelassen hätte. Brun gab nach, aber Esmay hatte das Gefühl, dass sie sich nicht wirklich geschlagen gab.

»Vielleicht könnten wir dieses Gespräch andernorts fortsetzen«, sagte Lord Thornbuckle. Esmay fiel keine höfliche Ausrede ein, und sie wusste nicht recht, wozu sie als RSS-Offizier in einem solchen Fall verpflichtet war. Sie musste sich allerdings um 8 Uhr Ortszeit am nächsten Vormittag zum Unterricht melden, und bis dahin hatte sie eine Menge zu tun. Trotzdem... Thornbuckle war, wer er nun mal war, und selbst mit allem, was er nicht war, übertraf er Esmays Dienstrang.

»Natürlich, Sir«, sagte sie.

Thornbuckle nickte den Männern am Nebentisch zu, und sie standen auf. »Ich fürchte, wir werden Geleitschutz haben.«

Das machte Esmay nichts aus; was ihr etwas ausmachte, das war ihre Verwicklung in diesen Schlamassel, was immer genau dahinter steckte. Ihr fiel auf, dass sich die Leibwächter teilten, wobei zwei vorausgingen und einer die Nachhut bildete. Waren es Flottenangehörige? Sie konnte es nicht erkennen. Sie hatte das Gefühl, dass sie es eigentlich hätte bemerken müssen;

an Bord der *Kos* waren ihr Zivilisten deutlich genug aufgefallen. Diese Männer sahen nicht nach Zivilisten aus, aber sie passten auch nicht ganz in die Flotte. Private Sicherheitsleute?

Das Konferenzzimmer, das sie schließlich betraten, war klein und hatte einen Tisch in der Mitte, der gerade für acht Leute oder so reichte. An einer Wand stand ein Displaypult, aber Lord Thornbuckle ignorierte es. Er wartete, bis seine Leibwächter genickt hatten, und setzte sich dann ans Kopfende des Tisches. Reine Gewohnheit, vermutete Esmay.

»Setzen Sie sich, und ich halte es so kurz wie möglich. Sie sind noch nicht lange hier, nicht wahr?«

»Bin gerade aus dem Shuttle gestiegen, Sir«, antwortete Esmay. »Ich bin wegen der Kommandokurse hier, die ich bislang versäumt habe, und dann wegen des Standardkurses für Subalternoffiziere.« Das war der Kurs, der sie für die Befehlsgewalt über ein Schiff im Gefecht qualifizierte, wenn man dem Untersuchungsausschuss folgte, der eine entsprechende Empfehlung ausgesprochen hatte. Natürlich hatte die fehlende Qualifikation Esmay bislang auch nicht aufgehalten – sie verbannte jedoch diese Gedanken und konzentrierte sich lieber auf das, was immer Lord Thornbuckle zu sagen hatte.

»Meine Tochter wollte sich von Flottenexperten ausbilden lassen«, berichtete Thornbuckle. »Ich war damit einverstanden, zum Teil deshalb, weil sie sich schon ohne Ausbildung in solche Schwierigkeiten gebracht hat ... Es schien, als hätten sich in ihr sämtliche Gene der Risikobereitschaft geballt.«

»Und die Glücksgene«, warf Brun ein. »Ich weiß, dass man sich nicht allein auf sie verlassen kann, aber sie sind nicht zu verachten. Das hat zumindest Kommandantin – Commander – Serrano gesagt. Und ihre Tante Admiral.«

Die Vorstellung, dass irgendjemand Vida Serrano »Tante Admiral« nannte, sei es auch eine Nichte, schockierte Esmay. Bei diesem Mädchen – Brun war eindeutig noch jünger als sie – wäre es ganz unvorstellbar gewesen, außer dass Brun es gerade trotzdem getan hatte.

»Aber es ist zu Zwischenfällen gekommen«, fuhr Thornbuckle fort, ohne auf Bruns Bemerkung einzugehen. »Ich dachte, sie wäre hier, auf einem Ausbildungsstützpunkt der Flotte, eher in Sicherheit...«

»Ich *bin* hier eher in Sicherheit«, sagte Brun.

»Brun, stelle dich den Fakten: Jemand hat auf dich geschossen. Hat dich umzubringen versucht.«

Esmay konnte sich noch verkneifen, das auszusprechen, was sie dachte – dass eine Ausbildungsbasis der Flotte schon aus der Natur der Sache heraus nicht gerade der sicherste Platz im Universum war. Gefechtsübungen mit scharfer Munition zum Beispiel. War es das, was das Mädchen erlebt hatte?

»Es kam nicht mal entfernt an eine scharfe Gefechtsübung heran«, fuhr Thornbuckle fort. »Dieser Gedanke war mir natürlich zunächst gekommen. Eine militärische Ausbildung ist gefährlich; das muss sie auch sein. Aber wir – und mit ›wir‹ meine ich außer mir noch andere, die Brun in Aktion erlebt haben – hielten es für weniger gefährlich, als sie ohne Ausbildung auf das Universum loszulassen.« Er breitete die Hände aus. »Nein – es war etwas anderes. Ich vermute, wir waren einfach unvorsichtig. Wir wussten ja, dass es Verräter in der Flotte gibt; dieser Schlamassel von Xavier hat es erwiesen. Ich hätte mir jedoch nicht träumen lassen, dass man auch hier Verräter antrifft, hier auf einer Ausbildungsbasis, bis Admiral Serrano mich darauf hinwies. Wir wussten, dass Brun womöglich einem besonderen Risiko ausgesetzt war, aber wir haben nicht schnell genug reagiert.«

»Ich bin am Leben«, sagte Brun.

»Du hast mit deinem üblichen Talent überlebt«, wandte ihr Vater ein. »Aber du musstest auch einen Tag im Regenerationstank verbringen, was nicht meiner Vorstellung davon entspricht, einem Anschlag unversehrt zu entgehen. Zu knapp, um tröstlich zu sein, so lautet meine Analyse. Du brauchst entweder mehr Schutz, oder du musst fortgehen.«

Bruns Schultern zuckten. »Ich werde vorsichtig sein«, versprach sie.

»Das reicht nicht. Du musst manchmal schlafen.«

»Konnten Sie bestimmen, welcher Art die Gefahr ist?«, fragte Esmay, um eine weitere Runde der nutzlosen Auseinandersetzung zu verhindern.

»Nein. Nicht ... genau. Und am schlimmsten ist, dass ich mir eine Vielzahl von Gefahren ausmalen kann. Die Benignität ist nicht glücklich über ihre Niederlage bei Xavier, und wir sind überzeugt, dass sie noch mehr Agenten in der Flotte hat. Manche wurden identifiziert, andere nicht. Für sie sind Mordanschläge ein politisches Mittel. Die Bluthorde ... na, Sie können sich ja vorstellen, wie gerne die meine Tochter in der Gewalt hätte. Dann sind noch meine persönlichen Gegner in den Reihen der Familias zu erwähnen. Vor wenigen Jahren noch hätte ich nie geglaubt, irgendeine der Familien könnte aufgrund persönlicher Differenzen einen Krieg anzetteln, aber inzwischen – hat sich die Lage verändert.«

»Und Sie – oder Ihre Berater – denken, Ihre Tochter sollte diesen Stützpunkt verlassen?«

»Es wäre einfacher, sie zu Hause zu beschützen, oder sogar auf Castle Rock.«

»Ich würde verrückt werden«, murrte Brun. »Ich bin kein Kind mehr, und ich kann nicht einfach herumsitzen und nichts tun.«

»Möchten Sie in die Flotte eintreten?«, fragte Esmay. Sie konnte sich nicht vorstellen, dass diese offenkundig aufsässige Person einer Institution beitrat, die Disziplin verlangte, aber falls sie nicht begriffen hatte ...

»Ich hatte es mir mal gewünscht«, antwortete Brun und musterte dabei ihren Vater. »Jetzt – bin ich mir nicht mehr sicher.«

»Sie möchte nicht gezwungen sein, irgendwann mit

langweiligen Pflichten festzusitzen«, erklärte Thornbuckle. Brun wurde rot.

»Das ist es nicht!«

»Nein? Als Kommandantin Serrano darauf hinwies, wie viel Zeit sie auf langweilige Routine verwendet, hast du gesagt, dir gefiele diese Aussicht nicht besonders.«

»Das tut sie auch nicht, aber es ist Teil jedes Lebens. Ich begreife das, genauso, wie ich begreife, dass der aufregende Teil gefährlich ist. Du denkst anscheinend …«

Esmay mischte sich erneut ein, des eigenen Seelenfriedens ebenso zuliebe wie der Hoffnung, hilfreiche Informationen zu erhalten. »Vielleicht sagen Sie mir, wie ich Ihrer Meinung nach helfen kann?«

»Sie braucht einen …« Thornbuckle legte eine Pause ein, und Esmay war sicher, dass er an das Wort *Aufpasser* dachte. » … Mentor«, fuhr er stattdessen fort. »Falls sie hier zu bleiben gedenkt, muss ich einfach wissen, dass jemand von …« Eine weitere Pause, in deren Verlauf Esmay die unausgesprochenen, wieder verworfenen Möglichkeiten fast hören konnte: *ihrem gesellschaftlichen Stand, ihrem Rang, ihrer Art, ihren Fähigkeiten* … »Dass jemand, den sie vielleicht respektiert und auf den sie hört, in ihrer Nähe ist. Sie hat viel von Ihren Abenteuern geschwatzt …«

»Ich schwatze nicht«, presste Brun zwischen den Zähnen hervor.

»Also dachte ich mir, dass Sie vielleicht …«

»Sie hat hier eigene Aufgaben«, wandte Brun ein. »Und da sind schließlich noch die … Wachleute.« In die Lücke gehörte irgendein Beiname, und Esmay war froh, dass die Wachleute ihn nicht zu hören bekommen hatten.

»Möchtest du mir damit sagen, dass du jetzt die Sicherheitsmaßnahmen akzeptieren *wirst,* über die wir gesprochen haben?«

»Ehe wir Lieutenant Suiza zur Last fallen, ja.« Brun bedachte Esmay mit einem herausfordernden Blick.

»Sie wird mit den eigenen Kursen beschäftigt sein; man gibt hier Offizieren nicht dienstfrei, damit sie Gouvernanten für reiche Mädchen spielen.«

Esmay folgerte daraus, dass es weniger um ihre eigenen Interessen ging als um Bruns Entschlossenheit, sich keine Gouvernante zuzulegen.

Thornbuckle blickte von einer zur anderen. »Ich habe schon führende Staatsminister erlebt, die kooperativer waren«, sagte er. »Was immer wir mit deinen Genen gemacht haben, Brun, es wird nicht noch mal geschehen.«

»Ich hatte nicht darum gebeten«, sagte Brun. Wieder spürte Esmay, dass ein alter Streit unter der Oberfläche lauerte.

»Nein, aber das Leben gibt einem eine Menge, worum man nicht gebeten hat. Nun, falls du mir jetzt versprichst, mit dem neuen Sicherheitskonzept zu kooperieren ...«

»In Ordnung«, sagte Brun, und es klang nicht ganz verdrießlich. »Ich mache mit.«

»Dann, Lieutenant Suiza, tut es mir sehr Leid, dass wir Ihre Zeit verschwendet haben. Und ich muss Ihnen noch einmal für das danken, was Sie kürzlich geleistet haben; Sie haben Ihre darauf erfolgte Auszeichnung wohlverdient.« Er deutete mit dem Kopf auf das neue Ordensband an ihrer Uniform.

»Danke«, sagte Esmay und fragte sich, ob sie jetzt einfach gehen und vergessen sollte, dass dieses Gespräch je stattgefunden hatte. Sie wandte sich an Brun und stellte überrascht einen fast wehmütigen Ausdruck in deren Gesicht fest. »Falls wir in derselben Klasse landen, teile ich gern Unterlagen mit Ihnen. Es hat mich gefreut, Sie kennen zu lernen.«

Brun nickte; Esmay stand auf, dem Beispiel Thornbuckles folgend, der sie dann zur Tür begleitete. »Offiziell heiße ich weiterhin Smith«, sagte er.

»Das verstehe ich, Sir.« Sie verstand mehr, als ihr lieb war oder als er vermutete. Sie war froh, in die eigene

Unterkunft zurückkehren zu können, wo sie Gelegenheit hatte, sich in aller Zurückgezogenheit mit den Erinnerungen an den eigenen Vater zu befassen. Sie fand dort einen Haufen Lernwürfel im Ausgabekasten vor und stapelte sie im Aufnahmebehälter des Lesegeräts. Einige wirkten viel verheißungsvoller als andere; *Menschenführung für Subalternoffiziere* ergab Sinn, aber warum sollte sie *Administrative Verfahren für junge Offiziere* lesen? Mit Verwaltung hatte sie nichts im Sinn.

***

Brun rollte sich in ihrer Koje zusammen, zugedeckt mit einem ausgesprochen vorschriftswidrigen Afghan, und gab vor, ein Nickerchen zu machen, bis das Sicherheitskommando wieder hinausging, um dort Posten zu beziehen. Als wäre sie eine Gefangene. Als wäre sie ein unartiges Kind. Als wäre es ihre Schuld, dass jemand auf sie geschossen hatte.

Ihr Vater hatte es wieder mal geschafft. Es wäre ihr prima gegangen, hätte er sich nur irgendwo anders aufgehalten, hätte sie nur die Zeit gehabt, wieder gesund zu werden, ehe er auftauchte. Aber nein! Er musste ja hierher kommen, immer noch unsicher darüber, ob sie so was wie diese Ausbildung machen sollte, um sie vor lauter Profis in Verlegenheit zu bringen …

Vor Esmay Suiza.

Sie drehte sich um, nahm die Fernbedienung zur Hand, schaltete den Würfelleser ein und ging das Auswahlmenü durch, bis sie gefunden hatte, was sie suchte.

Damals bei Xavier, während Brun betrunken und nicht einsatzfähig war (wie ihr Vater mehr als einmal geäußert hatte), hatte Esmay Suiza den Verrat ihrer Kommandantin überlebt und die sich anschließende Meuterei, um dann allen – einschließlich Brun – die Haut zu retten, indem sie das feindliche Flaggschiff wegpustete. Brun hatte anschließend das Kriegsgerichtsverfahren gegen die Besatzung der *Despite* in den Nachrichten verfolgt; dabei fragte sie sich in einem fort, wie diese ruhige junge Frau mit dem ungebärdigen Haar das alles geschafft hatte. Sie sah gar nicht nach etwas Besonderem aus – aber etwas an ihrem Gesicht, an diesen Augen, die nie unsicher wurden, packte Brun.

Und dann wurde dieselbe junge Frau erneut zur Heldin, in einem Abenteuer, das aus einer Abenteuerwürfelserie zu stammen schien ... Sie hing während der Überlichtfahrt an der Außenseite eines Schiffes und überlebte; sie besiegte einen weiteren Feind. Wieder mal füllte ihr Gesicht die Nachrichtendisplays, und erneut malte sich Brun aus, wie es wäre, ihr zu begegnen ... mit ihr zu reden ... ihre Freundin zu werden – was, da war sie überzeugt, durchaus geschehen konnte.

Als sie erfuhr, dass Esmay Suiza hierher kommen würde – nach Copper Mountain –, dass sie vielleicht sogar dieselbe Klasse besuchen würde, da war Brun so sicher gewesen, dass sich ihre kühnsten Hoffnungen erfüllten. Hier hatte sie endlich die Frau, die ihr helfen konnte, so zu werden wie sie, ihre unkooperativen früheren Erfahrungen zu dem Selbst zu kombinieren, das Brun entwickeln wollte.

Und jetzt hatte der eigene Vater das ruiniert! Er hatte Suiza als Profi behandelt, als jeden Respekts würdig; und er hatte deutlich gemacht, dass er Brun lediglich für ein dickköpfiges Kind hielt. Was würde Esmay Suiza jetzt denken – was *konnte* sie denken, nachdem der Sprecher des Großen Rates, Bruns eigener Vater, seine Tochter so präsentiert hatte? Jetzt war unmöglich, dass Suiza sie noch als kompetente Erwachsene betrachtete.

Brun war nicht bereit, das hinzunehmen. Sie würde sich diese Gelegenheit nicht entgehen lassen! Sie musste eine Möglichkeit finden, Suiza zu überzeugen, dass sie mehr war als ein alberner Wuschelkopf. Bei Wuschelkopf musste sie an Suizas Haare denken, die sicherlich mehr Aufmerksamkeit gebrauchen könnten … Vielleicht erwies sich Suiza zunächst von Mädchen zu Mädchen als zugänglich, was Brun anschließend Gelegenheit gab, weitergehende Fähigkeiten zu beweisen …

***

Zur nächsten Hauptmahlzeit, wenige Stunden später, kehrte Esmay ins Kasino zurück und setzte sich an einen mit Jigs und Lieutenants besetzten Tisch, die alle einen Tag früher eingetroffen waren. Ein paar Gesichter kannte sie schon von der Akademie her, aber sie hatte bislang mit keinem davon zusammen gedient. Die Leute kannten allerdings ihre kürzlichen Abenteuer und waren erpicht darauf, darüber zu diskutieren.

»Wie ist es, ein Kaperschiff der Bluthorde zu fliegen?«, fragte Vericour, ein weiterer Lieutenant. In den sechs Jahren, seit sie gemeinsam den Abschluss gemacht hatten, hatte er mehrere Kilos zugelegt und zeigte inzwischen einen adretten roten Schnurrbart.

»Es macht Spaß«, sagte Esmay, die sehr wohl wusste, welche Antwort erwartet wurde. »Geht ab wie Schmidts Katze, selbst wenn man die Sicherheitsspielräume nicht überschreitet.«

»Schilde?«

»Keine nennenswerten. Aber die Waffenbestückung ist für die Größe erstaunlich. Der Innenraum wird vorwiegend von den Waffen beansprucht und bietet nur wenig Platz für die Besatzung.«

»Sie müssen miese Schützen sein, wenn sie dich verfehlt haben …«

»Sie haben zunächst gar nicht geschossen«, entgegnete Esmay. »Schließlich saß ich in *ihrem* Schiff. Sie haben zugelassen, dass wir dicht heranflogen, und dann – *puff.*«

»Yeah … so läuft das! Weshalb bist du hier?«

»Aus einer ganzen Reihe von Gründen«, antwortete Esmay. »Ich wechsle auf die Kommandolaufbahn …«

»Du meinst, du *warst* noch nicht darauf?«

»Nein.« Wie erklärte sie das jetzt?

Vericour zuckte die Achseln. »So sind nun mal die von der Personalplanung. Da haben sie jemanden von deinem Talent und stecken ihn in die technische Laufbahn, nur weil sie mehr Techs brauchen. Sie sollten Techs rekrutieren, falls sie mehr brauchen.«

Esmay klappte den Mund auf, um zu erklären, dass es nicht die Schuld der Flotte gewesen war, dachte an die Schwierigkeit der darauf folgenden Erklärungen und nickte stattdessen nur. »Jap. Jetzt haben sie mich also für die Kommandolaufbahn zugelassen, und ich muss Fangen spielen. Den ganzen Stoff, den ich versäumt habe ...«

»Man wird *dich* doch nicht mit Befehlspsychologie und dem ganzen Blödsinn plagen?«

Esmay nickte.

»Nachdem du schon Schiffe im Gefecht geführt hast? Das ist lachhaft!«

Mit einem sardonischen Chor antwortete die übrige Tischgesellschaft: »Nein, das sind die Vorschriften!« Vericour lachte, und Esmay fiel mit ein. Sie hatte Spaß, wie sie feststellte, und das in Gesellschaft von Menschen, die ihr fast fremd waren, und sogar ohne Barin. Die Entdeckung, dass sie sich so gut unterhalten konnte, war neu genug, um sie immer noch erstaunlich zu finden.

»Weißt du, ich habe gehört, die Tochter des Sprechers wäre hier«, sagte Anton Livadhi in gedämpfterem Ton.

»Na ja, sie hat schließlich den ganzen Royal Space Service abgearbeitet«, sagte Vericour. »Ich schätze, sie ist auf der Jagd nach frischem Blut.«

Esmay schwieg; sie konnte nichts sagen, ohne damit Kenntnisse preiszugeben, die sie nicht haben sollte.

»Stimmt es eigentlich, dass sie bei Xavier splitternackt in einer Asteroidenkapsel herumgeschwebt ist?«, fragte Livadhi.

»Allein?«, fragte jemand, den Esmay nicht kannte.

»So erzählt man es«, sagte Livadhi. »Mein Vetter – du kennst ja Liam, Esmay; er war auf der *Despite* – sagte, er hätte von einem Kumpel auf dem Flaggschiff gehört, sie hätte sich voll laufen lassen und wäre schließlich irgendwie ganz allein dort draußen gelandet. Aber Liam hat ein bisschen viel Fantasie; ich dachte mir, Esmay würde es wissen, wenn es wirklich passiert ist.«

»Warum?«, fragte Esmay, um Zeit zu gewinnen.

»Weil sie ihr danach sicher einen jungen weiblichen Offizier zugeteilt haben«, meinte Livadhi. »Ich dachte mir, das wärst du gewesen.«

»Nein«, erwiderte Esmay. »Ich war mit langweiligen Routinesachen auf der *Despite* beschäftigt. Habe das Mädchen nie zu Gesicht bekommen.« Bis jetzt, aber das war wieder etwas, was sie nicht sagen durfte.

Als sie vom Tisch aufstand, sah sie sich um, entdeckte Brun jedoch nirgendwo. Nahm das Mädchen seine Mahlzeiten irgendwo allein ein? Esmay verbannte den Gedanken, dass Brun sich womöglich einsam fühlte. Brun Meager war nicht ihr Problem ... dieser Kurs war es.

Kapitel zwei

Um 5 Uhr Ortszeit am nächsten Morgen zitterte Esmay in der kühlen Brise vor der Dämmerung, die viel kälter war als die Schiffsstandardtemperatur. Der Geruch lebender Dinge und der Ferne hing in der Luft – ein scharfer Gegensatz zu Schiffsluft. Einige der anderen niesten, aber Esmay schnupperte dankbar – es war nicht ihr Zuhause, aber einige Gerüche waren die Gleichen.

Sie zitterte nicht mehr lange, nachdem das Training erst mal begonnen hatte. Esmay lächelte vor sich hin – sie hatte immer getreu ihren Sport getrieben, einige dieser Leute jedoch nicht, nach den Lauten zu urteilen, die sie erzeugten. Nach anderthalb Stunden schwitzte Esmay, war aber nicht erschöpft; sie hatte sich selbst überrascht, indem sie nach der letzten Runde um den Übungsplatz als Vierte ins Ziel kam. Sie hatte im Laufen verfolgt, wie die unregelmäßigen Felswände, nach denen Copper Mountain benannt war, vom fahlen Licht vor der Dämmerung in die Tönungen von Orange und Rot und Ocker übergingen, die die Sonne auf ihnen hervorlockte. Vericour beschwerte sich lautstark, aber gut gelaunt; sie vermutete, dass es ihm vorwiegend um Effekthascherei ging. Er schien auch nicht schwerer zu atmen als Esmay, und man brauchte Luft, um zu meckern.

»Wann hast du die erste Unterrichtsstunde?«, fragte er, als sie zurück zu den Unterkünften trabten.

»Gar nicht – eine Prüfung«, antwortete Esmay. »Sie denken, ich könnte schon einige Prüfungen erfolgreich ablegen und damit Platz für andere Leute schaffen.« Sie hoffte das ebenfalls; ansonsten hätte sie einen nicht zu schaffenden Stundenplan.

Sie winkten sich zu, als sie sich trennten, und Esmay

ging unter die Dusche und überlegte dabei, wie sehr Vericour sich von Barin unterschied. Er war älter; er hatte denselben Rang wie sie; er war freundlich und gut aussehend … und etwa so aufregend wie ein Teller Haferbrei.

Der erste Tag verstrich in einem verschwommenen Durcheinander von Aktivität. Sie schaffte die Prüfungen in einigen Fächern – wie man es ihr versprochen hatte –, darunter Scanner, womit sie gerechnet hatte, sowie Rumpf und Architektur, womit sie nicht gerechnet hatte. Sie musste auf der *Koskiusko* mehr darüber gelernt haben, als sie selbst geglaubt hatte. In Militärrecht konzentrierte sich die Prüfung auf Verrat, Meuterei und unziemliches Betragen … und gewährte ihr damit einen unfairen Vorsprung, wie sie fand, aber sie hatte nicht vor, sich darüber zu beklagen. Administrative Verfahren erwiesen sich jedoch als Fallstrick für sie, zusammen mit Organisationstafeln und Befehlsketten in Dienstbereichen, die sie noch nicht kennen gelernt hatte.

»Ihr Stundenplan führt sie kreuz und quer durch den Stützpunkt«, stellte der Prüfoffizier stirnrunzelnd fest. »Falls Sie tatsächlich beide Kurse belegen, ohne Spielraum dazwischen, wären Sie fünf Standardmonate lang hier. Etwa die Hälfte des einleitenden Kurses haben Sie mit der Prüfung erledigt und etwa ein Zehntel des Aufbaukurses … schauen wir mal.« Schließlich brachte er einen Stundenplan hervor, der für die ersten beiden Wochen unmöglich zu schaffen schien – auch wenn er behauptete, zwei der Klassen wären auch für Hirnlose kein Problem – und für die nächsten sieben Wochen nur schwierig.

Esmay standen ein paar Wahlmöglichkeiten offen, und sie entschied sich für einen Grundkurs in Suchen und Retten sowie für Entkommen und Ausweichen; das klang aktiver als die optionalen Fächer Methoden der Stabsunterstützung und Administration. Außerdem waren sie praktisch, wie sie wusste. Sie wollte nicht in Barins Situation enden.

Am Ende des fünften Tages hatte Esmay das Gefühl, sich in der akademischen Routine häuslich eingerichtet zu haben. Sie hatte etwa anderthalbmal so viele Unterrichtsstunden wie ihre Klassenkameraden, aber das Tempo, in dem der Stoff behandelt wurde, war viel langsamer als auf der Akademie. Jeden Morgen machte das körperliche Training sie munter für den Unterricht, und sie brauchte nicht allzu lange aufzubleiben, um alle Hausaufgaben zu erledigen. Einige der anderen hatten es sich schon zur Gewohnheit gemacht, nach der Schule hinaus in die angrenzende Stadt, die Q-Town, zu gehen und dort zu essen statt im Kasino. Esmay war beinahe froh, dass das aufgrund ihres Zusatzunterrichts für sie unmöglich war; sie hatte sich außerhalb eines Schiffes noch nie gesellschaftlich mit anderen Offizieren getroffen und war in diesem Punkt schüchtern. Viele gingen nicht jeden Abend in die Stadt, und immer, wenn Esmay aus ihrem Zimmer kam, um Pause zu machen, fand sie auch jemanden, der bereit war, in einem der Freizeiträume mit ihr zu plaudern oder kurz ein Spiel zu spielen.

Die Stunden in Administrative Verfahren erwiesen sich als so langweilig, wie sie befürchtet hatte, auch wenn sie verstand, wie wichtig dieser Stoff war. Sie griff ihn an, wie sie es mit den technischen Daten in den Fächern Scanner oder Rumpf und Architektur getan hatte, und stellte fest, dass sie sich die ganzen pingeligen Einzelheiten merken konnte, auch wenn sie sie langweilten.

Berufsethik für Militäroffiziere war da schon etwas anderes. Sie hatte sich zunächst voller Eifer hineingestürzt und erwartet ... Sie wusste nicht recht, was sie erwartet hatte, aber jedenfalls nicht das, was sie dann lernen musste. Drei Vorlesungen über persönliche Beziehungen machten sie unsicher und schuldbewusst, was ihre ... Freundschaft ... mit Barin Serrano anbetraf. Ein Beispiel jagte das andere, in dem Nachstellungen eines Senioroffiziers die Karriere eines Subalternoffiziers beschädigten, wenn nicht gar ruinierten. Beispiele scheinbar unschuldiger Bekanntschaften folgten, die voller Kummer für alle Beteiligten endeten. Esmay fragte sich, ob der Dozent von einer ihrer Klassenkameradinnen auf der Akademie sprach, einer atemberaubenden Blondine von den Halbmondplaneten. Esmay hatte Casea seit dem Abschluss nicht mehr gesehen, wohl aber gehört, dass sie inzwischen von Klassenkameraden zu ranghöheren Offizieren vorangeschritten war.

Und doch – darauf beharrte der Ausbilder – hatte die Flotte weder den Wunsch noch die Macht, um enge Freundschaften und sogar Eheschließungen zwischen Offizieren zu verhindern. Die Maßstäbe, die für solche Beziehungen galten, waren, dem Ausbilder zufolge, völlig klar und vernünftig. Esmay konnte sie vorwärts und rückwärts rezitieren, ohne mit Bestimmtheit zu wissen, ob sie und Barin etwas falsch gemacht hatten, oder ob die persönliche Zielsetzung, über die sie gesprochen hatten, verboten war. Sie wünschte sich, sie hätte jemanden danach fragen können.

Zu Esmays Erleichterung ging es in der Klasse für Taktische Analyse weder um die Aktion bei Xavier noch um die Verteidigung der *Koskiusko;* gemeinsam mit ihren Klassenkameraden vertiefte sie sich vielmehr in einen Vergleich der Fähigkeiten und der Gefechtsqualitäten kleiner Schiffe der Familias und der Benignität.

»Lügen, verdammte Lügen und Statistiken«, schimpfte Vericour, der Esmay zugewiesene Partner. »Ich hasse die statistische Analyse von Gefechten. Im Kampf geht es um mehr als nur um so und so viele Tonnen Nutzlast...«

»Hmm...«, machte Esmay und rief einen weiteren Satz Zahlen aus den Archiven ab. »Wusstest du schon, dass die Benignität die Kampftauglichkeit der *Pierrot* nach der Kaperung gesteigert hat?«

»Nein! Das kann nicht stimmen ... Keiner von deren Taktikern benutzt Manöver, wie wir sie...«

»Jap. Sie war zu *Valutis* umbenannt worden, wie aus Bergungsgut zu entnehmen war ... Ihr Kommandant konnte auf extreme Entfernung fünf Treffer gegen die *Tarngeld* landen ...«

»Sagt wer?« Vericour beugte sich herüber, um nachzusehen. »Ah ... vertraust du diesen Scannerdaten der *Tarngeld*?«

»Na ja ... es ist peinlich, wenn man eingestehen muss, dass man Prügel von einem Schiff bezogen hat, das nur ein Drittel der eigenen Masse aufwies und früher zur eigenen Seite gehörte, deshalb wette ich darauf, dass die Angaben stimmen. Außerdem hat die anschließende Gefechtsanalyse ergeben, dass sich kein anderes Schiff in dieser Richtung aufgehalten hat. Mich bewegt nun die Frage: Was haben die von der Benignität mit der *Pierrot-Valutis* angestellt, um sie so effektiv zu machen, und machen sie das auch mit ihren übrigen Schiffen?«

»Denke ich nicht. Bei Xavier war davon nichts zu sehen, nicht wahr?«

»Nicht, dass ich wüsste, aber ... sie hatten die *Pierrot* schon seit drei Jahren, ehe sie dann in ihren Frontreihen auftauchte.«

»Na ja, jemandem muss dass aufgefallen sein ...«

»Ja, aber hat man die Erkenntnis auch umgesetzt?« Esmay übergab ihm die relevanten Daten. »Falls die Benignität das, was immer sie mit diesem Schiff angestellt hat, auch auf weitere Schiffe der gleichen Größe anwendet, haben wir ein neues Problem, worüber wir uns Gedanken machen müssen.«

»Vielleicht. Aber falls sie zu so was fähig sind, hätten sie es doch auch bei Xavier gezeigt, oder nicht?«

»Ich wünschte, ich wüsste, was sie genau gemacht haben ... es käme schon darauf an, ob es eine einmalige Sache war, die auf Aspekten unserer Schiffsarchitektur beruhte ...«

»Ein wirklich guter Scannertech? Ein Geschütztech?«

»Vielleicht«, sagte Esmay erneut. »Aber falls sie jemanden haben, der so gut ist, dann haben sie vielleicht noch mehr davon. Ich denke, wir sollten daraus einen zentralen Punkt unserer Präsentation machen.«

»Ich werde keinen Streit mit der Heldin von Xavier und der *Kos* beginnen«, sagte Vericour mit einem Grinsen, das den Worten jeden Stachel nahm. »Ich wäre jedenfalls nicht darauf gekommen. Vielleicht bist du ja wirklich so clever.«

»Ich tue mein Bestes«, sagte Esmay und erwiderte das Grinsen. Er war nicht Barin, aber ein angenehmer Gesellschafter.

Sie hing diesem Gedanken immer noch nach, als Vericour die Hand ausstreckte und ihr Haar berührte. Esmay schaffte es, nicht zusammenzuzucken, entzog sich ihm jedoch gewandt.

»Verzeihung«, sagte er. »Ich dachte nur ... dass es dir vielleicht gefällt.«

Also war Barin nicht der einzige Mann, der sie attraktiv finden konnte ... Sie wusste nicht, ob sie das beruhigend oder einfach nur lästig fand. Wenigstens wusste sie mit Bestimmtheit, dass ein weiterer Lieutenant innerhalb der Grenzen blieb, die ihm die Vorschriften und der Ethikunterricht setzten.

»Ich ... bin nicht in Stimmung«, sagte sie. Sie konnte ihm die Sache mit Barin nicht erklären oder sich auf eine vorangegangene Beziehung berufen, jedenfalls jetzt noch nicht.

»Falls du je in der Stimmung bist, sag es mir«, bat Vericour. »Ich bin sogar bereit, auf alles zu schwören, was dir gefällt, dass es nicht nur Heldenverehrung ist.«

Sie lachte in sich hinein und verblüffte sich damit selbst. »Das hatte ich auch nicht gedacht«, versetzte sie.

Er grinste sie erneut an, machte jedoch keine weiteren Avancen. Das war es, wovon alle Handbücher behaupteten, dass es eintreten würde, aber Esmay hatte sich noch nie damit auseinander setzen müssen. Sie verspürte leichtes Erstaunen darüber, dass die Handbücher Recht hatten.

Wenige Tage später erzielte ihre gemeinsame Präsentation die beste Note der ganzen Klasse. Anschließend schlug Vericour vor, zur Feier des Tages in Q-Town, dem kleinen Haufen aus Handelsniederlassungen direkt vor den Toren, einen trinken zu gehen. »Du bist ganz bestimmt ein Glücksbringer«, fand er. »Ich hoffe, dass wir auch in E und A ein Team bilden. Es heißt, niemand würde es je durch die ganze Feldubung schaffen, ohne gefangen genommen zu werden, aber dir könnte es glatt gelingen.«

»Ich bezweifle es«, sagte Esmay. »Die Ausbilder kennen das Gelände in- und auswendig. Wie Eingeborene.«

»Na ja – mit dir zusammen würde es auf jeden Fall mehr Spaß machen. Also, kommst du mit?«

»Nein – vergiss nicht, dass ich Zusatzunterricht erhalte, und ich habe morgen die Abschlussprüfung in Administrative Verfahren.«

»Mein Mitgefühl.« Vericour verneigte sich kunstvoll, und Esmay lachte. Was sollte es, dass er nicht Barin war – es machte trotzdem Spaß, ihn um sich zu haben. Sie kehrte in die Unterkunft zurück und vergrub sich in Administrative Verfahren, bis lange nach dem Zeitpunkt, an dem sie üblicherweise zu Bett ging.

Am nächsten Morgen stellte sie überrascht fest, dass Brun Meager mit zum Frühsport antrat. Beim Laufen gesellte sie sich an Esmays Seite.

»Hallo – ich bekomme Sie kaum jemals zu sehen.« Sie wirkte überhaupt nicht atemlos.

»Ich habe einen schwierigen Stundenplan«, sagte Esmay. Anders als viele andere hatte sie Spaß am Laufen, aber zu dem, was ihr daran Freude machte, gehörte es, in einen meditativen Zustand zu versinken.

»Das ist mir aufgefallen. Das hier war die erste Gelegenheit, etwas mit Ihnen gemeinsam zu machen, aber ich nehme auch an Ihrem Kurs in Entkommen und Ausweichen teil.«

»Sie?« Esmay blickte zu ihr hinüber. Brun war größer als sie; sie lief mit raumgreifenden Schritten dahin, als könnte sie ewig rennen wie ein Ausdauerpferd.

»Na ja – falls jemand hinter mir her ist, muss ich lernen, wie ich entkommen kann.«

»Das denke ich auch.« Sie könnte aber auch lernen, sich ihrem Sicherheitspersonal anzuvertrauen, wie sie es eigentlich tun sollte, und damit aufhören, gefährliche Situationen aufzusuchen. Aber es lag nicht an Esmay, ihr das zu sagen.

»Und ich wollte Sie bitten, falls wir die Gelegenheit dazu erhalten, ob ich dann zu Ihrem Team gehören kann.«

Toll! Genau das, was Esmay noch fehlte, ein verdorbenes reiches Mädchen in ihrem Team. Esmay sah sie erneut an und tadelte sich selbst. Brun war vielleicht verdorben, aber sie war auch bereit, zu arbeiten und zu lernen – nicht jedes reiche Mädchen hätte sich um diese Uhrzeit aus dem Bett gekämpft, um mit einem Haufen brummiger Soldaten Sport zu treiben. Admiral Serrano hatte sie gefördert; das musste etwas bedeuten. Gerüchte wollten wissen, dass Brun auch im Unterricht keinerlei Privilegien einforderte.

»Ich weiß nicht, ob wir die Gelegenheit erhalten«, sagte Esmay. »Aber falls es sich als möglich erweist, bin ich einverstanden.«

»Falls Sie mal Lust haben, könnten wir auch zusammen in die Stadt gehen«, sagte Brun mit beinahe wehmütigem Unterton.

»Keine Zeit«, sagte Esmay. Sie fand die Q-Town völlig uninteressant; wenn sie schon nicht mit Vericour hinging, dann ganz gewiss nicht mit einer Zivilistin.

»Gehen Sie niemals aus?«

Esmay zuckte die Achseln. »Nein – im Kasino servieren sie gute Steaks.«

»Hm. Und gute Steaks sind Ihr Verständnis von Unterhaltung?« Darin klang eine gewisse Schärfe an.

»Nein – aber ich kann mir auch nicht vorstellen, dass Sie in der Stadt viele Unterhaltungsmöglichkeiten antreffen.«

»Na ja ... ich gehe gern hin und wieder mit Freunden

einen trinken«, sagte Brun. »Oder außerhalb essen, nur weil es außerhalb ist.« Sie liefen ein Stück weiter; dann fragte Brun: »Dieser rothaarige Lieutenant ... Vericour. Ist er ein Freund von Ihnen?«

»Wir waren Klassenkameraden«, antwortete Esmay. »Man hat uns ein paar Aufgaben zusammen übertragen.«

»Aber mögen Sie ihn?«

»Er ist nett«, sagte Esmay. Sie hatte keine Ahnung, worauf Brun abzielte. Wollte sie ihm vorgestellt werden? »Er geht recht häufig in die Stadt.«

»Ich weiß«, sagte Brun. »Ich habe ihn dort mit Freunden gesehen – und habe mich gefragt, warum Sie nicht mitgegangen sind.«

»Der Unterricht.« Das Gespräch fiel ihr umso schwerer, als sie morgendliche Einsamkeit gewöhnt war. »Ich habe heute Morgen eine Abschlussprüfung«, sagte sie in der Hoffnung, dass Brun den Hinweis verstand.

»Worin?«, fragte Brun. Als ob es sie wirklich interessierte, was unwahrscheinlich war.

»Administrative Verfahren«, antwortete Esmay.

»Klingt langweilig«, fand Brun. »Aber ich schätze, ich sollte Ihnen Gelegenheit geben, noch mal alles zu durchdenken.«

Das wäre nett gewesen, aber sie hatten schon fast wieder die Start- und Ziellinie erreicht. Esmay war froh, dass sie am gestrigen Abend die zusätzlichen Stunden aufgewandt hatte.

»Wir werden einen Ensign in der Klasse haben«, sagte Vericour auf dem Weg zur ersten Unterrichtsstunde in Entkommen und Ausweichen.

»Ein Ensign?« Esmay hoffte, dass ihr Gesicht nichts verriet. Barin hatte ihr Nachricht hinterlassen, dass er gelandet war, aber sie hatte ihn noch nicht getroffen; sie hatte Unterrichtsstunde auf Unterrichtsstunde. »Und?«

»Na ja ... der Stoff ist ein bisschen anspruchsvoll für einen Ensign, findest du nicht? Aber ich habe gehört, dass er ein Serrano ist; das erklärt es vermutlich. Außerdem erzählt er, er wäre auf der *Koskiusko* gewesen«, sagte Vericour. Esmay erkannte schließlich, dass er angelte und wonach er angelte. Sie hätte ihn am liebsten erwürgt.

»Lass mich mal überlegen«, sagte sie und blieb am nächsten Datenport stehen, um sich die Schülerliste herunterzuladen. »Oh ja. Barin Serrano. Ich kenne ihn.« Sie hoffte, dass es ausreichend gelassen klang. Sie fuhr mit dem Blick die Liste hinab und blieb an Brunhilde Meager hängen. Sie hatte gehofft, dass jemand dem Mädchen die Idee ausreden würde; dieser Unterricht war bekanntermaßen gefährlich, aber da stand sie.

»Und ...?«

Sie bedachte Vericour mit einem Blick, vor dem er einen halben Schritt zurückwich. Gut. »Und er ist ein prima Subalternoffizier – was möchtest du sonst noch?«

»Gehörte er zu deiner Besatzung auf dem Schiff der Bluthorde?«

»Nein.« Und sie hatte nicht vor, ihm Barins Geheimnisse zu erzählen; sollte Vericour das doch allein herausfinden.

Im Klassenzimmer entdeckte sie Brun zuerst; die große Blondine lehnte gerade an einem Tisch und war umringt von männlichen Offizieren, während ihre Leibwächter an der Wand standen, ausdruckslos wie Roboter. Brun hatte ein, wie Esmay zugeben musste, ansteckendes Lachen und ein Lächeln, das das ganze Zimmer erhellte. Esmay ging zu einem Platz auf halber Länge der linken Raumseite und entdeckte dann Barin in der vordersten Reihe rechts; er saß bereits und wirkte stabil und gefasst.

Sollte sie sich zu ihm setzen? Aber sie hatte sich schon neben Vericour gesetzt ... und es wäre auffällig gewesen, wenn sie jetzt noch wechselte. Barin drehte sich um, als wäre ihr Blick eine warme Hand auf seinem Hals, und entdeckte sie. Er lächelte und nickte; sie erwiderte das Nicken. Genug für den Augenblick; sie konnten sich später noch unterhalten. Obwohl ... bestimmte Paragraphen aus den Vorlesungen in Berufsethik fielen ihr wieder ein. Sie mussten vorsichtig sein. Sie gehörten derzeit nicht derselben Befehlshierarchie an, aber Esmay war Barin im Rang weit genug überlegen, dass die Beziehung unter die Rubrik »nicht empfohlen« fallen würde.

Auf das Klingelsignal hin trat der Ausbilder ein; er sah aus, als hätte man ihn langsam über Feuer getrocknet ... er wies die Farbe von Dörrfleisch auf und kein bisschen mehr Fett. Rang und Name lauteten Lieutenant Commander Uhlis.

»Entkommen und Ausweichen«, sagte er übergangslos. »Falls Sie Glück haben, müssen Sie diesen Stoff nie anwenden, aber falls Sie ihn mal brauchen, ohne ihn verstanden zu haben ... dann sind Sie tot oder Schlimmeres.« Er blickte sich im Raum um, und sein Blick blieb an Barin hängen.

»Ich habe gehört, dass Ensign Serrano schon Erfahrungen als Gefangener gesammelt hat«, fuhr Lieutenant Commander Uhlis fort. »Aber nicht die geringsten in Entkommen.« Esmay warf ihm einen scharfen Blick zu. Sein Ton war mehrdeutig und tendierte in eine Richtung, die sie noch nicht einordnen konnte.

Barin sagte nichts; die anderen hatten sich zu ihm umgedreht.

»Ein gefangener Offizier hat die Pflicht, einen Fluchtversuch zu unternehmen, nicht wahr, Serrano?« Der Ton war jetzt schärfer und verriet mindestens Sarkasmus.

»Ja, Sir.«

»Und doch ... haben Sie es nicht getan.«

»Ich bin nicht entkommen, Sir.«

»Haben Sie es überhaupt *versucht?«* Das war jetzt Verachtung. Esmay spürte die Spannung im Raum.

»Nicht so, dass es Wirkung gezeitigt hätte«, antwortete Barin. »Sir.«

»Ich hätte eigentlich erwartet, dass ein *Serrano* ein paar Schläger der Bluthorde aufwiegt«, sagte Uhlis. »Wären Sie so freundlich, der Klasse Ihre Fehler zu erläutern?« So ausgedrückt, war es keine Bitte.

»Sir, ich war sorglos. Ich hielt die Person, die ich in der Inventarbucht sah und die eine Flottenuniform mit Flottenaufnähern trug, für einen Angehörigen der Flotte.«

»Ah. Sie erwarteten also, dass es sich bei der Bluthorde um pelzbekleidete Barbaren mit Schwertern handelte...«

»Nein, Sir. Ich habe jedoch nicht damit gerechnet, dass sie in der Inventarbucht im Hinterhalt lagen. Wie ich schon sagte, Sir: Ich war unvorsichtig.«

»Und wie genau haben die Sie gefangen genommen, Ensign?«

Esmay konnte Barins Tonfall entnehmen, dass er sowohl Wut als auch Scham empfand. »Ich stieg gerade ein Regal hinauf – ein Schiff vom Typ Deep Space Repair verfügt über automatisierte Lagerregale, die um die zwanzig Meter hoch sind, aber die Automatik war abgeschaltet. Die Schiffsvorschriften verlangten, Sicherungsgeschirr und -leine zu benutzen, sodass ich an der Leiter hing, die ich hinaufstieg. Die Regalböden lagen weit genug auseinander, um einer liegenden Person Platz darauf zu bieten; als ich weit genug hinaufgestiegen war, hielt mir jemand eine Pistole an den Kopf.«

»Und haben Sie sich gewehrt?«

»Ja, Sir. Aber in Anbetracht des Geschirrs, der Leute, die meine Beine packten, und des Schlags auf den Kopf nicht wirkungsvoll.«

»Ich verstehe.« Uhlis musterte den Rest der Klasse. »Die Lektion besteht in diesem Punkt darin, dass die Unaufmerksamkeit eines Augenblicks – ein kurzes Nachlassen der Vorsicht – zu Ihrer Gefangennahme führen kann und eines Tages auch wird. Der Ensign hielt sich an Bord eines Flottenschiffes für sicher, obwohl er wusste, dass Eindringlinge die normalen Sicherheitsvorkehrungen überwunden hatten. Er sah nichts, hörte nichts, roch nichts, spürte nichts – und überzeugte sich zweifellos selbst davon, dass jeder ungewöhnliche Eindruck nur an der generellen Ausnahmesituation lag. Andere würden sich schon darum kümmern. Er kann von Glück sagen, dass er noch lebt, und er tut es wahrscheinlich nur, weil seine Entführer dachten, dass er ihnen so mehr nützen könnte.«

Uhlis legte eine Pause ein, lange genug, damit ein diskretes Rascheln die Unsicherheit verriet, die sich unter den übrigen Schülern ausbreitete. »Aber der Ensign hat etwas richtig gemacht. Tatsächlich sogar zwei Dinge. Er blieb am Leben, als es womöglich leichter gewesen wäre zu sterben. Und er hat sein Trauma richtig aufgearbeitet, wie seine Reaktionen soeben bewiesen haben.«

Auf der gegenüberliegenden Seite des Raums schoss eine Hand hoch. »Sir – ich verstehe das nicht.«

»Lieutenant Marden, vermute ich?«

»Ja, Sir.«

»Seien Sie so nett, sich nächstes Mal vorzustellen. Und Eile kann Ihnen in diesem Kurs das Leben kosten. Wenn Sie etwas nicht verstehen, dann *warten* Sie. Seien Sie still. Hören Sie zu. Sie lernen dann vielleicht etwas, was Ihnen das Leben rettet.«

Alle waren ganz still; Esmay stellte fest, dass es ihr schwer fiel zu atmen. Sogar Brun war ganz reglos geworden, wie sie feststellte.

»Aber da ich es ohnehin erklären wollte, tue ich es jetzt. Ensign Serrano hätte zweifellos die Absicht seiner Entführer verändern können, ihn am Leben zu lassen, indem er zu viel Ärger machte, ohne dadurch jedoch entkommen zu können. Soweit ich weiß, nachdem ich seine Abschlussbefragung gelesen habe, bot sich ihm keine reale Fluchtmöglichkeit. Somit war es seine Pflicht, möglichst am Leben zu bleiben und seine Entführer nicht so weit zu treiben, dass sie ihn umbrachten. Das tat er, ertrug körperliche Misshandlungen, ohne die Beherrschung zu verlieren, brachte keine Drohungen vor, verhielt sich so passiv wie möglich. Zweitens kooperierte er voll mit der anschließend nötigen Therapie. Manche geretteten Gefangenen ertragen die Schande nicht, die sie mit einer solchen Therapie in Verbindung bringen; obwohl sie sich einer gewissen Mindestbeteiligung nicht entziehen können, kooperieren sie nicht und kommen damit nicht in den Genuss der Vorteile. Nach allen Berichten – die natürlich meist vertraulich sind, sodass mir nur die veröffentlichte Zusammenfassung zur Verfügung stand – hat Ensign Serrano umfassend kooperiert, und seine Therapeuten sind überzeugt, dass bei ihm keine psychischen Schäden zurückgeblieben sind.« Eine weitere Pause trat ein, die niemand unterbrach.

»Manche von Ihnen dachten zweifellos, ich wäre Ensign Serrano gegenüber unhöflich – sarkastisch, kritisch. Das war ich auch. Ich habe für mich selbst die Gültigkeit des Therapieberichts geprüft, ehe ich Serrano dem Trauma dieses Kurses aussetzte, in dem unbearbeitete Probleme ihn zu einer Gefahr für sich und andere hätten machen können. Er hat *meine* Prüfung bestanden. Die anderen von Ihnen ... da werden wir einfach sehen müssen.« Uhlis wandte sich an Barin. »Ensign Serrano.«

»Sir.« Barins Nacken war nicht mehr gerötet.

»Meinen Glückwunsch.«

»Sir.« Der Hals wurde wieder rot.

»Ich vermute, Sie alle haben das einführende Material zu diesem Fach gelesen«, sagte Uhlis. Sein Blick schweifte forschend durchs Klassenzimmer. Esmay hatte wie üblich mehr als nur das einführende Material gelesen, aber sie schloss aus den unbehaglichen Bewegungen einiger Mitschüler, dass sie sich die Texte nicht angesehen hatten. Uhlis warf einen Blick auf sein Display. »Lieutenant Taras, bitte erläutern Sie den rechtlichen Unterschied zwischen militärischer Gefangennahme und feindlicher Entführung.«

Taras, die zwei Plätze neben Esmay saß, gehörte zu denen, die sich gewunden hatten. Sie stand auf. »Sir, zu einer militärischen Gefangennahme kommt es, wenn sich eine Einheit ergibt; feindliche Entführung liegt vor, wenn die Einheit überrascht wird.«

»Und die rechtliche Lage?«

»Na ja ... in einem Fall hat man kapituliert, und im anderen ... wurde man gefangen genommen.«

»Unzulänglich. Ich vermute, Sie haben den Text nicht gelesen. Trifft das zu?«

»Ja, Sir.« Taras wirkte verdientermaßen unglücklich.

Uhlis' Blick wanderte die Reihe entlang. »Lieutenant Vericour?«

Vericour stand auf. »Sir, ich habe den Text gelesen, bin aber nicht sicher, ob ich ihn verstehe ... Ich meine, die Sache ist schon klar, wenn jemand von einer Raumstation entführt wird, wo er gerade seinen Urlaub verbringt oder so was, verglichen mit der Kapitulation der Besatzung eines beschädigten Schiffes.«

»Angenommen, Sie wären überzeugt, Opfer einer feindlichen Entführung geworden zu sein: Welche rechtliche Position hätten Sie?«

»Sir, dem Kodex zufolge muss ich mit allen Mitteln zu entkommen versuchen, andere bei ihren Fluchtversuchen unterstützen ...«

»Ja ... Und welche Verpflichtungen haben die Entführer Ihnen gegenüber?«

»Falls ihre Seite zu den Unterzeichnerstaaten der Otopki-Konferenz gehören würde, wie die Benignität der Wohltätigen Hand und die Guernesische Republik, die Bluthorde jedoch nicht, wäre sie verpflichtet, für adäquaten Lebensunterhalt und medizinische Versorgung ...«

»Ganz gut. Lieutenant Suiza ...« Vericour setzte sich, und Esmay stand auf. »Bitte definieren Sie Ensign Serranos Situation in Begriffen der rechtlichen Fragestellung, die ich aufgeworfen habe.«

»Sir, obwohl Ensign Serrano an Bord eines Flottenschiffes entführt wurde, entsprach seine Lage eher einer feindlichen Entführung als militärischer Kapitulation. Da die Bluthorde den Vertrag der Otopki-Konferenz nicht unterzeichnet hat, erkennt sie keinerlei Verpflichtungen gegenüber Gefangenen an, unter welchen Umständen auch immer, wird aber nach dem Gesetz der Familias trotzdem dafür haftbar gemacht.«

»Sehr gut.« Uhlis nickte. Esmay setzte sich, und er wandte sich jemand anderem zu. Innerhalb weniger Minuten hatte er herausgefunden, wer den Einführungstext gelesen hatte und wer nicht – und wer dazu neigte, überstürzt oder dumm zu reagieren. Zu den Letztgenannten gehörte Brun, was Esmay nicht überraschte. Uhlis hatte sie gerade angesprochen und erfahren, dass auch sie den Einführungstext nicht gelesen hatte; er wies sie darauf hin, dass der Stoff für sie noch wichtiger war als für die anderen.

»Ich kann nicht erkennen, warum«, erwiderte Brun. Uhlis blickte sie lange und nachdenklich an.

»Sogar von einer Zivilistin, Ms. Meager, wird erwartet, sich an die Grundformen der Höflichkeit zu halten, wie sie für diese Klasse gelten. Bitte ersuchen Sie um Erlaubnis, sich zu Wort zu melden, und stellen Sie sich namentlich vor, ehe Sie mit Ihrer Unwissenheit herausplatzen. Besser noch, lauschen Sie ein wenig länger und sehen Sie, ob Sie nicht von selbst etwas lernen können.«

Bruns Hals lief rot an, und Esmay entdeckte die Spannung in ihren Schultern. Sie sagte jedoch nichts weiter, und Uhlis wandte sich an jemand anderen. Esmay konnte sich nicht entspannen, egal wessen Verhalten gerade von Uhlis zerpflückt wurde; beinahe bedauerte sie, sich für dieses Fach entschieden zu haben, hätte Barin es nicht auch getan.

Esmays nächste Unterrichtsstunde fand ein Zimmer weiter am Flur statt. Barin erwartete sie, als sie zur Tür herauskam. »Lieutenant – gut, Sie wiederzusehen.« Seine Augen sagten mehr. Esmay spürte, wie ihr warm wurde, als wäre sie in den Lichtkegel eines Scheinwerfers getreten.

»Morgen, Ensign«, sagte sie und verhielt sich damit

nicht weniger förmlich. Sie spürte Vericours interessierten Blick im Rücken. »Froh, von der alten *Kos* herunter zu sein?«

Barin grinste. »Man hat mir gesagt, man würde mich anschließend auf ein Kriegsschiff versetzen – mal vorausgesetzt, ich bestehe alle Prüfungen.« In seiner Stimme schwang die Zuversicht eines Mannes mit, der immer alle Prüfungen bestand.

»Du hast die härteste Prüfung überhaupt bestanden, neulich auf der *Kos*«, sagte Esmay ernst. »Und Uhlis weiß es.«

»In umgekehrter Reihenfolge wäre es mir lieber gewesen«, sagte Barin. »Erst Ausbildung, dann Leistung – obwohl du denselben Trick mit der Kommandoposition durchgezogen hast, nur besser.«

Brun tauchte plötzlich neben Esmay auf. »Hallo – Lieutenant Suiza, stellen Sie mich doch diesem äußerst attraktiven jungen Ensign vor. Es sei denn natürlich, Sie möchten ihn für sich selbst behalten.«

Barin wurde rot, und Esmay spürte, wie auch die eigenen Ohren heiß wurden. Mühsam rang sie sich ein Lächeln ab und sagte: »Das ist Ensign Serrano – Ensign, das ist Brun Meager.« Sie brauchte keine Ahnentafel zu zitieren; alle wussten Bescheid.

»Sie müssen Admiral Serranos Enkel sein«, sagte Brun und schob sich praktisch vor Esmay. »Ich habe viel von Ihnen gehört ... Haben Sie ein paar Minuten Zeit?«

Esmay selbst hatte keine – es wurde Zeit für die nächste Unterrichtsstunde. Sie ignorierte den verzweifelten Blick, den Barin ihr zuwarf, und überließ ihn seinem Schicksal. Falls er mit einer einzelnen überspannten Blondine nicht fertig wurde ...

Aber es fiel Esmay schwer, sich auf Taktik zu konzentrieren – zum ersten Mal in ihrem Leben. Brun war schön, auf eine Art, wie es Esmay nie gewesen war; und Brun konnte auf praktisch jeden anziehend wirken. Sogar Esmay hatte sie gemocht, ungeachtet aller Missbilligung; wie es schien, konnte sich niemand auf Distanz zu Brun halten. Natürlich mochte sie Barin, den charmanten, gut aussehenden, talentierten Barin ... Und natürlich würde Barin ... Esmay warf das Ruder ihrer Gedanken herum, widmete sich wieder dem Unterricht, und entdeckte, dass ihre Verträumtheit Vericour aufgefallen war, was alles nur verschlimmerte.

Sie schaffte es, Stunde auf Stunde durchzustehen und sich dabei ein ums andere Mal vom Gedanken an Barin und Brun abzulenken. Falls Liebe so funktionierte, dachte sie grimmig, war es kein Wunder, dass Offiziere davor gewarnt wurden. Auf der *Kos* war Esmay alles noch so einfach erschienen: Ihre Gefühle für Barin machten sie stärker, selbstbewusster, glücklicher – und ihre Leistungen entwickelten sich steil aufwärts. Aber das war der erste Überschwang der Gefühle gewesen ... und was sie jetzt erlebte, war etwas anderes, und es war überhaupt nicht hilfreich. Hatte Barin das gleiche Problem? Zerstörte die Liebe zu ihr womöglich seine Chancen, sich zu dem Offizier zu entwickeln, der er sein könnte? Sie überlegte sich, was ihre Therapeutin wohl dazu gesagt hätte, aber keiner der Sätze, an die sie sich erinnerte, half ihr auch nur ansatzweise.

Beim Abendessen saß sie missmutig über ihr Tablett gebeugt, als ein Stuhl neben ihr scharrte.

»Lieutenant?« Es war Barin. Sie spürte, wie sich in ihrer Brust etwas verkrampfte und wieder löste.

»Ensign«, sagte sie. Ihr war danach zumute, in Tränen auszubrechen, aber sie unterdrückte das Gefühl. »Barin – wie war dein erster Tag?«

»Interessant«, antwortete Barin. Er lächelte sie mit erkennbarer Freude an. »Du siehst gut aus. Als Uhlis auf mich losging, wusste ich nicht recht, was ich tun sollte – aber dann habe ich mir ausgerechnet, worauf er hinauswollte.«

»Ich hätte ihn erschlagen können«, sagte Esmay und erschreckte sich selbst mit der Heftigkeit dieser Worte.

Der Hunger meldete sich zurück, und sie biss ins Brot hinein, als wäre es Uhlis' Fleisch.

»Nein ...« Barin machte eine Pause für einen Löffel Suppe. »Er hatte Recht, und es ergab wirklich eine interessante Demonstration für die Klasse. Ich wette, dass sie nicht in jeder Klasse jemanden wie mich dabeihaben – es sei denn, sie würden uns gesondert importieren.« Er sah einen Moment lang nachdenklich drein. »Ich frage mich, ob ich deshalb einen Platz in diesem Kurs erhalten habe. Das ist gerade hinterhältig genug ...« Er schüttelte den Kopf. »Aber du – ich habe gehört, du hast jede Menge Kurse belegt. Findest du überhaupt noch Schlaf?«

Sie spürte, wie ihre Ohren heiß wurden, obwohl sie wusste, dass es eine ganz unschuldige Frage nach ihrer Gesundheit war. »Mir geht es gut, solange ich außer Studieren nicht viel anderes mache.«

»Oh, ich hatte nicht vor, dich dabei zu unterbrechen«, sagte Barin. »Ich weiß, wie wichtig das für dich ist. Ich hatte nur gehofft ...«

»Ich weiß«, sagte Esmay in ihr Roastbeef hinein. »Ich bin nur ... Du weißt, dass es eine ganze Weile her ist.«

»Ah.« Barin verspeiste einige Erbsen und dann etwas Orangefarbenes, das sein Dasein vermutlich in der Kürbisfamilie begonnen hatte. »Ich habe dich gestern bei meiner Ankunft gesehen. Bist zu irgendeinem Unterricht gegangen – scheint, dass du mit den übrigen Offizieren gut zurechtkommst.«

»Ich bemühe mich«, versetzte Esmay. »All das, was du mir über die kulturellen Unterschiede erklärt hast – es hilft. Auch wenn ich mich immer noch viel zu oft dabei ertappe, wie ich kurz davor stehe, mich zu entschuldigen oder etwas zu erklären.«

»Freut mich, dass ich dir helfen konnte«, sagte Barin. »Ich wollte dich fragen ...«

»Na«, sagte eine Stimme über ihnen, »ich hatte gehofft, meinen Lieblingsensign als Tischgefährten zu gewinnen, aber er hat bereits Gesellschaft ...«

Esmay erstickte beinahe; Barin drehte sich um. »Hallo, Sera Meager…«

»Brun. Niemand nennt mich Sera Meager oder Ms. Meager, abgesehen von Leuten, die mich an etwas hindern möchten. Es macht Ihnen doch nichts aus, wenn ich mich dazusetze, oder? Ich verspreche auch, dass meine Wachhunde in respektvoller Entfernung bleiben werden.«

»Natürlich«, sagte Barin; er stand auf, während Brun sich auf einen Platz gegenüber setzte, genau dort, wo Esmay diese klaren blauen Augen am liebsten nicht gehabt hätte.

»Wie war die Prüfung?«, fragte Brun Esmay mit anscheinend echtem Interesse. »Administrative Verfahren, nicht wahr? Klingt mörderisch langweilig für mich. Formulare ausfüllen, nicht wahr?«

»Ein bisschen mehr als das«, hörte sich Esmay mit unmissverständlich kühler Stimme sagen. Sie räusperte sich und probierte es erneut. »Formulare ausfüllen gehört dazu, aber man muss auch entscheiden, welches Formular und in welches Büro es geschickt werden soll. Es korrekt ausgefüllt zu haben, das hilft auch nicht, wenn man das falsche Formular hat oder wenn man das richtige Formular ans falsche Büro schickt.«

»Mordslangweilig. Mein Mitgefühl. Ich hoffe, es hat Ihre Leistungen nicht beeinträchtigt, dass ich Sie heute Morgen gestört habe.«

»Nein«, sagte Esmay. »Es ist gut gelaufen.«

»Es ist okay, wenn man die Nummer eins in der Klasse ist. Stellen Sie Ihr Licht nicht unter den Scheffel, Lieutenant«, sagte Barin.

»Schön für Sie«, fand Brun. »Und obwohl ich Sie mir nicht als Formularausfüller vorstellen kann, denke ich doch, dass jeder Lebenslauf an ein paar Formularen vorbeiführt.«

Esmay konnte ihre Verärgerung einfach nicht aufrechterhalten, nicht, wenn ihr diese Kombination aus Interesse und gutem Willen über den Tisch entgegenstrahlte. »Ich fand es auch langweilig«, sagte sie, »aber es wird nun mal verlangt.«

»Also haben Sie am besten abgeschnitten. Hätte ich auch nicht anders erwartet. Sind Sie sicher, Sie beide, dass Sie nicht mit in die Stadt kommen und feiern möchten?«

»Ich kann nicht«, sagte Esmay. »Die Abschlussprüfung in Taktik ist in zwei Tagen, und unsere Arbeitsgruppe trifft sich heute und morgen Abend.«

»Na ja, dann, Ensign – steht Ihnen auch eine Abschlussprüfung bevor?«

»Nein, aber ...«

»Dann können Sie doch sicher mitkommen? Falls Sie nicht auch in Lieutenant Suizas Taktikklasse sind, wird Sie keine Zeit mit Ihnen verbringen – wo sie doch ohnehin keinen so jungen Liebhaber nehmen würde.«

»Ich bin wohl kaum noch ein Kleinkind«, sagte Barin, ehe Esmay Gelegenheit fand, sich zu äußern. »Aber ja, ich begleite Sie ... da ja auch Ihre Wachhunde dabei sein und darauf Acht geben werden, dass ich mich benehme.«

Esmay blickte ihnen hinterher – mit Gefühlen, die weniger gemischt als aufgewühlt waren. Auf sie wartete tatsächlich eine Studiengruppe in Taktik, aber sie hatte auf ein paar Minuten mehr in Barins Gesellschaft gehofft, um ihn nach seiner Deutung der Vorschriften zu fragen, wie sie für persönliche Beziehungen zwischen Offizieren unterschiedlichen Ranges oder derselben Kommandohierarchie galten. Er war in der Flotte aufgewachsen; er war an die Vorschriften gewöhnt. Falls er fand, dass alles in Ordnung war, dann war vermutlich auch alles in Ordnung.

* * *

Barin musterte die Tochter des Sprechers, während sie durch das Tor des Stützpunkts gingen. Ein gefährliches Gewässer, schärfte er sich ein. Berufsoffiziere mischten sich besser nicht unter Angehörige der führenden Familien; die schattenhafte Aura unziemlichen Einflusses hing brütend über jeder solchen Beziehung. Trotzdem, die übliche Höflichkeit gegenüber einem Gast der Flotte gebot, dass er sie begleitete ... und ihre Sicherheitstruppe.

Viel lieber hätte er sich mit Esmay unterhalten. Sie hatten manches zu besprechen ... und ohnehin wirkte Esmay müde und abgespannt, und er wollte ihr helfen und die Spannung mildern. Sie bemühte sich schon so lange und so hart; sie war jetzt auf dem richtigen Weg ... seine Finger zuckten, als er an die Weichheit ihrer Haare dachte und die Art, wie er ihr die Spannung aus dem Hals massieren konnte.

»Und ... Sie haben Lieutenant Suiza schon auf der *Koskiusko* gekannt?«, fragte Brun.

»Ja«, sagte Barin, abrupt aus seinem Tagtraum geweckt.

»Ist sie immer so ... steif?«

»Steif? Sie arbeitet hart und professionell ...«

»Langweilig«, fand Brun, aber ihre Mundwinkel zuckten.

»Das meinen Sie doch nicht ernst!«, sagte Barin.

Sie lächelte ihn an. »Nein, ich habe es nicht ernst gemeint. Aber ich wollte sie treffen, mit ihr reden, und sie ist immer so ... aufrecht und förmlich. Ganz zu schweigen davon, dass sie scheinbar nie aufhört zu lernen. Sie liegt in so ziemlich jedem Fach an der Spitze – was möchte sie sonst noch?«

»Was jeder von uns möchte«, antwortete Barin. »Der Beste sein.« Er spürte, wie seine Haltung etwas starrer wurde, und fragte sich warum.

»Es ist so anders«, sagte Brun in nachdenklichem Ton. »Ich bewege mich seit Jahren in der Gesellschaft von Offizieren des Royal Space Service, und sie unterscheiden sich von Ihnen allen.«

Weil sie nicht das richtige Militär sind, aber das sprach er lieber nicht laut aus, während Brun gerade von sechs der besten Leute der Royal Security gefolgt wurde.

»Ich weiß gar nicht, warum das alles nötig ist«, fuhr Brun fort. »Professionelle Kompetenz kann ich ja verstehen, aber die Vorschriften sind lächerlich.«

Barin konnte sich gerade noch ein Schnauben verkneifen. »Welche Vorschriften meinen Sie?«, fragte er stattdessen.

»Oh, Sie wissen schon. Diese ganze Förmlichkeit im Unterricht – aufstehen, wenn der Ausbilder eintritt, und die ganze Zeit salutieren, und dass alles nach Rang unterschieden wird.«

»Dafür gibt es Gründe«, sagte Barin vage; ihm war nicht danach zumute, Jahrtausende militärischer Tradition einer privilegierten Zivilistin zu erklären, die ohnehin in der Stimmung war, sie abzulehnen. »Aber falls es Ihnen nicht gefällt, warum sind Sie dann hier?«

»Admiral Serrano hat es mir empfohlen. Sogar gegen den Protest meines Vaters. Sie sagte, ich würde davon profitieren, meine besondere Begabung in einer kontrollierten Umgebung zu entwickeln.«

»Das klingt wie ein Zitat«, fand Barin.

»Sie kennen doch Admiral ... Oh, okay, Sie sind ja ein Serrano. Also kennen Sie wohl auch Heris, könnte ich mir vorstellen?«

»Admiral Serrano ist meine Großmutter; Commander Serrano ist eine meiner Kusinen.« Nicht nötig, das zu vertiefen.

»Na ja, dann werden wir bestimmt Freunde«, sagte Brun und hakte sich bei ihm unter, eine Geste, bei der er sich entschieden unwohl fühlte. »Und jetzt werden wir etwas Spaß haben.«

Barin dachte sehnsüchtig an Esmay, die zweifellos in ihrem Quartier hart arbeitete.

Kapitel drei

Brun hatte die Gewohnheit entwickelt, fast jeden Tag in Esmays Quartier hereinzuschneien, für ein, wie sie das nannte, »freundschaftliches Schwätzchen«. Esmay tat ihr Bestes, um höflich zu sein, obwohl ihr der Zeitaufwand zuwider war und mehr noch die Tatsache, dass sich Brun anscheinend für qualifiziert hielt, jeden Aspekt von Esmays Leben zu kommentieren.

»Dein Haar«, sagte sie bei einem der ersten Besuche. »Hast du je daran gedacht, die Wurzeln neu setzen zu lassen?«

Esmays Haar war seit Kindesbeinen ein Thema; ehe sie sich bremsen konnte, fuhr sie jetzt wieder mit der Hand darüber, um es zu glätten. »Nein«, sagte sie.

»Na ja, es würde wahrscheinlich helfen«, meinte Brun und legte den Goldschopf auf die Seite. »Du hast eine recht nette Gesichtsstruktur...«

»Ich habe auch recht viel Arbeit«, entgegnete Esmay. »Falls es dir nichts ausmacht.« Und sie wusste nicht recht, was schlimmer war, die Beleidigungen oder die gelassene Art, mit der Brun hinauslatschte, anscheinend überhaupt nicht gekränkt.

Eines Abends traf sie in Barins Begleitung ein, der dann irgendeine Entschuldigung vorbrachte und wieder ging, wobei er Esmay noch einen längeren Blick zuwarf, bei dem sich Esmay wünschte, sie hätte ihn deuten können.

»Er ist nett«, sagte Brun und setzte sich auf Esmays Koje, als wäre es ihre.

»Mehr als nett«, sagte Esmay, die sich vergebens bemühte, keinen Widerwillen gegen Bruns besitzergreifenden Tonfall zu entwickeln. Was hatten Barin und Brun eigentlich getan?

»Gut aussehend, höflich, gescheit«, fuhr Brun fort. »Zu schade, dass er nur Ensign ist ... Hätte er deinen Rang, wäre er perfekt für dich. Du könntest dich glatt in ihn verknallen ...«

»Ich möchte mich in diesem Sinn gar nicht in irgendjemanden ›verknallen‹«, entgegnete Esmay. Sie spürte unbehaglich, dass ihre Ohren warm wurden. »Wir sind Kollegen ...«

Brun zog eine Braue hoch. »Ist Altiplano einer von diesen Planeten, wo niemand über Sex reden darf?«

Esmays Ohren waren mehr als warm; ihr ganzes Gesicht brannte. »Man kann«, presste sie zwischen den Zähnen hervor. »Höfliche Menschen tun es allerdings nicht.«

»Verzeihung«, sagte Brun. Sie wirkte oder klang allerdings nicht sehr zerknirscht. »Das muss es jedoch schwer machen, über Leute und mit Leuten zu reden. Welche Begriffe benutzt ihr für ... Vorlieben?«

»Ich hatte keine.« Das klang nicht gut, sogar für sie. »Ich war noch sehr jung, als ich meine Heimatwelt verlassen habe«, setzte sie hinzu. Das war nicht viel besser, aber ihr fiel einfach nichts ein, was geholfen hätte.

»Hmm. Wenn du also attraktiven jungen Männern – oder Frauen – begegnet bist, konntest du dich nur vom Instinkt leiten lassen.« Brun polierte die Fingernägel an ihrer Weste und musterte sie dann kritisch. »Und da heißt es immer, Männer wären die, die sich schlecht ausdrücken könnten.«

»Du ... das war ... unhöflich.«

»War es das?« Brun klang nicht bekümmert; sie klang arrogant. »Falls du diesen Eindruck hattest, tut es mir Leid. So hatte ich es nicht geplant. Wir folgen nicht denselben Regeln, weißt du.«

»Du musst auch welche haben«, sagte Esmay. Welche immer das waren, sie stimmten nicht mit denen der Flotte überein – oder denen Altiplanos.

»Na ja ... es wäre unhöflich, die heikleren Punkte mit

jemandem zu diskutieren, der kein Freund ist – oder während er isst.«

Unwillkürlich fragte sich Esmay, was Brun mit »heikleren Punkten« meinte.

»Und«, fuhr Brun fort, »es wäre unhöflich, jemandes genetische Veranlagung zu kommentieren, wie sie sich zeigt in … Ich weiß nicht recht, welcher Begriff für dich nicht anstößig wäre. Den Körperteilen? Der Ausstattung?«

»Genetische Veranlagung!« Damit hatte sie nicht gerechnet. Die Neugier überwand die Entrüstung.

»Na ja, ob es sich um einen Registrierten Embryo handelt oder nicht, und wie der Code aussieht.«

»Du meinst, das ist … ablesbar?«

»Natürlich«, antwortete Brun, immer noch in diesem überlegenen Tonfall, der Esmays Geduld strapazierte. »Dafür dienen das Registrationszeichen und die Codenummer. Wie möchtest du sonst sicher sein …? Oh! Ihr tut das nicht …«

»Na ja, ich trage ganz gewiss keine Registrationszeichen oder Nummern an mir herum«, sagte Esmay. Bei dem Gedanken zog sich ihr die Haut zusammen, aber die Neugier war eine schlimmere Pein. »Wo …?«

»Linker Unterleib«, antwortete Brun prompt. »Möchtest du es sehen?«

»Nein!«, wehrte Esmay mit mehr Heftigkeit ab, als sie eigentlich geplant gehabt hatte.

»So habe ich das nicht gemeint«, sagte Brun, ohne das genauer zu erklären. »Aber sicherlich *hast* du … Ich meine, du bist älter als ich.«

»Was ich tue, geht dich nichts an«, sagte Esmay. »Und ich habe vor, es dabei zu belassen.«

Brun öffnete den Mund und schloss ihn wieder und zuckte dann leicht die Achseln, eine Geste, die Esmay nicht weniger ärgerte als alles, was sie hätte sagen können. Brun fischte in einer ihrer Taschen herum und brachte ein Drahtgewirr mit ein paar Plastikperlen daran zum Vorschein. »Hier – weißt du, was das ist?«

»Keinen Schimmer«, antwortete Esmay, froh darüber, dass sich das Thema Barin erledigt hatte.

»Ty zufolge ist es ein Glücksbringer. Ich hielt es für einen Haufen veralteter Elektronik.«

»Hmm.« Esmay sah sich den kleinen Gegenstand genauer an und lächelte dann.

»Was ist?«, wollte Brun wissen.

»Na ja ... das ist nur unter bestimmten Umständen ein Glücksbringer. Das heißt – solche Dinger haben sie uns gegeben, als wir den Aufbaukurs in Scannertech anfingen. Man soll sie aufhängen ... hat Ty das erwähnt?«

»Ja – an der Lampenhalterung über meinem Schreibtisch.«

»Ah hah. Dieses Ding ist, hinter der Ablenkung durch gebogenen Draht und hübsche Perlen, ein Scanner. Etwa in der sechsten Woche würdest du, wenn du an deiner Arbeit sitzt, plötzlich bemerken, dass es alles gesendet hat, was du getan und gesagt hast ... Und du würdest aufblicken – alle haben es getan –, und dieses Bild der plötzlichen Erkenntnis ginge in das Sammelalbum der Klasse. Je früher, desto glückverheißender ... sie haben den Durchschnittszeitraum berechnet, und falls man schneller war, bekam man Extrapunkte, je nachdem, wie schnell.«

»Du meinst – es spioniert mich aus?«

»Na ja, du wusstest doch, dass du unter Überwachung stehst.«

»Ich hasse es!« Brun ließ sich zurückfallen, was Esmay an die Haltung eines bockigen Kindes erinnerte; es rührte sie nicht.

»Na und? Du warst einverstanden ...«

»Ich war einverstanden, dass mir die blöden Leibwächter an den Fersen hängen, nicht dass mir jemand illegale Überwachungsgeräte im Zimmer montiert. Zur Hölle mit ihnen!«

Esmay kam sich viel älter vor als dieses verzogene Mädchen. »Sie tun nur ihre Arbeit ... und du machst es ihnen nicht leicht.«

»Warum sollte ich?«

»Werde erwachsen!« Das hatte sie eigentlich nicht vorgehabt zu sagen, aber sie hatte es gedacht und konnte es einfach nicht mehr zurückhalten. Zu ihrer Überraschung wurde Brun bleich, als hätte Esmay sie geschlagen.

»Tut mir sehr Leid, dass ich dir zur Last gefallen bin.« Sie war aufgestanden und zur Tür hinaus, ehe Esmay noch irgendetwas sagen konnte. Esmay starrte lange auf die geschlossene Tür. Sollte sie sich entschuldigen? Die Manieren von Altiplano, die für fast alles eine Entschuldigung verlangten, stritten sich mit dem Serrano-Ratschlag, nicht zu oft um Verzeihung zu bitten; sie wünschte sich, sie hätte mit Barin darüber reden können, aber sie musste die Berechnungen für ein Projekt in Unterstützungsplanung abschließen. Sie zwang sich, sich auf die Arbeit zu konzentrieren, und tröstete sich dabei mit dem Gedanken, dass Brun vielleicht nicht mehr den Wunsch hatte, zu ihrem Team zu gehören.

Diese Hoffnung löste sich jedoch in Luft auf, als die Besetzung der Lerngruppen herauskam. Welche Mittel auch immer Brun zur Verfügung standen – mit dem Sprecher des Großen Rates als Vater –, sie hatte es geschafft, zu Esmays Team im Kurs für Entkommen und Ausweichen zu gehören. Esmay sagte sich, dass es unfair war; vielleicht war dazu keinerlei krumme Tour nötig gewesen. Vielleicht hatte Brun einfach darum gebeten, und man hatte ihr den Wunsch erfüllt. Bruns Verhalten gab darauf keinerlei Hinweis; sie erweckte den üblichen Eindruck völliger Sorglosigkeit.

»Ihre heutige Aufgabe ist es, das Sicherheitsproblem zu beurteilen, das darin besteht, eine stark gefährdete Person aus diesem Zimmer...« Uhlis deutete auf das Diagramm. »... zum Shuttlehafen zu bringen, der hier liegt.« Eine Kartengraphik erschien auf dem Bildschirm. »Ihnen steht das Material zur Verfügung, das Sie in der Schachtel auf Ihrem Tisch finden; in fünfundvierzig Minuten müssen Sie dem Chef des Sicherheitskommandos entsprechende Anweisungen erteilen. Los!«

Die Klassenregeln legten fest, dass als Erstes der Umschlag in der Schachtel geöffnet und festgestellt werden musste, wer die Übung kommandierte. Zu Esmays Erleichterung war das weder Brun noch sie selbst. Lieutenant Marden – der wenigstens den Einleitungstext gelesen hatte, wenn auch flüchtig – schien ein grundlegendes Verständnis für die Aufgabe zu haben, während er die Materialien an Esmay, Brun und Vericour verteilte. Alle machten sich an die Arbeit, und ihre Präsentation erzielte eine akzeptable Note, wenn auch keine gute. Bruns Versäumnis, eine potenzielle Gefahr zu erkennen, drückte sie; und Uhlis zeigte sich unnachsichtig.

»Der Sinn der Zusammenarbeit im Team besteht für Sie alle darin, Ihre Fähigkeiten und Kenntnisse zu kombinieren und sich nicht im eigenen schmalen Verantwortungsbereich zu verstecken. Jeder von Ihnen anderen hätte erkennen können – und sollen –, dass Sera Meager die Möglichkeit eines Luftangriffs auf die Fahrzeugroute ignoriert hatte.«

Esmay spürte den Stachel, der in diesen Worten steckte. Sie *hatte* sich gefragt, warum Brun die Gefahr nicht erwähnte – aber sie hatte nichts gesagt, da sie sich bemühte, die Ressourcen zu arrangieren, die ihr angeblich zur Verfügung standen und die ihres Wissens nach keinerlei Möglichkeiten boten, Flugwagen auszuschalten. Uhlis' Hohn galt jedoch am meisten Lieutenant Marden als ihrem Kommandeur. Als er endlich fertig war, fürchtete Esmay, Marden könnte sich in Fetzen auf dem Fußboden wiederfinden ... Wie sich zeigte, verschwand Marden nach dem Unterricht rasch und tauchte erst zum Abendessen wieder auf. Esmay ging mit ihrem Tablett zu seinem Tisch.

»Ich hätte etwas sagen sollen«, bemerkte sie. »Ich habe mir über ein Risiko aus der Luft Gedanken gemacht, aber da ich keine Mittel hatte, um mich mit einem Luftangriff auseinander zu setzen ...«

»Das war in meinem Päckchen«, sagte Marden. »Falls jemand es erwähnte, und nur dann, konnte ich Verstärkung rufen. Ich dachte, das würde bedeuten, ich selbst dürfte es nicht erwähnen, aber – wie du gehört hast – war das überhaupt nicht gemeint.« Er starrte auf seinen Teller. »Ich habe eigentlich keinen Hunger. Tut mir Leid, dass ich euren Notenschnitt gedrückt habe.«

»Mach dir keine Sorgen darüber«, sagte Esmay. »Ich denke, wir hatten alle zu viele Hemmungen, uns gegenseitig in die Verantwortung zu pfuschen. Ich frage mich, ob all die anderen Gruppen das gleiche Problem hatten.«

»Na ja, soweit ich gehört habe, hat niemand ein Befriedigend erhalten, geschweige denn ein Lob. Aber ich komme mir richtig dumm vor.«

»Ich denke nicht ...«, begann Esmay, aber in diesem Augenblick trat Vericour an den Tisch.

»Denkt ihr, wir gehen mit denselben Teams in die Feldübung?« Er setzte sich, ehe ihm irgendjemand antwortete. »Ich hoffe nicht – die Tochter des Sprechers sicher hindurchzubringen, das macht es für uns nur schwerer.« Er wandte sich an Esmay. »Speziell für dich.«

Esmay fühlte sich bewegt, Brun zu verteidigen. »Ich weiß nicht – sie hat keine militärische Ausbildung, aber sie ist clever und einsatzwillig.«

»Und ziemlich unbesonnen, soweit ich gehört habe.« Vericour streckte die Hand nach dem Gewürzhalter aus und spritzte reichlich Galissauce über seinen ganzen Teller. Esmay nieste, als ihr das scharfe Aroma in die Nase stieg. »Verzeihung – ich habe nicht daran gedacht, was dieses Zeug mit empfindlichen Nasen anstellt. Meine ist schon seit Jahren dahin.«

»Sie ist die Tochter des Sprechers«, sagte Marden in leiserem Ton, als Vericour benutzt hatte.

»Nun, ja. Sie ist auch ein Star aus eigenem Recht und

kann daher nicht erwarten, dass man nicht über sie spricht. Sie taucht immer in der einen oder anderen Nachrichtensendung auf. Ihr wisst ja, dass sogar ein Medienteam hier ist, um über ihre Ausbildung zu berichten.«

»Dafür kann sie auch nichts«, wandte Esmay ein. »Die sind immer hinter Prominenten her, und sie sieht gut aus...«

»Sie ist hinreißend«, sagte Vericour. »Aber ich kann mir einfach nicht vorstellen, wie sie unbemerkt über irgendwas hinwegschleicht. Du vielleicht?«

»Sie hat es von Rotterdam zurück nach Rockhouse Major geschafft...«, warf Marden ein.

»Ja, damals, als sich noch niemand vorstellen konnte, dass sich ein solches Mädchen die Passage auf einem Agroschiff erarbeitet. Jetzt weiß man es – und ihr könnt darauf wetten, dass sie so was nie mehr durchzieht.« Er wandte sich wieder an Esmay. »Verfolgst du die Boulevardnachrichten, Esmay?«

»Nein«, antwortete sie. Sie hatte sich nie besonders um die Klatschnachrichten gekümmert, die sich zu stark um Mode und Stars drehten.

»Na ja ... hättest du es getan, dann hättest du Brun Meager schon in jeder Art Aufmachung gesehen, von Abendkleidern bis zu hautengen Monturen, wie sie elegant auf einem Pferd posiert oder sich auf einem pittoresken Strand lümmelt. Flatpics von ihr findet man wahrscheinlich in mehr Spinden, als von irgendjemand anderem, abgesehen von echten Filmwürfelstars.«

Fantastisch! Noch jemand, der Brun für erstaunlich schön hielt. Esmay konnte sich jeden Makel in diesem Gesicht und an diesem Körper vorstellen – nicht, dass es viele davon gegeben hätte.

»Aber abgesehen von der wagemutigen Errettung der höchst edlen Lady Cecelia...« Das klang wie ein Zitat aus irgendjemandes aufgedonnerter Prosa. »... deutet nichts von dem, was ich gelesen habe, darauf hin, Brun hätte echten Verstand. Und jetzt müssen wir uns mit ihr abfinden ...«

»Falls die Teams gleich bleiben«, gab Marden zu bedenken. »Vielleicht tun sie das nicht.«

»Vielleicht nicht, aber ich wette, dass Esmay im selben Team landet. Bestimmt wollen sie eine weitere Frau in der Gruppe haben, und wen sonst sollten sie nehmen? Taras? Bringt mich nicht zum Lachen. Taras hätte keine Chance bei Brun Meager. Nein, sie werden die Beste nehmen, die sie haben, und das bist du, meine Liebe.« Vericour verneigte sich lächelnd. Esmay war verlegen. Wie sollte sie damit umgehen? Es half auch nicht, dass Brun diesen Augenblick wählte, um an ihrem Tisch zu erscheinen.

»Wird dir nicht helfen, mit Suiza zu flirten«, sagte sie zu Vericour und spielte anscheinend auf die Verbeugung an. »Aber du könntest es jederzeit mit mir probieren.«

Vericour breitete die Hände aus, verdrehte die Augen und tat so, als würde er ohnmächtig; alle lachten, von Esmay abgesehen. Es war komisch, aber sie spürte zu deutlich die intensive Gegenwart an ihrer Seite, um es zu genießen.

»Könnte ich kurz mit dir reden?«, wandte sich Brun an sie und zeigte dabei ein ernsteres Gesicht als üblich. Unter den Augen der anderen musste Esmay einwilligen.

»Ich weiß, dass ich etwas falsch gemacht habe, aber nicht was ... Wie sollte ich für Luftsicherung sorgen, wenn wir gar nicht die Mittel dafür hatten? Und warum hätte ich mir darüber Gedanken machen sollen, wenn die Informationen, die wir erhielten, eine solche Gefahr gar nicht erwähnten?«

Ein technisches Problem, auf das Esmay eine Antwort wusste; rasch umriss sie die Logik hinter ihrer bescheidenen Note. Brun nickte, war anscheinend aufmerksam, und Esmay erwärmte sich wieder mehr für sie.

»Also ... wenn keine Hinweise auf eine bestimmte Art

von Gefahr vorliegen, muss man trotzdem Vorkehrungen treffen?«

»Man muss davon ausgehen, dass die eigenen Informationen nicht vollständig sind«, warf Marden ein. »Das sind sie nie.«

»Aber wenn man zu vorsichtig ist, schafft man überhaupt nichts«, sagte Brun. »Man muss handeln, auch ehe man alles weiß...«

»Ja, aber im vollen Bewusstsein dessen, was man nicht weiß, und dessen Implikationen«, sagte Esmay.

»Und es geht nicht so sehr um das, was man nicht weiß, sondern das, was man zu wissen meint – was falsch ist –, was einen um Kopf und Kragen bringt«, sagte Vericour. »Es sind die Annahmen – wie die, dass ein fehlender Hinweis auf eine Gefahr aus der Luft bedeutet, es läge auch keine vor, oder ein fehlender Hinweis auf Piraterie in einem Sektor würde bedeuten, es gäbe dort keine Piraten.«

»Ich verstehe«, sagte Brun. »Ich versuche es nächstes Mal besser zu machen, aber ich muss doch sagen, dass ich besser darin bin, schnell zu reagieren, als unsichtbare Möglichkeiten zu erkennen.«

Als Esmay aufstand, um zu gehen, folgte Brun ihr, statt sich den anderen anzuschließen, die zu den Spielplätzen gingen. Esmay seufzte innerlich. Sie war schon müde und musste sich noch mindestens vier Stunden lang in ihren Lernstoff vertiefen; falls Brun darauf bestand, mit ihr zu reden, würde sie wieder spät ins Bett kommen, und die Energie ging ihr langsam aus.

»Ich weiß, dass du beschäftigt bist«, sagte Brun, als sie vor Esmays Unterkunft eintrafen. »Aber es dürfte nicht lange dauern, und ich weiß wirklich nicht, an wen ich mich sonst wenden sollte.«

Diese Bitte überwand Esmays Sorgen um den Lernstoff. »Komm rein«, sagte sie. »Was ist los?«

»Irgendwas stimmt nicht mit Master Chief Vecchi«, sagte Brun.

»Etwas stimmt nicht? Was meinst du damit?« Esmay,

die noch an das vorangegangene Gespräch denken musste, hatte eine Frage nach Verhaltensweisen in der Flotte erwartet.

»Na ja ... mitten in der heutigen Stunde redete er auf einmal sinnloses Zeug. Er erzählte uns, wie man in Schwerelosigkeit eine Leine an einem Wrack festmacht, und er brachte die Reihenfolge durcheinander.«

»Woher willst *du* das denn wissen?«

Brun war so anständig, rot zu werden. »Ich habe das Buch gelesen«, antwortete sie. »Sein Buch sogar. *Sicherheitstechniken in der Raumrettung.*«

»Er hat es verwechselt«, sagte Esmay. »Alle machen mal Fehler.«

»Aber er wusste es einfach nicht! Ich meine, er hat einfach weiter alles falsch erklärt. Als ihn einer der Jigs fragte, ob er sich wirklich sicher wäre, ist Vecchi explodiert ... dann wurde er ganz rot und ging hinaus, und als er wiederkam, sagte er, er hätte Kopfschmerzen.«

»Vielleicht ...«

»Es war nicht zum ersten Mal«, fuhr Brun fort. »Vor einer Woche hat er doch glatt einen Briggsbolzen falsch herum eingeführt.«

»Vielleicht wollte er euch auf die Probe stellen?«

»Nein ... Es war seine eigene Leine, und er wollte sich schon daran entlangziehen, als eine der Juniorausbilderinnen – eine Kim Irgendwas ... Eine harte kleine Frau, etwa halb so groß wie ich, kann mich aber einhändig stemmen. Sie hat es mal getan. Jedenfalls hat sie Vecchis Fehler bemerkt und korrigiert.«

»Ahm.« Esmay konnte sich einfach nicht vorstellen, warum das ihr Problem sein sollte – außer dass alles, was Brun bekümmerte, zu ihrem Problem wurde.

»Es hat ihr Sorgen bereitet, das konnte ich erkennen. Sie hat sich alles angesehen, was er gemacht hat, und überprüft. Nicht die üblichen Gegenproben; eher so, als wäre er ein Schüler.«

»Wie alt ist Vecchi?«

»Was – denkst du, er würde einfach nur alt? Er wurde

verjüngt, das weiß ich. Einer der ersten Verjüngten aus den Mannschaftsdienstgraden.«

»Wann?«

Brun wirkte verärgert. »Ich habe seine Patientenkartei nicht – woher soll ich das wissen?«

»Ich habe mich nur gefragt – vielleicht lassen die Auswirkungen nach.«

»So funktioniert das nicht«, wandte Brun ein. Esmay zog die Brauen hoch und wartete. »Mein Vater«, fuhr Brun fort. »Er ist auch verjüngt, ebenso wie Mutter. Ihre Freunde ... daher weiß ich natürlich, wie es funktioniert.«

»Und?«, gab ihr Esmay das Stichwort.

»Na ja, der übliche Grund für eine Wiederholung der Verjüngung ist körperlicher Natur. Die Leute aus meinem Bekanntenkreis, die den Vorgang mehr als einmal durchlaufen haben, hatten keine geistigen Probleme. Die Persönlichkeit verändert sich nicht, und man bleibt geistig so rege wie zuvor.«

»Aber hat man die frühere Form der Verjüngung nicht mit einem Verlust der Geisteskräfte in Verbindung gebracht?«

»Nur wenn man sie zu wiederholen versuchte.« Brun verzog das Gesicht. »Mutters zweite Kusine oder jemand in dieser Richtung hat es probiert, und es war schrecklich. Mutter hat versucht, mir den Zugang zu ihr zu verwehren, aber du kennst ja kleine Kinder ... Ich dachte, in dieser Suite müsste etwas Besonderes zu finden sein, wenn man nicht wollte, dass ich hineinging, also habe ich mich hineingeschlichen.«

»Und ... ähnelt Vecchi in irgendeiner Form der Kusine deiner Mutter?«

»Nicht ... ganz. Jedenfalls ist es bei ihm nicht so schlimm. Du denkst doch nicht, dass sie einen Fehler gemacht und ihn der falschen Art von Verjüngungsbehandlung unterzogen haben, oder?«

»Ich weiß nicht. Es wäre hilfreich, wenn wir mehr über Verjüngung wüssten und darüber, welches Verfahren man bei Vecchi benutzt hat.«

»Ich dachte, du könntest etwas machen, da du der Flotte angehörst.«

Esmay schnaubte. »Jedenfalls kann ich nicht in seinen persönlichen und medizinischen Unterlagen herumschnüffeln ... Ich habe keinen Grund, sie mir anzusehen, und es verstößt gegen die Vorschriften, wenn man schnüffelt.«

»Nicht mal ... inoffiziell?«

»Nein.« Sie würde diese Sache gleich hier stoppen. »Ich habe nicht vor, meine Karriere zu ruinieren, um deine Neugier zu befriedigen. Falls Vecchis Diensttauglichkeit beeinträchtigt ist, wird es jemandem in seinem Kommandobereich auffallen. Falls ich selbst etwas beobachte, kann ich es melden. Aber ich werde nicht versuchen, in seiner Akte zu schnüffeln. Du kannst deine Feststellungen ja melden bei ... oh, wer immer da drüben das Kommando führt. Wer ist Seniorausbilder?«

»Ein Commander Priallo, aber sie ist irgendwo in Urlaub.«

»Na ja, dann suche jemand anderen – wer immer ihr Stellvertreter ist...«

»Ich hatte gedacht, du würdest dich dafür interessieren«, sagte Brun.

»Ich interessiere mich auch dafür...« Falls überhaupt ein Problem vorlag, wofür sie nur Bruns Wort hatte. »Aber ich habe nicht das Recht, mich einzumischen; das muss seinem Kommandeur vorgelegt werden. Ich schätze, du könntest dem Stützpunktkommandanten Bescheid sagen.«

»Vielleicht tue ich das auch«, sagte Brun, und einen Augenblick später seufzte sie und ging hinaus. Esmay verbannte Bruns Sorgen aus ihren Gedanken und vergrub sich in ihre Arbeit.

Als am nächsten Tag die Teamorganisation für die Feldübung herauskam, stellte Esmay fest, dass Vericour Recht behalten hatte. Brun gehörte zu ihrem Team, und es war das Kleinste von allen – weil Bruns Sicherheitsleute es begleiten würden. Wie sollte das funktionieren? Würden die Leibwächter zulassen, dass ihr Schützling ramponiert wurde? Oder mischten sie sich in die Übung ein? Und wie wirkte sich das auf die Benotung aus?

Derweil hielt Brun ein geradezu anstößiges Niveau an Energie und Enthusiasmus aufrecht. Sie lernte Inhalte so schnell wie nur irgendjemand, den Esmay je kennen gelernt hatte ... Und Esmay fragte sich, ob ihre intellektuellen Fähigkeiten schon jemals bis an die Grenze gefordert worden waren. Brun schien allerdings unfähig, die Einstellung zu entwickeln, wie sie inzwischen denjenigen jungen Offizieren zur zweiten Natur geworden war, die sie nicht schon als erste Natur mitgebracht hatten. Tadel glitt an Bruns undurchdringlichem Selbstbewusstsein ab; Vorschläge und Beispiele blieben gleichermaßen ohne Wirkung.

»Sie ist eine Dilettantin«, behauptete Vericour bei einem weiteren dieser Tischgespräche. »Obwohl, was sollten wir von jemandem ihrer Herkunft anderes erwarten? Sie nimmt nichts ernst, am wenigsten die Kultur der Flotte.«

Anton Livadhi, ein Vetter des Livadhi, mit dem Esmay auf der *Despite* gedient hatte, schüttelte den Kopf. »Sie nimmt uns ernst genug ... aber sie gehört nicht zu uns, und sie weiß das. Sie möchte, dass wir ernst an die Sache herangehen, während sie Spaß hat.« Er hatte ein eigenes Team für die Feldübung, und es bewegte sich weit oben auf der Notenskala für die einleitenden Übungen. Esmays Teamleistungen blieben mittelmäßig; Brun schwankte zwischen brillant und zum Wahnsinn treibend, und ihre Sicherheitsleute konnten sich nicht so emotionell einbringen, wie es von Teammitgliedern eigentlich erwartet wurde, ohne dass ihre Effektivität als Personenschützer darunter litt. Bei etlichen Übungen hatte Esmays Team fast doppelt so lange gebraucht wie die schnellste Gruppe.

Esmay entwickelte ein Grauen vor der eigentlichen

Feldübung, vier Tage intensiver und gefährlicher Arbeit im Ödland westlich des Stützpunktes. Sie war sich ziemlich sicher, dass Bruns Leibwächter nicht zusehen würden, wie ihr Schützling in Lebensgefahr geriet, was bedeutete, dass Esmay und Jig Medars die Arbeit eines ganzen Teams leisten mussten. Zwei Tage vor der Übung verließ sie eine Vorlesung über die Wartung von Schiffsanlagen und fand eine Nachricht in ihrem persönlichen Komgerät: Lieutenant Commander Uhlis wollte sie baldmöglichst sehen. Da sie eine Stunde Zeit zwischen zwei Unterrichtsstunden hatte, bedeutete dies sofort.

Sie hörte die wütenden Stimmen schon zehn Meter weit durch den Flur; Uhlis' Tür stand leicht offen.

»Sie müssen doch erkennen, dass es unmöglich ist.« Uhlis klang verärgert.

»Warum?« Brun klang mehr als nur verärgert; Esmay blieb stehen und wünschte sich, die Tür wäre fest ins Schloss gefallen.

»Weil Sie bereits das Ziel von Mordanschlägen waren. Die Feldübung ist von Natur aus gefährlich und kann unmöglich abgesichert werden. Nur eine Person wäre erforderlich – nur eine mit den richtigen Fähigkeiten –, um Sie abzuknallen.«

»Möchten Sie mir damit sagen, dass Sie mich auf einem Stützpunkt voller Flottenangehöriger nicht an einer simplen Feldübung teilnehmen lassen können?« Darin schwang Verachtung mit, als erwartete Brun, Uhlis so beschämen zu können, dass er es sich anders überlegte. Das würde nicht funktionieren.

»Ich meine damit, dass wir nicht einverstanden sein können. Und Ihr Vater auch nicht; ich habe unsere Entscheidung und die Gründe dafür schon an ihn weitergeleitet. Er ist unserer Meinung.«

»Das ist ... das ist das Dümmste, was ich je gehört habe!« Brun war noch ein Stück lauter geworden. »Falls wirklich Terroristen hinter mir her sind, dann ist Entkommen und Ausweichen eindeutig genau das, was ich lernen muss. Was soll ich denn tun, wenn ich entführt werde und fliehen muss?«

»Das Fach Entkommen steht Ihnen ja offen – zumindest die Übungen in der Stadt…«

»Prima! Was, wenn ich also irgendwo aus einem Provinzknast ausgebrochen bin und hundert Kilometer zurücklegen muss, um einen sicheren Zufluchtsort zu erreichen, und ich dafür keine Ausbildung mitbringe?«

»Laut Ihrem Vater haben Sie eine umfangreiche Ausbildung in den Grundlagen des Überlebens und der Orientierung im Gelände erhalten, sowohl auf Sirialis wie auf Castle Rock. Ihre Fähigkeiten entsprechen nach seiner Meinung und der unserer Ausbilder, die sich die Aufzeichnungen angesehen haben, denen der meisten unserer Abgänger. Also dürften unsere Lektionen in Entkommen Ihre Fähigkeiten gut ergänzen.«

Für einen Augenblick blieb es still. Esmay fragte sich, ob sie jetzt einfach durch die Tür gehen konnte, aber schon während sie losging, kam Brun herausgestürmt, wortlos, aber offensichtlich zornentbrannt. Sie blieb stehen, als sie Esmay erblickte.

»Du wirst nicht glauben…«, legte sie los.

»Entschuldige mich«, sagte Esmay, die nicht alles von vorn hören wollte. »Ich habe ein bisschen mitgehört, und ich habe einen Termin.« Brun machte große Augen, aber sie trat zur Seite. Esmay schob sich an ihr vorbei ins Büro, wo ein Commander Uhlis mit grimmiger Miene bereit schien, Schotten mit seinem Blick zu schmelzen. »Sir, Lieutenant Suiza meldet sich…«

»Schließen Sie die Tür«, sagte er.

»Ja, Sir.« Esmay schloss die Tür fest, wobei sie bemerkte, dass Brun sich noch draußen herumtrieb.

Uhlis holte tief Luft, tat es erneut und betrachtete dann Esmay mit weniger grimmigem Blick. »Ich wollte mit Ihnen über Ihre Teamzuweisung sprechen«, sagte er. »Falls Sie viel mitgehört haben…« Er nickte Richtung Tür. »…dann wissen Sie, dass wir wegen der

Sicherheit besorgt sind. Bis gestern Abend galt der Befehl, Meager in allen Kursen unterzubringen, einschließlich der Feldübung. Da uns jetzt allerdings von höchster Stelle die Genehmigung vorliegt, sie und ihre Leibwächter auszuschließen, müssen wir die Teams neu organisieren. Wir teilen die Übung auf und stecken Sie in ein neues Team, das Sie befehligen werden.« Er bedachte sie mit einem gefährlichen Lächeln. »Soweit ich gehört habe, sind Sie sehr begabt darin, Fremde zu motivieren, Lieutenant.«

Also würde ihr die Kameradschaft, die sie im Verlauf der zurückliegenden Woche mit ihrem Team aufgebaut hatte, nun nichts mehr nützen – und das neue Team konnte sich sehr leicht als sauer erweisen, dass es den gewohnten Kommandeur verlor. Aber zumindest brauchte sie sich nicht mehr wegen Brun den Kopf zu zerbrechen.

»Ich danke Ihnen, Sir«, sagte sie.

»Danken Sie mir anschließend«, sagte er. »Falls Sie können. Vergessen Sie nicht: Ihre Note hängt nicht nur vom eigenen erfolgreichen Ausweichen ab, sondern auch davon, wie viele Leute aus Ihrem Team es schaffen.«

Das neue Team erwartete Esmay am Nachmittag bei den Vorübungen. Die Leute zeigten gelangweilte, aber wachsame Gesichter ... und waren das, wie sie feststellte, bislang von Anton Livadhi geleitete Team. Und Anton hatte allzu laut und deutlich die Meinung geäußert, dass er Zweifel an den Gründen für Suizas Erfolg hegte. »Serrano-Schoßtier« lautete ein Ausdruck, den sie hatte hören sollen; sie hatte ihn ignoriert, im Gegensatz allerdings zu diesen Leuten. Zwei Frauen, vier Männer; sie ging die Namen rasch in Gedanken durch. Mit einer Ausnahme gehörten alle zu ihrer alten Klasse auf der Akademie, aber sie hatte seit Jahren keinen von ihnen gesehen, und selbst damals hatte sie ihnen nicht nahe gestanden.

Die Übung dieses Nachmittags war täuschend einfach: Improvisiere aus vereinzelten Hilfsmitteln einen Weg quer über eine Reihe natürlicher Hindernisse. Jedes Hindernis erforderte nicht nur Teamwork, sondern auch Findigkeit ... keine der Stangen war lang genug, keines der Seile stark genug, keines der diversen anderen Hilfsmittel offenkundig für die anstehenden Aufgaben entworfen. Esmay bemühte sich um offenes und fröhliches Auftreten, wie es das Handbuch für Menschenführung empfahl, aber nur ein Teil ihres neuen Teams reagierte darauf. Lieutenant Taras zeigte sich bockig, wenn ihre Ideen nicht sofort akzeptiert wurden; Lieutenant Paradh und Jig Bearlin konnten immer erläutern, warum irgendetwas nicht funktionieren würde. Als die Zeit abgelaufen war, hatte die Gruppe nur vier von den fünf Hindernissen überwunden. Esmay war sich schmerzlich des stirnrunzelnden Ausbilders bewusst, der Punkte auf seinem Diagramm abstrich. Das Team hatte bisher in jeder Übung den ersten oder zweiten Platz belegt; diesmal gelang ihm das nicht.

Es war möglich, zusätzliche Zeit zu erbitten, obwohl es nur selten geschah, weil man damit einen Strafabzug von zwanzig Prozent auf die Bewertung in Kauf nehmen musste. Esmay hob die Hand; Taras gab einen Laut von sich, der an ein Stöhnen erinnerte. Esmay attackierte sie. »Wir bringen das zu Ende, Lieutenant, selbst wenn wir die ganze Nacht hier draußen bleiben ...«

»Wir können nicht mehr *gewinnen*«, wandte Bearlin ein. »Da können wir genauso gut die achtzig Prozent akzeptieren, die wir erzielt haben ...«

»Und falls du mal die restlichen zwanzig Prozent Erfahrung brauchst, woher willst du sie dann nehmen?«, fragte Esmay. »Wir bringen diese Übung zum Abschluss, und wir tun es jetzt.«

Sie rechnete mit weiterem Widerstand, aber trotz einiger mürrischer Seitenblicke ging die Gruppe das restliche Hindernis mit mehr Energie an als irgendeines der vorangegangenen. Fünf Minuten später hatten sie das Problem gelöst – und obwohl Esmay halb damit gerechnet hatte, dass sie sie in den Schlamm fallen ließen, holten sie sie mit der gleichen Sorgfalt über die Grube, wie sie sie aufeinander verwandt hatten.

»Gute Entscheidung«, erklärte ihnen der Ausbilder anschließend. »Sie hätten ohne den erneuten Versuch keine achtzig Prozent erhalten – Sie waren etwa so effektiv wie ein Glas voller Essigälchen –, aber jetzt haben Sie sie.«

Als sie im Kasino zurück waren, spürte Esmay allmählich, dass sie bei diesem Team eine Chance hatte – eine geringe Chance, aber eine reale. Hätte sie doch nur ein paar Tage mehr Zeit gehabt bis zur Feldübung!

Die Vorübungen des nächsten Tages liefen besser; das neue Team schien wieder zur Zusammenarbeit bereit, und sie konnten sich in der Tagesbewertung auf den dritten Platz hinaufkämpfen. Esmay kehrte in ihre Unterkunft zurück, um ihre Sachen für die Feldübung zu packen und ein paar Stunden Schlaf zu ergattern, ehe es Zeit zum Aufbruch wurde.

Sie hatte alles auf der Koje ausgebreitet, als die Türklingel läutete. Sie unterdrückte einen Fluch und traf Anstalten zu öffnen. Vielleicht war es Barin, obwohl sie ihn seit Tagen kaum gesehen hatte, außer in Bruns Gesellschaft. Sie hoffte, dass es Barin war. Stattdessen war es Brun, und es war eine sehr aufgebrachte Brun.

»Ich schätze, du bist stolz auf dich!«, legte Brun los.

»Verzeihung?« Wovon redete das Mädchen?

»Du wolltest mich nie im Team haben; du konntest mich von Anfang an nicht leiden!«

»Ich...«

»Und jetzt hast du sichergestellt, dass ich die Feldübung nicht absolvieren kann, damit du ein Spitzenteam erhältst!«

»Das habe ich nicht«, erwiderte Esmay, die langsam in Wallung geriet. »Sie haben es mir einfach zugeteilt...«

»Oh, sei nicht albern!«, sagte Brun, plumpste auf die

Koje und brachte Esmays sorgfältiges Arrangement durcheinander. »Du bist der heldenhafte Lieutenant Suiza – sie möchten schließlich, dass du glänzt, und haben es entsprechend arrangiert. Egal, was dadurch aus den Plänen anderer wird …«

»Wie deinen?«, fragte Esmay. Sie spürte, wie sich ihr Puls beschleunigte.

»Wie meinen. Wie Antons. Wie Barins.«

»Barins!«

»Weißt du, er mag dich wirklich«, sagte Brun und stocherte müßig an einem Stapel Konzentratriegel herum, bis er zusammenbrach. Zwei fielen auf den Boden. Esmay knirschte mit den Zähnen und hob die Riegel kommentarlos wieder auf. Sie hatte keine Lust auf diese Geschichte. »Ich habe versucht herauszufinden, warum du so ein kalter Fisch bist, und dachte mir, er wüsste es vielleicht – und ich wette, du weißt nicht mal, dass der arme Junge halb in dich verliebt ist.«

Ob sie nicht …? Esmay überlegte sich einen Augenblick lang, worauf es vermutlich hinauslief, wenn sie Bruns goldene Locken mit den Wurzeln ausriss.

»Natürlich würde sich ein aufrechter Profi wie du nie dazu herablassen, mit bloßen Ensigns zu schäkern«, fuhr Brun in einem Ton fort, der mehrere Schichten Farbe von einem Wandschott hätte entfernen können. »Wie wir anderen ist er nicht annähernd deiner Aufmerksamkeit wert – außer wenn dir jemand in die Quere kommt.« Diesmal nahm sie eine Flasche Wasser zur Hand und öffnete und schloss die Kappe.

»Das ist nicht fair«, stellte Esmay fest. »Ich hatte nichts mit deinem Ausschluss aus der Feldübung zu tun …«

»Ich schätze, du möchtest mir sogar weismachen, du hättest mich unterstützt?«

»Nein, aber das ist nicht das Gleiche. Die Entscheidung lag nicht bei mir.«

»Aber wenn sie das getan hätte …« Brun sah sie herausfordernd an.

»Hat sie aber nicht. Was hätte sein können, das spielt keine Rolle.«

»Wie wahr! Du *hättest* eine Freundin sein können; du *hättest* Barins Geliebte sein können; stattdessen …«

»Was meinst du mit ›ich *hätte* jemandes Geliebte sein können‹?« So wütend sie auch war, sie konnte Barins Namen in diesem Kontext nicht aussprechen. Nicht dieser Frau gegenüber.

»Du erwartest doch nicht, dass er sich für immer in deiner Nähe herumtreibt und deine Fußstapfen verehrt, oder? Nur für den Fall, dass du vielleicht von deinem Gipfel herabsteigst und ihn zur Kenntnis nimmst? Selbst ein schlimmer Fall von Heldenverehrung fällt schließlich der Zeit zum Opfer.«

Das war Esmays größte Angst, genau hier und jetzt. War es nur Heldenverehrung? War es … vorbei?

»Und du warst natürlich gleich zur Stelle, um ihm über diese ungerechtfertigte Fixierung hinwegzuhelfen?«

»Ich habe meinen Beitrag geleistet«, sagte Brun und schnipste die goldenen Locken mit einer Geste auf die Seite, die keinen Zweifel daran ließ, wie sie das gemeint hatte. Esmay hatte sofort die Vorstellung vor Augen, wie diese Locken im Zimmer verstreut wurden, kleine goldene Haarbüschel, wie Schafwolle, die nach dem Scheren auf dem Boden herumlag. »Er ist intelligent, geistreich, lustig, ganz zu schweigen von unglaublich gut aussehend … Ich hätte eigentlich gedacht, dass dir das aufgefallen wäre …«

Ein Licht von unirdischer Klarheit schien das Zimmer zu erhellen; Esmay fühlte sich fast schwerelos vor reinem Zorn. Sich vorzustellen, dass … *diese* Person Barin verfolgte! Dass *diese* Person an ihre Stelle trat und ihre Beziehung zu Barin ruinierte! Eine junge Frau, die sich öffentlich ihrer sexuellen Eroberungen rühmte, die es ablehnte, sich an irgendwelche Regeln zu halten, die behauptete, sich nicht vor einer Vergewaltigung zu fürchten, weil »es reine Mechanik ist; und außerdem kann mich niemand schwängern«. Sie ähnelte Casea Ferradi, ohne deren Ausrede einer kolonialen Herkunft mitzubringen.

Sich kaum dessen bewusst, was sie tat, streckte Esmay die Hände aus, hob Brun von der Koje auf und drückte sie an die Wand, so mühelos, wie sie es mit einem Kleinkind hätte machen können.

»Du ...!« Sie konnte nicht das aussprechen, was sie wirklich dachte; sie bemühte sich, auf etwas zu kommen, was noch weh genug tat. »Du Playgirl!«, sagte sie schließlich. »Du kommst hier hereingeplatzt mit deinem Grips und deiner Schönheit aus der gentechnischen Retorte, prahlst damit herum, spielst mit uns – *spielst* mit den Menschen, die ihr Leben riskieren, damit du und deine wundervolle Familie am Leben und in Sicherheit bleiben.«

Brun öffnete den Mund, aber Esmay gab ihr keine Chance; die Worte, die zu sagen sie sich ersehnt hatte, strömten aus ihr hervor.

»Du wolltest ein Freund sein, hast du gesagt – aber was hast du je anderes getan, als mir in die Quere zu kommen, mir die Zeit zu stehlen, nach jedem zu gieren, der dir gerade in den Sinn kam? Dabei bist du nie auf die Idee gekommen, dass einige von uns hier einen Job zu erledigen haben – und dass Menschenleben, nicht nur deines, davon abhängen, wie gut wir darin sind. Nein! Du möchtest in der Stadt spielen gehen, und jemand soll mitkommen ... und dabei kommt es dir nicht darauf an, ob es bedeutet, weniger zu lernen. Was bedeutet es schließlich, ob du einen Kurs bestehst oder in den Sand setzt? Dein Leben steht ja nicht auf dem Spiel. Dir ist es egal, ob du Barins Karriere zerstörst oder nicht...« Anders als Esmay selbst, für die der Gedanke eine echte Qual war. »Du denkst, dein Geld und deine Familie geben dir das Recht, dir jeden zu nehmen, den du haben möchtest.«

Brun war bis auf die Lippen weiß geworden. Esmay war es egal. Ihre Sorge vor dem nächsten Tag, ihre

Erschöpfung nach Wochen zusätzlichen Lernens – all das wurde von einem rechtschaffenen Zorn verzehrt. »Du hast so viel Moral wie eine rossige Stute; du hast nicht mehr seelische Tiefe als ein Tropfen Wasser auf einem Fenster. Und eines Tages wirst du mehr brauchen, und ich verspreche dir – ich verspreche es dir, Miss Reich und Berühmt –, dass du dir wünschen wirst, du hättest es, und du wirst wissen, dass ich Recht habe. Geh jetzt hinaus und bleibe draußen. Auf mich wartet Arbeit.«

Damit riss Esmay die Tür auf; sie war entschlossen, Brun notfalls hinauszuschubsen, aber Brun stolzierte an ihr vorbei, unter den Augen der wartenden Sicherheitsleute, die darauf bedacht waren, keine von beiden anzusehen. Die Türen waren nicht darauf ausgelegt, sie zuzuknallen, andernfalls hätte Esmay genau das getan. Wie die Lage war, sortierte sie ihre Ausrüstung mit zitternden Händen, packte sie ein, stellte sie auf die Seite und lag dann, ohne zu schlafen, auf der Koje und wartete auf den Wecker.

Kapitel vier

Brun stolzierte die Straßen von Q-Town entlang, bemüht, ihre Wut herunterzuschlucken. Dieses frömmlerische kleine Tugendlamm ... diese zimperliche *Hinterwaldgöre* ... ihre Familie fütterte wahrscheinlich barfuß Schweine. Nur weil sie, Brun, in Reichtum aufgewachsen war, nur weil sie über Sex reden konnte, ohne dabei das Gesicht zu verziehen ...!

In einem Winkel ihrer Gedanken wusste sie, dass das unfair war. Esmay war kein unwissendes Mädchen, sondern eine Frau, die älter war als Brun und es zu etwas gebracht hatte. Nicht viel älter, aber eine Absolventin der Akademie, ein Flottenoffizier, eine Kriegsveteranin ... Brun hätte nur zu gern Esmays Erfahrungen. Sie sehnte sich nach Esmays Respekt.

Aber nicht so sehr, dass sie sich dafür in eine tantenhafte, zugeknöpfte, sexlose, griesgrämige ...

Esmay war allerdings nicht griesgrämig.

Brun wollte nicht fair sein. Sie wollte wütend sein, rechtschaffen zornig. Esmay hatte nicht das Recht, sie dermaßen zur Schnecke zu machen, hatte nicht das Recht zu behaupten, Brun verfüge über keinen Sinn für Moral. Natürlich hatte sie den! Zum einen hatte sie Lady Cecelia gerettet. Sogar Esmay gab das zu. Abgesehen von den erforderlichen Eskapaden, die alle Leute ihrer Art in der Pubertät durchliefen, hatte ihr nie jemand vorgeworfen, sie wäre unmoralisch.

Sie stöberte in ihrer Vergangenheit herum und fand ein Beispiel nach dem anderen, wo sie sich auf eine Art und Weise verhalten hatte, die, da war sie überzeugt, Esmays Beifall gefunden hätte ... nicht, dass es sie etwas angegangen wäre! Brun hatte diese kleine Ponsibar auf der Schule beschützt, die schon bei ihrer Ankunft so verängstigt gewesen war und so leicht zu schikanieren. Brun hatte die Wahrheit über den Zwischenfall im Biologielabor gesagt, auch wenn ihr das einen Monat Arrest eintrug und die Freundschaft von Ottala Morreline kostete. Sie war höflich zu Großtante Trema gewesen, selbst als diese formidable alte Dame die Gäste auf dem Jagdball mit Geschichten vom »kleinen Dummchen« unterhielt, das als Kleinkind nackt im Springbrunnen herumgetobt war. Danach hatte sich Brun einfach zu vieler Brüder von Klassenkameradinnen erwehren müssen, sich aber nicht gegen Tante Trema gestellt. Sie und Raffa auf der Insel ... sie hatten sich gegenseitig das Leben gerettet.

Sie fand allerdings nichts, womit sie sämtliche Anschuldigungen hätte überkleistern können. Na ja ... was sollte es? Sie hatte andere Maßstäbe; das bedeutete nicht, dass sie gar keine hatte. Gerade als die Stimmen in ihrem Kopf in eine Diskussion darüber einstiegen, entschied Brun, dass sie durstig war, und betrat eine der Kneipen an der Straße.

DIAMOND SIMS stand auf dem Schild. Brun vermutete, dass sich das auf falsche Diamanten bezog und dabei auch den Aspekt von Weltmüdigkeit ansprach. Drinnen waren die Tische und Nischen dicht mit Männern und Frauen besetzt, die genauso gut hätten Uniformen tragen können wie die weitgehend tristen Schiffsanzüge, die sich zur bevorzugten Freizeitkleidung des Militärs entwickelt hatten. Die Haltung, in der sie dasaßen, ihre Gesten ... all das verriet den Beruf. Einige – weniger als ein Drittel – trugen Uniform. Brun entdeckte keine Schüler aus den Kursen – nicht, dass sie Schüler aus anderen Kursen erkannt hätte. Aber sie wollte ja auch niemanden sehen, den sie kannte, jemanden, der sich fragte, wo ihre Leibwächter steckten. Sie wollte neue Gesichter sehen, einen neuen Anfang machen und neue Beweise dafür finden, dass sie die war, für die sie sich hielt.

Mit diesen Gedanken schob sie sich an den dicht besetzten Tischen vorbei und nahm Kurs auf den einen freien Doppelsitz an der Rückwand. Sie setzte sich, drückte auf die Bestelltaste auf dem Tisch – Stenner-Ale, eines ihrer Lieblingsgetränke – und schob den Kreditwürfel in den Zahlschlitz. Sie blickte sich um. An der Wand rechts hingen gerahmte Bilder von Schiffen und Menschen, dazu ein Display mit kleinen Metallstücken, die in Reihen arrangiert waren. Ein verblasstes rotes Banner hing in der Ecke gegenüber; die Schrift konnte sie von ihrer Position aus nicht lesen.

Eine Kellnerin brachte den beschlagenen Becher und die Bierflasche und zeigte Brun ein lebhaftes Lächeln. »Welches Schiff, Süße?«

Brun schüttelte den Kopf. »Ich besuche hier den Unterricht.« Die Kellnerin wirkte leicht überrascht, nickte aber und ging weiter, um den restlichen Inhalt ihres Tabletts an einem anderen Tisch abzuliefern. Brun goß sich Ale ein. Hinter sich hörte sie ein mattes Stimmengewirr und erkannte, dass dort ein weiterer Raum – anscheinend privat – angrenzte. Und die lange Theke links von ihr: das gleiche Mattschwarz wie das Zeug auf Schiffsrümpfen ... war es möglich, dass sie dort ein Stück aus demselben Material vor sich sah? Darüber hingen Schiffsmodelle an der Decke. Brun erkannte die merkwürdige eckige Form eines Minenräumers zwischen den verbreiteteren Eiformen der Kriegsschiffe. Und hinter der Theke waren die zu erwartenden Spiegel gerahmt mit ... Bruns Augen weiteten sich. Sie wusste inzwischen genug über Geschütze, um zu erkennen, dass jeder Rahmen einmal Teil eines funktionsfähigen Geschützes gewesen war. Mit einem raschen Blick durch den Raum nahm sie immer mehr in sich auf ... es sah danach aus, als bestünde die Innenausstattung der Kneipe aus geborgenen Wrackstücken.

Sie spürte, wie sich ihr im Nacken und auf den Armen die Haare sträubten. Das war nicht real – es konnte nicht real sein – niemand würde wirklich ... aber ihr Blick blieb an einem Display am ihr zugewandten Ende der Theke hängen. *Paradox.* Diesen Namen – diesen

Namen würde sie nie vergessen. Und da war ein Teller, ein gewöhnlicher Essensteller, dessen breiter Rand das gleiche dunkelblaue Kettenmuster zeigte, das Brun vom gesamten Essgeschirr an Bord von Admiral Serranos Flaggschiff kannte, mit den vier Rauten, die dort den Namen *Harrier* umringt hatten. Hier sah das Muster innerhalb der Rauten etwas anders aus ... und der Teller, auf einem Ständer präsentiert, der, wie Brun plötzlich überzeugt war, ebenfalls aus Wrackteilen bestand, wurde von einem winzigen Scheinwerfer hell erleuchtet, der auch das Etikett hervorhob. Das Etikett war für Leute gedacht, die zu weit entfernt waren, um die Rauten zu erkennen. Daneben war ein Ständer mit irdenem Geschirr aufgebaut.

Brun betrachtete sich den Becher mit ihrem Bier, und plötzlich wurde ihr fast schlecht. Hatte sie aus ...? Nein, er stammte nicht von der *Paradox*. Aber jetzt, wo der Becher nicht mehr beschlagen war, entdeckte sie ein Muster daran. Sie kniff leicht die Augen zusammen. Die *RSS Balrog*.

Sie hatte aus einem Becher getrunken, der Toten gehörte. Sie saß auf ... einem Stuhl aus Bergungsgut ... und welchem genau? Ihre Ellbogen ruhten auf einem Tisch aus ... sie wusste nicht genau was, aber sie war auf einmal überzeugt, dass er einst Teil eines belebten Schiffes gewesen und aus dessen Wrack geborgen worden war. Sie suchte nach Hinweisen – und da war die matt geschliffene Plakette in der Tischplatte, neben dem Menüschirm: *RSS Forge*, Mannschaftskoje 351. Ein winziger Knopf an der Seite fand Bruns Aufmerksamkeit; sie drückte ihn.

Der Menüschirm wurde weiß, und an Stelle des Menüs trat eine historische Notiz: Die *RSS Forge* war vor zweiunddreißig Jahren im Kampf gegen eine Angriffsstreitmacht der Benignität zerstört worden; alle Mann an Bord waren umgekommen. Dieses Trümmerstück hatte man vor achtundzwanzig Jahren geborgen und anhand der eingeprägten Teilenummer identifiziert (man fand sie nach wie vor an der Unterseite des Tisches); zum Zeitpunkt der Zerstörung war Mannschaftskoje 351 dem Pivot Lester Green zugeteilt gewesen.

Den Tischsockel hatte man, wie die Notiz zu erklären fortfuhr, aus einem isolierten Leitungsrohr desselben Schiffes hergestellt. Die beiden Stühle stammten von der *Forge;* einer kam aus der Mannschaftsmesse, während der andere dem ranghöchsten Waffentech der Raketenbatterie an Steuerbord achtern gehört hatte. Die fünf Personen, die diesen Posten während der letzten Schlacht der *Forge* besetzt hatten, waren alle aufgeführt: Cpl. Dancy Alcorn, Sgt. Tarik Senit, Cpl. Lurs Ptin, Cpl. Barstow Bohannon, Sgt. Gareth Meharry.

Brun stockte der Atem. Schlimm genug, dass hier alle Namen genannt waren, die Namen wirklicher Menschen, die ein wirkliches Leben geführt hatten und eines wirklichen Todes gestorben waren. Aber Meharry ... sie kannte Methlin Meharry. War das ein Verwandter? Ein ... Elternteil? Tante? Onkel?

Jeder Name war, wie sie feststellte, mit weiteren Informationen verknüpft. Sie wollte sie nicht erfahren; sie wollte nicht, dass diese Namen für sie noch realer wurden, als sie schon waren. Aber Meharry – sie musste es erfahren. Sie aktivierte die Verknüpfung.

Gareth Meharry war sechsundzwanzig gewesen, als er starb; sein auf dem Bildschirm ausgebreiteter Stammbaum, mit Flottenangehörigen in Blau, war mehr blau als grau. Seine Eltern (beide inzwischen tot, einer im Kampf) hatten der Flotte angehört; von den vier Geschwistern waren zwei im aktiven Flottendienst und zwei weitere mit Flottenangehörigen verheiratet. Methlin Meharry war seine Schwester ... schwierig, sich diese harte Veteranin als irgendjemandes Schwester vorzustellen. Eine seiner Nichten – und damit auch ihre Nichte – war nach ihr benannt. Also gab es eine weitere Methlin Meharry, und mit beiden Eltern und Tanten und Onkeln in der Flotte bestand jede Chance, dass sie sich ebenfalls verpflichtete.

Plötzliche Neugier – und der Wunsch, vor dem Gewicht der Tragödie zu flüchten, das Brun die Konzentration erschwerte – bewegte sie, ins Hauptmenü zurückzukehren. Und klar doch, hinter den Listen von Getränken und Speisen fand sie Datenzugriffsoptionen. Von diesem Tisch aus konnte sie die Unterlagen jedes Flottenangehörigen, soweit öffentlich zugänglich, abfragen.

Esmay – sie fragte sich, ob noch weitere Suizas bei der Flotte waren. Sie gab den Namen ein und wartete. Nur ein Name erschien auf dem Monitor, begleitet von den Daten, die die Flotte für die Öffentlichkeit freigegeben hatte. Name ... sie hatte gar nicht gewusst, dass Esmays voller Name Esmay Annaluisa Susannah Suiza lautete. Heimatplanet: Altiplano. Familiäre Herkunft ... Brun stockte der Atem. Ein paar knappe Sätze informierten sie darüber, dass die Suizas eine der drei prominentesten Familien von Altiplano waren ... dass Esmays Vater einer der vier ranghöchsten Militärkommandeure war ... dass zwei weitere ihre Onkel waren und der vierte als von den Suizas ausgesucht galt. Dass der militärische Einfluss auf die Regierung von Altiplano »tiefgreifend« war.

Brun versuchte sich davon zu überzeugen, dass ein Militärbefehlshaber auf einem Hinterwaldplaneten nichts Besonderes war – die Miliz ihres Vaters auf Sirialis war nichts weiter als eine aufgemotzte Polizeitruppe. Ihr Kommandeur hieß zwar »General«, hatte Brun aber nie so beeindruckt wie die regulären Offiziere der Flotte. Aber Altiplano ... sie las weiter ... hatte keinen Vertreter im Rat. Es hatte überhaupt keine Verbindungen zu den führenden Familien. Was bedeutete – sie war sich nicht sicher, was eigentlich, aber sie vermutete, dass ein General Suiza viel mehr Macht hatte als der alte General Ashworth.

Von Esmay selbst stand dort nur wenig: eine Liste ihrer Auszeichnungen mit den begleitenden Lobesworten. Herausragende Tapferkeit. Außergewöhnliche Führungsqualitäten. Außergewöhnliche Initiative. Eine

Liste der Schiffe, auf denen sie gedient hatte. Ihr gegenwärtiger Dienstposten im Führungskurs des Ausbildungskommandos für Subalternoffiziere.

Na ja. Brun lehnte sich zurück, spürte die Spannung in Hals und Schultern, hatte das Gefühl, dass sie sich in mehrerlei Hinsicht bis über beide Ohren in die Nesseln gesetzt hatte. Sie schaltete den Bildschirm wieder auf das Ausgangsdisplay und überlegte, ob sie einen Imbiss bestellen sollte. Aber er würde auf einem Teller aus irgendeinem zerstörten Schiff geliefert werden. Sie glaubte nicht, sich dem stellen zu können. Wie die Lage aussah, hatte sie jetzt schon Tränen in den Augen.

»Irgendwas nicht in Ordnung?«, fragte eine tiefe Stimme hinter ihr. Sie drehte sich um.

Er war stämmig, hatte schwere, dick mit Muskeln bepackte Schultern; der kahle Schädel war wie der Oblos stark vernarbt. Seine Augen lagen kaum höher als Bruns; er saß in einem Schwebestuhl. Brun hinderte ihre Augen daran, sich zu senken und den Grund dafür in Erfahrung zu bringen – aber damit ermöglichte sie ihm einen freien Blick in ihr Gesicht.

Aus dem Narbengesicht musterten sie braune Augen mit mehr Scharfblick, als ihr recht war. Seine breiten Lippen zuckten.

»Lady, Sie gehören nicht der Flotte an, und Sie haben keine Ahnung, wo Sie da hineingeraten sind, nicht wahr?«

Die »Lady« brachte sie für einen Augenblick aus dem Konzept. In dieser Pause deutete der Mann mit dem Kopf in den hintersten Winkel.

»Kommen Sie mit hinüber und lassen Sie sich auf die Sprünge helfen«, sagte er. Sie war schon losgegangen, ehe sie es überhaupt bemerkte, wurde von irgendwas in seinem Tonfall gezwungen. Sein Schwebestuhl drehte sich und glitt zwischen den Tischen dahin; Brun folgte ihm.

Zwei Tische weiter rief jemand: »Hey, Sam!« Er drehte leicht den Kopf – er konnte ihn, wie Brun bemerkte, nicht ganz drehen – und hob die Hand, gab jedoch keine Antwort. Brun folgte ihm weiter und erreichte eine leichte Vertiefung in der Wand, abgetrennt durch Bank und Tisch, mit ausreichend Platz auf der anderen Seite für den Schwebestuhl.

»Setzen Sie sich«, sagte er. Dann wandte er sich über die Schulter an eine Kellnerin: »Bringen Sie uns zwei Stenner und ein paar Chips.« Sein Blick kehrte zu Brun zurück, so beunruhigend wie zuvor.

»Ich bin eigentlich nicht …«, begann Brun.

»So viel ist mir schon klar«, sagte er mit Humor im Ton. »Aber sehen wir mal, was Sie sind.« Er zählte die Punkte mit einem Stummelfinger ab, der aussah, als wäre er ungeschickt aus Plastik geformt worden. »Sie sind Thornbuckles Tochter, wenn man Ihrem Kreditchip und der Klassenliste dort drüben folgt …« Er deutete mit dem Kopf in Richtung der Schule. »Sie sind Brun Meager, haben sich entschlossen, den Familiennamen Ihrer Mutter zu benutzen. Ziel von Mordanschlägen …« Brun fiel der Plural auf, und sie fragte sich, woher er so viel wusste. »Den Berichten Ihrer Ausbilder zufolge sind Sie körperlich beweglich und stark, clever wie eine Eins, lernen rasch, zeichnen sich durch eine Glückssträhne in Notsituationen aus. Sind außerdem emotionell labil, streitlustig, arrogant, dickköpfig, eigensinnig, schwierig. Nicht der Stoff, aus dem Offiziere sind, jedenfalls nicht ohne eine Menge heilsame Veränderungen.«

Brun wusste, dass ihr Gesicht die Reaktion darauf verriet. »Und wieso nicht?«, fragte sie, bemüht um einen Tonfall milden akademischen Interesses.

Er ignorierte die Frage und fuhr fort: »Sie gehören nicht der Flotte an; keiner Ihrer Vorfahren hat seit über zweihundertvierzig Jahren der Flotte angehört. Sie entstammen einer Gesellschaftsschicht, in der man von einer normalen Person Ihres Alters Umgangsformen erwartet. Trotzdem betreten Sie eine Flottenkneipe …«

»In Q-Town gibt es *nur* Flottenkneipen«, brummte Brun.

»Und nicht nur eine Flottenkneipe«, fuhr er fort, »sondern eine mit besonderen Anspielungen, sogar für Flottenangehörige. Nicht alle von ihnen kommen her; nicht alle von ihnen sind hier willkommen. Ich habe schon gesehen, wie Kids, denen nach Ihren Begriffen jeder gesellschaftliche Hintergrund völlig abgeht, hier eintreten und in einem Atemzug erkennen, dass sie nicht hierher gehören. Was für mich die Frage aufwirft, Charlotte Brunhilde Meager, warum jemand wie Sie das *nicht* bemerkt.«

Brun funkelte ihn an. Er erwiderte den Blick mit einem Ausdruck, der weder einladend noch feindselig war. Nur ... eine Betrachtung ... als wäre sie ein interessantes technisches Gerät. Dieser Blick verdiente keine Antwort, selbst falls sie eine gewusst hätte, was nicht der Fall war. Sie wusste gar nicht, warum sie durch diese Tür gegangen war und nicht irgendeine andere. Es war praktisch gewesen; sie hatte sich einen Drink gewünscht; wenn der Gedanke an einen Drink und eine Tür, die Drinks anbot, zusammenfielen, dann trat sie halt ein. Wenn man es so ausdrückte, klang es nicht, als ob sie ganz klar im Kopf wäre, aber sie wollte darüber nicht nachdenken. Nicht hier; nicht jetzt.

»Wissen Sie, wir haben draußen eine Videoüberwachung«, sagte der Mann und lehnte sich ein wenig zurück. »Als Ihre Würfel-ID auf meinem Bildschirm aufleuchtete, habe ich die Aufnahmen abgespielt. Sie sind die Straße entlangstolziert wie jemand, der echt sauer ist. Dann sind Sie an der Schwelle hängen geblieben und nach nur einem kurzen Blick aufs Schild hier eingekehrt. Hat Ihnen schon irgendjemand von dieser Kneipe erzählt?«

»Nein.« Selbst für die Verhältnisse von Bruns gegenwärtiger Stimmung klang das verdrossen, und sie ergänzte: »Ich hatte eine Liste von Etablissements erhalten, die verschiedene Spezialitäten anbieten, meist sexueller Natur. Sie haben Codes aus Lichtmustern in den Fenstern, hieß es im Instruktionswürfel. Alles andere böte allgemeine Unterhaltung.«

»Also, wie man auf dem Video auch sehen konnte, waren Sie wütend, dachten daran, etwas zu trinken, und sind in die erste Kneipe eingekehrt, die Sie sahen.« Seine Lippen zuckten. »Echte Spitzenüberlegung für jemanden mit Ihren Ergebnissen bei Intelligenztests.«

»Auch clevere Leute können sauer werden«, sagte Brun.

»Auch clevere Leute können sich dumm benehmen«, entgegnete er. »Sie sollten doch ständig eine Sicherheitsbegleitung haben, oder nicht? Und wo sind die Leute?«

Brun spürte, wie sie erneut rot wurde. »Sie sind ...« Sie wollte sagen *ein echter Klotz am Bein*, wusste aber, dass dieser Mann das für kindisch halten würde. Jeder schien es für kindisch zu halten, wenn man nicht wollte, dass ein Dutzend Leute ständig um einen herumlungerten, private Gespräche mithörten, alles belauschten und im Auge behielten, einfach ... immer dort waren, wo Brun sie nicht haben wollte. »Auf dem Stützpunkt, denke ich«, sagte sie.

»Sie haben sich hinausgeschlichen«, sagte der Mann, und es klang nicht im Geringsten nach einer Frage.

»Ja. Ich wollte etwas ...«

»Zeit für sich selbst. Ja. Und deshalb riskieren Sie nicht nur das eigene Leben, was Ihr Recht als Erwachsene ist, sondern auch die Sicherheit und die berufliche Zukunft Ihrer Leibwächter, nur um etwas Zeit für sich zu haben.« Jetzt war die Verachtung, die sie schon gespürt hatte, in seinem Ausdruck und Tonfall deutlich geworden. Diese braunen Augen ließen keine Ausrede zu, weder für sich selbst noch für sonst jemanden. »Denken Sie, Ihr Attentäter nähme sich auch ein wenig Auszeit, Zeit, um sich ein bisschen zu entspannen?«

Brun hatte über den Attentäter nur nachgedacht, wenn sie es nicht mehr vermeiden konnte; sie hatte ganz gewiss nicht überlegt, ob ein Attentäter sich an dieselbe Zeitplanung hielt wie sein Opfer. »Ich weiß es nicht«, murmelte sie.

»Oder was aus Ihren Wachleuten wird, falls Sie umgebracht werden, während sie nicht dabei sind?«

»Ich habe mich davongeschlichen«, sagte Brun. »Es wäre nicht ihre Schuld.«

»Moralisch nicht. Beruflich schon. Es ist ihr Job, Sie zu beschützen, ob Sie nun kooperieren oder nicht. Falls Sie sich davonmachen und umkommen, wird man ihnen die Schuld geben.« Er legte eine Pause ein. Brun wusste nicht, was sie sagen sollte, und blieb still. »Also ... Sie sind wütend geworden und hier hereingestürmt. Haben eine Bestellung aufgegeben. Haben angefangen, sich umzusehen. Haben das Dekor bemerkt.«

»Ja. Bruchstücke von Schiffen. Das ist ... morbide.«

»Nun, in diesem Punkt, junge Dame, irren Sie sich.«

Angesichts einer Gegenmeinung hatte Brun das Bedürfnis, Argumente vorzubringen. »Doch, ist es. Welchen Sinn hat es, Teile toter Schiffe aufzubewahren und ... und die Namen von Personen draufzuschreiben, wenn nicht eine morbide Faszination für den Tod?«

»Sehen Sie mich an«, sagte der Mann. Erschrocken gehorchte Brun. »Sehen Sie richtig hin«, sagte er. Er setzte den Schwebestuhl ein wenig zurück und deutete auf seine Beine ... die auf halber Länge der Oberschenkel endeten. Brun sah hin, wollte nicht richtig, tat es aber gründlich, und entdeckte immer mehr Spuren alter, ernsthafter Verletzungen.

»Keine Regenerationstanks auf einem Geleitschiff«, sagte der Mann. »Es ist zu klein. Ein Kamerad hat mich in eine Fluchtkapsel gesteckt, und als die alte *Cutlass* hochging, war ich in sicherer Entfernung. Als ich endlich aufgesammelt wurde, konnte man die Beine nicht mehr retten. Oder den Arm, obwohl ich mich in diesem Fall für eine gute Prothese entschieden habe. Man hätte mir auch Beinprothesen gegeben, aber die Verletzung der Wirbelsäule war so stark, dass ich sie nicht hätte benutzen können. Was jetzt die Kopfverletzungen angeht...« Er senkte den Kopf und zeigte Brun die Narben, die sich über seinen Schädel zogen. »Sie stammen aus einer anderen Schlacht, damals auf der *Pelion,* als ein Stück von einem Gehäuse abbrach und mich aufschlitzte.«

Er grinste sie an, und sie sah, wie sich dabei ein Mundwinkel verzerrte. »Was jetzt Sie angeht, junge Dame, Sie haben ja keine Ahnung, was es mir bedeutet, einen Teil vom Rumpf der *Cutlass* als Theke zu benutzen. Oder irgendeinem der Männer und Frauen, die hierher kommen. Was es bedeutet, Geschirr von der *Paradox* und der *Emerald City* und der *Wildcat* zu benutzen, Besteck von der *Defence* und der *Granicus* und der *Lancaster,* dass alles in dieser Kneipe aus den Resten der Schiffe besteht, auf denen wir gedient, gekämpft und überlebt haben.«

»Ich finde es immer noch morbide«, drückte Brun zwischen steifen Lippen hindurch.

»Haben Sie jemals einen Menschen getötet?«, fragte er.

»Ja. Das habe ich tatsächlich.«

»Erzählen Sie mir davon.«

Sie konnte einfach nicht glauben, dass dieses Gespräch stattfand. Sollte sie ihm von der Insel erzählen, von Lepescu? Aber seine Augen warteten und seine Narben und seine Annahme, sie wäre ahnungslos. Was von diesen Dingen sie schließlich bewegte zu reden, das hätte sie nicht sagen können.

»Wir – einige Freunde und ich – hatten einen Luftwagen zu einer Insel auf Sirialis genommen. Das ist ein Planet, der meinem Vater gehört.« Der Klang dieser Worte gefiel ihr nicht; sie wollte nicht prahlen, aber es klang danach. Er reagierte nicht. »Wir wussten nicht, dass wir dort... Eindringlinge antreffen würden. Einen Mann – er war Flottenoffizier...«

»Wer?«

Sie wollte darauf nur ungern antworten, sah aber keine

Möglichkeit, es zu vermeiden. »Admiral Lepescu.« Erfolgte da eine Reaktion? Sie konnte es nicht erkennen. »Er und einige Freunde – zumindest hat man mir erzählt, es wären Freunde gewesen – hatten Kriminelle dorthin gebracht ... na ja, nicht wirklich Kriminelle, aber so haben sie sie genannt...« Der Mann bewegte sich, stimuliert von einer Ungeduld, die sie beinahe fühlen konnte. »Jedenfalls«, fuhr sie fort und redete jetzt schneller, »brachten er und seine Freunde diese Leute auf die Insel, um zu jagen. Um sie zu jagen, die angeblichen Kriminellen. Lepescu und seine Freunde wohnten auf einer nahe gelegenen Insel in einer Fischerhütte und flogen jeden Tag zur Jagd hinüber. Die Gejagten hatten nun eine Art Waffe zusammengebastelt und schossen unseren Luftwagen ab, weil sie dachten, es wäre Lepescus. Sie nahmen uns gefangen. Als sie ihren Fehler bemerkten, wurde uns klar, dass man uns jetzt alle jagen würde; Lepescu würde versuchen, seine Verbrechen zu vertuschen.«

»Und niemand wusste, dass er auf diesem Planeten war?« Der Ton brachte die Ungläubigkeit zum Ausdruck.

»Dad fand später heraus, dass einer seiner Stationskommandanten bestochen worden war. In diesem Sonnensystem herrschte so viel Verkehr – es war der Höhepunkt der Jagdsaison, und eine Menge Gäste reisten an und ab –, dass den anderen ein zusätzliches Schiff an einer Station nicht aufgefallen war.«

»Hmpf.« Darin schwang immer noch Unglauben mit, aber ein scharfes Nicken gab Brun das Stichwort, mit der Erzählung fortzufahren.

»Raffa und ich sind nun zu einem alten Versteck aufgebrochen, das ich noch aus der Kindheit kannte«, sagte Brun. Sie war selbst angespannt und spürte, wie sich ein dünner Schweißfilm auf ihrer Haut ausbreitete. Sie dachte nicht gern an jene Nacht oder die nächsten Tage zurück. Sie rasselte die Geschichte herunter, so schnell sie konnte: Wie sie und Raffa jeder einen Eindringling töteten und ihre Waffen an sich nahmen; wie sie entdeckten, dass die Jäger das Wasser vergiftet hatten; die Flucht zur Höhle und die abschließende Konfrontation in der Höhle, wo Lepescu von Heris Serrano umgebracht wurde.

Der Ausdruck des Mannes wechselte, als der Name Serrano fiel, aber er sagte nur: »Also haben Sie im Grunde jemanden getötet, der Sie umzubringen versuchte …«

»Ja.«

»Und hat es Ihnen Spaß gemacht?«

»Nein!« Das kam heftiger hervor, als sie geplant hatte.

»Hatten Sie Angst?«

»Natürlich hatte ich Angst. Ich bin kein … kein …« *Militärfreak* lag ihr auf der Zunge, aber sie konnte es noch mal herunterschlucken.

»Verrückter Militarist?«, fragte er. Brun starrte ihn an. Es war doch nicht möglich, Gedanken zu lesen, oder? Dann seufzte er. »Ich wünschte wirklich, dass die Menschen irgendwann im Verlauf der Geschichte mal aufhören würden, den Mut von Militärangehörigen herabzuwürdigen, indem sie behaupten, diese Leute hätten keine normalen Gefühle.«

»Lepescu schien keine zu haben«, wandte Brun ein.

»Lepescu stellte ein ernstes Problem dar«, sagte der Mann. »Es war verdammt knapp, und er hätte es beinahe geschafft, die Familie Serrano auf dem Weg über Heris zu ruinieren; er war bei jedem Gefecht, an dem er beteiligt war, vermutlich für mehr Todesfälle verantwortlich als der Feind. Aber er kann wohl kaum als typisch gelten. Sogar in seiner Familie gibt es gute Offiziere, obwohl keiner von ihnen jetzt noch mit einer Karriere rechnen kann.«

Er nahm einen tiefen Schluck Ale, setzte den Becher ab und sah Brun wieder direkt an.

»Also … zurück zu Ihnen. Was hat Sie so sauer gemacht?«

»Eine Auseinandersetzung.«

»Mit wem?«

»Mit Esmay Suiza«, antwortete Brun. Der Zorn brach wieder aus ihr hervor. »Sie war wie Sie – sie denkt, ich wäre nur ein verdorbenes reiches Mädchen, das im Universum herumtobt und seinen Spaß hat. Sie hatte den Nerv – die Frechheit, mir zu sagen, mein Leben hätte keinerlei moralische Struktur.«

»Hat es denn eine?«

»Natürlich hat es eine!«

»Was betrachten Sie dann als Zweck Ihres Lebens? Was tun Sie, um Ihre Existenz zu rechtfertigen? Weshalb sind Sie hier?«

Wenn er es so ausdrückte in dieser lockeren Stimme, die weder Lob noch Anschuldigung ausdrückte, dann fand Brun die Antworten, die ihr in den Sinn kamen, eindeutig unzureichend. Sie war die Tochter ihres Vaters; sie existierte, um ... die Tochter ihres Vaters zu sein. Nein. Sie wollte nicht einfach nur die Tochter ihres Vaters sein, aber ihr war bislang nichts anderes eingefallen.

»Ich habe Menschen geholfen«, versetzte sie lahm.

»Das ist nett«, fand er. Sie war nicht sicher, ob darin Sarkasmus mitschwang oder nicht. »Die meisten Leute haben das bei der einen oder anderen Gelegenheit. Sie haben das Leben Ihrer Freundin auf dieser Insel gerettet. Das ist ein Punkt für Sie. Ist das Ihre Mission, das Leben anderer zu retten, indem Sie die umbringen, die diese Menschen zu töten versuchen? Falls ja, dann muss ich doch feststellen, dass Sie dafür bestürzend schlecht ausgebildet sind und übermäßig für anderes.«

»Ich ... weiß es nicht.« Brun nahm einen weiteren Schluck Ale.

»Hmm. Sie sind jetzt Mitte zwanzig, nicht wahr? In diesem Alter zeigen die meisten jungen Leute ohne Ihre ... Vorteile ... mehr Orientierung. Denken Sie an den Offizier, mit dem Sie sich gestritten haben. In Ihrem Alter hatte sie sich für einen Beruf entschieden, war von zu Hause weggegangen, ungeachtet einigen Widerstandes gegen ihre Laufbahnentscheidung, und hatte sich im gewählten Beruf als tüchtig erwiesen. Sie ist nicht herumgesaust, um Abenteuer zu erleben.«

»Nur weil ich reich bin ...«

»Versuchen Sie das nicht!«, sagte er, und diesmal drückte sein Ton Verachtung aus. »Es hat nichts mit Reichtum zu tun; Ihr Vater zum Beispiel demonstriert in jeder Hinsicht, dass er ein ehrenvoller, hart arbeitender Mann ist, dessen Mission darin besteht, den Familias – und der eigenen Familie – zu dienen. Ihre Schwester Clemmie hat sich schon vor der Heirat dafür entschieden, auf einem Gebiet der Medizin zu arbeiten, auf dem ihre Fähigkeiten und ihre Begabung tatsächlich anderen nützen. Sie Ihrerseits sind zwar bereit, Freunden zu helfen, zeigen aber keine konsistente Orientierung im Leben.«

»Ja, aber ...«

»Also würde ich sagen, dass Lieutenant Suiza wohl im Recht war. Sie sind eine feine Dame, Brun Meager, aber halt nicht mehr. Und eines Tages werden Sie sich, falls Sie Ihre seelischen Kräfte nicht ausreichend entwickelt haben, in einer Lage wiederfinden, mit der Sie nicht fertig werden – und ohne jedes Hilfsmittel, um sie zu meistern.«

Brun funkelte ihn an; ihr fiel nichts ein, was sie hätte sagen können.

»Wir alle hier waren schon in solchen Situationen«, sagte er nach einer Unterbrechung. »Grips allein reicht nicht. Körperkraft allein reicht nicht. Das Leben wirft einem Dinge an den Kopf, die zu viel sind für Grips und Kraft. Sowohl gescheite als auch starke Menschen können verrückt werden – oder schlimmer noch, können böse werden wie Lepescu, überzeugt davon, dass alles, was sie sich wünschen, akzeptabel sein muss oder akzeptabel sein sollte. Man braucht auch spirituelle Stärke.«

»Und Sie denken, dass ich keine habe?«

Er zuckte die Achseln. »Es liegt nicht an mir, mich dazu zu äußern. Ich müsste sagen, dass Sie bislang keine *gezeigt* haben. Sie haben beispielsweise noch nicht die

Fähigkeit demonstriert, sich als die zu betrachten, die Sie wirklich sind ... und Selbsteinschätzung gibt einen guten Hinweis auf die seelische Verfassung eines Individuums. Sicherlich haben Sie die Fähigkeit dazu – jeder hat sie –, aber Sie haben sie noch nicht entwickelt.«

»Ich denke, Sie wissen gar nicht, wovon Sie reden«, sagte Brun. Sie trank den Rest dieses Stenner-Krugs aus. »Sie haben gar keine Vorstellung davon, wie mein Leben bislang ausgesehen hat, was ich getan habe, und Ihr toller Lieutenant Suiza weiß auch nichts davon. Sie denken, reich zu sein hätte nichts damit zu tun? Gestatten Sie mir, Ihnen etwas zu erzählen ... die Reichen lernen früh, dass sie niemandem – *niemandem* – vertrauen können außer anderen Reichen. Und ihr Flottenleute seid genauso. Ihr traut niemandem über den Weg, der nicht in die Flotte hineingeboren wurde. Nichts, was ich getan habe, würde daran etwas ändern. Alle haben Sie einfach gleich am ersten Tag entschieden, ich wäre ein verdorbenes reiches Mädchen, und es bestand nie eine Hoffnung, dass Sie es sich anders überlegen. Soweit man bei Ihnen von Überlegung sprechen kann.«

Sie schob sich vom Tisch zurück und ging hinaus, sorgsam darauf bedacht, niemandes Blick zu erwidern. Sie war besiegt; sie konnte unmöglich tun, was sie tun wollte, solange sie keine faire Chance bekam. Sie würde Copper Mountain verlassen; sie würde sich allein überlegen, was sie brauchte.

Als sie den Stützpunkt wieder erreicht hatte, war sie ausreichend abgekühlt, um ihren Leibwächtern mit eisiger Höflichkeit zu begegnen. Sie zeigten ihrerseits eisige Höflichkeit. Es war lange nach Mitternacht; Brun konnte das Knurren der Transporter hören, die die Teams für die Feldübung aufsammelten. Die Übung, an der sie auch beinahe hätte teilnehmen können.

Sie sah den Flugplan des Shuttles nach. Zweifellos waren Formalitäten abzuwickeln, aber sie müsste es eigentlich schaffen, weg zu sein, ehe Esmay zurückkehrte. Sie trug sich in die Liste derer ein, die am nächsten Morgen den Kommandanten der Schule sprechen wollten, und ging in ihre Unterkunft zurück, um sich so viel Schlaf zu holen, wie sie finden konnte.

Als sie das Büro des Kommandanten betrat, wurde deutlich, dass er schon etwas wusste. Sie las es in seinem Gesicht, und noch ehe sie sich setzen konnte, legte er damit los, sich zu entschuldigen.

»Sera Meager, soweit ich weiß, hat sich ein Subalternoffizier unpassend benommen...«

»Sie haben Lieutenant Suiza überwacht?«

Er hustete. »Nein... Sie, Sera Meager. Es tut mir Leid, aber im Interesse Ihrer eigenen Sicherheit...«

Es war unerträglich! Sie konnte sich nicht mal zanken, ohne dass jemand mithörte. »Na ja, ich schätze, da haben Sie einiges zu hören bekommen.«

»Lieutenant Suiza hat sich absolut unprofessionell verhalten; es tut mir – der Flotte – Leid...«

»Vergessen Sie es. Sie war unverschämt, ja, aber sie hat deutlich gemacht, dass man mich hier nie nach meinen eigenen Verdiensten beurteilen wird. Und ich stelle eine übertriebene Belastung Ihres Personals dar, das sich um meine Sicherheit bemüht. Ich gebe meinen Posten hier frei, oder wie immer Sie das nennen.«

»Weiß Ihr Vater davon?«

Sie hätte ihm eine knallen können, aber seine Frage war nur ein weiterer Beweis dafür, dass sie Recht hatte. »Ich informiere ihn noch heute Vormittag per Ansible, sobald das Gerät für die öffentliche Nutzung freigegeben ist. Ich habe vor, einen Flottentransporter bis zum nächstgelegenen zivilen Verkehrsnexus zu nehmen...« Der Name fiel ihr nicht ein. »Von dort aus miete ich wahrscheinlich ein Schiff.«

»Sie brauchen sich nicht zu beeilen...«

»Ich möchte lieber schon fort sein, bevor die Feldübung zu Ende ist«, sagte Brun. Sie war entschlossen, Esmay Suiza nicht noch einmal zu begegnen. Eigentlich auch Barin Serrano nicht... Sie konnte sich gut vorstellen, was seine Großmutter sagen würde.

»Ich verstehe.« Er presste die Lippen zusammen. »Auch wenn ich denke, dass Ihre Entscheidung unter den gegebenen Umständen wohl die Beste ist, gebe ich Ihnen erneut die Zusage, dass Lieutenant Suizas Verhalten nicht ohne offiziellen Verweis bleiben wird.«

Die Erschöpfung legte sich über Brun wie eine schwere Decke. Sie scherte sich nicht um Lieutenant Suiza; sie wollte einfach weg von diesen Leuten mit ihren peinlich genauen Regeln, ihrer unbeugsamen Rechtschaffenheit.

»Ich kooperiere mit allen erforderlichen Verfahren«, sagte Brun und stemmte sich vom Stuhl hoch. Was sie sich wirklich wünschte, das war eine Woche lang schlafen; aber das konnte sie nachholen, sobald sie diesen traurigen Ort erst einmal verlassen hatte. Sie zeigte ihre öffentliche Persona, um die letzten Stunden hinter sich zu bringen; sie lächelte zu den korrekten Anlässen, schüttelte die richtigen Hände, murmelte die richtigen netten Worte, versicherte aller Welt, dass sie sich nicht gekränkt fühlte und keinen Groll hegte und einfach zu dem Entschluss gelangt war, hier wäre nicht der richtige Platz für sie.

Bis Einbruch der Nacht lag die Antwort des Vaters auf ihre Bitte vor, er möge seine persönliche Miliz schicken, um die Sicherheitsleute des Royal Space Service abzulösen, sobald Brun zivilen Raum erreichte. Er billigte ihren Plan – mit wie viel Begeisterung, das konnte sie nicht beurteilen –, ein paar Monate auf Besuche bei Verwandten und Geschäftsfreunden zu verwenden, ehe sie zur Eröffnung der Jagdsaison nach Sirialis zurückkehrte. Um Mitternacht Ortszeit stieg Brun in das Shuttle, das sie vom Planeten fortbrachte ... und hoffte dabei, Esmay Suiza möge eine schlimme Zeit haben, wo immer sie auch steckte.

* * *

Dreißig Stunden nach Beginn der Feldübung fragte sich Esmay, warum sie je auf die Idee gekommen war, dieses Fach für eine gute Wahl zu halten. Sie hatte ihr Team sicher durch das erste Drittel des Kurses gelotst; sie hatten dabei etliche Fallen entdeckt und waren ihnen ausgewichen. Inzwischen waren sie jedoch hungrig, durstig und müde, und Esmay waren gerade die Ideen ausgegangen. Vor ihnen lag Grasland – nur Grasland –, bis zu dem Zaun, hinter dem wieder Sicherheit herrschte. Im zerklüfteten Gelände hatte niemand das Team entdeckt, aber dort draußen konnten sie sich nicht mehr verstecken – und die Entfernung war zu groß, um sie einfach im Laufschritt zu überbrücken. Falls sie blieben, wo sie waren, würde man sie wahrscheinlich finden, und sie erhielten ohnehin nicht die Zusatzpunkte für das Erreichen der sicheren Zone.

»Ein Tunnel wäre praktisch«, fand Taras.

Sie hatte natürlich Recht, aber warum waren ihre guten Ideen so unpraktisch?

»Ich schätze, wir finden hier keinen Tierbau?«

»Ich bezweifle es.« Der Einsatzbesprechung zufolge blieben alle einheimischen Tiere unter fünf Kilo. Natürlich war bei der Einsatzbesprechung vieles unter den Tisch gefallen. Esmay blieb mit ihrer Truppe an Ort und Stelle, bis es dunkel wurde; dann krochen sie langsam und vorsichtig durch das Gras auf die Zaunlinie zu.

Die Kapuze raubte Esmay sofort die Sicht; sie schlug nutzlos um sich und wusste dabei, dass es nutzlos war. Die Schläge landeten in der Luft, während die auf sie gezielten Schläge trafen ... sie zur Seite warfen, nach hinten, erneut zur Seite, bis sie schließlich stürzte und mit dem Kopf auf eine Erhebung knallte, die sie nicht hatte sehen können. Esmay schmeckte Blut; sie hatte sich beim Sturz auf die Zunge gebissen. Ehe sie reagieren konnte, packten die Angreifer sie an Armen und Beinen, und innerhalb von Sekunden war sie bewegungslos gefesselt wie ein Kalb, das sein Brandzeichen erhalten sollte.

War es für Barin auch so gewesen? Nein, bei ihm war es real gewesen ... aber die raue Stimme, die Schmerz ankündigte, war jetzt auch real. Eine Faust packte durch die Kapuze Esmays Haar und riss ihr den Kopf zurück.

Denke an etwas anderes, hatte Barin empfohlen. Es hilft wirklich, obwohl du es im gleichen Augenblick nicht glaubst. So stand es auch im Handbuch, also hatten andere ebenfalls festgestellt, dass es hilfreich war. Als sie spürte, wie grobe Hände sich an den Verschlüssen ihrer Kleidung zu schaffen machten, gefolgt von der kalten Schneide eines Messers und dem Zupfen, als ihre Kleider weggeschnitten wurden, da glitten ihre Gedanken zu diesem anderen Zeitpunkt in der Kindheit zurück.

Nein! Dort wollte sie nicht hingehen. Sie würde an etwas anderes denken, was ihr Kraft verlieh.

Was ihr einfiel, war der Streit mit Brun. Im Kopf, in dieser schmerzerfüllten Dunkelheit, fiel ihr so viel mehr ein, was sie hätte sagen können. Während die Stunden vorübergingen – Stunden, die sie nicht zu zählen vermochte –, analysierte sie den Streit und seine Ursachen, bis ganz zurück zu ihrer ersten Begegnung mit Brun, und sie rief Bilder von sich, Brun und Barin herauf. Was jeder sagte, was jeder dachte, und was jeder glaubte, was der andere denken würde. Die beleidigenden Worte der Leute, die sie gefangen genommen hatten, verwandelten sich in Worte, die Brun aussprach oder ausgesprochen hätte, wären sie ihr nur eingefallen. Die Schläge, die man Esmay versetzte, wurden zu den Schlägen, die Brun ausgeteilt hätte, hätte sie nur gewagt, offen zu kämpfen.

Aber in der Geschichte, die sich Esmay erzählte, teilte sie so gut aus, wie sie einsteckte – tatsächlich sogar besser. Jetzt kannte sie die richtigen Gegenangriffe auf Bruns Attacken. Auf Bruns unüberwindliche Arroganz wusste sie jetzt eine Antwort, die Brun auf die Knie schickte und zwang, Esmays Stellung, Kenntnisse, Wissen anzuerkennen ... In Gedanken wenigstens konnte Esmay triumphieren.

Vage spürte sie, dass die Entführer aus irgendeinem Grund sehr sauer auf sie waren, aber nichts war so wichtig wie Bruns Besitzanspruch auf Barin und Esmays Entschlossenheit, sich zu wehren ... nicht ein Territorium zu schützen, sondern ihre Chance auf ...

Und so plötzlich, wie es begonnen hatte, war es zu Ende. Zunächst merkte sie es gar nicht; als sie jedoch in den realen Raum und die reale Zeit zurückkehrte, wusste sie, dass ihr Bewusstsein es schon bemerkt hatte und sich langsam aus der Geschichte zurückzog, die sie in Gedanken geschrieben hatte. Sie spürte das kühle, stumpfe Ende eines Hyposprays am Arm und dann die Klarheit, die wie eine Woge durch sie fuhr. Als sie die Augen aufschlug, lächelte ein Arzt sie an und sprach den Code aus, der bedeutete, dass die Übung abgeschlossen war. Und Lieutenant Commander Uhlis, der nicht grimmiger als üblich aussah, streckte eine Hand aus, um ihr aufzuhelfen.

»Suiza, Sie sind härter, als ich dachte. Was immer Sie in Ihrem Kopf angestellt haben, es hat funktioniert – vergessen Sie es nicht, für den Fall, dass Sie es mal wieder brauchen.«

Sie war wacklig auf den Beinen, als sie aufstand, und stellte erst jetzt fest, dass ihre Hände verbunden waren. Uhlis deutete mit dem Kopf darauf. »Sie müssen für etwa eine Stunde in den Regenerationstank. Das Team glaubte, es könnte Sie letztlich doch knacken, wenn es nur noch einen kleinen Schritt weiterging. Aber es war alles im Rahmen der Vorschriften.« Jetzt spürte sie die Schmerzen, die sich ihren Weg durch das Stärkungsmittel bahnten. Uhlis hielt ihr erneut den Arm hin. »Halten Sie sich lieber fest – wir bringen sie zum Transporter. Sie sind die Letzte hier ...«

»Das Team?«, fragte sie.

»Alle haben bestanden«, sagte er. »Sogar Taras. Ich weiß nicht, wie Sie es geschafft haben, auch sie mit durchzubringen, aber Sie haben es.«

»Sie hat es selbst geschafft«, sagte Esmay. Sie fühlte

sich definitiv komisch unter der Kombination von Stimulanzien und Restbildern im Kopf, aber sie konnte es vermeiden, zu kotzen oder zu stürzen. Als sie im Transporter saß, versuchte sie sich zu entspannen, brachte es aber nicht ganz zuwege. Es konnte immer noch ein Trick sein ... es konnte immer noch ...

Im Stützpunkt wachte sie kurz auf, als die Ärzte sie sachte in den Regenerationstank gleiten ließen; ein kurzer Blick auf ihre Hände reichte. Sie kämpfte nicht gegen das Beruhigungsmittel, das sie ihr gaben, sondern versank in Bewusstlosigkeit.

***

Als sie wieder in ihrer Unterkunft eintraf, war sie mehr als bereit für Einsamkeit und Schlaf. Die Schmerzen waren weg, und die Verletzungen hatten keine sichtbaren Spuren hinterlassen, aber ihr Körper beharrte darauf, dass etwas Traumatisches geschehen war. Die Ärzte erklärten ihr, dass sie sich am Morgen viel besser fühlen würde, dass die Patienten nach einer Tankheilung häufig leicht desorientiert waren und sich eigenartig fühlten.

Sie hatte gerade beschlossen, sich nicht die Mühe zu machen sich auszuziehen, als ihr Komgerät läutete.

»Der Kommandant möchte Sie sehen, sobald es Ihnen passt«, sagte die Stimme in ihrem Ohr. »Er erwartet Sie in zehn Minuten.«

Sie versuchte sich wachzuschütteln, stolperte unter die Dusche und in eine saubere Uniform hinein. Was konnte der Kommandant von ihr wollen? Zweifellos hatte es mit Formalitäten zu tun, aber wieso die Eile?

Kapitel fünf

Der Kommandant erweckte nicht den Eindruck, als ginge es um eine Verwaltungsangelegenheit. Esmay nahm Haltung an und wartete. Endlich sagte er etwas.

»Ich habe gehört, Sie hatten eine ... ah ... Meinungsverschiedenheit mit der Tochter des Sprechers, Brun Meager.«

Als ob sie nicht wüsste, wer Brun war; als ob sie nicht wüsste, mit wem sie sich gestritten hatte. Und konnte es wirklich darum gehen? Einen simplen Streit?

»Ja, Sir.«

»Die ... ah ... Überwachungsaufnahmen belegen, dass Sie Sera Meager moralische Schwächen vorgeworfen haben ...«

»Sir.« Bestimmte Ausdrücke traten ihr seit Tagen zum ersten Mal wieder ins Gedächtnis, als würden sie flammend hervorgehoben.

»Denken Sie wirklich, dass das ein angemessenes, professionelles Verhalten Ihrerseits war, Lieutenant?«

»Wenn Sie die Bänder haben, dann wissen Sie auch, warum ich das gesagt habe«, versetzte Esmay. Sie wünschte sich, sie wäre taktvoller gewesen, aber es war kleinlich von Brun, diesen Streit zu melden.

»Ich möchte es mal anders formulieren, Lieutenant.« Der Ton wurde eine Spur kühler; Esmay spürte ihn regelrecht auf der Haut, wie eine kalte Brise, bei der sich ihr die Armhaare sträubten. »Welche Provokation auch immer vorgelegen hat – denken Sie, es wäre passend, wenn ein Flottenoffizier einer Zivilistin – einer prominenten Zivilistin – eine Lektion erteilt, als hätte sie ein rivalisierendes Marktweib vor sich?« Ehe Esmay auf irgendeinen Einwand kam, fuhr er schon fort: »Lieutenant, ich kann Ihnen sagen, dass *ich* es nicht für angemessenes Betragen halte. Ich halte es für eine Peinlichkeit, und ich bin von Ihrem Verhalten wirklich ernstlich enttäuscht. Man hat Ihnen bislang Ihre Herkunft zugute gehalten ...«

Esmay rührte sich, aber er hob warnend die Hand und redete weiter.

»Wie ich schon sagte: Ihre Herkunft könnte eine Ausrede bieten, falls Sie nicht einer prominenten Familie auf Altiplano entstammten und falls Sie nicht zuvor schon selbst auf die größere Förmlichkeit der dortigen Bräuche hingewiesen hätten. Ich kann mir kaum vorstellen, dass Sie einem Zivilisten, der bei Ihrem Vater zu Gast ist, solche Begriffe an den Kopf geworfen hätten, wie Sie sie gegenüber Sera Meager benutzt haben.«

»Nein, Sir.« Das hätte sie nicht, weil keine junge Frau von Familie sich wie Brun Meager benommen hätte. Sie versuchte sich ein vergleichbares Verbrechen auszudenken und schaffte es nicht. Aber es hatte keinen Sinn, es zu erklären ... damit erreichte man nie etwas.

»Und dann noch Bemerkungen von sich zu geben, wo jemand von den Medien sie mithören konnte ...!«

»Sir?« Sie hatte keine Ahnung, wovon er da redete.

»Erzählen Sie mir nicht, Sie wüssten nichts davon!« Er funkelte sie an.

»Sir, nach dem Streit mit Brun habe ich zu Ende gepackt und bin zur Feldübung gegangen. Ich habe mit niemandem über irgendetwas gesprochen; ich habe während der Übung mit niemandem über Brun gesprochen, und ich komme jetzt gerade aus der medizinischen ... Es tut mir Leid, Sir, aber ich weiß *wirklich* nicht, wovon Sie reden.«

Er wirkte leicht betroffen, wie jemand, der im Schwunge seines rechtschaffenen Zorns gerade über eine unpassenderweise dagegensprechende Tatsache gestolpert war.

»Sie haben mit niemandem geredet?«

»Mit niemandem, Sir.«

»Na ja, Sie müssen laut genug gewesen sein, dass jemand mitgehört hat, denn das Ereignis hat seinen Weg in die Nachrichten genommen.«

Auf Altiplano hätte es keine Medienpräsenz auf einem militärischen Stützpunkt gegeben. Es war nicht fair, ihr die Schuld zu geben, weil die Kommandantur selbst es den Medien gestattet hatte, Brun überallhin zu folgen und die Nase in jeden Winkel zu stecken.

»Von allen Leuten sollten gerade Sie wissen, dass die Flotte derzeit großem Argwohn begegnet – gefangen zwischen den Meutereien und der Lepescu-Affäre –, und dass das Letzte, was wir gebrauchen können, ein junger Offizier ist, der die Tochter des Sprechers mit rollenden Augen der Unmoral beschuldigt. Das hilft uns nicht vor dem Großen Rat und eigentlich auch nicht bei der Bevölkerung insgesamt. Haben Sie das verstanden?«

»Ja, Sir.«

»Da habe ich meine Zweifel. Sie sind ein intelligenter Offizier und angeblich taktisch talentiert, aber ... in all meinen Jahren glaube ich noch nie ein so ungeheuerliches Beispiel schlechten Urteilsvermögens erlebt zu haben. Sie haben mich in Verlegenheit gebracht, und Sie haben den Regular Space Service in Verlegenheit gebracht. Hätten Sie keine so gute Dienstakte, würde ich mir ernsthaft überlegen, Sie wegen eines einem Offizier unwürdigen Verhaltens zu belangen.«

Dabei hatte sie nicht mehr getan, als einer reichen verzogenen Göre die simple Wahrheit zu sagen ... aber eindeutig sollten einige ungemütliche Wahrheiten nicht ausgesprochen werden. Brun war es, die etwas falsch gemacht hatte, und jetzt bekam *Esmay* die Schwierigkeiten. In ihrem Kopf pochte es wieder.

»Ich möchte Ihnen sagen, was Sie tun werden, Lieutenant. Sie werden jedem Interview zu egal welchem Thema aus dem Weg gehen. Sie werden niemandem gegenüber irgendwelche Bemerkungen über Sera Meager machen. Falls man Sie fragt, sagen Sie, dass Sie die Beherrschung verloren haben – was eindeutig der Fall war – und Sie nichts weiter zu sagen haben. Ich würde Sie zwingen, sich bei Sera Meager zu entschuldigen, hätte sie sich nicht entschieden, unsere Einrichtung zu verlassen – wen wundert es –, und ich bezweifle ohnehin, dass sie etwas von Ihnen hören möchte. Ist das alles klar?«

»Ja, Sir.«

»Entlassen.«

Esmay salutierte und ging, wütend sowohl auf sich selbst als auch auf Brun. Sie selbst hätte nicht sagen sollen, was sie gesagt hatte – in Ordnung, sie konnte ruhig zugeben, dass sie zu sauer gewesen war, um klar zu denken. Aber Brun hatte sie ein ums andere Mal ausgenutzt – und sich dann beim Befehlshaber zu beklagen, das war ... ein weiterer Beweis ihres kindischen Charakters.

Esmay hatte jetzt ein Treffen mit Barin – er hatte eine Nachricht auf ihrem Komgerät hinterlassen –, aber sie wollte eigentlich lieber ins Bett kriechen und weitere zwölf Stunden lang schlafen. Wenigstens, dachte sie, würde Barin nicht ihrer beider Zeit vergeuden, indem er über Brun redete.

Brun war das Erste, was er zur Sprache brachte. »Du warst ganz schön hart zu ihr«, sagte er nach einem Hinweis darauf, dass er sich die Nachrichtensendung zusammen mit der ganzen Klasse angesehen hatte. »So schlimm ist sie gar nicht ...«

»Doch, ist sie«, erwiderte Esmay. Es war zu viel; sie würde es Brun nicht durchgehen lassen, dass sie auch das noch ruinierte. Sie sah, wie sich Barins Miene veränderte, der Ausdruck härter wurde, mit dem er sie ansah. Traurigkeit brach sich in ihr Bahn, aber der Zorn trieb sie weiter, zwang sie, sich gegen den Stachel von Barins Missbilligung zu stellen. »Sie hatte nicht das Recht, dir nachzustellen; hätte sie nur einen Funken Moral in sich ...«

»Das ist nicht fair«, wandte Barin ein. »Das hat sie doch. Es ist nur so, dass ... dass jemand wie sie ...«

»Das reichste Mädchen der Regierenden Familias? Die Reichen unterliegen anderen Regeln; möchtest du mir das sagen?«

»Nein – ja, aber nicht so, wie du es meinst.« Die leichte Betonung auf *du* tat weh; und das war auch seine Absicht gewesen, davon war sie überzeugt.

»Ich meine es so, dass Leute, die mit Bruns Vorteilen ins Leben starten, sie für etwas mehr als persönliches Vergnügen nutzen sollten.«

»Nun, hast du ihr erzählt, dass wir ... einander etwas bedeuten?«

»Nein, das habe ich nicht.« Esmay spürte, wie ihre Züge starr wurden. »Es ging sie nichts an. Es hat nichts mit dir und mir zu tun; es hat mit ihrer Annahme zu tun, dass jeder, den sie haben will, mit ihr ins Bett steigen soll ...«

»Jeder!« Barin sah erst erschrocken aus, dann amüsiert, dann beunruhigt. »Sie hat es doch nicht bei dir probiert ...?«

»Nein!« Esmay schüttelte den Kopf, der auf altgewohnte Art zu pochen begann. »Das hat sie nicht, natürlich nicht. Es ist nur so, dass sie dir nachgelaufen ist, und du bist ein Offizier der Flotte und jünger als sie ...« Zu spät fiel ihr wieder ein, dass sie selbst nicht gleichzeitig älter als Brun und gleichgestellt mit Barin sein konnte. Ihre Stimme wurde unsicher; sie schluckte und fuhr fort: »Es war ... war ... unschicklich. Subalternoffizieren nachzustellen.«

»Esmay, bitte!« Barin streckte die Hand aus, zog sie aber wieder zurück, ehe er Esmay berührte. »Es war vollkommen natürlich. Und sie hat nur gefragt. Als ich nein sagte, hat sie mich nicht weiter belästigt. Vollkommen höflich, völlig innerhalb höflicher Umgangsformen.«

»Du hast nein gesagt?« Esmay schaffte es, mit diesen Worten einen trockenen Kloß im Hals zu umgehen.

»Natürlich habe ich nein gesagt. Was hast du denn

gedacht?« Die dichten Serrano-Brauen rückten zusammen. »Du dachtest, ich hätte mit ihr *geschlafen*? Wie konntest du das nur denken?« Jetzt war er wütend; die schwarzen Augen blitzten, und Farbe stieg ihm ins Gesicht.

Esmay spürte Panik in sich aufsteigen. Er hatte nicht mit Brun geschlafen? Hatte Livadhi gelogen? Etwas falsch verstanden? Es nicht gewusst? Sie konnte nichts sagen. Barin, der sie anfunkelte, nickte scharf, als würde ihr Schweigen einen schlimmen Argwohn bestätigen.

»Du dachtest, ich hätte es getan. Du dachtest, nur weil ich ein paar Mal mit ihr zusammen gegessen habe, während du beschäftigt warst, nur weil wir miteinander geredet haben, nur weil sie ein reiches Mädchen ist – würde ich mit ihr ins Bett springen wie eine zahme Marionette. Nun, ich bin niemandes Schoßtier, Esmay. Weder ihres noch deines. Falls du dir wirklich etwas aus mir machen würdest, wüsstest du das. Es tut mir Leid, dass du so wenig verstehst, aber falls du Karriere in der Flotte machen möchtest, solltest du lieber von deinem hohen moralischen Ross steigen und dich langsam der Realität stellen.«

Er war gegangen, ehe sie etwas sagen konnte, und lange bevor irgendjemand einen Verdacht entwickeln konnte, wie sie ihn früher mal bei anderen Leuten gefürchtet hatte. Endlich schaffte sie es in ihre Unterkunft zurück und brachte eine weitere Nacht schlaflos zu, indem sie an die Decke über ihrer Koje starrte.

***

Als sie sich am nächsten Tag in der Klasse begegneten, konnte Esmay nichts tun, als traurig Barins Hinterkopf anzustarren. Er drehte sich nicht zu ihr um. Wenn er angesprochen wurde, gab er mit seiner gewohnt frischen Stimme Antwort; Esmay stellte fest, dass sie das Gleiche zuwege brachte, obwohl sie nicht recht wusste, wie ihr Gehirn weiter funktionieren konnte, während ihr Herz zu irgendeinem tropfnassen Haufen irgendwo unterhalb des Nabels zusammengesunken war.

Sie war nie zuvor verliebt gewesen. Sie hatte gehört, wie andere ähnliche Symptome schilderten, es aber für übertrieben gehalten. Es war nicht übertrieben gewesen, entschied sie; tatsächlich entsprach es noch nicht mal ansatzweise dem Elend, das sie empfand. Die anderen hatten es überstanden; sie vermutete, dass sie es auch tun würde, war aber nicht sicher, ob sie es wollte.

Zu ihrer Überraschung erhielt sie eine gute Note für die Feldübung. Sie fühlte sich dadurch nicht besser, obwohl die gedrückte Art, in der sie das Zeugnis entgegennahm, Lieutenant Commander Uhlis anscheinend gefiel. Sie spürte den inneren Rückzug ihrer Klassenkameraden, sogar der Leute wie Vericour, die die ganze Zeit freundlich gewesen waren.

Die Anonymität war viel einfacher gewesen als die Schande.

Am Tag von Barins Abreise suchte Esmay den Weg zum Flugsteig; sie hatte das Bedürfnis, irgendeine Verbindung zu Barin herzustellen; andernfalls hätte sie genauso gut von einem Turm springen können. Ihre Hände waren eiskalt; sie spürte ihr Herz klopfen, als sie Barin auf der anderen Seite der Halle entdeckte.

»Barin …«

»Lieutenant.« Er zeigte kühle Höflichkeit. Sie wollte keine kühle Höflichkeit.

»Barin, es tut mir Leid. Ich wollte dich nicht kränken.« Sie sprudelte es regelrecht hervor, beinahe in einem Wort.

»Eine Entschuldigung ist nicht nötig«, sagte er beinahe förmlich. Sie glaubte, einen Schimmer von Wärme in seinen Augen zu erkennen, aber mehr nicht. Er hatte nicht vor, sich ihr zu öffnen, nicht hier in der Öffentlichkeit, und er ließ mit keiner Andeutung erkennen, dass er sich ein mehr privates Gespräch wünschte.

»Ich möchte nur … ich möchte nicht, dass wir Feinde sind«, sagte Esmay.

»Niemals!« Er holte Luft. »Niemals Feinde, Lieutenant, selbst wenn wir nicht übereinstimmen können.« Eine lange Pause trat ein, in deren Verlauf Esmay hörte, was er nicht laut aussprach – oder was sie sich als seine Worte vorstellte. Sie wusste nicht, was davon zutraf. »Leben Sie wohl, Lieutenant, und viel Glück bei Ihrem ersten Posten auf der Kommandolaufbahn. Sie werden es gut machen.«

»Danke«, sagte Esmay. »Und viel Glück auch dir.« Es schnürte ihr den Hals zu, sodass sie den Rest dessen, was sie gern gesagt hätte, nicht mehr herausbekam: Wir könnten in Verbindung bleiben. Wir könnten planen, uns ... Nein. Sie hatte ruiniert, was zwischen ihnen entstanden war, und damit war es vorbei.

Sie schüttelten sich förmlich die Hände, dann salutierten sie förmlich, und schließlich ging Barin zu der Warteschlange hinüber, die sich vor seinem Shuttle bildete. Esmay wartete nicht ab, ob er sich noch einmal umdrehte und winkte. Sie war sicher, dass er es nicht tun würde.

Sie war bislang noch nicht außerhalb des Stützpunktes gewesen, aber jetzt fand sie sich dabei wieder, wie sie hinaus nach Q-Town wanderte, versunken in einer benommenen Traurigkeit, von der sie einmal geglaubt hatte, sie würde sie nie wieder empfinden. Sie wollte nicht ins Kasino, wollte niemanden aus ihrer Klasse sehen, aber sie musste vor der Abreise etwas essen, oder sie würde sich übergeben müssen. Jemand hatte ihr erzählt – wer noch gleich? Sie konnte sich nicht erinnern, aber es war jemand an Bord der *Koskiusko* gewesen –, dass sie unbedingt das Diamond Sims besuchen musste, wenn sie auf Copper Mountain war. Sie entdeckte das Schild weiter unten an der Straße und nahm Kurs darauf.

»Lieutenant Suiza!« Der Mann im Schwebestuhl rief sie an, kaum dass sie zur Tür herein war. »Ich bin froh, dass Sie gekommen sind. Ich bin Sam – mir gehört der Laden.«

Jemand war froh, sie zu sehen? Sie sah sich um, erkannte mit einem seltsamen Schock, worum es in dieser Kneipe ging, und bahnte sich den Weg zur Rückseite.

»Wir sind geehrt, dass Sie uns besuchen«, sagte der Mann. »Major Pitak sagte, Sie würden es vielleicht tun, falls Sie die Zeit finden.«

»Tut mir Leid, dass es so lange gedauert hat«, sagte Esmay. »Ich hatte das doppelte Unterrichtsprogramm ...«

»Yeah ... wir halten uns über die Studenten auf dem Laufenden, daher wusste ich, dass Sie beschäftigt waren. Habe Sie auch gar nicht früher erwartet und wusste nicht mal, ob Sie jetzt die Zeit finden. Wann geht Ihr Shuttle?«

»In etwa fünf Stunden.« Esmay setzte sich auf den Platz, den er ihr anbot.

»Haben Sie Schwierigkeiten wegen dieser Meager?«, fragte er.

Wieder mal Brun. Esmay brachte ein Nicken zustande und hoffte damit zu zeigen, dass sie nicht über dieses Thema reden wollte.

»Es ist zum Teil meine Schuld«, erklärte der Mann. »Sie kam neulich abends stinksauer hier herein und hat vor der ganzen Kneipe den Mund aufgerissen. Wir glauben, dass einer der Nachrichtenfritzen, die ihr auf den Fersen sind, mit einem Richtmikro von der Straße aus gelauscht hat. Zumindest wird niemand, der hier war, zugeben, er hätte geplaudert.«

»Es – es lohnt nicht, sich darüber Gedanken zu machen«, fand Esmay. »Es ist passiert; ich kann es jetzt auch nicht mehr ändern.«

»Sie klingen ganz nach jemandem, der ein Steak braucht«, sagte der Mann. Er hob die Hand, und eine Kellnerin tauchte auf. Er sah Esmay an. »Ist ein Steak okay? Mit Zwiebeln?«

»Keine Zwiebeln, danke.« Nicht vor einem Shuttlestart. Zu seinen restlichen Vorschlägen nickte sie jedoch, und bald tauchte der brutzelnde Teller auf.

Während sie sich ans Essen machte, schwatzte der Mann weiter. »Sie ist ein hübsches Ding, aber stur wie ein Esel. Ein gutes Argument dagegen, Zivilisten Ausbildungsplätze auf unseren Stützpunkten zu öffnen, egal wessen Kinder sie sind. Es bringt nichts Gutes, sich unter die großen Familien zu mischen. Sie sind unsere Arbeitgeber; sie können nicht zu unsereinem *werden.*«

Aus irgendeinem Grund – vielleicht die Energie, die ihr das Steak lieferte – fühlte sich Esmay zu einem Einwand bewegt. »Sie hat eine Menge Talente, die wir nutzen könnten ...«

»Oh, sicherlich, falls sie auch nur eine Spur Disziplin mitbrächte ...«

»Sie hat, soweit ich gehört habe, einige gute Dinge geleistet«, sagte Esmay. »Zum Beispiel dieser alten Dame geholfen – dabei hat sie sich wirklich Mühe gegeben.«

Seine Augen funkelten. »Sie würden noch aus jedem Schweineohr eine Seidenbörse stricken, nicht wahr, Lieutenant? Eine gute Haltung für einen jungen Offizier, aber Sie werden noch feststellen, dass manche Leute weiter nach Schwein riechen, egal was Sie machen. Und wohin geht es jetzt?«

»Ich weiß nicht recht«, antwortete Esmay. »Meine Diensteinteilung soll fertig sein, sobald ich das Sektor-HQ erreiche. Vielleicht vergraben sie mich in Papierkram ...«

»Nein, das denke ich nicht«, erwiderte der Mann. »Selbst wenn Sie derzeit Schwierigkeiten haben, wird das vorübergehen, und man wird keinen jungen Offizier mit echtem Gefechtstalent vergeuden.«

»Ich hoffe nicht«, sagte Esmay.

Abteilung für Dienstpläne der Subalternoffiziere, Oberkommando des Regular Space Service

»Wir müssen etwas anderes finden«, sagte der Admiral. »Ich weiß, was wir mit Lieutenant Suiza vorhatten, aber wir können ihr Auftreten nicht mit einem Mordsposten belohnen.«

»Wir brauchten sie so, wie sie war…«, wandte der Commander ein.

»So, wie wir sie eingeschätzt haben. Dank jeder Gottheit, die Ihnen gefällt, dass wir sie erst zur Ausbildung geschickt haben, ehe wir sie permanent auf die Kommandolaufbahn versetzten. Stellen Sie sich nur den Schlamassel vor, den sie als Kreuzerkommandant hätte verursachen können, wäre uns all das entgangen!«

»Mir fällt es immer noch schwer, das zu verstehen. Ihre Dienstakte enthielt nichts – *nichts!* –, was einen solchen Charakterfehler angedeutet hätte; eher das Gegenteil.«

»Ihre Dienstakte gab bis Xavier auch keinen Hinweis auf ihre Kampffähigkeiten«, stellte der Admiral fest. »Falls sie diese Art Begabung verstecken konnte, und das hat sie, dann konnte ihr das andere auch nicht schwerer fallen. Und außerdem hatte sie nie zuvor Kontakt mit einer der führenden Familien – Altiplano hat keinen Sitz im Rat.«

»Das war es dann wohl.« Der Commander wirkte nachdenklich. »Ich wünschte, wir wüssten, ob noch mehr dahinter steckt.«

»Mehr? Eine Beschimpfung der Tochter des Sprechers ist nicht genug?«

»Na ja … es war rein persönlich. Oder doch politisch? Ist sie die Speerspitze von irgendwas?«

»Ich weiß nicht, und im Augenblick ist es mir auch egal. Wir haben einfach zu viel Geld und Zeit auf diese junge Frau verschwendet, und wir müssen eine Möglichkeit finden, dafür einen Gegenwert zu erhalten, ohne dabei das Wohlergehen der Flotte zu gefährden.« Der Admiral sah sich am Tisch um. »Jemand sollte lieber eine Idee haben.«

Am anderen Ende des Tisches hob ein Lieutenant Commander die Hand. »Sir, sie hat sowohl den Grundkurs in Suchen und Retten, Search and Rescue, belegt wie in Entkommen und Ausweichen, nicht wahr?«

»Ja ...«

»SAR leidet an einem chronischen Mangel an Subalternoffizieren, sowohl als stellvertretende Schiffskommandanten wie als SAR-Teamleiter, und beides gehört zur Kommandolaufbahn. Auf diesem Gebiet hat allein Sektor VII drei offene Stellen für Lieutenants.«

Der Admiral überlegte einen Augenblick lang. »Relativ kleine Schiffe, Elitebesatzungen, meistens unabhängig im Einsatz – ja. Sie wäre unter wirklich enger Überwachung; sollte sie Pfusch machen oder versuchen, irgendwelche Aktionen zu schüren, wüsste es ihr Kommandant mit Sicherheit. Gut. Was haben Sie da?«

»Die *Shrike,* habe ich mir überlegt. Podaly Solis führt das Kommando, und sein Erster Offizier hat gerade um Familienurlaub ersucht.«

»Hmm. Ich weiß nicht recht; ihr ein stellvertretendes Kommando anzubieten ...«

»Mein Gedanke war: Es führt sie stärker unter die Aufsicht des Kommandanten, als wenn sie Teamführerin wäre. Und Solis ist über jeden Zweifel erhaben; er hat uns geholfen, diesen Schlamassel im Sektor-HQ aufzuräumen, wie sich der Admiral bestimmt noch erinnert.«

»Ja, das stimmt. Wahrscheinlich das Beste, was wir tun können. Zum Teufel mit diesem Mädchen; wieso konnte sie nicht so gut sein, wie es zunächst den Anschein hatte?«

Sektor-VII-HQ, Station Aragon

Esmay traf im Dock der *Shrike* ein und fand dort alles in bester Ordnung vor; der Wachtposten salutierte knapp und kontrollierte ihre Befehlsdokumente.

»Ich sage gleich dem Kommandanten Bescheid – wir haben Sie erst zu Anfang der nächsten Schicht erwartet.«

»Die *Gossamer* ist zu früh eingetroffen«, sagte Esmay.

Sie fragte sich, was ihr Vater jetzt wohl dachte – sowohl über ihre Beförderung als auch die Schwierigkeiten, die sie hatte. Sie war überzeugt, dass er ihre Karriere von Altiplano aus so gut verfolgte, wie er konnte; ihre Beförderungen und Auszeichnungen waren öffentlich zugängliche Informationen, und die Nachrichtenmedien hatten über die *Koskiusko*-Affäre berichtet. Ihre Gedanken schweiften zur Urgroßmutter ab – so zerbrechlich, so eingebettet in die Vergangenheit ihrer Kultur. Was sie wohl dachte? Einen Augenblick lang wünschte sich Esmay, sie könnte sich neben diesen niedrigen Sessel setzen und ihr die ganze Geschichte erzählen. Sicherlich hätte die Urgroßmutter die Sache mit Barin verstanden; sicherlich hätte sie die gleichen Empfindungen hinsichtlich Brun gehabt.

Kommandant Solis begrüßte sie reserviert; sie wusste nicht, ob das seine gewohnte Stimmungslage war oder ob man ihn über ihre Probleme informiert hatte.

»Sie sind gänzlich unerfahren als Nummer zwei«, sagte er. »Soweit ich gehört habe, können Sie herausragende Leistungen im Gefecht vorweisen, besonders wenn man bedenkt, dass Sie damals noch nicht mal auf der Kommandolaufbahn waren. Aber als Erster Offizier auf einem SAR – das ist viel von Ihnen verlangt.«

»Ich werde mein Bestes tun, Sir«, sagte Esmay.

»Da bin ich sicher. Die Erfahrungen, die Sie auf einem DSR gewonnen haben, werden Ihnen helfen, und wie ich sehe, haben Sie gute Noten sowohl in Suchen und Retten wie in Entkommen und Ausweichen erzielt. Trotzdem wird es hart werden, und Sie sollten lieber vorbereitet sein.« Er musterte sie ausgiebig. »Was jetzt dieses andere Problem angeht – Ihren Streit mit der Tochter des Sprechers.« Er schüttelte den Kopf. »Wäre ich Ihr kommandierender Offizier gewesen, hätte ich Sie wegen ungehörigen Betragens drangekriegt. Nun, er hat es nicht getan, und hier haben Sie sich bislang nichts zu Schulden kommen lassen, aber ich warne Sie – ich dulde keine Respektlosigkeit gegenüber der zivilen Regierung der Regierenden Familias. Offiziere haben nicht Politik zu spielen. Wir dienen; wir mischen uns nicht ein.«

Esmay hätte gern gesagt, dass Brun nicht mit ihrem Vater identisch war und nicht selbst eine offizielle Stellung bekleidete, aber sie wusste, dass sie es nicht sagen durfte. Warum dachte man beharrlich, dass Esmays Meinung über Bruns Verhalten irgendwas mit ihrer Loyalität zur Flotte zu tun hatte? »Ja, Sir«, sagte sie.

»Sie werden feststellen, dass Familienintrigen auf meinem Schiff keinerlei Unterstützung genießen«, fuhr er fort. »Das Gleiche gilt für Großtuerei. Tun Sie Ihre Arbeit und tun Sie sie gut, dann erhalten Sie die entsprechende Anerkennung in Ihre Eignungsunterlagen eingetragen. Nicht mehr, nicht weniger.«

»Ja, Sir.«

»Ich erwarte Sie in zwei Stunden für eine Einsatzbesprechung. Entlassen.«

Es bot nur kalten Trost, dass die Reisetasche schon in Esmays Kabine wartete, als sie dort eintraf. Wenigstens garantierte ihr die neue Stellung eine eigene Kabine, selbst auf einem so kleinen Schiff. Sie sah sich um. Koje, Spinde, Schreibtisch, Würfelleser und – zu ihrer Überraschung – eine Reihe von Displayschirmen über dem Schreibtisch. Esmay steckte ihren Datenstab in die Fassung, und die Bildschirme leuchteten auf. Einer zeigte die Tagesbefehle; ein weiterer meldete den Status der beiden SAR-Teams und ihrer Fahrzeuge; ein dritter listete die Materialbestände und verglich sie mit dem Verbrauch.

Esmay verstaute ihre Sachen in den Spinden, wobei zwei leer blieben, und wechselte in eine saubere Uniform. Sie freute sich nicht auf die nächste Begegnung mit dem Kommandanten.

Er zeigte sich diesmal jedoch etwas freundlicher. »Ich hasse es, Colin zu verlieren«, sagte er, »aber seine Frau ist bei einem Verkehrsunfall ums Leben gekommen, während sie Landurlaub hatte, um ein neues Pflegeverhältnis für die Kinder zu arrangieren. Er wird eine ganze Weile brauchen, um alles zu klären ... die Kinder sind den Großeltern über den Kopf gewachsen, und der pensionierte Onkel, der sie nehmen wollte, ist beim selben Unfall umgekommen.« Er schüttelte den Kopf und lächelte dann Esmay an. »Sie werden feststellen, dass wir gute Teams haben, Lieutenant. Und eine Dienstzeit auf einem SAR ist immer interessant. Wir befassen uns mit Problemen, wie die großen Jungs sie ignorieren – einfach mit allem, von Privatyachten, die durch explodierte Sprungtriebwerke gestrandet sind, bis hin zu Kollisionen. Sie werden viel lernen. Und da wir Sie nicht vor morgen erwartet haben, stehen Sie noch nicht auf der Wachliste und haben somit Zeit, um sich alles anzusehen und sich mit Ihrem Job vertraut zu machen.«

»Ich hatte nur den SAR-Grundkurs, Sir«, sagte Esmay. »Man hat mich schon versetzt, ehe ich Zeit fand für den fortgeschrittenen ...«

»Besser als nichts«, sagte er. »Und falls Ihnen klar ist, dass Sie vieles nicht wissen, dann stellen Sie Fragen, anstatt herumzuschusseln und Probleme zu verursachen. So – die Pflichten eines Ersten Offiziers auf diesem Schiff unterscheiden sich von denen auf einem normalen Kriegsschiff. Das liegt daran, dass wir einen anderen Auftrag haben. Da sind zunächst natürlich die grundlegenden Dinge – aber ich möchte, dass Sie sich das hier ansehen ...« Er reichte ihr einen Datenwürfel. »Und selbstverständlich werden Sie alle kennen lernen wollen – wir haben für heute Abend um 19 Uhr ein Treffen arrangiert ...«

»Das ist prima, Sir«, sagte Esmay. »Ich kann alles auspacken, finde Zeit, um mir das hier anzusehen ... es sei denn, Sie haben jetzt schon etwas für mich zu tun.«

»Nein, das geht schon in Ordnung. Wir verschwinden sowieso nicht vor übermorgen von hier. Morgen findet noch eine Konferenz statt, an der Sie als meine Vertreterin teilnehmen müssen – Sie sind noch nicht lange genug an Bord, um volles Rohr zu übernehmen.«

Als sie allein in ihrer Kabine war – ihr war aufgefallen, dass ihr Name schon an der Tür stand, mit dem permanent eingravierten ERSTER OFFIZIER darunter –, steckte sie den Würfel, den ihr der Kommandant gegeben hatte, ins Lesegerät. Sie wusste, was ein Erster Offizier tat – oder glaubte es jedenfalls. Im Grunde das Schiff unter Aufsicht des Kommandanten führen. Aber auf einem Such-und-Rettungsschiff trug der Erste Offizier auch die Verantwortung für die Leitung aller Rettungseinsätze, während sich der Kommandant auf die Schiffssicherheit konzentrierte – sowohl auf dem eigenen wie auf dem Schiff, dem der Einsatz galt. Esmay blinzelte, als sie die Liste des Sicherheitskontingents sah – sie hatte nicht gewusst, dass ein SAR-Schiff Marineinfanteristen an Bord hatte, obwohl es sinnvoll war. Wenn ein Schiff einen Rettungseinsatz benötigte, lag es meist an einem vorsätzlichen Akt, und die Unruhestifter konnten sich noch in der Nähe aufhalten.

Und sie hatte nur den Grundkurs absolviert – also war ihre Arbeit hier definitiv ein Fall für »Sergeant, übernehmen Sie das«, zumindest falls ein Notruf einging, ehe Esmay den Rest des Stoffes gelernt hatte. Was bedeutete, dass sie lieber Freundschaft schloss mit denen, die hier die Arbeit der Sergeants taten.

Rasch ging sie die Überschriften in der Beschreibung

ihres Arbeitsplatzes durch, bis sie das Organisationsdiagramm des Schiffes erreichte, um festzustellen, wer die eigentliche Arbeit tat, während sie den Einsatz »leitete«. Das waren die wichtigsten Leute, die sie auf ihrer Seite haben musste. Die Worte aus dem Handbuch für Menschenführung waren ihr noch frisch im Gedächtnis. Die fünf Regeln hiervon; die sieben Prinzipien davon. Sie sah nach, wo sie den Würfel mit den Handbüchern fand. Sie würde ihn durchgehen, sobald sie mit dem Würfel des Kommandanten fertig war. Sie wusste, dass sie kommandieren konnte, wenn sie nur alles im Gedächtnis behielt.

Die *Shrike* hatte zwei komplette Rettungsteams an Bord, die sowohl für Einsatz unter Schwerkraft wie in Schwerelosigkeit ausgebildet waren. Wie bei den meisten kleineren SARs war das Schwerkrafttraining auf Einsätze unter geringem Außendruck und im Vakuum konzentriert. Die meisten Notrufe führten sie auf Raumstationen und zu Schiffen im tiefen Raum. Ein Kriminalistenteam und ein Labor voller Analysegeräte gaben Hinweis darauf, dass das SAR womöglich mehr als ein reiner Unfallhelfer war. Und das medizinische Team war beträchtlich größer, als es ein Schiff dieser Größe normalerweise an Bord hatte, und es verfügte sowohl über Regenerationstanks für schwere Verletzungen als auch über zwei Operationssäle, mit all dem, was das implizierte. Wieder fühlte sich Esmay an eine Miniaturausgabe der *Koskiusko* erinnert.

Rettungsteam eins wurde von einem Lieutenant kommandiert, an den sich Esmay von der Akademie her als eine Art Clown erinnerte: Tika Briados. Jetzt wirkte er gar nicht clownhaft, als er sie durch den Bereitschaftsraum führte und ihr die Gestelle mit den Raumanzügen und der Ausrüstung zeigte. Für Esmay sah das alles undurchsichtig aus, wenn es auch ordentlich gelagert schien – sie kannte nur die Hälfte der Ausrüstungsgegenstände und fragte sich, wie lange es wohl dauerte, sich mit dem Rest vertraut zu machen. Der Kommandeur von Rettungsteam zwei war ein Jig, dem

Esmay noch nie begegnet war: Kim Arek; sie war eifrig und energisch und gab geschäftig Erklärungen ab, von denen Esmay hoffte, dass sie sie sich merken konnte. Esmay nickte immer wieder und stellte fest, dass ihr Jig Arek aufgrund ihres unbeirrbaren Enthusiasmus sympathisch war.

Die Besichtigung der Räume beider Rettungsteams hatte Stunden gedauert, stellte Esmay fest, als sie sich schließlich von Arek lösen konnte. Esmay musste sich noch auf die Begegnung mit den übrigen Offizieren vorbereiten. Sie hoffte wirklich, dass nicht jeder von ihnen das Thema Brun Meager ansprach.

In der Offiziersmesse herrschte großes Gedränge, als sie dort eintraf.

»Lieutenant Suiza – schön, Sie zu sehen.« Der stämmige Major, der ihr die Hand reichte, erinnerte sie an Major Pitak. »Ich bin Gordon Bannon, Pathologe.«

»Offiziere ...« Das war Kommandant Solis, der sich erhob; die anderen wurden still. »Ich möchte Ihnen Lieutenant Suiza vorstellen, unseren neuen Ersten Offizier. Einige von Ihnen werden schon von ihr gehört haben ...« Es gab Gemurmel, von dem Esmay hoffte, dass es sich auf ihre früheren Abenteuer bezog. »Sie kommt frisch von Copper Mountain und aus einem Grundkurs in SAR, sodass ich überzeugt bin, Sie alle werden daran mitwirken, Sie in die wirkliche Welt einzuführen.« Er klang ziemlich freundlich; seine Worte waren eindeutig ein alter Witz, weil das leise Lachen der Zuhörer keinerlei bösen Unterton aufwies.

Anschließend stand einer nach dem anderen auf und stellte sich vor. Esmay entspannte sich allmählich, während sie mit ihnen plauderte; sie interessierten sich eindeutig mehr für das, was sie hier von ihr erwarteten, als für alles, was in der Vergangenheit lag.

In den nächsten Tagen stürzte sie sich in die Arbeit und packte ihren Planer mit allem voll, was ihr nur einfiel oder was irgendjemand sonst vorschlug. Als die *Shrike* aus dem Stützpunkt auslief, hatte Esmay gerade den Eindruck gewonnen, dass sie ihre Aufgabe im Griff hatte. Die *Shrike* würde allein im Sektor Patrouille fahren, bereit, bei jedem Notfall zu helfen, der ins Einsatzprofil passte. Wenn man den Leuten folgte, die schon am längsten an Bord waren, konnten Tage ereignislos verstreichen oder sich Katastrophen überlappen ... niemand konnte das vorhersagen.

»Das Schiff ist zum Teil Container- und zum Teil Schüttgutfrachter und hat beim Systemeintritt einen Energieausfall erlitten ... der systeminterne Antrieb läuft mit etwa zwanzig Prozent. Sie sagen, dass die Leistung schwankt, und so schaffen sie es nicht bis in die Umlaufbahn. Wir haben sie darüber informiert, dass in diesem System ein registriertes Bergungsunternehmen ansässig ist; der Kapitän scheint darüber nicht glücklich. Sagt, er hätte früher schon Probleme mit Bergungsunternehmen gehabt.«

Der erste Notfall, seit Esmay an Bord gekommen war. Sie hörte sich die Zusammenfassung des Problems an und versuchte sich zu erinnern, welches Protokoll in einem solchen Fall zum Tragen kam.

»Er möchte Flottenunterstützung.« Kommandant Solis sah Esmay an. »Wir tragen in solchen Fällen Verantwortung, aber wir müssen auch an unsere Verantwortung gegenüber der ganzen Zone denken. Ich brauche also eine Schätzung, wie viel Zeit es uns kosten wird, einen Kurzsprung dorthin auszuführen, Greifer zu montieren und den Frachter ins Schlepptau zu nehmen, um ihn auf die Umlaufbahn zu bringen, die er möchte. Es ist kein eigentlicher Notfall.«

»Sir.« Esmay ging rasch die Zahlen durch. »Sechzig Stunden, unter Berücksichtigung eines Sicherheitsspielraums für die Montage der Greifer; der Frachter müsste Standardanschlüsse für Schlepptaue aufweisen, aber nur für alle Fälle.«

»Na ja, dann ... fliegen wir los und schnappen uns einen Frachter.«

Esmay verfolgte sorgfältig die Anflugsberechnungen auf den Brückendisplays. Die Außenaufnahmen zeigten ein knolliges, fast kugelförmiges Schiff mit Ringen aus farbigem Licht, die die Greiferansätze markierten.

»Hässlich, nicht wahr?«, fragte Lieutenant Briados. Der Befehlshaber von Rettungsteam eins war auf der Brücke, um den Anflug zu verfolgen. »Man sollte meinen, dass es möglich wäre, große Frachter zu bauen, die Charakter haben, aber sie sehen sich alle ganz ähnlich.«

»Er könnte eine Menge Soldaten an Bord nehmen«, sagte Esmay; es war das Erste, was ihr einfiel.

Briados lachte. »Ich stelle fest, dass Sie von einem Kriegsschiff stammen! Yeah, das könnte er, aber seine systeminterne Manövrierfähigkeit ist einen Dreck wert. Selbst wenn der systeminterne Antrieb funktioniert.«

»Woher weiß man überhaupt, wo man dort die Triebwerke montiert? Welches ist die Antriebsachse?«

»Na ja, man möchte Manövrierfähigkeit bei niedriger Geschwindigkeit für die unmittelbare Umgebung von Raumstationen, also montiert man gewöhnlich zwei Triebwerke draußen in Rumpfnähe und um sechzig Grad getrennt; die Antriebsachse ist die Gerade senkrecht zu der Verbindung zwischen den Triebwerken und auf derselben Ebene.« Esmay brauchte einen Augenblick, um sich das auszurechnen, aber schließlich nickte sie.

Kommandant Solis drehte sich zu ihr um. »Okay, Suiza – sehen wir mal, wie Sie das handhaben. Tun Sie einfach so, als täten Sie das schon seit Jahren.«

Ihr Magen rebellierte. Sie nickte der Funkwache zu, nahm sich das Headset, um mit dem Frachterkapitän zu sprechen, und erklärte ihm, dass ein Team an Bord kommen würde.

»Wir wollten nur abgeschleppt werden«, sagte der Kapitän. »Ich sehe nicht ein, warum Sie an Bord kommen möchten.«

»Es ist RSS-Politik, an Bord jedes Fahrzeugs zu gehen, das um Hilfe bittet«, sagte Esmay und wiederholte damit, was Kommandant Solis ihr erklärt hatte. »Reine Routine, Sir.«

»Verdammt lästig«, wandte der Kapitän ein.

»Betrachten Sie es als Übung«, sagte Esmay. »Falls wir Abschleppen und Entern nicht üben würden, wären wir in einem Notfall nicht schnell genug. Und das könnte irgendwann Ihr Schiff treffen...«

»Oh, schon in Ordnung«, sagte er. »Solange Sie nicht planen, wie Sie üben, mir Löcher in den Rumpf zu schneiden.«

Die *Shrike* setzte Standard-Schleppgreifer ein, unterstützt durch die Traktormaschine von Militärqualität. Die Greifer peilten jetzt präzise die Signale des Frachters an und packten zu, während die *Shrike* gleichen Kurs und gleiche Geschwindigkeit aufrechterhielt. Der Traktor zog das SAR-Schiff näher heran. Esmay erteilte die Befehle, die Jig Arek und ihr Team über die paar hundert Meter Vakuum zu dem anderen Schiff schickten.

Rettungsteam zwei suchte sich seinen Weg nacheinander in die diversen Laderäume, während die *Shrike* den Frachter sachte auf Kurs beschleunigte; das Rettungsteam kehrte schließlich zurück, kurz bevor Solis Befehl gab, die Greifer wieder zu lösen.

»Kommandant – wonach haben sie eigentlich gesucht?«, fragte Esmay.

»Reine Übung«, antwortete Solis.

Sie sah ihn an; schließlich grinste er sie an.

»In Ordnung. Sie können es genauso gut erfahren. Das Sektor-HQ ist wegen möglicher Munitionsknappheit besorgt. Wir denken, dass einiges von der Flotte abgezweigt und ziviler Nutzung zugeführt wird. Deshalb sagt der Admiral, wir sollen jedes Schiff kontrollieren, das abgeschleppt werden möchte. Das ist eine gute Übung, auch für den Gebrauch der Apparate, mit denen wir Gefechtsköpfe orten.«

»Was fehlt?«, erkundigte sich Esmay.

Solis breitete die Hände aus. »Man hat mir gesagt,

dass ich das nicht zu wissen brauche, aber da man uns gesagt hat, welche Suchausrüstung wir benutzen sollen, würde ich den Schluss ziehen, dass jemand einige der wirkungsvolleren Atomsprengköpfe abgezweigt hat.«

»Autsch!«

»Präzise. Falls unser Material auf Zivilschiffen weiterbefördert wird, könnte es überall hingehen. An jeden. Wahrscheinlich nicht die Benignität – die haben ihre eigene Munitionsindustrie und reichlich Vorräte. Aber jede der kleineren feindlichen Mächte oder Unzufriedene im Inneren ...«

»Oder einfach Piraten«, fand Esmay.

»Ja. Jeder, der einen großen Knall machen möchte.«

Kapitel sechs

Die *Elias Madero*, die dem Boros Consortium gehörte, folgte einem fünfwinkligen Kurs, der sich seit Jahrzehnten als lukrativ erwiesen hatte. Oliven und Wein von Bezaire, auf Oddlink geförderte Juwelen, Nutztierembryos von Gullam, organische Handelsware von Podj, Unterhaltungswürfel von Corian, das im Überlichtverkehr aus dem inneren System angefahren wurde und die größte Bevölkerung des Gebiets hatte. Die *Elias Madero* war ein Containerfrachter, der in jedem Hafen die laderaumförmigen Behälter aufnahm, die seit ihrem letzten Besuch neu gefüllt worden waren. Die Besatzung, die zum größten Teil aus dauerhaft angestellten Personen bestand, hatte oft keine Ahnung, was die Container enthielten. Der Kapitän wusste es vermutlich, ebenso die Agenten von Boros in jedem Hafen. Die Container wiesen jedoch keine Zugangsluken auf – als einer der Vorteile von Containerschiffen galt die Unmöglichkeit kleiner Diebstähle durch die Besatzung –, also hatten die Leute keine Ahnung, dass der Container in Laderaum 5, der angeblich mit 5832 Würfelspielern beladen war, tatsächlich Waffen enthielt, gestohlen aus einem Lager der Raumflotte. Die übrigen Container in Laderaum 5, in denen eigentlich die Unterhaltungswürfel hätten zu finden sein sollen, die man in den Würfelspielern abspielte, enthielten weitere illegale Waffen, darunter vierunddreißig Whitsoc-43b11-Gefechtsköpfe, ihre Lenkelektronik und die Zündschlüssel.

Boros' Agentin auf Bezaire wäre über den Inhalt dieses Containers nicht glücklich gewesen, da sie einen Vertrag über die Sendung der Würfelspieler und der Unterhaltungswürfel abgeschlossen hatte, die angeblich Laderaum 5 füllten.

Die *Elias Madero* kam aus der Überlichtfahrt hervor und übertrug sich wieder in den normalen Weltraum, um die Realraumdistanz zwischen zwei Sprungpunkten im selben System zu überbrücken, das im Volksmund die Bezeichnung Zweistück trug. Diese Abkürzung war auf Standardkarten schon seit Jahren als »zweifelhaft« markiert, da man aus theoretischen Überlegungen heraus glaubte, die Präsenz zweier Sprungpunkte im selben System führte zur räumlichen Instabilität beider. Falls sich der Eintrittspunkt verschob, befand sich ein ankommendes Schiff womöglich zu dicht an einer großen Masse und hatte keine Zeit mehr, wieder auf Distanz zu gehen. Die nächstgelegene grüne Route bedeutete jedoch drei zusätzliche Sprungpunktberechnungen und verlängerte die Passage zwischen Corian und Bezaire um elf Tage. Da die temporalen Koordinaten von Sprungpunkten ohnehin unscharf waren, benutzten viele kommerzielle Schiffe Abkürzungen, um ihre vertraglichen Lieferzeiten einzuhalten ... während sie gleichzeitig Flugpläne einreichten, die nur grüne Linien aufwiesen.

Die jetzige Besatzung hatte diese Abkürzung schon oft benutzt, ohne dass es einen Unfall gegeben hätte. Die Sprungpunkte hatten sich in den vergangenen fünfzig Jahren nicht verschoben, während die Möglichkeit, dass sie es vielleicht doch mal taten, das System vom meisten Verkehr freihielt.

Auf dieser Fahrt verlief der Eintritt so glatt wie üblich, und die *Elias* schaltete ohne Stocken auf den systeminternen Antrieb um.

»Das wäre geschafft«, sagte Käpten Lund zu seinem Navigator und schlug dem Mann auf die Schulter. »Vier Tage, und wir sind wieder weg von hier. Ich gehe ins Bett.« Brauch und Vorschriften verlangten vom Kapitän, bei Sprungpunkt-Eintritten auf der Brücke zu sein; Lund war jetzt drei Schichten lang auf den Beinen, da es ein kleineres technisches Problem gegeben hatte.

Der Navigationsoffizier, der vom Schwesterschiff

Sorias Madero hierher gewechselt war, nickte. »Ich habe den Kurs angelegt, Sir. Nach meinen Berechnungen sind es siebenundneunzig Komma zwei Stunden.«

»Sehr gut.«

Käpten Lund, ein stämmiger Mann mit sich ausbildender Glatze, wartete, bis er in seiner Kabine war, ehe er sich die Jacke auszog und die Schuhe von den Füßen strampelte. Er hängte die Jacke ordentlich auf, stellte die Schuhe nebeneinander, legte die ordentlich gefaltete Hose über die Rückenlehne des Stuhls und das Hemd darüber. Das war seine letzte Tour ... wenn er wieder auf Corian eintraf, ging er endlich in Ruhestand. Helen ... seine Enkel ... dieses hübsche kleine Haus hoch am Hang über dem Tal ... Er schlief ein, ein Lächeln im Gesicht.

Das durchdringende Jaulen der Alarmsirenen weckte ihn. Er schaltete das Komgerät über der Koje ein.

»Hier ist der Kapitän – was ist los?«

»Piraten, Sir.«

Er richtete sich auf und zog dabei mechanisch den Kopf ein, um den Schränken über dem Bett auszuweichen. »Ich bin unterwegs.«

Piraten? Was für Piraten trieben sich auf einer Route herum, auf der fast keine Schiffe verkehrten? Eigentlich gar keine Schiffe – Lund hatte nie einen Hinweis darauf gefunden, dass noch andere diesen Zweisprungtransit benutzten.

Hatte man sie durch die Überlichtetappe verfolgt? Er hatte Gerüchte gehört, dass die Flotte eine Art Scanner entwickelte, der auch auf Überlichtfahrt funktionierte. Die Benignität? Sicherlich nicht Aethars Welt, und die lag sowieso am anderen Ende des Raums der Familias.

Von der Brücke aus war die Lage klar. Zwei Schiffe waren es, deren Waffensysteme das Scannerpult mit roten Drohlampen erhellten. Auf dem Komschirm war ein Mann mit hartem Gesicht und einer Uniform zu sehen, die Lund nicht wiedererkannte; der Mann sprach Standard mit Akzent – einem Akzent, den Lund noch nie gehört hatte und der die Wörter auf doppelte Länge dehnte.

»Übergeben Sie Ihr Schiff, und wir lassen die Besatzung in Ihre Rettungsboote steigen ...«

Käpten Lund erstickte beinahe. Was nützten Rettungsboote in einem leblosen Sonnensystem, das aufgrund der zwei Sprungpunkte niemand aufsuchte?

»Wear iihst Iahr Kapitähn? Ich möchte mittem reden.«

Lund trat vor das Komgerät und nickte seinem Ersten Offizier zu, der zurückwich.

»Ich bin Käpten Lund. Wer sind Sie, und was denken Sie sich eigentlich?«

»Wiar nehmen Iahr Schiff, Sir.« Der Mann schenkte ihm ein schmales Grinsen, das überhaupt nicht freundlich wirkte. »Im Namen der geheiligten Freiheit und der Neutex-Miliz. Wir entschuldigen uns für etwaige ... ah ... Ungelegenheiten.«

»Sie sind Piraten!«, sagte Lund. »Sie haben nicht das Recht ...«

»Dassin harte Worte, Sir. Wir mögen es nicht, wenn man unsere Überzeugungen nicht respektiert, Sir. Ich möchte es mal so ausdrücken – wir haben die nötigen Waffen, um Ihr Schiff wegzupusten, und wir bieten Ihnen ne Chance, das Leben Ihrer Besatzung zu retten. Einigen von ihnen jedenfalls. Falls Sie Ihr Schiff übergeben und uns ohne Widerstand an Bord kommen lassen, schwören wir, niemanden Ihrer legalen Besatzung zu töten.«

Lund hatte das Gefühl, zu einem Albtraum erwacht zu sein, und sein Verstand weigerte sich, mit normaler Geschwindigkeit zu arbeiten. »Legale Besatzung?«

»Naah ja ... so ist es. Sehen Sie, wir wissen, dass Sie für ein Unternehmen arbeiten, das obszöne und unnatürliche Ansichten zu moralischen Fragen hat. Nach unserer Auffassung sind bestimmte Dinge einfach nich' natürlich und normal, geschweige denn *richtig*, und falls

Sie solche Leute an Bord haben, dann müssen sie sich der Gerechtigkeit stellen.«

Lund sah sich um; die Gesichter auf der Brücke waren angespannt und bleich. Er drückte die Stummtaste, damit seine Worte nicht gesendet wurden. »Hat irgendjemand von euch die leiseste Ahnung, was das für Verrückte sind? Oder was sie mit natürlich und unnatürlich meinen?«

Der Junior-Scannertech Innis Sequalin nickte. »Ich habe ein bisschen über die Neutex-Miliz gehört ... zum einen halten sie es für falsch, dass Frauen als Raumfahrer arbeiten, und zum anderen tolerieren sie nichts außer dem, was sie für normalen Sex halten.«

Lund spürte, wie sich ihm der Magen umdrehte. Falls sie keine Frauen im Weltraum duldeten, was für eine Art Sex hielten sie dann für normal? Und warum überhaupt keine Frauen im Weltraum dulden? »Ist das ... was Religiöses?«

»Ja, Sir. Zumindest behaupten sie das.«

Lund wurde noch schlechter. Religiöse Spinner ... er war Raumfahrer geworden, um denen auf seinem Heimatplaneten zu entrinnen. Falls die hier von derselben Sorte waren ... dann waren zu viele Besatzungsmitglieder jetzt in Gefahr.

»Ich warne Sie!«, sagte der Piratenoffizier. »Geben Sie Antwort, oder wir pusten Ihre Laderäume ...«

»In Ordnung«, sagte Lund, und sei es auch nur, um Zeit zu gewinnen. »Ich schicke meine Leute in die Rettungsboote ...«

»Wir sehen uns erst eine Besatzungsliste an«, sagte der Mann mit einem unangenehmen Lächeln. »Und zwar sofort, ehe Sie daran herumdoktern können. Sollte ein Rettungsboot starten, ehe wir die Liste gebilligt haben, pusten wir es weg.«

Lunds Gedanken überschlugen sich. Die Besatzungsliste nannte das Geschlecht nicht – und ganz gewiss keine sexuellen Vorlieben; falls es ihm also gelang, denen die medizinischen Dateien vorzuenthalten ...

»Und die medizinischen Dateien«, sagte der Mann, »falls Sie einige von den so genannten modernen Frauen an Bord haben, die keine richtigen Frauennamen tragen.«

Er konnte sich weigern, aber was dann? Den Scannern zufolge war er mit Geschützen konfrontiert, die mühelos fähig waren, sein Schiff zu vernichten. Aber bestimmt wollten sie nicht das ganze Schiff vernichten ... Sie wollten sicher die Ladung und vielleicht sogar das Schiff selbst in intaktem Zustand.

»Die Personal- und Gesundheitsdateien sind nicht vernetzt«, wandte er ein und dankte allen möglicherweise präsenten Göttern, einschließlich derer, an die er nicht glaubte, für die Tatsache, dass dieser Standard gültig war und als solcher allgemein bekannt.

»Zehn Minuten«, sagte der Pirat und trennte die Verbindung.

Zehn Minuten. Was konnte er in zehn Minuten manipulieren? Und warum hatte er nicht glattweg geleugnet, Frauen an Bord zu haben, damit er vielleicht eine Chance fand, sie als Männer auszugeben? Aber das medizinische Miniteam an Bord hatte mitgehört, und Hansen meldete sich jetzt bei ihm.

»Ich wechsle die Geschlechtsangaben und streiche alle Hinweise auf geschlechtsspezifische Verschreibungen ... das dauert sechs Minuten. Was denken Sie, sollten wir sonst noch unternehmen?«

»Sequalin sagt, sie hegten einige seltsame Überzeugungen im Hinblick auf sexuelle Praktiken – aber ich weiß nicht, welche.«

»Ahmm. Falls sie in eingeschlechtlich besetzten Raumschiffen fahren, vielleicht ist dann bei ihnen an Bord die Homosexualität obligatorisch? Ich könnte allen den Code einer entsprechenden Vorliebe verpassen.«

»Yeah, aber falls wir uns irren ... ich weiß nicht.«

»Und was ist mit den Kindern?«

Wie die meisten Handelsschiffe hatte die *Elias Madero*

einige Kinder von Besatzungsmitgliedern an Bord. Man hatte die Erfahrung gemacht, dass Kinder die zusätzliche Arbeit und Sorge in jeder Hinsicht lohnten, indem sie für Abwechslung sorgten und die Besatzung zur Kooperation stimulierten. Derzeit waren es sechs, vier im Vorschulalter und zwei, die ein berufsvorbereitendes Praktikum absolvierten.

»Wir stecken die Kids in den Kern, wo die Scanner sie am ehesten übersehen. Den Kleinen verpassen wir Beruhigungsmittel. Falls die Halunken das Schiff nur ausrauben und weiterfahren ... können die Älteren wieder herauskommen und einen Notruf absetzen. Wir müssen allerdings den Kinderhort ausräumen ...«

»Tun Sie es«, wies Lund ihn an. »Aber geben Sie keine Codes für sexuelle Vorlieben ein. Lassen Sie die Einträge, wie sie sind.« Wie sollte er nur die Frauen verstecken? Und was passierte mit ihnen, falls sie doch gefunden wurden?

* * *

Hazel Takeris, sechzehn Jahre alt, hatte festgestellt, dass ihre erste Arbeitstour so langweilig war, wie ihr Vater sie gewarnt hatte – aber sie hätte sie um nichts in der Welt eingetauscht, sicherlich nicht für weitere fünf Semester auf der Mittelschule für Familienangehörige von Raumfahrern auf der Hauptstation Oddlink. Und so leistete sie bereitwillig die Routinearbeit, wie sie den Praktikanten übertragen wurde, und wenn die Begeisterung fürs Geschirrspülen oder Deckschrubben einmal nachließ, erinnerte sie sich daran, dass sie zur gleichen Zeit Professor Hallas' Diskurs über die Geschichte jenes Planeten hätte lauschen können, der nach Hazels Meinung in der fernen Vergangenheit der Menschheitsgeschichte lag – weit entfernt in Raum und Zeit; und wer machte sich wirklich etwas daraus, welches Jahrtausend irgendeinen König oder Wissenschaftler mit komischem Namen hervorgebracht hatte?

Als der Alarm losheulte, ging sie gerade die Bestände der Bordküche durch, wie der Koch es ihr aufgetragen hatte. Von der sich anschließenden Diskussion bekam sie nichts mit, weil Cookie ihr gesagt hatte, sie sollte sich wieder um ihre Arbeit kümmern und darauf achten, dass sie richtig zählte. Achtunddreißig Drei-Kilo-Säcke Weizenmehl. Sechs Halb-Kilo-Schachteln Kochsalz und vier mit einer 50/50-Mischung von Kalium- und Natriumsalzen. Acht ...

»Haze ... lass das und hör zu.« Cookies Gesicht zeigte eine merkwürdige Schattierung; die intensive Bräune war bleich und fleckig geworden. »Schnapp dir vier Packungen mit Notrationen und geh in Kern 32. Mach schon!«

»Was ...?« Aber Matrosenschüler stellten keine Fragen, nicht wenn ein Besatzungsmitglied ein solches Gesicht machte. Hazel schnappte sich vier Notpackungen, und als sie an Cookie vorbeiging, packte er noch zwei weitere darauf. Sie lief so schnell sie konnte durch die Korridore, bog in den Abwärtsschacht zum Kern ein und begegnete ihrem Daddy, der noch bleicher war als Cookie.

»Haze – gib mir zwei davon – und jetzt geh nach 32. Wir schließen euch dort ein. Deinen Raumanzug habe ich schon dort untergebracht. Zieh ihn an und warte. Achte darauf, auch lange genug zu warten!«

Sie war als Raumfahrerkind aufgewachsen; sie konnte sich an den fünf Fingern zusammenzählen, was los war. »Piraten«, sagte sie und bemühte sich um einen gelassenen Tonfall.

»Yeah. Lauf jetzt weiter. Du und Stinky, ihr bleibt wach; den Kleinen haben wir was zum Schlafen gegeben, und sie stecken in Kern 57 und 62. Oh – und vergiss nicht: Es ist die Neutex-Miliz!«

Hazel sank den Schacht hinunter und landete mühelos mit den Füßen voran auf der Plattform. Zweiunddreißig war die vierte Sektion im Uhrzeigersinn; die Geographie dieses Schiffes kannte sie seit frühester

Kindheit. Die Luke nach Zweiunddreißig stand offen; sie schlüpfte hinein, legte die Rationen hin, zog die Luke zu und verschloss sie von innen. Ihr Raumanzug stand mit hängenden Schultern in der Ecke neben einem Stapel Sauerstoff-Reservetanks. Sie stieg hinein und fummelte mit zitternden Fingern an den Verschlüssen und Dichtungen herum.

Sie wollte schon über den Helmfunk melden, dass sie in Sicherheit war, tat es aber dann doch nicht – was, wenn die Piraten schon an Bord waren? Niemand hatte ihr gesagt, wann mit dem Entermanöver zu rechnen war; niemand hatte ihr gesagt, wann sie wieder zum Vorschein kommen sollte. Lange genug warten? Wie lange genau war das? Woher sollte sie das wissen?

Im Raumanzug konnte sie sich in dieser Kabine nicht hinlegen, aber sie klemmte sich so diagonal zwischen zwei Ecken, dass sie, falls sie einschlief, nicht hinfiel und dabei Lärm machte. Sie hatte den Helm offen stehen und atmete die Kabinenluft – sinnlos, jetzt schon die Luft aus den Tanks zu verbrauchen, und der Helm würde automatisch zuklappen, falls ein Druckverlust eintrat. Sie blickte auf die Anzugsuhr und merkte sich die Zeit. Lange genug warten. Sie wünschte sich, sie hätte gewusst, wie lange.

Sie wünschte sich, sie und Stinky hätten in derselben Kabine gesessen und sich unterhalten können. Als die beiden Lehrlinge an Bord hatten sie ein natürliches Bündnis geschlossen. Außerdem mochten beide jeweils die Eltern des anderen und versuchten schon die ganze Fahrt über, ihren Vater und seine Mutter in eine Art Verbindung zu manövrieren. Bislang hatten sich die Erwachsenen als resistent erwiesen, aber sie und Stinky hatten die Hoffnung noch nicht aufgegeben. Sicherlich empfand doch jeder das gleiche Bedürfnis nach einem Partner wie sie und Stinky ... so kamen die Erwachsenen schließlich auch zusammen und zeugten Kinder.

In der leeren Kabine eingeschlossen, fiel Hazel schließlich ein, dass die einfache Lösung darin bestanden hätte, dass sie und Stinky eine Partnerschaft eingingen und die Eltern in Ruhe ließen … aber Hazel war nicht bereit, mit irgendjemandem eine Partnerschaft einzugehen. Noch nicht. Später … sie gönnte sich ein paar köstliche Augenblicke, in denen sie sich ausmalte, wie es wäre, Stinky in der gleichen Kabine zu haben, ohne die Druckanzüge und ohne die Aufsicht der Erwachsenen. Sie hatte durchaus solche Gedanken, auch wenn sie sich für die pubertätsverzögernde Behandlung entschieden hatte; sie sah vielleicht nach zehn oder elf aus, aber sie war nun mal tatsächlich sechzehn.

Sie verbannte diese Gedanken und dachte an die in anderen Kabinen eingeschlossenen Kleinen. Mit Schlafmitteln gefüttert, hatte ihr Daddy gesagt. Wie lange hielt das vor? Brandalyn war morgens immer als Erste auf den Beinen und sprang in der Gegend herum … Würde sie auch als Erste die Wirkung der Schlafmittel abschütteln? Hatten sie sie mit ihrer Schwester in dieselbe Kabine gesteckt? Sicherlich hatten sie daran gedacht. Stassi war ruhiger und hing sehr an der großen Schwester. Die anderen beiden Kleinen, Paolo und Dris, waren Vettern.

Sie sah auf die Uhr. Nur fünfzehn Minuten waren vergangen. Das konnte nicht lange genug sein. Die Piraten waren womöglich noch gar nicht an Bord. Vielleicht musste Hazel stundenlang warten.

Der Raumanzug übermittelte unspezifische Schwingungen, die sie nicht identifizieren konnte – außer dass sie sich von denen unterschieden, mit denen sie nach all diesen Monaten an Bord vertraut war. Eine Stunde, zwei, drei. Wie lange blieben Piraten an Bord eines Schiffes, um es zu plündern? An einer regulären Frachtstation konnten die automatischen Ladevorrichtungen einen Frachtraum in sieben Stunden und zwölf Minuten ausräumen – falls alles glatt lief. Ob die Piraten wohl versuchten, einen ganzen Laderaum auszuräumen? Sämtliche Laderäume? Verfügten sie wohl über die richtige Ausrüstung? Wie lange brauchten sie dafür?

Da war es einfacher, das ganze Schiff zu stehlen; Hazel wurde kalt, als sie daran dachte. Falls sie das taten, falls sie das ganze Schiff mitnahmen ... was wurde dann aus ihr? Aus Stinky? Aus den Kleinen?

Sie hörte Geräusche – ganz in der Nähe. Es mussten die Piraten sein, denn niemand hatte bislang ihre Kabine aufgeschlossen. Schlurfen, dumpfe Schläge – dann ein schriller Schrei, bei dem Hazel erstarrte. Das war bestimmt Brandy; sie alle hatten immer gescherzt, dass Brandy eine Schreistimme hatte, mit der man Stahlplatten schneiden konnte. Das Kind schrie erneut. Hazel rappelte sich auf, wobei sie sich im Raumanzug ungeschickt bewegte, und versuchte die Luke zu entriegeln. Sie musste diese Leute aufhalten – sie musste das Kind beschützen! Sie hatte das Schloss gerade aufbekommen, als ihr die Luke aus den Händen gerissen wurde und zwei große Männer sie selbst packten, einer jeweils einen Arm, und sie aus der Kabine zerrten. Sie sah, dass Brandy im Griff eines weiteren Mannes strampelte und kreischte, und dass dieser Mann versuchte, sie mit einem Stück Stoff zu knebeln. Stassi weinte leiser im Griff eines vierten; die beiden kleinen Jungs klammerten sich an Stinky, der so verängstigt aussah, wie Hazel sich fühlte.

»Ein Mädchen«, sagte einer der Männer. »Diese Perversen.« Brandys Schreien brach ab; der Mann, der sie festhielt, hatte es geschafft, den Knebel zuzubinden. »Nimm du sie«, sagte er und schob Brandy Hazel in die Arme. »Und bring sie mit.«

Sie drückte Brandy an sich und versuchte das Kind zu trösten, das in den Knebel schluchzte. Stassi klammerte sich an eines ihrer Beine und Paolo an das andere. Stinky trug Dris. Die Piraten schoben sie vorwärts, wieder zur Brücke hinauf.

Das Erste, was Hazel auf der Brücke sah, war die Leiche ihres Daddys in einer Blutlache. Sie ließ beinahe Brandy fallen, aber das Kind klammerte sich mit Armen und Beinen fest an sie. Da waren noch mehr Leichen, alles Menschen, die Hazel kannte – Baris der Navigator, und Sig der Frachtleiter und ... und da lag Stinkys Mutter, geknebelt und gefesselt, aber mit Wut in den Augen. Alle Frauen der Besatzung lagen dort in einer Reihe, gefesselt und geknebelt. Käpten Lund saß angebunden auf seinem Kommandositz, dem Eingang der Brücke zugewandt. Und die ganzen bewaffneten Männer hier trugen die gleichen Uniformen wie die Leute, die Hazel gefangen genommen hatten.

Der Anführer wandte sich an Käpten Lund. »Sie haben uns angelogen, Käpten. Das war nicht sehr klug.« Er sprach die Worte schleppend aus, ein Akzent, den Hazel noch nie gehört hatte.

»Ich ... wollte die Kinder retten.«

»Gott rettet die Kinder, indem er sie in dessen Hände gibt, der sie in Rechtschaffenheit großzieht.« Der Anführer lächelte, und bei diesem Lächeln wurde Hazel innerlich kalt.

Käpten Lund sah erst Hazel an und dann Stinky. »Es tut mir Leid«, sagte er. Der Anführer knallte ihm die Waffe an den Kopf.

»Sie halten den Mund, alter Mann. Niemand spricht zu unseren Kindern außer unseren Familienangehörigen. Und Ihnen wird noch richtig Leid tun, dass Sie uns angelogen haben ...« Er wandte sich an seine Männer. »Fangen wir an ... überprüfen wir diese heidnischen Schlampen und sehen wir, ob irgendeine von'en die Mühe wert ist.«

Hazel lag in der Kabine, die früher für Passagiere bereitgehalten worden war, und versuchte, all die Kleinen gleichzeitig an sich zu drücken. Dris döste noch, und sie wusste nicht, ob es am Schlafmittel lag oder der Beule an seinem Kopf. Paolo wimmerte leise; Stassi hatte die ganze Hand in den Mund gesteckt und saugte heftig daran. Brandy war völlig weg und schnarchte durch den Knebel. Hazel hätte ihn ihr am liebsten herausgenommen, aber sie fürchtete sich vor dem Mann mit der Waffe, der neben der Luke stand. Sie fürchtete sich vor allem. Sie musste so tun, als wäre das nicht der Fall, weil die Kleinen sie brauchten; sie war der eine Mensch, mit dem sie vertraut waren, der eine Mensch, bei dem sie sich sicher fühlten, falls das überhaupt noch möglich war bei all dem, was sie durchgemacht hatten. Wie konnte man jemandem ein Gefühl der Sicherheit vermitteln, wenn man sich selbst nicht sicher fühlte?

Sie konnte immer noch nicht glauben, dass das alles passierte. Die Schmerzen im eigenen Körper waren real und die Angst ebenfalls, aber – hatte sie wirklich all das gesehen, woran sie sich erinnerte? Die Frauen, die seit dem Tod der eigenen Mutter ihre Tanten gewesen waren, ihre Mentoren, sie alle ... Hazel fand nicht mal Worte für das, was ihnen angetan worden war, außer den Morden am Ende. Und der arme Käpten Lund ... sie kannte ihn schon, so weit sie zurückdenken konnte, ein sanfter Mann, ein freundlicher Mann ... und sie hatten ihm die Zungen der Frauen in den Mund gestopft, und dann ... und dann erschossen sie ihn schließlich.

Paolo wimmerte ein bisschen lauter; der Mann an der Luke knurrte. Hazel streichelte dem Kind über den Rücken. »Sachte«, murmelte sie. »Schhh.« Sie wollte jetzt nicht mehr an all das denken; sie wollte nur noch an die Kleinen denken, die sie brauchten.

»So lauten die Regeln«, sagte der Pirat. Hazel saß auf dem Deck, Brandy auf dem Schoß, während sich die übrigen Kleinen an sie kuschelten. »Sieh mich an!«, verlangte der Pirat. Hazel hatte die Kleinen angesehen, denn man hatte sie schon geohrfeigt, weil sie einen der Piraten ansah – oder anstarrte, wie der Mann sich ausdrückte. Jetzt blickte sie auf, die Schultern hochgezogen. »So ist es richtig«, sagte der Mann. »Du siehst hin, wenn ich es dir sage, und zwar dorthin, wo ich es dir sage. Jetzt hör mir zu. So lauten die Regeln: Du schaust uns nicht ins Gesicht, solange wir dich nicht dazu auffordern. Du redest nicht. Du – Mädchen – du flüsterst mit den Babys, wenn es sein muss, aber nur, wenn niemand von uns gerade spricht. Du machst die Babys sauber und gibst ihnen zu essen; du hältst auch die Kabine und alles andere sauber; du tust alles, was dir gesagt wird. Kein Reden, keine Widerrede, nix. Falls du deine Zunge behalten möchtest.«

Die erwachsenen Frauen hatten das nicht geglaubt, zumindest zu Anfang nicht. Und sie waren gestorben. Hazel musste aber ihre Zunge behalten, um die Kleinen zu trösten.

»Nun, was sagst du jetzt?«, fragte der Mann und beugte sich zu ihr herunter. Sie hatte zu viel Angst, um zu antworten; er hatte sie gerade angewiesen, den Mund zu halten. Er packte ihre Haare und riss ihr den Kopf nach hinten. Ihre Augen tränten. »Ich erkläre dir, was du sagst, Mädchen: Nix! Du senkst den Kopf, wenn man dir sagt, was du tun sollst, und hältst die Klappe. Frauen haben in Gegenwart von Männern zu schweigen. Frauen haben schweigend zu gehorchen. Hast du das kapiert?«

In der Falle und veränstigt, wie sie war, versuchte sie zu nicken – gegen den Zug seiner Hand an ihren Haaren. Er ließ plötzlich los, und ihr Kopf kippte nach vorn.

»So ist es richtig«, lobte er. »Senke respektvoll und gehorsam den Kopf.« Er richtete sich auf und trat einen Schritt weit zurück; Hazel betrachtete seine Schuhe. »Und jetzt sieh zu, dass du in Bewegung kommst, Mädchen, und mach diese Bälger sauber.«

Sie brauchte Kleider für sie; sie brauchte Toilettenartikel, um sie sauber zu machen. Sie wollte fragen … aber sie durfte ja nichts sagen.

»Einer von uns bringt dir, was du brauchst«, sagte der Mann. »Nahrung und Wasser, solange du gehorsam bist. Anständige Kleider für die Babys. Auf diesem heidnischen Schiff gibt es nichts, was für euch angemessen wäre; du wirst was anfertigen müssen. Wir zeigen dir Bilder. Becken und Toilette findest du da drin; du wirst die Kleider darin waschen.«

Sie fragte sich warum, wo doch die Bordwaschmaschine auch die dreckigsten Sachen in nur wenigen Minuten sauber, trocken und gebügelt wieder ausspuckte. Sie stellte die Frage nicht laut.

Das Material traf wenig später ein. Nahrungspakete, Milchpulver, das man mit Wasser aus dem Bad mischen konnte, Bettlaken und Handtücher und ein Sack voll Kinderkleidung, Seife und Shampoo, Kämme und Bürsten. Sogar ein paar Spielsachen: Zwei Puppen, Bauklötze, ein Spielzeugauto. Hazel war dankbar. Sie gab jedem der Kleinen einen Schokoriegel und stöberte im Kleidersack ... da war Paolos brauner Overall, Brandys gestreiftes Hemd, Stassis geblümtes, Dris' grauer Overall. Aber keiner von den Overalls der Mädchen oder den Shorts, die sie sonst zu den Blusen trugen.

Die Kleinen waren so schmutzig, dass Hazel nicht erkennen konnte, was Schmutzflecken und was blaue Flecken waren. Sobald sie mit den Schokoriegeln fertig waren, trieb sie sie ins Bad und machte sie mit Hilfe der Handtücher und der Seife sauber. Dann zog sie alle an, soweit sie konnte, und faltete die restlichen Kleidungsstücke zusammen. Vier weitere Blusen, vier weitere Overalls ... drei Garnituren für jedes Kind, falls sie nur vollständig gewesen wären. Und für Hazel selbst ... nur ein langärmeliger Pullover, der eigentlich Stinky gehörte; er hatte in ihrer Kabine gelegen, weil sie während der letzten Schicht Hemden mit ihm getauscht hatte. Sie zog den Pullover nicht an, weil sie nichts fand, was sie dazu tragen konnte ... der Gedanke, ihn oben zu tragen und nichts darunter, war schlimmer, als nackt zu bleiben.

Sie stapelte die Kleider ordentlich in einer Ecke und die Lebensmittel in einer anderen. Dann gestattete sie den Kindern, die Spielsachen zu durchsuchen. Brandy suchte sich Bauklötze aus, wie immer. Stassi drückte sich ihre Puppe heftig an die Brust. Paolo machte sich daran, Bauklötze an Brandy auszuteilen, während Dris die andere Puppe in das Spielzeugauto setzte und es über den Boden schob.

Die Luke flog mit einem Knall auf und erschreckte Hazel; beinahe hätte sie aufgeblickt, aber sie entsann sich noch rechtzeitig eines Besseren. Die Kleinen blickten auf, wandten sich aber rasch wieder ab und ihr zu.

»Warum bist du nicht angezogen, Mädchen?«

Sie durfte nicht reden. Sie wusste nicht, wie sie antworten sollte, ohne etwas zu sagen. Sie schüttelte den Kopf und breitete die Hände aus.

Die Stiefel kamen näher; die großen Hände warfen den ordentlichen Stapel um, den sie aus den Kleidern gemacht hatte, und brachten Stinkys Pullover zum Vorschein. Der Mann warf ihn ihr zu. »Zieh das an, Mädchen. Sofort!«

Sie fummelte sich hinein. »Du wickelst dich in eines dieser Laken.« Daran hatte sie nicht gedacht; sie hastete übers Deck, packte sich ein Laken und wickelte es unbeholfen um sich. Wie konnte sie es nur befestigen? Irgendwas landete mit dumpfem Schlag vor ihr auf dem Deck – ein kleiner Sack aus Segeltuch. »Das sind Nähsachen – falls du nicht nähen kannst, solltest du es lieber lernen! Nähe dir irgendwas Anständiges aus den Laken. Bedecke die Arme, überhaupt alles bis zu den Knöcheln. Mach aber den Rock nicht zu füllig. Nur anständige verheiratete Frauen tragen füllige Röcke. Mache auch Röcke für die kleinen Mädchen und nähe sie mit den Blusen zusammen.« Er ging herum und baute sich vor den Kleinen auf.

»Was ist das?« Sie blickte nicht auf; sie antwortete nicht. »Mädchen, hör mal, du musst diesen Babys die richtigen Sachen beibringen. Mädchen spielen mit Mädchen; Jungs spielen mit Jungs. Mädchen haben Puppen; Jungs haben Spielsachen für Jungs. Du sorgst dafür, dass das getrennt bleibt, kapiert?«

Aber Brandy und Paolo waren befreundet; sie spielten schon seit dem Säuglingsalter zusammen. Und

Brandy spielte immer mit Klötzen und Sachen zum Bauen. Hazel kauerte sich zusammen, wütend und ängstlich zugleich, als der Mann Brandys Klotzturm zerschlug und Brandy selbst neben ihre Schwester setzte. »Du – nimm diese Puppe!« Brandy nahm sie, aber Hazel sah den Zorn in ihren Augen, der fast groß genug war, um die Angst zu überwinden. Paolo, der mit den verstreuten Bauklötzen zurückblieb, hatte bereits einen zur Hand genommen und streckte die Hand nach Brandy aus. »Nein!«, wies ihn der Mann zurecht. »Keine Bauklötze für Mädchen. Bauklötze sind für Jungs.« Paolo sah verwirrt drein, während Brandy ein wütendes Kreischen ausstieß. Gelassen knallte ihr der Mann eine, dass sie ans Schott flog. »Halt die Klappe; du lernst es besser gleich, Göre!«

Die nächsten Tage waren, falls überhaupt möglich, ein noch schlimmerer Albtraum. Die Kleinen kapierten einfach keine der Einschränkungen; Hazel bemühte sich, sie zu trennen, wie es die Piraten verlangten, sie mit den »richtigen« Spielsachen zu beschäftigen, die Kabine ausreichend sauber zu halten, sich selbst »anständig« zu benehmen und gleichzeitig daraus schlau zu werden, wie sie die Kleidungsstücke anfertigen konnte, die die Piraten bei ihr und den Mädchen verlangten. Sie hatte noch nie im Leben etwas genäht; sie hatte gesehen, wie Donya mit Hilfe der Nähmaschine Kunstwerke hervorbrachte, die sie verkauft hatten, wenn sie auf Corian anlegten, aber Kleider stammten aus dem Geschäft oder in Notfällen vom Fabrikator. Man gab die Maße ein, wählte den Stil, und zack kamen die Kleider heraus. Hazel hatte jedoch keine Ahnung, wie man flaches Tuch in die röhrenförmigen Kleidungsstücke auf den Bildern verwandelte, die die Piraten ihr zeigten.

Es war ohnehin kein praktisches Kleidungsstück. Enge Röhren für die Arme und ein langes Rohr, das den Körper von den Achselhöhlen bis zu den Fußknöcheln bedeckte ... Niemand konnte in so was bequem sitzen, bequem gehen, klettern und spielen und alles Mögliche anstellen. Aber sie erhob keine Einwände. Sie bemühte sich, aus den seltsamen Gerätschaften in dem Nähkorb schlau zu werden: gefährlich dünne, scharfe Metallgegenstände, die in der Nähe kleiner Kinder nichts verloren hatten, Spulen mit dünnen Fäden, eine Schere, ein langes Band mit Abstandsmarkierungen, die mit keinem Maßsystem zu tun hatten, das Hazel kannte, ein kurzer Metallstreifen – ebenfalls mit Abstandsmarkierungen und mit einem Ende, wo man ihn hineinschieben konnte.

Das Nähen mit der Hand war viel härter, als es aussah, obwohl Hazel besser zurechtkam, als sie endlich herausfand, dass der winzige Becher über ihren Finger passte und diesen vor den Stichen des langen scharfen Dings schützte, durch das der Faden lief. Der Stoff schien einen eigenen Willen zu haben; er verschob sich immer, wenn sie ihn zu durchstechen versuchte. Endlich hatte sie jedoch einen langen geraden Rock am Saum ihres Pullovers befestigt und weitere Röcke an den Blusen der Mädchen. Sie hassten diese Kleidung und zogen sie immer um die Taille hoch, wenn sie spielen wollten ... aber wie sich herausstellte, war das wieder etwas, was Mädchen verboten war.

»Ihr wurdet unter Heiden aufgezogen«, sagte der Mann. »Wir wissen das und berücksichtigen es. Aber jetzt haltet ihr euch unter anständigen Menschen auf und müsst lernen, euch wie anständige Menschen zu verhalten. Es ist jedem weiblichen Wesen verboten, sich vor Männern zu präsentieren; diese kleinen Mädchen müssen immer anständig bedeckt sein.«

Warum, hätte Hazel am liebsten geschrien, kriegen wir dann keine Unterwäsche? Keine langen Hosen? Und wie könnt ihr ein Kleinkind, das auf dem Boden spielt, als Frau bezeichnen, die sich Männern präsentiert? Sie sagte nichts, sondern senkte den Kopf. Sie musste die Kleinen beschützen, und das konnte sie nur tun, wenn sie bei ihnen war – wenn sie sie in den Schlaf singen konnte, sie mit einem Murmeln beruhigen konnte, das von Tag zu Tag leiser wurde.

Sie hatte keine Vorstellung davon, wie viel Zeit vergangen war, als der tägliche Besucher die Jungen zum ersten Mal aus der Kabine holte. Inzwischen kannten die Piraten natürlich die Namen aller Kinder. Zunächst wichen Paolo und Dris zurück – aber der Mann hob sie einfach auf und trug sie hinaus. Hazel war entsetzt – was hatten sie mit den Jungen vor? Aber als sie den Mädchen ihr Mittagessen verabreichte, waren die Jungen zurück und grinsten von einem Ohr zum anderen. Jeder hatte ein neues Spielzeug in der Hand – Paolo ein Raumschiff und Dris einen Satz leuchtend bunter Perlen.

»Wir hatten Spaß«, sagte Dris. Hazel versuchte ihn zum Schweigen zu bringen, aber Paolo meldete sich zu Wort.

»Wir dürfen reden. Das haben sie gesagt. Jungs dürfen so viel reden, wie sie möchten. Nur Mädchen müssen ruhig sein.«

Brandy machte ein finsteres Gesicht. »Gib mir das!«

»Nein«, wehrte Paolo ab. »Das ist meines. Mädchen dürfen nicht mit Spielsachen für Jungs spielen.« Brandy brach in Tränen aus.

Danach wurden die Jungen Tag für Tag von den Mädchen weggeholt. Tägliche Besuche außerhalb der Kabine – sie kehrten mit leuchtenden Geschichten zurück: Sie durften die Korridore auf und ab rennen; sie durften die Schaukeln in der Turnhalle benutzen; sie durften den Computer im Schulzimmer benutzen. Die Männer fütterten sie mit speziellen Sachen, mit Leckerbissen. Die Männer unterrichteten sie. Die Männer lasen ihnen aus Büchern vor, aus neuen Büchern, Geschichten über Tiere und Jungs und aufregende Sachen. Inzwischen waren sie stundenlang fort und kehrten nur zum Baden und Schlafen in die Kabine zurück. Hazel blieb mit den Mädchen, den beiden Puppen und den endlosen Näharbeiten zurück.

»Bring diesen Mädchen das Nähen bei«, wies man sie an. »Sie sind alt genug dafür.«

Sie wollten es nicht lernen, aber es nützte nichts. So viel war Hazel klar. Aber ... überhaupt keine Bücher? Kein Video, kein Computer, keine Chance, herumzulaufen und zu spielen? Sie fragte nicht. Sie wagte es nicht. Sie wagte nicht mal, den kleinen Mädchen Geschichten zu erzählen, ihre altbekannten Geschichten, denn die Kabine wurde überwacht. Hazel hatte die Kleinen davor gewarnt, mehr zu reden als nötig ... ihnen Geschichten zu erzählen, das wäre ein Verstoß gegen die Regeln gewesen; das wusste sie, ohne danach zu fragen.

Die Tage schleppten sich dahin. Stassi war, obwohl die Jüngere, besser mit Nadel und Faden als Brandy. Ihre Stiche waren stümperhaft und ungleichmäßig, aber sie brachte doch eine Art Reihe zustande. Brandy, von Natur aus aktiver, war nervös und schäumte; ihr Faden bildete immer wieder Knoten. Hazel versuchte Möglichkeiten zu finden, wie Brandy die schiere Energie loswerden konnte, aber in diesem kleinen Raum und behindert von einem langen Rock wurde das Kind fortwährend frustriert. Sie weinte oft und bekam wenigstens einmal täglich einen Schreikrampf.

Hazel hätte selbst gern einen Schreikrampf bekommen, und nur die Tatsache, dass die Kleinen sie brauchten, hielt sie ruhig.

Kapitel sieben

Brun Meager tauschte mit großer Erleichterung das Kommando der Royal Security gegen zehn Mann aus der persönlichen Miliz ihres Vaters von Sirialis ein. Sie kannte einige dieser Leute seit Jahren, und obwohl sie lieber allein gereist wäre, war dies das nächstbeste Arrangement. In Begleitung der Milizionäre besuchte sie das Büro der Allsystems Leasing und suchte sich für die nächste Etappe ihrer Reise eine geräumige Privatyacht aus. Falls sie ohnehin nicht den Respekt der Flotte gewinnen konnte, bestand kein Grund mehr, mangelnden Komfort zu ertragen. Sie suchte sich das teuerste Lebensmittel- und Unterhaltungspaket aus und zahlte zusätzlich für ein beschleunigtes Beladungs- und Abfertigungsverfahren, um ihre Reise schnell fortsetzen zu können. Allsystems kontrollierte ihre Bescheinigungen sowie die der Milizionäre, die die Besatzung der Yacht bilden würden, und in weniger als 24 Stunden brachte Brun das Fahrzeug aus dem Dock und auf Kurs zum ersten Ziel. Von jetzt an bis zum Eröffnungstag der Jagd auf Sirialis war sie frei von Terminen und Anforderungen, außer denen, die sie sich selbst wählte.

Da es relativ nahe an ihrem Weg lag, entschied sie sich, ihre Geschäftsanteile am Boros Consortium zu kontrollieren. Das würde den Beifall ihres Vaters finden, denn es war die Art erwachsenen, reifen Verhaltens, wie sie es seiner Meinung nach nicht oft genug zeigte. Und es war ein sehr weiter Weg von Castle Rock.

Sie verbrachte zwei Tage in Gesellschaft der Buchhalter auf Podj und kam sich als tugendhafte, hart arbeitende Person vor, während sie durch Berge von Zahlen watete; dann entschied sie, Corian auszulassen – wo mehr Nachrichtenmedien präsent sein würden, da es ein Verkehrsknotenpunkt war – und direkt Bezaire anzufahren. Sie plante den Kurs, berechnete die benötigte Zeit ... und betrachtete die Werte mit finsterer Miene. Falls sie irgendeiner der grün eingezeichneten Standardrouten nach Bezaire folgte, fand sie nicht mehr die Zeit für einen Besuch auf Rotterdam, ehe die Jagdsaison auf Sirialis begann. Sie war jedoch entschlossen, Lady Cecelia zu besuchen und mit dieser ebenfalls abenteuerlustigen Dame die Dinge zu besprechen, die sie ihren Eltern gegenüber nicht zur Sprache bringen konnte. Sie konnte auch Bezaire auslassen – aber das wollte sie nicht.

Sie sah sich erneut die Navigationskataloge an. Mit einer bestimmten vorsichtigen Route konnte sie fünf Tage sparen, aber das war eigentlich nicht genug. Vielleicht kannten die Boros-Piloten, die ständig diesen Kurs befuhren, eine Abkürzung ... Sie rief deren Speicherdaten über die auf den Kurs verwandten Fahrtzeiten ab. Angeblich nahmen sie alle grüne Routen ... aber die Reisezeiten waren unmöglich kurz für die Etappe zwischen Corian und Bezaire. Sie kannten eine Abkürzung; davon war Brun überzeugt. Wer zeigte sich möglicherweise bereit, sie in das Geheimnis einzuweihen?

Für die reiche und schöne Tochter von Lord Thornbuckle, eine Anteilseignerin, war das Geheimnis nicht besonders schwer zu finden. Ein Sonnensystem mit zwei Sprungpunkten, wo beide Sprungpunkte seit mehr als fünfzig Jahren stabil geblieben waren. Die Flotte gab Warnungen vor Systemen mit zwei Sprungpunkten aus, aber die Flotte warnte sowieso vor allem und jedem. Brun lächelte vor sich hin, während sie einen Sprung direkt von Podj zum ersten der beiden Sprungpunkte programmierte. Ein netter Eintritt mit geringer Geschwindigkeit in einem Schiff von so geringer Masse, und sie war denkbar sicher ... und fand reichlich Zeit für einen Besuch bei Lady Cecelia.

Die *Jester* glitt durch den ersten Sprungpunkt, und das Scannerbild wurde klar. Brun überprüfte die Bezugswerte und grinste. Der zweite Sprungpunkt war genau dort, wo er sein sollte ... ein leichter Transit! Sie fühlte sich versucht, ihn schnurstracks anzusteuern – sonst dürfte nichts im System sein –, aber sie hielt doch lieber Ausschau nach Funkfeuern.

Vier leuchteten auf dem Bildschirm auf. Vier? Sie rief die Werte ab und erhielt die *Elias Madero,* die das System eigentlich vor drei Tagen hätte verlassen sollen, und drei Schiffe, die nicht bei den Familias registriert waren.

»Springen Sie sofort hinaus!«, verlangte Barrican. Brun blickte zu ihm hinüber; er starrte auf den Scanner-Monitor.

»Sie orten uns frühestens in ein paar Minuten«, sagte Brun. »Was immer hier vorgeht, wir können es herausfinden und ...«

»Wir erhalten auch verzögerte Scannerwerte«, wandte er ein. »Die sind nicht mehr dort, wo Sie sie sehen, wer immer sie sind. Und es bedeutet Ärger ...«

»Ich sehe selbst, dass es hier Ärger gibt«, sagte Brun. »Aber falls wir Hilfe holen sollen, müssen wir erst wissen, welche Art von ... wer das ist und was hier vorgeht.«

»Es wird niemandem nützen, wenn man uns wegballert«, meinte Calvaro. Er war von hinten herangetreten. »Unsere Kiste kann nicht kämpfen, und wir wissen nicht, was das für Schiffe sind ... sie holen uns vielleicht ein.«

»Wir sind klein«, sagte Brun. »Sie bemerken uns nicht. Wie ein Floh auf einem Elefanten ...«

»Milady ...«

Das reichte. Die Leute ihres Vaters, die ihres Vaters Tochter beschützten; wahrscheinlich erwarteten sie, dass Brun beim Anblick von Blut in Ohnmacht fiel. Wann sah ihr Vater endlich ein, dass sie erwachsen war, dass sie tüchtig war ...

»Wir schleichen uns näher heran«, sagte sie. »Und sehen nach. Wir sehen nur nach. Dann springen wir hinaus und melden der Flotte, was passiert ist.«

»Das ist töricht, Milady«, wandte Calvaro ein. »Was, wenn sie ...«

»Falls es Piraten sind, dann werden sie uns für zu klein halten, um sich die Mühe mit uns zu machen.« Sie verbannte die Erinnerungen an diese Vorlesung über die jüngsten Invasionen fremder Mächte. Die hier waren nicht von der Benignität ... sie hatte schon Schiffe der Benignität im Scanner gesehen. Und sie waren nicht von der Bluthorde, die man erst am anderen Ende der Familias erreichte und die wahrscheinlich nach dem Schlamassel auf der *Koskiusko* immer noch ihre Wunden leckte. Das hier waren gewöhnliche Kriminelle, und gewöhnliche Kriminelle waren auf fetten und leichten Gewinn erpicht ... nicht darauf, eine kleine Yacht mit ein paar unbedeutenden Passagieren zu hetzen.

»Falls Sie jetzt hinausspringen, könnten wir in wenigen Stunden wieder in Reichweite des Corian-Ansibles sein ...«

»Und haben nicht viel zu sagen. Nein, wir müssen Daten aufnehmen, zumindest die Funkfeuer-IDs dieser Schiffe ...« Sie lächelte die Leibwächter an und sah, dass es die übliche Wirkung zeitigte. Die Angestellten ihres Vaters waren Wachs in ihren Händen, schon seit sie den Chefkoch dazu überredet hatte, ihr alle Schokoladenleckereien zu geben, die sie sich nur in den Mund stopfen konnte. Und ihr war auch nicht schlecht geworden, was nur bewies, dass die prüderen Erwachsenen viel zu vorsichtig waren.

Sich näher heranzuschleichen, indem sie mit dem systeminternen Antrieb ganz sachte Schub gaben, war total einfach. Brun hielt ein kurzes Nickerchen, nur leicht besorgt darüber, dass einer ihrer Leute den Sicherheitscode überwand; damit hatte Brun den Navcomputer so weit gesperrt, dass sie nicht in den Sprung gehen konnten, während Brun schlief. Aber sie schafften es nicht. Sie hatten es versucht – was sie an den Mienen ablesen konnte, einer Mischung aus Schuldgefühlen und Verdruss –, aber Brun hatte einen Trick benutzt, den sie auf Copper Mountain gelernt hatte, und er hatte gewirkt.

Die Scanner-Verzögerung war jetzt auf eine Minute geschrumpft. Eines der geheimnisvollen Schiffe war längsseits des Kauffahrers gegangen, und ein weiteres eine Viertelsekunde weit entfernt. Das Dritte … Brun stockte der Atem. Das Dritte war … auf einen Abfangkurs gegangen.

Unmöglich, dass sie die *Jester* entdeckt hatten. Die Yacht war zu klein; möglich, dass sie die Störung unweit des Sprungpunktes geortet hatten, aber danach … danach hatte Brun einen geradlinigen Kurs angelegt, und den hatten sie möglicherweise extrapoliert.

Sie hätte im Zickzack fahren sollen. Im Hinterkopf erklärte ihr eine nörgelnde Stimme, dass sie Barricans Vorschlag hätte folgen und direkt hinausspringen sollen. Zu dem Zeitpunkt hätten die Piraten sie unmöglich einfangen können. Jetzt jedoch, falls sie über Scanner militärischen Zuschnitts verfügten … Brun schaltete die Computersperre aus. Sie konnte von hier aus springen; die Umgebung wies keine großen Massen auf, um die sie sich hätte sorgen müssen. Sie hatte keine Ahnung, wo sie vielleicht wieder zum Vorschein kam, wenn sie so weit von den kartographierten Punkten entfernt sprang, aber sie sollte es lieber tun.

Sie arrangierte die Befehle und drückte den Schalter. Eine rote Warnlampe ging an, und eine zuckersüße Stimme aus dem Pult sagte: »Keine kartographierten Sprungpunkte in kritischer Distanz; Sprungeintritt verweigert. Keine kartographierten Sprungpunkte …«

Brun spürte, wie ihr das Blut in den Kopf stieg, als sie den Sprung-Hauptschalter in die andere Richtung drückte. Eine Mietyacht mit Standard-Navigationssoftware … daran hatte sie nicht gedacht, an all die Sicherungsmechanismen, die dort eingebaut sein würden und die zu umgehen sie keine Zeit mehr hatte. Natürlich würde Allsystems Leasing seine Investition schützen und die Fehler begrenzen, die der Kunde machen konnte.

Sie musterte die Steuerung für den Unterlichtantrieb. Das Standardtriebwerk dieses Modells müsste eigentlich jedem anderen Fahrzeug entkommen können, abgesehen von den schnellsten Schiffen der Flotte – falls sie es nur in den roten Bereich treiben konnte. Sie stellte fest, dass die Anzeige auf dem Steuerpult ein gutes Stück unterhalb dessen stoppte, was die ihres Wissens nach letzten Beschleunigungsreserven waren. Immerhin, das war alles, was ihr zur Verfügung stand.

»Milady ...«, sagte Barrican leise, als sie die Hand ausstreckte.

»Ja?«

»Vielleicht haben sie uns selbst jetzt noch nicht gesehen. Falls Sie nichts unternehmen, könnten wir ihnen immer noch entgehen.«

»Aber falls doch, sind wir leichte Beute«, wandte Brun ein. »Sie kennen unseren Kurs; ein Kind im Vorschulalter könnte unsere Position berechnen.«

»Aber falls wir den Eindruck erwecken, sie nicht zu sehen, halten sie uns vielleicht immer noch für unwichtig. Falls Sie jetzt aber etwas tun, müssen sie davon ausgehen, dass Sie bemerkt haben, was hier vorgeht.«

Was sie bemerkt hatte, das war, wie dumm sie sich verhalten hatte. Eines Tages werden Sie in eine Lage kommen, mit der Sie durch Cleverness und Schönheit und Glück nicht fertig werden, hatte Sam ihr gesagt. Sie hatte angenommen, dass dieser Tag weit in der Zukunft lag, und hier war er.

»Wir verfügen über keine nennenswerten Waffen«, sagte sie leise, obwohl es nicht nötig war, leise zu sein. »Also besteht unsere einzige Fluchtchance darin, den effektiven Radius dieses Sprungpunkts zu erreichen – es sei denn, die Piraten ignorieren uns, und irgendwie denke ich nicht, dass sie das tun werden.«

Auf dem Scanner führte der vorausberechnete Kurs des anderen Schiffes einen Bogen aus und bildete fortan einen Parallelkurs zu ihrem. Ein weiteres der kleineren Schiffe hatte jetzt Fahrt aufgenommen – und es bewegte sich in den abrupten Etappen eines Kriegsschiffes, das innerhalb eines Sonnensystems Mikrosprünge ausführen konnte.

»*Dem* können wir nicht entkommen«, murmelte Brun. »Zwei von ihnen ...«

»Fahren Sie einfach weiter, als liefen unsere Scanner überhaupt nicht«, empfahl Barrican.

Es war ein guter Rat. Sie wusste, dass es ein guter Rat war. Aber nichts zu tun, das fraß an ihr, wie es Aktivität nie tat. Sekunde auf Sekunde glitt die *Jester* langsamer dahin, als nötig war; Sekunde auf Sekunde rückten die unbekannten Schiffe näher heran. Was für Scanner hatten sie? Koutsoudas war fähig gewesen, Aktivität an Bord anderer Schiffe anzumessen – konnten sie es auch? Glaubten sie wohl, dass ein kleines Schiff auf einem simplen langsamen Kurs von einem Sprungpunkt zum Nächsten nichts bemerkte?

Sekunden wurden zu Minuten, dann zu einer Stunde. Brun hatte die aktiven Scanner schon lange abgeschaltet; der passive Scan zeigte die *Elias Madero* und den dritten Unbekannten an denselben relativen Positionen, während die beiden anderen die *Jester* flankierten. Jetzt näherte sich diese dem Punkt, an dem sie dem Kauffahrer auf ihrer Kursprojektion zum zweiten Sprungpunkt am nächsten kam. Falls sie vorbeikam, falls sie nicht angehalten wurde, bedeutete das, dass sie praktisch schon entkommen war?

Keine logische Alternative bot sich. Für den sicheren Tod konnte man sich immer entscheiden ... aber das war erstaunlich schwer. Das war also die Situation, in der sich auch Barin wiedergefunden hatte ... das war es, wovon der Ausbilder gesprochen hatte … Brun zwang sich, wieder an die Gegenwart zu denken. Die Yacht verfügte über eine Anlage zur Selbstvernichtung; Brun konnte sie hochjagen und damit auch sich selbst und die loyalen Leute ihres Vaters. Oder sie konnte die Piraten zwingen, sich den Weg an Bord zu erkämpfen, und dabei selbst keinen Raumanzug tragen – damit war es dann auch geschafft. Aber … sie zwang sich, in die Gesichter der Menschen ringsherum zu blicken, die im Begriff standen, für sie zu sterben oder mit ihr.

»Ich war im Unrecht«, sagte sie. »Das kann Sie jetzt auch nicht mehr trösten, aber – Sie hatten Recht und ich Unrecht. Ich hätte gleich wieder hinausspringen sollen.«

»Ist egal, Milady«, sagte Calvaro. »Wir werden tun, was wir können.«

Was gar nichts war. Sie konnten sterben in dem Versuch, Brun zu verteidigen … oder ohne einen Kampf getötet werden; sie glaubte nicht, dass die Piraten sie verschonten.

»Ich denke, wir sollten uns ergeben«, sagte sie. »Vielleicht …«

»Das kommt nicht in Frage, Milady«, erwiderte Calvaro. »Das ist keine Entscheidung, die Sie treffen können; wir haben Ihrem Vater geschworen, Sie zu beschützen. Suchen Sie Ihre Kabine auf, Milady.«

Sie wollte es nicht. Sie wusste, was passieren würde, und es war nicht der Tod, den sie fürchtete, sondern dass sie diese Leute zwangsweise in eine Lage gebracht hatte, in der sie beim vergeblichen Versuch, Brun zu beschützen, sterben mussten – sterben würden. *Ich bin es nicht wert,* hätte sie gern gesagt … eingeräumt … und sie wusste doch, dass sie das nicht sagen durfte. Sie durfte ihnen nicht die Ehre rauben. Diese Leute dachten, dass ihr Vater es wert war, oder – wieder klangen ihr Esmays Worte im Kopf nach – sie dachten, dass *sie selbst* es wert war. Brun sprach jedem einzelnen gegenüber seinen Namen aus: Giles Barrican, Hubert Calvaro, Savoy Ardenil, Basil und Seren Verenci, Kaspar und Klara Pronoth, Pirs Slavus, Netenya Biagrin, Charan Devois. Sie fand keine Worte, die über die reine Namensnennung hinausgingen, über die Anerkennung ihres Lebens. Sie gab ihnen alles, was sie konnte, ein letztes Lächeln, und suchte dann widerspruchslos die eigene Kabine auf, wie sie es wünschten. Es würde nicht funktionieren; Brun würde letztlich auch sterben, aber ... ihre Beschützer würden nicht miterleben, wie sie getötet oder gefangen genommen wurde. Sie konnten in der Erinnerung an dieses Lächeln sterben, was immer es ihnen auch nützen mochte ... und sie wusste nicht mal, ob diese Leute an ein Leben nach dem Tode glaubten, in dem eine solche Erinnerung vielleicht tröstlich war. Sie schrieb ihre Namen auf viele Zettel und versteckte diese an Stellen, wo sie hoffte, dass die Piraten sie nicht finden würden. Diese Leute hatten mehr verdient, aber das war alles, was sie tun konnte.

Als die Kabinenluke schließlich nachgab, stand Brun den Eindringlingen mit ihren persönlichen Waffen gegenüber, und der Erste, der einzutreten versuchte, stürzte zuckend. Aber die kleine Kugel, die die anderen hereinwarfen, detonierte zu einem Sprühregen aus Nadeln ... und Brun spürte die leichten Stiche am ganzen Körper. Die Hand entspannte sich und die Seitenwaffe fiel heraus; die Knie gaben nach, und das Deck kam ihr entgegen und fing sie auf.

Sie erwachte zu dem Gefühl, sie würde ersticken, versuchte das Hindernis hervorzuhusten und erkannte dann, dass es ein Tuchballen war, den man in ihrem Mund festgebunden hatte. Ein Knebel wie in einer alten Erzählung. Lächerlich! Sie blinzelte und blickte finster zu den Männern hinauf, die über ihr aufragten. Sie steckten in Raumanzügen, die Helme nach hinten geklappt. Bruns Körper fühlte sich immer noch schwer und schlaff an, aber sie konnte doch ansatzweise die Beine bewegen, als sie es versuchte. Dann unterhielten sich die Männer mit einem so schweren Akzent, dass sie sie kaum verstand, und griffen nach ihr. Sie versuchte sich zu wehren, aber die Droge machte das unmöglich. Sie zerrten sie hoch und dann durch die verformte Luke hinaus auf den Hauptkorridor der Yacht ... über die Leichen ihrer Beschützer hinweg ... durch den Schlauch, den sie zwischen der Yacht und ihrem Schiff montiert hatten, was immer das für ein Fahrzeug war.

Sie drückten sie auf einen Stuhl, schnallten sie an und gingen weg. Brun wand sich, so weit sie konnte. Die Arme und dann auch die Beine juckten erst und kribbelten dann. So ... die Wirkung der Droge ließ also nach, aber sie sah trotzdem keine Möglichkeit zu fliehen. Noch nicht. *Deine erste Pflicht ist es, am Leben zu bleiben!*

Etliche weitere Männer kamen durch den Schlauch ... waren das alle? Oder waren einige an Bord der Yacht geblieben, und wenn ja, warum? Sie spürte ein Pochen in den Ohren, als sie die Außenluke schlossen, dann die Innenluke. Sie mussten die Yacht abgestoßen haben ... also würde sie irgendjemand finden. Eines Tages. Falls ein weiteres Boros-Schiff hier vorbeikam, falls ein weiteres Boros-Schiff ein kleines Stück Raumschutt überhaupt bemerkte ...

Das Schiff, auf dem sie jetzt war, erbebte ungemütlich – ein Sprung? – und beruhigte sich wieder. Drei der Männer hielten sich immer noch vor der Luftschleuse auf und machten sich jetzt wieder an die Arbeit ... Brun reckte den Hals und versuchte zu erkennen, was sie taten. Ein metallisches Klirren war zu hören; das Schiff gab ein Geräusch von sich, als würde eine Stimmgabel über Beton geschleift; dann hörte es wieder auf. Die Männer betraten die Luftschleuse und entriegelten die Außenluke, den Geräuschen nach zu urteilen. Kältere Luft schoss herein, und Brun fror an den Fußknöcheln. Sie hörte laute Geräusche von dem anderen – Schiff, das musste es sein ... und die Männer gingen hinüber.

Die Männer, die sie an Bord gebracht hatten, tauchten erneut auf und trugen jetzt eine Art hellbraune Uniform anstelle der Druckanzüge; sie banden Brun los und zerrten sie in eine aufrechte Haltung. Falls sie sich jetzt losreißen konnte, solange die noch glaubten, sie wäre geschwächt ... aber drei weitere tauchten an der Luftschleuse auf. Zu viele, entschied Bruns Verstand, noch während ihr Körper sich loswinden wollte. Zu viel von der Droge, wurde ihr klar, als ihre Muskeln sich weigerten, sie auf das Tempo zu bringen, an das sie gewöhnt war. Na ja, wenn sie nicht kämpfen konnte, dann konnte sie wenigstens die Augen offen halten. Hellbraune Uniformen, eng sitzende Hemden über etwas weiteren Hosen und Stiefeln. Braune Lederstiefel, stellte sie fest, als sie hinabblickte. Am Hemdkragen ein fünfzackiger Stern in einem Ring.

Sobald sie durch die Luftschleuse war, entdeckte sie das Emblem des Boros Consortiums auf dem Schott – also war sie an Bord der *Elias Madero*. Die Männer beförderten sie schnell den Korridor entlang – der breit genug war für einen kleinen Laderoboter –, vorbei an Luken mit Symbolen und Schildern, bei denen Brun das Gefühl hatte, sie müsste sie kennen. Vorbei an einer Bordküche, deren programmierbarer Essensprozessor summte, vorbei an einer Turnhalle ... zur Brücke. Dort fühlte sie sich sofort an die Brücke erinnert, auf der sie früher mal dem zweiten Maat die Nase gebrochen hatte ...

Aber der Mann, der im Zentrum der Brücke stand, war kein Handelskapitän.

Es musste der Befehlshaber sein. Er trug die gleiche Uniform wie die anderen, aber der umringte Stern an seinem Hemdkragen war größer und in Gold statt Silber ausgeführt. Brun erwiderte seinen Blick mit allem Trotz, den sie nur aufbrachte. Er blickte an ihr vorbei die Eskorte an.

»Habt ihr die Papiere?« Er sprach mit demselben Akzent wie die anderen.

»Jap.« Einer der anderen trat mit Bruns ID-Paket vor.

»Sie ist es eindeutig. Wir haben das Netzhautmuster und alles geprüft.«

»Das war gute Arbeit, Jungs.« Der Kommandant warf einen Blick auf Bruns Papiere und dann auf sie selbst. »Kein Funken Anstand, aber was kann man von dieser Sorte schon erwarten?« Die anderen Männer lachten leise. Brun bemühte sich, den Knebel auszuspucken; sie wusste genau, was sie dieser ... dieser Person gern gesagt hätte. Der Kommandant trat näher heran. »Du bist die Tochter dieses so genannten Sprechers. Du bist es gewöhnt, deinen Willen zu bekommen, genau wie dein Daddy. Na ja, alles hat mal ein Ende.« Er wartete einen Augenblick lang und fuhr fort: »Wahrscheinlich denkst du, dass dein Daddy dich hier herausholen wird, wie er dich schon aus jeder anderen Patsche geholt hat. Du denkst vielleicht, dass er diesen *Regular Space Service* schickt...« Er verhöhnte die Flotte mit seinem Tonfall. »... um dich zu retten. Aber so wird es nich' laufen. Wir wollen das Geld deines Daddys nicht. Wir haben keine Angst vor der Macht deines Daddys. Sie werden dich nicht finden. Niemand wird dich finden. Du gehörst jetzt uns.«

Er sah grinsend an ihr vorbei, und die anderen lachten leise.

»Dein Daddy und dieser Rat der Familien, sie glauben, sie hätten das Recht, für alle Welt Gesetze zu machen, aber das haben sie nicht. Freie Männer brauchen sich nicht um das zu scheren, was Perverse und Frauen sagen. So hat Gott das Universum nicht geschaffen. Wir sind freie Männer, jawohl, und unsere Gesetze leiten sich aus dem Wort Gottes her, wie es von den Propheten verkündet wurde!«

Brun hätte ihm am liebsten entgegengeschrien: *Sie werden dich vernichten!,* aber sie brachte keinen Ton hervor. Trotzdem dachte sie es: *Das kannst du nicht machen! Damit kommst du nicht durch! Man wird mich suchen und dich in Fetzen schießen!*

Er griff nach ihrem Gesicht, und als sie den Kopf

wegdrehte, packte er sie mit beiden Händen an den Ohren und zwang sie, ihn anzusehen. »Nun, dein Daddy versucht es vielleicht – oder da er wissen wird, dass wir dich in der Hand haben, bringt er vielleicht so viel gesunden Menschenverstand auf und lässt uns in Ruhe, um sein kleines Mädchen nicht stückweise zurückzubekommen. Aber er wird dich nicht zurückbekommen. Niemand wird das. Dein Leben hat sich für immer verändert. Du wirst gehorchen, wie es Frauen nach den Worten der Propheten tun sollen, und je schneller du damit anfängst, desto leichter wird es für dich.«

Niemals! Sie schleuderte ihm das mit den Augen entgegen, mit jeder Faser ihres Körpers. Vielleicht konnte sie in diesem Augenblick nichts tun, aber dieser Augenblick würde nicht ewig währen. Sie würde wieder frei sein, weil sie immer siegreich blieb. Sie war ein Glückskind; und sie verfügte über Fähigkeiten, von denen diese Leute nichts wussten.

Aber die Furcht rückte näher. Eines Tages, hatte Sam gesagt, hatte Esmay gesagt, wird dich dein Glück verlassen. Eines Tages wirst du hilflos sein. Eines Tages sitzt du fest. Und was machst du dann?

Die Worte, die sie ihnen ins Gesicht geschleudert hatte, klangen jetzt dünn, wo sie sich mit diesen Männern konfrontiert sah. Aber sie hatte sie ernst gemeint. Sie würde nicht aufgeben; sie würde sich nicht fügen. Sie war Charlotte Brunhilde ... benannt nach Königinnen und Kriegerinnen.

Er fuhr ihr mit den Händen an den Kopfseiten hinab zum Hals. »Du glaubst mir noch nicht. Das ist okay ... es macht nichts.« Er fuhr mit den Händen über ihre Schultern und steckte ihr die Finger unter den Kragen des Overalls. Brun hätte den Mund verzogen, wäre es möglich gewesen. Hier kam er also, der zu erwartende Schritt eines männlichen Entführers wie aus einem Abenteuerwürfel. Er würde ihr die Kleider herunterreißen. Er würde überrascht sein, wenn er es probierte; sie hatte nicht vergebens das ganze Geld für speziell angefertigte, schützende Schiffsoveralls ausgegeben. Aber er versuchte gar nicht, die Kleidung zu zerreißen, sondern fuhr mit den Fingern an der Krageninnenseite entlang und betastete den Stoff. »Wir brauchen das Messer, Jungs.« Na ja, ausgelatscht war das Verhalten vielleicht, aber vielleicht war er doch cleverer als ein Stück Dreck.

Das Messer, das der andere ihm reichte, war groß genug, um einen Elefanten auszuweiden, dachte Brun. Er wollte sie damit beeindrucken – manche Männer dachten immer, größer wäre besser –, aber sie hatte früher schon so große Messer gesehen.

»Jetzt zum ersten Punkt«, sagte der Kommandant und steckte ihr die Spitze des langen Messers unter den Anzugkragen. »Frauen tragen keine Männerkleidung.« *Männerkleidung!* Wie konnte irgendjemand eine Maßanfertigung für ihre Figur für Männerkleidung halten? Mit diesen Abnähern hätte das Ding keinem Mann gepasst, den Brun je gesehen hatte. Aber der Entführer redete weiter.

»Frauen in Männerkleidung maßen sich unrechtmäßig männliche Autorität an. Wir dulden das nicht.« Er führte einen einzelnen raschen Schnitt nach unten aus, und der Overall teilte sich vom Hals bis zum Schritt. Genauso gut hätte er den Reißverschluss öffnen können, aber er musste ja seinen dramatischen Auftritt haben und einen teuren Overall ruinieren.

»Frauen ist es nicht gestattet, Hosen zu tragen«, sagte er. Brun blinzelte. Was hatten Hosen damit zu tun? Jeder trug eine Hose, wenn er eine Arbeit tat, für die eine Hose die bequemere Kleidung war. Wahrscheinlich bot sich hier nur eine Ausrede, um ihr die Kleider vom Leib zu schneiden. Der Mann steckte die Messerspitze jetzt ins untere Ende des ersten Schnitts und öffnete ein Bein … dann das andere Bein. Brun starrte geradeaus. Bestimmt wollten sie, dass sie reagierte; sie hatte aber nicht vor zu reagieren. »Frauen dürfen keine

Männerschuhe tragen.« Auf ein Nicken des Kommandanten hin packten zwei Männer sie an den Beinen und zogen ihr die Schuhe aus. Dumm, dumm, dumm! Es waren spezialgefertigte Schuhe, *Bruns* Schuhe, und damit waren es Frauenschuhe und keine Männerschuhe. Die Männer ließen ihre Beine jetzt wieder fallen, und die nackten Füße klatschten auf das kalte Deck.

Als Nächstes machte der Kommandant eine Handbewegung, und jemand hinter Brun zog die gerippten Flanken des Overalls nach hinten. Das hatte sie erwartet. Sie hob das Kinn. *Seht gut hin! Ihr werdet für jeden lüsternen Blick bezahlen!* Aber das Stirnrunzeln des Kommandanten war kein lüsterner Blick. Er starrte auf ihren Unterleib, auf das Emblem Registrierter Embryo mit den eingeprägten genetischen Daten.

»Wie abscheulich...«, flüsterte einer der anderen Männer. »Eine Konstruktion...« Er zog das eigene große Messer, aber eine Handbewegung des Kommandanten stoppte ihn, gerade als Brun überzeugt war, dass man sie gleich hier ausnehmen würde.

»Es stimmt, dass kein Gläubiger an Gottes Plan für die eigenen Kinder herummanipulieren darf, aber diese Frau ist das Resultat von Manipulationen. Was mit ihr gemacht wurde, hat sie nicht selbst zu verantworten.« Brun entspannte Muskeln, von denen sie gar nicht bemerkt hatte, wie sie sie anspannte. Der Mann beugte sich vor, betrachtete forschend die Markierung und fuhr mit dem Finger darüber. Brun überlegte, ob sie ihm das Knie ins Gesicht rammen sollte, aber es waren immer noch zu viele ... sie musste warten.

»Mir gefällt das nicht«, sagte einer der anderen. »Was für Perversionen haben sie wohl hineingezüchtet...?«

»Keine, die unsere Schulung überstehen wird«, sagte der Kommandant. »Und sie ist kräftig und gut gewachsen. Nach allen Unterlagen verfügt sie über Gene für Intelligenz und gute Gesundheit. Es wäre eine Verschwendung, sie nicht zu nutzen.«

»Aber...«

»Sie wird keine Gefahr für uns sein.« Er blickte Brun offen an. »Du … du glaubst immer noch, dass man dich retten wird, dass du zu deinen Gräueln und Perversionen zurückkehren kannst. Du glaubst noch nicht, dass dein altes Leben vorbei ist. Aber bald wirst du es glauben. Du hast bereits die letzten Worte gesprochen, die du jemals äußern wirst.«

Was bedeutete das? Wollten sie sie nun doch umbringen? Brun erwiderte seinen Blick trotzig.

»Du wirst benutzt werden, wie du es verdient hast … und als stumme Zuchtstute wirst du keine Gefahr darstellen, was auch geschieht.«

Brun erlebte einen Schock, als ihr Verstand diese Worte deutete. Stumm? Was hatte er … wollten sie ihr die Zunge herausschneiden? Nur Barbaren taten solche Dinge …

Da lachte er, die Reaktion auf einen Wechsel des Gesichtsausdrucks, der ihr selbst gar nicht bewusst geworden war. »Ich sehe, dass du begreifst … wenigstens das. Daran bist du nicht gewöhnt – dass du nicht bitten und betteln und deinen Schwächling von Vater überreden kannst. Oder die anderen Männer, mit denen du herumgehurt hast. Aber das ist vorbei. Die Stimme der Heiden wird nicht mehr gehört werden; jawohl, die Zungen derer, die Gott nicht kennen, werden zum Schweigen gebracht! Und wie es die heilige Schrift auch ausdrückt: Frauen sollen in Gegenwart von Männern schweigen und dadurch Respekt und Unterwerfung zeigen. Du bist in Sünde und Gräueln geboren worden, aber wirst im Dienst Gottes des Allmächtigen leben. Wenn es Zeit ist, wenn *wir* es entscheiden, wirst du schlafen, und wenn du erwachst, wirst du keine Stimme mehr haben.«

Ihr Körper zuckte unwillkürlich … sie wehrte sich, wie sie sich noch nie gewehrt hatte, wohl wissend, dass es nutzlos war. Die Männer lachten, ein lautes, selbstbewusstes Lachen. Brun bemühte sich, wieder ruhig zu werden, und hasste die Tränen, die in ihren Augen brannten, die ihr übers Gesicht liefen.

»Wir stecken dich jetzt weg, damit du darüber nachdenken kannst. Ich möchte, dass du vorher Bescheid weißt, dass du begreifst ... denn das ist Teil der Ausbildung, die du erhältst: zu lernen, dass du keine Macht hast und kein Mann auf dich hören wird. Du wirst zum Schweigen gebracht, Schlampe, da Frauen schweigen sollen.«

Das konnte einfach nicht geschehen! Nicht ihr, deren Vater Sprecher des Großen Rates war. Nicht einer jungen Frau, die sich an Felswänden abseilen konnte, die Auszeichnungen als Scharfschützin gewonnen hatte, die mit der Meute jagen konnte, die noch nie etwas getan hatte, was sie nicht wollte, und mit jedem, mit dem sie wollte. Dinge wie diese geschahen, falls überhaupt, nur in langweiligen Geschichtsbüchern, in längst vergangener Zeit oder an weit entfernten Orten. Nicht ihr jedoch. All das, wurde ihr beschämt klar, war in ihren Augen ablesbar, an ihren Tränen, am Zittern des Körpers, und die Männer lachten darüber.

»Bringt sie zurück – und achtet darauf, ihr Handschellen anzulegen. Leitet auch die intravenöse Ernährung ein; zunächst nur Kochsalzlösung.«

Zunächst. Für wie lange auch immer. Plötzlich glaubte sie daran. Es war real, es geschah wirklich ... nein, das war nicht möglich! Die Männer, die sie hielten, führten sie mit festem Griff, und ihre nackten Füße stolperten über all die Unebenheiten, vor denen die Schuhe sie bislang geschützt hatten. Ihr war kalt; sie war starr vor einer Angst, die sie nie verstanden hatte, wenn sie sich die Abenteuerwürfel ansah oder die alten Bücher aus der Bibliothek ihres Vaters las.

In der Kabine legten sie sie zu viert auf die Koje, ohne sich um ihre Gegenwehr zu scheren, und fesselten ihr die Hände an die Seiten und die Füße zusammen. Sie versuchte mit den Augen zu betteln: lockert den Knebel, nur für eine Minute, bitte, *bitte!* Die Männer lachten selbstsicher und amüsiert. Ein weiterer trat ein, brachte eine kleine Tasche mit; er drehte ihren Arm ...

und führte geschickt die Infusionsnadel ein. Sie starrte zu dem Beutel mit Kochsalzlösung hinauf.

»Wenn wir bereit sind«, sagte einer von ihnen, »schicken wir dich schlafen.« Er grinste. »Willkommen in der realen Welt.«

Sie hasste sie; sie wand sich vor Wut. Aber dafür war es zu spät.

Sie würde einschlafen ... es würde sich als Traum entpuppen, wenn sie aufwachte. Ein schlechter Traum, ein Angsttraum, und sie würde zu Esmay gehen und ihr davon erzählen und sich dafür entschuldigen, dass sie sie ausgelacht hatte. Sie würde ...

Sie erwachte auf ein Schmerzgefühl hin und kämpfte sich ins Bewusstsein empor. Kein Knebel mehr; sie konnte durch den Mund atmen. Hatten sie ...? Aber sie spürte die Zunge, die zu groß war, wie ihr schien, und im Mund scheuerte. Also hatten sie es nicht getan. Zumindest noch nicht. Sie schluckte. Die Kehle fühlte sich rau und kratzig an. Sie sah sich vorsichtig um. Niemand ... sie war nach wie vor mit Handschellen ans Bett gefesselt und hatte die Infusionsnadel im Arm, aber es war niemand da. Sie holte aus schierer Erleichterung Luft ... ahhh!

Und erstarrte vor Entsetzen. Kein Laut! Sie probierte es erneut. Und erneut. Kein Laut außer dem Hauch der Luft im Hals, der jetzt sehr wehtat. Sie versuchte wenigstens zu flüstern und erkannte, dass sie Worte bilden konnte, dass sie zischen und schnalzen konnte (obwohl die Bewegungen der Zunge die Schmerzen im Hals verschlimmerten), aber sie brachte keinen wirklichen Ton hervor, und das Flüstern war kaum geeignet, ein kleines Zimmer zu durchdringen.

Fast gleichzeitig glitt die Tür auf, und der Mann, der Brun die Infusion gelegt hatte, trat ein.

»Du musst trinken«, sagte er. Er hielt ihr einen Strohhalm an den Mund. »Trink das.«

Das Getränk war kalt und schmeckte nach Pfefferminz. Brun konnte schlucken … aber nichts sagen. Der Hals tat weh, als die Flüssigkeit hindurchfloss, und fühlte sich dann besser an.

»Du hast bemerkt, was wir getan haben«, sagte er. »Die Stimmbänder und ein paar Muskeln herausgeschnitten. Die Zunge ist geblieben – du kannst normal essen und schlucken und all das. Aber nicht reden. Und nein, sie werden nicht nachwachsen. Nicht bei dem, was wir gemacht haben.«

Es musste ein Traum sein, aber sie hatte noch nie einen Traum gehabt, der sich so real anfühlte. Die kalte Luft auf der Haut, die Schmerzen, die daraus resultierten, dass sie zu lange in einer Stellung festgebunden war, die Schmerzen im Hals und … die Lautlosigkeit, wenn sie zu reden versuchte. Sie bemühte sich um ein Flüstern, darum, Worte zu bilden, aber der Mann legte ihr gleich die Hand auf den Mund.

»Hör auf damit! Du darfst nicht mit Männern reden, niemals. Wenn du uns gegenüber Grimassen schneidest, wirst du bestraft.«

Sie schnitt keine Grimassen, sie wollte ihm etwas sagen. Wie war nur möglich, dass er das nicht erkannte?

»Nichts, was du zu sagen hast, ist wichtig für uns. Später, wenn du gehorsam bist, darfst du dich in den Unterkünften der Frauen per Lippensprache mit anderen Frauen unterhalten. Aber weder jetzt noch jemals später mit Männern. So – jetzt werde ich dich untersuchen. Tue, was ich dir sage.«

Die Untersuchung war klinisch und vollständig, aber nicht brutal; er legte ihrem Körper gegenüber die gleiche ruhige Kompetenz an den Tag, wie sie die Ärzte in den Kliniken ihres Vaters gezeigt hatten. Die Ergebnisse sprach er laut auf einen Recorder. Brun erfuhr, dass sie jetzt als Gefangene 4 katalogisiert war, genverändert, fruchtbar. Ihre unmittelbare Befriedigung über diesen Irrtum verschwand wieder, als er das fruchtbarkeitshemmende Implantat hochhielt und ihr damit klar wurde, dass man es entfernt hatte. Durch den Dunstschleier der Medikamente hindurch spürte sie jetzt den Schmerz im linken Bein, den der Einschnitt hinterlassen hatte. Also war sie inzwischen fruchtbar – oder konnte es bald sein, falls diese Leute sich auch mit Fruchtbarkeitsmedikamenten auskannten. Sie glaubte, dass sie es vermutlich taten.

Als der Mann fertig war, rief er andere, die sie in eine andere, etwas größere Kabine trugen, in der jedoch nichts vorhanden war, was Brun als Waffe gegen sie oder sich selbst hätte verwenden können. Sie blieb in Handschellen, diesmal mit einem Arm an einer Ecke des Betts. Die Männer deponierten eine weiche Tube mit Nährstoffgel neben ihr sowie einen Wasserbeutel. Sie war gerade eingedöst, als der Kommandant in Begleitung des Mannes eintrat, der sie zuvor geweckt hatte.

»Wie lange?«

»Na ja, in zwei oder drei Tagen ist sie stark genug, aber sie wird erst in weiteren zwölf bis vierzehn Tagen einen Eisprung haben. Ich habe ihr die Injektionen verabreicht, aber der Zyklus dauert nun mal so lange.«

»Wir bringen sie zusammen mit Girlie und den Babys unter, wenn sie stark genug ist. Sie kann anfangen zu nähen, obwohl ich bezweifle, dass sie mehr darüber weiß als Girlie zu Anfang.« Er trat an die Koje. »Jetzt weißt du, dass wir die Wahrheit gesagt haben; da du früher nun mal unter Lügnern gelebt hast, hattest du vielleicht Zweifel. Jetzt zu deiner nächsten Lektion: Du bist nicht mehr, wer du warst. Niemand wird dich mehr mit diesem heidnischen Namen anreden, den du benutzt hast. Dort, wohin du gehst, wird ihn nicht mal jemand kennen. Derzeit trägst du überhaupt keinen Namen. Du bist eine Schlampe, da du weder Jungfrau noch Ehefrau bist. Schlampen dienen jedermanns Vergnügen. Sobald du dein drittes Kind geboren hast und falls dich dann jemand möchte und du gehorsam warst, stehst du als Juniorgattin zur Verfügung.«

Er ging und nahm den anderen mit, ehe Brun auch nur auf die Idee kam, ihm flüsternd Flüche entgegenzuschleudern. Brun hätte am liebsten geweint, aber sie fand keine Tränen. Vielmehr senkte sich Verzweiflung auf sie wie ein dunkle Decke und legte sich ganz um ihren Verstand, bis sie nichts anderes mehr sah. Sie kämpfte kurz dagegen an, aber die Verzweiflung hielt sie so fest im Griff wie die Handschelle am Arm, und sie war so müde.

Sie schlief erneut ein und erwachte wieder. Der Hals tat ihr weh; sie saugte an der Nährstofftube, und das kalte Gel linderte erneut die Schmerzen. Die Verlagerung in die andere Kabine war bestimmt besser, überlegte Brun. Falls sie hier allein herumlag, würde sie noch verrückt werden. Andere Menschen – selbst Frauen, die zu diesen Männern gehörten – mussten einfach besser sein.

***

Hazel blickte von den Kleinen auf, bis auf Hüfthöhe der Männer ... sie sah die nackten Beine der Frau und vergaß beinahe, dass sie den Blick gesenkt halten musste. Sie hatten ihr schon von dieser Frau erzählt, und Hazel hatte sich richtig nach ihr gesehnt ... aber gleichzeitig machte es ihr Angst, denn die Männer hatten ihr Bilder gezeigt von dem, was sie mit der Frau angestellt hatten, und gedroht, das Gleiche mit Hazel und den Kleinen zu machen, falls Hazel nicht gehorchte. Jetzt drückten sie die Frau auf eine Pritsche an der Wand. Hazel zog die kleinen Kinder in eine Ecke. Die Frau war bleich, beinahe weiß wie Milch, und dunkelblaue Flecken zeichneten sich scharf auf ihrer Haut ab. Sie hatte eine ungleichmäßige rote Narbe am Bein, und ihr Gesicht ... Hazel wollte ihr nicht ins Gesicht blicken, aber die brennenden blauen Augen schienen nach ihr zu rufen und eine Antwort zu verlangen.

»Girlie, du kümmerst dich um sie. Füttere sie. Achte darauf, dass sie isst und trinkt und auf die Toilette geht. Halte sie sauber. Aber sprich nicht mit ihr! Kapiert?«

Hazel nickte. Sie hatten ihr immer wieder gesagt – falls sie mit der Frau redete, die sie bringen wollten, würden sie mit ihr das Gleiche tun. Und mit den beiden Kleinen. Das durfte sie nicht zulassen.

»Bringe ihr das Nähen bei, falls sie sich damit nicht auskennt. Mache ein anständiges Kleid für sie. Wir bringen mehr Stoff.«

Hazel nickte erneut. Die Männer gingen und ließen die fremde Frau zurück. Hazel ging übers Deck, wobei sie sorgfältig darauf achtete, nicht ihre Beine zu entblößen, und nahm den Lebensmittelsack an sich. Sie streckte eine Tube Konzentratpaste aus. Die Frau legte eine Hand vor den Mund und wandte sich ab. Hazel kehrte zu den Kleinen zurück, die die Frau aus großen Augen anstarrten.

»Wer ist die?«, fragte Brandy, hauchte die Worte fast unhörbar.

»Schhh!«, machte Hazel.

»Keine Kleider«, flüsterte Stassi.

»Schh.« Sie gab den Kleinen die Puppen und fing mit ihnen das Tanzspiel an, das sie sich ausgedacht hatte.

* * *

Jedes Wort, das Brun zu Esmay gesagt hatte, schien wie mit Säure in ihre Haut eingeätzt. Nur eine Frage der Übung, hatte sie gesagt. Stelle dir einfach Kolben und Zylinder vor, hatte sie gesagt. Kein Problem …

In der Stille ihrer Gedanken entschuldigte sie sich ein ums andere Mal, schrie Worte hervor, die sie nicht mehr laut aussprechen konnte. Wie hatte sie sich nur so irren können? So dumm sein können? So arrogant? Wie hatte sie nur glauben können, das Universum wäre für sie persönlich zurechtgemacht worden?

Ihr Körper tat weh, war wund und empfindlich vom Augenblick des Erwachens bis zum Wiedereinschlafen.

Sie alle hatten sie benutzt, immer wieder, tagelang ... wie viele Tage lang, das wusste sie nicht. Wenigstens einen Monatszyklus hindurch, denn sie hatte schwer geblutet. In dieser Zeit fassten sie sie nicht an, wollten nicht mal die Kabine betreten. Nicht, bis sie wieder »rein« war ... und dann begann alles von neuem.

Als ihre Brüste anschwollen und wund auf die Berührung reagierten, zuckte sie vor einem der Männer zurück. Er hielt inne. »Schlampe!«, sagte er warnend. Dann stieß er ihre Brüste an und wich zurück. Brun lag schlaff da; ihr war alles egal. Falls es zurzeit nicht wehtat, reichte das. Ein weiterer Mann trat ein ... der eine, wie sie erkannte, der eine Art Arzt war. Er betastete ihre Brüste, maß ihre Temperatur und entnahm eine Blutprobe. Ein paar Minuten später grinste er.

»Du bist schwanger. Gut.«

Gut? Dass sie das Kind eines dieser abscheulichen Monster trug? Er schien ihre Gefühle aus dem Gesicht ablesen zu können.

»Du wirst nicht in der Lage sein, etwas Unnatürliches zu tun. Falls du es versuchst, wirst du allein eingesperrt. Kapiert?«

Sie funkelte ihn an, und er ohrfeigte sie. »Du bist nur schwanger, nicht verletzt. Du wirst angemessen antworten, wenn ich dir eine Frage stelle, kapiert?« Widerwillig nickte sie. »Zieh dich jetzt an.«

Unter seinen Augen fummelte sie sich wieder in das hässliche Röhrenkleid hinein, das das Mädchen für sie angefertigt hatte, und band die Schnüre zu, die es hielten. Sie legte sich das Stück Tuch, das die Arme bedeckte, um die Schultern. Sie hatten noch keine Möglichkeit gefunden, Ärmel in das Kleid einzuarbeiten.

»Komm mit«, sagte er zu ihr und führte sie zu der Kabine zurück, wo das Mädchen und die Kleinen warteten. Das Mädchen blickte sie an und wandte sich ab. Brun wusste nicht recht, wie alt das Mädchen war; sie schien sehr jung, vielleicht elf oder zwölf, aber falls sie ein Implantat aufwies, das die Pubertät verzögerte, konnte sie bis zu achtzehn Jahre alt sein. Hätten sie nur miteinander reden können – auch nur Briefe austauschen können ... Aber in der Kabine waren keine Schreibutensilien zu finden, und das Mädchen weigerte sich zu reden und wandte immer den Blick ab, wenn Brun mit den Lippen Worte für sie bildete.

Ein Tag folgte auf den Nächsten, alle unerträglich in ihrer Gleichförmigkeit. Brun verfolgte mit, wie das junge Mädchen die Kleinen stillzuhalten und mit ihnen zu spielen versuchte, wie sie sie fütterte und die Kabine sauber hielt. Sie war immer sanft zu den jüngeren Mädchen, immer fleißig um sie besorgt. Das Mädchen akzeptierte Bruns Hilfe, schien sich aber vor ihr zu fürchten. Wenn sie ihr das Essen hinhielt, das man ihr befohlen hatte, Brun zu verabreichen, hielt sie den Blick immer gesenkt oder zur Seite gewandt.

Brun hatte keine Möglichkeit, die Zeit zu messen, außer am Wachstum ihres Leibesumfangs. Als sie die erste vage Bewegung in sich spürte, die sie nicht mehr ignorieren konnte, brach sie in Tränen aus. Nach einer Weile spürte sie, wie ihr jemand sachte den Kopf tätschelte, blickte durch den Tränenschleier und erkannte eines der Kleinkinder – das Mädchen namens Stassi. Das Kind legte den Kopf an ihren.

»Nicht weinen«, sagte es ganz leise. »Nicht weinen.«

»Stassi, nein!« Das war das ältere Mädchen, und sie zog das Kind weg. Brun fühlte sich auf eine neue Art und Weise verletzt. Glaubte das Mädchen vielleicht, sie würde dem Kind wehtun? Durfte sie niemanden haben, der ihr Trost schenkte? Sie bemühte sich, das Schluchzen zurückzuhalten, schaffte es aber nicht.

Um sich von sich selbst abzulenken, versuchte sie mehr auf die anderen zu achten, besonders das ältere Mädchen. Sie konnte nicht zu den Piraten gehören – jedenfalls nicht ursprünglich. Sie nähte ungeschickt, hatte keine wirkliche Ahnung, wie man Stoff formte, damit er der menschlichen Gestalt passte. Wenn die Männer Kleidungsstücke brachten, die repariert werden sollten, konnte Brun sehen, dass man sie ursprünglich mit großer Geschicklichkeit angefertigt hatte ... von Hand genäht, wie die teuersten »folkloristischen« Importe, wobei die Stiche ganz leichte Unregelmäßigkeiten aufwiesen. Sicherlich hätte sich ein Mädchen dieses Volkes in diesem Alter darauf verstanden, es richtig zu machen. Brun sah das Mädchen an, deren braune Haare wie ein Vorhang über beide Gesichtshälften hingen. Brun kannte nicht mal ihren Namen ... die Männer nannten sie immer Girlie und die Kleinen Baby.

Wenn das Mädchen nicht zu denen gehörte, woher stammte sie dann? Bislang gab es keine Hinweise ... der Pullover konnte von überall her stammen, gehörte zu Millionen, wie sie in Mittelpreisläden auf jedem Raumhafen verkauft wurden. Raumhafen? Hatte man sie von einer Raumstation entführt? Oder einem Schiff? Nach Haut- und Haarfarbe zu urteilen, nach ihrem Gesicht, konnte sie von irgendeinem von hundert Planeten stammen, von irgendeinem von Tausenden Schiffen. Und doch war sie sie selbst, ein Individuum, genau wie Brun. Sie hatte eine Vergangenheit; sie hatte auf eine Zukunft gehofft. Normal ... und sehr real. Brun ertappte sich dabei, wie sie sich eine Familie vorstellte, zu der das Mädchen gehörte, ein Zuhause ... und sich fragte, ob die Kleinen ihre Schwestern waren oder nur weitere entführte Kinder. Wie ertrug das Mädchen nur diese Lage?

Erneut brach Brun in Tränen aus; sie umklammerte den anschwellenden Bauch. Das Mädchen warf ihr einen kurzen, vorsichtigen Blick zu. Dann streckte sie zum ersten Mal die Hand aus und tätschelte Bruns Hand. Das reichte. Brun weinte noch heftiger und wiegte sich vor und zurück.

Kapitel acht

Nachdem die *Shrike* den Frachter auf Kurs gebracht hatte, legte sie einige Tage später sachte wie eine Spinne, die auf einem Baum landete, am Dockring von Overhold an – der größeren der beiden Orbitalstationen, die Bezaire versorgten. Esmay leitete unter Solis' wachsamem Blick die Andocksequenz; sie tat es zum ersten Mal. Alles lief glatt; Solis nickte, als die Statuslampen auf Grün sprangen, und wandte sich dann an den Stationsmeister. »RSS *Shrike* hat angedockt; Erlaubnis, die Luken zu öffnen?«

»Erlaubnis gewährt. Alle Personen, die von Bord gehen, müssen ihre ID am Sicherheitsschalter gegenüber der Andockbucht nachweisen.«

»Verstanden, Stationsmeister. Wir rechnen mit einem kurzen Aufenthalt ohne Freigang. Mein Quartermaster kommt auf die Station, um unsere Vorräte zu ergänzen.«

»Verstanden, *Shrike*. In Ihrem Fach wartet ein Hardcopy-Paket.«

»Danke, Sir.« Solis schnitt eine Grimasse, als er den Monitor ausschaltete. »Idiotischer Zivilist ... spricht das über Stationskom offen aus, wo es jeder mit einem halbwegs brauchbaren Datensauger mithören kann!« Er wandte sich Esmay zu. »Lieutenant, Sie haben die Brücke, während ich auf der Station bin und unsere Post hole. Ich rechne damit, weniger als eine Stunde von Bord zu sein. Falls ich mich verspäte, rufe ich Sie an.«

»Sir.« Esmay schaltete den internen Kom ein. »Sicherheitseskorte für den Kommandanten zur Zugangsluke – ruckzuck!«

»Und ... ich denke, wir führen auch eine Scannerübung durch. Niemand hat Overhold mehr überprüft, seit Hearne hier vorbeigekommen ist, und es besteht kein Grund, ihren Daten zu trauen. Sie können das arrangieren, solange ich unterwegs bin.«

Nichts zeigte sich im Scanner, bis Solis zurückkehrte, aber er schickte Esmay los, um weitere Routineaufgaben wahrzunehmen. Eine halbe Schicht später kam Chief Arbuthnot verärgert von der Station zurück und sprach mit dem Koch, während sich Esmay gerade in der Küche aufhielt und die Abflussrohre kontrollierte.

»Sie haben keine arpetanische Marmelade vorrätig, und wir brauchen sie doch für das Geburtstagsessen des Kommandanten! Ich bekomme sie sonst immer hier; sie ist von besserer Qualität als die, die man aus den Vorräten im HQ kriegt. Sie sagen, sie rechnen erst mit der Ware, wenn das Boros-Schiff auf seiner Rundfahrt hier anlegt. Du weißt ja, wie gern der Kommandant die arpetanische Marmelade isst, besonders die grüne, die mit Ingwer gewürzt ist.«

»Komisch. Sollte das Schiff nicht längst hier sein?« Der Koch blickte auf einen Plan am Schott. »Wir sind normalerweise immer etwa eine Woche später hier.«

»Ja, aber sie ist nicht eingetroffen. Die Leute hier klangen allerdings nicht sonderlich besorgt.«

Esmay meldete dieses Gespräch abzüglich des besonderen Hochgenusses, der für das Geburtstagsessen des Kommandanten geplant war, an Kommandant Solis.

»Sie wirken nicht besorgt ... interessant. Ich denke, wir reden mal mit dem hiesigen Schiffsagenten von Boros.«

Die Boros-Agentin, eine Frau mittleren Alters mit flachem Gesicht, zuckte über Kommandant Solis' Sorgen nur die Achseln.

»Sie wissen ja selbst, Kommandant, dass Schiffe nicht immer pünktlich sind. Käpten Lund wird langsam ein bisschen alt – es soll seine letzte Tour sein –, aber wir vertrauen auf seine Ehrlichkeit.«

»Ich stelle nicht seine Ehrlichkeit in Frage, sondern sein Glück. Wie oft hat er sich früher verspätet?«

»Lund? Er ist auf mehr als dreiundneunzig Prozent aller Touren pünktlich gewesen und in den letzten fünf Jahren immer.«

»Und Sie definieren pünktlich als ...«

»Auf vierundzwanzig Stunden genau, von Dock zu Dock.«

»Auf allen Etappen?«

»Na ja ... lassen Sie mich mal nachsehen.« Die Frau rief eine Datei auf und las darin. »Ja, Sir. Tatsächlich war er auf der Etappe, die hier endet, oft zwölf bis vierundzwanzig Stunden zu schnell.«

»Wann hätten Sie ein überfälliges Schiff gemeldet, falls wir jetzt nicht gefragt hätten?«

»Die Politik unseres Unternehmens ist eine Wartezeit von drei Tagen ... zweiundsiebzig Stunden ... bei jeder Fahrt, plus einen weiteren Tag für jeweils zehn planmäßige Tage Flugzeit. Bei der *Elias Madero* addiert sich das auf dieser Etappe auf insgesamt zehn Tage. Von vorgestern an gerechnet, als sie fällig war, sind das ... jetzt noch sieben Tage.«

Kommandant Solis schwieg auf dem Rückweg zum Schiff, aber er rief Esmay in sein Büro, sobald sie wieder an Bord waren.

»Sie sehen ja das Problem ... die planmäßige Transitzeit von Corian nach Bezaire, von Dock zu Dock, beträgt zweiundsiebzig Tage ... wobei der größte Teil dieser Zeit mit dem Unterlichtantrieb verbracht wird. Falls man die Zeit von Funkfeuer zu Funkfeuer bedenkt, hätte das Schiff nur sechzehn Tage außer Scannerreichweite sein dürfen.«

»Wie lauten die Scannerdaten von Corian?«

»Normaler Systemaustritt. Der genehmigte Kurs sah so aus ...« Solis deutete auf die Diagramme. »Damit sind die geplanten Transitzeiten sehr knapp bemessen ... falls das Unternehmen wirklich so enge Flugpläne macht, dann ergibt es Sinn, etwas Spielraum zu gewähren. Ich würde jedoch erwarten, dass jemand auf dieser Route wenigstens bei dreißig Prozent aller Touren die

Zeit überschreitet. Und bei der *Elias Madero* war das nicht der Fall. Sagt Ihnen das irgendetwas?«

»Sie haben eine Abkürzung benutzt«, sagte Esmay prompt. »Das müssen sie einfach.«

»Richtig. Jetzt müssen wir nur herausfinden, wo.«

»Jemand bei Boros müsste es wissen«, sagte Esmay.

»Ja – aber falls es ein illegaler Transit ist, nicht kartographiert oder so was, möchten sie es uns vielleicht nicht verraten. Sagen Sie mir, Lieutenant, wen würden Sie empfehlen, um ein bisschen leise herumzufragen?«

Esmay ging in Gedanken die Besatzungsliste durch, fand jedoch keine hilfreichen Hinweise auf Verschlagenheit; dazu war sie noch nicht lange genug mit ihnen zusammen. Sie griff auf die Tradition zurück. »Ich würde Chief Arbuthnot fragen, Sir.«

»Gute Antwort. Sagen Sie ihm, wir brauchen jemanden, den man mit einem zwielichtigen Charakter verwechseln könnte, jemanden, der einen Stein überreden könnte, ihm Antwort zu geben.«

Chief Arbuthnot wusste genau, wen Esmay brauchte, und versprach, den »jungen Darin« sofort loszuschicken. Die Antwort, die schließlich mehrere Tage später eintraf, fiel wie erwartet aus, war aber nicht übermäßig hilfreich.

»Ein Doppelsprungsystem«, sagte Solis, als er die Daten entgegengenommen und den blassgesichtigen Darin entlassen hatte. »Hmm. Mal sehen, ob wir jemandem bei Boros eine Bestätigung abringen können. Wahrscheinlich ist das Schiff in einen verschobenen Sprungpunkt gelaufen.«

»Warum sollte jemand, der kurz vor der Pensionierung steht, das riskieren?«, fragte sich Esmay laut.

»Wahrscheinlich hielt er ihn für stabil. Manche dieser Systeme sind jahrzehntelang stabil, aber das heißt noch nicht, dass sie sicher sind.«

Etwas kitzelte Esmays Gedächtnis. »Falls ... sie Konterbande an Bord hatten ... dann würde ihnen der Zeitgewinn durch eine Abkürzung besser Gelegenheit geben, sie auszuladen. Oder falls jemand von der Konterbande wusste, dann wäre das ein hervorragender Platz für einen Hinterhalt.«

»Na ja...« Solis fuhr sich mit einer Hand durchs Haar. »Wir fahren lieber mal hin und sehen uns das an ... Ich hoffe wirklich, dass es kein verschobener Sprungpunkt war.«

Diesmal war die örtliche Boros-Agentin durchaus willens, die *Elias Madero* als vermisst auszugeben. Trotzdem brauchte Solis weitere zwei Tage, um jemanden weiter oben in der Verwaltung von Boros zu finden, der nicht nur die Existenz der Abkürzung bestätigen, sondern auch ihre Koordinaten angeben konnte.

»Die ganze Sache stinkt«, sagte Solis zu Esmay. »Normalerweise rechne ich damit, dass jemand nur ungern zugibt, eine gefährliche Route zu benutzen, aber hier steckt mehr dahinter. Oder weniger ... ich bin mir nicht sicher. Nun, wie würden Sie einen Kurs dorthin berechnen?«

Das war, wie Esmay herausfand, keine einfache Sache. Die kürzeste Route wäre das simple Gegenstück zum Kurs des Kauffahrers gewesen, aber die Diagramme der Flotte gaben keine Eintrittsdaten für den nach außen weisenden Sprungpunkt an.

»Außerdem«, sagte Solis, »falls wir auf diesem Weg hineinspringen, kreuzen wir jede Spur, die sie vielleicht hinterlassen haben. Wir müssen auf demselben Weg hinein wie sie.«

»Aber das dauert viel länger.«

Solis zuckte die Achseln, eine Geste, die auch nicht half, die Spannung in seinem Gesicht abzumildern. »Was immer passiert ist, ist schon passiert, und wie ich vermute, schon Tage vor unserer Ankunft auf Bezaire. Worauf es jetzt ankommt ist herauszufinden, was los ist, und zwar so gründlich wie möglich. Deshalb müssen wir uns diesem Sonnensystem mit aller gebührenden Vorsicht nähern.«

Alle gebührende Vorsicht bedeutete, dreiundzwanzig Tage aufzuwenden, um von Bezaire nach Podj und weiter nach Corian zu springen und schließlich von dort zu den Sprungpunkten der Abkürzung. Esmay arrangierte jeden Sprungabschnitt, und Solis stimmte jedesmal ihrem Ergebnis zu.

Die *Shrike* bahnte sich mit, wie Esmay hoffte, geringer relativer Geschwindigkeit ihren Weg ins System. Und das erwies sich als korrekt ... und als sich die Scannerwerte einpendelten, stellte sie fest, dass zurzeit kein Verkehr im System herrschte.

»Aber hier drüben, Lieutenant, haben wir Unklarheiten – ich kann nicht erkennen, ob es eine Verzerrung ist, hervorgerufen durch die Wechselwirkung der beiden Sprungpunkte, oder ob wir da Reste von Schiffen haben. Falls es Schiffe sind, dann mehr als eines.« Der Senior-Scannertech deutete aufs Display.

»Huh!« Esmay sah sich die Scannerwerte selbst an; Wellen und verschwommene Stellen verdeckten ein klares Bild des Sternenhimmels. »Welche Entfernung?«

»Unmöglich, das jetzt schon genau zu sagen, Lieutenant. Wir wissen nicht, wie groß die Zone ist, also können wir noch keine Distanz kalkulieren ... aber für mich sieht es danach aus, als läge sie dichter an diesem Sprungpunkt als am anderen.«

»Wir bleiben noch zwei Stunden auf dem gegenwärtigen Kurs und sehen mal, was uns die Parallaxe dann verrät«, sagte Solis.

Nach zwei Stunden war die Zone der verzerrten Scannerwerte kaum größer geworden.

»Na ja, Lieutenant«, sagte Solis, »wir können einen Mikrosprung riskieren, ein paar Lichtsekunden weit, und mal sehen, was passiert ... oder wir können uns anschleichen. Wie sieht Ihre vergleichende Risikoanalyse aus?«

Esmay deutete aufs Scannerdisplay. »Sir ... dieser Knoten in den Schwerkraftanzeigen müsste der zweite Sprungpunkt sein, und falls er das ist, hat er sich nicht verschoben. Genauso wenig wie dieser. Was einen Hinweis darauf gibt, dass wir definitiv Transitrückstände vor uns sehen ... sie können deshalb nicht sehr umfangreich sein, es sei denn, es handelte sich um eine komplette Kampfflotte der Benignität. Also ... es ist nicht weit bis dorthin, allerdings auch nicht weniger als eine Lichtminute ... wir könnten uns in 15-Sekunden-Sprüngen annähern und haben immer noch Sicherheitsspielraum.«

»Falls es nur Transitrückstände sind, haben Sie Recht. Aber wenn es auch Trümmer sind – breiten sie sich vom Ursprung her aus – und die Koordinaten des Ursprungs kennen wir nicht – mit einer Geschwindigkeit, die wir auch nicht kennen, aber seit mindestens – ich würde sagen, dreißig Tagen. Der schlimmste Fall wäre: Die *Elias Madero* hatte die fehlenden Waffen an Bord, und aus irgendeinem Grund sind alle detoniert ... von wie vielen Trümmern in welchem Raumvolumen reden wir dann?«

»Ich weiß nicht, Sir«, sagte Esmay und gab so schnell sie konnte Zahlen in den Subrechner ein.

»Ich ebenfalls nicht, und deshalb springen wir in *einsekündigen* Etappen hinein und fahren dabei die Hauptschilde voll aus.«

Solis führte die *Shrike* mit mehreren kleinen Sprüngen an die Anomalie heran. Einundzwanzig Lichtsekunden weiter zeigte der Scanner ganz andere Werte. Jetzt sah man deutlich, dass mehr als ein Schiff beteiligt gewesen war.

»Wir bleiben jetzt hier hocken und sehen es uns an«, befahl Solis. Mit dem Unterlichtantrieb saß die *Shrike* eigentlich nicht still, aber sie brauchte damit noch mehrere Stunden, um die Verzerrung zu erreichen. »Haben wir irgendeinen Hinweis auf eine ursprüngliche Kursbahn?«

»Sehr abgeschwächt, Sir, aber es könnte sich um die Ursprungsspur des Kauffahrers handeln ...« Der Scanner wechselte Filter und Verstärker, um in blassem Grün eine schwache, breite Spur zu zeigen. »Falls wir die Mittellinie zugrunde legen, dann können wir den Schluss ziehen, dass er im Eintrittssprungpunkt aufgetaucht und mit dem Unterlichtantrieb, wie er für seine Klasse typisch ist, bis zu diesem Punkt weitergefahren ist...« Er deutete auf das Durcheinander kräftigerer Spuren. »Aber hier haben wir eine jüngere und viel kleinere Spur.«

»Also ... mal angenommen, dass wir die Eingangsspur des Kauffahrers gefunden haben und es sich dabei um einen perfekt geradlinigen Kurs zum zweiten Sprungpunkt handelt, genau so, wie sie es früher auch gemacht haben. Liegt keine Abweichung vor, die auf ein Bremsmanöver schon vor der Verzerrung hindeutet?«

»Nein, Kommandant, aber die Spuren sind so alt, dass ich es nicht mit Sicherheit feststellen kann.«

»Okay. Im Moment gehe ich jedoch davon aus. Sie springt herein, nimmt Kurs auf den wegführenden Sprungpunkt und ... stößt auf ein Rudel anderer Schiffe. Zweifellos Ärger. Haben wir *irgendwelche* älteren Spuren?«

»Nein, und aus unserem Winkel wären sie auch schwer zu sehen.«

»Fein. Wir fahren hin und sehen uns die Sache an.« Solis setzte den Finger auf das Diagramm. »Ein Zweiunddreißig-Sekunden-Sprung zu diesen Koordinaten. Ich möchte ein gutes Stück außerhalb der Verzerrungszone bleiben.«

Die Scanneranzeige verschwamm und beruhigte sich wieder. »Jetzt«, sagte Solis, »möchte ich herausfinden, woher diese anderen Schiffe gekommen sind und in welcher Reihenfolge.«

Esmay fand das mühselig, wusste es aber besser, als das laut zu sagen. Sicherlich hätte man am schnellsten herausgefunden, was mit der *Elias Madero* passiert war, wenn man hineingesprungen wäre und es sich angesehen hätte. Das System war leer – was konnte also schon passieren?

Der Scannertech hob die Hand. »Kommandant, der Kauffahrer – oder das Schiff, das die hereinführende Spur gezogen hat – ist durch den zweiten Sprungpunkt weggefahren.«

»Was?!«

»Ja, Sir. Sehen Sie hier. Fünf Spuren führen nach draußen: drei von Fahrzeugen, deren Größe auf Patrouillenschiffe deutet, ein sehr Kleines – vermutlich hat, was immer es ist, seine hereinführende Spur die des Kauffahrers überlagert – und das Große, der Kauffahrer selbst.«

»Warum ist er dann nicht mehr aufgetaucht?«, brummte Solis.

»Sie ... Piraten stehlen doch keine kompletten Schiffe, oder?«, fragte Esmay.

»Nicht ... oft. Aber ... falls er Waffen an Bord hatte ... dann vielleicht doch. Ich muss das mal durchdenken. Wir haben ein großes Schiff – wir vermuten zunächst mal, dass es das Boros-Schiff ist –, das hier eintrifft, auf irgendwas stößt und dann über den zweiten Sprungpunkt wieder verschwindet. Ein kleines Schiff trifft etwas später ein, folgt ihm ins System und wieder hinaus ...«

»Entschuldigen Sie, Kommandant, aber die Absprungspur des kleinen Schiffes ist genauso alt wie die der anderen. Jedenfalls bewegt sie sich innerhalb weniger Minuten.«

»Also ... wollten sie auf Nummer sicher gehen? Sollte jemand nachfolgen und darauf achten, dass der Kauffahrer auch abspringt?« Solis schüttelte den Kopf. »Aber dann wissen wir immer noch nicht, wer die übrigen drei Schiffe waren. Und auf welchem Weg sie kamen. Irgendwelche weiteren Spuren?«

Der Scannermonitor durchlief noch mehr Farbveränderungen, während der Tech alle Möglichkeiten der Signalverstärkung durchging. Plötzlich wurden drei blassblaue Spuren sichtbar, die vom zweiten Sprungpunkt aus eine weite Kreisbahn ausführten und schließlich entlang der Flugbahn des Kauffahrers stoppten.

»Da sind sie, Sir. Sind über Nummer zwei hereingekommen ... und haben sich in den Hinterhalt gelegt, wie es aussieht.«

»So sehe ich es auch. Gute Arbeit, Quin. Na ja, die Lage scheint recht klar. Jemand wusste, dass der Kauffahrer diesen Weg nehmen würde, und wollte ihn haben; jemand ist hergekommen und hat sich entweder in den Hinterhalt gelegt oder ein Rendezvous durchgeführt.« Er lächelte Esmay an. »Jetzt, Lieutenant, fahren wir hinein und sehen mal nach, welche Hinweise wir aufsammeln können.«

Der erste Hinweis waren einzelne Objekte, eindeutig Trümmer.

»Also ist das Schiff explodiert?«, fragte Esmay. »Oder wurde hochgejagt?«

»Nein – dafür sind es nicht genug Trümmer.« Der Scannertech deutete auf Zahlen am Seitenrand des Displays. »Ich führe hier Buch über die geschätzte Gesamtmasse aller Fragmente, und sie ist geringer, als in einen der fünf Laderäume des Frachters passen würde, hinter dem wir her sind. Außerdem wären sie inzwischen viel weiter verstreut, falls sie auf eine Explosion zurückgingen. Das hier wurde von etwas abgeworfen, das eine sehr geringe relative Geschwindigkeit hatte, und hat vielleicht noch einen kleinen zusätzlichen Schub erhalten. Meine Vermutung lautet, dass jemand das Schiff gekapert und entführt hat.« Sie stellte einen der feinkörnigen Scanner neu ein. »Mal sehen, ob wir Leichen finden.«

Eine Stunde nach der anderen, einen Tag nach dem anderen nahm die mühselige Arbeit ihren Fortgang. Das SAR-Schiff entdeckte und identifizierte ein Trümmerstück nach dem anderen, während gleichzeitig Fundort und Richtung auf einem 3-D-Display registriert wurden. Hunderte, Tausende von Einzelstücken ... und dann die Leichen, von denen sie gewusst hatten, dass sie hier zu finden waren, die zu finden sie sowohl gehofft wie gefürchtet hatten. Sie nahmen sie in einer Vakuumbucht auf und zeichneten sie mit Nummern aus, in der Reihenfolge, in der sie gefunden wurden. Männer, Frauen ... die Männer in Schiffsoveralls, die Namen auf Rücken und Brust, wie erwartet; die Frauen ...

»Man hat ihnen die Zungen herausgeschnitten«, sagte der Arzt. »Und sie sind nackt.« Esmay hörte die Anspannung aus seinem Tonfall heraus. »Hier draußen kann ich nicht feststellen, ob es vor oder nach dem Tod getan wurde.«

»Ich habe noch nie gehört, dass die Bluthorde bis in diesen Sektor vorgedrungen ist«, sagte jemand.

»Das ist nicht das Werk der Bluthorde ... sie verstümmeln auch Männer, und das ist ohnehin nicht ihre typische Art von Verstümmelung.«

Lieutenant Venoya Haral, Major Bannons Assistentin, häufte die Gegenstände auf dem Tisch auf. Bannon selbst war in der Leichenhalle und untersuchte die geborgenen Leichen. »Diese Objekte sind nach Fundort markiert«, sagte sie zu Esmay. »Jetzt müssen wir herausfinden, was sie uns über die Besatzung und die Piraten erzählen können.«

»Haben wir keine Besatzungsliste von Boros erhalten?«

»Doch, aber Besatzungslisten sind nicht immer völlig genau. Jemand scheidet durch Krankheit oder Trunkenheit für eine Tour aus, oder jemand nimmt sein Kind mit.«

»Kinder?«

»Gewöhnlich ja. Handelsschiffe haben oft Kinder an Bord, besonders Schiffe, die eine feste Route befahren wie dieses. Bislang haben wir keine Kinderleichen gefunden – was allerdings nichts besagt. Sie sind schließlich kleiner und schwerer zu entdecken. Uns fehlen weiterhin die Leichen von fünf Erwachsenen, einschließlich der des Kapitäns. Mal sehen.« Haral machte sich daran, die Gegenstände zu sortieren. »ID-Etuis ... die kommen auf diese Seite. Gegenstände zur Körperpflege. Aufzeichnungsgeräte … *aha*!« Sie wollte ein solches zur Hand nehmen, schüttelte aber den Kopf. »Nein … wir gehen geordnet vor. Aber ich kann nur hoffen, dass hier etwas Hilfreiches aufgezeichnet wurde.«

»Hier haben wir ein Kinderspielzeug«, sagte Esmay. Es handelte sich um ein Stofftier in Blau und Orange, von irgendeinem Kind kräftig abgenutzt. Esmay wollte nicht über das Schicksal der Kinder auf dem Kauffahrer nachdenken. Sie musste sich mit der Hoffnung begnügen, dass sie tot waren.

»Gut. Legen Sie es dort drüben hin und auch alles andere, das aussieht, als hätte es einem Kind gehört. Wo wurde es gefunden?«

Esmay konsultierte ihre Liste. »In der hinteren Tasche eines Mannes, dessen Overall den Namen ›Jules Armintage‹ zeigte.«

»Hat es wahrscheinlich vom Deck aufgehoben, wo es ein Kind hatte fallen lassen. Wie ist er umgekommen?«

Esmay blickte auf die Rückseite der Liste. »Durch Kopfschuss. Hier steht nicht, mit was für einer Waffe.«

»Der Major wird das herausfinden. Oh, hier haben wir etwas …!« Haral hielt einen Handcomputer hoch. »Der könnte uns hilfreiche Daten liefern, vorausgesetzt, er wurde noch für anderes benutzt, als die Chancen bei einem Pferderennen zu kalkulieren. Haben Sie nicht Vorkenntnisse in Scannern?«

Als sie die Gegenstände katalogisiert hatten, begann Haral damit, sie zu untersuchen. »Mit so etwas kennen Sie sich noch nicht aus«, sagte sie. »Also gebe ich Ihnen die leichten Sachen. Sehen Sie mal nach, ob Sie auf irgendeinem dieser Würfel Daten finden. Die Dinger sind ganz schön widerstandsfähig, aber die Strahlung hat sie womöglich geröstet.«

Der erste Würfel enthielt anscheinend ein Vorratsverzeichnis über die letzten acht Reiseetappen; er listete

Einkäufe und Inventurdaten auf, alle mit Datum versehen. Der zweite Würfel enthielt, ebenfalls mit Datumsangaben, ein komplettes Logbuch des Umweltsystems an Bord, für einen Zeitraum von dreißig Tagen, der sechs Monate zurücklag.

»Er gehört also zu einem ganzen Satz Würfel«, stellte Haral fest. »Immerhin liefert er uns eine Grundlage für die Auswertung, falls Sie noch den Würfel finden, der zum Zeitpunkt der Kaperung in Betrieb war. Es ist ein Hinweis, dass sie das Schiff hochgejagt haben, aber dafür haben wir nicht genug Wrackteile gefunden.«

»Er wurde ... in der Ritze eines Rettungsbootsitzes gefunden, steht hier.«

»Ahm. Jemand hat versucht, das Umweltlogbuch auf einem Rettungsboot mitzunehmen, und das Rettungsboot wurde weggepustet. Das ergibt Sinn. Vielleicht haben sie sogar sämtliche Logbücher mitzunehmen versucht.«

»Welche wären das auf einem Kauffahrer?«

»Das automatische Umweltlog. Das Vorratsverzeichnis. Das Kapitänslog – wie die Tour lief und so weiter, vielleicht inklusive der Frachtdaten. Die Buchhaltung, die auf jeden Fall die Frachtdaten enthalten würde, die Gehaltsinformationen. Die Besatzungsliste, die medizinischen Unterlagen – ziemlich spärlich auf einem solchen Schiff mit weitgehend fester Besatzung. Das Funklog, aber manche Kauffahrer integrieren das ins Kapitänslog.«

Esmay schob den nächsten Würfel ins Abspielgerät. »Das sieht nach dem Funklog aus. Und das Datum liegt nur wenig zurück ... stimmt mit dem letzten Hafen des Schiffes überein. Die *Elias Madero* an den Stationsmeister von Corian Highside ... an die Verkehrsleitung ... Ablege- und Verkehrsmeldungen sowie Empfang.«

»Gut. Zeigen Sie mir das.« Haral kam herüber und blickte auf den Bildschirm. »Das ist wirklich gut ... wir können das mit den Aufzeichnungen auf Corian vergleichen und sehen, ob irgendjemand das Logbuch manipuliert hat. Ich wünschte, sie hätten den umfassenden Aufnahmemodus eingeschaltet, aber der frisst richtig Würfelkapazität. Mal sehen, wie weit die Einträge reichen ...«

»*Elias Madero* – holen Sie Ihren Kapitän an den Kom. Übergeben Sie Ihr Schiff, und wir lassen die Besatzung in Ihre Rettungsboote steigen.« Die Stimme aus den Lautsprechern des Würfellesers erschreckte sie beide.

»Was ist *das*...« Haral beugte sich vor. »Mein Gott – jemand hatte genug Verstand, um den umfassenden Aufnahmemodus einzuschalten, als die Piraten sich meldeten. Noch keine Bilder, aber ...«

Der Bildschirm flackerte und wechselte von Text auf Video. Ein undeutliches Bild entstand und zeigte einen strengen Mann in hellbrauner ... Esmay dachte, dass es vielleicht eine Uniform war, konnte es aber nicht genau sagen. Dann wurde das Bild auf einmal scharf.

»Sie haben die eingehenden Signale direkt auf den Würfelrekorder geschaltet statt auf den Monitor«, sagte Haral. Sie hatten ein paar Worte verpasst; jetzt meldete sich eine andere Stimme.

»Ich bin Käpten Lund. Wer sind Sie, und was denken Sie sich eigentlich?« Das Bild wechselte und zeigte jetzt einen stämmigen Mann mit Haarausfall, der anhand der von Boros gelieferten Besatzungsliste zu erkennen war. Eindeutig Lund. Die Aufnahme lief weiter und enthielt auch Lunds außerhalb der Funkverbindung erteilte Kommandos an die Besatzung.

Haral stoppte die Aufnahme und lehnte sich zurück. »Na ja, jetzt wissen wir, was mit dem Schiff passiert ist ... und wir wissen, dass sie Kinder an Bord hatten und versteckt haben. Die Frage lautet nun: Haben die Piraten die Kinder gefunden? Sie mitgenommen?«

»Müssen sie wohl«, sagte Esmay, und ihr war übel bei dem Gedanken. Vier Kinder im Vorschulalter, in dem Alter, in dem Esmay selbst ... Sie verbannte diesen Gedanken, war sich aber trotzdem einer tief sitzenden

Wut bewusst, die zum Handeln rief. Die Person, die genug Geistesgegenwart gezeigt hatte, um diesen Würfel im Rettungsboot unterzubringen – die daran gedacht hatte, den umfassenden Aufnahmemodus einzuschalten – hatte auch rasch Videoaufnahmen von den Akten der Kinder gemacht. Also kannte man auf der *Shrike* jetzt deren Namen und Gesichter. Zwei Mädchen, Schwestern. Zwei Jungen, Vettern.

»Die Videoqualität ist so gut, dass wir die Abzeichen auf diesen Uniformen erkennen müssten; dann sehen wir mal, ob der Geheimdienst etwas darüber weiß. Die Gesichter – vielleicht haben wir sie schon irgendwo gespeichert. Und das sind die umfangreichsten Tonaufnahmen, die wir je von Piraten erhalten haben. Interessanter Akzent.«

Aber Esmay konnte an nichts anderes denken als die Kinder, die hilflosen Kinder. Sie drehte das orangefarbene und blaue Spielzeug unaufhörlich in den Händen.

Eine nach der anderen fanden die Rettungsmannschaften die Leichen und bargen sie.

»Wir haben zu viele Leichen«, sagte der Teamleiter. »Wie groß war die Besatzung des Kauffahrers?«

»Also hat es auch einige Piraten erwischt«, sagte Solis. »Darüber gräme ich mich nicht.«

»Diese Männer wurden ausgezogen – im Gegensatz zu den anderen. Kann man erwarten, dass die Piraten ihre eigenen Toten ausziehen und über Bord werfen?«

»Unwahrscheinlich. Ausgezogen, sagen Sie? Warum diese Männer?«

»Keine Ahnung, aber es gibt keine Spur einer ID zu ihnen. Wir können ihnen Gewebeproben entnehmen, aber Sie wissen ja, wie das ist...«

»Keine Fingerabdrücke oder Netzhautmuster?«

»Nee. Alles weggebrannt. Nach dem Tod, sagt der Arzt; die Männer sind an Kampfverletzungen gestorben.«

Solis wandte sich an Esmay. »Irgendwelche Ideen, Lieutenant?«

»Sofern wir nicht über irgendeinen Kampfschauplatz gestolpert sind ... nein, Sir.«

»Die Kauffahrer sehen wie normale Spacer aus«, sagte der Arzt. »Leichte Knochen, geringe Körpermasse ... Handelsschiffer fahren fast immer mit niedriger Schwerkraft, weil man sich dabei wohler fühlt. Unterschiedliches Alter – der Koch war zwei Jahre älter als der Käpten, und dann geht es bis zum Kind hinunter.« Damit sprach er den dürren Teenager an, der in einen Kampf verwickelt worden war, ehe man ihn erschoss. »Aber diese anderen ... sie könnten von der Flotte sein, außer dass sie keine Flotten-IDs haben. Sehen Sie sich die Ausbildung der Muskulatur an – und die Knochenmasse weist auf regelmäßiges hartes Training in einem ansehnlichen Schwerefeld hin, mindestens Standardschwerkraft. Und obwohl die Piraten die Fingerkuppen weggebrannt haben, erkennen wir genügend Schwielen an den Händen, die auf Waffengebrauch hindeuten ...«

»Mal angenommen, es waren die Piraten; warum sollten sie nicht wünschen, dass man diese Männer identifiziert? Falls der Kauffahrer das Hauptziel war – was offensichtlich scheint – und sie die Identitäten der Besatzungsmitglieder nicht vertuscht haben ... Was hat das dann zu bedeuten?«

»Weiß nicht. Militär, wenn auch nicht die Flotte ... vielleicht ein Spähschiff der Benignität? Eine Sonde der Guernesi? Aber – warum sollten die Piraten nicht wollen, dass wir es erfahren? Es sei denn, sie kommen von derselben Macht – aber das würde bedeuten, dass es ihre *eigenen* Leute sind, und wir haben schon gesagt, dass das vermutlich nicht zutrifft. Wir können uns nur sicher sein, dass sie nicht zur Besatzung des Kauffahrers gehörten.«

»Können wir keinen genetischen Scan durchführen?«

»Na ja, könnten wir – falls wir einen der großen Sequenzer an Bord hätten. Das gerichtsmedizinische Labor im Sektor-HQ hat wohl einen, aber dadurch würden wir auch nicht viel erfahren. Vielleicht eine grobe Schätzung, von welchem Dutzend Planeten diese Personen vermutlich stammten, aber beim heutigen Ausmaß des Reiseverkehrs verlieren solche Angaben ständig an Genauigkeit. Ich werde hier die einfacheren Gewebetests durchführen, rechne aber nicht damit, etwas zu entdecken. Falls jemand Personen vermisst meldet und ihre Genome gespeichert hat, das wäre es.«

»Wir entdecken bei jeder Abtastung weniger«, sagte Solis. »Wird Zeit weiterzufahren. Wie viele kartographierte Ausgänge hat dieser Sprungpunkt?«

»Fünf, Sir.«

»In Ordnung. Wir machen den Hüpfer nach Bezaire, wohin der Kauffahrer auch unterwegs war, und melden Boros, was wir entdeckt haben. Ich rechne nicht damit, dort eine Spur zu finden – sie wäre uns aufgefallen, als wir zuvor dort waren –, also werden wir dem HQ die Entscheidung überlassen müssen, ob wir die übrigen bekannten Ausgänge des Sprungpunktes kontrollieren sollen, oder ob man jemand anderen schickt. Bereiten Sie einen kurzen Bericht für das Sektor-HQ vor, und wir füttern damit das Bezaire-Ansible, sobald wir dort sind. Nehmen Sie eine Empfehlung mit auf, diese Route zu sperren und sämtliche Ausgänge zu überwachen ... nicht, dass das irgendwas nützen wird.«

***

Die *Shrike* kam im Bezaire-System zum Vorschein, und Esmay überwachte die Signalübermittlung an das Flottensektor-HQ. Die Scanner meldeten keine Spuren, die zur *Elias Madero* gepasst hätten ... kein anderes Schiff dieser Masse war, wie der Stationsmeister berichtete, seit über hundert Tagen hier vorbeigekommen.

»Das sagte ich Ihnen vorher schon.«

»Ja, aber wir müssen es schließlich überprüfen.«

»Die hiesige Agentin des Boros Consortiums möchte Sie sprechen.«

»Zweifellos.« Solis machte ein grimmiges Gesicht. »Ich möchte meinerseits mit Boros reden. Wir brauchen eine Realzeitverbindung.«

Station Bezaire, Büro des Boros Consortiums

»Nicht ... doch nicht *alle*?« Die Boros-Agentin wurde blass.

»Es tut mir Leid«, sagte Solis. »Anscheinend wurde das Schiff gekapert – es gibt Hinweise auf eine unmittelbare Bedrohung durch schwere Geschütze –, und obwohl man der Besatzung sicheren Ausstieg per Rettungsboot versprochen hatte, wurde sie stattdessen umgebracht.«

»Und die ... Kinder?«

»Wir wissen es nicht. Wir haben keine Kinderleichen gefunden, und wir wissen, dass die Besatzung sie in einer oder mehreren Kabinen versteckt hatte.«

»Aber – aber wer ..?«

»Das wissen wir noch nicht. Wir haben die ermittelten Daten ans Oberkommando geschickt; jemand wird es herausfinden, da bin ich sicher. Was jetzt die Verstorbenen angeht ...«

Die Agentin richtete sich auf. »Sie werden natürlich die sterblichen Überreste an das Boros Consortium übergeben, damit wir sie den Familien ...«

»Ich fürchte, dass das derzeit nicht möglich ist. Wir haben bislang alle erwachsenen Besatzungsmitglieder und einen Auszubildenden identifiziert, aber möglicherweise bieten die Leichen noch zusätzliche Hinweise auf die Verbrecher. Wir müssen sie weiter untersuchen.«

»Aber – das ist unerhört!«

»Ma'am, was diesen Leuten angetan wurde, das ist unerhört. Wir müssen herausfinden, wer es war, damit wir keine weiteren dieser ...«

»Angetan ... was *wurde* ihnen angetan?«

»Man hat ... viele verstümmelt, Ma'am. Und mehr möchte ich dazu nicht sagen, solange die Gerichtsmedizin mit den sterblichen Überresten noch nicht fertig ist. Ich kann Ihnen versichern, dass man alle angemessene Mühe auf sich nehmen wird, um die sterblichen Überreste so schnell wie möglich an Familienangehörige zu übergeben.«

***

Als die Leichen der Besatzung und die Wrackteile auf den Kurier umgeladen worden waren, der sie ins Sektor-HQ bringen sollte, nahm die *Shrike* ihre Patrouillenfahrt wieder auf.

»Wir versuchen nicht selbst, die Piraten zu verfolgen?«

»Nein. Nicht unser Job. Wir können uns nicht mit drei bewaffneten Schiffen anlegen, und wir haben keine Ahnung, wohin dieser Sprungpunkt außer Bezaire sonst noch führt. Jemand wird das blind auskundschaften müssen. Die Spur ist kalt und wird kälter. Wir haben getan, was wir konnten – wir haben die Rumpfsignaturen der Piraten komplett oder doch weitgehend ermittelt, wir wissen, was aus der Besatzung geworden ist ...«

»Aber nicht, ob Waffen an Bord gelagert waren ...«

»Nein, aber ich würde sagen, dass wir davon ausgehen können. Wir müssen jetzt einfach weiter Augen und Ohren offen halten.« Solis musterte Esmay mit einer Miene, die fast Zustimmung ausdrückte. »Sie stellen allerdings gute Fragen, Lieutenant Suiza.«

Kapitel neun

Barin erwiderte den militärischen Gruß des Wachtpostens, als er die Zugangszone zur *Gyrfalcon* betrat. Endlich ging er an Bord eines echten Kriegsschiffes und trat einen echten Dienstposten an. Nicht, dass er die Zeit auf der *Koskiusko* bedauert hätte und die Begegnung mit Esmay. Rasch lenkte er sich von diesem schmerzlichen Gedanken ab – sie kennen zu lernen war eine Sache, nur ihre jetzige Beziehung hätte er sehr gern versäumt. Aber das jetzt – seit seinem Abschluss auf der Akademie war das sein erster regulärer Posten als Offizier, und er war überglücklich, ihn erhalten zu haben.

Wie erwartet wurde er zur Kabine des Kommandanten gerufen, als er sich an Bord meldete. Kommandant Escovar ... er hatte Simon Escovar in der Kommandantenliste nachgeschlagen. Der Mann war ein Commander, der bei Patchcock, Dortmuth und Alvara Kampferfahrung gesammelt hatte; neben einer eindrucksvollen Ansammlung Gefechtsauszeichnungen trug er die diskreten Juwelen, die Spitzennoten in akademischen Kursen nachwiesen, von seinen Kadettentagen auf der Akademie bis zur Ausbildung für das Seniorkommando und für Stabsoffiziere.

»Ensign Serrano«, sagte er zur Antwort auf Barins förmlichen Gruß. »Bin immer froh, einen Serrano an Bord zu haben.« Das Funkeln der grauen Augen deutete an, dass er es ernst meinte. »Ich habe unter Ihrem ... Onkel oder Großonkel gedient, vermute ich. Es gibt einfach zu viele Serranos, um sich das zu merken.« Barin hatte diesen Spruch schon gehört. Und obwohl die Escovars selbst eine alte Flottenfamilie waren, hatten sie nie so viele Angehörige gleichzeitig im aktiven Dienst gehabt wie die Serranos. »Sie hatten bislang eine ungewöhnliche Folge von Stationierungen, wie ich sehe. Ich hoffe, Sie werden uns nicht zu banal finden.«

»Keinesfalls, Sir«, sagte Barin. »Ich bin froh, hier zu sein.«

»Gut. Wir haben zurzeit nur drei weitere Ensigns der Kommandolaufbahn, die alle seit einem halben Standardjahr an Bord sind.« Was bedeutete, dass sie alle schon Kenntnisse aufwiesen, die Barin sich erst aneignen musste. »Mein Erster Offizier ist Lieutenant Commander Dockery. Er hat Ihre ersten Aufgaben ausgearbeitet.«

Lieutenant Commander Dockery brauchte nur fünf Minuten dafür, Barins bisherige Karriere und Vorbereitung auseinander zu nehmen, wies darauf hin, dass Barin ein halbes Jahr hinter seinen Kameraden zurück war, und schickte ihn weiter zu Master Chief Zuckerman, um sich dort seine Ausweise, Datenwürfel und anderen Notwendigkeiten des Lebens abzuholen. Als Barin Dockerys Büro verließ, fragte er sich, ob Zuckerman wohl ein weiterer Schritt auf dem Montageband war, das Ensigns auf ihre »richtige Größe zurechtschneiden« sollte.

Master Chief Zuckerman nickte, als Barin sich vorstellte. »Ich habe mit Admiral Vida Serrano auf der *Delphine* gedient. Und Sie sind ihr Enkel, habe ich gehört?« Zuckerman war ein großer Mann mit schwerem Körperbau, der vierzig Jahre alt zu sein schien. Natürlich verjüngt; niemand brachte es mit vierzig schon zum Master Chief.

»Das ist richtig, Chief.«

»Na ja. Womit kann ich Ihnen helfen, Sir?« Lebenslange Erfahrung mit diesem Menschenschlag verriet Barin, dass das Funkeln in Zuckermans Augen aufrichtig war ... aus welchen geheimnisvollen Gründen höhere Unteroffiziere auch immer manchmal entschieden, dass sie junge Offiziere mochten – Zuckerman hatte beschlossen, ihn zu mögen.

»Commander Dockery hat mich angewiesen, mich mit der Dienstordnung für die Steuerbordwache vertraut zu machen ...«

»Ja, Sir. Genau hier.« Zuckerman fummelte einen Würfel aus einer Aktenmappe hervor. »Hier finden Sie Ihre Diagramme, Ihre Unterkunftsliste, Ihre Dienststationen. Sie können sich das jetzt entweder hier ansehen oder sich den Würfel offiziell aushändigen lassen; falls Sie Letzteres tun, ist das ein Sicherheitsvorfall der Stufe zwei, und ich benötige Ihre Unterschrift auf dem Papierkram.«

»Ich nehme ihn lieber mit«, sagte Barin. »Ich werde nach vier weiteren Schichten im Dienst sein und muss mich bis dahin auskennen.«

»Sie werden das prima hinkriegen«, meinte Zuckerman. Er stöberte ein bisschen in einer Schublade herum und brachte einen Stapel Papiere zum Vorschein. »Der Kommandant hat gern die Hardcopys für jedes ausgeliehene Sicherheitsdokument, also haben wir es hier mit echtem Papierkram zu tun.«

Barin unterschrieb auf der entsprechenden Linie und setzte seine Initialen in die Zwischenräume. »Bis wann muss ich ihn zurückgeben?«

»Bis morgen um vierzehn Uhr, Sir.«

Barin lächelte ihn an. »Danke, Chief.«

»Schön, Sie an Bord zu haben, Sir.«

Es gab schlimmere Möglichkeiten, seinen Dienst an Bord anzutreten, als einen Master Chief zum Freund zu gewinnen; Barin ging beträchtlich aufgemuntert seines Weges, um die Reisetasche ins Quartier zu bringen. Er wusste, dass Zuckerman so kritisch sein würde wie jeder andere – vielleicht noch kritischer; er wusste, dass er Zuckermans Maßstäben gerecht werden musste. Aber falls ein Master Chief einen jungen Spund unter die Fittiche nahm, dann wäre es töricht gewesen, hätte der Spund die Chance verpasst, zu lernen und erfolgreich seinen Weg zu gehen. Wahrscheinlich lag es an Barins Serrano-Erbe – aber das wirkte sich zwiespältig aus, und es war schön, einmal die positive Seite zu erleben.

Von jungen Offizieren auf der Kommandolaufbahn erwartete man, dass sie sich einigermaßen mit allem und jedem auskannten; Ensigns machten sich nacheinander mit diversen Anlagen und Sektionen des Kreuzers vertraut und lernten durch die Praxis – und auch nicht weniger dadurch, dass sie Fehler machten, die auf ihrem Rang weniger schwerwiegend ausfielen als später. Die übrigen drei Ensigns an Bord hatten alle ganz unten angefangen – bei der Umweltanlage – und ihren ersten Zwei-Monate-Posten dort auch abgeschlossen, also rechnete Barin damit, dort seinen Dienst anzutreten, in dieser Abteilung, die mit wenig Begeisterung auch »Klofilter-Spezialeinheit« genannt wurde.

»Die Nase ist unzuverlässig«, erklärte ihm der Umwelt-Techoffizier, bei dem er sich meldete. »Man denkt, dass es stinkt – und es stinkt wirklich –, aber die Nase gewöhnt sich daran. Benutzen Sie Ihre Plaketten und Messgeräte, und jedesmal, wenn Sie tatsächlich eine Anlage öffnen, tragen Sie Schutzkleidung! Dieses Zeug ist tödlich.«

Barin hätte am liebsten gefragt, warum sie noch nicht alle tot waren, aber er wusste es besser, als gegenüber einer Person wie Jig Arendy Witze zu reißen. Er konnte schon ihrem Gesicht entnehmen, dass sie die Abwasserbehandlung wirklich sehr ernst nahm und – wie er vermutete – jede freie Minute darauf verwandte, sich durch Lektüre mit neuen technischen Entwicklungen auf diesem Gebiet vertraut zu machen.

Sie führte ihn durch die Anlagen, bei deren Wartung er helfen würde, und erklärte ihm jede farbcodierte Leitung, jedes Hinweisschild, jedes Messgerät und jede Skala. Dann lieferte sie ihn bei Filterteam 3 ab und wies ihn an, eine Übungsinspektion des Systems von Zuflussrohr 14 bis zu den Ausgängen 12 bis 15 durchzuführen. »Und Sie kommen hier nicht mit dem alten Spruch ›Sergeant übernehmen Sie‹ weiter!«, warnte sie ihn. »Das ist mein Testteam, und es wird genau das tun – und nichts weiter –, was Sie ihm auftragen.«

Barin seufzte innerlich, fing aber an. Er erinnerte sich beinahe an alles und vergaß lediglich, das Team anzuweisen, es solle das Prüfventil zwischen Primäreinspeisung und den mittleren Filtern abdrehen, und Arendy lobte ihn widerstrebend. Dann verwandte sie zehn Minuten darauf, ihm mit Hilfe der Flussdiagramme genau zu erklären, warum dieses Prüfventil bei Routineinspektionen geschlossen bleiben sollte.

* * *

Innerhalb weniger Tage entwickelte Barin das Gefühl, dass er hier gut hineinpasste. Alle vier Ensigns der Kommandolaufbahn teilten eine Gemeinschaftsunterkunft; die Kameraden waren recht angenehm und freuten sich aufrichtig darüber, dass jemand anderes für die nächsten zwei Monate den Filterdienst hatte. Die Mahlzeiten im Kasino der Subalternoffiziere ermöglichten es Barin, die übrigen Subalternen – Jigs und Lieutenants – kennen zu lernen, die seine unmittelbaren Vorgesetzten waren. Wie er feststellte, konnte Jig Arendy tatsächlich über andere Themen als Abwasser reden; sie erwies sich als begeisterte Anhängerin von Boulevardnachrichten. Sie und eine Hand voll anderer diskutierten über Stars, als wären es Familienangehörige, und ergingen sich endlos über deren Kleidung, Liebesaffären und Amüsements. Als Arendy erfuhr, dass er zusammen mit Brun Meager auf Copper Mountain gewesen war, wollte sie alles darüber erfahren. War Brun Meager wirklich so schön wie auf den Bildern? Was hatte sie angehabt? Waren viele Paparazzi um sie herumgeschwärmt?

Barin gab Antwort, so gut er konnte, aber zum Glück kam Arendy nicht auf die Idee, dass er selbst Gegenstand von Bruns Aufmerksamkeit geworden sein könnte. Als die Messegespräche über Brun ungemütlich wurden, verabschiedete er sich. Lieber hörte er sich Zuckermans Geschichten von der guten alten Zeit mit Barins Großmutter auf der *Delphine* an. Sie hatte ihm nie von diesem Zwischenfall erzählt, als eine Rakete mit scharfem Gefechtskopf im Rohr hängen geblieben war.

Er brachte das gegenüber Petty-light Harcourt zur Sprache, als sie einen Abschnitt einer Zuführungsleitung austauschten.

»Zuckerman ist ... na ja, eben Zuckerman«, sagte der Petty-light.

Barin war über den Tonfall erstaunt. P-lights wussten mehr als er, und er war noch nie einem begegnet, der einen Master Chief nicht bewundert hätte. Aber Harcourt klang unsicher. Barin wollte schon weitergehende Fragen stellen, entschied sich aber doch noch dagegen. Was immer hier im Busch war, ein bloßer Ensign mischte sich da lieber nicht ein. Falls Harcourt ein ernstes Problem hatte, dann verfügte er auch über ausreichend Diensterfahrung, um es ohne Hemmungen dem eigenen Vorgesetzten vorzulegen.

Gerade war Barin zu dieser Entscheidung gelangt, als Harcourt ausdrucksstark seufzte und fortfuhr:

»Es ist nun mal so, Sir ... Zuckerman hat eine prima Dienstakte, und ich möchte nichts gegen ihn sagen. Aber er ... hat sich auf der letzten Fahrt verändert. Er ist nicht mehr derselbe wie früher. Wir alle kennen ihn und machen entsprechende Zugeständnisse.«

Aber Zugeständnisse hätten eigentlich nicht nötig sein sollen, nicht bei einem Master Chief. Harcourt musterte Barin immer noch, und Barin wurde klar, dass ein Kommentar von ihm erwartet wurde.

»Familie?«, murmelte er. Das musste das richtige Stichwort sein, denn Harcourt entspannte sich.

»Ich würde das einem Subalternoffizier gegenüber nicht erwähnen, bitte entschuldigen Sie, Sir, aber Sie *sind* ein Serrano, und ... na ja ... der Chief redet immer über die Zeit, die er mit einer Serrano auf der *Delphine* diente. Es ist nichts, was wir ... ich ... verstehen könnte. Es ist auch nicht immer so. Nur, manchmal ... scheint er Dinge zu vergessen. Die Art Dinge, die man einfach nicht vergisst, nicht in seinem Alter. Wir ... ich ... muss zum Beispiel jemanden anweisen, die Einstellungen von Zuckermans Raumanzug zu prüfen. Bei einer Notfallübung hatte er seinen Anzug nicht mal geschlossen.«

Barin dürfte sich das gar nicht anhören. Jemand von beträchtlich höherem Rang sollte davon erfahren. Denn alles, was bewirken konnte, dass ein Mann wie Chief Zuckerman vergaß, seinen Raumanzug zu schließen, ging über die Fähigkeiten eines Ensigns hinaus, damit fertig zu werden.

»Ich habe Major Surtsey davon berichtet«, fuhr Harcourt fort. »Er arrangierte, dass der Chief für eine Gesundheitsprüfung einbestellt wurde, aber ... das war einer von Zuckermans guten Tagen. Und an seinen guten Tagen ist er mehr auf Draht als ich. Und dann wurde der Major versetzt, und ich ... ich war nur ... Ich weiß nicht, wie weit ich die Sache verfolgen soll.«

Also war das heikle Problem gerade an seinen sehr jungen Ensign weitergereicht worden. Einem mit Serrano-Reputation. Nutzlos, Harcourt zu erzählen, dass sich auch Barin damit nicht wohl fühlte ... aber zum Berufsprofil eines Ensigns gehörte Wohlbefinden nicht.

»Und Sie hätten gern, dass ich die Sache weiter oben vorlege?«, fragte Barin.

»Das liegt bei Ihnen, Sir«, antwortete Harcourt. »Obwohl ... falls ich einen Vorschlag unterbreiten dürfte ...«

»Sicher«, sagte Barin. Nachdem der Petty-light den Ensign erst mal am Haken hatte, konnte er die Leine auch getrost einholen.

»Commander Dockery hat gern ... zieht es vor ... wenn er die Enten nacheinander vor die Flinte bekommt, Sir, falls Sie wissen, was ich meine.«

»Mit anderen Worten: Ich soll dem Problem selbst auf den Grund gehen und Beweise sammeln?«

»Nun ... ja, Sir.«

Er musste, so viel war sicher, erst etwas in der Hand haben, mehr zumindest als die Aussage eines Pettylights, der vielleicht etwas gegen Zuckerman hatte, wovon Barin nichts wusste. »Ich sehe mir die Sache mal an«, sagte er zu Harcourt, der damit zufrieden schien. Barin selbst hatte keine Ahnung, wie in aller Welt er herausfinden sollte, ob ein ranghoher Unteroffizier aus irgendeinem Grund durchtickte.

Er erinnerte sich an das, was Brun ihm von diesem Mann auf der Ausbildungsbasis erzählt hatte ... wie hieß er noch gleich? Sie hatte behauptet, er würde zu viele Fehler machen, aber das war unmittelbar vor der großen Auseinandersetzung zwischen ihr und Esmay gewesen. Barin hatte keine Ahnung, was danach passiert war, ob irgendjemand Bruns Verdacht auf den Grund gegangen war. Sie war schließlich nur Zivilistin und hatte womöglich niemandem sonst davon erzählt.

Trotzdem achtete er jetzt sehr auf Zuckerman, wann immer ihn seine Pflichten zu ihm führten. Der Mann ähnelte weitgehend jedem anderem Master Chief, dem Barin je begegnet war; jahrzehntelange Erfahrung hatte ihm eine Tiefe des Wissens und der Kompetenz vermittelt, die weit über die Fähigkeit eines Ensigns hinausging, sie einzuschätzen. Ganze Brocken konnten aus Zuckermans Verstand brechen, ohne dass Barin es überhaupt bemerkte. Er mochte Zuckerman, und dieser schien ihn zu mögen; er hatte das Gefühl, dass der Chief fast jeden Serrano gemocht hätte. Barin hoffte, dass er nichts fand, worüber er sich Sorgen machen musste; aber er war besorgt, dass er vielleicht etwas Wichtiges übersah.

Aber meistens war er zu beschäftigt, um sich Sorgen zu machen, zu beschäftigt, als dass er Zeit gefunden hätte, um Zuckerman zu besuchen. Er hatte eigene Arbeit zu leisten, und das auf einem Gebiet, mit dem Zuckerman nichts zu tun hatte; er hatte Wachdienst zu leisten, Inspektionen durchzuführen, Pflichten, die ihn auf Trab hielten. Er hatte Kameraden gleichen Ranges, die übrigen Ensigns sowohl der Kommandolaufbahn wie der technischen Laufbahn, deren Persönlichkeiten und Beziehungen immer wichtiger wurden, während die Zeit verstrich. Jared und Leah waren schon verlobt; Banet besprach jeden zweiten Tag einen Würfel für jemanden auf der *Greylag*. Micah hatte sich mit Jared gestritten, wobei es um Pläne für die Feierlichkeiten zum Jahrestag der Indienststellung des Schiffes ging, und Leah war Micah gegenüber in der Messe der Subalternoffiziere auf eine Art und Weise hochgegangen, die Barin schmerzlich an Esmay erinnerte.

Er bemühte sich, nicht an Esmay zu denken. Er konnte einfach nicht auf Dauer verärgert bleiben, aber er blieb verwirrt. Sie hatten einander damals auf der *Koskiusko* sehr gemocht; sie hatten einander Geheimnisse erzählt, die keiner einer dritten Person anvertraut hatte. Er hatte erwartet, dass sie sich über seine Anwesenheit auf Copper Mountain freute – und auch wenn er einräumte, dass sie extrem beschäftigt und müde gewesen war, hatte sie doch irgendetwas anderes ausgestrahlt, eine neue Zurückhaltung, eine Anspannung. Und dann war da noch Brun gewesen, die stets auftauchte, wenn er mit Esmay reden wollte, die immer verfügbare Zeit hatte. Die überschwänglich war, wenn sich Esmay reserviert gab; vergnügt, wenn Esmay ernst war. Lustig, wenn Esmay ... er wollte nicht langweilig sagen, weil sie für ihn nie langweilig war, aber ... beschäftigt, müde, nicht wirklich im Hier und Jetzt, wenn sie direkt neben ihm saß.

Vielleicht hatte sie ihn nie geliebt. Vielleicht hatte sich die Liebe wieder gelegt, und sie war einfach zu freundlich, es auszusprechen. Das ergab allerdings keinen Sinn, denn dann hätte sie nicht wütend sein können, weil sie glaubte, Brun hätte ihn in ihr Bett gelotst. Er überlegte sich, ihr eine Nachricht zu schicken ... aber andererseits war ihr Streit ja nicht *seine* Schuld.

***

Während er die übrigen Subalternoffiziere besser kennen lernte, fiel ihm auf, dass er immer wieder einer bestimmten Kameradin über den Weg lief: Casea Ferradi. Er hatte von ihr schon auf der Akademie gehört, aber sie hatte ihren Abschluss gemacht, ehe er dort anfing. Er wusste, wie Gerüchte mit der Zeit wuchsen, und vermutete, dass sowohl die Geschichten von ihrer Schönheit als auch ihrem Verhalten übertrieben waren.

Lieutenant Ferradi fiel Barin zuerst mit ihrem Haar auf – diesem ungewöhnlichen Goldblond, ähnlich dem Bruns und doch anders. Bruns Haar zeigte ein eigenes Leben; es ringelte sich energisch, selbst wenn sie sich kämmte. Und wenn sie aufgebracht oder aufgeregt war und sich mit den Fingern durch die Locken fuhr, ähnelte sie einem ungepflegten Pudel. Lieutenant Ferradis Haare fielen in einer glatten Welle neben ihren perfekten Wangenknochen herab. Blondinen traf man in der Flotte selten an. Vielleicht erklärte das Lieutenant Ferradis Spitznamen Goldie, den Barin schon am ersten Abend in der Messe der Subalternoffiziere hörte.

Er bemerkte sie, weil sie immer wieder dort auftauchte, wo er sich gerade aufhielt, und mit ihm redete. Sie war eine Jig mit rotierendem Wachdienst, der sie natürlich zeitweise mit ihm zusammenführte. Allmählich fiel ihm jedoch auf, dass er sie häufiger sah als jeden anderen Jig, selbst wenn sie in der jeweiligen Schicht gerade keinen Wachdienst hatte.

Er hatte nicht daran gedacht, dass sie womöglich in Esmays Klasse auf der Akademie gewesen war, bis sie das Thema zur Sprache brachte.

»Sie kennen doch Lieutenant Suiza, nicht wahr, Ensign?« Sie sagte das, während sie die Halbzeitmeldung ihrer Wache initialisierte.

»Ja, Sir.«

»Ich frage mich, ob sie sich stark verändert hat«, sagte Ferradi. »Wir waren Klassenkameradinnen, wissen Sie?«

»Nein, Sir, das wusste ich nicht.« Er fragte sich, ob sie vielleicht etwas Licht auf Esmays kürzliches Verhalten werfen konnte, aber es widerstrebte ihm, die Frage zu stellen.

»Ich meine«, fuhr Ferradi fort, während sie mit dem Datenstab herumfummelte, »sie war eine so steife und förmliche Person. Nicht wirklich freundlich. Aber nach dem, was alle sagen, ist sie eine solch geborene Anführerin ... also habe ich mich gefragt ...«

Winzige Alarmglocken läuteten in Barins Hinterkopf, aber das Vorderhirn war ihnen voraus. »Sie ist ganz schön förmlich, ja ... aber ich glaube, es hat etwas mit ihrer Herkunft zu tun.«

»Oh ja!« Ferradi verdrehte die Augen. »Wir beiden waren die kolonialen Parias, wissen Sie? Ich stamme von den Halbmondplaneten – ich denke, man hat von mir erwartet, ich würde darauf bestehen, eines dieser Seidendinger mit der langen Schleppe zu tragen.« Sie flatterte und wedelte mit den Händen. Barin hatte keine Ahnung, was sie meinte, und sein Gesicht musste das verraten haben, denn sie lachte. »Oh – ich vermute, Sie haben gar nicht diese schlechten Abenteuerwürfel über uns gesehen. Ich denke, sie hatten die Kostüme dafür von der Alten Erde, weil natürlich niemand so was trägt. Lange fließende Kleidungsstücke, die junge Frauen vom Kopf bis zu den Zehen bedecken, aber bezaubernd im Wind flattern.«

Barin fand keine Gelegenheit, darauf zu kommen, welches Detail die Alarmglocken erneut ausgelöst hatte, denn sie redete schon weiter, und die angenehme, leicht rauchige Stimme klang sanft und amüsiert.

»Aber Esmay – Lieutenant Suiza – hat mir einmal erzählt, ihre ganze Familie wäre beim Militär. Sehr förmlich, sehr korrekt. Deshalb kann ich verstehen, dass sie Streit mit der Tochter des Sprechers hatte, aber nicht, wie sie als Befehlshaberin Menschen irgendwohin führen konnte.«

Barin hatte schon den Mund geöffnet, ehe die Vorsicht ihn stoppte; er musste einfach etwas sagen. »Ich – wusste gar nicht, dass dieser Streit allgemein bekannt geworden ist.«

Ferradi lachte erneut. »Ich wüsste nicht, wie ihn

irgendjemand hätte geheim halten können. Es kam schließlich in den Nachrichten. Sie hat gekreischt wie eine Harpye, habe ich gehört, und der Tochter des Sprechers erklärt, sie hätte nicht mehr Moral als eine Kneipenhure.«

»So war das nicht!«, erwiderte Barin. Er hätte nicht erklären können, inwiefern nicht, da Esmay laut und beleidigend geworden war, aber er hatte das instinktive Bedürfnis, sie zu verteidigen.

Ferradi musterte ihn mit einem nachsichtigen Lächeln, bei dem er sich wie ein kleines Kind vorkam. »Ist schon in Ordnung, Ensign; ich möchte Sie gar nicht auffordern, sich von einer Heldin der Flotte abzuwenden.«

Er fühlte sich unwohl in ihrer Gesellschaft. Immer sah sie ihn an ... Ein ums andere Mal blickte er auf und sah diese klaren violetten Augen und einen amüsierten Zug um die Lippen. Sie schien ihn einzuschränken, wie Esmay es nie tat. Und Brun war zwar offen an seinem Körper interessiert gewesen, hatte sich aber ohne Verbitterung zurückgezogen, als er ablehnte. Aber das jetzt...

Er suchte die Turnhalle auf, überzeugt davon, dass er selbst Schuld hatte an dem, was immer hier geschah. Er hatte irgendetwas getan – was, darauf kam er einfach nicht –, das Ferradis Interesse fand. Er stieg in das Trainingsgerät, das er reserviert hatte, und stellte es ein. Als er die Aufwärmphase hinter sich hatte und in die Schweißphase vorgedrungen war, schweiften seine Gedanken zu Esmay ab. Sie war inzwischen Erster Offizier auf einem Spezialschiff; er konnte sie sich gut in einer Rettungssituation vorstellen ... sie tat womöglich etwas Spektakuläres und errang sich damit wieder aller Welt Gunst.

»Hallo, Ensign.« Die rauchige Stimme unterbrach seine Konzentration. Dort neben ihm im nächsten Sportgerät sah er Ferradi. Barin blinzelte verwirrt. Sie hatte sich nicht für dieses Gerät eingetragen; darauf hatte er geachtet. Aber jetzt wärmte sie sich dort auf, und ihr Körper wirkte in dem glänzenden Trainingsanzug, der jede ihrer Kurven betonte, so geschmeidig wie das goldene Haar. Barin, der inzwischen etwas heftiger atmete, nickte ihr grüßend zu.

»Sie arbeiten wirklich hart«, sagte sie und startete ihr Sportgerät. »Ich schätze, das ist nun mal so bei einem Serrano, nicht wahr?«

Er musste irgendwas sagen; sie sah ihn weiterhin an, und es wäre unhöflich gewesen, sie zu ignorieren – möglicherweise sogar aufsässig.

»Es ... wird so erwartet ... Sir«, sagte er.

»Nicht nötig, in der Turnhalle förmlich zu sein«, sagte sie. »Ich ... bin mit Ihrer Einstellung und den Resultaten zufrieden, Barin.« Ihr Blick wanderte über ihn und drückte ein besonderes Interesse aus, das er nicht übersehen konnte.

Na ja, er musste etwas dazu sagen ... aber ehe er das konnte, stieg Major Oslon in das Turngerät auf der anderen Seite Ferradis.

»Hey, Casea ... lassen Sie Serrano sein Training zu Ende bringen. Er ist ohnehin zu jung für Sie. Ich andererseits ...«

Sie bedachte Barin mit einem letzten, ausgiebigen Blick, ehe sie sich Oslon zuwandte. »Aber Major ... Sie sind unverbesserlich! Was bringt Sie nur auf den Gedanken, ich wäre hinter Ensign Serrano her?«

»Schön zu wissen, dass das nicht der Fall ist. Mich hat wohl die Form Ihres Trainingsanzugs auf die falsche Fährte gelockt.«

»Dieses alte Ding?« Barin hatte von Profis auf diesem Gebiet schon weniger offenherzige Flirts erlebt, aber es schien Oslon nichts auszumachen. Er und Casea neckten sich eine Zeit lang, und als er sie zu einem Parpaunspiel einlud, nahm sie an ... mit einem letzten ausgiebigen Blick auf Barin, der ihm erneut Kopfschmerzen bereitete.

Wenige Tage später war Barin gerade auf dem Weg übers Truppendeck, um eine Routineinspektion der Abflussrohre in den Toiletten vorzunehmen – Haarbüschel in den Rohren waren ein ewiges Problem. Auf einmal wurde er auf ein eigenartiges knirschendes Geräusch aufmerksam. Er zögerte. Es wurde erneut vernehmbar und dann wieder. In welcher Kabine war das? Er sah sich um und versuchte die Quelle des Geräusches zu orten … ein kurzes Stück hinter ihm, rechts. Als Nächstes hörte er ein Rutschen und einen dumpfen Schlag, gefolgt von einem Geräusch, als würde etwas Schweres gezogen; diesmal machte Barin die Quelle ausfindig: D-82.

Barin blickte hinein und sah Master Chief Zuckerman mit vor Wut und Anstrengung dunkelrotem Gesicht, wie er jemanden an den Fersen zog.

»Chief – was geht hier vor?«

»Aussem Weg!«, verlangte Zuckerman schwer atmend. Der Chief schien ihn nicht zu erkennen; die Pupillen waren geweitet.

»Chief …« Barin hatte keine gute Sicht an ihm vorbei, aber die Schlaffheit der Beine, die Zuckerman hielt, machte ihm Sorgen. Er hob den Blick ein wenig … eine Reihe von Regalen entlang bis zu einem Regal mit Delle, auf dem jemand gesessen hatte … ein Nadlerfutteral auf dem Kissen …

»Chief, lassen Sie los.« Barin hatte keine Ahnung, was hier passiert war, aber auf jeden Fall lag ein Problem vor. Er griff hinter sich nach der Alarmtaste neben der Luke.

»Oh nein, das wirst du nicht tun, du *Welpe*!« Zuckerman ließ die Füße des anderen fallen und griff an. Barin duckte sich auf die Seite, und Zuckerman schoss an ihm vorbei und prallte vom Wandschott gegenüber ab. Bis dahin hatte Barin auf die Alarmtaste geschlagen und den örtlichen Scanner eingeschaltet.

»Sicherheit, auf schnellstem Wege!«, rief Barin. »Mann zu Boden, möglicher tätlicher Angriff!«

Zuckerman drehte sich um, bewegte sich jetzt langsamer als beim Angriff. »Nicht *möglich* – der Mistkerl hat mich angegriffen! Mich, einen Master Chief mit ... mit ... zwanzig ... zwanzig ...« Er schüttelte den Kopf. »Das hätte er nicht tun dürfen. War nicht richtig.«

»Chief«, sagte Barin vorsichtig, »was ist passiert?«

»Riskier bloß keine dicke Lippe, Junge!«, warnte ihn Zuckerman. Seine Augen wurden schmal. »Wieso zum Teufel trägst du Offiziersabzeichen? Das ist illegal! Möchtest du rausgeworfen werden? Mach sofort diese Dinger von der Uniform ab, Pivot!«

»Master Chief Zuckerman«, sagte Barin. »Ich habe Ihnen eine Frage gestellt.« Zum ersten Mal in seinem Leben hörte er die Serrano-Schärfe im eigenen Tonfall – der Familienstolz, der aus dem tief sitzenden Wissen resultierte, was Sache war.

Zuckerman starrte ihn an, und sein Gesicht wurde für einen Augenblick ausdruckslos. Dann wirkte er verwirrt. »Ah ... Ensign ... Serrano? Was ... was hatten Sie mich gefragt, Sir?«

»Chief«, versuchte es Barin erneut, aber vorsichtig. Wo blieben die Sicherheitsleute? Wie lange dauerte das noch? »Ich bin heute der Offizier vom Dienst. Ich habe etwas Komisches gehört und wollte mal nachsehen. Sie waren in 82 und haben jemanden hinter sich hergezogen, und dort liegt ein Nadlerfutteral auf einem Regal.« Er legte eine Pause ein. Zuckerman trat einen Schritt vor, aber Barin hob die Hand. »Nein, gehen Sie nicht dort hinein! Die Sicherheit ist unterwegs; ich möchte nicht, dass irgendeine Spur verwischt wird. Können Sie mir sagen, was passiert ist?«

»Ich ... er ... er wollte mich umbringen.« Zuckerman schwitzte jetzt, und sein Gesicht glänzte. Er öffnete und schloss die Hände in einem gleichmäßigen Rhythmus. »Er hat einen Nadler gezogen; er sagte, man würde ihn nie erwischen.« Er schüttelte den Kopf und blickte erneut Barin an. »Der Mistkerl hat es tatsächlich versucht – hätte ich keine so guten Reflexe, läge ich jetzt tot da drin. Also habe ich – also habe ich seine Hand gepackt, mir den Nadler gegriffen, und habe ... habe zugeschlagen ...« Er wurde bleich und sank ans Wandschott. »Ich habe ihn geschlagen«, flüsterte er. »Ich habe ihn geschlagen ... und dann habe ich ihn wieder geschlagen ... und ...«

»Chief. Bleiben Sie, wo Sie sind! Können Sie das tun?«

Zuckerman nickte. »Ja, Sir. Aber ich ... Aber ich weiß nicht ...«

»*Bleiben* Sie einfach, wo Sie sind! Ich muss mir den Typen ansehen. Wie heißt er?«

»Moredon. Corporal Moredon.«

»In Ordnung; ich gehe jetzt hinein; ich möchte, dass Sie genau dort bleiben, wo Sie stehen.« Wieder dieser Serrano-Ton – er hörte es selbst; er sah den stabilisierenden Einfluss auf Zuckerman.

Moredon lag reglos dort, wo Zuckerman ihn fallen gelassen hatte. Barin trat näher heran. Jetzt sah er die blauen Flecken und das Blut am Kopf des Mannes und einen langen Blutstreifen auf dem Deck, der die Spur markierte, die Zuckerman ihn entlanggeschleppt hatte. Atmete er noch? Barin konnte es nicht erkennen; er kniete sich neben die schlaffe Gestalt. Ja. Er konnte gerade eben noch hören, wie ein leises Schnarchen durch den offenen Mund ging, und er spürte den feuchten Atem am Handrücken.

Er stand auf und kehrte auf den Korridor zurück. Zuckerman stand dort, wo er es ihm gesagt hatte, und jetzt kam ein Sicherheitsteam mit medizinischer Unterstützung den Korridor entlang.

»Sir?«, meldete sich der Sergeant, der das Sicherheitsteam leitete. Seine Augen zuckten kurz von Barin auf Zuckerman, hinunter auf Zuckermans Hände und zurück zum Gesicht, und Barin sah die Verwirrung in seinem Blick.

»In 82 liegt ein Mann auf dem Boden«, sagte Barin knapp. »Hat Kopfverletzungen, atmet aber noch. Sie müssen die Umgebung sperren, um die Spuren zu sichern, und nach einem herumliegenden Nadler suchen.«

»Ja, Sir«, sagte der Sergeant. Er gab dem medizinischen Team mit einem Wink zu verstehen, dass es vortreten sollte, und erteilte seinen Leuten die nötigen Befehle. Dann wandte er sich wieder Barin zu. »Hat ... ah ... der Mann dort drin Chief Zuckerman angegriffen, Sir? Oder haben Sie es?«

»Sergeant, würden Sie bitte einfach dafür sorgen, dass die Umgebung abgesperrt wird und der Verletzte die nötige Hilfe erhält?« Ehe sich der Sergeant dazu äußern konnte, wandte sich Barin an Zuckerman. »Chief, Sie müssen mir folgen und Meldung machen. Sind Sie dazu in der Lage?«

»Natürlich, Sir.« Zuckerman richtete sich auf. »Wo liegt das Problem?«

Barin wünschte sich, er hätte darauf eine Antwort gehabt. »Wir überlassen es dem Ersten Offizier, das zu klären«, sagte er. Auf dem Weg zurück zum Kommandodeck kam ihm der Gedanke, dass er vielleicht eine Eskorte hätte mitnehmen sollen. Was, wenn Zuckerman erneut gewalttätig wurde? Sicherlich würde das nicht geschehen, aber auf dem ganzen Weg bis hinauf zum Kommandodeck kribbelte es Barin im Nacken, wenn er daran dachte, dass ihm Zuckerman folgte.

Er begegnete Lieutenant Commander Dockery, der gerade die Leiter vom Kommandodeck herabstieg, und nahm Haltung an.

»Was gibt es, Ensign?«

»Sir, wir haben ein echtes Problem. Gestatten Sie?«

»Nur zu ... Warten Sie – wer begleitet Sie da?«

»Chief Zuckerman, Sir. Es hat einen Zwischenfall gegeben ...«

»Ich weiß, dass Sie die Sicherheit gerufen haben. Rühren, alle beide. Dann spucken Sie es schon aus, Ensign.«

Barin spuckte es aus und war sich der ganzen Zeit

Zuckermans bewusst, der dort stand und nach wie vor viel zu verwirrt wirkte – bei seinem Alter, seinem Rang, seiner Dienstakte.

Dockery blickte zu Zuckerman hinüber. »Nun, Chief?«

Zuckermans Stimme bebte. »Commander, ich ... ich weiß nicht recht, was passiert ist ...«

»Hat dieses Individuum Sie angegriffen?«

»Ich – ich denke es. Ja, Sir, das hat er. Es ist – ich sehe es fast vor mir ...«

Dockery warf Barin einen Blick zu, den Barin nicht zu deuten vermochte. »Haben Sie ... irgendwas mit dem Chief gemacht, Ensign?«

»Nein, Sir.«

»Hat die Sicherheit ihm Beruhigungsmittel gegeben?«

»Nein, Sir.«

»Sie sind mit jemandem hier heraufgekommen, dem Sie Körperverletzung vorwerfen, ohne ihm Beruhigungsmittel zu verabreichen oder ihn unter Bewachung zu stellen?«

»Sir, er hatte sich beruhigt. Er war nicht ...«

Dockery drückte eine der Funktafeln am Schott. »Eins O an Medizin; ein Reaktionsteam zu meinem Standort.« Er wandte sich wieder Barin zu. »Ensign, der Chief ist eindeutig nicht Herr seiner Sinne. Er muss medizinisch untersucht werden, ehe irgendetwas anderes geschieht.«

»Ich fühle mich prima, Commander«, sagte Zuckerman. Tatsächlich wirkte er jetzt wie der Inbegriff eines Master Chiefs. »Es tut mir Leid, dass ich den Ensign nervös gemacht habe; ich weiß nicht recht, wieso ...«

»Reine Routine, Chief«, entgegnete Dockery. »Nur eine Untersuchung, um sicherzustellen, dass Sie sich nicht irgendwas geholt haben.«

Eine Ärzteteam mit Notfalltaschen traf ein. »Commander?«

»Chief Zuckerman hatte heute Morgen einen kleinen Anfall von Verwirrung. Warum nehmen Sie ihn nicht mit auf die Krankenstation und untersuchen ihn? Vielleicht braucht er etwas zur Beruhigung.«

»Mit mir ist alles in Ordnung!«, beschwerte sich Zuckerman. Barin bemerkte, dass der Hals des Chiefs wieder rot anlief. »Es ... tut mir Leid, Admiral!« Er starrte Barin an und salutierte steif. Barin spürte, wie sich Kälte in seinem Bauch ausbreitete; er erwiderte den Gruß, nur damit sich Zuckerman entspannte. »Was immer Sie sagen, Admiral«, kam von Zuckerman, obwohl sich niemand zu Wort gemeldet hatte in der allgemeinen Verblüffung darüber, dass ein Master Chief einen Grünschnabel von Ensign mit einem Admiral verwechselte.

»Nur eine Untersuchung«, sagte Barin, der nicht wagte, sich mit einem Blick davon zu überzeugen, wie Commander Dockery das alles aufnahm. Zuckerman starrte Barin mit einem Ausdruck zwischen Angst und Ehrfurcht an. »Alles wird gut, Chief«, sagte Barin und bemühte sich dabei nach Kräften um einen Serrano-Tonfall. Zuckerman entspannte sich wieder.

»Mit Ihrer Erlaubnis, Sir.«

»Dann gehen Sie«, sagte Barin. Die Ärzte führten Zuckerman weg und legten dabei die Aufmerksamkeit von Profis an den Tag, die jederzeit auf dem Sprung waren einzugreifen.

»Nun, Ensign«, sagte Commander Dockery. »Da haben Sie ja einen ganz schönen Schlamassel angerichtet, was?«

Barin wusste es besser, als einzuwenden, dass es nicht seine Schuld war. »Ich weiß, dass ich etwas falsch gemacht habe, Commander, aber ich weiß auch nicht recht, was ich hätte machen sollen.«

»Kommen Sie mit, und ich erkläre es Ihnen unterwegs. Unten auf dem Truppendeck war das, nicht wahr?« Dockery marschierte los und überließ es Barin, mit ihm Schritt zu halten. Über die Schulter fragte Dockery: »Und wie viel genau wussten Sie über Zuckermans Problem?«

»Ich, Sir? Nicht viel ... ein anderer Unteroffizier hat etwas angedeutet, aber er sagte auch, ein Offizier hätte sich schon um die Sache gekümmert und nichts gefunden.«

»Haben Sie nach etwas gesucht? Oder haben Sie den Hinweis einfach ignoriert?«

»Ich habe nachgesehen, Sir, aber ich wusste nicht, wonach ich suchen sollte. Wenn ich mit Chief Zuckerman redete, kam er mir gesund vor. Na ja, einmal ... aber es erschien mir nicht so wichtig.«

»Und Sie hielten es nicht für richtig, das weiterzugeben, was Ihnen der andere Unteroffizier berichtet hatte?«

Barin erkannte allmählich die Umrisse seines Vergehens. »Sir, ich wollte erst etwas Eindeutiges in der Hand haben, ehe ich Sie belästigte.«

Dockery brummte. »Ich kann es genauso wenig leiden wie jeder andere, mit Trivialitäten belästigt zu werden, Ensign, aber ich kann es noch weniger leiden, mit einem großen Problem belästigt zu werden, das jemand hat anwachsen lassen, weil er nicht wusste, was er dagegen unternehmen sollte.«

»Ich hätte es Ihnen von Anfang an melden sollen, Sir.«

»Ja. Und falls ich Sie zur Schnecke gemacht hätte, weil Sie mir vage, nicht nachgewiesene Meldungen vorlegten, na ja ... dazu sind Ensigns schließlich da. Um knurrigen Ersten Offizieren Anlass für verbale Übungen zu liefern. Hätten Sie es mir erzählt, oder hätte dieser andere, geheimnisvolle Uffz es mir erzählt ... Nebenbei, wer war das eigentlich?«

»Petty-light Harcourt, Sir.«

»Ich dachte eigentlich, Harcourt hätte mehr Verstand. Wem hat er es früher schon erzählt?«

»Ah ... einem Major Surtsey, der versetzt wurde. Er sagte, man hätte eine medizinische Untersuchung durchgeführt und nichts gefunden.«

»Ich erinnere mich ... Pete hat mir davon erzählt,

ehe er von Bord ging, sagte aber auch, er hätte nichts Eindeutiges gefunden. Ich sagte, ich würde ein Auge offen halten ... wobei ich davon ausging, meine Offiziere hätten Verstand genug, alles weiterzugeben, wovon sie hörten ...«

»Verzeihung, Sir«, sagte Barin.

»Na ja, alle jungen Leute machen Fehler, aber Fehler haben auch Konsequenzen. In diesem Fall, wenn ich mich nicht irre, die Zerstörung der Karriere eines guten Mannes.«

Sie hatten inzwischen das Truppendeck erreicht, und Dockery nahm den Weg zum richtigen Korridor und der richtigen Kabine, als bräuchte er niemals anzuhalten und nachzudenken. Barin vermutete, dass er es wirklich nicht brauchte.

Das Sicherheitsteam hatte den Korridor abgesperrt, und als Dockery eintraf, war auch gerade das gerichtsmedizinische Team zur Stelle.

»Commander ... ist es okay, wenn wir gleich loslegen und die Spuren sammeln?«

»Falls der Bereich schon gescannt wurde. Kommen Sie, Ensign, ich möchte Ihnen zeigen, wie man das macht.«

Hätte Barin nicht so sehr an die eigenen Unzulänglichkeiten denken müssen, wäre das eine faszinierende Stunde gewesen. Aber ihr folgte rasch eine wenig erfreuliche Zeit in Dockerys Büro.

»Denken Sie daran – die Zurechtweisung, die Sie dafür erhalten, mich mit etwas zu belästigen, was kein echtes Problem darstellt, wird nie so schlimm ausfallen wie die, die Sie erhalten, wenn Sie mir ein echtes Problem nicht vorlegen.«

»Ja, Sir.«

»Sofern sich nicht herausstellt, dass Zuckerman ein unvermutetes Gesundheitsproblem hat – und alles, was ausreicht, dieses Verhalten zu entschuldigen, führt wahrscheinlich zu seiner Entlassung aus medizinischen Gründen –, steckt er in argen Schwierigkeiten.«

Etwas kitzelte die Peripherie von Barins Gedanken. Gesundheitsproblem? Er räusperte sich. »Sir…?«

»Ja?«

»Ich – mir ist gerade etwas eingefallen, Sir; es geht um einen weiteren hochrangigen Unteroffizier, einen auf Copper Mountain.«

»Hat das mit dem jetzigen Problem zu tun?«

»Möglicherweise, Sir. Ich habe es jedoch nicht selbst beobachtet; nur, als Sie von einem Gesundheitsproblem sprachen…«

»Reden Sie weiter, Ensign.«

Barin erzählte ihm mit möglichst knappen Worten die Geschichte von dem Master Chief, dessen Leute einige seltsame Erinnerungslücken ihres Vorgesetzten deckten. »Und, Sir, damals auf der *Koskiusko* hat man mir, wie ich mich entsinne, vom Master Chief der Bestandskontrolle erzählt, der nach der Schlacht einen Zusammenbruch hatte … alle waren überrascht, weil er schon vorher an Gefechten mitgewirkt hatte und er diesmal nicht direkt beteiligt gewesen war.«

»Und … Sie stellen sich die Frage, welchem Einfluss drei Master Chiefs ausgesetzt waren? Haben Sie eine Ahnung, wie viele Master Chiefs man im ganzen Regular Space Service antrifft?«

»Nein, Sir«, antwortete Barin kläglich. Also war das auch eine dumme Idee gewesen.

»Natürlich hat man zu dem Zeitpunkt, an dem jemand es überhaupt zum Master Chief bringt, die meisten Problemfälle herausgefiltert«, sagte Dockery. »Aber das ist schon komisch. Ich rede mit den Ärzten und sehe mal, ob irgendjemand eine Idee hat.«

Barins Sünden brachten ihm jedoch noch einen Verweis ein, diesmal durch den Kommandanten.

»Ensign, Commander Dockery hatte schon Gelegenheit, Sie aufs Korn zu nehmen – und jetzt bin ich an der Reihe. Aber stellen wir zunächst mal sicher, dass Sie auch begreifen, was Sie falsch gemacht haben – oder eher nicht richtig gemacht haben.«

»Ja, Sir. Ich wusste von einem Problem und habe weder Commander Dockery noch Sie informiert.«

»Weil ...?«

»Weil ich dachte, ich sollte erst mehr Daten sammeln und Zwischenfälle notieren, ehe ich jemanden belästigte ... informierte.«

»Ich verstehe. Serrano, mehrere Motive sind für ein solches Vorgehen denkbar, und ich möchte, dass Sie mir offen antworten. Wollten Sie Chief Zuckermans Reputation schützen oder etwas persönlichen Ruhm ernten, indem Sie mir einen hübschen saftigen Knochen brachten?«

Barin zögerte, ehe er antwortete. »Sir, ich denke ... ich war zunächst verwirrt. Ich war überrascht, als der andere Unteroffizier mir von Zuckerman erzählte; zuerst dachte ich, er hätte persönlich etwas gegen Zuckerman. Aber als er dann sagte, er hätte die Sache schon früher gemeldet, und ein Major hätte sie ernst genommen ... dachte ich mir, dass ein echtes Problem vorliegen könnte. Nur hatten die von der Medizin nichts gefunden. Ich wusste nicht, warum der Uffz gerade mich ins Vertrauen gezogen hatte – ich fühlte mich dabei nicht wohl. Also dachte ich mir, ich würde einfach die Augen offen halten und alles dokumentieren, was mir auffiel ...«

»Und ist Ihnen etwas aufgefallen?«

»Nichts, was ich wirklich hätte mit Händen greifen können, Sir. Bei den Mannschaften fand ich weniger Respekt vor Chief Zuckerman, als ich dort eigentlich erwartet hätte, aber dieser Mangel war nicht ausgeprägt genug, um schon von Insubordination zu reden. Mir fiel auf, dass Zuckerman in manchen Situationen nicht eingriff, in denen ich mit seiner Intervention gerechnet hätte. Ich konnte jedoch nur zwei echte Fehler seinerseits dokumentieren ... und selbst Master Chiefs sind Menschen. Ich wollte nicht in der Gegend herumlaufen und Fragen stellen ... er hatte Besseres verdient ...«

»Jetzt warten Sie mal! Möchten Sie mir sagen, Sie hätten die Entscheidung getroffen ... Sie hätten sich für qualifiziert gehalten zu entscheiden, dass Zuckerman ›Besseres verdient‹ hatte, als Fragen nach ihm zu stellen? Zuckerman hat Sie gemocht, so viel ist mir klar. Hat seine Vorliebe für Ihre Familie Sie vielleicht beeinflusst, oder haben Sie einfach nur komplett jeden Maßstab verloren?«

»Sir, jetzt weiß ich, dass ich jeden Maßstab verloren hatte, aber damals war mir das nicht klar.«

»Ich verstehe. Und Sie dachten, Sie würden ihn mal unauffällig im Auge behalten, mögliche Probleme dokumentieren und Ihre Meldung dann ... Wem genau gedachten Sie Meldung zu machen, mal vorausgesetzt, Sie fänden etwas?«

Unter diesem kühlen grauen Blick versuchte Barins Verstand beharrlich abzuschalten. Die Erfahrungen seines bisherigen Lebens legten ihm jedoch die richtige Antwort auf die Zunge, ungeachtet seiner Panik. »Dem direkten Vorgesetzten von Chief Zuckerman, Sir, also Lieutenant Commander Orstein.«

»So viel immerhin ist korrekt. Und womit rechneten Sie, falls Sie einen solchen Bericht erstatteten?«

»Sir, ich dachte, Commander Orstein würde ihm nachgehen, vielleicht eigene Nachforschungen anstellen und dann eine Maßnahme ergreifen, die ihm angebracht erschien.«

»Und Sie wären die Verantwortung dann los?«

»Ja, Sir.«

»Und was dachten Sie, würde Orstein mit Ihnen anstellen, dem Welpen, der ihm diese unappetitliche Beute vorlegte?«

»Ich ... habe darüber nicht nachgedacht, Sir.«

»Das zu glauben fällt mir schwer.«

»Sir, niemand kann darüber begeistert sein, dass ein Master Chief seinen ... an Leistungsfähigkeit einbüßt, Sir. Master Chiefs sind ... etwas Besonderes.« Das war nicht das richtige Wort, aber es war das Einzige, was ihm gerade einfiel.

»Ja, das sind sie. Wenn ich also korrekt zwischen Ihren Zeilen gelesen habe, dann erwarteten Sie, dass Lieutenant Commander Orstein Sie zur Schnecke machte und dann – vielleicht – eigene Nachforschungen anstellte.«

»Ja, Sir.«

»Sagen Sie mir, Serrano: Falls Sie auf zusätzliche Probleme gestoßen wären – sind Sie sicher, dass Sie es riskiert hätten, zur Schnecke gemacht zu werden, indem Sie über Zuckerman Meldung machten?«

»Ja, Sir!« Barin konnte nicht verhindern, dass sein Ton Erstaunen ausdrückte.

»Na ja, das ist immerhin etwas. Gestatten Sie mir zu wiederholen, was, wie ich sicher bin, Dockery Ihnen bereits auseinander gesetzt hat: Es ist ärgerlich, wenn ein Subalternoffizier keine Initiative zeigt und einen Vorgesetzten mit geringfügigen Problemen belästigt. Es ist jedoch gefährlich und – auf lange Sicht – illoyal, wenn ein Subalternoffizier einem Vorgesetzten ein ernstes Problem verschweigt. Hätten Sie früher Meldung gemacht, dann hätte man sich früher und in der zuständigen Abteilung angemessen um Chief Zuckermans Probleme – worin auch immer sie bestehen – kümmern können, und mich hätte man nicht auf dem falschen Fuß erwischt und damit in Verlegenheit gebracht. Ich vermute, Sie begreifen das, und ich vermute, Sie tun es nicht wieder. Falls doch, dann werden sich die Schwierigkeiten, die Sie jetzt haben, wie ein Funken neben einer Atomexplosion ausnehmen. Ist das klar?«

»Ja, Sir.«

»Dann verschwinden Sie und machen Sie es künftig besser.«

Kapitel zehn

RSS *Gyrfalcon*

Lieutenant Casea Ferradi wusste, dass sie nach einem Werbeplakat aussah. Das entsprach auch ihrer Absicht. Jedes Haar auf dem Kopf lag genau dort, wo es sollte, und unter perfekt gewölbten Brauen funkelten die veilchenblauen Augen vor Intelligenz. Ihre Züge – ausgeprägte Wangenknochen und sauber geschnittener Kiefer, kurze gerade Nase und feste, aber volle Lippen – passten in jedes Bild professioneller Schönheit.

Das Risiko einer frühen Bioskulptur hatte sich gelohnt. Alles, was sie sich je gewünscht hatte, war die Laufbahn eines Flottenoffiziers einzuschlagen – nein, um ehrlich zu sein, die eines Flottenbefehlshabers! Als Kind hatte sie sich, wie sie von ihren Eltern wusste, zum ersten Mal vorgestellt, sie wäre Kommandantin eines Sternenschiffes. Casea Ferradi war zur Heldin geboren, war geboren, um zu beweisen, dass eine Frau von den Halbmondplaneten alles erreichen konnte.

Ein Mädchen von den Halbmondplaneten zu sein, das hatte sich als erstes Handicap erwiesen, und Gesicht und Körper als zweites – typisch für ihre Kolonie, aber anders als alles, was sie jemals auf Nachrichtenvideos in einer Flottenuniform gesehen hatte. Zierliche Züge, die in einem spitzen Kinn ausliefen, schräge Weinflaschenschultern und üppige Hüften – alles in der eigenen Kultur hoch begehrt –, das passte nicht in ihren Traum.

Ihre Eltern zeigten sich schockiert, als sie ihnen erzählte, was sie vorhatte – aber mit zehn konnte sich selbst ein Mädchen an die ganze Sippe wenden, nicht nur an die Eltern, wenn es um wichtige Fragen ging wie Heiratsverhandlungen. Sie legte ihre Sache den Patentanten vor, wo ihr Wunsch, den Planeten zu verlassen, rasch Beifall fand – schließlich war Casea viel zu intelligent, um auf dem örtlichen Heiratsmarkt Erfolg zu haben. Eine Bioskulptur allerdings – erst als die Mutter ihres Vaters darin einwilligte, wusste Casea, dass sie eine Chance hatte.

»Man wird ihr nicht mehr ansehen, dass sie von hier stammt, falls sie dermaßen anders aussieht, also wird uns ihr unweibliches Verhalten keine Schande bereiten.«

Drei Jahre der Operationen und der Schmerzen, die die Kräftigung des umgebauten Körpers ihr bereitete – dann legte sie die Eintrittsprüfung der Flotte erfolgreich ab und ging für immer von zu Hause fort.

Sobald sie auf der Akademie war, entdeckte Casea, dass ihre neue Gestalt bei Kameraden nicht als ungeschlechtlich und unweiblich betrachtet wurde. Das honigblonde Haar, das elegant in scharf geschnittenem Schwung fiel, war einzigartig in ihrer Klasse. Sie war Gegenstand von dermaßen viel Interesse, wie sie gerade eben noch handhaben konnte, und fand heraus, dass die Verhaltensweisen, die sie älteren Schwestern und Kusinen abgeschaut hatte, eine durchschlagende Wirkung auf die jungen Männer ihrer Klasse zeitigten.

Geschützt durch das Standardimplantat, wie es alle Kadetten auf der Akademie erhielten, schritt Casea vom bloßen Interesse zum Experiment voran und vom Experiment zu enthusiastischer Aktivität. Die Vorlesungen über die Ethik persönlicher Beziehungen perlten von ihrem Selbstbewusstsein ab, ohne irgendeine Spur zu hinterlassen. Wäre es der Flotte in diesem Punkt wirklich ernst gewesen, überlegte sie sich, dann wären die jungen Männer aus berühmten Flottenfamilien nicht so scharf darauf gewesen, sie mit ins Bett zu nehmen, und hätten die jungen Frauen keine Implantate erhalten. Schließlich machten die jungen Männer und Frauen aus den Repräsentierenden Familien kein Geheimnis aus ihrer sexuellen Aktivität – Casea sah sich genügend Boulevardnachrichten an, um das zu wissen.

Sie war eher wütend als beunruhigt, als sie erfuhr, dass einige Klassenkameraden abfällige Bemerkungen über ihr Verhalten machten.

»Casea – falls es lebendig ist, nimmt sie es mit ins Bett«, sagte eines Morgens im Duschraum eine der Frauen schleppend. Das war nicht fair; Casea war nicht an den Hässlichen oder Langweiligen interessiert.

»Sie wird eines Tages noch in Schwierigkeiten kommen«, sagte eine andere, und sie klang besorgt.

»Nein – nicht so, wie sie es anpackt. Welcher dieser Typen wird sie schon beschuldigen, sie hätte *ihn* verführt?«

Andere strahlten einfach schweigende Missbilligung aus. Esmay Suiza, von der Casea erwartet hatte, sie wäre ihre natürliche Verbündete – beide waren sie die einzigen Kadetten von ihren jeweiligen Heimatplaneten –, entpuppte sich entweder als frömmlerisches Tugendlamm oder als geschlechtsloses Trampel. Casea war nicht sicher, welcher dieser Begriffe es richtig wiedergab, aber es war ihr auch egal. Nach dem ersten Jahr gab sie es mit Esmay auf; Esmay hatte nicht die richtigen Eigenschaften, um einfach die Freundin einer beliebten Schönheit zu sein, und Casea konnte die kalte, steife Ernsthaftigkeit dieses Mädchens nicht ertragen.

Nach dem Abschluss ließ Casea es langsamer angehen – der reine Sex war nicht mehr so aufregend – und suchte sich ihre Ziele mit mehr Bedacht aus. Aufgrund ihrer kulturellen Herkunft erwartete sie von einem Partner mehr als nur körperliches Vergnügen. Vorsichtig und mit einem Auge stets auf Schwierigkeiten achtend erkundete sie, welche Grenzen die Politik der Flotte im Hinblick auf das aufwies, was zimperlich »persönliche Beziehungen« genannt wurde.

Während ihrer ersten Dienstzeit fand sie heraus, dass sie nur die Finger von Männern lassen musste, die bereits als »fester Besitz« anderer Frauen galten, um nach Herzenslust auf die Pirsch gehen zu können, ohne Bemerkungen zu ernten. Das war es also! Sie empfand das selige Glühen der Verachtung für die dummen Mädchen, die ihr einfach nicht gesagt hatten, auf welche Jungen sie selbst ein Auge geworfen hatten. Sie stellte diese neue Erkenntnis auf die Probe, indem sie die veilchenblauen Augen auf einen einsamen Jig richtete, der absolut glücklich darüber war, sich mit einem reizenden Ensign zu trösten.

Aber er war ihr nicht genug. Sie wollte jemanden von der Kommandolaufbahn. Aber alle Jigs der Kommandolaufbahn an Bord waren schon in festen Händen – wobei Casea die Nase über die beiden rümpfte, die sich ihrer Meinung nach aneinander verschwendeten –, und den einzelnen männlichen Lieutenant fand sie nicht anziehend. Ein Major? War das möglich? Sie zweifelte nicht an ihrer Fähigkeit, sein Interesse zu finden, aber – die Vorschriften sollten ihn eigentlich daran hindern, mit Subalternoffizieren der eigenen Befehlshierarchie zu liebäugeln.

Vorschriften konnte man, wie jeder wusste, nach Lust und Laune biegen, wenn man nur clever genug war. Trotzdem war es vielleicht günstiger, anderswo zu suchen ... was Casea zu einem Major in einem anderen Zweig der technischen Laufbahn führte. Es konnte nie schaden, einen Freund in der Kommunikationsabteilung zu haben. Auf ihrem nächsten Posten folgte ihm ein Lieutenant der Kommandolaufbahn nach, und dann – nach einigen Problemen bei der Lösung von diesem Lieutenant – ein weiterer Major. Von jedem lernte Casea etwas über das Ausmaß ihrer Begabung und darüber, welche Vorteile sich aus solch engen Bindungen ziehen ließen.

Jetzt war sie allerdings über solch beiläufige Verbindungen hinaus. Sie hatte den richtigen Mann gefunden. Wider alle Erwartung – sie war überzeugt, dass ihre Großmütter und Tanten erstaunt sein würden – hatte sie einen anständigen, intelligenten, charmanten jungen Mann gefunden, den selbst ihr Vater gutheißen würde. Dass er Ensign war und sie Lieutenant, zwei Ränge über ihm, machte ihr nichts aus. Er war reif für sein Alter, und am besten überhaupt: Er war ein Serrano! Familie bedeutet alles, bekam sie schon ihr Leben lang zu hören; der einäugige Sohn eines Chiefs ist besser als der uneheliche Nachkomme eines Räubers. Und eine bessere Familie als die Serranos konnte sie niemals hoffen zu finden; der junge Mann war Enkel eines Admirals mit noch weiteren Admirälen im Stammbaum.

Der einzige Haken war das Gerücht, dass er an Esmay Suiza interessiert war oder einmal gewesen war. Casea tat das ab. Esmay war nicht nur ein Tugendlamm, sondern überhaupt eine Unperson. Sie war nicht hübsch, hatte planlose Gesichtszüge unter lockerem, widerborstigem Haar von unbestimmtem Braun. Der Junge litt an Heldenverehrung, das war alles. Suiza hatte sich als eine Art Heldin entpuppt, aber nichts konnte sie schön oder charmant machen. Und falls die Gerüchte zutrafen, steckte sie derzeit aufgrund von Taktlosigkeit in Schwierigkeiten – *das* zu glauben fiel Casea leicht, keine Frage. Falls Suiza je einen Geliebten gehabt hatte, was unwahrscheinlich schien, dann sicher jemanden, der so unauffällig war wie sie, eine weitere Unperson, wahrscheinlich genauso taktlos und zu einer ebenso unrühmlichen Karriere verdammt.

Trotzdem erleichterte Esmays derzeitige Schande es Casea, Barin Serrano ungehindert nachzustellen. Und sicherlich wünschte diese Serrano-Großmutter keine Verbindung mit jemandem wie dem schlechten Lieutenant Suiza. Es brauchte sicher nicht viel, dachte Casea, um absolut sicherzustellen, dass niemand Lieutenant Suiza je wieder bewundern würde.

Die *Elias Madero*

Es wurde schwieriger, sich vom Boden aufzurappeln und auf die Toilette zu gehen; Brun stellte fest, dass sie neben ihrer Schwangerschaft auch schwächer wurde, weil sie nicht viel Sport hatte. Wie hätte sie auch? Die Kabine wäre schon für eine Person klein gewesen; mit einer erwachsenen Frau, einem jungen Mädchen und zwei Kleinkindern ging es hier unmöglich beengt zu. Und jederzeit konnte einer der Männer hereinsehen; Brun konnte sich vorstellen, wie sie reagieren würden, wenn sie sie bei echten sportlichen Übungen erwischten. Sie versuchte sich zu überwinden und auf- und abzugehen, aber sie geriet rasch außer Puste und lehnte sich schwer atmend ans Schott. Das Mädchen betrachtete sie mit besorgt gerunzelter Stirn, wandte aber den Blick ab, als Brun sie anlächeln wollte. Als Brun sich stärker an den Arbeiten beteiligte, hatte das Mädchen die Hilfe akzeptiert, aber stets mit Zurückhaltung.

Als an diesem Abend die Beleuchtung matter wurde und eine Schlafperiode signalisierte, legte sich das Mädchen an Bruns Rücken und rollte sich um sie. Irgendwann erwachte Brun auf einen Atemzug am Ohr hin. Sie wollte schon den Kopf heben, spürte aber, wie er sachte hinabgedrückt wurde. Das Mädchen?

»*Elias Madero*«, hörte Brun. »Kauffahrer.«

Brun wand sich in dem Versuch, eine bequeme Stellung zu finden. Kauffahrer ... das Kauffahrteischiff. Das Mädchen musste von diesem Schiff stammen. Erregung strömte Brun durch die Adern ... jetzt wusste sie wenigstens *etwas*!

»'bin Hazel«, hauchte das Mädchen. Dann wand auch sie sich, als bewegte sie sich im Schlaf, und wälzte sich weg.

Eine Woge der Freude über diese fünf Wörter brach sich in Brun Bahn. So musste sich Lady Cecelia gefühlt haben, als sie zuerst wieder Verbindung zur Welt hatte.

Eine Woge der Scham folgte. Lady Cecelia war monatelang gelähmt gewesen und hatte scheinbar im Koma gelegen ... und erlebte dann weitere Monate schmerzhafter Rehabilitation ... und sie war schon alt gewesen. Brun war jung und gesund ... *Ich bin nicht besiegt worden! Ich bin nur ... auf dem Weg zum Sieg aufgehalten worden.* Vielleicht brachte sie diesen Tieren ja Kinder zur Welt ... vielleicht blieb sie monatelang, jahrelang eine Gefangene ... aber schlussendlich war sie nun mal, wer sie war, und das würde sich nicht ändern.

Sie drehte sich mühsam um und betrachtete das Mädchen ... betrachtete Hazel unter leicht geöffneten Lidern. Brun war schon beeindruckt von Hazels Geduld, ihrer konstanten Zärtlichkeit den kleinen Mädchen gegenüber, ihrem unendlichen Erfindungsreichtum, was leise kleine Spiele and anderen Zeitvertreib für sie anging. Aber Brun hatte nach den ersten nicht endenden Tagen schon jede Hoffnung auf einen echten Kontakt zu ihr aufgegeben ... dazu hatte Hazel zu viel Angst. Inzwischen schätzte Brun den Mut dieses dünnen, überarbeiteten, verschreckten Mädchens ... das selbst noch ein Kind war ... und das für zwei kleinere Kinder und Brun zugleich sorgte. Das selbst angesichts von Drohungen den Mut aufbrachte, ein paar Worte des Trostes zu äußern. Hazel hatte selbst alles verloren – höchstwahrscheinlich die Eltern. Waren diese Kleinkinder auch nur ihre Schwestern? Vielleicht nicht, aber niemand hätte mehr für sie tun können.

Brun stemmte sich hoch, um die Toilette zu benutzen; auf dem Rückweg bemerkte sie, dass sich Hazel wieder umgedreht hatte, als wollte sie Brun eine Position bieten, in der sie ihr leicht ins Ohr flüstern konnte. Brun legte sich grunzend hin und gab vor zu schlafen. Ihr Arm glitt zur Seite und berührte den Hazels. Sie zuckte – sie lag nicht bequem – und zeichnete die Buchstaben ihres Namens auf Hazels Arm nach, ehe sie die Hand wieder wegnahm.

Hazel drehte sich um und vergrub das Gesicht unter ihrem Haar. Brun hörte ein leises Murmeln. »Brun?«

Brun nickte. Eine Woge der Erregung lief durch sie; das Baby strampelte heftig, als bekäme es den Vorgang mit. Jemand außer den Männern wusste nun, wer Brun war ... eine Verbündete. Sie hatte einen Kontakt hergestellt ... Es war nicht viel, aber es gab ihr Hoffnung, die erste wirkliche Hoffnung, seit all das begonnen hatte.

Am nächsten Tag behielt sie Hazel verstohlen im Auge. Das Mädchen wirkte wie immer – geschäftig, vorsichtig, leise, geduldig, warmherzig zu den Kindern und distanziert zu Brun. Als Brandys Ruhelosigkeit einem Wutanfall entgegenstieg, griff Hazel ein und beruhigte das Kind ... und Brun fühlte sich an eine tüchtige Ausbilderin mit einem aufsässigen jungen Pferd erinnert. Als sie diesen Vergleich zog, gewann sie allmählich ein Verständnis davon, wie Hazel die Bedürftigkeit der Kinder nutzte, um sich selbst Festigkeit zu geben. Sie konnte ruhig sein, sie konnte sich an die sinnlosen Regeln halten, weil sie jemanden hatte, für den sie die Verantwortung trug.

Und für wen war Brun verantwortlich? Ihr fielen wieder die Worte von Lieutenant Commander Uhlis ein. Wäre sie Offizier des Regular Space Service gewesen, wäre ihre Verpflichtung klar gewesen – zu entkommen, oder falls das nicht möglich war, zu überleben und Informationen zu sammeln, bis sich eine Fluchtmöglichkeit bot. Aber sie war kein Offizier. Und selbst wenn sie es gewesen wäre – selbst wenn sie so tat –, reichte diese Pflicht für ein ganzes Leben, wie es ihr bevorstand? Was, wenn sie nie eine Gelegenheit zur Flucht fand?

Das Baby bewegte sich in ihr, als betriebe es Bodenakrobatik. Sicherlich konnte doch ein Baby nicht so viel Unruhe zeigen! Manche Leute würden bestimmt sagen, dass Brun jetzt für dieses Kind Verantwortung trug, aber sie empfand es selbst anders – man hatte es ihr aufgezwungen, in sie hineingezwungen, und es war nicht ihres. Es war ein Gräuel, wie Brun selbst es den Männern zufolge war.

War sie dann nur für sich selbst verantwortlich? Ein säuerlicher Geschmack breitete sich in ihrem Mund aus. Nicht genug, um ein ganzes Leben als Sklavin dieser Männer akzeptabel oder auch nur erträglich zu machen. Zu viele Stunden lang hatte sie schon geplant, wie sie dem Leben entfliehen konnte, wenn schon nicht ihren Entführern – wenn diese irgendwann in ihrer Aufmerksamkeit nachließen. Irgendwann würden sie das.

Aber ... was, wenn eine Chance bestand, wie gering auch immer, Hazel und die Kleinen vor dem gleichen Schicksal zu bewahren? Irgendwo, davon war Brun überzeugt, suchte ihr Vater nach ihr. Suchte die Flotte nach ihr. Es dauerte womöglich Jahre; es dauerte womöglich zu viele Jahre ... vielleicht aber auch nicht. Hazel war nicht nur aus Angst, sondern auch aus Hoffnung so fügsam, der Hoffnung, dass irgendwann Hilfe kommen würde; hätte sie keinerlei Hoffnung gehabt, dann hätte sie nie gewagt, Brun ihren Namen und den ihres Schiffes zu verraten. Also konnte sie selbst, Charlotte Brunhilde Meager, sich auf Hazel und die kleinen Mädchen konzentrieren – auf die Aufgabe, sie zu retten.

Sie erlaubte sich nicht, darüber nachzudenken, wie unwahrscheinlich ein Erfolg war. Stattdessen begann sie zu überlegen, welche Informationen gebraucht wurden und wie sie daran kommen konnte. Und sie verzichtete ab jetzt auf jeden Versuch, Hazels Blick aufzufangen, sie in eine Kommunikation zu locken. Das Letzte, was sie jetzt noch wollte, waren Schwierigkeiten für Hazel.

Nur wenige Tage später kamen die Männer sie beide und die Kleinen holen. Brun geriet fast in Panik – hatten sie herausgefunden, dass Hazel mit ihr gesprochen hatte? Dass Brun ihren Namen auf Hazels Arm nachgezeichnet hatte? Aber man führte sie einfach nur durch die Korridore, diesmal weiter, als Brun hier je gegangen war. Ihre nackten Füße waren wund; die Schwangerschaft machte sie unbeholfen, wo Luken bewältigt werden mussten. Zu ihrer Überraschung zeigten sich die Männer geduldig und warteten, während Brun erst ein Bein und dann das andere hob. Sie halfen ihr eine schräge Fläche hinunter ... zu einem offenen Raum, der sich ringsherum öffnete. Brun sah sich um, und ihre Augen waren nach all diesen Monaten in der Kabine nicht mehr an solche Entfernungen gewöhnt. Die Andockbucht einer Raumstation, wie es aussah. Überall waren Männer, nur Männer ... Brun und Hazel und die beiden kleinen Mädchen waren die einzigen weiblichen Wesen. Die Männer führten Brun ziemlich sanft zu einem Schwebestuhl, den sie dann eine weite Strecke entlangschoben, während Hazel nebenherging. Mit Stuhl und allem beförderte man Brun durch eine weitere Andockbucht an Bord eines Shuttles. Jetzt begleiteten sie nur noch fünf Männer. Auf deren Befehl hin schnallte Hazel die Kinder auf ihren Plätzen an und tat dann mit sich selbst das Gleiche. Die Männer befestigten den Schwebestuhl fest am Deck.

Als sich die Shuttleluke öffnete, roch Brun etwas, was nur ein Planet sein konnte. Frische Luft ... wachsende Dinge ... Tiere ... Hoffnung regte sich von neuem in ihr. Planeten waren groß; falls sie mal eine Gelegenheit fand, konnte sie sich erst verstecken und dann flüchten. Zunächst konnte sie jedoch in dieser Schwerkraft kaum aufrecht stehen, und die Hitze raubte ihr fast den Atem.

Die Männer schoben den Schwebestuhl aus dem Shuttle, durch ein kastenförmiges Gebäude mit niedriger Decke und schließlich in ein Radfahrzeug, ebenfalls groß und kastenförmig, wo sie den Stuhl wieder am Boden festmachten. Das Fahrzeug hatte hinten keine Fenster, aber vorne konnte Brun hinausblicken ... bis eine Trennwand emporfuhr und ihr die Aussicht versperrte. Panik schnürte ihr die Luft ab; sie war allein in diesem Heckabteil; Hazel – der einzige Mensch, den sie kannte – war nicht mit eingestiegen. Hazel würde nicht mehr wissen, wo sich Brun aufhielt; niemand würde es wissen; sie war für immer verloren.

***

Hazel verfolgte unter gesenkten Lidern mit, wie sie die schwangere Frau mit einem Bodenfahrzeug fortbrachten. Sie war sich nach wie vor nicht sicher, wie die Frau hieß, obwohl die Frau den Namen auf ihrer Handfläche nachgezeichnet hatte. Konnte »Brun« stimmen? Was für ein Name war das? Höchstwahrscheinlich eine Art Spitzname, aber sie hatten sich nicht getraut, genug miteinander zu reden, um das zu bestätigen. Das gelbe Haar der Frau leuchtete in der Sonne dieses Planeten, und es war inzwischen viel länger als damals, als Brun sie zum ersten Mal erblickt hatte.

»Ich nehme die Kinder«, sagte einer der Männer in ihrer Begleitung. Die anderen nickten und gingen weiter.

»Komm mit, Girlie«, sagte er. Hazel folgte ihm, ein wenig atemlos unter der ungewohnten Anstrengung und der drückenden Hitze, und sie führte Brandy an der einen Hand und Stassi an der anderen. Sie fragte sich, wo die Jungen waren – sie hatte sie schon lange nicht mehr gesehen. Noch mehr fragte sie sich, was mit Stinky war, aber sie verbannte auch diesen Gedanken.

Der Mann führte sie durch ein Tor und über einen ausgedehnten gepflasterten Platz, so heiß, dass Hazels Füße brannten. Die kleinen Mädchen wimmerten. Der Mann drehte sich um. »Hier«, sagte er, »ich trage sie.« Er hob sie hoch; sie wurden steif und drehten die Gesichter zu Hazel um, schrien aber nicht. »Nur noch ein kurzes Stück«, sagte er. Hazel ging so leichtfüßig, wie sie nur konnte. Endlich blieb der Mann an einer Reihe von Bodenfahrzeugen stehen. Ein Streifen aus einem weichen Material lag dort. »Stell dich darauf«, wies der Mann Hazel an. Sie tat es – und es fühlte sich kühl unter den Füßen an. Sie seufzte erleichtert. Er setzte die kleinen Mädchen ab, und sie beide nahmen Hazel an je einer Hand.

Der Mann tippte etwas in eine Steuertafel an einem Pfeiler, und an einem der Bodenfahrzeuge sprangen die Türen auf. Der Mann stieg ein, hantierte an der Steuerung und steckte wieder den Kopf hervor. »Alle hinten rein«, sagte er. Hazel schob die kleinen Mädchen auf den Rücksitz – er war weich, und kühle Luft strömte aus Öffnungen. Sobald sie eingestiegen war, schloss sich die Tür, ohne dass sie sie angefasst hätte. Ihr fiel auf, dass auch an der Innenseite keine Türgriffe vorhanden waren.

»Ich nehme euch für den Moment mit nach Hause«, erklärte der Mann. Der Wagen fuhr los. Hazel wollte zu den Fenstern hinausblicken – aber die Scheiben waren mattiert, sodass sie nichts sehen konnte. Zwischen Rücksitz und Front war eine dunkle Trennwand hochgefahren, sodass sie auch vorne nicht mehr hinausblicken konnte. Der Wagen fuhr weich, ohne Rucke. Nach einiger Zeit hielt er an, und der Mann öffnete von außen die Tür.

»Kommt mit«, sagte er. »Und seid brav!«

Sie standen auf einer breiten befestigten Straße zwischen meist zweistöckigen Häusern und einer Art Park direkt hinter dem Block. Hazel erhaschte einen kurzen Eindruck von leuchtenden Blumen, die zu einer Art Muster arrangiert waren, wagte aber nicht, richtig hinzusehen. Stattdessen folgte sie dem Mann über einen mit Steinplatten ausgelegten Weg zum Eingang des nächstgelegenen Hauses, einer schweren geschnitzten Tür, die von einem kleineren Mann in weißer Hose und Hemd geöffnet wurde.

Ihr Begleiter führte sie ins Haus und durch einen Flur in ein riesiges Zimmer mit großen Fenstern, die auf einen Garten hinausgingen. »Wartet hier«, wies er Hazel an und deutete auf eine Stelle an der Tür. Sie blieb dort stehen und drückte die kleinen Mädchen an sich. Der Mann durchquerte das Zimmer und setzte sich in einen Sessel gegenüber der Tür. Ein Mädchen von ungefähr Hazels Alter in einem schlichten braunen Kleid kam hereingelaufen und brachte ein Tablett mit einem Krug und einem hohen Glas. Hazel fiel auf, dass das Mädchen den Blick gesenkt hielt und sich mit raschen kurzen Schritten bewegte, die das knöchellange Kleid nicht dehnten. Hazel wagte nicht, ihr auf dem ganzen Weg bis zum Sessel des Mannes mit dem Blick zu folgen, aber sie hörte, wie eine Flüssigkeit gurgelte und wie ein Löffel im Glas klapperte. Das Mädchen ging, und ihre geschäftigen Füße huschten an Hazel vorbei. Sah sie Hazel an? Die Kleinen blickten das Mädchen an, und Hazel drückte ihnen warnend die Schultern.

Durch das stille Zimmer hörte sie den Mann schlucken. Dann ertönten draußen vor der Tür weitere, eilige Schritte. Kurze, leichte Schritte, kurze schwerere Schritte, und jemand, der rannte ... als diese Beine an Hazel vorbeiflitzten, nackt bis zu den Knien und in Sandalen, wurde Hazel klar, dass es ein Junge sein musste.

»Daddy!« Die Stimme des Jungen war ein schrilles Flöten, aber voller Freude. »Du biist wieda zu Hause!«

»Pard!« Zum ersten Mal, seit Hazel die Stimme dieses Mannes kannte, drückte sie etwas Weicheres als einen Befehl aus. »Warst du brav? Hast du für deine Mutta gesorgt?«

»Ja, *Sir*!«

»Das ist mein Junge!«

Die anderen kamen jetzt an Hazel vorbei. Sie erblickte die kleinen nackten Füße von drei Mädchen, die schmalen Röcke, die ihre Beinfreiheit einschränkten, und dann – so erstaunlich, dass sich Hazel beinahe vergaß und hinsah – die Füße einer Frau auf hochhackigen Schuhen unter einem fülligen Rock, der beim Gehen raschelte.

Die Mädchen stürmten vor; die Frau ging langsamer, und ihre Schuhe klapperten auf dem Fußboden. Hazel spähte unter gesenkten Lidern hervor ... und sah ein

Kind, kaum größer als Brandy, das sich kichernd auf den Schoß seines Vaters warf. »Daddy!«, sagte das Mädchen … allerdings leise. Ein größeres Mädchen kuschelte sich mit gesenktem Kopf an seine Seite. Ein noch größeres trat an seine andere Seite.

Der Mann küsste jedes Mädchen und brummte etwas in einem Tonfall, bei dem Hazel am liebsten losgeheult hätte. Ihr Vater hatte so sanft auf sie eingeredet, wenn sie neben ihm saß und sich an ihn lehnte, den Kopf an seiner Schulter. Ein Schluchzen stieg ihr in den Hals; sie schluckte es herunter und starrte wieder zu Boden. Sie spürte, wie die Kleinen zitterten; sie wollten selbst gedrückt werden und konnten sich jetzt jeden Augenblick losreißen. Hazel drückte sie umso fester an sich.

»Ich habe euch etwas mitgebracht«, sagte der Mann. »Guckt mal hier.« Hazel spürte ihre Blicke auf sich und den Kleinen, als wären es Sonnenstrahlen. »Habe sie auf einem Kauffahrer gefunden, den wir geentert haben. Girlie ist ein bisschen alt, aber fügsam. Hat keine Schwierigkeiten gemacht. Die beiden Kleinen … Na ja, eine von ihnen ist zu schwatzhaft. Wir werden sehen.« Er nahm erneut einen Schluck. »Nehmtse mit nach hinten und bringtse unter. Girlie ist tatsächlich noch Jungfrau. Doc hat nachgesehen.«

Die Schuhe der Frau klapperten wieder und kamen immer näher. Hazel sah den weiten Rock – den Rock einer verheirateten Frau? – und spürte dann eine feste Hand auf der Schulter, die sie schob. Sie gehorchte und ging vor der Frau her, wobei sie die Kleinen mitführte. Sie hatte keine Ahnung, was auf sie zukam, aber …

»Du kannst mich hier drin angucken«, sagte die Frau. Hazel blickte auf. Die Frau hatte ein breites, friedlich wirkendes Gesicht und graubraunes Haar, das zu einer Art Krone geflochten war. Sie hatte große breite Hände und einen großen breiten Körper. »Zeig mal, Süße … das ist das hässlichste Kleid, das ich je gesehen habe.«

Hazel sagte nichts. Sie hatte nicht vor, in Schwierigkeiten zu geraten, wenn sie es vermeiden konnte.

»Haben eure Leute dir überhaupt nicht beigebracht, wie man näht?«, fragte die Frau.

Hazel schüttelte den Kopf.

»Kannst ruhig auch reden«, sagte die Frau. »Solange du leise sprichst. Kein Gebrüll.«

»Ich ... hab keine Ahnung, wie man näht«, sagte Hazel leise. Ihr Ton war steif; es war so lange her, seit sie einen ganzen Satz gebildet hatte.

»Na ja, du wirst es einfach lernen müssen. Du kannst nich' in so einer Aufmachung rumlaufen. Nicht in dieser Familie.«

Hazel nickte. Brandy zupfte an ihrer Hand.

»Hunger«, sagte sie.

Die Frau blickte auf die Kleinen hinab, mit einem Gesichtsausdruck, den Hazel nicht deuten konnte. »Sin' das deine Kleinen?«, wollte die Frau wissen.

»Nein«, sagte Hazel.

»Nein, *Ma'am*!«, wies die Frau sie scharf zurecht. »Haben deine Leute dir keine Manieren beigebracht?«

»Nein ... Ma'am«, sagte Hazel.

»Na ja, ich werde es ganz gewiss tun«, sagte die Frau. »Jetzt lass mich nachdenken. Ihr Kleinen passt in Marylous und Sallyanns Sachen, aber du, Girlie ... und wir müssen auch einen Namen für dich finden.«

»Ich heiße Hazel«, sagte Hazel.

»Jetzt nicht mehr«, erwiderte die Frau. »Dein bisheriges Leben ist vorbei und damit auch dein bisheriger Name sinnlos. Du wirst dich von den Werken des Teufels und seinem Namen abwenden. Du wirst einen gottesfürchtigen Namen erhalten. Sobald wir den richtigen gefunden haben.«

In den nächsten Wochen gewöhnte sich Hazel an ein Leben, das so fremd war, verglichen mit ihrem bisherigen Leben, wie die Zeit auf dem Piratenschiff gewesen war. Sie schlief mit zehn weiteren Mädchen in einem Zimmer; sie standen alle kurz vor der Pubertät oder hatten sie gerade hinter sich, waren aber noch unverheiratet – und somit hieß das Zimmer die Jungfrauenlaube.

Es ging auf einen winzigen Hof hinaus, vom Hauptgarten durch eine Mauer getrennt und überhaupt durch Mauern von allem anderen abgesperrt als ihrem Zimmer. Der zweite Zugang zum Zimmer war ein langer Flur, der zum Haupthaus führte und keine weiteren Türen aufwies.

»Damit wir sicher sind«, hatte ihr eines der anderen Mädchen am ersten Abend erklärt. Sie hatte Hazel dabei geholfen, ihr Bettzeug auf einem Holzbett auszubreiten und die Decke richtig glatt zu streichen. Alle diese Mädchen waren, wie Hazel herausfand, Töchter des Mannes, der sie hergebracht hatte ... Töchter von vier Ehefrauen, auf die auch alle übrigen Kinder im Haus zurückgingen. Nur die Kinder der ersten Frau durften das große Zimmer betreten ... und das auch nur, wenn der Mann sie zu sich rief. Wenn er die Übrigen sehen wollte, besuchten sie ihn im zweiten Salon.

»Ihr seid die ersten Ausländer in unserem Haushalt«, erzählte eines der anderen Mädchen.

»Niemand darf Ausländer haben, der nich' genug Kinder hat, um eure heidnischen Einflüsse zu verringern«, sagte ein weiteres Mädchen.

»Damit wir euch beibringen können, was richtig un' was falsch ist«, sagte wieder ein anderes.

Es dauerte nicht lang, und Hazel steckte im gleichen engen langen Rock und langärmeligen Top wie die anderen. Sie lernte es, mit raschen Schritten zu schlurfen ... sie lernte, wie sie sich auf den Fluren und in den Zimmern des großen Hauses zurechtfand, das sich bis ins Unendliche auszubreiten schien. Sie lernte es, respektvoll auszuweichen, wenn die Jungen durch den Flur rannten, und das Kinn anzuziehen, damit selbst die kleinen Jungen, wenn sie aufblickten, nicht ihrem Blick begegneten.

Einmal am Tag, sobald sie mit der Arbeit fertig war, durfte sie sich mit Brandy und Stassi zusammensetzen. Zu Anfang rannten die Kleinen, ohne ein Wort zu sagen, auf sie zu und weinten in ihre Schulter. Aber während die Tage dahingingen, passten sie sich an das Leben an, welches auch immer sie jetzt führten. Sie fragte sie danach, aber es fiel ihnen schwer, es ihr zu erzählen … und kein Wunder. Sie hatten noch kaum richtig sprechen gelernt, als das Schiff gekapert wurde, und zu viel war seitdem passiert. Sie hatten Honigkuchen gegessen oder neue Kleider bekommen – das war alles, was sie ihr sagen konnten. Wenigstens gab man ihnen zu essen und sorgte für sie, und sie hatten jeden Tag etwas Zeit, um im Garten zu spielen. Hazel sah sie mit den übrigen kleinen Mädchen zusammen, wie sie mit Gewichten beschwerte, grellbunte Luftschlangen hin und her warfen.

Hazel musste hart arbeiten – die anderen Mädchen ihres Alters waren vollendete Näherinnen, die lange und gerade Nähte anfertigen konnten. Sie alle verstanden sich darauf, Stoff zu schneiden und Kleidungsstücke zu formen … und jetzt lernten sie Stickereien, Durchbruch- und Spitzenarbeiten und weitere feine Nadelarbeiten. Hazel musste erst einfaches Stricken und Häkeln meistern und verwandte Stunden darauf, Bettlaken und Handtücher zu säumen. Außer Nähen lernte sie Kochen – zum Entsetzen der Ehefrauen wusste sie nicht mal, wie man Kartoffeln schälte oder Karotten schnitt.

»Man stelle sich das vor!«, sagte Secunda, die zweite Frau des Meisters. »Ein armes Mädchen aufwachsen zu lassen, ohne ihm was beizubringen. Was haben sie von dir erwartet, Kind? Dass du einen so reichen und ausschweifenden Mann heiratest, dass er jede Arbeit nur von den Dienstboten erwartet?«

»Wir hatten Maschinen«, sagte Hazel.

»Oh, *Maschinen*!«, sagte Prima. Sie hob mahnend den Finger vor Hazel. »Am besten vergisst du Maschinen, Mädchen. Es ist der Weg des Teufels, die Hände müßig zu lassen und Frauen auf Ideen zu bringen. Hier haben wir keine Maschinen, nur ehrliche Frauen, die Frauenarbeit leisten, wie es sich gehört.«

»Prima, würdest du mal diese Sauce probieren?« Tertia verneigte sich, während sie sie ihr anbot.

»Ah. Eine Spur mehr Küchenkraut, meine Liebe, aber sonst sehr zufrieden stellend.«

Hazel schnupperte. Sie musste zugeben, dass es in dieser Küche viel besser roch als in jeder Schiffskombüse, die sie je betreten hatte. Jeden Tag frisches Brot aus den großen gemauerten Öfen; jeden Tag frische Speisen, zubereitet aus den Produkten des Gartens. Und Hazel hatte Freude daran, Karotten zu schneiden – sogar Zwiebeln –; jedenfalls tat sie es lieber, als sich mit diesen langen, geraden Nähten herumzuschlagen. Die Frauen lachten hier sogar ... leise und unter sich, aber sie lachten. Was sie in Gesellschaft der Männer niemals taten. Hier gab es keinen dieser Witze, die Hazel schon ihr ganzes Leben lang gehört hatte, dieses Flachsen zwischen den Männern und Frauen der Besatzung. Hazel hätte gern gefragt warum; sie hatte überhaupt tausend Fragen, eine Million Fragen. Allerdings war ihr schon aufgefallen, dass Mädchen keine Fragen stellten, außer nach ihrer Arbeit – wie man dies ausführte und wann man das tat –, und selbst dann sagte man ihnen häufig nur, sie sollten besser aufpassen.

Hazel tat ihr Bestes und gab sich Mühe, sich ihren täglichen Besuch bei Brandy und Stassi zu verdienen. Die Frauen waren rasch damit bei der Hand, ihre Fehler zu korrigieren, aber Hazel spürte, dass sich dahinter keine feindselige Einstellung verbarg. Sie mochten sie, so gut sie es bei einer Fremden, die in ihre geschlossene Gesellschaft eingefügt wurde, nur konnten, und sie waren so freundlich, wie es die Bräuche erlaubten.

* * *

Der geschlossene Wagen hatte eine unbekannte Entfernung zurückgelegt – weit genug für Brun, damit ihr schon leicht übel war –, als er schließlich anhielt. Jemand öffnete die Tür von außen; eine hochgewachsene Frau – die erste Frau, die Brun auf diesem Planeten zu Gesicht bekam – packte sie am Arm.

»Komm mit, du«, sagte sie. Nach der langen Zeit auf dem Schiff war der Akzent für Brun verständlich, wenn auch nach wie vor fremd. »Komm raus da.«

Brun konnte nur mit Mühe aus dem Wagen steigen, und der feste Griff der Frau bot ihr auch keine Hilfe. Sie sah sich um. Das hohe, kastenförmige Bodenfahrzeug glich einer Illustration aus einem der ältesten Bücher ihres Vaters. Die Straße, auf der es gefahren war, war breit, mit Steinen gepflastert und gesäumt von niedrigen Stein- und Ziegelhäusern, keines mehr als drei Stockwerke hoch. Die Frau zerrte an Bruns Arm, und Brun stolperte beinahe.

»Keine Zeit zum Herumtrödeln«, sagte die Frau. »Du brauchst hier keine Besichtigung zu machen; sieh zu, dass du ins Haus kommst wie eine anständige Frau, die du nicht bist.« Brun konnte gar nicht schnell genug gehen, um die Frau zufrieden zu stellen, nicht mal mit Hilfe eines der Männer – sie war einfach zu groß und zu unbeholfen, und die Steine, aus denen der Weg zur Vordertür bestand, taten ihr an den Füßen weh. Sie blickte an dem Gebäude hinauf, zu dem man sie führte, und stolperte beinahe eine Stufe hoch. Aber so hatte sie es wenigstens mal zu Gesicht bekommen – errichtet aus schweren Steinblöcken und an dieser Seite fensterlos; und neben der schweren Tür stand eine großer korpulenter Mann, der die gleiche Körpersprache hatte wie jeder andere Wachtposten, den Brun je erblickt hatte. Ein Gefängnis?

Es hätte genauso gut eines sein können, fand sie heraus, sobald sie es erst mal betreten hatte und ihr die Oberin in hartem Ton die Regeln erläuterte. Hier würde Brun bleiben, bis ihr Baby geboren war und einige weitere Wochen verstrichen waren – zusammen mit den übrigen Schlampen, den unverheirateten schwangeren Frauen. Sie würde kochen, sauber machen und nähen. Sie würde schweigen, wie alle anderen; sie war hier, um zuzuhören, nicht um zu reden. Sollte die Oberin sie dabei ertappen, wie sie mit den anderen Frauen flüsterte oder sich in Lippensprache mit ihnen unterhielt, würde Brun dafür einen Tag lang in ihrem Zimmer eingeschlossen. Mit diesen Worten schob die Oberin sie in ein schmales Zimmer mit einem Bett und einem Schränkchen daneben und schloss die Tür hinter ihr.

Brun sank auf das Bett.

»Während der Arbeitszeit wird nicht auf dem Bett herumgelungert!«, sagte die Oberin und riss die Tür mit einem Knall wieder auf. »Wir dulden hier keine Faulheit! Besorg dir einen Nähkorb; auf dich wartet reichlich Arbeit.« Sie deutete auf das Schränkchen. Brun stemmte sich hoch und öffnete die Tür; darinnen fand sie einen runden Korb und einen Stapel zusammengefaltetes Tuch. »Zunächst anständige Kleider für dich selbst«, knurrte die Frau. »Komm jetzt mit ins Nähzimmer.«

Sie führte sie über den Steinboden des Flurs in ein Zimmer, das auf einen Innenhof hinausging; fünf schwangere Frauen saßen hier in ihre Handarbeit vertieft. Keine von ihnen blickte auf; Brun konnte ihre Gesichter nicht erkennen, bis sie sich selbst hingesetzt hatte. Eine hatte ein Gesicht, das durch irgendeine Verletzung seitlich verzogen war; Brun sah keine Narbe und fragte sich, was die Ursache war. Die Oberin klopfte ihr jedoch kräftig mit dem Finger auf den Kopf. »Fang an zu arbeiten, du! Weniger glotzen, mehr nähen.«

***

»Du hast *was* getan?« Pete Robertsons Ton stieg scharf an.

Der Ranger Captain sah nur noch mehr nach einem kranken Truthahn aus, fand Mitch.

»Wir haben den Kauffahrer problemlos gekapert; die Besatzung und der Käpten haben uns angelogen, und alle Frauen benutzten Gräuel, also haben wir sie umgebracht. Fünf Kinder waren allerdings an Bord; drei Mädchen und zwei Jungs, und die haben wir mit hergebracht. Sie gehören jetzt zu meinem Haushalt. Wir hatten uns immer noch in diesem Sonnensystem aufgehalten und uns mit den Steuersystemen des großen Schiffes vertraut gemacht, ehe wir damit in den Sprung gingen, als diese kleine Yacht auftauchte ...«

»Und du konntest natürlich nicht die Finger davon lassen ...«

»Nicht, als sie abbremste und sich an uns heranschlich, nein. Sie hätte alle unsere IDs aufgefangen. Sie hätten vielleicht herausgefunden, woher wir die Schiffe hatten. Also haben wir uns auch die Yacht geschnappt und dort einen äußerst wichtigen Passagier gefunden; dafür hielt sie sich jedenfalls selbst.« Mitch grinste, als er sich an dieses arrogante Gesicht erinnerte.

»Ein Gräuel!«, zischte Sam Dubois.

»Sie ist eine Frau wie jede andere«, sagte Mitch. »Ich ließ ihr einen Knebel anlegen und ihr dann die Stimme entfernen, ohne ihr noch Gelegenheit zu geben, etwas zu sagen ... Sie kann also niemanden von uns verunreinigt haben. Unser Medico sagte, sie wäre von reinem Blut, und nachdem er ihre Implantate entfernt und sie wieder zu einer natürlichen Frau gemacht hat ...«

»Sie war einer dieser Registrierten Embryos«, sagte Sam. »Und du nennst *das* reines Blut!«

»Eine Mischung der Gene von mehr als einer Person – sie könnte genauso gut ein Bastard sein ...«, setzte Pete hinzu. »Du weißt doch, was die Pfarrer darüber sagen.«

»Sie ist eine starke, gesunde junge Frau, die gerade mit Zwillingen schwanger ist«, sagte Mitch entschieden. »Und sie ist stumm und in einem Heim für stumme Mütter sicher untergebracht. Sie wird keinerlei Schwierigkeiten machen. Ihr solltet lieber glauben, dass ich sehr entschieden mit ihr umgegangen bin – sie ist jetzt still und gehorsam.«

»Aber wieso hast du die Yacht zurückgeschickt?«, wollte Pete wissen.

Wenn sie Fragen stellten und ihn nicht anbrüllten, dann war er über den Berg.

»Weil es Zeit wird, dass man uns etwas Respekt entgegenbringt, deshalb. Auf den Docks redet man, wir wären nur ein Haufen Piraten wie alle anderen. Gewöhnliche Kriminelle. So steht es in den Zeitungen der Guernesi; sie schreiben dort nicht die Wahrheit über uns. Also machen wir deutlich, dass wir uns das nicht gefallen lassen – sie können uns nicht einfach ignorieren. Leute wie sie werden Gottes Plan nicht aufhalten. Außerdem: Falls sie einmal anfangen, nach dieser Frau zu suchen – und das ist sicher zu erwarten, wenn man bedenkt, wer ihr Vater ist –, dann finden sie vielleicht Dinge heraus, die sie unserer Meinung nach besser nicht erfahren.«

»Und du bringst die kompletten Familias gegen uns auf!«, zischte Sam. »Die größte Macht in diesem Teil der Galaxis, und du musst sie richtig sauer machen ...«

»Ich fürchte niemanden außer dem Allmächtigen«, erwiderte Mitch. »Das schwören wir schließlich alle, die wir als Ranger vereidigt wurden. Fürchte Gott, aber keinen Menschen – das sagen wir. Weichst du davor zurück, Sam?« Er fühlte sich stark und in Hochstimmung. Neue Kinder im Haus, die sich gut entwickelten. Diese gelbhaarige Schlampe mit Zwillingen schwanger ... Gott war gewiss auf seiner Seite!

»Es macht trotzdem keinen Sinn, uns Schwierigkeiten einzuhandeln«, meinte Pete.

»Das habe ich auch nicht«, sagte Mitch. »Sicher, ich habe im Namen der ganzen Miliz Verantwortung für das übernommen, was wir getan haben – aber ich habe nicht den Fetzen eines Beweises zurückgelassen, welcher *Zweig* es war. Wenn sie das einmal herausfinden – falls überhaupt, was ich bezweifle –, dann richten wir dort im Raum der Familias genug Unheil an, dass sie gar nicht die Zeit finden, um uns zu belästigen. Falls sie nur eine Maßnahme gegen uns ergreifen, jagen wir eine oder zwei Raumstationen hoch – und dann weichen sie zurück. Das habe ich ihnen gesagt. Niemand zieht wegen eines Weibs in den Krieg.«

***

Brun rieb sich an den Einschränkungen des Mütterheims. Sie durfte auf den ummauerten Hof gehen und die gepflasterten Wege auf ihren geschwollenen, wunden Füßen entlanghumpeln. Man verlangte sogar von ihr, jeden Tag fünf Rundgänge zu absolvieren. Sie durfte von ihrem Schlafraum in die Küche gehen, ins Esszimmer, ins Badezimmer, auf die Toilette oder ins Nähzimmer. Die einzige Tür nach draußen war jedoch abgeschlossen – und nicht nur abgeschlossen, sondern auch bewacht von einem korpulenten Mann, der einen Kopf größer war als sie. Die übrigen Bewohnerinnen, alle fünf, waren ebenso stumm wie Brun. Die Frau, die hier den Befehl führte – Brun fiel einfach kein passender Begriff für ihre Position ein –, war nicht stumm, sondern nur zu beredt. Sie kommandierte die Schwangeren herum wie eine Gefängniswärterin. Vielleicht war sie das ja auch; Brun empfand dieses Haus als Gefängnis. Sie musste täglich so lange nähen: Kleider für sich selbst, Kleider für das Kind, das sie erwartete, Kleider für sich selbst nach der Geburt. Sie musste in der Küche helfen. Sie musste sauber machen, einen schweren nassen Mop über den Boden schieben, die Toiletten und Waschbecken und Duschkabinen schrubben.

Was sie auf den Beinen hielt, das war der Gedanke an Hazel, die irgendwo war, zusammen mit den beiden kleinen Mädchen. Was erlebte sie jetzt? Nichts Gutes. Brun versprach Hazel – versprach sich selbst –, sie irgendwie herauszuholen.

Sie wurde täglich untersucht … und als ihre Zeit näher kam, entdeckte sie eine ganz neue Quelle der Angst. Eine der anderen Frauen, die gerade neben ihr in der Küche Karotten klein schnitt, krümmte sich plötzlich und drückte sich eine Hand auf die Seite. Sie öffnete den Mund zu einem lautlosen Schrei. Brun entdeckte die Verhärtung unter ihrem Umstandskleid.

»Du, komm mit«, sagte die Wärterin. Sie funkelte Brun an. »Und du, du hilfst ihr!« Brun nahm die Schwangere am anderen Arm und half ihr, durch den Flur zu stolpern, bis in Räume, die Brun noch nicht gesehen hatte. Gefliester Boden ... schmales Bett, zu kurz, um darauf zu liegen ... als sich die Frau in den Wehen darauf stemmte, erkannte Brun, dass diese ... diese völlig unzureichende klapprige Anlage ... das war, wo Frauen ihre Kinder zur Welt brachten. Wo sie selbst gebären würde. Die Frau wand sich, und ein Schwall Flüssigkeit machte das Bett nass und spritzte auf den Boden.

»Hol Schüsseln, du!«, befahl die Wärterin Brun und deutete hinüber. Brun holte die Schüsseln. Wann gedachte die Wärterin eigentlich, den Arzt zu rufen? Die Schwestern?

Keine Ärzte, keine Schwestern. Die Wärterin war die einzige Helferin, zusammen mit den Frauen, die jeweils im Haus waren. Die anderen schoben sich herein – einige von ihnen hatten so was eindeutig schon mitgemacht. Brun, der nicht erlaubt war, sich zu entfernen, lehnte an der Wand; mal war ihr nach Ohnmacht zumute, mal war ihr schlecht. Als sie zusammensackte, ohrfeigte eine der anderen sie mit einem nassen Lappen, bis sie wieder aufrecht stand.

Sie kannte die Fakten der menschlichen Fortpflanzung seit ihrer Kindheit. Aus Büchern. Aus Ausbildungswürfeln. Und sie wusste – oder sie hatte gewusst –, dass niemand, der Zugriff auf moderne Methoden hatte, noch auf die altmodische Art und Weise gebar. Und sicherlich brauchte doch niemand, niemand im ganzen zivilisierten Universum, so zu gebären – ohne medizinische Hilfe, ohne Lebenserhaltung, ohne alles außer einer grimmigen alten Frau und anderen Schwangeren, in einem Raum mit nicht abgeschirmten

Fenstern, wo das Blut und die anderen Flüssigkeiten auf den nackten Boden spritzten, auf die nackten Füße der Frauen. Die Pferde von Bruns Vater erhielten mehr Fürsorge; die Hunde hatten sauberere Zwinger, um ihre Welpen zu werfen.

Brun versuchte, nicht hinzusehen, aber sie packten sie, zwangen sie dazu hinzusehen, mitzuverfolgen, wie sich der Kopf des Babys herausschob, weiter herausschob ... ihr Körper schmerzte schon vor Mitgefühl.

Der erste Schrei des Babys brachte präzise ihren eigenen Zorn und ihre eigene Angst zum Ausdruck.

Sie würde es nicht schaffen. Sie würde dabei sterben.

Sie durfte nicht sterben; sie musste leben ... Hazels wegen. Um Hazel vor diesem Grauen zu bewahren, würde sie überleben.

Kapitel elf

Castle Rock

Lord Thornbuckle, Sprecher des Ministerrates und des Großen Rates der Regierenden Familias, Nachfolger des zurückgetretenen Königs, hatte den ganzen Morgen lang mit seinem Freund Kevil Starbridge Mahoney am neuen Haushaltsplan für den Regular Space Service gearbeitet; Mahoney war derzeit Rechtsberater des Großen Rates. Über den ganzen Vormittag hinweg hatte eine Folge von Ministern und Haushaltsexperten sie mit unbequemen Fakten bombardiert und damit eine Frage verkompliziert, die nach Lord Thornbuckles Auffassung eigentlich eine ganz einfache Frage hätte sein sollen: Wie finanzierte man einen Ersatz für die Schiffe, die bei Xavier verloren gegangen waren? Die beiden Männer hatten sich zu einem privaten Mittagessen entschlossen, und zwar in dem kleinen grünen Esszimmer, das Ausblick auf den runden Teich gewährte, in dem Fische mit langen Flossen träge umherschwammen. Getragen wurde diese Entscheidung von der Hoffnung beider, dass der friedliche Frühlingsgarten ihren Gleichmut wiederherstellte. Eine würzige Suppe und Scheiben von Hühnchenfleisch mit Zitronen und Knoblauch hatten dazu beigetragen, und jetzt spielten sie mit einem gemischten Salat aus diversen Frühlingsgewächsen herum und zögerten die unvermeidliche Rückkehr zu Spalten voller Zahlen hinaus.

»In letzter Zeit von Brun gehört?«, fragte Kevil, nachdem er von seinem Sohn George erzählt hatte, der jetzt Jura studierte.

»Seit mehreren Wochen nicht mehr«, antwortete Thornbuckle. »Ich denke, sie steckt irgendwo im Sprungraum; sie wollte Cecelias Gestüt besuchen, ehe sie für den Eröffnungstag der Jagdsaison nach Hause kommt.«

»Machst du dir keine Sorgen?«

»Natürlich mache ich mir Sorgen! Aber was kann ich schon tun? Falls sie nicht bald auftaucht, jage ich jemanden hinter ihr her ... Nur stellt sich dann das Problem, dass die Nachrichtengeier im gleichen Augenblick wissen, wo sie zu suchen haben, und die echten Haie werden dem Köder folgen.«

Kevil nickte. Beide waren sie schon Opfer politischer und privater Gewalt geworden wie auch von aufdringlichem Boulevardjournalismus. »Du könntest jederzeit Ressourcen der Flotte zum Einsatz bringen«, schlug er vor, nicht zum ersten Mal.

»Das könnte ich – bin mir aber seit Copper Mountain überhaupt nicht mehr sicher, dass es eine sichere Maßnahme wäre. Zuerst wird sie mitten auf dem Stützpunkt beinahe umgebracht – sie haben immer noch nicht herausgefunden, wer auf sie geschossen hat –, und dann stellt der heldenhafte Lieutenant Suiza ganz ungebeten Bruns Moral in Frage.«

Kevil sagte nichts, zog aber eine Braue hoch. Thornbuckle bedachte ihn mit finsterem Blick.

»Ich weiß – du hältst sie für ...«

»Ich habe keinen Ton gesagt«, entgegnete Kevil. »Aber jeder Zank hat zwei oder gar mehr Seiten.«

»Es war unprofessionell ...«

»Ja, ohne Zweifel, aber wäre Brun nicht deine Tochter, dann denke ich, würdest du es leichter verstehen.«

Thornbuckle seufzte. »Vielleicht. Sie kann ... provokant sein. Aber trotzdem ...«

»Aber trotzdem ärgerst du dich, dass Lieutenant Suiza nicht taktvoller sein konnte. Ich fühle mit dir. Aber inzwischen ...«

Ein Klopfen an der Tür unterbrach ihn; er drehte sich um. Normalerweise störte niemand ein privates Essen in diesem Raum, und dieses Klopfen wurde mit einer Heftigkeit ausgeführt, die sie beide aufschreckte.

Poisson, der dienstälteste Privatsekretär, der Lord Thornbuckle in seiner offiziellen Position zur Verfügung stand, trat ohne weitere Verzögerung ein. Ungewöhnlich – mehr als ungewöhnlich war sein Gesicht, bleich und wie aus Stein gemeißelt.

»Was ist los?«, fragte Thornbuckle. Sein Blick heftete sich auf das Paket, das Poisson mitbrachte und dessen gelbe und grüne Streifen ein vertrauter Anblick waren: Sie symbolisierten das größte kommerzielle Expresspostunternehmen Hymail.

»Mylord ... Mylord ...« Poisson war sonst nie um Worte verlegen; selbst als Kemtre abdankte, erwies er vom ersten Augenblick an weltmännische Tüchtigkeit. Jetzt zitterte jedoch das Paket in seinen Händen, als er es hochhielt.

Thornbuckle lief ein allzu vertrauter kalter Schauer über den Rücken, als die gerade verspeiste Mahlzeit einen eisigen Klumpen im Bauch bildete. In den Monaten, die er jetzt das Amt des Sprechers bekleidete, hatte er sich mit einer Krise nach der anderen konfrontiert gesehen, aber keine war jemals mit einem Hymail-Paket eingetroffen. Wenn Poisson jedoch dermaßen reagierte, dann musste es ernst sein. Thornbuckle griff nach dem Paket, aber er musste es Poisson beinahe aus den Händen winden.

»Sie haben es geöffnet«, stellte er fest.

»Zusammen mit den anderen, die eingetroffen sind, ja, Mylord. Ich hatte ja keine Ahnung ...«

Thornbuckle griff ins Paket und zog ein Bündel Flatpics hervor; ein Datenwürfel purzelte heraus, als er das Paket umdrehte und schüttelte. Er blickte auf das erste der Flatpics, und die Zeit blieb stehen.

Wie von fern spürte er, dass ihm die übrigen Flatpics aus der Hand glitten und langsam, ach so langsam zu Boden trudelten, wobei sie sich auf dem ganzen Weg in der Luft drehten und flatterten. Er nahm Poisson wahr, der immer noch die Hand ausgestreckt hielt, nahm Kevil auf der anderen Seite des Tisches wahr, den eigenen Puls, der erst gestockt hatte und jetzt raste.

Aber alles, was er sehen, wirklich sehen konnte, war Bruns Gesicht, das ihn mit einem solchen Ausdruck des Grauens und Elends ansah, dass es ihm den Atem raubte.

»Häschen …?« Die Stimme gehörte Kevil.

Thornbuckle schüttelte den Kopf und presste die Kiefer zusammen, um den Schrei zu unterdrücken, den er am liebsten ausgestoßen hätte. Er schloss die Augen und versuchte, das eben erblickte Bild durch eines zu ersetzen, auf dem Brun glücklich war und lachte, aber … vor seinem geistigen Auge blickte er wieder in ihr gehetztes, verängstigtes Gesicht.

Er brauchte sich die übrigen Bilder nicht anzusehen. Er wusste auch so, was passiert war.

Er musste sie sich einfach ansehen. Er musste es erfahren und dann handeln. Wortlos reichte er Kevil das erste Flatpic und bückte sich, um die anderen aufzusammeln. Sie waren in einem Durcheinander gelandet, und ehe seine Hände – die ruhig waren, wie er erstaunt feststellte – sie alle einsammeln konnten, hatte schon ein halbes Dutzend Eindrücke seine Augen versengt: Brun nackt auf eine Koje gefesselt, eine frische Wunde am Bein, wo das Verhütungsimplantat gesteckt hatte. Brun in ihrem spezialgefertigen Schutzanzug mit einem Knebel im Mund, gehalten von Händen in Handschuhen. Wieder Bruns Gesicht, bewusstlos und schlaff, mit einer Art Instrument im Mund. Brun … Er legte den Stapel hin und blickte zu Kevil hinüber.

»Mein Gott, Häschen!« Kevils Gesicht war so weiß, wie sein Eigenes sein musste.

»Holen Sie uns einen Würfelspieler«, wies Thornbuckle Poisson an, überrascht, dass er in Anbetracht des rasch anwachsenden Kloßes in seinem Hals überhaupt reden konnte.

»Ja, Mylord. Ich möchte …«

»Tun Sie es einfach«, sagte Thornbuckle und schnitt Poisson die Worte ab, die er hatte sagen wollen. »Und lassen Sie das wegräumen.« Beim bloßen Geruch der Speisen auf dem Tisch wurde ihm schlecht. Als Poisson gegangen war, nahm Thornbuckle des erste Flatpic von Kevil zurück und drehte den ganzen Stapel sorgfältig um. Zwei Dienstboten kamen und räumten den Tisch ab, warfen den beiden Politikern besorgte Blicke zu, sagten aber nichts. Sie waren gerade gegangen, als Poisson mit einem Würfelspieler und Bildschirm zurückkehrte.

»Hier, Mylord.«

»Bleiben Sie da.« Poisson stoppte auf dem Weg nach draußen.

»Bist du sicher?«, fragte Kevil.

»Der Schaden wurde angerichtet«, sagte Thornbuckle. »Wir brauchen wenigstens einen Sekretär für den Funkverkehr. Aber zunächst müssen wir nachsehen, womit wir es zu tun haben.« Er bot Kevil die übrigen Flatpics nicht an.

Das Bild auf dem Monitor des Würfelspielers wackelte wie die Kopie eines schlecht aufgenommenen Originals, aber es war klar genug, um Brun zu erkennen, und die Stimme mit dem starken Akzent – eine Männerstimme – war gerade eben verständlich. Thornbuckle versuchte, sich auf die Worte zu konzentrieren, aber immer wieder verlor er den Faden dessen, was der Mann sagte, und versank im Leid seiner Tochter.

Als die Aufnahme durchgelaufen war, sagte niemand etwas. Thornbuckle kämpfte mit den Tränen; er konnte hören, dass auch die anderen Männer rau atmeten. Endlich – er hätte nicht sagen können, wie viel Zeit vergangen war – hob er die Augen und begegnete den Blicken der anderen. Zum ersten Mal, seit er ihn kannte, fand Kevil keine Worte; er schüttelte nur stumm den Kopf. Poisson sagte als Erster etwas.

»Mylord – möchte gewiss mit der Admiralität Kontakt aufnehmen.«

»Ja.« Ein raues Krächzen; mehr brachte er nicht hervor. Brun, Brun ... dieser goldene Liebreiz, diese wache Intelligenz, dieses Lachen ... reduziert zu dem schlurfenden, stummen Elend dieser Aufnahme. Das konnte nicht sein! Und doch, obwohl man Aufnahmen fälschen konnte, wusste er im Innersten, dass diese echt war. »Die Admiralität, unbedingt! Wir müssen sie finden! Ich gehe ... rufen Sie mir ein Fahrzeug.« Noch während er das sagte, wusste er, wie unmöglich das vielleicht war. Allein im Raum der Familias fand man Hunderte Planeten, womöglich Tausende – er hatte sie nie wirklich gezählt –, auf denen jemand für immer verschwinden konnte. Poisson verneigte sich und ging. Thornbuckle hatte ihn nicht angewiesen, Diskretion zu wahren – aber Poisson war schließlich schon diskret auf die Welt gekommen.

»Wir finden sie«, sagte Kevil, und die volle, geschulte Stimme war voll mit den Untertönen, die schon ganze Gerichtssäle bewegt hatten. »Wir müssen ...«

»Und falls nicht?« Thornbuckle spürte, wie seine Selbstbeherrschung ins Wanken geriet, und stemmte sich vom Stuhl hoch. Falls er aufstand, falls er umherging, falls er handelte – vielleicht brach er dann nicht unter einer Agonie zusammen, mit der er Brun auch nicht helfen konnte. »Was soll ich nur Miranda sagen?«

»Zunächst gar nichts«, empfahl Kevil. »Es könnte eine Fälschung sein ...«

»Das glaubst du nicht ernsthaft!«

»Nein. Aber ich möchte, dass jemand, der Sachkenntnis mit Bildanalysegeräten hat, sich das ansieht, ehe du es Miranda erzählst.«

»Sieh dir die an«, sagte Thornbuckle und deutete auf den Haufen Flatpics auf dem Tisch. Er starrte in den grünen und goldenen Garten hinaus, wo der Teich sich kräuselte, als eine Brise über ihn hinwegfuhr. Hinter sich hörte Thornbuckle, wie Kevil der Atem erst einmal, dann noch einmal stockte. Dann rutschte ein Stuhl, und der Sprecher spürte mehr, als dass er es hörte, wie Kevil hinter ihn trat.

»Wir holen sie zurück«, sagte Kevil, diesmal ohne jeden Anwaltsunterton. Es war, als hätte Felsgestein gesprochen. Nicht zum ersten Mal bemerkte Thornbuckle, welche Tiefe an Charakter hinter Kevils gelassenen, einstudierten Verhaltensweisen lag. »Soll ich mich auf die Suche oder auf die Regierungsarbeit konzentrieren?«

»Ich muss mich auf den Weg machen«, sagte Thornbuckle.

»Dann arbeite ich zusammen mit ... Wer soll als Sprecher amtieren, solange du unterwegs bist?«

»Könntest du es tun?«

»Ich bezweifle es, jedenfalls nicht, ohne einen Aufruhr zu provozieren. Am besten wärest du mit einem Cavendish, einem de Marktos oder einem Barraclough dran. Ich kann auf jeden Fall als Rechtsberater weitermachen und das Blutbad auf ein Minimum begrenzen. Du bist derzeit aber der Einzige, dem alle vertrauen. Fast alle.«

»Ihr Fahrzeug ist da, Sir.« Erneut Poisson.

»Ich begleite dich bis dorthin«, sagte Kevil. Es war keine Frage.

»Danke.« Thornbuckle traute der eigenen Stimme nicht ganz über den Weg. »Ich ... ich räume nur kurz auf, denke ich.« Er sammelte die Flatpics und den Datenwürfel ein und stopfte sie wieder in das gestreifte Paket. Kevil nickte und ging zur Seitentür hinüber.

Thornbuckle betrachtete das eigene Gesicht im Spiegel, nachdem er sich kaltes Wasser darauf gespritzt hatte. Er sah ... erstaunlich normal aus. Blass, müde, wütend ... Ja, das war er! Nach dem Schock, dem Schmerz, meldete sich die Wut ... ganz tief, und von einem Augenblick zum Nächsten brannte sie heißer. Ohne dass ihm ganz bewusst wäre, wie ihm geschah, breitete sie sich von den Schlägern, die diese jüngste Gräueltat ausgeführt hatten, zu allen aus, die dazu beigetragen hatten ... die Glutwelle lief über den Weg zurück, den Brun genommen hatte, und umriss in Flammen jede Person, die entlang dieses Weges mit Brun zu tun gehabt hatte.

Als er das Esszimmer verließ, stand er nach wie vor unter Schock ... aber als er bei der Admiralität eintraf, überlegte er schon, wem er die Schuld geben konnte. Kevil, der neben ihm im Bodenfahrzeug saß, sagte nichts und versuchte nicht, den unaufhaltsamen Fortgang von Thornbuckles Zorn zu beeinflussen.

Vor dem planetaren Hauptquartier der Admiralität erwartete ihn ein Commander ... den er von den Konferenzen der vergangenen Woche her kannte, als man über den Ersatz der bei Xavier verloren gegangenen Schiffe diskutiert hatte. Erschrocken stellte er fest, dass Poisson der Admiralität nicht erklärt hatte, worum es heute ging – und dann wurde ihm klar, dass Poisson richtig gehandelt hatte.

Thornbuckle nickte dem Commander zu, und sobald sie das Gebäude betreten hatten, sagte er: »Es geht nicht um den Haushalt; ich muss mit dem höchstrangigen Offizier im Haus reden.«

»Ja, Sir; Admiral Glaslin erwartet Sie. Sekretär Poisson sagte, die Angelegenheit wäre vertraulich und dringlich. Aber da wir uns schon begegnet sind, hielt er es für das Beste, dass ich Sie begleite.«

Admiral Glaslin – ein großer knochiger Mann mit hängendem Reiherhals – erwartete ihn im Vorzimmer und führte ihn ins eigentliche Büro. »Lord Thornbuckle – wie können wir Ihnen helfen?«

Thornbuckle warf das Paket auf den Schreibtisch. »Sie können diese ... Personen finden ... und meine Tochter.«

»Sir?«

»Werfen Sie einen Blick hinein«, forderte ihn Kevil auf. »Lord Thornbuckles Tochter ist entführt und verstümmelt worden ...«

Der Admiral klappte den Mund auf, schloss ihn wieder fest und entleerte das Paket auf seinem Schreibtisch. Beim Anblick der Flatpics verblasste seine normale Gesichtsfarbe von Bronze zu einer reizlosen Schlammfarbe. »Wann haben Sie das erhalten?«

»Gerade eben«, antwortete Thornbuckle.

»Es wurde vor vierundsechzig Minuten im Palast angeliefert, als Teil der täglichen Post von Hymail Express; Sekretär Poisson öffnete es, weil es mit *Persönlich* beschriftet war, und als ihm klar wurde, was er vor sich hatte, überbrachte er es sofort Lord Thornbuckle.« Kevil unterbrach seine Rezitation, bis der Admiral genickt hatte. »Wir saßen gerade zu Mittag. Wir haben uns auch den Datenwürfel angesehen.«

»Das Gleiche wie auf den Flatpics?«

»Der Datenwürfel enthält eine Videoaufnahme der Entführung und offenbar eines chirurgischen Eingriffs, aber auch Tonaufnahmen von Drohungen gegen die Führung der Regierenden Familias.«

»Lord Thornbuckle?« Der Admiral sah ihn an.

»Ich ... habe die meisten Worte nicht verstanden. Kevil hat aber wohl Recht. Ich möchte eine Kopie, sobald Sie eine hergestellt haben ...«

Der Admiral sah Kevil an. »Halten Sie das für klug?«

»Verdammt, Mann! Ich bin der Sprecher; ich weiß, was ich brauche!«

»Gewiss. Ich muss Ihnen jedoch sagen ... Das muss dem Grand Admiral vorgelegt werden ...«

»Natürlich. Je eher, desto besser. Sie müssen sie finden ...« Thornbuckle zwang sich, auf den Beinen zu bleiben, dem Admiral die Hand zu schütteln, sich umzudrehen und aus dem Büro zu gehen, den glänzenden Korridoren zu folgen bis zur Tür, wo sein Wagen wartete.

Zwölf Stunden später erwachte Thornbuckle aus einem unruhigen Nickerchen, als der Adjutant des Grand Admirals eintraf.

»Sie sind jetzt da, Mylord.«

Das Konferenzzimmer, so abhörsicher, wie ein Raum nur sein konnte, war gedrängt voll mit Offizieren. Thornbuckle erinnerte sich daran, dass die blauen Schulterstücke vom Geheimdienst waren und die grünen von der technischen Laufbahn. Am Kopfende der langen schwarzen Tafel beugte sich Grand Admiral Savanche vor, und am Kopfende gegenüber wartete der einzige leere Stuhl im Raum auf den höchsten zivilen Regierungsvertreter: Thornbuckle persönlich.

Er schob sich an den anderen vorbei zu seinem Platz und stand dann dort Savanche gegenüber.

»Sie haben die Aufnahme gesehen«, sagte Lord Thornbuckle. »Was ich jetzt wissen möchte: Wie viele Kräfte setzen Sie dafür ein, meine Tochter zurückzuholen?«

»Es gibt verdammt noch mal nichts, was wir tun könnten«, antwortete Grand Admiral Savanche. Nach kurzer Pause setzte er hinzu: »Sir.«

»Es muss einfach.« Thornbuckles Ton war ausdruckslos, ruhig und unnachgiebig.

»Wir können nach ihr suchen«, sagte Savanche. »Was wir auch tun. Unsere Experten durchsuchen die Datenbank des Geheimdienstes und versuchen herauszufinden, wer diese Leute sind, und damit auch, wo wir sie vielleicht finden.«

»Sie müssen …«

»Mein Lord Thornbuckle, Ihre Tochter hatte seit Podj, vor zweiundsechzig Tagen, keine offizielle Meldung abgegeben. Wir sind schon dabei, die Verkehrsdaten und Sichtungen aller Raumstationen durchzugehen – aber man findet Tausende, Zehntausende von Stationen allein im Raum der Familias. Um Ihre Heimatwelt Sirialis kreisen drei. In Anbetracht des Personals, das wir dafür abstellen können, wird es schon Wochen oder Monate dauern, nur die vorhandenen Daten zu sichten.«

»Das ist nicht genug«, sagte Thornbuckle.

»Bei allem gebührenden Respekt, mein Lord, aber in Anbetracht der jüngsten Übergriffe seitens der Wohltätigen Hand und der Bluthorde können wir es nicht wagen, Ressourcen von den Grenzen abzuziehen. Sicherlich kann man dort im Rahmen der üblichen Aufgaben auch nach Ihrer Tochter und ihrem Schiff Ausschau halten; die entsprechenden Befehle sind bereits ergangen. Es wäre jedoch selbstmörderisch, die ganze Flotte in diesen einzelnen Einsatz zu schicken.«

»Erzählen Sie mir, was Sie sonst noch getan haben«, verlangte Thornbuckle.

»Wir wissen, dass Ihre Tochter die Yacht *Jester* von Allsystems gemietet hat; zehn Personen, die als Angehörige Ihrer persönlichen Miliz identifiziert wurden, sind mit ihr an Bord gegangen. Allsystems hat uns umfassende Identifizierungsprofile für dieses Schiff übergeben; falls es auf Familias-Gebiet auftaucht, in Reichweite irgendeines unserer Schiffe, dann erfahren wir es. Wir wissen, dass Ihre Tochter ohne Zwischenfälle mit der Yacht von Correlia nach Podj gelangt ist. Wissen Sie, welches Ziel sie als Nächstes hatte?«

»Nein.« Er hasste es, das zuzugeben. »Sie – sie sagte, sie wollte mehrere Freunde besuchen und einige ihrer Investitionen kontrollieren, ehe sie nach Sirialis kam. Sie hat keine Reiseroute festgelegt; sie sagte, falls sie es täte, würden die Boulevardjournalisten sie finden. Sie sagte nur, sie wäre zum Eröffnungstag der Jagd auf Sirialis.«

»Also – hatten Sie damit gerechnet, keine Nachricht von ihr zu erhalten.«

»Ja. Sie sprach davon, Lady Cecelia de Marktos auf Rotterdam zu besuchen und vielleicht sogar das Xavier-System.«

»Ich verstehe. Ab wann hätten Sie sie also für überfällig gehalten?«

»Ich hatte mir allmählich Sorgen gemacht ... Ich hatte erwartet, sie würde sich häufiger melden ...«

»Sehen Sie, Mylord, es ist ein sehr großes Universum,

und sie ist nur eine Person. Unsere Techniker arbeiten immer noch an dem Datenwürfel und den Flatpics, aber bislang hat sich nichts Eindeutiges ergeben. Der eigentliche Würfel ist ein billiges Fabrikat, das in großen Mengen in Discountläden verkauft wird; die Bildaufnahmen haben eine Bearbeitung durchlaufen, bei der beträchtliche Daten entfernt wurden. Die Flatpics wurden mit alter Technik aufgenommen, aber die Ihnen vorliegenden Kopien stammen von anderen Kopien und wurden nicht direkt von den Negativen hergestellt. Das wiederum reduzierte die Daten, die analysiert werden konnten.« Savanche räusperte sich. »Derzeit haben wir überhaupt nichts in der Hand, was uns irgendeine Idee liefern könnte, womit wir es hier zu tun haben, geschweige denn, wo sie stecken könnte.«

»Aber diese Leute sagten, sie wären die Neutaxis oder irgendeine ...«

»Die Gottesfürchtige Miliz von Neutexas, ja. Etwas, wovon wir noch nie gehört haben; für mich klingt es absolut lächerlich. Wir stellen diskrete Ermittlungen an, aber bis wir irgendetwas herausfinden – irgendwelche Hinweise, die eine Bestätigung bieten –, könnte es auch die Tat von Irren sein.«

»Und wie lange brauchen Sie für die Suche?«, fragte Thornbuckle. »Ist Ihnen nicht klar, was mit meiner Tochter geschieht?«

Savanche seufzte, und die Falten in seinem Gesicht wurden tiefer. »Es dauert so lange, wie es dauert ... und ja, ich verstehe Ihre Sorgen, und ich kann mir vorstellen – auch wenn ich es nicht möchte –, was womöglich mit ihr geschieht.«

RSS *Gyrfalcon*

»Ensign Serrano, melden Sie sich im Büro des Kommandanten. Ensign Serrano, melden Sie sich im Büro des Kommandanten.« Was hatte er diesmal falsch gemacht? Lieutenant Garrick drehte sich um und sah ihn an, ehe sie mit dem Daumen ruckartig zur Luke deutete. Barin drückte den Schalter der Empfangsbestätigung und machte sich auf den Weg zum Kommandodeck.

Als er anklopfte, rief ihn Kommandant Escovar sofort herein. Escovar saß hinterm Schreibtisch und hielt etwas in der Hand, was nach einem entschlüsselten Computerausdruck aussah.

»Ensign, Sie kennen doch die Tochter des Sprechers, nicht wahr?«

Einen Augenblick lang wusste Barin nicht, wer das sein könnte – welcher Vorsitzende, was für eine Tochter. Dann sagte er: »Brun Meager, Sir? Ja, Sir, ich habe sie kennen gelernt. Ich bin ihr auf der Copper-Mountain-Schule begegnet, und wir waren gemeinsam im Kurs Entkommen und Ausweichen.«

»Schlechte Nachrichten«, sagte Escovar. »Sie war auf dem Rückweg zur Familie, als ihr Schiff von Piraten angegriffen wurde.«

Brun tot ... Barin konnte einfach nicht glauben, dass dieses lebhafte, stets zu einem Lachen aufgelegte Mädchen tot war ...

»Sie war *allein*?«

»Nicht ganz. Sie hatte eine kleine Yacht gechartert, vergleichbar etwa mit einem unserer Kurierschiffe, und sie hatte ein kleines Sicherheitskommando aus der Privatmiliz ihres Vaters dabei.« Escovar legte eine Pause ein, als wollte er sicherstellen, dass er nicht wieder unterbrochen wurde. Barin presste die Kiefer zusammen. »Das Schiff wurde nicht gefunden, aber ihr Vater erhielt eine Nachricht per Paket auf dem kommerziellen Postweg.« Eine weitere Unterbrechung. »Die Tochter des Sprechers ist ... nicht umgebracht worden, sondern entführt.«

Barin spürte, wie ihm der Mund aufklappte, und unterdrückte alles heftig, was an Gefühlen aufsteigen wollte.

»Die Piraten … wollten, dass ihre Familie von der Entführung erfuhr und davon, was sie mit ihr gemacht haben.« Escovar erzeugte tief in der Kehle einen Laut. »Barbaren, das sind sie! Nähere Informationen sind an mich weitergeleitet worden und müssten in Kürze eintreffen.« Er blickte Barin über den oberen Rand des Ausdrucks hinweg an. »Ich habe Sie gerufen, weil wir über keine adäquate, professionelle Einschätzung des Temperaments und der Fähigkeiten dieser jungen Frau verfügen. Ich weiß, dass sie von Admiral Vida Serrano nach Copper Mountain geschickt wurde, anscheinend auf eine Empfehlung Commander Serranos hin. Ihre Schuldatei wurde jedoch aus Sicherheitsgründen gelöscht, als sie fortging. Falls wir irgendetwas für sie tun möchten, dann müssen wir erst wissen, wozu sie selbst fähig ist und was sie wahrscheinlich tun wird.«

Barins erster Impuls drängte ihn zu sagen, dass Brun letztlich immer obenauf sein würde – dass sie einfach von Natur aus Glück hatte –, aber er musste sich auf Fakten stützen. Diesmal wollte er keine voreiligen Entschlüsse fassen bezüglich dessen, was er wirklich wusste und was er nur vermutete.

»Sie ist hochintelligent«, sagte er. »Lernt blitzschnell. Ist in allem schnell … impulsiv, aber ihre Impulse sind oft richtig.«

»Haben Sie zu ›oft‹ auch eine Zahl?«

»Nein, Sir … Nicht, ohne erst richtig darüber nachzudenken. Bei praktischen Problemen würde ich sagen, dass sie zu achtzig Prozent richtig entschieden hat, aber ich weiß nicht, wie oft das impulsiv geschehen ist. An der großen Feldübung hat man sie aus Sicherheitsgründen nicht teilnehmen lassen. Sie hatte allerdings ein Problem …« Wie konnte er das nur ausdrücken, ohne ihren Ruf zu schädigen? »Sie war es gewöhnt zu bekommen, was sie wollte«, sagte er schließlich. »Von Menschen, in Beziehungen. Sie setzte das einfach voraus.«

»Ahm. Was hat sie bei Ihnen probiert? Und es tut mir

Leid, wenn das ein wunder Punkt sein sollte, aber wir müssen es erfahren.«

»Na ja ... sie hat mich attraktiv gefunden. Süß, das war ihr Begriff, denke ich.« Wie ein Hündchen, hatte er damals gedacht; er hatte sich ein bisschen darüber geärgert, auch wenn er Bruns Energie und Intelligenz attraktiv fand. »Sie wollte mehr. Ich ... nicht.«

»In Anbetracht der gesellschaftlichen Probleme?«

»Nein, Sir. Nicht ganz.« Wie sollte er es erklären, wenn er es doch selbst nicht ganz verstand? »Vor allem ... stehe ich ... stand ich ... Lieutenant Suiza nahe.«

»Ah. Ich sehe den Grund. In jeder Hinsicht außergewöhnlicher Offizier.«

Dann hatte Escovar noch nichts davon gehört. Barin wurde kalt. Er wollte nicht derjenige sein, der dem Kommandanten von Esmays törichter Explosion erzählte oder von dem Streit, den sie gehabt hatten.

»Brun ist ... wie Esmay – Lieutenant Suiza – ohne angezogene Bremsen. Beide sind sie clever, beide sind sie tapfer, beide stark, aber Brun ... Wenn die Gefahr vorüber ist, vergisst sie sie gleich völlig. Lieutenant Suiza denkt immer noch darüber nach. Und Brun würde Risiken eingehen, allein des Kitzels wegen. Sie hatte immer Glück, aber sie *erwartete* es auch.«

»Na ja, ich weiß, wen von beiden ich auf *meinem* Schiff lieber hätte«, sagte Escovar. Dann drückte er einen Schalter auf dem Schreibtisch. »Ensign, was ich Ihnen jetzt erzähle, ist sehr heikel. Wir wissen einiges über den Zustand der jungen Frau nach ihrer Gefangennahme, aber diese Informationen dürfen sich nicht verbreiten – *keinesfalls!* Ich denke, die Gründe werden für Sie offenkundig sein, sobald ich sie Ihnen erklärt habe. Ich tue es, weil ich denke, dass Sie uns, falls Sie genügend wissen, dabei helfen können, einen Weg zu ihrer Rettung auszutüfteln. Aber ich warne Sie ... sollte ich herausfinden, dass Sie geplaudert haben, ziehe ich Ihnen persönlich die Haut in Streifen ab, unmittelbar vor dem Kriegsgerichtsverfahren. Ist das klar?«

»Ja, Sir.« Barin schluckte.

»In Ordnung. Die Piraten haben eine Videoaufnahme geschickt, die sie von Brun nach der Entführung gemacht haben. Es ist eine der hässlichsten Geschichten, die ich je miterlebt habe, und ich war schon in Gefechten und habe gesehen, wie gute Freunde in Fetzen geschossen wurden. Aus dieser Videoaufnahme wird deutlich, dass die Piraten vorhaben, Brun zu einem ihrer Heimatplaneten mitzunehmen und dort für die Fortpflanzung zu benutzen ...«

»Was!« Das entfuhr Barin unwillkürlich; er presste die Zähne wieder zusammen. Er hatte an Vergewaltigung gedacht, an Lösegeld, an politische Erpessung, aber sicherlich nicht daran.

»Ja. Und sie haben sie verstümmelt, indem sie ihr chirurgisch die Stimmbänder entfernten.« Er brach ab; Barin sagte nichts, versuchte sich die redselige Brun nicht als stumm vorzustellen. Zorn stieg in ihm auf. »Wir wissen derzeit nicht, wo sie steckt; wir wissen nicht, ob sie noch lebt – obwohl wir es vermuten. Wir haben keine Vorstellung von ihrer körperlichen Verfassung zu irgendeinem Zeitpunkt nach dieser Videoaufnahme. Vielleicht wird es unmöglich sein, sie zu finden.«

Barin wollte protestieren und einwenden, dass es ihnen unbedingt gelingen musste – aber er wusste es besser. Eine einzelne Person – selbst Brun, die Tochter des Sprechers – war kein ausreichender Grund für einen Krieg.

»Ich sehe keinen Grund, warum Sie das Video sehen sollten«, sagte Escovar. »Es macht uns zu Voyeuren, uns, die wir als Allerletzte an so etwas mitwirken möchten. Aber es könnte sich später mal als nötig erweisen, und Sie müssen erfahren, dass diese Bilder auf dem Gebiet der kalkulierten Grausamkeit ohne große tatsächliche Verletzungen das Schlimmste sind, was mir je untergekommen ist. Der entscheidende Punkt dabei ist: Was Sie von ihr wissen, das könnte entscheidend für ihre Rettung sein. Wir möchten Brun ja nicht zufällig erschießen, nur weil wir keine Ahnung von ihrer Denkungsart haben.«

»Ja, Sir.«

»Ich möchte, dass Sie jedes Detail niederlegen, an das Sie sich bezüglich Bruns erinnern – alles, von der Farbe ihrer Unterwäsche bis zu jeder Vorliebe, die sie je zum Ausdruck gebracht hat. Wir versuchen, weitere Informationen von anderen Leuten zu erhalten, die sie ebenfalls kannte, aber Sie und Lieutenant Suiza haben dabei den Vorteil, die militärische Perspektive zu verstehen und Brun schon in gefährlichen Situationen erlebt zu haben.«

»Ja, Sir.«

»Ich schreibe Ihnen keinen Abgabetermin vor, aber ich lege Wert auf die Feststellung, dass ich es für dringlich halte. Je länger Brun in deren Händen ist, desto wahrscheinlicher bleiben permanente Schäden zurück, ganz zu schweigen vom politischen Chaos.« Barin verdaute das schweigend. Er wagte nicht zu fragen, wie ihr Vater es aufnahm – das Bisschen, das er wusste.

»Ist ihre Stimme – für immer beseitigt?«

»Unmöglich, diese Frage zu beantworten, ehe Brun gerettet werden kann. Der Chirurg, der sich die Aufnahme angesehen hat, sagt, es hängt vom genauen chirurgischen Verfahren ab, das durchgeführt wurde. Man könnte Brun allerdings jederzeit eine Stimmprothese implantieren. Falls nur die Stimmbänder geschädigt wurden, kann sie immerhin flüstern – und eine recht einfache Prothese verstärkt das. Allerdings haben die Entführer vielleicht mehr beschädigt, wovon wir nichts wissen, und da es ihre Absicht war, Brun zum Schweigen zu bringen, bestrafen sie sie womöglich für jeden Versuch zu flüstern.«

»Aber wie können wir sie finden?«

»Ich weiß es nicht, Ensign. Falls Sie irgendwelche Ideen haben, teilen Sie sie uns auf jeden Fall mit. Wir wurden der Einsatzgruppe zugeteilt, die den Auftrag hat, Brun zu suchen und zu retten.«

Nur einen Tag später rief ihn Escovar erneut in sein Büro. »Man hat die Yacht gefunden. Sie lag bewegungslos im Raum, festgemacht an einer unbemannten Navigationsstation; dem örtlichen Schiffsverkehr war sie gar nicht aufgefallen. Gefunden wurde sie von einer Wartungsmannschaft, die ausstieg, um an der Station zu arbeiten. Die Yacht war leer, und bislang haben wir keine Ahnung, woher sie kam. Die Spurensicherung durchsucht sicherlich schon alle Winkel des Fahrzeugs ... es gibt Spuren eines Kampfes an Bord.«

Barin sank das Herz noch tiefer in die Hose, falls das überhaupt möglich war. Eine Videoaufnahme von Brun war eine Sache, aber ihre Yacht, unbemannt und gezeichnet von einem Kampf, konnte viel weniger gefälscht worden sein.

»Hat Brun irgendwas zu Ihnen gesagt – irgendetwas –, das uns einen Hinweis darauf geben könnte, wo sie sich aufgehalten hat, als der Angriff erfolgte?«

»Nein, Sir. Ich habe meine Notizen mitgebracht...« Barin gab sie ihm. »Meistens haben wir über den Unterricht geredet, über die anderen Schüler und die Ausbilder. Und viel über Lieutenant Suiza, denn Brun – Sera Meager – hat Fragen nach ihr gestellt.«

Escovar blätterte durch Barins Material und las schnell. »Hier ... sie sprach davon, dass sie eine Menge Aktien besitzt; hat sie jemals erwähnt, von welchen Unternehmen?«

»Nicht, dass ich mich erinnern würde«, antwortete Barin. »Vielleicht hat sie das, aber es hat mich wirklich nicht interessiert. Sie erwähnte die Jagd – zu Pferd, heißt das – sowie Tierzucht und auch Arzneimittel, aber davon habe ich keine Ahnung, also...«

RSS *Shrike*

Sie waren acht Standardtage lang im Sprung gewesen, und Esmay hatte die letzten beiden Schichten in den

SAR-Bereitschaftsräumen zugebracht und den Spezialistenteams von den Sehenswürdigkeiten von Weltraumspaziergängen bei Überlichtfahrt berichtet. Solis hatte sie aufgefordert, ein Schulungsprogramm auszuarbeiten. Eigentlich war sie davon ausgegangen, dafür nur ein oder zwei Stunden zu benötigen, aber die Teams stellten immer neue Fragen – und gute Fragen. Falls es möglich gewesen wäre, hätten sie von der *Shrike* aus Weltraumspaziergänge unternommen; Esmay war froh, als sie feststellte, dass die Sicherungsmechanismen der Luftschleusen hier ebenso gut funktionierten wie auf der *Koskiusko* und demzufolge niemand aussteigen konnte.

»Wir sollten es allerdings wirklich üben«, sagte Kim Arek. Sie verfügte über diese zielbewusste Intensität, in der Esmay ihr eigenes früheres Selbst wiedererkannte. »Wer weiß, wann wir das vielleicht mal brauchen?«

»Jemand sollte eine Telemetrie für Raumanzüge entwickeln, die auch außerhalb der Sprungraum-Abschirmung funktioniert«, sagte jemand anderes. »Die Zeitverzerrung kann einen umbringen, wenn man nicht weiß, wann der Luftvorrat zur Neige geht.«

»Wie geht man vor, wenn der Luftvorrat knapp wird?«, fragte Esmay. »Ich weiß, was in den Handbüchern steht, aber bei der einzigen Gelegenheit, bei der ich erlebte, wie meine Anzeige in den roten Bereich sackte, stellte ich fest, dass es gar nicht so einfach war, ›ruhig zu bleiben und langsam zu atmen‹.«

»Kein Scherz.« Arais Demoy, einer der neuroverstärkten Marineinfanteristen, grinste sie an. »Stellen Sie sich vor, wie es ist, wenn Sie nicht mal auf einem Schiff sind, sondern irgendwo im Raum treiben. Das ist mir einmal passiert, auf der Passage vom einen Schiff zum anderen. Deshalb haben wir heute auch Funkfeuer in den Raumpanzerungen. Man versucht, ganz schlaff zu werden, wenn es geht – Muskelkontraktionen verbrauchen Sauerstoff –, und friedliche Gedanken zu denken.«

Das Schiff erbebte leicht, und alle schluckten – die natürliche Reaktion auf einen Systemeintritt nach dem

Sprung; der Unterlichtantrieb lief seit einer halben Stunde im Bereitschaftsmodus, und sein konstantes Summen stieg jetzt um eine halbe Note.

»Ein Gebet schadet auch nicht«, ergänzte Sirin. »Falls man an irgendwas glaubt.«

Esmay wollte schon höflich fragen, an was Sirin glaubte, als die Alarmsirenen losheulten.

»Eins O auf die Brücke ...« Sie war schon unterwegs, ehe der Aufruf wiederholt wurde.

»Kommandant?«

Solis funkelte sie an, als hätte sie etwas Schreckliches angestellt, und sie war sich keiner Schuld bewusst. Sie hatte beim Kommandanten letztlich in gutem Ansehen gestanden; er schien seine anfängliche Animosität abgelegt zu haben.

»Wir haben eine Alarmmeldung erhalten, Lieutenant.«

Krieg? Esmays Magen verkrampfte sich.

»Lord Thornbuckles Tochter ist von einer unbekannten Macht entführt worden, die Vergeltungsschläge gegen die Familias angekündigt hat, falls irgendwelche Schritte zur Rettung Sera Meagers eingeleitet würden. Sie ist verstümmelt worden ...«

»Doch nicht ... Brun!?« Esmay spürte, wie ihr das Blut aus dem Kopf wich; sie lehnte sich mit einer Hand an die Lukenkimming.

»Ja. Anscheinend liegen unanfechtbare Beweise für die Entführung vor. Alle Schiffe sind aufgefordert, jede Spur von einer Allsystems-Mietyacht namens *Jester* zu melden, die sie finden ...« Solis schüttelte den Kopf, als wollte er ihn klären, und bedachte Esmay mit einem weiteren herausfordernden Blick. »Sie scheinen gar nicht erfreut, dass sich Ihre Prophezeiung erfüllt hat, Sera Meager würde zu Schaden kommen ...«

Einen Augenblick lang konnte sie nicht glauben, dass er das wirklich gesagt hatte. »Natürlich nicht!«, entgegnete sie dann. »Es hat nichts zu tun mit ... Ich wollte nie, dass etwas Schlimmes passiert ...«

»Dann hoffen Sie lieber, dass sie bald und in guter Verfassung gerettet wird«, sagte er. »Denn andernfalls werden sich alle daran erinnern – auch, da bin ich sicher, ihr Vater –, dass Sie sie ausgeschimpft haben und sie wutentbrannt von Copper Mountain weggerannt ist. Machen Sie sich lieber klar, Lieutenant Suiza, dass Ihre Zukunft im Regular Space Service von Sera Meagers Zukunft abhängt – die in diesem Augenblick verdammt trostlos aussieht.«

Esmay wollte daran gar nicht denken; es war eine zu ernste Gefahr, um darüber nachzudenken. Stattdessen tastete ihr Verstand nach einer hilfreichen Assoziation herum. »Dieser Kauffahrer«, sagte sie. Solis machte ein ausdrucksloses Gesicht. »Das kleine Schiff«, fuhr Esmay fort. »Das Schiff, das auf seiner Spur eingetroffen war, die fünf Leichen, die nicht zur Besatzung des Kauffahrers gehörten, aber verstümmelt worden waren. Das könnte Bruns Schiff gewesen sein.«

Solis starrte sie erst an und blinzelte dann. »Sie ... könnten Recht haben! Es könnte – so gewesen sein. Und wir haben das Gewebe zur Untersuchung ...«

»An die Gerichtsmedizin im Sektor-HQ geschickt – aber die Proben sind dort bestimmt als zur *Elias Madero* gehörig etikettiert. Und wir haben keine Funkfeuerdaten von dem kleinen Schiff.«

»Nein ... aber wir haben eine Schätzung der Masse. In Ordnung, Suiza – und jetzt möchte ich ein weiteres Mal die Wahrheit von Ihnen hören: Liegt auch nur der kleinste Schimmer von Befriedigung vor?«

»Nein, Sir.« Das konnte sie äußern, ohne zu zögern. »Es war ein Fehler, dass ich damals die Beherrschung verloren habe – mir ist das klar, und ich hätte mich auch entschuldigt, wäre Brun noch da gewesen, als wir von der Feldübung zurückkehrten. Und ich wünsche niemandem, jemals in Gefangenschaft zu geraten, am wenigsten jemandem wie ihr ...«

»Wie ihr?«

»So ... frei. So glücklich.«

»Hmpf. Na ja, ich bin weitgehend überzeugt, aber ich bezweifle, dass das für irgendjemanden sonst gelten wird. Achten Sie lieber darauf, keinen Fehler zu machen, Suiza. Bei den Daten, die wir an Bord haben, können wir damit rechnen, dass man uns auffordern wird, uns mit der Einsatzgruppe in Verbindung zu setzen. Man wird Sie nach Sera Meager befragen, und ein einziges falsches Wort reicht, um Sie zu ruinieren.«

Esmay verbannte diesen Gedanken und stellte sich lieber die lachende, die goldene Brun vor. Seit Jahren betrachtete sie sich nicht mehr als religiös – im Sinn ihrer Urgroßmutter –, aber jetzt ertappte sie sich trotzdem dabei, wie sie betete.

Station Aragon, Sektor-VII-HQ, Besprechung der Einsatzgruppe

Barin fand sich in der unbehaglichen Position wieder, der jüngste Teilnehmer an einer sehr heiklen Konferenz zu sein. Er wusste, warum man ihn hinzugerufen hatte: Er war Mitschüler Bruns auf Copper Mountain gewesen; er und Esmay hatten ihr die Haut gerettet. Aus genau diesem Grund war er über ihr Verschwinden auch fast seit dem Zeitpunkt informiert, an dem es bekannt geworden war. Aber nichts in seiner Ausbildung hatte ihn darauf vorbereitet, mit einem Grand Admiral am gleichen Tisch zu sitzen, dazu mit der eigenen Großmutter Admiral, zwei weiteren Drei-Sterne-Admirals, ein paar Commanders – darunter seine Kusine Heris – und dem Sprecher des Rates der Familien der Regierenden Familias.

Nichts bereitete darauf vor, abgesehen von der Tatsache, dass er als Serrano aufgewachsen war, was er in diesem Augenblick jedoch für eine entschieden überbewertete Qualifikation hielt.

Brun Meagers Vater, Lord Thornbuckle, war weit über bloße Verzweiflung hinaus ... und balancierte auf dem schmalsten Grat der Stabilität, den Barin jemals bei einem bis dahin gesunden Erwachsenen erlebt hatte. In dem grellen Licht, das auf den glänzenden Tisch fiel, entdeckte Barin das leichte Zittern von Lord Thornbuckles Händen und das silberne Glitzern in den kurz geschorenen blonden Haaren, wenn er als Reaktion darauf, dass sich jemand zu Wort meldete, den Kopf ruckhaft zur einen oder anderen Seite drehte.

Sie müssen ihnen alles erzählen. Das hatte sein Kommandant gesagt. Alles. Aber wie konnte er einem Zimmer voller hoher Tiere, darunter der Vater der Betroffenen, von Bruns weniger bewundernswertem Verhalten erzählen? Er saß ganz still und hoffte wider jede Chance, dass irgendetwas diese Konferenz unterbrach, ehe er einem Mann wehtun musste, der bereits so litt.

»Grand Admiral Savanche, wir erhalten ein Prioritätssignal ...«

Savanche schob sich vom Tisch zurück. »Das sollte sich lieber lohnen.« Barin wusste, dass Savanche trotz seines fast vorschriftsmäßigen Knurrens froh war über diesen Vorfall, der die Spannung der Konferenz durchbrach. Savanche nahm den Nachrichtenwürfel und steckte ihn ins Abspielgerät.

»Es ist von Kommandant Solis an Bord des Such-und-Rettungsschiffes *Shrike* ... Sie sind dem Verschwinden eines Kauffahrers vom Boros Consortium nachgegangen und waren wochenlang ohne Funkkontakt. Solis hat gerade von der verschwundenen Yacht erfahren, und ... sehen Sie sich das besser selbst an.« Er schaltete die Wiedergabe auf den Hauptbildschirm.

Auf dem Monitor erschien der Ausschnitt einer Sternenkarte, dazu ein Eckfenster mit Kommandant Solis.

» ... auch die Spur eines sehr kleinen Schiffes im System«, sagte er gerade. »Wir gingen zunächst davon aus, wir hätten es mit einem Fahrzeug der Piraten zu tun, das die *Elias Madero* beschattete. Als wir Wrackteile und Leichen von dem Kauffahrer entdeckten, insgesamt sämtliche erwachsenen Besatzungsmitglieder und ein jugendlicher Lehrling – nicht jedoch der andere Lehrling oder die vier kleinen Kinder –, fanden wir auch fünf Leichen, die nicht zur Besatzung gehörten und die wir nicht identifizieren konnten. Meine Kriminalisten glauben, dass es Militärangehörige waren, nicht jedoch von der Flotte, und die üblichen bei der Identifizierung hilfreichen Körperstellen hatte man verstümmelt.«

»Es müssten zehn sein ...«, flüsterte Lord Thornbuckle.

»Wir haben einen Bericht darüber mit höchster Priorität ans Sektor-HQ weitergeleitet, als wir wieder auf Bezaire eintrafen, aber wir mussten ein kommerzielles Ansible benutzen. Zu dem Zeitpunkt hatten wir noch nicht erfahren, dass die Tochter des Sprechers vermisst wird. Als wir jedoch bei Sil Peak aus dem Sprung kamen, erhielten wir diese Nachricht und außerdem technische Angaben zu ihrem Schiff. Mein Eins O, Lieutenant Suiza, dachte sofort an diese anderen Leichen, die wir gefunden hatten. Die von uns entdeckte Schiffsspur passt zu einer Yacht der angegebenen Masse. Wir haben die geborgenen Leichen an Bord gelagert; bitte sagen Sie uns, was wir jetzt unternehmen sollen.«

»Wir besitzen Anteile an Boros«, sagte Lord Thornbuckle. »Sie war da draußen – sie sagte, sie wollte sich die Olivenhaine auf ... ich weiß nicht, wie der Planet hieß. Es muss ihre Yacht sein. Ihre Wachleute ...«

»Wissen Sie irgendetwas über diese Personen, Lord Thornbuckle?«

»Sie gehören meiner Miliz an. Brun war ... mit dem Sicherheitspersonal des Royal Space Service nicht ausgekommen, das sie nach Copper Mountain begleitet hatte. Es war zu einem Zwischenfall gekommen ...«

»Und Sie sagen, es waren mehr als fünf ...«

»Ja ... es müssten zehn sein.« Lord Thornbuckle starrte auf die Tischfläche zwischen seinen Händen. »Brun fand, dass es zu viele waren.«

»Na ja, wir müssen unbedingt so schnell wie möglich die Beweise erhalten, die Solis gesammelt hat.« Savanches Augen glitten durch das Zimmer und richteten sich auf Barin. »Ensign – suchen Sie den Chief meiner Funkabteilung und sagen Sie ihr, dass ich eine abhörsichere Verbindung zur *Shrike* haben möchte.«

»Sir.« Barin fand die Funkspezialistin des Grand Admirals vor dem Konferenzzimmer – jemand hatte vorhergesehen, dass sie gebraucht würde – und schickte sie hinein. Er war froh, dass er dort herausgekommen war und hoffte, dass man ihn nicht wieder hereinrief. Die *Shrike* ... Esmay war an Bord der *Shrike*. Er fragte sich, wie sie die Nachricht aufgenommen hatte.

Kapitel zwölf

Die *Shrike* fegte wie ein Racheengel ins System, ein Eintritt mit hoher Geschwindigkeit durch eine für diesen Zweck freigehaltene Schneise; anschließend ging es mit einer Folge von Mikrosprüngen tiefer ins System ... was einen Transit von normalerweise acht Tagen auf gerade mal elf Stunden reduzierte. Drei Schlepper kamen der *Shrike* entgegen und zogen sie mit einer leichtsinnig wirkenden relativen Geschwindigkeit zur Station. An Bord der *Gyrfalcon* lauerte Barin in der Scannerabteilung und verfolgte das Geschehen zusammen mit allen anderen.

»Ensign ...« Er drehte sich um und sah, dass ihn der Kommandant heranwinkte; er folgte ihm in dessen Büro.

»Wir erhalten seit einer Stunde in Realzeit Daten von der *Shrike*«, sagte der Kommandant. »Ich möchte, dass Sie sie persönlich ins Büro des Grand Admirals bringen. Diese Daten sind nur für ihn gedacht, und ich möchte, dass Sie sie ihm persönlich übergeben.«

»Sir.« Barin nahm den Ständer mit den vier Datenwürfeln entgegen – eine *Menge* Daten! – und machte sich auf den Weg zu der Bürosuite, die derzeit vom Grand Admiral belegt war. Schon seit dem Eintreffen der *Gyrfalcon* hatte Barin das eine oder andere als Kurier überbracht, also hörten die Mitarbeiter des Admirals auf ihn, als er sagte: » ... nur ihm persönlich.«

»Sie müssen allerdings warten. Der Admiral empfängt gerade eine Delegation der Guernesi-Republik.«

»Fein.« Barin fand einen Platz, wo er dem Verkehr, der durchs Vorzimmer lief, nicht im Weg war, und ließ die Gedanken zur Ankunft der *Shrike* abschweifen ... und zu deren Erstem Offizier. Ob er wohl die Chance erhielt, Esmay zu sehen? Unwahrscheinlich; sicherlich war es der Kommandant der *Shrike,* der an irgendwelchen Konferenzen teilnehmen würde. Vielleicht lenkten die neuen Informationen, die Barin überbrachte, die Aufmerksamkeit von der ihm unterstellten Sachkenntnis von Brun ab; ihm selbst erschien das, was er über sie sagen konnte, immer ordinärer, je mehr er darüber nachdachte. Gut, sie hatte ihn in ihr Bett holen wollen; na und? Gut, sie war seiner Auffassung nach eine schwierige und eigensinnige Person gewesen ... aber was auch immer sie gewesen war, sie hatte nicht verdient, was man ihr angetan hatte. Erneut sah er den Videoclip von dem chirurgischen Eingriff vor sich und spürte, wie ihm der Hals eng wurde; er schluckte mühsam.

»Hallo, Ensign Serrano ...«

Sein Blick ruckte nach links, wo Lieutenant Esmay Suiza stand und ihn herausfordernd ansah ... mit zweifellos einer Menge Daten in der abschließbaren Tasche.

»Lieutenant!«

»Träumen Sie vor sich hin?«, fragte sie in beinahe dem Ton, den er von der alten Esmay kannte, aus der Zeit auf der *Koskiusko.*

»Sir, meine Gedanken waren abgeschweift ...«

»Nur noch eine Minute, hat er gesagt«, unterbrach ihn der Sekretär am Schreibtisch. »Falls es dem Lieutenant nichts ausmacht, zusammen mit Ensign Serrano hineinzugehen ...«

»Überhaupt nichts«, sagte Esmay.

Barin versuchte, nicht zu starren, aber – sie sah so gut aus! Ganz anders als Casea Ferradi; falls Esmay in mancherlei Hinsicht hochnäsig war, so war sie doch wenigstens sauber.

Die Tür zum Admiral ging auf, und ein gehetzt wirkender Commander winkte sie herein. »Kommen Sie, Serrano, Suiza – er erwartet Sie beide.«

Im Raum dahinter sagte jemand ganz laut: »Nein!«

Barin stockte. »Ich möchte sie nicht hier haben ... Ich möchte sie nicht sehen.« Der Commander, der die Tür offen hielt, schloss sie wieder. » ... allein ihre Schuld!«, drang noch hindurch, ehe sie ins Schloss fiel.

Thornbuckle. Immer noch wütend, immer noch unvernünftig ... Barin sah Esmay von der Seite her an; sie blickte geradeaus, fast ausdruckslos. Barin hätte am liebsten etwas gesagt – aber was? –, nur öffnete sich jetzt die Tür wieder, diesmal für Grand Admiral Savanche.

»Lieutenant, ich glaube, Sie haben eine persönliche Sendung für mich?«

»Ja, Sir.« Esmays Stimme verriet auch nicht mehr als ihr Gesicht, als sie Savanche die Datentasche übergab.

»Sehr gut. Entlassen.« Er wandte sich Barin zu. »Kommen Sie mit herein, Ensign.« Barin versuchte, Esmays Blick aufzufangen, aber sie sah an ihm vorbei. Er folgte Savanche zu der Konferenz, und das Herz rutschte ihm dabei rapide in die Hose, durch das Deck und hinunter zum Schwerkraftzentrum des Universums.

»Die Gewebeproben bestätigen, dass die nicht identifizierten Leichen, vorgefunden auf dem Schauplatz, wo die *Elias Madero* entführt wurde, die sterblichen Überreste von fünf der zehn persönlichen Milizionäre Lord Thornbuckles sind: Savoy Ardenil, Basil Verenci, Klara Pronoth, Seren Verenci und Kaspar Pronoth. Das ist ein sehr nachdrücklicher Hinweis darauf, dass Sera Meagers Schiff zu diesem Zeitpunkt an Ort und Stelle war und sich möglicherweise eingemischt hat.«

Also wusste man jetzt endlich, wo Bruns Yacht angegriffen worden war. Endlich konnte man die Suche auf ein engeres Gebiet als den ganzen Weltraum eingrenzen. Die sich anschließende Suche der *Shrike* nach Spuren der *Elias Madero* führte zu einer weiteren Eingrenzung. Barin versuchte sich auf die Beweise und ihre logische Auswertung zu konzentrieren, aber Esmays Gesicht mischte sich beharrlich immer wieder darunter.

Sie hatte einen Fehler gemacht, ja – aber Lord Thornbuckles Ausbruch, seine Weigerung, sie zu sehen, war absolut ungerecht. Esmay hatte Bruns jetzige Lage nicht zu verantworten.

»Die Guernesi untersuchen derzeit Datenwürfel, die von der *Elias Madero* geborgen wurden; sie haben die verantwortliche Organisation schon identifiziert – anscheinend handelt es sich tatsächlich um die Gottesfürchtige Miliz von Neutexas, und die Guernesi versuchen gerade herauszufinden, welcher Zweig der Miliz Sera Meager entführt hat.« Der Instruktionsoffizier, ein Commander, den Barin nicht kannte, legte eine Pause ein, damit die Zuhörer Fragen stellen konnten. Nur eine wurde jedoch gestellt, von Lord Thornbuckle.

»Wie lange ...?«

Als die Konferenz beendet wurde, war Barin absolut entschlossen, sich auf die Suche nach Esmay zu machen. Sie sollte erfahren, dass zumindest er nicht mehr wütend auf sie war. Der allgegenwärtige Lieutenant Ferradi fing ihn jedoch vorher ab. Als er endlich alle ihre Aufträge ausgeführt hatte, wurde er schon wieder an Bord der *Gyrfalcon* zurückerwartet, um seinen Wachdienst anzutreten.

* * *

Kommandant Solis erwartete Esmay an der Andockluke der *Shrike*. »Wir müssen uns unterhalten«, sagte er. Er sah eher müde als zornig aus. »Bislang weiß niemand an Bord davon – und ich ziehe es vor, wenn die Sache möglichst wenig publik wird.«

»Sir.« Sie hatte nichts weiter getan, als Befehle zu befolgen und die Daten weisungsgemäß zu übergeben.

Er seufzte. »Soweit ich es sagen kann – und ich sollte dazu in der Lage sein, denn wie hätte ich sonst meinen Rang verdient? –, war Ihr Ausbruch auf Copper Mountain eben nichts weiter als ein Ausbruch. Für mich leisten Sie gute Arbeit; Sie sind eine effektive Vorgesetzte.

Sie werden Ihrer eigenen Geschichte gerecht, möchte ich damit sagen. Aber Taten haben nun mal Konsequenzen, auch Fehler, die man macht, so selten sie auch sein mögen.«

Esmay überlegte, sich dazu zu äußern, entschied jedoch, dass es keinen Sinn hatte.

»Lord Thornbuckle braucht einen Sündenbock«, erklärte Solis. »Und da er die eigentlichen Schurken nicht in die Finger bekommt, hat er Sie ausgesucht. Er lehnt es ab, Sie an der Planung des Rettungseinsatzes zu beteiligen; er möchte Sie nicht einmal auf der Basis haben. In Anbetracht seiner Stellung und seiner geistigen Verfassung können wir nur wenig daran ändern. Allerdings halte ich Ihre Kenntnisse von Sera Meager – und die Ermittlungen auf dem Schauplatz der Entführung – für wichtige Hilfsmittel. Ich habe mich dahingehend geäußert und musste erleben, wie mir Admiral Hornan dafür den Arsch aufgerissen hat.«

»Ja, Sir«, sagte Esmay, da die lange Pause anzudeuten schien, dass ein Kommentar von ihr erwartet wurde.

»Sie werden allen aus dem Weg gehen müssen – ich möchte damit nicht sagen, dass ich Ihnen verbiete, die *Shrike* zu verlassen, weil das unfair wäre, aber bis ich für Sie einen Auftrag finden kann, der Ihre Talente nutzt, empfehle ich Ihnen nachdrücklich, darüber nachzudenken, ob Sie nicht doch lieber Ihre meiste Zeit an Bord verbringen wollen – und achten Sie darauf, dass Sie nicht mit Lord Thornbuckle oder Admiral Hornan aneinander geraten. Das wird im letztgenannten Fall nicht einfach sein – er nimmt seine Stellung als Sektorkommandant sehr ernst, und er würde gern die Einsatzgruppe kommandieren, sobald sie zu Aktionen übergeht. Da die Serranos bei Thornbuckle in Ungnade gefallen sind, ist es gut möglich, dass er diesen Auftrag erhält.«

»Ja, Sir.« Steckten die Serranos in Schwierigkeiten? Für Esmay ergab das keinen Sinn, aber eindeutig war es besser, wenn sie sich von Barin fern hielt, bis sie dieser

Sache auf den Grund gegangen war. Das Letzte, was sie wollte, war einem Serrano noch mehr Probleme zu bereiten.

»Und falls Sie sich doch mit Leuten treffen, achten Sie auf das, was Sie sagen – weil jemand anderes es mit Sicherheit tut.«

»Ja, Sir.«

»Ich tue mein Bestes, um Sie über die Fortschritte der Ermittlungen und Planungen auf dem Laufenden zu halten; gehen Sie jetzt an Bord und sorgen Sie dafür, dass mein Schiff in dem Zustand bleibt, in dem es sein sollte.«

»Ja, Sir.« Esmay salutierte und ging an Bord, nur geringfügig aufgemuntert durch das Wissen, dass ihr Kommandant sie nicht mehr für ein Monster hielt. Eindeutig taten es genug andere Leute.

***

Während der nächsten Tage bemühte sich Barin nach Kräften, die Station abzusuchen, aber er entdeckte Esmay an keinem der Treffpunkte für Offiziere, die dienstfrei hatten. Ihr Name tauchte nie auf der Liste der Reservierungen für ein Sportgerät oder eine Schwimmbahn auf; er fand keine entsprechenden Einlogdaten in der Bibliothek; und sie hatte kein Quartier auf der Station. War es möglich, dass sie immer noch an Bord der *Shrike* wohnte? Er rief den Datensatz dieses Schiffes auf und fand sie als Ersten Offizier angegeben – zumindest das war richtig –, allerdings ohne persönliche Rufnummer. Er wollte nicht die Schiffsnummer anrufen und sich zu ihr durchstellen lassen; im gegenwärtigen Klima brachte das sie beide womöglich noch mehr in Schwierigkeiten.

Die nächste Einsatzbesprechung begann mit der Präsentation eines Guernesi.

»Dank der von der *Shrike* geborgenen und von unseren Technikern gekonnt verstärkten Datenwürfel können wir die Piraten als Mitglieder einer religiös-militärischen Organisation identifizieren, die sechs erdähnliche Planeten in diesem Gebiet beherrscht...« Er deutete auf eine Sternenkarte im Display. »Sie werden feststellen, dass sie sozusagen in dem Winkel zwischen dem Guernesi- und dem Familias-Raum liegen.

Gestatten Sie mir, Ihnen einige notwendige Informationen über die Gruppe auseinander zu setzen, die sich selbst die Gottesfürchtige Miliz von Neutexas oder kurz Neutex-Miliz nennt. Unsere Historiker haben umfangreiche Forschungen über die religiösen Randgruppen betrieben, die in der Frühzeit der Expansion von der Alten Erde aus Kolonien gründeten; schließlich hatten wir mit vielen davon unerfreuliche Begegnungen. Diese Gruppe behauptet, auf Gründer in Texas zurückzugehen – einem der Vereinigten Staaten, die in Nordamerika lagen, für die unter Ihnen, die sich für die Geographie der Alten Erde interessieren.«

»Ich kann die Relevanz nicht erkennen«, warf Lord Thornbuckle ein. »Wir können die Geschichte später noch erfahren...«

»Ich glaube, Sie erkennen es bald, Sir. Die heutigen Glaubensvorstellungen der Milizionäre haben Auswirkungen auf die Lage Ihrer Tochter und auf jede Hoffnung, zu ihren Gunsten intervenieren zu können. Diese Glaubensvorstellungen speisen sich aus einer mythologischen Version der texanischen Geschichte.« Er holte Luft und fuhr fort. »Dieser Staat war einmal für ganz kurze Zeit eine unabhängige Nation gewesen. Wie auch in anderen Nationen, die von größeren politischen Einheiten geschluckt wurden, hat sich ein Teil der Bevölkerung an die Erinnerung geklammert und Unruhe gestiftet. Im späten zwanzigsten Jahrhundert ihrer Zeitrechnung hieß eine von vielen Milizen und religiösen Terrorgruppen, die in den Vereinigten Staaten aktiv waren, die Republik von Texas. Damals hatte sie noch keine spezielle religiöse Ausrichtung und auch keine so starre Auffassung von den Geschlechterrollen wie einige andere. Aber sie existierte sozusagen im gleichen kulturellen Umfeld, und die Differenzen wurden schwächer.«

»War sie damals schon in Terroranschläge verwickelt?«, fragte Admiral Serrano.

»Wir denken, ursprünglich nicht, außer was Waffenkäufe und Steuerhinterziehung angeht und die Stiftung so vieler administrativer Probleme für die örtlichen Behörden wie nur möglich. Anlässlich einer bestimmten historisch verzeichneten Konfrontation mit den Behörden nahmen die Mitglieder der Gruppe jedoch Geiseln und verkündeten ihre Absicht, eine eigene Regierung zu bilden und die existierende Regierung zu stürzen. Sie scheiterten dabei. Dieser Fehlschlag führte jedoch dazu, dass sie sich mit den Überlebenden einer gescheiterten religiösen Randgruppe zusammentaten. Diese führten die Niederlage der Republik von Texas auf mangelnde Glaubensfestigkeit zurück und ihre eigene auf mangelnde militärische Erfahrung. Diese Gruppe trug den ziemlich schwerfälligen Namen Republik Gottesfürchtiger Texaner gegen die Weltregierung. Sie spaltete sich rasch, wie es solche Gruppen oft tun, in mehrere Zweige auf, die alle ähnlichen, aber klar verschiedenen Dogmen anhingen. Eine nannte sich die Gottesfürchtige Miliz von Neutexas. Diese spezielle Richtung glaubte, der Niedergang der Gesellschaft, der zur Hinnahme von Tyrannei führte, läge im Einfluss der Frauen begründet, und man hätte den Frauen erlaubt, die Grenzen zu überschreiten, die Gott in der Heiligen Schrift niedergelegt hätte. Damals gab es viele solcher Gruppen – damals war die umfassende Schulbildung der Frauen in Nordamerika noch eine recht junge historische Errungenschaft, und dem Einstieg der Frauen ins Arbeitsleben gaben manche die Schuld an Arbeitslosigkeit und Unzufriedenheit unter Männern. Historiker haben viele Texte gefunden, die sich für eine Rückkehr der Frauen in ›traditionelle‹, sehr eng definierte Rollen aussprachen.

Diese spezielle Untergruppe drang mit Hilfe eines Kolonisierungsvertrages in den Weltraum vor, eines Vertrages, den sie anschließend prompt verleugnete. Sie organisierte ihre eigene Kolonialregierung nach dem Vorbild einer militärischen Einheit ihres Herkunftsstaates. Anscheinend hatte sich eine Mythologie um diese Texas Ranger gebildet, sodass die gewählten Vertreter offiziell ›Ranger‹ genannt wurden und jeweils zusätzlich den Namen einer historischen Gestalt aus der kurzen Zeit texanischer Unabhängigkeit erhielten. Das ist ein wichtiger Punkt, denn wir haben gelernt, Spaltungen der Ursprungsgruppe anhand ihrer Namenswahl für die Ranger zu verfolgen. Wir kennen zum Beispiel einen Zweig, der seine Anführer als die Ranger McCullough, Davis, King, Austin und Crockett bezeichnet. Ein anderer benutzt die Namen Crockett, Bowie, Houston, Travis und Lamar. Gemeinsam ist allen ein Rat von fünf Rangern unter Führung eines Captains. Eine Liste aller sechs bekannten Zweige haben wir beigefügt.

Da sich diese Gruppe durch Absplitterung gebildet hat und individueller Freiheit höchste Bedeutung zumisst – das heißt, der individuellen Freiheit von Männern –, entstehen ständig neue und wechselnde Bündnisse zwischen ihnen.«

»Tauschen sie Gefangene aus?«, fragte ein anderer Admiral.

»Fast nie. Durch saftige Drohungen haben wir ein paar Männer von ihnen zurückerhalten. Nie jedoch Frauen. Ihre Einstellung zu Frauen bietet ein doppeltes Problem: Sie glauben beispielsweise, Frauen im Weltraum zu dulden wäre eine Form der Vernachlässigung – und Männer wären durch den Glauben verpflichtet, Frauen zu beschützen. Falls sie also Frauen gefangen nehmen, denken sie, dass sie sie tatsächlich vor einem schlimmeren Schicksal bewahren.«

»Aber sie haben diese Frauen verstümmelt und umgebracht …«

»Das ist das zweite Problem. Ihre Glaubensvorstellungen sind, wie bei den meisten derartigen Gruppen, extrem starr im Hinblick auf alles, was mit Sex oder Fortpflanzung zu tun hat. Sie glauben, Frauen wären von Gott geschaffen worden, um Männern zu dienen und Kinder zu gebären ... und dass sie dazu gebracht werden müssen, die ihnen von göttlicher Seite vorherbestimmte Rolle zu erfüllen – im Fall von Kindern durch Anleitung, im Fall von erwachsenen Frauen durch Zwang. Diese Leute glauben außerdem, dass sexuelle Aktivität nur zwischen Männern und Frauen erlaubt ist; alles andere bezeichnen sie als Gräuel. Das Gleiche gilt für Empfängnisverhütung und genetische Manipulation. Falls sie also Frauen mit Verhütungsimplantaten oder Hinweisen auf genetische Manipulationen gefangen nehmen – oder solche, die sich durch Rang oder Verhalten ›die Autorität von Männern anmaßen‹ –, dann bringen sie sie gewöhnlich um.«

»Brun ist ein Registrierter Embryo«, sagte Lord Thornbuckle. »Sie hat das Zeichen – was werden sie davon halten?«

»Sicherlich werden sie es für ein Gräuel halten. Eine Einmischung in Gottes Plan für die Menschheit ... und ich vermute, Sera Meager hatte wie die meisten unverheirateten jungen Frauen auch ein Verhütungsimplantat?«

»Natürlich«, sagte Lord Thornbuckle. »Und außerdem benötigen REs eine gesonderte Stimulation der Fruchtbarkeit. Brun hat sich das Implantat vor allem deshalb gewünscht, damit sie es ihren Freundinnen gleichtat, von denen einige keine Registrierten Embryos waren.«

»Dann ist erstaunlich, dass sie sie nicht umgebracht haben«, fuhr der Guernesi fort. »Sie müssen Sera Meagers politische Bedeutung hoch genug einschätzen, um Gottes Zorn darüber zu riskieren, dass sie sie am Leben lassen. Deshalb haben sie zweifellos auch so gründliche Arbeit geleistet, um ihr die Stimme zu nehmen, und anschließend gleich die Fruchtbarkeit geweckt. Nach ihrer Ansicht haben sie sie damit für Gottes Absichten beansprucht und Ihnen und dem Rest der Familias eine Botschaft gesandt ...«

»Dann sind sie Freigeburtler?«

»Fanatische sogar; jedem Mann stehen so viele Ehefrauen zu, wie er Unterhalt bieten kann, und ebenso freier Zugang zu den Frauen, die sie ›Satans Huren‹ nennen. Alle Kinder gelten jedoch als gleichermaßen legitimes Eigentum des anerkannten Vaters – und falls sich kein Vater ihrer rühmt, finden sich immer Menschen, die sie adoptieren. Falls irgendeine ihrer Frauen rebelliert – und das kommt wirklich vor –, wird sie stumm gemacht und einem dieser Mütterheime übergeben.«

»Woher wissen Sie so viel?«, fragte Thornbuckle.

»Nun, wir haben eine gemeinsame Grenze mit zweien der fünf Systeme, die sie beherrschen, und sie haben wiederholt unsere Leute angegriffen. Aufgrund ihrer religiösen Überzeugungen bezeichnen sie uns als eines der Gräuel. Falls es irgendjemanden interessiert: Wir können Kopien dessen bereitstellen, was sie für göttlich inspirierte Offenbarung und Gesetz halten. Sie betreiben sogar einen sehr begrenzten Handel mit uns – obwohl wir ihrer Meinung nach Perverse und Gräuel sind, benötigen sie manchmal unsere Fähigkeiten. Um unsere Leute zu schützen, müssen wir möglichst viel über sie wissen. Ich fürchte, wir könnten sogar verantwortlich dafür sein, dass dieser Vorstoß in den Raum der Familias erfolgt ist.«

»Was!?«

»Sie hatten zum dritten Mal innerhalb weniger Monate eines unserer Passagierschiffe angegriffen. Es konnte entkommen, aber wir fanden, dass die Milizionäre zu kühn wurden. Also haben wir ihnen einen ordentlichen Schlag versetzt – sind dort eingedrungen, haben einige ihrer starren Verteidigungsplattformen weggepustet und ihnen gesagt, Gott würde sie für ihre

Fehler bestrafen. Sie wissen, dass die meisten unserer Bürger das sind, was sie als ›religiös‹ bezeichnen – obwohl natürlich nicht vom selben Glauben. Wie dem auch sei, ich vermute, dass sie darauf reagiert haben, indem sie eine neue Möglichkeit suchten, ihr Prestige zurückzugewinnen. Von uns haben sie sich fern gehalten und sich lieber Ihnen zugewandt; die Smaragdplaneten an ihrer anderen Grenze hatten sie schon vermöbelt, bevor sie sich nun auch bei uns eine blutige Nase holten. Ich sollte Sie warnen – die Milizionäre haben wahrscheinlich Agenten hier und dort in Ihrem Handelsnetz sitzen, denn jedesmal, wenn *wir* sie dabei erwischt haben, wie sie ein großes Frachtschiff zu entführen versuchten, hatte dieses eine illegale Waffenlieferung an Bord.«

»Auf der Ladeliste der *Elias Madero* stand nichts dergleichen ...«

»Nein, natürlich nicht. Bei uns sind sie so vorgegangen: Sie erpressten einen Schiffsmakler, verschafften sich Zugang zu einem Laderaum – manchmal nur einem, manchmal mehreren – und stopften ihn mit allem voll, was sie auf dem grauen Markt kaufen konnten.« Er legte den Kopf auf die Seite. »Viel davon stammte aus den Familias, wissen Sie? Ihr Leute habt hier eine blühende Waffenindustrie.«

»Da sind wir nicht die Einzigen«, brummte Lord Thornbuckle.

»Nein, aber das Zeug, das wir bei solchen Anlässen konfisziert haben, stammte zu dreiundsiebzig Prozent aus den Familias, zu elf Prozent aus unserem Hoheitsgebiet und der Rest von den Smaragdplaneten.« Er legte eine Pause ein; niemand sagte etwas. »Ich empfehle, die Schiffsagenten von Boros sehr gründlich unter die Lupe zu nehmen, besonders den zuletzt vor dem Angriff tätig gewordenen. Normalerweise warten die Milizionäre nicht lange mit dem Zugreifen, nachdem sie jemanden gezwungen haben, die Konterbande zu verladen. Geduld ist nicht ihre starke Seite. Vielleicht möchten Sie auch Ihre offizielle militärische Lagerhaltung überprüfen; sowohl auf den Smaragdplaneten wie in der Guerni-Republik haben die Milizionäre versucht, in den Reihen des Militärs Überläufer zu finden. Ihre Betonung auf männliche Überlegenheit und persönliche Ehre findet in manchen Kulturen Anklang, und Sie sind ein multikulturelles Staatswesen.«

Kälte breitete sich im Raum aus; Barin spürte in der Stille sowohl Angst wie auch Ablehnung. Als hätte man nach Lepescu und Garrivay nicht schon genug Sorgen hinsichtlich der Loyalität! Aber ehe sich jemand von den Militärs zu Wort meldete, tat es Thornbuckle:

»Also haben Sie das Suchgebiet jetzt auf – wie viel – fünf Planeten eingegrenzt? Sechs? Aber dort könnte sie überall sein.«

»Theoretisch ja. Aber wir haben hier noch etwas ...« Ein verstärktes Standbild leuchtete auf. »Dank der intensiven Spurensicherung, die die *Shrike* vorgenommen hat, und der raschen Auffassungsgabe einer Person von der *Elias Madero* haben wir Videoaufnahmen der Entführer. Hier erkennen Sie, dass die Verstärkung des Bildes die Abzeichen des Anführers zeigt ... hier ... man kann gerade eben das Wort BOWIE lesen. Wir wissen also, dass dieser Überfall von einem Ranger Bowie geleitet wurde, und wir wissen aus anderen Quellen, dass nur zwei der Siedlungen, Unser Texas und das Wahre Texas, heute einen ihrer Ranger ›Bowie‹ nennen. Jetzt brauchen wir noch die visuelle Bestätigung, mit *welchem* Bowie wir es hier zu tun haben – und das kann einige Zeit dauern.«

»Meine Tochter *hat* keine Zeit!«, warf Thornbuckle ein. »Wir müssen sie finden ...«

Barin sah die verstohlenen Seitenblicke; auch er hatte die Gerüchte gehört. Die Familias hatten schlimmere Probleme als eine vermisste Frau und Drohungen gegen den Staat. Sie mussten etwas unternehmen.

»Wir haben Agenten vor Ort im Einsatz«, sagte Grand Admiral Savanche. »Seit die Guernesi uns vor Terroranschlägen dieser Leute gewarnt haben, haben wir spezifische Warnungen an die Sicherheitskräfte auf allen Orbitalstationen und Werften sowie in den größeren Städten ausgegeben.«

Zenebra, Hauptstation

Goonar Terakian hatte die *Rostige Rakete* aufgesucht, um mit seinem Vetter Basil Terakian-Junos ein ruhiges Gespräch zu führen, außer Hörweite der übrigen Verwandten und Schiffskameraden. Sie hatten Geschäfte, von denen niemand sonst zu erfahren brauchte. Mitten in der Woche und mitten in der zweiten Arbeitsschicht hätten sie vielleicht genug Glück haben können, um die Kneipe leer vorzufinden, abgesehen von Sandor dem Barkeeper und möglicherweise Genevieve. Genevieve war, wie Sandor erklärte, irgendwo einkaufen. Leer war die Kneipe jedoch nicht. Ein junger Mann lehnte an der Theke, dessen Schiffsoverall einen unbekannten Aufnäher zeigte, während sein Zustand ihnen jedoch nur zu vertraut war.

»Ihr habt ja keine Ahnung, was auf euch zukommt!«, sagte der junge Mann. Er war sehr jung und sehr betrunken. Terakian ignorierte ihn und gab die Bestellungen für sich und Basil auf. Vielleicht begnügte sich der junge Trottel wieder damit, Selbstgespräche zu führen.

Aber das tat er nicht. Als Terakian und Basil zum anderen Ende der Theke hinübergingen, folgte er ihnen.

»Der Blitz schlägt bald ein«, sagte er. Er hatte einen Akzent, den man wie Brei hätte löffeln können. »Und doch wandelt ihr in Finsternis und ahnt nichts.«

»Verschwinde«, sagte Basil.

»Ihr werdet bald keine Befehle mehr geben«, sagte der junge Mann. »Dann ist es zu spät für euch.«

Terakian blickte an ihm vorbei Sandor an, der die Augen verdrehte, aber nichts sagte. Betrunkene waren nun mal Betrunkene, für ihn ein Berufsrisiko. Die Terakians waren jedoch Stammkunden, also ging Sandor auf den jungen Mann zu. »Möchtest du trinken oder reden?«, fragte er ihn.

»Gib mir noch 'nen«, sagte der junge Mann. Er schwankte leicht, war aber noch nicht ganz hinüber, und Terakian überlegte sich, dass der Junge sich ohnehin später an nichts erinnerte.

»Nun zum Vortenya-Vertrag«, sagte er zu Basil und wandte dem Betrunkenen den Rücken zu. »Von Gabe auf der *Serenity Gradient* habe ich gehört, dass sie planen ...«

Der Betrunkene tippte ihm auf die Schulter, und Terakian drehte sich wütend um. Der Säufer fuchtelte mit dem Finger vor Terakians Gesicht herum. »Ihr habt ja keine Ahnung, was auf euch zukommt«, wiederholte er.

»Wovon redest du eigentlich?«, fragte Terakian mehr als nur ein bisschen verärgert. »Ich weiß nur, dass eine Hälfte Anteile am Schiff auf mich zukommen, wenn mein Onkel mal stirbt.« Er grinste seinen Vetter an, der zurückgrinste.

»Iss'n Geheimnis«, sagte der junge Mann. »Aber ihr werdet's erfahren. Ihr *alle* werdet's erfahren.«

»Klingt wie eine Drohung«, fand Basil. »Uuh ... ich hab ja solche Angst ...!«

»Wär besser, wenn du welche hättest«, sagte der junge Mann. Sein verschwommener Blick wurde wieder klar. »Ihr ganzen ... Gräuel!«

»Schwachkopf!«, schimpfte Terakians Vetter. Er war ein reizbarer Mensch und wies auch die Narben auf, die es bewiesen.

Aber der junge Betrunkene reagierte nicht auf die Kränkung. Er zeigte ein hässliches Lächeln. »Es wird euch noch Leid tun! Wenn die Stationen hochgehen und der Zorn Gottes zuschlägt ...«

»Jetzt hör mal!«, griff Sandor ein. »Kein Gerede über Gott in dieser Kneipe. Falls du dich über Religion streiten möchtest, tu es woanders.«

Der junge Mann schob sich von der Theke zurück, ging ein paar schwankende Schritte weit, krümmte sich dann und erbrach sich reichhaltig.

»Ich hasse selbstgerechte Säufer«, sagte Sandor und griff nach der Staubsaugerdüse, die hinter der Theke montiert war. »Sie können den Alkohol nicht für sich behalten.« Er sah Terakian und seinen Vetter an. »Habt ihr den schon mal gesehen?«

»Nein«, antwortete Terakian. »Aber wir haben ein paar von diesen Abzeichen gestern drüben im D-Dock gesehen.«

»Na ja, schaut mal hinaus, ob ihr irgendwelche Sicherheitsleute seht, während ich hier sauber mache. Möchte keine Probleme mit dem Gesetz haben, weil ich an einen Minderjährigen ausgeschenkt habe oder so was.« Sandor zerrte an dem Staubsaugerschlauch und zog ihn um das Ende der Theke herum zu dem Schlamassel hinüber.

Terakian, der regelmäßig wie ein Uhrwerk alle zwei Monate diese Station besuchte, kannte die meisten Stationsangestellten. Er blickte zu Friendly Macs Wechselstube und Finanzierungen hinüber und entdeckte Jilly Merovic auf ihrem Streifengang. Er winkte; Jilly winkte zurück und durchquerte den Korridor mit ihren üblichen raschen Schritten.

»Jilly kommt«, informierte er den Barkeeper.

»Gut.« Sandor hatte schon den größten Teil des Erbrochenen aufgesaugt, aber der junge Mann lag bewusstlos am Boden ausgestreckt. »Helft mir, ihn umzudrehen, ja?«

»Lasst die Leute mit dem Gesicht nach unten liegen, sagt unser Schiffsarzt«, bemerkte Basil.

»Na ja, dann hebt wenigstens seinen Kopf hoch, damit ich den Rest von der Pfütze aufsaugen kann.« Basil schnitt eine Grimasse, aber er packte den Kopf des jungen Mannes an den Haaren und zog ihn hoch, während Sandor mit der Saugerdüse darunter entlangfuhr.

»Was geht hier vor?«, fragte Jilly von der Tür her.

»Neuer Kunde – er hat zu viel getrunken und gekotzt und ist ohnmächtig geworden.«

»Hm. Hast du seine ID?«

»Sie *behauptet,* er wäre siebenundzwanzig.«

»In Ordnung, Sandor, ich beschuldige dich ja gar nicht, an Minderjährige auszuschenken. Ich wollte nur wissen, ob er irgendwelche medizinischen Daten dabeihat.«

»Nichts vermerkt.«

Jilly hockte sich neben die hingestreckte Gestalt und blickte dann zu Terakian und seinem Vetter hinauf. »Kennt ihn einer von euch? Schien er unter Stress zu stehen?«

»Nein, wir kennen ihn nicht, und er schien betrunken zu sein«, sagte Basil. Terakian warf ihm einen warnenden Blick zu; Basil war ein Mensch von dem Schlag, der leicht mit dem Schicksal haderte. Dabei konnten sie ihre Geschäfte später immer noch besprechen, falls Basil ihnen jetzt nicht zu viel Schwierigkeiten eintrug.

»Er hat Drohungen ausgestoßen«, berichtete Terakian. »Bezeichnete uns als Gräuel und sagte, wir würden schon abkriegen, was auf uns zukommt.«

Jilly hatte die ID-Mappe des Mannes aufgeklappt, hob aber jetzt den Blick. »Gräuel? Bist du sicher, dass er dieses Wort benutzt hat?«

»Yeah. Und er sagte etwas über Stationen, die hochgehen. Typischer gemeiner Trunkenbold, habe ich mir gedacht. Wahrscheinlich hat sein Käpten ihn zur Schnecke gemacht oder seine Stationsmieze hat mit einem anderen angebandelt.«

»Jemals von einem Schiff namens *Mockingbird Hill* gehört?«, fragte Jilly.

Terakian schüttelte den Kopf. »Nein. Was ist damit?«

»Ein unabhängiger Kauffahrer. Das hier ist Vollmatrose Todd Grew.« Sie machte eine Aufnahme des Schiffsabzeichens am Ärmel des Mannes und betrachtete dann die Anzeige ihres Handcomputers. »Tatsächlich die *Mockingbird Hill,* und sie liegt im D-Dock. Hat für dreißig Tage Liegegebühren entrichtet; als Fracht sind Leichtindustrieprodukte angegeben.«

»Hast du nicht vor, sein Schiff anzurufen, damit sie ihn abholen?«

Jilly warf Basil einen Blick zu, bei dem Terakian bis auf die Knochen fror, auch wenn er ihn nur am Rand mitbekam. »Nein. Ser Grew hat nur die beste medizinische Behandlung verdient. Ihr beide haltet an der Tür Wache – falls ihr jemanden seht, der nach Mr. Grew sucht, stiftet Unruhe. Egal was ihr tut, lasst sie nicht hier herein.« Dann wandte sie sich an den Barkeeper. »Ich benötige deinen Komstecker.«

»Aber du hast doch selbst...«

»Sofort!«, kommandierte Jilly mit so viel Kraft, dass der Barkeeper davor zurückwich. Terakian war froh, dass er einen anderen Mann genauso reagieren sah, wie er sich fühlte. Er nickte Basil zu, und sie gingen zur Tür, wie Jilly angeordnet hatte. Er konnte nicht hören, was sie sagte ... aber ein langes Leben auf den Raumfahrtstraßen der Familias ließ keine Zweifel über die Identität der unauffällig gekleideten Männer aufkommen, die zur Hintertür der Kneipe eintraten und Todd Grew auf ein Rollbett verfrachteten, ehe er aufwachte. Noch während sie ihn zur Hintertür hinausschoben, näherte sich einer der Leute Terakian.

»Darf ich bitte Ihre ID sehen?« Es war eigentlich keine Bitte. Terakian zog die Mappe hervor; der Mann blickte darauf und sagte, ohne den Blick zu heben: »Officer Merovic berichtet, sie würde Sie kennen – seit Jahren schon.«

»Das stimmt«, sagte Terakian. Kalter Schweiß rieselte ihm den Rücken herunter, und er hatte nicht mal was falsch gemacht. Das wusste er genau. »Von der *Terakian Blessing,* die der Terakian und Söhne GmbH gehört.«

»Und Sie?«, wandte sich der Mann an Basil.

»Basil Terakian-Junos. Von der *Terakian Bounty.*«

»Vettern«, stellte der Mann fest. »Sie sind der Raufbold, nicht wahr?«

»Ich verstehe mich aufs Kämpfen«, sagte Basil.

»Basil ...«

»Mir macht das nichts aus«, sagte der Mann. »Ich wollte nur sicher sein, dass ich die richtigen Terakian-Vettern vor mir habe. Gestatten Sie mir, Ihnen einen guten Rat zu geben.« Damit meinte er einen Befehl. »Das hier ist nie passiert, verstanden?«

»Was denn?«, fragte Basil.

Terakian versetzte ihm einen Ellbogenstoß. »Wir waren nur für eine kleine Familienplauderei hier ...«

»Richtig. Und Sie haben Officer Merovic gesehen und ihr einen Drink spendiert.«

»Jasir! Und niemand hat irgendwas gesehen, stimmts?«

»Genauso ist es. Ich weiß, wie Ihresgleichen zur eigenen Familie steht, aber ich sage Ihnen: Das ist keine gute Geschichte, um sie weiterzuerzählen, und sie bietet keinerlei Aussicht auf Profit.«

Daran zweifelte Terakian – alles, worum sich der Sicherheitsdienst der Flotte so intensiv kümmerte, bot gewöhnlich reichlich Profitchancen –, aber er war bereit einzuräumen, dass er sie nicht ausnutzen konnte.

»Und wie lange sollte unsere Familienbesprechung noch dauern?«, fragte er.

»Weitere fünfzehn Minuten müssten reichen«, sagte der Mann freundlich.

Fünfzehn Minuten. Damit blieb ihnen immer noch Zeit, sich mit den Vortenya-Vertragsverhandlungen zu befassen, vorausgesetzt, Jilly bestand nicht darauf, sich mit dem Drink zu ihnen zu setzen.

***

Station Aragon, Sektor-VII-HQ

»Dank einer wachsamen Sicherheitstruppe auf Zenebra haben wir jetzt sowohl Beweise für geplante Terroranschläge als auch präzisere Angaben zu Sera Meagers wahrscheinlichstem Aufenthaltsort.«

»Und was genau?«

»Ein unabhängiger Kauffahrer, die *Mockingbird Hill,* vor vier Jahren gebraucht vom Allsystems-Bergungsunternehmen erworben, hat an der Zenebra-Hauptstation angelegt und die Liegegebühren für dreißig Tage vorab bezahlt. Das war an sich schon ein bisschen erstaunlich, aber der Stationsmeister hat es einfach ins Logbuch eingetragen und die Flotte nicht alarmiert; wir hatten noch keine Liste mit Warnsignalen ausgegeben, weil wir keine weit verbreitete Panik erzeugen wollten. Ein Besatzungsmitglied dieses Schiffes hat sich jedoch in einer Raumfahrerkneipe betrunken, die Eingeweide ausgekotzt und den Einheimischen etwas erzählt, was den Sicherheitsdienst alarmierte. Dort rief man die Flotte an, und als wir den Mann verhörten, stellten wir fest, dass er diesem Kult angehört und der Kauffahrer mit Sprengstoff voll gestopft war, um jede Raumstation ihrer Wahl hochzujagen. Sie hatten Zenebra nicht speziell ausgesucht, sondern dort für den Fall Stellung bezogen, dass sie aufgefordert wurden, irgendwo im dortigen Sektor tätig zu werden.«

»Und Sera Meager?«

»Einem der anderen Besatzungsmitglieder zufolge gehört der Ranger Bowie auf dem Video von der *Elias Madero* zu dem Zweig, der sich Unser Texas nennt; die jetzige Gruppe stammt vom Ursprünglichen Texas und ist derzeit anscheinend mit Unser Texas verbündet.«

»Und die Guernesi haben Agenten tätig auf ... sehen wir mal hier nach. Heimat Texas, Wahres Texas und ... na, was sage ich? Unser Texas.«

»Ja ... und dieser Agent sollte bestätigen können, ob sie dort immer noch einen Ranger Bowie haben und ob wir jetzt den richtigen Mann – und den richtigen Planeten kennen.«

Universität Caradin, Abteilung für Altertumsforschung

Waltraude Meyerson spähte gerade durch das Okular eines schwachen Mikroskops auf ein ungeheuer seltenes Foto, das vielleicht – wenn sie Glück hatte – endlich die Frage beantworten half, ob ein bestimmter Politiker der Alten Erde Mann oder Frau war; deshalb ignorierte sie das Läuten des Komgeräts, bis es sich zu einem wütenden Summen steigerte. Sie streckte blind die Hand aus, tastete auf dem Schreibtisch herum, bis sie den Schalter fand, und drückte ihn.

»Ja!«

»Hier ist Dekan Marondin … uns liegt eine dringende Anfrage nach einer speziellen Konsultation auf Ihrem Fachgebiet vor.«

»Nichts auf meinem Fachgebiet ist dringend«, sagte Waltraude. »Alle sind seit Jahrhunderten tot.« Trotzdem lehnte sie sich zurück und schaltete die Beleuchtung des Mikroskops aus.

»Es ist eine Anfrage seitens höchster staatlicher Dienststellen …«

»Nach antiker Geschichte? Liegt ein weiterer Antiquitätenschwindel vor?«

»Nein … Ich kenne nicht mal den Grund, aber sie möchten etwas über Politik auf der Alten Erde erfahren, in Nordamerika … deshalb habe ich natürlich an Sie gedacht.«

Natürlich. Sie war die einzige Nordamerikanistin ihrer Fakultät, aber die Chancen standen gut, dass irgendein idiotischer Bürokrat den Wechselkurs zwischen dem Quebec-Francs und dem mexikanischen Peso in einem Jahrzehnt erfahren wollte, von dem sie keine Ahnung hatte.

»Wie lautet also die Frage?«

»Sie möchten persönlich mit Ihnen sprechen.«

Störungen, immer diese Störungen! Sie hatte sich das Semester freigenommen und hielt keine Vorlesungen, damit sie endlich das Buch fertig stellen konnte, an dem sie seit acht Jahren arbeitete, und jetzt musste sie alberne Fragen beantworten. »Fein«, sagte sie. »Ich gebe ihnen fünfzehn Minuten Zeit.«

»Ich denke, sie werden mehr brauchen«, sagte der Dekan. »Sie sind unterwegs.«

Phantastisch! Waltraude stand auf und streckte sich und lockerte die Muskelspannungen, die sich nach Stunden am Mikroskop im Rücken entwickelt hatten; derweil sah sie sich vage in ihrem Büro um. »Sie« deutete auf mehr als eine Person hin – bestimmt wollten sie sich hinsetzen, und auf beiden Stühlen stapelten sich Papiere. Manche Leute hielten es für altmodisch, so viel Papier um sich zu haben, aber Waltraude war selbst altmodisch – darauf bestand sie! Deshalb hatte sie sich überhaupt der Altertumsforschung zugewandt. Sie hatte gerade den ersten Stapel aufgehoben und blickte sich nach einem Platz dafür um, als jemand an die Tür klopfte. »Treten Sie ein!«, sagte sie, drehte sich um und sah sich zwei Männern und zwei Frauen gegenüber, die sie so erschreckten, dass sie erstarrte. Die Leute sahen so aus, als sollten sie alle Uniform tragen, obwohl sie es nicht taten.

»Es tut mir Leid, wenn wir Sie erschreckt haben«, sagte eine der Frauen. »Aber – wissen Sie irgendetwas über Texas?«

Drei Stunden später redete Waltraude immer noch, und ihre Besucher zeichneten nach wie vor alles auf und stellten weitere Fragen. Waltraude hatte keine Angst mehr, verstand aber immer noch nicht richtig, aus welchem Grund die Leute sie aufgesucht hatten.

»Aber danach sollten Sie wirklich Professor Lemon fragen«, sagte sie schließlich. »Er ist es, der über die

Geschlechterbeziehungen im Nordamerika dieser Epoche die meiste Arbeit geleistet hat.«

»Professor Lemon ist vergangene Woche bei einem Verkehrsunfall ums Leben gekommen«, sagte eine der Frauen. »Sie sind die Nächstbeste.«

»Oh. Na ja ...« Waltraude fixierte die andere Frau mit einem Blick, der Studenten normalerweise die Wahrheit entlockte. »Wann haben Sie eigentlich vor, mir zu sagen, was los ist?«

»Sobald wir Sie ins Hauptquartier von Sektor VII gebracht haben«, antwortete die Frau mit einem Lächeln, das keinesfalls beruhigend wirkte. »Sie sind jetzt unsere beste Expertin über texanische Geschichte, und wir möchten dafür sorgen, dass Sie am Leben bleiben.«

»Meine Quellen ...«, sagte Waltraude und deutete auf das Chaos in ihrem Büro. »Mein Buch ...«

»Wir bringen Ihnen alles«, versprach die Frau. »Und Sie erhalten auch Zugriff auf das Material Professor Lemons.«

Lemon hatte sich seit Jahren geweigert, seine Ausgabe eines Molly-Ivins-Buches zu teilen, an das Waltraude auch mit Hilfe des Bibliotheksservices nie hatte kommen können. Er hatte dabei sogar ein eigenes Versprechen gebrochen, ihr das Buch als Gegenleistung für einen Datenwürfel zur Verfügung zu stellen, der dreißig Jahrgänge einer Provinzzeitung aus Oklahoma enthielt. Zugriff auf Lemons Material?

»Wann brechen wir auf?«, fragte Waltraude.

Kapitel dreizehn

Sektor-VII-HQ

»Der Admiral möchte Sie sehen«, sagte der Jig. Esmay blickte von ihren Listen auf. Was war denn jetzt los? Sie hatte auch diesmal ganz bestimmt wieder nichts Schlimmes getan.

»Bin unterwegs«, sagte sie und zwang sich zu einem munteren Tonfall. Was immer hier los war, ein langes Gesicht machte es auch nicht besser.

In Admiral Hornans Vorzimmer nickte ihr der Sekretär ernst zu und drückte einen Schalter auf dem Schreibtisch. »Treten Sie gleich ein, Lieutenant Suiza.«

Also war es ernst, und sie hatte nach wie vor keine Ahnung, worum es ging. Man hatte ihre Sünden inzwischen schon so oft durchgekaut, dass sie längst keinen Geschmack mehr enthielten; was konnte man jetzt noch angreifen?

»Lieutenant Suiza zur Stelle, Sir.« Sie begegnete Admiral Hornans Blick offen.

»Rühren, Lieutenant. Tut mir Leid, Ihnen sagen zu müssen, dass ich traurige Nachrichten für Sie habe. Wir haben einen Antrag Ihres Vaters per Ansible erhalten, dass Sie sofort Sonderurlaub erhalten ... Ihre Urgroßmutter ist gestorben.«

Esmay spürte, wie ihre Knie ein wenig nachgaben. Der Segen der alten Dame – hatte sie ihn überhaupt richtig gewürdigt? Tränen brannten in ihren Augen.

»Setzen Sie sich, Lieutenant.« Sie setzte sich auf den angewiesenen Stuhl, und ihre Gedanken überstürzten sich. »Möchten Sie einen Schluck Tee? Kaffee?«

»Nein ... danke, Sir. Es ist – es geht mir gleich wieder

gut.« Es ging ihr schon wieder gut; ein durchsichtiger Schirm schützte sie vor dem Universum.

»Ihr Vater deutet an, dass Sie Ihrer Urgroßmutter nahe gestanden haben ...«

»Ja, Sir.«

»Und er sagt, Ihre Anwesenheit wäre aufgrund rechtlicher Fragen ebenso dringend nötig wie aufgrund familiärer, falls es möglich ist, Sie freizustellen.« Der Admiral legte den Kopf auf die Seite. »Unter den gegenwärtigen Umständen denke ich, können wir Sie leicht freistellen. Ihre Anwesenheit hier ist kaum von Bedeutung.« Genauso gut hätte er sagen können, dass sie absolut unwillkommen war; Esmay registrierte das, empfand aber nichts von dem Schmerz, den ihr das bislang bereitet hatte. Urgroßmutter tot? Die alte Dame war eine konstante Größe gewesen, sogar in Esmays selbst gewähltem Exil, ihr ganzes Leben lang, das ganze Leben ihres Vaters lang.

»Ich – danke Ihnen, Sir.« Ihre Hand kroch nach oben und packte durch die Uniform hindurch das Amulett.

»Was mich interessiert ist – falls es Ihnen nichts ausmacht, mir das zu erklären –, welche rechtlichen Fragen die Anwesenheit einer Urenkelin zu einem solchen Zeitpunkt erforderlich machen.«

Esmay konzentrierte sich mühsam wieder auf das Gespräch; sie hatte das Gefühl, durch Kleister zu waten. »Ich bin mir nicht ganz sicher, Sir«, sagte sie. »Es sei denn, ich wäre die nächste weibliche Verwandte meiner Urgroßmutter in der weiblichen Linie ... und ich hatte eigentlich gedacht, das wäre meine Tante Sanibel.«

»Ich verstehe nicht.«

Esmay versuchte, sich an die Geburtsjahre zu erinnern – sicherlich war es Sanni und nicht sie selbst. Aber Sanni war jünger als Esmays Vater. »Es geht um das Land, Sir. Die Estancia. Land wird in der weiblichen Linie vererbt.«

»Land ... wie viel Land?«

Wie viel Land? Esmay wedelte unbestimmt mit den Händen. »Sir, es tut mir Leid, aber das weiß ich gar nicht. Eine ganze Menge.«

»Zehn Hektar? Hundert?«

»Oh nein – viel mehr! Die Hauptgebäude erstrecken sich über zwanzig Hektar, und die Polospielfelder ...« Sie versuchte es auszurechnen, ohne die Finger zu benutzen. »Wahrscheinlich hundert Hektar. Die meisten kleinen Koppeln direkt am Haus umfassen fünfzig Hektar ...«

Der Admiral glotzte sie an; Esmay verstand gar nicht warum. »Eine kleine Koppel – nur ein Teil des Landes – umfasst fünfzig Hektar?«

»Ja ... und die großen Weiden für das Vieh liegen irgendwo zwischen ein- und dreitausend Hektar.«

Er schüttelte den Kopf. »In Ordnung. Eine ganze Menge Land. Lieutenant – weiß irgendjemand in der Flotte, dass Sie so reich sind?«

»Reich?« Sie war nicht reich. Sie war nie reich gewesen. Ihr Vater, Papa Stefan, ihre Urgroßmutter ... die Familie insgesamt war reich, aber nicht ein dünner Zweig am Stammbaum.

»Sie betrachten Tausende Hektar Land nicht als Zeichen von Reichtum?«

Esmay überlegte. »Ich habe nie wirklich darüber nachgedacht, Sir. Es gehört nicht mir – ich meine, es hat mir nie gehört, und ich bin mir ziemlich sicher, dass das auch jetzt nicht der Fall ist. Es gehört der Familie.«

»Mein Ruhesitz«, sagte der Admiral, »umfasst zehn Hektar.«

Esmay wäre dazu nichts anderes eingefallen als »tut mir Leid«, und sie wusste, dass das nicht ging.

»Ich könnte also die Schlussfolgerung ziehen«, fuhr der Admiral in einem Ton fort, der Esmay durch und durch ging, »dass Sie nicht irgendwo auf der Straße darben würden, falls Sie ... sich entschieden, eher der familiären Aufgabe nachzukommen, als eine Laufbahn in der Flotte zu verfolgen?«

»Sir.«

»Nicht, dass ich Ihnen das nahe legen möchte; ich finde es nur ... interessant ... dass der junge Offizier, der fähig war, der Tochter des Sprechers zu sagen, sie wäre ein verdorbenes reiches Mädchen, selbst ... ein reiches ... Mädchen ist. Ein sehr reiches Mädchen. Vielleicht sind reiche Mädchen ja – aus all den Gründen, die Sie so freundlich waren, Sera Meager zu erläutern – generell nicht für eine militärische Laufbahn geeignet.«

Das kam so dicht an die Anweisung heran, den Dienst zu quittieren, wie es nur möglich war, ohne es direkt auszusprechen. Esmay erwiderte seinen Blick und fühlte sich vollkommen trostlos. Welche Chance hatte sie noch, wenn die Führungsoffiziere so über sie dachten? Sie wollte Einwände erheben, wollte darauf hinweisen, dass sie ihre Loyalität bewiesen hatte, ihre Ehre – und nicht nur einmal, sondern ein ums andere Mal. Sie wusste jedoch, dass es nichts genützt hätte.

Der Admiral senkte den Blick auf die Tischplatte. »Ihre Urlaubs- und Reisepapiere wurden bereits ausgestellt, Lieutenant Suiza. Nehmen Sie sich auf jeden Fall so viel Zeit, wie Sie brauchen.«

»Danke, Sir.« Sie hatte vor, höflich zu sein, komme, was da wolle. Mit Grobheit hatte sie nichts erreicht, Ehrlichkeit war gescheitert, und somit würde sie jetzt bis zum bitteren Ende höflich bleiben.

»Entlassen«, sagte er, ohne aufzublicken.

Der Sekretär blickte auf, als sie ins Vorzimmer kam.

»Schlechte Nachrichten, Sir?«

»Meine ... Urgroßmutter ist gestorben. Unser Familienoberhaupt.« Es schnürte ihr die Kehle zu, und sie konnte nicht weiterreden, aber das Mitgefühl im Gesicht des Sekretärs wirkte aufrichtig.

»Das tut mir Leid, Sir. Ich habe hier die Urlaubs- und Reisepapiere, die ich auf Befehl des Admirals auszustellen hatte ...« Der Sekretär brach ab, aber Esmay gab keine weiteren Erklärungen. »Sie haben eine Priorität der Stufe zwei erhalten, und ich habe mir die Freiheit genommen, auf Ihren Namen die schnellste Verbindung zu buchen, die ich finden konnte.«

»Danke«, sagte Esmay. »Das war sehr freundlich …«

»Keine Ursache, Sir; es tut mir nur Leid, dass es aus traurigem Anlass geschieht. Wie ich feststelle, haben Sie auf unbestimmte Zeit Urlaub … Ich vermute, Sie werden das nächstgelegene Sektor-HQ informieren, sobald Sie wissen, wie lange Sie brauchen?«

»Das ist richtig«, antwortete Esmay. Die vertraute Routine, die vertrauten Ausdrücke linderten die betäubende Kälte, die die Haltung des Admirals hinterlassen hatte.

»Das wäre dann Sektor IX, und ich setze gerade noch den Erkennungscode hinzu, den Sie benötigen werden – und hier haben wir alles, Sir.«

»Ich muss mich erneut bedanken«, sagte Esmay und brachte ein aufrichtiges Lächeln für ihn zustande. Wenigstens er behandelte sie wie eine normale Person, die Respekt verdient hatte.

Ihr Schiff legte in sechs Stunden ab; sie eilte in ihre Unterkunft zurück, um zu packen.

* * *

Marta Katerina Saenz, die selbst Repräsentantin war und die Stimmvollmacht für zwei weitere Sitze des Familienclans ausübte, hatte schon wochenlang mit dem Aufruf gerechnet, ehe er tatsächlich erfolgte. Häschens wilde Tochter war schließlich doch tiefer in die Patsche geraten, als dass sie durch Jugend und Elan wieder daraus hätte entrinnen können, obwohl sich die Medien ganz schön vage ausgedrückt hatten, was die genaueren Umstände anbetraf – zunächst sprachen sie davon, Brun würde »vermisst«, dann galt sie als »mutmaßlich von Piraten entführt«. Marta vermutete, dass womöglich noch Schlimmeres zutraf; Piraten brachten ihre Gefangenen normalerweise um oder tauschten sie rasch gegen Lösegeld ein. Häschen, der als Nachfolger Kemtres heute höchster Repräsentant des Großen Rates der Familias war, hatte sich tatsächlich ganz gut geschlagen in den diversen Krisen, die auf die Abdankung des Königs folgten – die Morellines und die Consellines hatten sich nicht zurückgezogen; die Halbmondplaneten hatten keine Schwierigkeiten gemacht; die versuchte Invasion der Benignität im Xavier-System war rasch zurückgeschlagen worden. Gerüchte wollten jetzt jedoch wissen, das Verschwinden seiner Tochter hätte Häschen in einen Zustand versetzt, der an Unvernunft grenzte. Gerüchte irrten sich gewöhnlich in Details, hatte Marta herausgefunden, während sie jedoch im Wesentlichen zutrafen.

Sie selbst war die logische Wahl, wenn es darum ging, jemanden um Rat und Hilfe zu bitten. Zum einen hatte sie familiäre Verbindungen und Querverbindungen, zum anderen genoss sie paradoxerweise den Ruf, dem Rummel des politischen Lebens aus dem Weg zu gehen. Ihre Kriegsbeile hatte sie schon lange begraben beziehungsweise für späteren Gebrauch in den Schrank gelegt. Etliche Familien hatten schon Kontakt zu ihr aufgenommen und sie gebeten, diskrete Ermittlungen anzustellen. Außerdem hatte sie damals Häschen in der Patchcock-Affäre unterstützt und war mit dem Respekt gebietenden Admiral Serrano bekannt. Außerdem: Welche Probleme Brun sich auch immer eingehandelt hatte, sie wirkten sich auf die ganzen hiesigen Gebiete der Familias aus – eindeutig erkennbar an den verstärkten Patrouillen der Flotte und an der Art und Weise, wie selbst Martas Frachter gestoppt und durchsucht wurden. Also war nur natürlich, dass jemand schließlich auf die Idee kam und sie bat, »die Ermittlungen zu unterstützen« – war das der richtige Ausdruck?

Die Aufforderung rief bei ihr auch nicht annähernd den Widerwillen hervor, wie es noch vor zehn Jahren oder so hätte der Fall sein können. Diese Affäre auf Patchcock hatte viel mehr Spaß gemacht als erwartet, und das Nachbeben – als sie wegen Raffaeles Hochzeit die schwierige Mutter dieses Mädchens zur Rede stellte – noch mehr. Vielleicht hatte Marta für einige Zeit doch genug von abgeschiedenen Anwesen in den Bergen und von Laborforschung. Vielleicht war es Zeit, wieder mal Spaß zu haben.

Obwohl – nach allem, was man hörte, würde es diesmal nicht lustig werden. Als Marta an Bord der *RSS Gazehound* ging, die man geschickt hatte, um sie abzuholen, erhielt sie einen Datenwürfel, aus dem das klar wurde. Marta war Brun mehr als einmal in Bruns wildesten Zeiten begegnet, und das Mädchen jetzt hilflos und stumm zu sehen war mehr als erschreckend. Marta verbannte das Bild aus ihrem Kopf und konzentrierte sich lieber darauf, ihre Kräfte an der Besatzung der *RSS Gazehound* zu erproben.

Kommandant Bonnirs hatte sie mit dem ernsten Respekt an Bord begrüßt, der Marta aufgrund ihres Alters und Ranges zustand; Marta hatte sogar ein leises Lachen darüber unterdrücken können, auch wenn es ihr schwer fiel. Der Kommandant wirkte so jung, und seine Besatzung kam ihr wie eine Horde bloßer Kinder vor ... obwohl sie das natürlich nicht war. Trotzdem reagierten die Leute auf Marta wie ihre vielen Nichten und Neffen und behandelten sie wie eine Ehrengroßmutter. Als Gegenleistung für die Bereitschaft, denselben alten Geschichten von Liebe, Verrat und Versöhnung zu lauschen, erhielt Marta ungeheure Mengen an Informationen, von denen die jungen Leute gar nicht ahnten, dass sie sie weitergaben.

Zum Beispiel Pivot-major Gleason; er war sich eines möglichen Loyalitätskonfliktes im Spannungsfeld zwischen dem Regular Space Service und seiner Familie anscheinend gar nicht bewusst, beförderte jedoch nicht deklarierte Pakete von seinem Bruder zur Familie seiner Schwägerin – Pakete, die eigentlich nach den derzeitigen strengen Kontrollen von den Postdienststellen geöffnet und durchsucht worden wären. Gleason hatte keinerlei Schuldgefühle dabei, und Marta hoffte sehr, dass er lediglich gestohlene Edelsteine oder etwas gleichermaßen Harmloses beförderte, und keinen Sprengstoff.

Während Ensign Currany gerade dabei war, um Rat hinsichtlich unerwünschter Annäherungsversuche eines ranghöheren Offiziers nachzusuchen, verriet sie erschreckende Fehleinschätzungen dessen, was ein Registrierter Embryo war, was wiederum auf eine ganz andere politische Orientierung hindeutete als die, die sie nach außen vorgab. Normalerweise wäre das nicht wichtig gewesen, aber jetzt musste sich Marta doch fragen, warum Currany in die Flotte eingetreten war – und wann.

Marta fand heraus, dass ein Umwelttech hoffnungslos in den glücklich verheirateten ersten Navigator verliebt war, und dass der eigenartige Geruch in den Mannschaftsunterkünften auf ein illegales Citra-Schoßtier zurückging, das in einem Geheimfach im Wandschott hinter einer Koje aufbewahrt wurde. Die Besitzer holten es hervor und zeigten es ihr, und sie verzauberte die Leute, indem sie duldete, dass das Tierchen ihren Arm hinaufkrabbelte und ihr den pelzigen Schwanz um den Hals schlang. Sie hörte Teile eines wütenden Streites zwischen zwei Pivot-majors über Esmay Suiza mit – einer, der an Bord der *Despite* gedient hatte, bestand darauf, dass sie loyal und talentiert war, während der andere, der sie nie kennen gelernt hatte, hartnäckig behauptete, sie wäre eine heimliche Verräterin, die wollte, dass Brun entführt wurde, und wahrscheinlich den Piraten erzählt hatte, wo sie sie finden konnten. Marta hätte gern mehr mitgehört, aber die beiden Streithähne hörten sofort auf, als sie Marta auf dem Korridor herumlungern sahen; keiner wollte mehr etwas zum Thema sagen.

Am Ende der einundzwanzig Reisetage wusste Marta wieder ganz genau, warum sie normalerweise isoliert lebte: Die Leute erzählten ihr Sachen, hatten es schon immer getan, und nach nur wenigen Wochen fühlte sich Marta voll gestopft mit den unzähligen Details des Lebens und der Gefühle dieser Menschen. Dabei hatte sie Therapeutin nie als liebste Definition ihrer selbst betrachtet.

Marta bereitete sich auf ihr erstes Treffen mit Häschen vor; der spannungsgeladenen Atmosphäre ringsherum konnte sie entnehmen, dass – ob es ihr nun gefiel oder nicht – sie aller Welt Lieblingskandidatin war, was einen Therapeuten für Häschen anging. Sie rauschte mit ihrem üblichen Flair ins Zimmer und hoffte dabei, dass es die übliche Wirkung auf ihn zeitigte.

Diesmal war das nicht der Fall. Lord Thornbuckle hob den Blick zu ihr und zeigte das Gesicht eines Menschen, der nicht mehr weit von der Grenze eines funktionierenden Verstandes entfernt war. Verzweifelt, erschöpft ... nicht der Ausdruck, den man im Gesicht des Regierungschefs der Regierenden Familias sehen wollte, eines Menschen, von dessen Urteilskraft die Sicherheit des ganzen Imperiums abhing.

Marta dämpfte ihren instinktiven Elan und ging leise durch das Zimmer, um die Hand zu ergreifen, die er nach ihr ausstreckte.

»Häschen, es tut mir so Leid.«

Er starrte sie wortlos an.

»Aber ich kenne Brun, und wenn sie noch lebt, können und werden wir ihr helfen.«

»Du hast ja keine Ahnung ...« Er schluckte. »... was sie mit ihr gemacht haben. Mit meiner *Tochter*...!«

Sie wusste es durchaus, aber er hatte eindeutig das Bedürfnis, es ihr zu erzählen. »Erzähle mir davon«, sagte sie und hielt die ganze Zeit seine Hand, während er das ganze Grauen rezitierte, das Brun hatte ertragen müssen, sowie das, was womöglich noch darauf gefolgt war. Als er diese zweite Liste abarbeitete, unterbrach Marta ihn.

»Das kannst du nicht wissen ... du kannst es nicht wissen, und bis wir es mit Sicherheit erfahren, darfst du deine Kraft nicht durch solche Sorgen verschwenden.«

»Du hast leicht reden ...«

»Es war meine Nichte, die du geschickt hast, um Ronnie und George zu retten«, sagte sie lebhaft. »Es ist eben nicht leicht, davon zu reden oder es zu tun, aber Menschen in unserer Stellung tragen Verantwortung. Deine wiegt schwer, geht aber nicht über deine Kraft, wenn du nur aufhörst, die Bürde zu vergrößern, indem du dir noch mehr Grauen ausmalst.«

»Aber Brun ...«

»Wenn du dich selbst zermürbst, hilfst du ihr nicht.«

»Ich weiß nicht, was ich tun soll ...«

»Wo ist Miranda?« Häschens außergewöhnlich schöne Gemahlin war unter ihrer Schönheit eine Frau von stählerner Festigkeit und durchaus fähig, ihren Gatten zur Vernunft anzuhalten ... und sie war einer der wenigen Menschen, für die das galt.

»Sie ist ... wieder auf Castle Rock. Ich wollte sie nicht hier draußen haben.«

»Dann sage ich dir an ihrer Stelle, was du tun sollst. Nimm eine warme Mahlzeit zu dir. Schlafe mindestens neun Stunden lang. Nimm eine weitere warme Mahlzeit zu dir. Rede mit niemandem über irgendwas von Bedeutung, bis du das alles getan hast. Du wirst dich nämlich noch mieser fühlen, falls ein aus Hunger und Erschöpfung resultierendes schlechtes Urteilsvermögen Bruns Chancen mindert.«

»Aber ich kann nicht schlafen ...«

»Dann nimm ein Medikament ein.« Marta legte eine Pause ein, bis er das verstanden hatte, und fuhr fort: »Häschen, es tut mir wirklich ganz furchtbar Leid, dass das geschehen ist ... aber du darfst einfach nicht in diesem Zustand an die Sache herangehen.«

»Wer hat dich hergerufen?«, fragte er und schien endlich zu begreifen, dass sie tatsächlich da war.

»Das ist egal. Ich bin hier; ich gehöre hierher, weil

diese Leute nur einen Sprungpunkt von meinem Zuhause entfernt sind; und ich nehme dich für den Augenblick unter meine Fittiche, weil ich älter und fieser bin und du es nicht wagen wirst, mich zu schlagen.«

Mit diesen Worten stellte sie eine Verbindung zur Krankenstation und zur Küche her und wachte über Häschen, bis er einen Teller Suppe und einen Teller Hühnchen mit Reis gegessen hatte. Dann bestand sie darauf, dass er das gelieferte Medikament einnahm, und nickte seinem Kammerdiener zu. »Lassen Sie ihn nicht vor morgen früh aufstehen oder bis er zehn Stunden geschlafen hat, was davon auch später eintritt. Sorgen Sie dann dafür, dass er erneut isst.«

Den erstaunten, aber erleichterten Gesichtern der Umstehenden entnahm Marta, dass niemand sonst den Sprecher hatte zur Vernunft bringen können. Er war schließlich der Sprecher des Großen Rates. Sie spürte, wie sich ihre Lippen kräuselten. Das – diese ganze lächerliche gesellschaftliche Etikette, die dem gesunden Menschenverstand in die Quere kam – war genau der Grund, warum sie meistens jemand anderen im Rat für sich abstimmen ließ.

Als Nächstes stand ein kurzer Besuch bei Admiral Serrano auf Martas Liste; wie es hieß, sollte der Admiral das Kommando über die Einsatzgruppe übernehmen. Auf Martas Weg durch die endlosen Schichten der militärischen Bürokratie zwischen Vorzimmer und Büro hörte sie, wie ein gepflegter blonder weiblicher Offizier zu einer anderen Frau murmelte: »Na ja, es war schließlich Suiza.« Beide schüttelten die Köpfe.

Marta entschied, dass sie die gepflegte Blonde nicht leiden konnte, auch wenn sich das auf nicht mehr gründete als die unmögliche Vollkommenheit ihres Knochenbaus und die Art, wie sie sich herausputzte. Marta sagte nichts, speicherte aber die gehörte Bemerkung trotzdem ab.

Vida Serrano wirkte fast so gehetzt und erschöpft wie

Thornbuckle eben. Marta blinzelte; das hatte sie nicht erwartet.

»Was ist denn mit dir passiert?«

»Lord Thornbuckle«, antwortete Vida. »Er ist auf die ganze Familie Serrano wütend und besonders auf mich.«

»Warum?«

»Weil er denkt, die Zuneigung seiner Tochter zu meiner Nichte Heris hätte zu dem geführt, was er ›gefährliche Interessen‹ nennt. Natürlich hat es diesen bedauerlichen Zwischenfall bei Xavier gegeben, aber der war gewiss nicht Heris' Schuld. Dann habe ich Brun empfohlen, die Ausbildungseinrichtung der Flotte auf Copper Mountain zu besuchen, um sich Praxisfähigkeiten anzueignen – und, wie ich hoffte, auch etwas Disziplin –, aber das ist nun völlig schief gegangen, als man auf Brun schoss, sie dann noch einen Streit mit Lieutenant Suiza hatte und auf eigene Faust davonstürmte. Trotzdem, es war meine Empfehlung und somit meine Schuld.« Sie seufzte und brachte ein müdes Lächeln zuwege. »Ich hatte wirklich geglaubt, sie wäre für so etwas wie Copper Mountain bereit. Lord Thornbuckle hat seine Tochter selbst Lieutenant Suiza vorgestellt, aber anscheinend wird diese junge Frau nicht allem gerecht, was sie zu versprechen schien.«

»Ich bin verwirrt«, sagte Marta und setzte sich entschieden. »Ich dachte, die junge Brun hätte sich selbst in die Lage gebracht, in der sie von Piraten gefangen genommen und irgendwohin verschleppt wurde. Ich habe das Video von ihrer Verstümmelung gesehen, sonst nichts. Ich habe jedoch von mehr als nur einer Person hässliche Kommentare über Lieutenant Suiza gehört, und heute erfahre ich zum ersten Mal, dass Brun irgendeine Form militärischer Ausbildung absolviert hat. Und dass jemand ›auf sie schoss‹ – gehörte das zur Ausbildung oder was?«

»Eins nach dem anderen«, sagte Vida und sah plötzlich mehr nach dem Admiral aus, der sie schließlich war.

»Brun ist dort als zivile Schülerin angenommen worden – sie trug sich für Kurse in Suchen und Retten ein und für ähnlich abenteuerlustige Fächer. Offen gesagt, ich hatte gehofft, sie würde erkennen, wie sehr ihre Talente unseren Interessen gerecht wurden, und offiziell der Flotte beitreten.«

»Brun?« Marta schnaubte. »Man könnte aus diesem Mädchen auch nicht leichter einen Offizier formen als einen Schäferhund aus einer Bergkatze.«

»So sieht es aus. Vielleicht hatte sie sich ja bei mir von ihrer besten Seite gezeigt. Jedenfalls wurde sie während ihres Aufenthalts auf Copper Mountain das Ziel von mindestens zwei Attentatsversuchen – einer davon beinahe tödlich, zum Teil deshalb, weil sie darauf bestand zu tun, was alle anderen taten, und sich zu diesem Zweck der ihr zugeteilten Sicherheitseskorte entzog. Ihr Vater wollte, dass sie dort wegging, und sie lehnte ab. Er erkannte Lieutenant Suiza aufgrund der ganzen Publicity wieder und versuchte sich ihrer Hilfe zu vergewissern, um seine Tochter zur Kooperation mit dem Sicherheitskommando zu bringen. Anscheinend war seine Tochter kooperativ, und einige Wochen lang lief alles ganz gut. Zeugen sagen, Brun hätte immer wieder versucht, Freundschaft mit Suiza zu schließen, was jedoch nicht deren Wunsch entsprach.«

»Warum?«, wollte Marta wissen.

Vida zuckte die Achseln. »Wer sollte das wissen? Suiza belegte zusätzliche Kurse, praktisch zwei Ausbildungsgänge in einem, aber wir wissen nur eins mit Sicherheit: dass sie und Brun einen Streit hatten, am Abend vor der Feldübung in Entkommen und Ausweichen. Lieutenant Suiza war extrem unhöflich und beleidigend – ich habe mir die Bänder selbst angehört –, und einigen Quellen zufolge soll sie vorher schon abschätzige Bemerkungen über die führenden Familien und den Großen Rat gemacht haben. Äußerst unprofessionell.«

»Warum ist das während des Verfahrens vor dem Kriegsgericht nicht herausgekommen?«, fragte Marta.

»Hätte sie eine schlechte Reputation gehabt, wäre das bei den Ermittlungen zur Meuterei von großem Interesse gewesen.«

Vida warf die Hände hoch. »Ich weiß es nicht. Ich war an diesen Ermittlungen nicht beteiligt, außer in den ganz frühen Stadien; die gesamte Hintergrundforschung wurde vom Hauptquartier geleitet. Offen gesagt ist es mir schwer gefallen, das von ihr zu glauben – ich bin ihr mehrere Male begegnet, musst du wissen –, aber die Scannerdaten sind unwiderlegbar. Außerdem gibt sie zu, diese Dinge zu Sera Meager gesagt zu haben.«

»Seltsam«, fand Marta. Sie speicherte das im selben Gedankenfach wie die Bemerkung der gepflegten Blondine. »Also – was ist dann mit Brun passiert?«

Vida erzählte ihr, was bekannt geworden war. »Wir halten die Geschichte so gut unter Verschluss, wie wir können, also nicht sehr wirkungsvoll. Die Medien haben sich vorläufig damit einverstanden erklärt, aber wer weiß schon, wann sie es sich anders überlegen? Die Entführer möchten eindeutig, dass es bekannt wird: Sie lassen immer wieder Videoaufnahmen und anderes Material – alles außer einer Ortsangabe – zu den Medien durchsickern. Schlimmer noch, wir wissen immer noch nicht, wohin Brun gebracht wurde – und solange wir es nicht wissen, können wir kaum einen Plan entwickeln, um sie dort herauszuholen. Die Guernesi kooperieren in jeder Hinsicht, aber bislang sind wir damit beschäftigt, einen riesigen Haufen Sand nach einem einzelnen, ganz kleinen Diamanten zu durchsuchen.«

»Na ja.« Marta starrte an Vida vorbei auf den Wandmonitor – der ein Muster aus sich langsam bewegenden Farbbändern zeigte – und betrachtete ihn lange. »Ich sage dir, was ich erreicht habe. Ich habe Häschen ins Bett gesteckt, den Magen voll mit anständigem Essen, und ich denke, ich habe das medizinische Personal ausreichend in Angst und Schrecken versetzt, damit sie für wenigstens zehn Stunden Schlaf sorgen.«

»Ich bin beeindruckt.«

»Das solltest du auch. Ich vermute, du hast aufgrund meiner Kenntnisse von der Region nach mir geschickt?«

»Deine Schiffe befahren sie regelmäßig – wir haben uns gefragt, ob irgendeines der Logbücher etwas enthält, das vielleicht eine Spur des Schiffes oder der Schiffe aufzeigt, mit denen Brun gereist ist.«

»Wonach suchen wir?«

»Ein Containerschiff – ein ganz schön dickes – des Boros Consortiums mit dem Namen *Elias Madero,* vielleicht in Begleitung eines oder mehrerer anderer Schiffe von etwa Patrouillenklasse.«

»Ich vermute, du möchtest diese Information gewinnen, ohne dass gleich mein ganzes Personal davon erfährt?«

»Falls möglich, ja.«

»Ich ziehe die Daten selbst heraus.« Marta stand auf. »Jetzt musst du, meine Liebe, noch auf den gleichen Rat hören wie Häschen. Eine warme Mahlzeit, ein langer Schlaf. Für eine Frau deines Alters siehst du fürchterlich aus.«

Vida lachte. »Ja, Marta. Berufen wir wieder den Tantenzirkel ein?«

»Nein ... Cecelia wäre in diesem Punkt keine Hilfe, und ihre Gefühle für Brun würden sich als so hinderlich erweisen wie die Häschens. Du und ich, wir müssten eigentlich mit der Aufgabe fertig werden.«

»Falls dein geschätzter Freund nur aufhört, Hindernisse vor mir aufzubauen«, sagte Vida kopfschüttelnd. »Er ist so von einer Serrano-Verschwörung überzeugt, dass ich von Glück sagen kann, noch zur Einsatzgruppe zu gehören.«

»Hm. Ich sehe mal, was ich ausrichten kann, wenn er sich ausgeschlafen hat. Zumindest müsste ich erreichen können, dass er wieder in vernünftigem Rhythmus isst und schläft. So, was kannst du mir an Anhaltspunkten geben, um meine eigene Datenbank zu durchsuchen?«

»Na ja ... wir haben nach besten Kräften Material gesammelt. Bediene dich ... hier hast du meine private Liste.« Vida übergab ihr den Datenwürfel. »Vielleicht möchtest du Heris einspannen; sie hat die wirklich guten Techs derzeit an der Hand.«

»Fein. Wie sieht unser Konferenzprogramm aus?«

Zwischen Konferenzen und einem gescheiterten Versuch, den eigenen Datenbanken Informationen über das Boros-Schiff zu entnehmen (niemand hatte etwas Ähnliches gemeldet), spazierte Marta herum, während sie über alles nachdachte, hörte zu und lernte, wie die Rädchen der Flotte ineinander griffen. Ganz ähnlich wie bei jeder anderen großen Organisation, einschließlich Martas eigener Arzneimittelkonzerne, aber mit subtilen Abweichungen. Trotzdem, die Flotte setzte sich aus Menschen zusammen, und Menschen waren im ganzen Universum Menschen.

Man nehme nur diese Geschichte mit Esmay Suiza. Marta hatte schon von Suiza gehört – jeder mit Zugriff auf Nachrichtensendungen hatte schon von ihr gehört, zuerst nach der Schlacht von Xavier und dann nach der *Koskiusko*-Affäre. Eine aufstrebende junge Heldin, ein taktisches Genie, eine charismatische Führungsperson. Und da war sie nun, Erster Offizier auf einem Schiff der Einsatzgruppe ... aber sie war eben *nicht* da ... auf keiner Liste mit Offizieren, die mit dieser oder jener Planung betraut waren, erschien Esmay Suizas Name. Ihr Kommandant nahm an einigen Konferenzen teil ... aber Suiza nie, wie es schien.

Es kam ihr so dumm vor. Suiza war offenkundig die relevante Quelle für jüngste, detaillierte Kenntnisse von Bruns Leistungen und Einstellung. Sicherlich wirkte sich doch Häschens irrationale Abneigung nicht auf die Urteilskraft aller Beteiligten aus! War Suiza mit einem Geheimauftrag unterwegs? Als sich herausstellte, dass sie Urlaub erhalten hatte, war das die wahrscheinlichste Erklärung. Aber dem Klatsch zufolge war sie in Ungnade gefallen und in die Wüste geschickt worden.

Natürlich nur eine Geschichte, zur Tarnung. Marta fragte sich, welche Art Legende da zusammengebraut worden war. Sie wusste, was sie sich selbst ausgedacht hätte. Sie schaffte es, sich eines Abends in einen der Freizeiträume zu mogeln; sie hatte sich äußerlich so gut als verrückte alte Frau zurechtgemacht, wie sie es zuwege brachte, und hielt nun die Ohren gespitzt.

Natürlich wussten in gewisser Weise alle, wer sie war. Normale alte Damen der zivilen Gesellschaft hingen nicht abends im Freizeitraum der Subalternoffiziere herum. Aber alle diese Leute hatten Großmütter, und Marta hatte in all den Jahren, die sie Besuch von Nichten und Neffen und Kusinen und Vettern empfing, ein herzliches Lachen zur Perfektion entwickelt. Bald hatte sich ein Kreis um sie gebildet, der ihr Getränke und Snacks brachte und fröhlich schwatzte.

Sie brauchte das Thema nicht mal selbst anzusprechen. Ein weiblicher Ensign versetzte einem anderen einen Stoß. »Sieh mal – dort ist Barin!«

Beide sahen hin, und Marta tat es ebenfalls. Ein dunkler, gut aussehender, kompakter junger Mann ging mit sorgenvoller Miene durch den Raum zum Getränkeautomaten hinüber; und die schon bekannte elegante Blondine folgte ihm.

»Mit Casea auf den Fersen«, stellte der andere Ensign fest.

»Für Sie immer noch Lieutenant Ferradi, Merce ... Sie ist schließlich ranghöher.« Das kam von einem männlichen Jig, den Marta bereits als spießig und übergenau eingestuft hatte.

»Sie ist, was sie ist«, erwiderte der Ensign. Ihr Blick glitt zu Marta weiter und begegnete dem Unerwarteten, und sie wurde rot.

Das bestätigte, was Marta schon vermutet hatte. Diese jungen Leuten waren – so durchsichtig!

»Zu schade«, meinte der erste Ensign. »Ich würde ihn auch gern kennen lernen, schaffe es aber nicht ...«

»Na ja«, warf der Jig ein, »sie mag ja sein, was sie

will ... aber sie ist immer noch besser als Suiza, und die hat er angeblich früher gern gehabt.«

Marta schenkte ihm ein Lächeln, weil er ihr die Arbeit abnahm, und legte den Kopf auf die Seite. »Suiza? Dieses Mädchen, das ein Held wurde?«

Nervöse Blicke, Augen, die von einer Seite zur anderen schweiften. Eine kurze Weile sagte niemand etwas, aber dann meldete sich der erste Ensign leise zu Wort. »Sie ist – derzeit keine solche Heldin mehr, Sera.«

»Wieso nicht?«, wollte Marta wissen und ignorierte die Signale, die andeuteten, dass es ein heikles Thema war. Direktheit funktionierte oft und machte außerdem mehr Spaß. Diesmal rief sie aber nur weitere Seitenblicke hervor und mehr Füßescharren. Endlich gab ihr derselbe Ensign Antwort.

»Sie – hat schlimme Dinge von der Tochter des Sprechers behauptet. Hat gesagt, sie hätte es nicht verdient, dass man sie rettet.«

Marta blinzelte. Das war nicht die Art Legende, die sie erfunden hätte, und von dergleichen hatte ihr auch Admiral Serrano nichts erzählt. Vida hatte von einem Streit auf Copper Mountain gesprochen, aber von nichts, was darauf gefolgt wäre. Gerüchte dieser Art hatten eine Art, haften zu bleiben und jemandes Karriere noch Jahre später zu schädigen. »Sind Sie sicher?«, fragte sie.

Es wurde genickt, stellenweise widerstrebend. »Es hat schon früher angefangen, habe ich gehört«, sagte der Jig.

»Das ist alles Quatsch!«, meldete sich ein anderer Jig zu Wort. »Ich glaube es nicht ... Jemand hat sich das ausgedacht ...«

»Nein, es stimmt. Sie haben ein Band davon. Ich habe gehört, wie Major Crissan mit Commander Dodd sprach und sagte, er hätte es selbst gehört. Suiza hat sich beim Ausbildungskommando mit Sera Meager gestritten; es ging um ein Fach, das sie beide belegt hatten. Und man hat beinahe Suizas Patent kassiert.«

»Ich wüsste nicht, was man so Schlimmes sagen könnte, damit sie das machen.«

»Na ja ... Es hatte etwas mit ihrer Loyalität zu tun oder so was.«

So was, so was, so was. Ein klares Zeichen über die Stränge schlagender Gerüchte, dachte Marta. Sie stocherte ein wenig nach.

»Nun, aber – sie ist eine Heldin, nicht wahr? Ich meine, sie hat ihr Schiff zurückgeführt und Xavier gerettet ...«

»Ja, aber warum? Das fragt man sich jetzt. Bekannte von mir, die sie auf der Akademie erlebt haben, sagen, sie wäre damals gar nicht so talentiert gewesen. Sie war nicht mal auf der Kommandolaufbahn. Wie konnte sie nur so gut werden, ohne dass es jemand bemerkte, es sei denn, sie hatte Hilfe? Und jetzt nicht zu wollen, dass man Sera Meager rettet ...«

»Ich bin sicher, dass sie es möchte!«, warf Suizas Verteidiger ein, der jetzt rot anlief. »Aber niemand hört zu ...«

»Nur weil du an einem schlimmen Fall von Heldenverehrung leidest, kannst du doch die Fakten nicht ignorieren! Sera Meager ist Repräsentantin im Rat; wir sind dazu da, die Ratsmänner und -frauen zu beschützen, und ...«

»In welcher Klasse war sie?«, fragte Marta, ehe dieser Streit ausartete.

Das wiederum führte zu einer von ihr unerwünschten Erklärung, wie die Klassen auf der Akademie benannt wurden, nach einer Rotation, die nichts mit dem Standardkalender zu tun hatte. »Jedenfalls war sie«, schloss der Vortragende seine Ausführungen ab, gerade als Marta das Gefühl hatte, dass ihre Augen gleich glasig wurden, »vor sechs Jahren in der Vaillant-Klasse.« Marta rechnete das rasch in den Standardkalender um, erinnerte sich aber daran, dass sie sich bei der Frage nach Suizas Klassenkameraden wahrscheinlich an das eigenartige System der Flotte halten musste. Der Vortragende fuhr jedoch fort und verfolgte eindeutig die ernsthafte Absicht, die Sache zu vollenden: »Ihre Klassenkameraden werden inzwischen Jigs – das heißt Lieutenant Junior Grade, Sera – und Lieutenants sein. Alle, die keine schlimmen Fehler machen, werden etwa nach dem gleichen Zeitraum vom Ensign zum Jig befördert, aber wann man Lieutenant wird, das entscheidet ein Auswahlkomitee, und dadurch kommt es zu einem Spielraum von 12 Monaten. Lieutenant Suiza wurde gleich bei der ersten Sichtung befördert; einige ihrer Klassenkameraden stehen in den nächsten Tagen zur Beförderung an.«

Wenn sie also Esmays Klassenkameraden ausfindig machen wollte, konnte sie sich großenteils auf Lieutenants beschränken. Und einige derer, die nach ihr befördert wurden, hatten vielleicht Grund, ihr Schlechtes zu wünschen. Beiläufig und anscheinend ohne große Absichten machte sich Marta daran, von einem der versammelten Lieutenants zum Nächsten zu spazieren. Die meisten waren, wie sie feststellte, entweder Klassenkameraden von Esmay Suiza oder ein Jahr vor oder zurück. Manche hatten auf der Akademie kaum Notiz von ihr genommen; andere behaupteten, sie hätten sie gut gekannt. Und ein paar hatten aktuellere Informationen zu bieten.

»Ich kann es einfach nicht glauben«, sagte der rothaarige Lieutenant mit dem Schnurrbart. Vericour hieß er. »Ich meine ... Esmay! Ja, sie ist sauer geworden, und ja, sie hat Sachen gesagt, die sie lieber nicht gesagt hätte ... aber sie hat doppelt so hart gearbeitet wie alle anderen. Man hätte ihr gegenüber großzügiger sein können. Man könnte glatt denken, sie hätte das Mädchen ermordet.«

»Sind Sie ein Freund von ihr?«

»Ja ... zumindest waren wir zusammen beim Ausbildungskommando; wir haben manchmal zusammen gelernt. Eine brillante Taktikerin – und eine nette Person dazu. Ich denke nicht, dass sie jemals auch nur die Hälfte dessen gesagt hat, was die Leute behaupten ...«

»Vielleicht nicht«, sagte Marta.

»Aber Admiral Hornan sagte, ich sollte ihr fernbleiben – sie wäre Gift. Und Casea Ferradi behauptet, sie hätte auf der Akademie alle möglichen Sachen gesagt ... Warum die Leute jedoch auf Casea hören, daraus werde ich nicht schlau.«

»Casea?«

»Eine gemeinsame Klassenkameradin. Sie stammt auch von einer Kolonialwelt – einer aus der Gruppe der Halbmondplaneten, kann mich aber nicht genau erinnern, welche. Um Ihnen die Wahrheit zu sagen: Ehe ich Casea begegnete, hatte ich gehört, die Frauen dort wären ... na ja ... schüchtern. Casea war in dieser Hinsicht eine Lehrstunde.«

»Oh?« Marta schenkte ihm ein großmütterliches Lächeln, und er wurde rot.

»Na ja ... im ersten Jahr ... ich meine, ich hatte von ihr gehört, und sie ... sie sagte, sie würde mich mögen. Ich vermute, sie tat es auch, solange es halt gedauert hat.«

»Sie mag Männer ...«, sagte Marta und ließ den Satz ausklingen.

»Sie mag Sex«, korrigierte sie Vericour. »Verzeihung, Sera, aber es ist die Wahrheit. Sie ist durch unsere Klasse gefegt wie ... wie ...«

»Feuer durch ein Weizenfeld?«, schlug Marta vor. »Und jetzt ist sie immer mit diesem Ensign Serrano zusammen, nicht wahr?«

»Der arme Junge weiß gar nicht, was ihm widerfährt«, sagte Vericour und nickte. »Ich hatte gehört, sie wäre hinter kapitalerem Wild her und bahnte sich allmählich den Weg nach oben – aber vielleicht denkt sie ja auch, der Name Serrano wäre besser als Rang allein. Und inzwischen, wo dunkle Wolken über den Serranos hängen, weil Lord Thornbuckle so wütend auf sie ist, denkt Casea wahrscheinlich, es ginge jetzt leichter.«

»Sie ist attraktiv«, sagte Marta. »Und ich vermute, sie ist bei der Arbeit tüchtig?«

»Ich vermute«, antwortete Vericour ohne jede Begeisterung. »Ich war nie auf demselben Schiff.«

»Ich frage mich, ob sich Ensign Serrano wirklich in sie verguckt hat.«

»Das spielt keine Rolle«, sagte Vericour düster. »Casea, die kriegt, was sie will.«

Ein paar Tage auf dem Planeten, wo sie zivile Datenbanken und das Ansible durchging, vermittelten Marta noch mehr Einblicke in die Suiza-Kontroverse. Sie hatte bislang fünf Klassenkameraden identifiziert – darunter die elegante blonde Ferradi –, die aktiv Geschichten von der fiesen Suiza verbreiteten, wenn nicht gar erfanden. Alle fünf lagen mindestens eine Beförderungsgruppe hinter Suiza. Falls das nicht ein Fall von großem grünäugigen Monster war, dann wusste Marta auch nicht, was eigentlich. Die Personen, die früher mit Suiza zusammengearbeitet hatten oder ihre Vorgesetzten gewesen waren, schienen nicht glauben zu können, dass irgendjemand solche Geschichten ernst nahm. Durch die Bank beharrten sie darauf: Falls Esmay einen Streit mit Brun gehabt und falls sie dabei ausfallend geworden war, dann musste Brun es verdient gehabt haben.

Marta war sich dessen nicht so sicher – konnte sie auch nicht, bis sie Esmay Suiza persönlich kennen gelernt hatte –, aber sie ging jede Wette ein, dass das ursprüngliche Vergehen, wie auch immer es ausgesehen hatte, durch Boshaftigkeit, Neid und Gehässigkeit über jede Proportion hinaus aufgeblasen worden war.

Was genau dieses ursprüngliche Vergehen gewesen war, das entzog sich ihr nach wie vor. Sofern Suiza nicht unter dem Druck der Arbeit ausgerastet war – was in Anbetracht ihrer Vorgeschichte unwahrscheinlich erschien –, dann hatte Brun selbst den Katalysator für die Auseinandersetzung geliefert. Wie? Bedachte man Bruns Vorleben, dann war ein Konflikt um einen Liebhaber die Ursache, aber der Klatsch wollte Suiza keine Liebhaber zugestehen. Der Klatsch ging vielmehr in die Gegenrichtung. Eisblock, kalter Fisch, Gefrierklumpen. Barin Serrano hatte sie angeblich damals auf der *Koskiusko* gemocht, aber das konnte bloße Heldenverehrung gewesen sein, und Vericour hatte gesagt, Suiza hätte ihn auf Copper Mountain kühl behandelt.

Was konnte Brun getan haben? Marta achtete sehr darauf, diese Frage nicht den jungen Leuten zu stellen. Eindeutig dachten die meisten von ihnen, dass die Entführung durch Piraten Brun in eine leuchtende Märtyrerin verwandelt hatte, unbefleckt von allen menschlichen Schwächen, außer der einen, dass man sie gefangen genommen hatte. Marta wusste es besser. Brun war ihrer eigenen Beobachtung und Raffaeles Bericht zufolge intelligent, von rascher Auffassungsgabe und tapfer und hatte so viel Unsinn im Kopf wie ein ganzer Korb voller kleiner Kätzchen. Falls sie sich eine Reaktion von Suiza gewünscht, aber nicht erhalten hatte, dann war es gut möglich, dass sie ihren ganzen erfinderischen Genius angeworfen hatte, um Probleme zu verursachen. Das deutete allerdings wieder auf einen Mann hin, den Suiza hatte haben wollen – aber das Problem bestand darin, dass Suiza angeblich keinerlei Vorlieben hatte. Es sei denn Barin, aber dafür hatte Marta keine Beweise.

Kapitel vierzehn

Die Wehen setzten nachts ein. Brun wachte auf und stellte fest, dass die Muskeln rings um den hart gewordenen Bauch verkrampft waren. Es ließ wieder nach, aber sie wusste sofort, dass es kein Magenkrampf war, der aus dem Abendessen resultierte. Es war ... was sie am meisten fürchtete. Sie legte sich zurück und streckte sich ein wenig. Sie döste gerade wieder ein, als sie sich unter einer erneuten Wehe krümmte.

Sie hatte keine Uhr. Sie konnte nicht feststellen, inwieweit sich die Wehen beschleunigten. Sie musste plötzlich auf die Toilette. Sie stemmte sich vom Bett hoch und ging auf den Flur hinaus. Am Ende erblickte sie das Glitzern im Auge des Türstehers, der sie betrachtete. Zur Hölle mit ihm! Sie schleppte sich auf die Toilette, aber eine weitere Wehe erwischte sie, und sie lehnte sich zusammengekrümmt an die Wand. Durch einen Schmerzschleier hindurch sah sie, dass der Wachmann aufstand und sich ihr näherte. Der Schmerz ließ nach; Brun stützte sich weiter an der Wand ab, setzte aber ihren Weg fort. Zum Toilettenraum hinüber ... wenigstens hatten sie hier Toiletten, dachte sie benommen. Sie war kaum noch einen Meter davon entfernt, da spritzte Flüssigkeit an ihren Beinen hinab, heiß und erschreckend.

»Du!« Das war die Heimleiterin; der Wachmann musste sie geweckt haben. »Komm mit!« Die Frau packte sie am Arm und zerrte an ihr. Schrie die anderen an, sie sollten aufwachen. Brun krümmte sich erneut; die Frau zog an ihrem Arm. Aber es tat zu weh; Brun war zu schwach. Schwer atmend sank sie auf die Knie. Es war unfair, dass sie nicht schreien konnte, unfair, dass sie mit diesem Schmerz nicht umgehen konnte, wie es sich gehörte, mit dem Protest, der ihm gebührte.

Jetzt drängten sich die übrigen Frauen um sie, zogen und schoben, aber sie kauerte auf den Knien, wollte nicht aufstehen. Warum sollte sie? Plötzlich hielt ihr die Heimleiterin etwas unter die Nase, einen beißenden Geruch, der sie zwang, den Kopf zurückzureißen, damit sie ihm entging. Mit triumphierendem Grinsen zerrte die Frau erneut an Bruns Armen. Mit Hilfe der anderen rappelte sich Brun auf, und halb zogen sie sie, halb trugen sie sie den Flur entlang in den Entbindungsraum. Bis dahin hatten die Wehen nachgelassen, und Brun stieg auf das Bett. Warum auch nicht.

Zu ihrer Überraschung verlief die weitere Geburt rascher als die, der sie zugesehen hatte. Dauerten Erstgeburten normalerweise nicht länger? Sie konnte sich nicht erinnern; sie konnte keinen klaren Gedanken fassen. Eine Wehe nach der anderen strömte durch ihren Leib, presste, presste ... die anderen Frauen wischten ihr das Gesicht mit feuchten Tüchtern ab und streichelten ihre Arme. Nur die Heimleiterin schalt sie aus und wies sie an, zu atmen und zu pressen, während sie mit einem zusammengefalteten Handtuch auf das Baby wartete, das jetzt – ganz bestimmt – gleich kam.

Und dann kam es wirklich – nach einem letzten, zerreißenden Schmerz spürte Brun, wie der Druck plötzlich nachließ; ein dünner Schrei ertönte aus dem Nichts. Die Frauen schnappten gemeinsam nach Luft; die Heimleiterin schnitt ein finsteres Gesicht.

»Zu klein. Du kriegst ja mickrige Babys.«

Aber da kam eine neue Wehe, und Brun krümmte sich.

»Ah ...« Die Heimleiterin reichte das erste Baby einer der anderen Frauen. »Zwei Babys! Gut!«

Das zweite Kind kam aus vollem Halse brüllend auf die Welt. Die Heimleiterin legte beide Brun an die Brust. »Stille sie«, sagte sie. Brun hatte keine Ahnung wie, bis die Leiterin die Kinder umdrehte und Bruns Brustwarzen in die kleinen Münder drückte. »Hilf ihr«, wies sie eine der anderen Frauen an. Sie selbst wusch Brun, während die Übrigen das Zimmer sauber machten.

Am Nachmittag war Brun wieder im eigenen Zimmer und lag erschöpft im Bett, ein Baby an jeder Seite. Sie empfand nichts für sie. Es waren nicht ihre Kinder, nicht mehr ... als die irgendeiner Fremden. Weniger sogar. Man hatte sie in sie hineingezwungen; Fremde hatten ihren Körper benutzt, um sie hervorzubringen.

Zwei Babys. Mit diesem Gedanken glitt Brun ins Dunkle.

»Ein halbes Jahr lang keine Zucht mehr«, erklärte ihr die Heimleiterin tags darauf. »Du fütterst deine Babys; du hilfst einen Monat lang hier bei der Arbeit und wechselst dann in den Kinderhort. Dort bleibst du fünf Monate lang – mit Zwillingen vielleicht auch sechs. Dann wieder ins Gebärhaus.«

Ein halbes Jahr ... sie hatte ein halbes Jahr Zeit, zu Kräften zu kommen, zu entfliehen, einen Weg zu finden, wie sie mit jemandem Kontakt aufnahm, der ihren Vater informierte, wo sie steckte.

Aber in den Tagen nach der Geburt verzweifelte Brun von neuem. Wie sollte sie Hazel helfen, falls sie sie nicht finden konnte? Wie konnte sie sie finden, wenn sie nicht fähig war, Fragen zu stellen? Sie lag reglos da, bis die Heimleiterin verlangte, sie solle aufstehen ... Sie säugte die Kinder nur, wenn man sie dazu anwies, aß selbst nur, wenn man es ihr befahl. Das Stillen tat weh; sie hatte sich früher nie vorgestellt, dass Babys heftiger saugten, als es ihre Liebhaber getan hatten. Aber Brun war zu schwach, fühlte sich zu elend, um mehr zu tun, als nur vor Schmerzen zu zischen, wenn jemand ihr die Babys an die Brüste setzte. Sie merkte es gar nicht, wenn jemand die Babys fortnahm und sie nur zum Stillen wieder zurückbrachte. Jemand musste sie ihr an die Brüste setzen; jemand musste die Kinder – und Brun – sauber machen, wenn sie kleckerten.

Dann wehte eines Tages ein kühlerer Wind durch die Türen und Fenster und trug den Geruch von erntereifen Feldern herein. Und von irgendwas – irgendwas Vertrautem. Brun rutschte auf ihrem Stuhl herum; die Babys bewegten sich. Eines verlor die Brustwarze aus dem Mund und wimmerte. Ohne es richtig zu merken, schob Brun es wieder in Position. Etwas – was war es? Sie döste erneut, erwachte aber bei der nächsten frischen Bö. Eichenblätter, Stoppelfelder. Wäre sie jetzt zu Hause gewesen, die Jagd. Und plötzlich brachen die vollen Erinnerungen über sie herein: Der Eröffnungstag mit allen drei Jagdmeuten, vor dem großen Haus versammelt, das Trappeln von Pferdehufen, das Hecheln und Jaulen von Hunden, Gläserklirren, die Stimmen ... aber sogar in der eigenen Vorstellungskraft erlebte sich Brun als stumm, unfähig, auf die Grüße zu antworten. Sie blickte in die erschrockenen, missbilligenden Gesichter ihrer Freunde ... und stand dabei barfuß auf dem scharfen Kies, während alle anderen auf großen Pferden saßen, die mit ihren festen Hufen unweit ihrer nackten Füße aufstampften ...

Sie würde nie nach Hause zurückkehren. Ihre Gedanken rutschten wieder die alte Spirale der Depression hinab ... aber stoppten diesmal vor der Dunkelheit. Nein! Sie war jung, ein langes Leben lag vor ihr. Lady Cecelia hatte ohne Stimme überlebt und war obendrein blind und gelähmt gewesen. Schließlich war Hilfe eingetroffen; sie selbst, Brun, hatte an dieser Hilfe mitgewirkt. Irgendwo waren Menschen damit beschäftigt, Hilfe für sie zu planen. Darauf musste sie vertrauen; sie musste daran glauben, dass ihre Familie und ihre Freunde sie nicht für immer hier allein zurückließen. Bislang hatte sie überlebt; sie hatte ohne erwähnenswerte medizinische Hilfe Zwillinge zur Welt gebracht und überlebt ... sie würde weiterhin überleben und irgendwann wieder auf die Jagd gehen. Sie würde von neuem reiten; sie würde sprechen, und diejenigen die sie zum Schweigen gebracht hatten würden zuhören. Sie hob den Kopf.

»So ist es gut«, sagte die Heimleiterin, die herauskam und Brun die Schulter tätschelte. »Viele Mütter fühlen sich nach der Geburt traurig, besonders nach Zwillingen. Aber jetzt geht es dir besser. Jetzt kommst du wieder in Ordnung.«

Sie fühlte sich nicht okay, aber konnte es irgendwann wieder ... vielleicht. Brun kämpfte die Dunkelheit nieder und zwang sich, wieder mit dem Leben zu beginnen. Am nächsten Tag streckte sie die Hände nach den Babys aus, als man sie ihr brachte. Sie wusste nicht mal, was sie waren ... Sie kannte nicht nur den Vater nicht, sondern wusste nicht, ob es Jungen oder Mädchen waren. Sie sah hin. Jungen. Beides Jungen ... einer mit blass orangefarbenem Haar, einer mit dunklerem, dünnerem Haar. In keinem von beiden erkannte sie sich selbst wieder, und sie wusste, dass einer der Männer rote Haare und einen zottigen roten Bart gehabt hatte.

Sie empfand nichts für die beiden, nicht mal das leichte Aufflackern von Interesse, das sie früher für die Babys anderer Frauen aufgebracht hatte. Sie hatte Babys zuzeiten als amüsant empfunden, zumindest wenn sie älter waren als diese beiden und zu lächeln gelernt hatten. Hin und wieder hatte sie eine Aufwallung von Zärtlichkeit empfunden ... aber jetzt nicht. Das hier waren nur ... kleine Tiere, die in ihrem Fleisch gelebt hatten und sich nun auf ihre Kosten ernährten. Wenigstens empfand sie das Stillen als weniger schmerzhaft – sogar als Erleichterung, wenn ihre Brüste vor Milch geschwollen waren.

Sie sah sich an, wie die übrigen Frauen mit ihren Kindern umgingen. Obwohl man auch diesen Frauen die Stimme genommen hatte, liebten sie ihre Babys eindeutig, herzten sie, streichelten sie, lachten lautlos, wenn einer der Säuglinge etwas Komisches tat. Sie redeten mit ihnen in einem zischenden Flüstern und kleinen Schnalzlauten, wenn die Heimleiterin genügend weit weg war. Sie betrachteten die Babys der anderen, lächelten und nickten – und taten das Gleiche bei Bruns Zwillingen. Brun konnte ihnen nichts dergleichen zurückgeben.

Jetzt, wo sie sich selbst wieder zwingen konnte aufzustehen, erwartete man von ihr, bei der Arbeit zu helfen. Aber sie hatte noch nie einen Säugling versorgt, geschweige denn unter diesen primitiven Bedingungen. Das Wickeln stellte sie vor unlösbare Probleme.

»Man hat den Eindruck, sie hätte noch nie etwas getan. Ist denn zu glauben, dass eine erwachsene Frau nicht weiß, wie man Gemüse schält? Wie man einem Kind die Brust gibt?«, beschwerte sich die Heimleiterin bei den anderen Frauen, die nickten und zur Antwort zischten.

Brun kochte. Sie hätte ihnen erklären können, warum sie nicht über ihre rückständigen, primitiven Fähigkeiten verfügte. Man hatte ihr nicht beigebracht, wie man Betten machte und Toiletten putzte und Gemüse schnitt und schmutzigen kleinen Bälgern den Hintern abwischte. Dafür hatte sie Flugscheine auf einem halben Dutzend Planeten; sie konnte in Gesellschaft der Jäger mit der Hundemeute jagen; sie konnte die Scannersysteme eines mittleren Kreuzers so schnell wie jeder Techniker auseinander nehmen und wieder zusammensetzen …

Und hier waren ihre Fertigkeiten nichts wert. Man hielt sie für dumm oder verrückt, weil sie nicht zustande brachte, was den anderen so leicht von der Hand ging.

»Sie ist ein Gräuel. Natürlich erziehen die Heiden ihre Töchter nicht richtig.« So lautete die Erklärung der Heimleiterin für alles, was Brun falsch machte.

Sie war weder eine Heidin noch ein Gräuel, aber in der Gesellschaft von Menschen, die sie dafür hielten, fiel es Brun immer schwerer, sich an ihr wirkliches Selbst zu erinnern. Es war leichter, den Boden auf die Art und Weise zu wischen, auf der die Heimleiterin beharrte, selbst wenn es anders besser gegangen wäre. Es war leichter, die Windeln der Babys so zu wechseln, wie man sie anwies, das Gemüse so zu schneiden, wie man es ihr sagte.

Wäre sie doch nur wirklich dumm gewesen ... aber als sie sich von der Geburt erholte, erwachte auch ihre Intelligenz von neuem. Rezepte waren vielleicht langweilig, aber Brun prägte sie sich trotzdem ein und ordnete sie automatisch in Kategorien. Nähen war noch langweiliger als Rezepte – dieses unaufhörliche Einstechen und Herausziehen einer Nadel. Warum musste man hier alles auf die umständliche Art machen? Nicht alles, erinnerte sie sich ... nur die den Frauen überlassene Arbeit. Es gab elektrisches Licht und fließend Wasser ... aber nur Männer hatten Zugriff auf Computer und auf alles, wofür Computer standen.

Fetzen von Geschichtskenntnissen, denen sie damals im Unterricht kaum zugehört hatte, trieben aus einem aufnahmefähigen Gedächtnis nach oben. Es hatte früher schon Gesellschaftsformen gegeben, die es ablehnten, das Leben der Frauen zu erleichtern, weil sich diese dann womöglich von der traditionellen Rolle als Ehefrau und Mutter abwandten. Vor langer Zeit auf der Alten Erde hatten bestimmte Kulturen es Frauen verboten, Auto zu fahren oder zu fliegen oder den Umgang mit Waffen zu erlernen – und solche, die es Frauen untersagten, gemischte Klassen zu unterrichten oder Ärztinnen zu werden. Aber das lag lange zurück und weit entfernt ... während Brun es hier und jetzt erlebte.

Bei dem kurzen Eindruck von der Straße, den Brun erhaschte, als sie und die Kinder in den Kinderhort gebracht wurden, entdeckte sie keinerlei Landschaftsmerkmale. Es war ein kalter, ungemütlicher Tag; Brun erschauerte in dem Wind, der die Straße entlangpeitschte. Man setzte sie in den hinteren Teil eines geschlossenen Bodenfahrzeugs vom gleichen Typ wie zuvor, wo sie nichts von der Fahrtroute sehen konnte, und sie legte irgendeine unkalkulierbare Entfernung mit vier eindeutigen Abbiegemanövern zurück.

Die Fassade des Kinderhortes wirkte schon etwas einladender; sie zeigte zur Straße hin Fensterläden anstelle von ausdruckslosem Gemäuer. Ein fernes Tosen drang herüber – Brun blickte auf und sah die eindeutige Triebwerksflamme eines startenden Shuttles in der Ferne.

»Blick runter!«, sagte der Fahrer und gab ihr einen Klaps auf den Kopf. Aber sie jubelte innerlich ... sie wusste jetzt, wo der Raumhafen lag oder zumindest in welcher Richtung.

Im Haus empfing die Vorsteherin sie weniger rau als die Heimleiterin des Mütterhauses, und Brun hörte in der Ferne Frauenstimmen. Frauenstimmen? Die Vorsteherin führte sie in ein Zimmer, das groß genug war für ein Bett, zwei Kinderbetten sowie einen niedrigen breiten Sessel mit Beinstütze, der offensichtlich zum Stillen diente. Brun hatte hier auch einen kleinen Wandschrank, eine Truhe und den unvermeidlichen Nähkorb auf einem Nachttisch.

Die Vorsteherin half ihr, die Babys in den Kinderbetten unterzubringen und das Bett zu beziehen, und führte sie dann durch das Haus. In den Zimmern der oberen Etage konnten die privilegierteren Frauen durch Jalousien auf die Straßen hinunterblicken – aber Brun erhielt nur einen kurzen Blick, ehe die Vorsteherin sie dort wegzog. Ein Nähzimmer der oberen Etage wies Fenster an der hinteren Hauswand auf, unter denen sich ein langer, ummauerter Garten voller Obstbäume ausbreitete; an einigen hingen ein paar Äpfel. Hinter der Gartenmauer – Brun versuchte nicht zu starren, sagte sich, dass sie später noch genug Zeit fand, um hinzusehen – hinter der Gartenmauer führte eine Straße entlang, und dahinter ragten weitere Häuser auf ... und dahinter folgten noch mehr Gebäude, offenes Land, unebene Felder und ferne Hügel.

Im Kinderhort genossen die Frauen mehr Freiheit. Sie sollten hier Kräfte für eine weitere Schwangerschaft sammeln; man ermunterte sie, im Obstgarten spazieren zu gehen und ebenso die Hausarbeit und das Kochen zu besorgen. Hier waren auch nicht alle Frauen der Stimme beraubt. Sie stammten, wie Brun erfuhr, aus anderen Mütterhäusern sowie aus Privathaushalten ... Dienerinnen, deren Kinder andernorts aufgezogen werden würden, während die Mütter zu ihren Pflichten zurückkehrten. Die Aufseherinnen untersuchten die Mütter täglich im Hinblick auf Sauberkeit und Zeichen irgendeiner Krankheit und überwachten auch die Haushalts- und Küchenarbeiten; ansonsten behandelten sie sie mit freundlicher Bestimmtheit. Die stummen Frauen erfuhren vielleicht weniger Freundlichkeit und mehr Bestimmtheit, aber keine aktive Unfreundlichkeit.

Sie fuhren damit fort, Brun die Fähigkeiten zu vermitteln, die ihrer Meinung nach alle Frauen haben sollten. Brun hatte gar nicht gewusst, dass dergleichen möglich war, aber sie verfolgte mit, wie die übrigen Frauen Socken und Handschuhe und Fäustlinge hervorbrachten, und das mit nicht mehr Hilfsmitteln als etlichen Holzstängeln und Knäueln aus faserigem Garn. Sie erhielt ihr Paar Holzstängel, und man zeigte ihr – immer wieder –, wie man anschlug, wie man eine schlichte Masche strickte. Es war das Langweiligste, was Brun je getan hatte, ein ums andere Mal die gleichen kleinen Handbewegungen auszuführen, noch schlimmer, als Nähte zu nähen. Dann reichte man ihr einen weiteren Stängel und zeigte ihr, wie man eine Röhre strickte. Etwas machte Klick in ihrem Kopf – dieser Vorgang, ausgeführt mit feinerem Garn und auf einer Maschine, brachte einige der Dinge hervor, die sie schon getragen hatte. Pullover zum Beispiel: drei zusammengenähte Röhren. Strümpfe ... Überhosen ... röhrenförmige Strickarbeiten. Das war intellektuell interessant, eines der wenigen Dinge hier, für die das galt.

Es wurde kälter, und Brun zitterte. Die anderen Frauen, die es in den selbst gestrickten Schals und Pullovern warm hatten, schüttelten die Köpfe über sie.

»Du musst schneller arbeiten«, erklärte eine von ihnen. »Du wirst frieren, wenn du keine Winterkleider hast.« Im Winter, so erläuterten die anderen, trugen sie lange Strickstrümpfe unter den Röcken, gehalten von einer eigenartigen Vorrichtung aus Gurten und Knöpfen. Die in den Strümpfen steckenden Füße verstießen nicht gegen das Schuhverbot, weil die Strümpfe keine harten Sohlen aufwiesen. In Haushalten trugen manche Frauen bei nassem Wetter oder Schnee sogar Holzschuhe, falls sie auf den Markt gehen mussten, aber hier taten die Frauen das nicht.

Brun erhielt in diesem Haus auch die förmliche Einführung in die Glaubensvorstellung ihrer Entführer. Diese dachten, dass Außenstehende keine Moral hatten und keine eigenen Glaubensvorstellungen, die der Erwähnung wert gewesen wären. Also ging es mit Grundlagen los, wie man sie, so vermutete Brun, Kindern vermittelte. Gott, ein übernatürliches Wesen, das das Universum erschaffen hatte. Der Mann, die Krone der Schöpfung. Die Frau, erschaffen als Trost und Hilfe für den Mann. Böse Mächte, die gegen Gott rebellierten und die Frau dazu verlockten, sich widerrechtlich die Position des Mannes anzueignen.

Zur Abwechslung mal hatte es Vorteile, stumm zu sein. Niemand konnte Brun zwingen, die Regeln und Rituale zu rezitieren wie die übrigen Frauen. Und da Frauen keinen »Diskurs« führten – ein Wort, das nach hiesigem Verständnis für Reden und Schreiben über göttliche Fragen stand –, wurde von Brun auch nicht verlangt, Antworten auf die Fragen niederzuschreiben, die den anderen rituell gestellt wurden. Man ermutigte hier Frauen ohnehin nicht, zu lesen oder zu schreiben – auch wenn Kochrezepte und Kompendien des Wissens über andere haushälterische Fragen erlaubt waren. Eindeutig fürchtete man aber eine Verunreinigung durch alles, was ein heidnisches Gräuel wie ein Registrierter Embryo auf Papier bannte, oder das, was sie mit einem Buch anstellte, das sie las. Brun wurde es überhaupt nicht erlaubt, etwas zu lesen oder zu schreiben. Sie konnten also ihre Erinnerung oder ihr Verständnis nicht überprüfen.

Brun verfügte jedoch über ein ausgezeichnetes Gedächtnis. Sie konnte nicht dieselben Wörter immer wieder hören, ohne sie abzuspeichern. Die Worte der Propheten ... das Wort des allmächtigen Gottes. Die Gebote und die logischen Folgerungen daraus ... ganz vernünftig, wenn man die Prämissen akzeptierte, was Brun nicht tat. Falls man tatsächlich glaubte, dass Frauen erschaffen worden waren, um Männern zu dienen und sie zu trösten, dann ... war es eindeutig falsch, wenn Frauen etwas taten, was kein Dienst an Männern war. Und das war nichts, was Frauen selbst festlegen konnten. Nur Gott konnte Gebote aufstellen, und nur Männer konnten sie deuten.

Das alles ergab Sinn, außer dass es lächerlich war, genau wie die lächerliche Logik des Verfolgungswahns. Die Vorstellung, Brun wäre weniger eine Person als, na, ihre Brüder – oder, um einen Schritt darüber hinaus zu machen, dass Esmay Suiza weniger eine Person wäre als Barin Serrano – war absurd. Das wusste sie. Sie wusste auch, wie sie das hätte demonstrieren können, fände sie nur Gelegenheit zu einer Erklärung; sie war überzeugt, dass jede Frau in diesem Kinderhort es verstehen würde, falls ...

Aber sie war stumm; ihr ganzes Wissen, ihre ganze Intelligenz waren weggesperrt. In ihrer Welt, der Welt, die sie kannte, wurde die Stimme des Individuums geachtet; Eltern und Lehrer und Therapeuten wie die von Lady Cecelia versuchten sicherzustellen, dass eine Person jede erdenkliche Gelegenheit fand, um sich mitzuteilen. Brun erinnerte sich an Cecelias Kämpfe und an die vielen Menschen, die ihr geholfen hatten. Hier dachte niemand, dass ein Gräuel irgendwas Nützliches zu sagen hatte. Solange sie verstand und gehorchte, reichte das.

Sie sehnte sich danach, verzehrte sich richtig danach, die Frauen dieses Planeten zu befreien ... ihnen zu zeigen, dass sie ebenso Menschen waren wie die Männer. In Gedanken, in den dunklen Stunden, hielt sie alle die Reden, schrieb sie alle die Aufsätze, bewies sie einem Publikum aus Schatten ein ums andere Mal das, was sie nie aussprechen konnte.

Bei Tag zwang sich Brun, auf den Schotterwegen spazieren zu gehen, und kräftigte dabei die Füße ebenso wie die Beine, wann immer das Training gestattet wurde. Sie ging bei jedem Wetter spazieren, selbst wenn Eis und Schnee die Beine bis zu den Knien betäubten, ehe sie die halbe Strecke bis zu den ersten Bäumen zurückgelegt hatte. Die Zwillinge waren dabei eine Last für sie, aber sie betrachtete sie als Trainingsgewichte. Sie würde zusätzliche Kraft daraus gewinnen, dass sie sie herumschleppte ... dadurch wurde sie schneller stark und war schneller in der Lage zu fliehen. Zweimal am Tag ging sie der Länge nach durch den Obstgarten und zurück ... und bald konnte sie weiter gehen in den länger werdenden Tagen, die auf die Ankunft einer wärmeren Jahreszeit hindeuten mussten. Brun begrüßte inzwischen sogar die harte Arbeit des Wischens und Putzens, als sie spürte, wie sie Kraft gewann. Abends in ihrem Zimmer versuchte sie die Übungen auszuführen, die ihr früher so leicht gefallen waren. Zu Anfang fürchtete sie, man könnte sie dabei erwischen und sie ihr verbieten, aber niemand äußerte sich dazu. Brun fand heraus, dass auch andere Frauen Übungen ausführten, um schlaffe Bäuche zu straffen und Beweglichkeit zurückzugewinnen.

In den Stunden der tiefsten Dunkelheit übte sie die raschen Bewegungen des waffenlosen Kampfes ... nur zwei oder drei Schläge jedesmal, für den Fall, dass man sie im Auge behielt, aber doch jeden Tag ein bisschen. Sie erprobte Hände und Füße aneinander, der schnellste Weg, der ihr einfiel, um die nötige Abhärtung für tödliche Schläge zu erreichen.

Die Vorführungen, bei denen bewährte Zuchtfrauen den Männern gezeigt wurden, die sie vielleicht fürs nächste Mal auswählten, waren weniger demütigend, als Brun befürchtet hatte, erweckten aber mehr Sorgen in ihr. Sie tat jeweils ihr Bestes, um erschöpft zu wirken, schwach, hilflos, gebrochen. Es war nicht schwer, müde auszusehen ... sie trieb sich selbst jeden Tag so weit, bis sie vor Erschöpfung zitterte. Sie spürte jedoch, wie sich die Muskulatur der Beine wieder entwickelte, die in den Armen, im Unterleib. Ob man ihr wohl abnahm, dass es am Herumtragen der Babys lag? Vom Spazierengehen im Obstgarten? Von den einfachen Übungen, wie sie auch die anderen machten?

Aber sie hatten mit Sicherheit keine Ahnung davon, was Brun mit den Muskeln vorhatte, die sie mit solcher Mühe aufbaute. Mit zusammengekniffenen Augen erinnerte sie sich daran, welche grundlegenden Bewegungen die Kraft und Schnelligkeit entwickelten, die sie brauchte, um zu töten.

Die übrigen Frauen ignorierten sie mehr, als dass sie ihr aus dem Weg gingen. Wenn die Babys glücklich auf den Steppdecken am Boden zappelten, tauschten sie sich lautstark über die Kraft und Energie der Jungen aus, wie sie es auch über die Eigenschaften der eigenen Kinder taten. Wenn das Personal Brun Anweisungen über ihre jeweiligen Aufgaben erteilte, befleißigte es sich dabei des gleichen Tonfalls wie allen anderen gegenüber. Die sprechfähigen Frauen unterhielten sich natürlich vorwiegend untereinander; die stummen Frauen hatten eine private Gestensprache entwickelt und eine für Außenstehende gedachte Variante mit ausladenderen Gesten, kunstvoller Lippensprache und Zischlauten. Die sprechfähigen Frauen beteiligten die Stummen durchaus an ihrer Gesellschaft, wenn eine der Stummen sich die Mühe machte, ihre Aufmerksamkeit zu gewinnen. Manche schlossen sogar Freundschaft mit einer Stummen – denn die gemeinsame Fürsorge für die Kinder machte es für beide Seiten nützlich, Freundschaft zu schließen. Brun konnte sich jedoch nicht an der Lippensprache unter den stummen Frauen beteiligen. Gelegentlich, wenn sie mit einer anderen Frau allein war und ihr direkt gegenüberstand, machte sie sich mit einer Kombination aus Gesten- und Lippenbewegungen verständlich – vorausgesetzt, ein ganz offenkundiger Tatbestand war das Thema: *Wo ist der Nähkorb?*, oder *Was ist das?* Die anderen waren durchaus bereit, ihr zu zeigen, wo sie Dinge fand oder wie man eine Aufgabe erledigte. Allerdings hatte Brun kaum Themen mit ihnen gemeinsam, abgesehen von Babys, und sie machte sich gar nicht so viel aus den Kindern, aus irgendeinem von ihnen. Sie waren allesamt – die eigenen wie die Fremden – ein Beleg für das, was Brun verabscheute. Und sie wusste, dass die anderen sie für gefährlich hielten ... durch den Raub der Stimme gezähmt, aber doch eine Quelle seelenmordender Ketzerei. Bruns mangelndes Interesse an den Babys war für die anderen nur ein weiterer Beweis ihrer unnatürlichen, unmoralischen Erziehung.

Die Babys waren inzwischen über die Krabbelphase hinaus und schaukelten auf Händen und Knien, als eine neue Mutter im Kinderhort eintraf. Sie war sehr jung und zeigte ein leicht benommenes Gesicht. Die übrigen Frauen redeten in kurzen, einfachen Sätzen mit ihr und ein bisschen lauter als üblich. Brun fragte sich, ob man die Neue unter Drogen gesetzt hatte, obwohl sie noch nie miterlebt hatte, wie die Frauen Mittel verabreicht erhielten. Am dritten Tag sprach die Neue Brun an: »Bist du die Gelbhaarige von den Sternen?« Sie sprach im üblichen leisen Tonfall, aber ein wenig zögernd.

Brun nickte. Auf diese Nähe entschied sie, dass es keine Drogen waren, sondern ein angeborenes Problem, das diesem Mädchen einen seltsamen Ausdruck und eine stockende Sprechweise gab ... und eine soziale Ahnungslosigkeit, die ihr ermöglichte, sich mit Unberührbaren abzugeben.

»Du bist mit einem anderen Mädchen eingetroffen – mehr von meiner Größe – und zwei Gören?«

Brun nickte erneut.

»Sie sagte, du wärst nett. Sie mochte dich. Hat sie gesagt.«

Brun betrachtete das Mädchen intensiv. Sie musste von Hazel reden! Wo hatte sie Hazel gesehen?

»Ihr geht's gut. Ich dachte, du wüsstest es gern.« Das Mädchen lächelte an Brun vorbei, spazierte davon und ließ Brun zurück, an ihre Zwillinge gefesselt.

Hazel war okay. Eine Woge der Erleichterung schwappte durch Brun. Wann hatte dieses Mädchen Hazels Aufenthaltsort verlassen, um ins Mütterhaus zu kommen – oder war Hazel im Mütterheim? Brun schüttelte den Kopf; sie konnte den Ablauf der Zeit hier nicht verfolgen. Es war warm oder kalt, Tag oder Nacht; mehr wusste sie nicht. Aber Hazel ging es gut, und das hatte noch vor relativ kurzer Zeit gegolten. Hätte sie doch nur gewusst, *wo* Hazel steckte!

Mehrere Tage vergingen, ehe sich das Mädchen wieder neben sie setzte, um ihr Baby zu stillen.

»Sie nennen sie jetzt Patience«, erzählte das Mädchen. »Das ist ein guter Name für sie, weil sie nie Ärger macht. Sie ist wirklich still und arbeitet hart. Prima sagt, dass man sie bestimmt als dritte Frau wird verheiraten können, vielleicht sogar als Zweite, auch wenn sie nicht richtig nähen kann. Sie haben sie zur Einkäuferin ausgebildet, und sie geht jetzt allein auf den Markt.« Ein wehmütiger Unterton in dieser sanften Stimme – wäre dieses Mädchen selbst gern auf den Markt gegangen? Inzwischen war Brun sicher, dass das Mädchen zurückgeblieben war; niemand war bereit, sie allein ausgehen zu lassen, und das aus noch anderen Gründen als den generellen Einschränkungen für Frauen. »Aber sie hat nicht dein gelbes Haar«, sagte sie und starrte es mit offener Bewunderung an. »Und sie redet nicht über die Sterne, weil Prima ihr gesagt hat, dass sie das nicht darf.«

Brun hätte sie erwürgen können, weil sie eine Stimme hatte und nicht sagte, was Brun wirklich erfahren musste. Brun hob einen der Zwillinge auf und nahm ihm den Kieselstein aus dem Mund, den er sich hineingesteckt hatte. Sie konnte keine Zuneigung für diese Kinder aufbringen, aber sie war nicht bereit zuzusehen, wie ein Kind – welches auch immer – einfach erstickte.

»Sie scheint allerdings nicht groß genug, um Kinder zu kriegen«, sagte das Mädchen und tätschelte ihr eigenes. »Und ihr Blut kommt noch nicht regelmäßig. Der Gebieter sagt...«

»Still, du!« Eine der Aufseherinnen trat hinzu und gab dem Mädchen einen Klaps auf den Kopf. »Du bist nicht hier, um über das zu tratschen, was dein Gebieter sagt. Möchtest du vielleicht die Zunge verlieren?«

Das Mädchen klappte den Mund zu und rappelte sich vom Stuhl auf, wobei sie das Baby an sich drückte.

Die Frau wandte sich kopfschüttelnd an Brun. »Sie ist dumm, das ist sie. Kann sich von einem Tag auf den anderen nicht mehr an die Vorschriften erinnern, das arme Ding. Wir müssen sie im Auge behalten, damit sie nicht in Schwierigkeiten gerät. Falls sie es sich zur Gewohnheit macht, hier über ihren Gebieter zu reden, sei es auch zu dir, dann tut sie es vielleicht auch zu Hause, und dann müssen sie sie bestrafen. Am besten erstickt man es im Keim.« Sie tätschelte Brun fast liebevoll den Kopf. »Das ist allerdings wirklich hübsches Haar. Könnte dir eine Chance zur Verheiratung geben, wenn du deine drei geboren hast. Sei ein gutes Mädchen und nicke mir einfach zu, wenn dieses Mädchen wieder anfängt, über das Treiben von Männern zu reden, ja?« Brun nickte. Solange man dem Mädchen gestattete, sich mit ihr zu unterhalten.

Das Mädchen ging Brun tagelang aus dem Weg. Aber eines späten Abends schlüpfte sie in Bruns Zimmer.

»Sie macht mir keine Angst«, sagte sie, und es entsprach eindeutig nicht der Wahrheit. »Ich gehöre zum Haus von Ranger Bowie; er ist der Einzige, der mich stumm machen kann. Die hier nicht. Und er tut es nicht, solange ich keine Widerworte gebe oder so was. Dir was von Patience zu erzählen, das sind keine Widerworte. Es ist eine Erklärung. Erklären darf man, solange es nicht um Männer geht.«

Brun lächelte, und sie hatte das Gefühl, es spaltete ihr Gesicht. Wann hatte sie zum letzten Mal gelächelt?

»Ich wünschte, sie hätten dich nicht stumm gemacht«, sagte das Mädchen. »Ich würde wirklich gern wissen, wie es da draußen ist ... Patience mag mir nichts davon erzählen.« Sie brach ab, lauschte und rückte näher heran. »Ich wünschte, ich hätte auch solche Haare wie du«, sagte sie und streckte die Hand aus, um sie zu streicheln. Dann wandte sie sich ab und verschwand auf dem dunklen Flur.

Brun zeichnete das, was sie erfahren hatte, mit den Fingern auf der Wand nach, bannte es in ihr Gedächtnis, wie sie es früher durch lautes Sprechen getan hätte. Ranger Bowie. Was für ein komischer Name! Sie konnte sich nicht erinnern, dass die Männer auf dem Schiff einen solchen Namen erwähnt hätten ... Hatten sie einander überhaupt beim Namen genannt?

***

Der unauffällige Mann im karierten Hemd drängte sich an die Theke und gab seine Bestellung auf. Neben ihm diskutierten zwei Männer über die Politik des Captains.

»Nun, wir sind freie Männer, aber ich sehe keinen Sinn darin, in einen Ameisenhaufen zu treten. Es ist mein Recht, aber ich bin nicht dumm genug dazu ...«

»Nennst du den Captain dumm?«

»Ich sage, dass es eine Sache ist, Ausländerfrauen für unsere eigenen Zwecke zu entführen, aber diese eine nehmen – und dann damit herumprahlen – heißt nur, sich Ärger einzuhandeln.«

»Es beweist, dass wir stark sind.« Der Sprecher wandte sich an den Mann im karierten Hemd. »Und was hältst du davon, Bruder?«

Er lächelte. »Ich habe gehörte, sie hätte gelbe Haare.«

Der erste Sprecher schnaubte. »Das weiß doch jeder! Sie hoffen, dass sie es an ihre Kinder vererbt.«

Jemand weiter unten an der Theke beugte sich vor. »Redet ihr über dieses Mädel aus dem Weltall? Die gelbhaarige Schlampe? Sie hat Zwillinge bekommen, habt ihr das gehört? Einer rothaarig, der andere dunkelhaarig. Ihr könnt drauf wetten, dass es zwei Väter waren.«

»Nein!« Der Mann im karierten Hemd machte große Augen, das perfekte Abbild eines Bauerntölpels, aus dem sich andere jetzt einen Spaß machen konnten.

»Da wette ich drauf. Sie kommt allerdings nicht vor weiteren zwei Monaten wieder raus. Es heißt, die Zwillinge bräuchten ihre Milch länger, weil sie kleiner sind.«

»Ah. Und ich hatte schon gehofft.«

Die anderen Männer sahen sich gegenseitig an und grinsten verschmitzt. Dieser Typ hatte wahrscheinlich nur eine Frau, und sie war reizlos wie ein Baum.

»Na ja, wer würde nicht? Wir kriegen nicht allzu viele Blondinen, oder? Setz deinen Namen auf die Liste, mehr kann ich dazu auch nicht sagen. Man führt sie gerade vor, falls du dich erst überzeugen möchtest, ob es die Gebühr auch wert ist.«

»Ehe ich mich auf der Liste eintrage, tue ich das, glaub mir.«

»Dann im Kinderhort an der Crockett Street.«

Er war nicht der Einzige, der die stumme Blonde von den äußeren Planeten, die mit den Zwilligen, sehen wollte. Man hatte festgestellt, dass es zweieiige Zwillinge von zwei verschiedenen Vätern waren, was bedeutete, dass die Frau vielleicht erneut Zwillinge bekam. Eine Frau, die zwei Eier gleichzeitig zur Reife bringen konnte, war noch begehrenswerter. Der Mann zog seine Nummer, und als sie aufgerufen wurde, drängte er sich mit den anderen aus dieser Gruppe in den Raum.

Zunächst war er nicht sicher. Er hatte Bilder gesehen – sowohl bewegte Bilder als auch Fotos –, die Brun als Kind zeigten, als Jugendliche und als Erwachsene. Nahaufnahmen, Fernaufnahmen, alles. Er hatte gedacht, dass nichts sie für ihn tarnen könnte. Aber die gelbhaarige Frau vor ihm war nicht dieselbe Brun – falls es überhaupt Brun war. Ihre schlanke Stärke sah heute anders aus – die Umrisse des Körpers verzogen, breiter geworden durch die Kinder, die sie ausgetragen hatte, die Brüste schwer von Milch. Sie stand schwer da, mit hängenden Armen. Die gelben Haare waren lang und strähnig, ganz unähnlich den lebhaft zerzausten Locken auf den Bildern. Die blauen Augen waren stumpfer geworden, fast grau. Die geübten Augen des Mannes bemerkten jedoch das, was nicht zu verbergen war – den Knochenbau ihres Gesichts, der Schultern, die genaue Gestalt der Finger und Zehen. Das musste die Frau sein, die er suchte. Er hielt Ausschau nach der RE-Tätowierung, aber der knappe Wickel, den solche Frauen bei einer Vorführung tragen durften, bedeckte die Stelle, wo sie vielleicht war.

Zwei Wachleute standen neben ihr und hielten die Stöcke bereit, um zu verhindern, dass die Männer sie anfassten.

»Sie ist vom Teufel«, brummte einer unweit von ihm.

»Ein Fallstrick des Satans«, fand ein anderer. »Gut, dass sie sie stumm gemacht haben.«

»Jep. Die Babys sehen jedoch kräftig aus.« Sie wurden ebenfalls gezeigt, nackte Engel in einem Laufstall. Sie lachten die Zuschauer zahnlos an.

»Mir ist es das nicht wert«, sagte ein schwarzhaariger Mann und spuckte auf den Boden. »Dafür setze ich meine Seele nicht aufs Spiel.« Er schob sich an den anderen vorbei und ging hinaus.

Einer lachte. »Da spricht jemand, der nicht das Geld

hat. Sie war schon genauso schlecht, ehe er sie sich angesehen hat.«

»Und es ist unsere Pflicht, die Heiden zu bekehren«, sagte wieder ein anderer. »Ich denke, zwei weitere Geburten werden sie bekehren.«

»Was … Du hast vor, für sie als Ehefrau zu bieten?«

»Vielleicht. Gibt Schlimmeres.«

»Gibt Besseres …« Sie schwatzten weiter. Brun starrte an ihnen vorbei. Warum, fragte sich der Mann im karierten Hemd, senkte sie nicht den Blick wie die anderen Frauen? Dann fiel es ihm ein … Sie war weder Jungfrau noch verheiratet, und das Schlimmste war schon geschehen. Was konnten sie ihr jetzt noch antun? Ihn schauderte es, und sein Nebenmann warf ihm einen Blick zu.

»Was ist, Bruder?«

»Nichts.«

***

Hazels Pflichten als Dienerin brachten auch mit sich, dass sie täglich den Müll auf die Straße trug. Als sie demonstriert hatte, dass sie diese Aufgabe exakt nach Anweisung ausführte und weder nach rechts noch nach links blickte, auch nicht, wenn sie ohne Begleitung ging, entschied Prima, es mit ihr als Marktmädchen zu versuchen. Beim Nähen stellte sich Hazel immer noch unbeholfen an; mit anderen Fähigkeiten war sie leichter an den Mann zu bringen. Soweit Prima wusste, soweit sie gewagt hatte, das Mädchen nach dem abscheulichen Verhalten dieser außerplanetaren Heiden zu befragen, hatte Hazel ihr ganzes Leben zwischen Kaufleuten und Händlern verbracht.

Und so ging Hazel, zunächst in Begleitung von Mellowtongue, zum Markt, um dort die Dinge einzukaufen, die der Garten nicht produzierte. Dabei verlangte man von ihr, den Blick zwei Schritte voraus auf den Boden gerichtet zu halten, den Einkaufskorb auf Hüfthöhe zu tragen und mit niemandem zu reden, nicht mal, wenn sie angesprochen wurde. Mellowtongue gab Antwort auf die Fragen, die zwingend beantwortet werden mussten. Hazel verhielt sich genau nach Anweisung, sowohl auf diesem Gang wie auf allen späteren.

Als man sie das erste Mal allein losschickte, um nur einen einzelnen Artikel einzukaufen, beobachtete eine der anderen Dienerinnen sie aus der Ferne, eine der älteren, die nicht mehr als Marktmädchen in Frage kamen, aber in ihrem Tratsch als zuverlässig galten. Hazel suchte direkt den richtigen Stand auf, wartete mit gesenktem Kopf, bis der Verkäufer den Namen ihres Haushalts aufrief, und hielt den Korb und die Bezahlung hoch, ohne den Blick zu heben. Man schickte sie erneut los und ein weiteres Mal, und schließlich lernte sie in Gesellschaft der Chefköchin, wie sie respektvoll mit den Marktverkäufern feilschen konnte.

Sie nahm nichts von selbst; sie stibitzte keine Leckerbissen; sie reagierte sogar gefügig auf die unfaire Schelte der Köchin über etwas verwelktes Grüngemüse.

Und so schickte man sie schon nach wenigen Monaten an Markttagen regelmäßig los. Und auf dem Markt spitzte sie nach Kräften die Ohren und hörte Gerüchte über die gelbhaarige Fremde, die heidnische Frau im Mütterheim ... die dann Zwillinge zur Welt gebracht hatte ... und dann nahezu an nachgeburtlicher Depression starb ... und dann in den Kinderhort umzog. Tage später hörte Hazel, welcher Kinderhort das war. In den Tagen darauf sickerte eine Einzelheit nach der anderen in Straßengesprächen hinaus. Hazel äußerte sich nicht dazu; sie stellte keine Fragen und erzählte keine Geschichten. Als Marktmädchen aus anderen Häusern Freundschaft mit ihr zu schließen versuchten, in dem sie sich mit leisen, raschen Worten an sie wandten, ignorierte sie sie.

Sie behielt derweil auch Brandy – jetzt Prudence – und Stassi – jetzt Serenity – im Auge. Von Tag zu Tag schienen die kleinen Mädchen ihr früheres Leben mehr und mehr zu vergessen. Die schnelle, vergnügte, spontane Brandy war weiterhin die Aktivere – aber sie hatte ihre Leidenschaft für Bauklötze auf Nähen und Weben übertragen. Sie hatte schon eine ausgestopfte Puppe für Stassi angefertigt und anschließend noch ein Kleid für diese Puppe. Sie schien eine rasche Auffassungsgabe dafür zu haben, wie man Stoff an einen Körper anpassen konnte. Sie war fasziniert von der Bewegung der großen Webstühle und hatte schon Hazel erklärt (die nicht aus der Funktionsweise schlau wurde), wie das Auf und Ab der Reihen kleiner Ringe verschiedene Muster im Stoff erzeugte. Beide kleinen Mädchen hatten inzwischen Freundinnen in ihrem Alter und schienen viel mehr an den Frauen zu hängen, die für sie sorgten, als an Hazel.

Widerstrebend gab Hazel die Idee auf, die Kleinen bei der Flucht mitzunehmen. Sie waren noch zu klein; sie konnten weder rennen noch klettern noch kämpfen. Sie wären zu auffällig gewesen – unmöglich zu tarnen, dass sie Kinder waren; sie hatten auch noch nichts aus der Welt der Jungen gelernt und konnten demzufolge nicht als Jungen durchgehen. Und vor allem konnte Hazel erkennen, dass sie glücklich und in Sicherheit waren und dass die Frauen des Haushalts sie mochten. Sogar Prima, die den Kindern anderer Frauen gegenüber zur Strenge neigte, hatte schon Brandy-Prudence angelächelt und ihre dunklen Locken gestreichelt. Falls Hazel die Flucht gelang – falls sie mit Brun flüchten konnte – würden die Kleinen nicht darunter zu leiden haben. Niemand hier warf Kindern derlei Dinge vor. Man würde hier besser für sie sorgen, als Hazel es tun konnte – und besser noch, vermutete sie, als im Heim für Kinder verunglückter Raumfahrer, falls Hazel es irgendwann mal geschafft hätte, sie sicher zurück ins Gebiet der Familias zu bringen. Und ... sie waren glücklich. Sie hatten schon eine Familie verloren, eine Welt – Hazel konnte sie jetzt einfach nicht noch einer weiteren entreißen.

Und so wartete sie auf ihre Chance. Sie könnte hier den Rest ihres Lebens verbringen ... sie hatte das Talent, sich einzufügen, hatte es immer gehabt ... aber sie wollte nicht. Sie musste zugeben, dass sie das Essen mochte, die schönen Gärten, das Gefühl der Sicherheit, den Luxus des anscheinend grenzenlosen Raumes, in dem man sich bewegte – sie hatte nie wirklich geahnt, wie *viel* Raum eine Person auf einem Planeten haben konnte, wie groß die Welt »draußen« eigentlich war. Sie erinnerte sich jedoch zu gut an die Bequemlichkeit ihrer früheren Kleidung, die Bewegungsfreiheit, die Freundschaften, die nicht durch Geschlecht oder Rasse oder Glauben eingeschränkt wurden. Hier würde sie immer eine Außenseiterin bleiben; sie wollte sich jedoch lieber wieder einer Familie zugehörig fühlen. Sie vermisste die moderne Technik und ebenso das Gefühl, wie sie es von der *Elias Madero* her kannte, nämlich Teil einer großen Zivilisation zu sein, die über das Universum ausgebreitet war.

Außerdem durfte sie die blonde Dame nicht vergessen. Sie hatten ihre Namen ausgetauscht. Auf der ganzen Welt wusste nur diese Frau, wer Hazel wirklich war, woher sie stammte – und auf der ganzen Welt wusste nur Hazel, dass die blonde Dame Brun hieß. Sie, Hazel, konnte hier überleben, aber die Dame hatte keine Chance.

Brun. Hazel prägte sich den Namen ein, hielt ihn lebendig. Selbst damals in ihrer Angst und ihrer Entschlossenheit, die Kleinen zu beschützen, hatte Hazel einen hartnäckigen Zorn auf das empfunden, was die Männer dieser Frau angetan hatten. Es war nicht recht gewesen, Brun die Stimme zu rauben, noch weniger recht als bei einer Frau, die auf dieser Welt aufgewachsen war. Nichts, was jemand getan hatte – absolut nichts –, verdiente eine solche Strafe. Und Brun hatte gar nichts getan, auch nicht mehr als Hazel. Diese Männer hatten Unrecht getan; sie hatten sie entführt, und dann hatten sie ihr noch die Stimme geraubt.

Hazel wusste, dass Brun fliehen wollte. Jede Frau, die in Freiheit gelebt hatte, würde das wollen. Und Brun ... selbst in ihrem schlimmsten Zustand hatte Hazel eine brennende Entschlossenheit gespürt, mehr zu tun als nur zu überleben. Aber stimmlos und eingeschlossen, wie Brun war, mit Zwillingsbabys, konnte sie es unmöglich allein schaffen. Hazel würde einen Weg finden müssen. Es würde nicht einfach sein, nicht mit den Babys...

Für sich allein, nachts, erinnerte sich Hazel – wenn auch nur in Gedanken, niemals laut – an die Dinge, von denen sie wusste, dass sie wirklich die Wahrheit waren. Sie war Hazel Takeris; ihr Vater war Rodrick Takeris gewesen und hatte zum technischen Personal der *Elias Madero* gehört, die von Käpten Lund kommandiert worden war. Hazel hatte ihre G-Prüfungen bestanden und sich damit in einer Auswahlprüfung als Juniorlehrling qualifiziert; sie hatte einmal unterwegs eine Gehaltserhöhung bekommen.

Brandy und Stassi waren Ghirians und Vordas Töchter, aber Ghirian und Vorda waren tot. Die blonde Frau hieß Brun, und ihr Vater hieß so ähnlich wie »Kaninchen«. Dort draußen zwischen den Sternen lag ein Universum, wo Mädchen anziehen konnten, was immer sie wollten, wo sie Männern in die Augen blicken und sich selbst eine Karriere und einen Partner aussuchen konnten. Eines Tages ... eines Tages würde Hazel dieses Universum wieder erreichen.

Kapitel fünfzehn

Auf dem ganzen Weg zum Hauptquartier von Sektor IX, wo sie auf einen zivilen Transporter umstieg, hatte Esmay das Gefühl, Brandzeichen auf Stirn und Rücken zu tragen, definiert durch das, was die meisten Flottenangehörigen von ihr hielten. Sie blieb so weit wie möglich für sich und versuchte sich auszudenken, wie sie ihre prekäre Situation in der Flotte ihrem Vater erklären sollte. Vielleicht lenkten das Begräbnis und die Zeit danach ihn ab. Denn es hatte den Anschein, dass Esmay tatsächlich die Erbin ihrer Urgroßmutter war.

Ihr vorangegangener Besuch auf Altiplano hatte mit Pomp und Zeremoniell begonnen; diesmal wartete eine Zeremonie auf sie, aber kein Pomp und auch keine Nachrichtenschnüffler. Ihr Vater empfing sie in der Ankunftshalle für Passagiere; beinahe erkannte sie ihn nicht in der förmlichen schwarzen Trauerkleidung mit kunstvollen Schnörkeln aus schwarzen Litzen an Brust und Ärmeln der eng sitzenden kurzen Jacke, den schwarzen Perlen am Kragen, der schwarzen Hose, die in schwarzen Halbschuhen mit hochgezogenen Zehen steckte, und der flachen schwarzen Mütze mit der schulterlangen Troddel, die neben dem linken Ohr hing. Das linke Ohr, das Herzohr, die direkte Abstammungslinie … das wusste sie alles sofort wieder.

Er hatte eine der Mägde von der Estancia mitgebracht, die Esmay in die vorgeschriebene Kluft half. Im Ruheraum für Damen wechselte Esmay aus der Flottenuniform zunächst in die weißen Schichten: lange Pantalons unter einem Unterrock, einer kurzen weißen Chemise. Die Außenschichten waren allesamt schwarz, wie beim Vater. Eine schwarze Bluse mit weiten Ärmeln steckte vorn im Bund, ein fülliger schwarzer Rock, eine kurze schwarze Brokatweste, dicht mit Gagat besetzt, ein breiter schwarzer Rockbund mit Rautenmuster, schwarz auf schwarz. Frauenstiefel mit umgeschlagenen Rändern, die die schwarze Seidenauskleidung zeigten. Auf dem Kopf trug Esmay eine steife schwarze Mütze mit je einem Knopf an beiden Seiten, die ihr fest auf der Stirn saß. Esmay hatte dieses Kostüm schon bei anderen Landbraut-Zeremonien gesehen, aber nie erwartet, es mal selbst zu tragen, und sie hatte auch noch nie die ganze Zeremonie verfolgt – was Außenstehende nie taten.

Die Kleider waren eine fast so schwere Last wie die Geheimnisse, die sie selbst in sich trug.

Langsam gingen sie in einem Rhythmus, der so alt war wie die Berge, von der Empfangshalle zur Shuttlebucht. Esmay war es gewöhnt, einen halben Schritt hinter ihrem Vater zu gehen, falls nicht noch weiter zurück; aber egal, wie langsam sie jetzt ging, er würde noch langsamer sein.

Es war real. Sie war die Landbraut. Für niemanden sonst hätte ihr Vater sein Schritttempo zurückgenommen.

Im Shuttle nach unten erläuterte er kurz die Arrangements und ließ sie dann mit einem Bündel altmodischen Papiers allein – der Familienausgabe der alten Riten, die Esmays Urgroßmutter während ihres ganzen langen Lebens befolgt hatte. Esmay konnte Hilfe haben – sie *würde* Hilfe haben –, aber je mehr sie eigenständig schaffte, desto besser. Sie hatte noch nie eine Zeremonie der Landbrautgabe miterlebt, obwohl sie andere davon hatte erzählen hören. Auf dem Shuttlehafen war es kurz nach Sonnenuntergang, und ein feuriges Leuchten verharrte noch hinter den Bergen. Als sie die Stadt hinter sich ließen, schloss die Nacht sie ein. Esmay schaltete das Licht im Fahrgastabteil an und las weiter. Schließlich berührte ihr Vater sie am Arm und deutete nach vorn. Esmay schaltete das Licht aus und blickte forschend in die Dunkelheit.

Zu beiden Seiten der Straße lösten sich flackernde

Lichter zu Reihen schwarz gekleideter Gestalten auf, die Kerzen hielten ... Der Wagen wurden langsamer und hielt an. Esmays Vater half ihr hinaus. Esmay war diesmal die Erste, die die Kerzen vor dem Schrein anzündete ... und sie erinnerte sich, ohne dass ihr jemand Stichworte geben musste, an die Worte, die Gesten, das ganze Ritual. Hinter sich hörte sie respektvolles Murmeln.

Von dort aus gingen sie langsam zum großen Tor und die lange Einfahrt hinauf, und die anderen folgten ihnen. Das Haus ragte vor ihnen auf, dunkler als die Dunkelheit ringsherum. Dann tauchte Kerzenlicht aus dem Inneren auf – es war die Familie, jeder mit einer Kerze in der Hand. Esmay betrat einen kalten dunklen Raum, in dem normalerweise Licht und Wärme herrschten. Heute würde jedoch kein Feuer entzündet werden, bis die Zeremonie abgeschlossen war; zum Glück hatten die neuen Gebote Feuer und Licht erlaubt, während Esmay noch unterwegs war, bis zu ihrer Landung auf dem Planeten.

Sie schritt durch das Haus und zündete in jedem Zimmer eine der winzigen Kerzen an – die Verkündigung der Ankunft der Landbraut. Dann ging es weiter hinaus zur Landbrautstätte, dem Herzen des Anwesens und dem Ort, wo die erste Landbraut ihrer Herzlinie vor langer, langer Zeit ihren Anspruch erhoben hatte.

Dort wartete der Priester auf sie, mit dem Korb, in dem der geflochtene Zopf aus dem Haar ihrer Urgroßmutter lag. Esmay schauderte auf einmal; ihre Vorstellungskraft entzündete sich an der Möglichkeit – nein, der Gewissheit, dass eines Tages ihr eigenes widerspenstiges Haar in einem solchen Korb liegen würde, die Stränge, wie kurz oder dürftig auch immer sie ausfielen, förmlich zu Zöpfen geflochten und mit Seidenschnüren zusammengehalten.

Der Leichnam ihrer Urgroßmutter lag natürlich schon lange unter einem neuen, blassen Grabstein bestattet. Ihr Haar erwartete jedoch diesen letzten zeremoniellen Tanz. Kein Musiker spielte auf. In der dunklen Nacht, im flackernden Kerzenlicht führte Esmay die Frauen der Estancia auf einer langsamen Prozession um den Grabstein jeder Landbraut, angefangen bei der Ältesten und bis zur Jüngsten führend. Die Männer, die in einem Ring um diesen Platz standen, stampften dazu einen langsamen Rhythmus, aber sie folgten der Prozession nicht.

Als der Tanz vorüber war, hob Esmay den silbrigen Zopf aus dem Korb und hielt ihn hoch, drehte ihn, damit ihn alle sehen konnten.

»Die Landbraut...«, erklang das gedämpfte Flüstern aus vielen Kehlen. »Die Landbraut ist gestorben...«

»Sie, die die Landbraut war, ist nicht mehr«, sagte Esmay.

»Sie ist in die Dunkelheit gegangen«, sagte die Menge.

»Sie ist zum Land zurückgekehrt«, sagte der Priester. »Und ihr Geist zu den Himmeln.«

»Ihre Macht wurde freigesetzt«, sagte Esmay. Sie band die Silberschnur auf und wickelte die Stränge des Zopfs auseinander. Der Nachtwind wehte seufzend die Berge herab und strich ihr durch all die Schichten ihrer Kleidung kalt um die Beine. Die Kerzenflammen flackerten seitwärts; ein paar gingen aus.

»Zu den Himmeln...«, sagte die Menge.

Esmay löste auch die zweite Schnur an der Zopfspitze und hielt den geöffneten Zopf mit den offenen Handflächen hoch. Ein Windstoß hob erst einen Strang auf, dann einen weiteren. Esmay hörte die nächste Bö kommen, in der die Bäume rings um die Lichtung erbebten. Als Esmay den Wind spürte, sprang sie hoch und warf das Haar in die Luft... und landete in völliger Dunkelheit; alle Kerzen waren ausgegangen.

»Jetzt ist der Tod; jetzt wird die Trauer geboren!« In Dunkelheit und windiger Kälte stieg dieser Schrei von den Menschen auf und ging in das förmliche Trauerklagen über. Eine Stimme, eine schwankende, alte Stimme sang die Geschichte vom Leben der Urgroßmutter Esmays, ein Kontrapunkt zu den klagenden Rufen. Es war ein langes Leben gewesen; es war ein langes Klagelied, und es endete erst, als die Dunkelheit zurück unter die Bäume kroch, auf der Flucht vor dem aufdämmernden Morgen. Das Licht wurde von einem Augenblick zum Nächsten stärker; einer nach dem anderen verstummten die Trauernden, bis schließlich kein Laut mehr zu hören, keine Bewegung mehr zu sehen war. In weiter Ferne, wie es schien, krähte ein Hahn, und ein weiterer antwortete.

Der Priester mit seinem hohen schwarzen Hut hatte sich umgedreht und blickte dem Sonnenaufgang entgegen. Die Frauen halfen Esmay zurück durch die Menge, bis in das durch Vorhänge unterteilte Zelt, das Esmay in der Dunkelheit zuvor gar nicht gesehen hatte. Rasch zogen ihr die Frauen die schwarze Weste aus, den Rockbund, Rock, Bluse, Schuhe. Dann halfen sie ihr in die traditionelle Kluft der Landbraut, die über der weißen Unterkleidung getragen wurde: weiße Bluse mit weiten gefältelten Ärmeln, die in einer Handbreit lockerer Spitzen ausliefen; ein weißer Rock mit grünen Nadelstreifen; weiße bestickte Rehlederweste, mit leuchtenden Perlmustern besetzt, die Blumen und Reben und Obst zeigten ... und obendrauf ein Hut mit zwei stumpfen Spitzen, von denen jeweils eine goldene Quaste am Ohr vorbei bis auf die Schulter fiel. Um die Hüfte kam der scharlachrot und purpurn gestreifte Rockbund, gefaltet und präzise zugebunden. In seinen Falten verlief ein schmaler Gürtel, von dem an der rechten Hüfte die gekrümmte Klinge einer Sichel hing, das Metall buntfleckig vor Alter, aber mit nach wie vor glänzender Schneide. Links trug Esmay eine Tasche mit Saatgut an einem Schulterriemen. Weiche grüne Stiefel, gesäumt mit gelber Seide, würden später noch hinzukommen – zunächst ging Esmay barfuß.

Als sie wieder hinaustrat, fiel das Sonnenlicht in langen rotgoldenen Balken durch die Bäume, aber der Tau unter den Füßen fühlte sich eiskalt an. Jemand schlug hinter ihr eine Glocke an, und auf deren nachhallenden weichen Klang hin drehte sich der Priester zu Esmay um. Auf den ausgestreckten Händen hob er einen langen, zugespitzten Stab. Die Männer versammelten sich hinter ihm.

»Aus der Nacht entsteht der Tag«, sagte der Priester, »Ausdruck der göttlichen Gnade. Und aus dem Tod des einen entsteht das Leben eines anderen, wie die Saat im Boden stirbt, um als Korn weiterzuleben, das in der Sonne aufblüht.«

Esmay hob die Arme zu den rituellen Gesten.

»Stellt hier irgendjemand die Abstammung der Landbraut in Frage?«, verlangte der Priester zu wissen. »Oder besteht ein Grund, dass sie nicht vermählt werden sollte?«

Schweigen hüllte die Menge ein, begleitet vom nervösen Geschnatter eines Baumhüpfers, der sich nichts aus der Zeremonie machte. Der Priester wartete ab und zählte dabei bis hundert – Esmay zählte in Gedanken mit – und nickte schließlich.

»So soll es sein ... diese Braut für dieses Land, bis zum Ende ihrer Tage oder der willigen Weitergabe an ihre Erbin.« Er streckte den Grabungsstock aus.

Der nächste Teil war Esmay lächerlich und eher theatralisch als archaisch vorgekommen, als sie davon gelesen hatte, aber jetzt, als sie das alte Kostüm im Licht des frühen Morgens trug, den Grabungsstock in der Hand hielt (viel schwerer als erwartet) und die Sichel und die Saat bei sich hatte ... empfand sie ihn auf eine Art und Weise als richtig und angemessen, wie sie es sich nicht vorgestellt hatte.

Sie trat hinaus in den kleinen Kreis Ackerboden, der für diesen Zweck bewahrt und jedes Jahr sorgfältig neu bepflanzt wurde. Obwohl die falsche Jahreszeit dafür war und das, was Esmay hier einsetzte, nicht gedeihen würde, empfand sie den Vorgang doch als Teil eines größeren Rituals, das Früchte tragen würde, das das Land an sie band und sie mit dem Land verband. Sie war sich nicht sicher, dass sie sich das wünschte, aber sie wusste genau, was sie tun musste.

Mit dem Stock öffnete sie drei Löcher an den Ecken eines gleichschenkligen Dreiecks und stocherte in der Erde herum, bis sie groß genug waren. Alte Flecken an der Spitze des Stocks gaben Hinweis darauf, welches die richtige Tiefe war. Esmays Helfer hoben die gelockerten Klumpen auf und legten sie in eine Kupferschüssel. Dann nahm Esmay die alte Sichelklinge zur Hand, die bis zum Ende der Zeremonie ohne Griff blieb, und drückte sich die Schneide an die linke Handfläche. Es tat zu Anfang kaum weh, und das Blut, von tieferem Rot als ihre Schärpe, floss in die Schüssel, in die Erdklumpen, und färbte sie dunkler ein. Als es genug war, nickten die Frauen, und Esmay streckte die Hand aus, damit sie jemand mit dem Taschentuch verband, das von nun an unter dem Herd in der Küche liegen würde.

In der Hand entwickelte sich ein Pochen. Esmay kümmerte sich nicht darum und hängte sich die Sichel wieder an den Gürtel. Dann spuckte sie in die Schüssel, einmal auf jeden Klumpen. Die Frauen nickten wieder, und Esmay trat zurück. Die Frauen gossen ein paar Tropfen aus einem Krug Quellwasser hinzu und kneteten die Erde mit dem Blut und dem Wasser zu einem Ball; sie benutzten dazu Rührschaufeln, die aus dem Holz von Obstbäumen geschnitzt waren.

Esmay holte fünf Samenkörner aus der Tasche und legte sie sorgfältig ins erste Loch – und die Frauen legten einen kleinen Klumpen aus der Mischung in der Schüssel darauf. Der Vorgang wurde zweimal wiederholt. Dann stellten die Frauen die Schüssel innerhalb des Dreiecks auf den Boden und teilten den Rest des ursprünglichen Klumpens in fünf kleinere auf, jeder sorgfältig einem Brotlaib nachgebildet. Sie bauten ein Dreibeinstativ aus Stöcken darüber und krönten dieses mit einem Büschel trockener Borstenhirse. Der Priester trat hinzu und nahm sich den Kristall vom Hals ab, der das Zentrum seines Skapuliers bildete und einen Stern symbolisierte. Aber so früh am Morgen konnte er nicht genug Sonnenlicht bündeln … nein. Einer der Assistenten des Priesters brachte einen Topf mit Kohle aus dem Herdfeuer, in Glut gehalten, seit dieses Feuer gelöscht worden war.

Das sorgfältig gespeiste Feuer buk die Erdklumpen, bis sie hart und trocken waren. Währenddessen begannen die Musiker wilde aufpeitschende Tänze zu spielen. Als der Backvorgang abgeschlossen war, traten die Fünf Reiter vor. Esmay zerbrach den Klumpen, und jeder nahm ein Stück, stieg aufs Pferd und ritt davon. Sie würden die Laibe in den Grenzschreinen platzieren, wo die Erde aus Esmays Pflanzung, ihr Blut und ihr Speichel das Land zu ihrem Eigentum erklärten. Es würde Tage dauern, bis das letzte Stück weit im Süden in seinem kleinen Steinhaus ruhte.

Inzwischen trieb der Geruch von Speisen aus den Küchen herüber; zur Morgendämmerung der Landbraut durften die Feuer wieder entzündet und die Öfen erhitzt werden. Frisches warmes Brot, Braten ... Esmay setzte sich auf einen Thron, überhäuft mit späten Blüten, als der Festschmaus zu ihren Gästen herausgebracht wurde.

Als die Menge sich ringsherum ausdünnte, trat ihre Kusine Luci zu ihr. »Ich habe deine Bücher da«, sagte sie. »Die Herde hat sich gut entwickelt.«

»Gut«, sagte Esmay. Sie nippte an dem Krug, den ihr jemand gereicht hatte, und ihr wurde schon von den Dämpfen fast schwindelig. »Könntest du mir etwas Wasser bringen? Das hier ist zu stark.«

Luci lachte. »Sie möchten die Landbraut wirklich auf die alte Art und Weise einsetzen, nicht wahr? Ich hole dir Wasser.« Sie lief los und war schnell zurück, diesmal mit einem gut aussehenden jungen Mann auf den Fersen.

»Danke«, sagte Esmay und nahm den Krug mit dem kühlen Wasser entgegen.

Als die lange Zeremonie vorbei war, führte Esmays Stiefmutter sie in die Suite der Urgroßmutter. »Ich hoffe, du bleibst eine Zeit lang hier«, sagte die Stiefmutter. »Das ist jetzt dein Zuhause ... Wir können die Räume neu ausstatten ...«

»Aber mein Zimmer ist oben«, wandte Esmay ein.

»Nur, wenn du möchtest. Natürlich, wenn du darauf bestehst ... Aber das hier war immer ... Es ist der älteste Teil des Hauses.«

Sie versuchte, taktvoll und hilfreich zu sein; Esmay wusste das, wic sic auch wusste, dass sie selbst nach all dem zu müde war, um über irgendetwas in Ruhe zu diskutieren. Was spielte es letztlich für eine Rolle, wo sie schlief?

»Ich denke, ich lege mich eine Zeit lang hin«, sagte sie stattdessen.

»Natürlich«, sagte ihre Stiefmutter. »Ich helfe dir mit diesen Sachen.«

Die Stiefmutter hatte sie so gut wie nie angefasst, so weit sich Esmay erinnerte – es war wirklich ein seltsames Gefühl, dass sie ihr jetzt half. Hätte sie ihr vor Jahren schon geholfen, falls Esmay es geduldet hätte? Ein beunruhigender Gedanke, über den Esmay nach einem ausgiebigen Schlaf vielleicht noch einmal nachdenken konnte. Die Stiefmutter war tatsächlich eine geschickte Zofe, die rasch mit den Verschlüssen fertig wurde und genau wusste, wann sie sich abzuwenden und Esmay in Ruhe zu lassen hatte, die Überbekleidung sorgfältig zusammengefaltet auf den Armen.

* * *

Esmay erwachte am späten Nachmittag im kalten Licht eines bedeckten Himmels – Wolken waren herangezogen. Nichts wirkte richtig ... und dann fiel ihr alles wieder ein. Sie lag nicht oben im eigenen Bett, sondern dem ihrer Urgroßmutter. Außer dass das jetzt ihr eigenes Bett war, auf eine Art, wie es für das im alten Zimmer nie gegolten hatte ... nicht durch Gewohnheit oder Zuteilung ihres, sondern durch Tradition und Gesetz. Alles gehörte jetzt ihr ... dieses Bett, der bestickte Wandbehang mit der Aufschrift »Die Augen Gottes sind stets geöffnet« (die Urgroßmutter hatte die Nadelarbeit als junges Mädchen selbst ausgeführt), die Stühle ... die Wände ringsherum, die Felder, die die Wände umgaben, von der fernen sumpfigen Meeresküste bis zu den Bergwäldern. Obstbäume, Olivenbäume, Nussbäume, Gärten und Ackerland, jede Blume auf den Feldern, jedes wilde Tier in den Wäldern. Nur die Nutztiere gehörten möglicherweise anderen – aber Esmay war es, die Weiderechte vergab oder verweigerte, die Ackerland und Weideland auswies.

Sie schob die Decke zur Seite und richtete sich auf. Ihre Stiefmutter oder sonst jemand hatte Alltagskleidung zurechtgelegt. Nichts von dem, was Esmay mitgebracht hatte, sondern neue Sachen – eine weiche schwarze Wollhose und einen bunten Pullover. Esmay entdeckte das angrenzende Bad, duschte und zog dann die neuen Kleider an.

In der Halle unterhielt sich Luci leise mit Sanni und Berthold. Sanni bedachte Esmay mit einem ausgiebigen, nachdenklichen Blick. »Hast du gut geschlafen?«, fragte sie. Esmay hatte das Gefühl, dass hinter dieser Frage mehr steckte, als die Worte besagten.

»Ja«, antwortete sie. »Und jetzt habe ich wieder Hunger.«

»Nur noch ein paar Minuten«, sagte Sanni und ging zur Küche hinüber.

»Willkommen zu Hause«, sagte Berthold. Er wirkte ein wenig argwöhnisch.

»Danke«, sagte Esmay. Sie versuchte darauf zu kommen, ob ihr neuer Status irgendetwas außer dem Rechtstitel auf das Land verändert hatte ... Erwartete man beispielsweise von ihr, Berthold und Sanni jetzt anders anzusprechen?

Ihr Vater kam aus dem Bibliotheksflügel zum Vorschein. »Ah – Esmay! Ich hoffe, du bist jetzt ausgeruht. Ich weiß nicht, wie lange du bleiben kannst, aber es gibt viel zu tun.«

»Erst nach dem Essen«, wandte Sanni ein, die in diesem Augenblick wieder zum Vorschein kam. »Wir sind jetzt so weit.« Esmay erkannte, dass man auf sie gewartet hatte.

Das Essen machte noch deutlicher als alle theoretischen Erklärungen, wie sich ihr Status verändert hatte. Sie saß am Kopfende der Tafel, wo früher der Platz ihrer Urgroßmutter gewesen war, zu den wenigen Gelegenheiten, an denen sie am gemeinsamen Mahl der Familie teilgenommen hatte ... wodurch nun Papa Stefan aus seiner Position als ihr Stellvertreter verdrängt wurde. Esmay hatte gar nicht geahnt, dass er so klein wirken konnte, wie er dort auf halber Höhe der Tafel über seinen Teller gebeugt saß. Sie selbst aß langsam, sah zu und hörte zu und versuchte, aus den unterschwelligen Gefühlsströmungen schlau zu werden.

Ihre Stiefmutter und ihre Tante Sanni zum Beispiel musterten einander wie zwei Katzen über einem Napf Fisch. In welcher Hinsicht waren sie Rivalinnen? Ihr Vater und Berthold gaben sich zwar bemüht höflich, wirkten aber besonders angespannt. Von den jungen Leuten saß nur Luci mit am Tisch – die anderen hatten wohl, wie Esmay vermutete, früher unter weniger förmlichen Umständen gegessen.

»Hast du schon entschieden, wen du als Erbin einsetzt?«, fragte Esmays Stiefmutter. Sanni warf ihr einen Blick zu, der hätte töten können.

»Jetzt nicht«, mischte sich ihr Vater ein.

»Nein«, antwortete Esmay. »Das habe ich nicht – für mich ist alles noch so neu. Ich muss sorgfältig darüber nachdenken.« Sie musste sich erst den Stammbaum ansehen; sie hatte keine Ahnung, wer in Frage kam. Es könnte sogar Luci sein. Das wäre gar nicht so schlimm.

»Mit dem Papierkrieg fangen wir morgen an«, sagte ihr Vater. »Dem ganzen juristischen Kram.«

»Wie lange wird das dauern?«, erkundigte sich Esmay.

Er zuckte die Achseln. »Wer weiß? So etwas haben wir lange nicht mehr gemacht, und seitdem wurden einige Gesetze geändert. Es reicht heute nicht mehr, dass sich die Familie mit dem Gesamtkomplex von Veränderungen einverstanden erklärt; es muss jetzt Punkt für Punkt geschehen.«

Das klang viel schlimmer als das Fach Administrative Verfahren. Falls die ganze Familie dem Wechsel des Besitzrechts an jedem Feld, jedem Flecken Wald zustimmen musste ...

»Wenigstens kann heute in vielen Fällen ein Stellvertreter die Zustimmung erklären. Ich vermute, dass es Stunden dauern wird, falls nicht sogar Tage – und alles muss von vorn beginnen, wenn du abdankst.« Er klang eher müde als widerwillig; Esmay vermutete, dass er seit dem Tod ihrer Urgroßmutter wahrscheinlich an ihrer Stelle die meisten Aufgaben in der Familie wahrgenommen hatte.

»Falls sie überhaupt abdankt«, warf Papa Stefan ein. »Sie sollte bleiben, gut heiraten und die Landbraut sein, die wir brauchen. Sie ist für das übrige Universum schon zur Heldin geworden – sie hat sich selbst bewiesen –, aber da draußen können sie kaum so dringend eine junge Heldin brauchen, wie wir Esmay hier benötigen. Sie könnte jetzt den Dienst quittieren.«

Ihr Vater sah sie an, die Schultern leicht hochgezogen. Er wusste, was ihr die Flottenlaufbahn bedeutete, genauso, wie er wusste, was ihm die eigene militärische Karriere bedeutete – aber es gab auch vieles, wovon er keine Ahnung hatte, und im Augenblick hielt Esmay es beinahe für klug, die Flotte von selbst zu verlassen, ehe man sie hinauswarf.

»Möglicherweise bin nicht ich es, die ihr braucht, Papa Stefan, sondern jemand, der die ganze Zeit hier gelebt hat, der sich mehr auskennt...«

»Du kannst es lernen«, sagte er, und seine Energie erwachte jetzt von neuem, als er jemanden hatte, mit dem er sich auseinander setzen konnte. »Du warst nie dumm, nur stur. Und warum solltest du den Regierenden Familias dienen? Wir haben nicht mal einen Sitz in ihrem Großen Rat. Sie respektieren uns nicht. Sie verbrauchen dich und werfen dich schließlich weg, wann immer du ihnen Missvergnügen bereitest oder sie deiner müde werden.«

Damit traf er zu dicht ans Schwarze; Esmay fragte sich, ob die Medien spitzbekommen hatten, dass sie in Ungnade gefallen war. Aber Berthold mischte sich jetzt ein.

»Unfug, Papa! Junge Offiziere ihrer Qualität sind seltener als Diamanten an der Küste. Sie werden sie nicht so leicht gehen lassen. Denk doch nur, was sie schon geleistet hat!«

»Sie ist mit dem Essen fertig geworden, das ist es, was sie geleistet hat«, sagte ihre Stiefmutter. »Möchte irgendjemand Dessert?«

Esmay war ziemlich froh, dass jemand das Thema gewechselt hatte, und nahm dankbar eine Schale gewürzten Vanillepuddings an.

Am nächsten Morgen nahmen die rechtlichen Formalitäten ihren Anfang. Ihr Vater hatte ein komplettes Gerichtspersonal ins Haus geschleppt: einen Richter, Anwälte, Protokollführer und alles. Zunächst musste Esmay, obwohl sie während der Zeremonie offen erklärt hatte, dass sie ihr Erbe annahm, jetzt schwören, dass sie es getan hatte, und das Register unterzeichnen, wobei sie die Unterschrift unter die ihrer Urgroßmutter setzte, wo alle Welt ihre leicht unbeholfene Schlichtheit mit der reizenden, altmodisch eleganten Handschrift der alten Dame vergleichen konnte. Drei Zeilen höher hatte jedoch jemand mit unbeholfenem Kindergekrakel unterschrieben, das noch schlimmer aussah.

Sobald sie als Erbin, als die wahre Landbraut eingeschworen war, begann die eigentliche Arbeit. Jeder Landverwalter, einschließlich Papa Stefans und ihres Vaters, musste einen Bericht über die Verwaltung jedes einzelnen Teils der Landbrautstätte abgeben. Esmay erfuhr Dinge über die Familien-Estancia, von denen sie nie etwas geahnt hatte, denn während der langen Zeit ihrer Urgroßmutter als Landbraut waren schon vor Esmays

Geburt Veränderungen vorgenommen worden, die jetzt erläutert werden mussten. So breiteten sich die zurückliegenden siebzig Jahre des Anwesens in allen Einzelheiten vor ihr aus, vom Trivialen (die Verlagerung des Hühnerhofs, um einen überdachten Weg zur Waschküche zu bauen) bis zum Bedeutenden (dem Verkauf von fast einem Drittel des Weidelands, um während des Aufstands Geschütze und Munition für die Brigade ihres Vaters zu erwerben, und dem schlussendlichen Wiedererwerb).

Esmay hätte ja einfach vorausgesetzt, dass die Berichte korrekt waren, aber davon wollte der Richter nichts wissen. »Sie waren nicht zu Hause, Sera. Sie können es nicht wissen, und obwohl das hier Ihre Familienangehörigen sind und Sie natürlich zögern, ihnen die geringste Untreue oder Unehrlichkeit zuzutrauen, ist es meine Pflicht, sowohl Sie als auch die Landbrautstätte selbst zu schützen. Diese Geschäftsunterlagen müssen sorgfältig geprüft werden; deshalb haben wir ja auch die Wirtschaftsprüfer der Registratur mitgebracht.«

Und wie lange dauerte das wohl? Sie wollte nicht tagelang hier sitzen und zusehen, wie Wirtschaftsprüfer alte Geschäftsbücher durchgingen.

»In der Zwischenheit brauchen wir Sie nicht aufzuhalten, Sera, solange ein Vertreter Ihrer Familie zugegen ist, um mögliche Fragen zu beantworten.«

Das war eine Erleichterung! Esmay ergriff die Flucht, jedoch nur, um von Luci eingefangen zu werden, die eine ausgiebige Diskussion über die Herde im Sinn hatte, die sie für Esmay verwaltete. Von einem Wirtschaftsprüfer zum Nächsten – aber Luci war so darauf erpicht, ihre Maßnahmen zu erläutern, dass Esmay keinen Widerstand leistete, während sie durch die Küchen, zur Hintertür hinaus und in das Stallbüro geführt wurde.

»Du hast mir nicht gesagt, welche Richtung du eingeschlagen haben wolltest«, sagte Luci. »Also habe ich beschlossen, die untersten zehn Prozent auf regionalen Märkten zu verkaufen, allerdings nicht unter deinem

Namen. Die Fortpflanzungsrate der Herde liegt über dem Familiendurchschnitt, wenn auch nicht viel …«

»Ich hatte keine Ahnung, dass man sie überhaupt steigern konnte …«

»Oh ja!« Luci schien sehr mit sich zufrieden. »Ich hatte damit angefangen, außerplanetare Zeitschriften über Pferdezucht zu lesen – konnte mir zwar nicht viel von dem leisten, was dort besprochen wurde, aber ich habe einige Anpassungen im Management vorgenommen, und alle haben süffisant gelächelt, bis die ersten Fohlen kamen. Dann hieß es, es wäre eine normale statistische Schwankung – aber die zweite Fohlenwelle ist dieses Jahr geboren worden und lag noch einen Punkt über der des vergangenen Jahres.«

Esmay hatte sich noch nie einen Deut um Pferdezucht geschert, aber sie erkannte einen natürlichen Enthusiasmus, wenn sie ihn sah. Sie hatte sich eindeutig die richtige Managerin für ihre Herde ausgesucht … und vielleicht noch mehr als das.

»Was haben die Leute gesagt, als du die am wenigsten guten Pferde ohne den Familiennamen verkauft hast? Die Tiere hatten doch Brandzeichen, oder nicht?«

»Nein … Ich hatte beschlossen, mit den Brandzeichen bis nach der Auswahl zu warten. Papa Stefan war sauer auf mich, aber es war deine Herde, also konnte er mich nicht aufhalten.«

»Hmm. Und nach welchen Kriterien nimmst du die Auswahl vor?«

»Mehrere.« Luci zählte sie an den Fingern ab. »Die Dauer der Trächtigkeit – länger oder kürzer, das ist ein Kriterium. Es könnte jeweils an der Stute liegen, möglicherweise aber auch am Fohlen. Die Zeit, bis es aufsteht und saugt, und die Frage, mit wie viel Kraft es das tut. Wird eine Standardschwankung überschritten, bis das Fohlen auf die Beine kommt, oder nuckelt es nicht kräftig, ist das ein weiterer Auswahlpunkt. Du hast schon gute Zuchtstuten in dieser Herde – aber es bringt dir auch Vorteile, auf zusätzliche Überlebenskraft abzuzielen.«

Esmay war beeindruckt. »Ich vermute, du wirst die Stuten später noch sichten?«

»Wenn du es erlaubst, ja. Und zwar, solange sie noch jung genug sind, um sie weiterzuverkaufen ... Nach den Artikeln, die ich gelesen habe, müsste man nach drei Fohlen wissen, ob die Dauer der Trächtigkeit, Gebärprobleme, Kraft des Fohlens und Milchproduktion auf die Stute selbst zurückgehen. Ich kann dir die Quellen zeigen ...«

»Nein, ist schon in Ordnung. Du hast sehr gute Arbeit geleistet. Erkläre mir, was wir deiner Meinung nach mit der Herde machen sollten.«

»Eine exportfähige Genlinie hervorbringen«, versetzte Luci prompt. »Wir haben das perfekte kreuzungsfähige Genom für mindestens fünf weitere in der Pferdezucht führende Planeten. Alle unsere Pferde erfüllen einen hohen Qualitätsstandard – wir haben nach Gesundheit, Schnelligkeit und Ausdauer ausgewählt. Ich habe eine Datenbank danach abgefragt, ob jemand über das Bescheid weiß, was wir haben, oder gar daran interessiert wäre, und das Ergebnis war vielversprechend. In Anbetracht der Reputation unserer Familie können wir hier auf Altiplano lebende Tiere verkaufen, aber die Exportkosten sind viel zu hoch, um etwas anderes als Genmaterial auszuführen ... also würde ich mich auf das am besten verkäufliche Genmaterial konzentrieren.«

»Klingt gut für meine Ohren«, sagte Esmay. »Wann, denkst du, machen wir damit Profite?«

Luci sah nachdenklich drein. »Nicht sofort. Da wir normalerweise mit lebenden Tieren züchten und noch nie Genmaterial ausgeführt haben, müssten wir zunächst in Ausrüstung investieren. Ich stecke die Einnahmen aus den Verkäufen der ausgesonderten Tiere in einen dafür vorgesehenen Fond, wenn du einverstanden bist.«

»Wäre Genmaterial von den übrigen Familiengütern oder von Altiplano allgemein exportfähig?«

»Ich denke schon. Möglicherweise sogar von anderen Nutztieren wie unseren Rindern ...«

»Dann sehe ich mal, ob wir die nötigen Investitionen aus Mitteln der Familie bestreiten können; du könntest dann die erforderlichen Einrichtungen mieten.«

»Würdest du das wirklich tun?«

»Falls es möglich ist, ja. Wieso nicht? Es käme nicht nur unserer Familie, sondern ganz Altiplano zugute.«

Luci nickte zufrieden. Sie machte eine Notiz in einem ihrer Bücher und bedachte anschließend Esmay mit einem herausfordernden Blick. »Du siehst schlechter aus als damals, vor deiner Abreise«, sagte sie.

»Und du hast weniger Takt«, erwiderte Esmay verärgert.

»Liegt es an den Kämpfen?«, fragte Luci. »Es heißt, die Bluthorde wäre schrecklich.«

»Nein.« Esmay schlug eine neue Seite im Zuchtbuch auf. »Ich möchte wirklich nicht darüber reden.«

Luci legte den Kopf auf die Seite. »Du warst früher auch nicht so brummig. Du hast für einen oder zwei Tage schlecht ausgesehen und dann wieder besser – und du warst mir gegenüber hilfreich. Irgendwas stimmt doch nicht.«

Das Mädchen war hartnäckig wie eine Pferdebremse und hatte die gleiche Befähigung, direkt aufs Blut loszugehen. Esmay ging kurz der Gedanke durch den Kopf, dass sich taktisches Talent auf mehr als nur eine Weise zeigen konnte.

»Ich habe einige Probleme. Du kannst da nichts für mich tun.«

»Na ja, ich kann dir alles Gute wünschen.« Luci ging unruhig von der Tür zum Fenster und zurück. »Falls du in meinem Alter wärst ...« Eine lange Pause trat ein, die langsam ungemütlich wurde.

»Was?«, wollte Esmay schließlich wissen.

»Dann würde ich sagen, dass du Liebeskummer hast«, sagte Luci. »Du zeigst alle Symptome.«

»Liebeskummer!«

»Genauso hat es Elise ausgedrückt, als sie dachte, niemand wüsste davon. Aber sie wussten es doch. Ist es ein gebrochenes Herz oder sonst was?«

»Luci.« Unmöglich, es ihr zu erklären. Esmay versuchte einen neuen Ansatz. »Manches kann ich dir nicht sagen. Dinge, die die Flotte betreffen. Manchmal passieren schlimme Dinge.«

»Esmay, um Gottes willen ... Ich bin in einem Militärhaushalt aufgewachsen! Ich kann kriegsbedingte Sorgen von persönlichen Sorgen unterscheiden, und du brauchst nicht so zu tun, als wäre es so was.«

»Na ja, ist es doch, Sturkopf. Urgroßmutter ist gestorben; ich musste die Verantwortung für das ganze Anwesen übernehmen; ich habe eine Menge Anlass, mir Sorgen zu machen.«

Luci brachte wieder das Thema Pferde zur Sprache, und eine Stunde lang unterhielten sie sich über diese oder jene Zuchtlinie, diese oder jene Kreuzung von Linien. Gemeinsam gingen sie zum Haupthaus hinüber, immer noch tief in die verwickelte Verteilung rezessiver Merkmale in der vierten Generation vertieft. An der Tür angekommen, sagte Luci mit der unechtesten, kulleräugigsten Unschuld, die Esmay je erlebt hatte: »Wirst du heiraten und dich hier niederlassen, Kusine, wie es Papa Stefan möchte?«

Und das in Hörweite des halben Küchenpersonals und Bertholds, der wie üblich vor der Mahlzeit in die Küche spaziert war. Es wurde still, bis eine Helferin das Messer fallen ließ.

»Ich bin Flottenoffizier«, antwortete Esmay. »Wie du weißt, habe ich allen gesagt, dass ich einen Treuhänder und eine Erbin würde ernennen müssen.«

»Ja«, sagte Luci. »Das weiß ich. Aber da warst du noch keine Woche auf Altiplano gewesen. Du könntest es dir anders überlegen, besonders wenn es in der Flotte nicht gut läuft.«

Berthold schnaubte. Esmay hätte gut ohne das auskommen können; Bertholds Humor war bestenfalls peinlich.

»Du siehst ja, wie sie ist«, sagte er, ein paar gemopste Oliven im Mund.

»Ich bin so weit, dass wir essen können«, sagte Esmay. »Und das sollten lieber keine von den Oliven der Exportklasse gewesen sein ...« Ihr warnender Blick galt sowohl den Köchen als auch Berthold. Er wackelte mahnend mit dem Finger.

»Du klingst ganz wie Großmutter. Sie konnte schon aus dem Geruch von Oliven Öl pressen.«

»Wir essen jetzt«, sagte Esmay und ging voraus. »Nach einem Vormittag in Gesellschaft von Juristen und Wirtschaftsprüfern und dann Luci ist mein Gehirn ganz ausgehungert.«

Station Darien Prime

Pradish Lorany drehte das Flugblatt immer wieder in den Händen. Er wusste nicht recht, was er damit anfangen sollte. Ja, es war total unfair, dass Mirlin die Kinder genommen hatte und weggezogen war; dass man ihn übergangen und stattdessen Sophia Antera befördert hatte; dass mehr als die Hälfte der Sitze im Rat der Station von Frauen besetzt waren. Er verabscheute schon den Gedanken an künstliche Geburten und die Manipulation des menschlichen Genoms ... Falls das keine Einmischung in Gottes Plan darstellte, dann wusste er auch nicht mehr, was eigentlich. Aber obwohl er grundsätzlich dem Gedanken zustimmte, dass die Gesellschaft korrupt und degeneriert war und dass dies alles auf ein fehlendes Verständnis für die gottgewollten Rollen von Männern und Frauen zurückging, konnte er sich doch nicht ganz davon überzeugen, dass es deshalb ein gottesfürchtiger Akt war, Menschen in die Luft zu jagen. Besonders da auch Mirlin und die Kinder dabei umkommen würden. Er wünschte sich von Frauen Respekt und von Männern Führungskraft und dass man damit Schluss machte, an der menschlichen Fortpflanzung herumzumanipulieren, aber ... war das der Weg?

Er fand das nicht. Er fasste einen Entschluss. Er würde die Gechlechter-Schutzliga weiterhin unterstützen; er würde seiner Exfrau weiterhin klarzumachen versuchen, dass sie seine Gründe, die Kinder mit traditionellen Methoden zu disziplinieren, nicht richtig verstand ... aber er würde nicht an der nächsten Versammlung mit dem Vertreter der Gottesfürchtigen Miliz teilnehmen, der ihn dafür zu gewinnen versucht hatte, Sprengsätze zu montieren.

In einem Anfall von Widerwillen warf er das Pamphlet zur Öffnung der Wiederaufbereitungsanlage hinüber, wandte sich jedoch schon ab, ehe es in den Müllschlucker rutschte ... weshalb er nicht mitbekam, dass er die Öffnung verfehlt hatte und das Flugblatt direkt vor dem Schild landete, auf dem stand: BITTE ACHTEN SIE DARAUF, DASS DER MÜLL IM TRICHTER LANDET.

Und er sah auch nicht die Frau mit dem muffeligen Gesicht, die ihm finster nachblickte, ehe sie sich bückte, um die zerknitterten Seiten aufzuheben und sie sorgfältig ... die dann jedoch stoppte, gebannt von dem krassen grammatischen Fehler schon im ersten Satz. Sera Alicia Spielmann, als Verteidigerin korrekten Sprachgebrauchs ebenso leidenschaftlich wie als Verfechterin öffentlicher Sauberkeit, nahm das Flugblatt mit nach Hause, um es bei ihrer nächsten Beschwerde an den örtlichen Schulvorstand als schlechtes Beispiel zu verwenden ... Als sie den Text jedoch las, rief sie stattdessen eine Freundin an, deren Enkel für den Sicherheitsdienst der Station arbeitete.

Sie brachte weder den »faulen Schmutzfinken« noch ihr eigenes Handeln damit in Verbindung, als man zwei Tage später die übel zugerichtete Leiche eines gewissen Pradish Lorany in seiner eigenen Wohnung fand. Andere stellten diese Verbindung jedoch her.

Kapitel sechzehn

Altiplano, Estancia Suiza

Nach dem Mittagessen folgte Luci Esmay mit eindeutigen Absichten in die Wohnung der Landbraut. Esmay hatte auf etwas Zeit gehofft, um über alles nachzudenken, entschied aber, dass sie eher Frieden fand, wenn sie Luci gestattete, sich auszusprechen. »Um was geht es jetzt?«, fragte Esmay und musste beinahe lachen. »Hast du noch fünf weitere Pläne für die Estancia, oder planst du, die Regierung zu übernehmen?«

Luci war, wie es schien, in einen Jungen – eigentlich einen jungen Mann – aus einem benachbarten Haushalt verliebt. »Dein Vater ist dagegen ... Ich weiß nicht, warum«, erzählte sie. »Es ist eine gute Familie ...«

»Wer ist es?«, erkundige sich Esmay, die einen Verdacht hatte. Als sie den Namen hörte, nickte sie. »Ich weiß warum, aber ich denke, er irrt sich.«

»Ist das wieder eins von diesen Dingen, von denen du mir nichts erzählen kannst?«, fragte Luci mit einem bockigen Unterton. »Denn wenn es das ist, finde ich es gemein, mir zu sagen, du wüsstest den Grund ...«

»Komm erst mal ganz herein und setz dich«, sagte Esmay und schloss die Tür sorgfältig. Niemand würde sie jetzt stören. Sie deutete auf einen der bequemen, mit Chintz bezogenen Sessel und setzte sich selbst in einen anderen. »Ich erzähle es dir, aber es ist keine erfreuliche Geschichte. Wie du weißt, ging es mir schlecht, als ich letztes Mal hier war, und ich vermute, niemand hat dir den Grund erzählt ...«

»Niemand wusste etwas«, sagte Luci. »Außer, dass du Streit mit deinem Vater hattest.«

»Ja. Na ja ... Zu viele Geheimnisse machen die

Runde, und jetzt, wo ich Landbraut bin, werde ich es anders handhaben. Damals, ehe du geboren wurdest, als ich noch ein kleines Kind war und meine Mutter gestorben war, bin ich weggelaufen.«

»Du!«

»Ja. Ich wollte meinen Vater finden, der im Krieg war. Ich hatte keine Ahnung, was Krieg bedeutet... Hier war alles sicher gewesen. Jedenfalls bin ich in eine sehr gefährliche...« Es schnürte ihr den Hals zu, und sie räusperte sich. »Es war in einem Dorf mitten im Kriegsgebiet. Soldaten sind gekommen.«

»Oh, Esmay...«

»Ich wurde ... angegriffen. Vergewaltigt. Dann hat mich einer der Soldaten meines Vaters gefunden – aber ich war sehr krank...«

»Esmay, ich hatte ja nie davon gehört...!«

»Nein, natürlich nicht. Sie haben es vertuscht. Weil der Soldat, der es tat, zur Brigade meines Vaters gehörte.«

»Nein...!« Lucis Gesicht war weiß bis auf die Lippen.

»Ja. Er wurde getötet... tatsächlich war es der alte Seb Coron, der ihn umgebracht hat. Aber zu mir haben sie gesagt, es wäre nur ein schlimmer Traum gewesen – ich hätte mich am Fieber meiner Mutter angesteckt, was vielleicht auch passiert ist, und alles weitere wäre nur ein Fiebertraum gewesen. Diese ganzen Albträume, die ich hatte... Sie haben mir weisgemacht, ich wäre verrückt.«

»Und du hast es... schließlich herausgefunden?«

»Seb Coron hat mir davon erzählt, weil er glaubte, ich wüsste es schon ... es wäre bei den Psychotests der Flotte herausgekommen, und man hätte mich dort geheilt.« Sie holte tief Luft und ließ sie langsam wieder heraus. »Also ... habe ich Vater zur Rede gestellt, und als ich das Gesicht im Regimentsverzeichnis wiedererkannte, gab er es zu. Dass es passiert ist; dass ich mich richtig erinnert habe.«

Lucis Gesicht wechselte von Weiß zu Zornesröte. »Das ist – grauenhaft! Dich dermaßen anzulügen! Ich hätte...«

»Und die Sache ist die«, fuhr Esmay fort, eine Spur aufgemuntert von Lucis Reaktion, »die Sache ist die, der Schuldige stammt aus genau dieser Familie. Der Mann, den du liebst, ist sein Neffe, der Sohn seines älteren Bruders...«

Luci wurde erneut bleich. »Arlen? Du kannst doch nicht Arlen meinen! Er ist schließlich im Kampf gefallen – sie haben ihm einen Schrein in der Eingangshalle errichtet!«

»Ich weiß. Er *ist* ja auch im Kampf gefallen ... getötet von Seb Coron, weil er ein Kind angefallen hatte – mich.«

»Oh ... du meine Güte!« Luci lehnte sich zurück. »Und sein Vater war selbst Befehlshaber von ... Und deshalb hat es dein Vater ihm nicht gesagt? Oder hat er?«

»Ich weiß nicht, ob seine Familie etwas weiß, aber selbst wenn – alles wurde verschwiegen. Er bekam seine Orden; er bekam seinen Schrein in der Eingangshalle.« Sie konnte nicht ganz verhindern, dass Bitterkeit in ihrem Ton mitschwang.

»Und dein Vater möchte nichts mit dieser Familie zu tun haben ... Ich verstehe...«

»Nein ... sie sind Freunde geblieben oder haben zumindest eine enge berufliche Beziehung aufrechterhalten. Ich denke, mein Vater hielt es für einen Ausrutscher, der nichts mit der Familie insgesamt zu tun hatte. Ich habe mit seinem jüngeren Bruder getanzt, als ich vierzehn war, und er sagte nichts. Vater hätte sich gefreut, falls ich Carl geheiratet hätte. Jetzt jedoch macht er sich Sorgen, weil er weiß, dass ich Bescheid weiß, und weil er nicht sicher ist, was ich tun werde.«

»Ich ... ich mache Schluss mit der Beziehung.« Lucis Augen glänzten von unvergossenen Tränen.

»Sei nicht albern!« Esmay beugte sich vor. »Falls du ihn liebst, besteht kein Grund, die Beziehung nur meinetwegen abzubrechen.«

»Sie macht dir nichts aus?«

»Ich ... ich weiß nicht, wie ich reagieren werde, wenn

er Arlen sehr ähnlich sieht. Aber das sollte für dich oder die Familie keine Rolle spielen, falls der junge Mann ansonsten ein geeigneter Partner ist. Ist er ein guter Mann?«

»Ich denke schon«, antwortete Luci, »aber verliebte Mädchen sind angeblich schlecht im Beurteilen eines Charakters.« Sie sagte das mit einem Anflug von Schalk.

»Ernsthaft...«

»Ernsthaft... bei ihm werden mir die Knie weich und ich bekomme Herzklopfen; und ich habe ihn bei der Arbeit gesehen – er möchte Arzt werden und hilft schon in der Estancia-Klinik aus. Er ist sanft.«

»Na dann«, sagte Esmay. »Was immer es dir nützt, ich stehe auf deiner Seite.«

»Was es mir nützt? Sei nicht albern – du bist die Landbraut! Falls du einer Verbindung zustimmst, wird sich niemand mit dir anlegen.«

Dieser Gedanke war Esmay noch nie gekommen, da sie noch nie selbst eine Heirat erwogen hatte. »Bist du sicher?«

»Natürlich bin ich das!« Luci lächelte. »Hast du es denn nicht bemerkt? Was passiert ist, als du...« Sie wurde plötzlich wieder ernst. »Oh. Hat das – was passiert ist – nicht den Wunsch in dir geweckt zu heiraten?«

»Möglicherweise«, sagte Esmay, die sich über die Richtung dieses Gesprächs immer unbehaglicher fühlte. Es ging auf ein Gebiet, das Luci eindeutig gut kannte. »Ich habe zu dem Zeitpunkt noch nicht daran gedacht – ich wollte nur wieder den Planeten verlassen. Von allem wegkommen.«

»Aber sicherlich hast du doch irgendwann schon jemanden kennen gelernt, bei dem dir die Knie weich geworden sind?«

Ehe Esmay irgendetwas sagen konnte, spürte sie schon die verräterische Hitze in die Wangen steigen. Luci nickte.

»Du hast also ... Und du möchtest nicht, dass irgendjemand davon erfährt... Ist es etwas Außerweltliches?«

»Außerweltlich?« Barin war ein Außerweltler, aber sie war sich nicht ganz sicher, ob Luci das gemeint hatte.

Jetzt war es Luci, die rot wurde. »Weißt du – diese Sachen, die Leute machen, wir hier jedoch nicht. Zumindest nicht offiziell.«

Esmay lachte und überraschte sie damit beide. »Nein, so etwas ist es nicht. Ich bin natürlich solchen Leuten begegnet – sie denken sich nichts dabei und sind ganz normale Leute.«

Luci war inzwischen dunkelrot geworden. »Ich habe mich immer gefragt«, murmelte sie. »Wie ...«

»Wir hatten es auf der Vorbereitungsschule für die Akademie«, sagte Esmay und lächelte, als sie sich an die eigene lähmende Verlegenheit erinnerte. »Es gehörte zum Unterricht über Gesundheitspflege, und ich bin fast unter die Schulbank gekrochen.«

»Erzähle es mir nicht; du kannst mir den Datenwürfel zeigen«, sagte Luci und wandte den Blick ab. Dann drehte sie sich wieder zu Esmay um. »Aber von ihm möchte ich wirklich was erfahren, wer immer er war – oder ist?«

»War«, sagte Esmay entschieden, obwohl es ihr einen schmerzhaften Stich versetzte. »Auch ein Flottenoffizier. Gute Familie.«

»Hat er dich nicht geliebt?«, wollte Luci wissen. Dann redete sie weiter, ohne auf Antwort zu warten: »Das ist mir mal passiert; als ich mich das zweite Mal verliebte, hat er sich keinen Deut um mich geschert. Hat es mir ganz offen gesagt. Ich dachte, ich würde sterben ... Ich bin immer wieder in den Wald hinausgeritten und habe geweint.«

»Nein, er – hat mich gemocht.« Esmay schluckte und fuhr fort: »Ich denke, er hat mich sogar sehr gemocht, und ich ...«

»Na ja, was ist dann passiert?«, fragte Luci.

»Wir ... haben uns gestritten.«

Luci verdrehte die Augen. »Gestritten! Was ist schon ein Streit? Sicherlich hast du doch nicht wegen eines Streits die Flinte ins Korn geworfen!«

»Er war ... sauer«, sagte Esmay.

Luci schien verwirrt. »Ist er gewalttätig, wenn er sauer ist? Du liebst ihn immer noch, das kann man sehen. Warum also …?«

»Es hat – mit Flottenangelegenheiten zu tun«, sagte Esmay. »Deshalb kann ich es auch nicht erklären.«

»Du kannst jetzt nicht aufhören!«, verlangte Luci. »Und ich wette, zum größten Teil geht es sowieso um dich und ihn und nicht um Geheimnisse, die das Universum erschüttern. Du vertraust mir deine Pferde und dein Geld an; du solltest mir auch zutrauen, ein paar dumme Geheimnisse der Flotte zu bewahren.«

Diese Logik ergab keinen Sinn, aber Esmay scherte sich längst nicht mehr darum. Sie hatte es in sich eingeschlossen, so lange sie konnte; sie musste einfach mit jemandem reden. Mit so einfachen Worten, wie sie nur fand – was gar nicht so einfach war –, erzählte sie die Geschichte von Barin, von ihrer Versetzung auf die Kommandolaufbahn und ihrer Ankunft auf Copper Mountain. Und von Brun. Als sie Brun zum ersten Mal erwähnte, unterbrach Luci sie.

»Aha – da liegt also der Hund begraben!«

»Sie ist kein Hund … sie ist talentiert, gescheit, attraktiv …«

»Ein Hund. Sie war hinter deinem Mann her, oder nicht? Das kann ich von hier aus sehen. War daran gewöhnt, alles zu kriegen, was sie wollte, hat sich wahrscheinlich mit zwölf das erste Mal verliebt …«

Esmay musste über Lucis Tonfall lächeln. »So einfach ist es allerdings nicht. Ich meine, ich hatte es erwartet … Andere Leute haben es auch erwartet, bei all der Zeit, die sie mit Barin verbrachte …«

»Und warum hast du keine Zeit mit ihm verbracht?«

»Ich habe zweimal so viele Unterrichtsstunden belegt, deshalb. Sie hatten beide mehr Freizeit – alle hatten mehr Zeit als ich. Und dann hat sie mit mir geredet … Sie sagte, sie wollte meine Freundin sein, aber sie hat mir immer erklärt, wie ich mich anziehen sollte, wie ich mein Haar richten sollte …«

Luci schürzte die Lippen. »In dem Punkt könntest du dir ruhig mal einen Rat anhören …«

»Es ist *mein* Haar!« Esmay hörte, wie sie lauter wurde, und beherrschte sich mühsam. »Verzeihung. Sie wollte über Altiplano reden, über unsere Bräuche, und es klang so … so herablassend. Eines Tages erzählte sie von Barin, und ich bin einfach … explodiert.«

»Du hast ihr gesagt, sie solle die klebrigen Finger von deinem Mann lassen, nicht wahr?«

»Na ja … nicht genau. Ich habe ihr gesagt …« Sie wollte diese zornigen Wendungen nicht wiederholen, die, wenn sie in ihrem Kopf widerhallten, viel schlimmer klangen als damals. »Ich habe sie beschimpft, Luci, ihr gesagt, sie hätte keine Moral, die der Erwähnung wert wäre, und sie sollte verschwinden und aufhören, Leute zu korrumpieren.«

»Uff! Ich erkenne, warum ich nie möchte, dass du sauer auf mich wirst.«

»Und dann musste ich zur Feldübung in Entkommen und Ausweichen – nein, davon erzähle ich dir später –, und als ich zurückkehrte, hatte Brun Copper Mountain verlassen, und der Kommandeur war wütend auf mich wegen der Dinge, die ich ihr gesagt hatte. Als Tochter des Sprechers hatte man sie überwacht, weshalb sie alles aufgezeichnet hatten, und irgendwie sind die Nachrichtensender drangekommen. Barin … Ich glaubte, er hätte mit ihr geschlafen, und er war sauer auf mich, weil ich das für möglich gehalten hatte. Und als ob das noch nicht schlimm genug war, haben Piraten Brun entführt, gefoltert und verschleppt – und alle Welt gibt mir die Schuld.«

Luci bedachte sie mit einem langen, kühlen Blick und schüttelte langsam den Kopf. »Du magst Landbraut sein und Flottenoffizier und Heldin mit Ordensspangen, aber du hast dich benommen wie ein zum ersten Mal verknalltes Schulmädchen. Deine Birne ist völlig zu Brei geworden.«

»Was!?« Nach dem vorangegangenen Gespräch hatte Esmay mit so was wie Mitgefühl gerechnet, nicht damit.

»Ja«, sagte Luci und nickte. »Ich schätze, ich sehe auch den Grund – überhaupt keine Erfahrung. Aber trotzdem – wie albern du dich benommen hast! Ich möchte dir was sagen, Kusine: Falls du nicht zu Barin zurückkehrst, wo immer er steckt, und ihm alles erzählst – warum du bei Brun hochgegangen bist und dass du ihn liebst – wirst du dich als totale, komplette Idiotin bewiesen haben.«

Esmay war so erschrocken, dass es ihr die Sprache raubte; dabei bemerkte sie, wie sehr Luci das genoss, was ihre erste Gelegenheit sein musste, eine ältere Person zurechtzuweisen.

»In Ordnung, es war deine erste Liebesaffäre. Aber du hast jeden nur möglichen Fehler gemacht.«

»Welche zum Beispiel?«, fragte Esmay.

»Zum Beispiel, es ihm nicht zu sagen. Es dieser Brun nicht zu erzählen. Vielleicht gehört sie ja zu der Sorte, die nur des Spaßes halber anderen Leuten die Liebhaber ausspannt, aber falls du es ihr nicht mal *gesagt* hast...«

»Wie konnte ich? Wir hatten keine ... Und es gibt sowieso Vorschriften...« Rasch umriss sie die relevanten Abschnitte des Verhaltenskodexes.

»Blödsinn«, entgegnete Luci selbstsicher. Sie war in Hochform, bereit, Vorträge zu halten, anscheinend stundenlang ... Esmay fragte sich, ob sie sich Brun gegenüber selbst so verhalten hatte. Kein Wunder, dass Brun wegstolziert war; hätte Esmay gewusst, wie man wegstolziert, hätte sie es jetzt selbst getan. »Du hast Barin nicht ausgenutzt. Gefühlsmäßig bist du jünger als ich. Du könntest dich auch in vernünftigem Maße vorsichtig und professionell geben, ohne gleich zum Eiszapfen zu werden.«

»Ich weiß nicht...«

»Ich schon. Du bist ein Idiot, wenn du hier herumsitzt und mit der Rolle der Landbraut herumspielst, obwohl du dir eigentlich gar nichts aus dem Land machst...«

»Ich mache mir viel aus dem Land!«

»Abstrakt schon. Und du möchtest gern, dass es hier unverändert auf dich wartet, wenn du zu Besuch kommst. Aber du kannst mich nicht davon überzeugen, dass du wirklich mit dem Herzen bei Fragen bist wie, ob die Uferweiden durch Zäune aufgeteilt werden, die eine niederfrequente Intensivbeweidung ermöglichen, oder ob sie offen bleiben und nur alle zwei Jahre abgeweidet werden.«

»Äh ... nein.« Esmay versuchte sich zu erinnern, was eine »niederfrequente Intensivbeweidung« war.

»Oder ob wir aufhören, Cattelope-Zuchtmaterial von Garranos zu kaufen, und unsere eigene Zucht aufbauen, und falls ja, nach welchen Kriterien.«

»Eigentlich nicht...« Sie wusste gar nicht, dass sie Cattelopes bei den Garranos kauften.

»Oder ob wir neue Wurzelstöcke für Nussbäume holen oder neue Varianten den alten aufpfropfen.«

»Ich schätze, nein.« Wurzelstöcke? Aufpfropfen? Sie hatte gar nicht gewusst, dass sich ihre Urgroßmutter in diesen Dingen ausgekannt hatte.

»Also dann. Du hast dir immer eine größere Welt gewünscht und dir Zugang dazu verschafft. Du hast dort die Liebe gefunden – was *beweist,* dass es für dich die richtige Entscheidung war.« Das war eine Argumentation, wie sie Esmay noch nie gehört, geschweige denn sich selbst überlegt hatte. »Lasse nicht zu, dass dir das irgendjemand wegnimmt«, schloss Luci triumphierend.

»Sie können es«, sagte Esmay traurig. »Sie können mich auffordern, das Offizierspatent zurückzugeben...«

»Haben sie es?«

»Nein, noch nicht, aber Admiral Hornan hat eine Andeutung fallen lassen.«

»Ihr habt doch bestimmt mehr als nur einen Admiral. Esmaya – du bist älter als ich und jetzt auch das Familienoberhaupt, aber du kannst keine gute Landbraut sein, wenn dein Herz anderswo beschäftigt ist. Du wünschst dir eine Flottenkarriere, du wünschst dir diesen Barin – *also hol dir beides!* Niemand in unserer Familie war jemals schüchtern in der Verfolgung seiner oder ihrer Ziele. Brich jetzt nicht mit dieser Tradition!« Luci lehnte sich mit verschränkten Armen zurück und sah Esmay provozierend an.

Esmays innerer Aufruhr legte sich allmählich. Für Luci schien es so einfach, und es war doch gar nicht einfach ... Andererseits war es das sehr wohl. Falls Esmay ein Ziel hatte – und das hatte sie –, warum verfolgte sie es dann nicht? Warum hatte sie sich ablenken lassen? Und noch wichtiger: Was konnte sie tun, um ihr Ziel zu erreichen?

»Zurzeit organisieren sie eine Aktion, um Brun zu befreien«, sagte Esmay. Sie konnte jetzt in ruhigem Ton sprechen. »Das Schiff, auf dem ich gedient habe, ist daran beteiligt. Ich sollte ebenfalls beteiligt sein, aber Lord Thornbuckle gibt mir die Schuld am ganzen Problem – er besteht darauf, dass ich nichts mit der Aktion zu tun habe. Und jemand, den ich von der Akademie her kenne, klebt an Barin wie getrocknetes Ei an einem Teller ...«

»Er ist ein Mann von der Art, wie ihn sich andere Frauen wünschen«, sagte Luci ruhig. »Du hast es selbst gesagt ...«

»Ja ... aber sie ist wirklich ein übler Fall.«

»Was wäre also nötig, damit du bei Barin wieder gut angeschrieben bist und feststellen kannst, ob er dich immer noch liebt, und was versöhnt den Admiral wieder mit dir?«

»Ich weiß nicht ...« Esmay überlegte. »Ich weiß nicht, ob Barin mir je verzeihen wird ...«

»Vielleicht nicht«, sagte Luci rundheraus. »Aber das kannst du erst wissen, wenn du ihn wiedersiehst. Und der Admiral?«

»Ich schätze – falls ich die Führungsoffiziere irgendwie davon überzeugen kann, dass ich Brun nicht hasse und dass ich niemals behauptet habe, sie hätte verdient, was ihr passiert ist ...«

»Denken sie, du hättest das gesagt?«

»Casea – die Frau, die scharf auf Barin ist – behauptet,

ich hätte es gesagt. Behauptet, sie würde mich von der Akademie her kennen, und ich hätte schon immer Sachen über die führenden Familien erzählt. Das stimmt natürlich nicht...«

»Muerto de Dios!«, sagte Luci. »Falls ich die vor mir sehen würde, hätte ich ein Messer in der Hand. Aber falls sie über dich lügen muss, damit Barin auf Distanz zu dir bleibt, dann ist er gar nicht so scharf auf sie. Kehre zurück, Esmay. Kehre zurück und zeige ihnen, wie gut du bist.«

»Und du, Kusine?«

»Ich werde Pferde züchten; ich werde – mit deiner Zustimmung und Unterstützung – den Mann heiraten, den ich liebe, und Kinder haben.«

»Und eines Tages die Landbraut sein?«, fragte Esmay nach gehöriger Pause.

»Das liegt ganz an dir«, antwortete Luci. »Ich möchte diesen Job nicht allzu schnell haben, das kann ich dir sagen! Lass mich zumindest erst meine Fähigkeiten an deiner Herde beweisen, ehe ich weitere Verantwortung übernehme.«

Esmay saß allein da, während das Licht schwächer wurde, und dachte über das nach, was Luci gesagt hatte. Esmay wusste, was sie wollte, und angeblich war sie ja ein taktisches Genie, also sollte sie sich überlegen können, wie sie aus dem jetzigen Schlamassel wieder herauskam. Falls sie ihre Intelligenz wieder aus dem Sumpf hervorkramen konnte, den ihre Gefühle erzeugt hatten...

Und doch hatten ihre Wünsche mehr mit Gefühlen als Grips zu tun: Sie wünschte sich Liebe und Respekt und Ehre und das Gefühl, dass sie einer Sache diente, die es wert war.

Hier konnte sie nichts dafür tun. Mit jeder Minute, die verstrich, wurde ihr bewusster, dass es keine Rolle spielte, wie hart sie hier arbeitete oder ein wie schönes Leben sie sich hier als eine der reichsten Frauen des Planeten gestaltete – nie würde sie ihre Sehnsüchte, ihre Bedürfnisse befriedigen, indem sie die Landbraut abgab, sei es auch die beste Landbraut, die sie sein konnte. Stets würde sie wissen, dass sie vor Schwierigkeiten geflüchtet war. Stets würde sie wissen, dass sie gescheitert war. Vor dem inneren Auge erblickte sie sich selbst – ihr bürgerliches Selbst –, wie sie in ferner Zukunft einem älteren Barin begegnete. Sie würden höflich zueinander sein. Er würde höflich Bewunderung für ihr Imperium ausdrücken. Und dann würde er fortgehen, und sie ... Sie blinzelte, um den Blick von Tränen zu befreien, und stemmte sich vom Stuhl hoch.

Der Richter und die Anwälte und die Buchprüfer waren verärgert, als sie bei ihnen hereinplatzte und darauf beharrte, sie müsste in Kürze zur Flotte zurückkehren.

»Wir hatten es so verstanden, dass Sie unbefristeten Urlaub haben.«

»Verzeihung, Sirs, aber Ereignisse sind im Gang, über die ich nicht reden kann, die jedoch wünschenswert machen, dass ich zurückkehre, so schnell ich kann. Ich muss wissen, wie lange Sie noch brauchen.«

»Falls wir uns beeilten, könnten wir die Übertragungsurkunden in fünf Tagen bereit haben ...«

Esmay hatte schon die Ablegezeiten für zivile Fahrgastschiffe nachgeschlagen. »Sirs, das nächste Schiff geht in fünf Tagen und das übernächste erst in weiteren zwanzig. Ich bin sicher, dass sie alles in vier Tagen bereit haben können, wenn Ihnen die Kooperation und die Ressourcen dieses Hauses zur Verfügung stehen.«

»Das wird kaum möglich sein«, sagte einer der Anwälte, aber der Richter gab ihm mit einem Wink zu verstehen, dass er den Mund halten sollte.

»Sie haben Altiplano durch Ihre Taten längst Ehre gemacht, Sera; für Sie ist es möglich. Nicht einfach, aber möglich.«

»Meinen ewigen Dank, und ich weise den Haushalt an, Sie zu unterstützen.«

Am letzten der vier Tage bat Esmay, nachdem sie das letzte Papier unterzeichnet hatte, ihren Vater in die Bibliothek, auf den Schauplatz ihrer früheren Auseinandersetzung. Diesmal jedoch verbannte sie das und bat ihn um Rat. Mit der gleichen Präzision und Organisation, mit der sie jemandem ein militärisches Problem erläutert haben könnte, erklärte sie ihm, womit sie sich konfrontiert sah. »Du siehst also, dass ich weit davon entfernt bin, unserem Haus Ehre zu machen; viel eher bin ich eine Schande«, sagte sie. »Hier kann ich das aber nicht ändern – und falls ich hier bliebe ...«

»Ich verstehe«, sagte er und nickte scharf. »Du machst unserem Haus und Altiplano Ehre, Esmaya; in meinen Augen bist du niemals eine Schande. Aber ich stimme dir zu: Um deinetwillen musst du deinen Namen reinwaschen. Falls es dir nicht gelingt, bist du hier immer willkommen, und du darfst deine Landbrautstätte nicht aufgeben, bis das vorüber ist. Ob du stehst oder fällst, du wirst es als die Landbraut Suiza tun.«

Sie hatte beinahe gefürchtet, er könnte von ihr verlangen, das aufzugeben; ihre Augen wurden nass.

»Was die Tochter des Sprechers angeht – in diesem Punkt hast du falsch gehandelt und weißt es ja selbst. Ihre Unhöflichkeit entschuldigt deine nicht. Aber deine Gründe dafür, keinen Anspruch auf die Zuneigung dieses Mannes zu erheben, klingen für mich sinnvoll, wenn auch vielleicht nicht für Menschen mit einem anderen Lebensstil. Trotzdem – sie werden es dir nicht vorhalten, falls du beweisen kannst, dass du Brun nicht übel willst, und falls du es auch ihr beweisen kannst, wenn und falls sie gerettet worden ist. Was diesen Mann angeht – sogar ich habe von den Serranos gehört. Eine bemerkenswerte Familie, die gut zu unserem Haus passt. Du hast bestimmt Freunde gewonnen, Esmaya, und jetzt ist die Zeit, sich an sie zu wenden.«

»Ich soll sie ansprechen?«

»Ja. Wenn du angegriffen wirst, suche dir Verbündete – du kannst nicht allein gegen die ganze Flotte kämpfen, und wenn Menschen Lügen über dich verbreiten, brauchst du andere, die es nicht tun. Falls du nichts sagst und ihnen nur aus dem Weg gehst, können sie leichter an diese Lügen glauben.« Seine Stimme wurde heiser. »Danke, Tochter, für deine große Höflichkeit, mich ins Vertrauen zu ziehen ... ich habe mich immer um dich gesorgt.«

»Ich weiß.« Sie wusste es wirklich, und sie wusste auch, dass es nicht genug gewesen war – aber es war alles, was er ihr zu geben hatte. Bitterkeit spülte ein letztes Mal über sie hinweg und versickerte dann.

Die Ratschläge der Familie in den Ohren und mit mehr finanziellen Mitteln als je zuvor entschied sich Esmay, die schnellste Verbindung zu buchen, die sie nur fand. Zivile Expressschiffe waren fast so schnell wie Flottenschiffe und folgten einem zuverlässigeren Flugplan – sie riskierte dort nicht, dass man ihr erklärte, es gäbe keinen Platz mehr, wenn sie ihre Tickets erster Klasse vorzeigte. Sie war noch nie auf diesem Wege gereist. In ihrer Kabine mit Zugang zu erstklassigen Sport- und Unterhaltungseinrichtungen dachte sie an Brun, die in der Überzeugung aufgewachsen war, solcher Luxus wäre normal.

Falls Gefangenschaft und Misshandlungen schon für eine normale Person schlimm waren, wie musste es für ein Mädchen sein, das im Luxus geschwelgt hatte und jeder Laune hatte nachgeben können? Wie konnte sie den Schock verkraften? Sie hatte am E&A-Kurs teilgenommen, sicher, aber Esmay bezweifelte, dass Brun die Lektionen über Nichtwiderstand und passiven Widerstand ernst genommen hatte. Brun hatte nicht die Gewohnheit entwickelt, durch Passivität zu überleben. Sie hatte keine Erfahrung damit, zum Schweigen gebracht zu werden, niemanden zu haben, der ihr zuhörte. Sie würde sich daran reiben, rebellieren, sich noch mehr Bestrafung und Misshandlung eintragen. Nur wenn sie etwas fand, worauf sie ihre Gedanken und Mühen konzentrieren konnte – nur wenn sie sich eine andere Zukunft ausmalen konnte – würde Brun in der Lage sein, ihren Widerstand in diese Hoffnung zu investieren und keine Kräfte auf nutzlose Anstrengungen zu vergeuden.

Soweit Esmay aus den Bruchstücken wusste, über die man sie noch informiert hatte, nachdem sie in Ungnade gefallen war, konzentrierten sich die Planungen auf einen verdeckten Einsatz, um Brun zu befreien, wobei nicht vorausgesetzt wurde, dass Brun selbst aktiv wurde. Man klammerte sich an die Hoffnung, dass sie überlebt hatte, aber man zog einen Beitrag Bruns zur eigenen Rettung nicht in Erwägung. Die Planer behandelten sie als passives Objekt, das man einem Dieb wieder entriss – genau wie die Entführer sie als passives Objekt betrachteten, als Wertgegenstand, den man raubte und eigenen Zwecken nutzbar machte.

Genau wie Esmay nur ein Objekt für den Mann gewesen war, der sie als Kind vergewaltigt hatte – der dann nur ein abscheuliches Objekt für den Sergeant gewesen war, der ihn tötete –, und wie Esmay erneut nur ein Objekt gewesen war, als die Familie ihre Erinnerung an die Vergewaltigung ignorierte und sie zu einer Ausgestoßenen machte, die an Albträumen litt und am hintersten Ende des Hauses wohnte. Esmay fragte sich jetzt plötzlich, ob Bruns eigene Familie sie je als Person betrachtet hatte, nicht nur als Ziergegenstand ... ob Bruns wilde Lebensführung ebenso ein Schrei nach Anerkennung gewesen war wie Esmays Träume.

Und Esmay hatte Brun selbst nur wie dummen Zierrat behandelt – hatte nicht die Person gesehen hinter dem hübschen Gesicht, den herrlichen Haaren, dem Überschwang. Vertraute Schuldgefühle rollten über Esmay hinweg, und sie verbannte sie. Schuldgefühle halfen nicht. Reue half nicht. Der Mensch Brun steckte in Schwierigkeiten, und der Mensch Esmay musste eine Möglichkeit finden, ihr zu helfen – und auf keinen Fall dadurch, dass sie die Persönlichkeit Bruns ignorierte.

Esmay konzentrierte sich wieder auf das Problem, während sie eine Stunde in einer Strömungsschwimmbahn der Schiffsturnhalle verbrachte.

Brun war schwanger oder war schwanger gewesen. Gab ihr das einen Grund, am Leben zu bleiben? Gaben Babys ihr diesen Grund? Am Tag dieser katastrophalen Auseinandersetzung hatte sie Esmay gesagt, dass sie sich keine Kinder wünschte ... was aber nicht bedeutete, dass sie Kinder hasste.

Die Stoffpuppe. Esmay hörte auf zu schwimmen, und die Strömung des Beckens trieb sie an den Rand zurück. Diese Stoffpuppe von der *Elias Madero* ... dort waren Kinder an Bord gewesen, und man hatte keine Kinderleichen gefunden. Falls die Miliz die Kinder behalten hatte, falls Brun mit den Kindern zusammen gewesen war, gab ihr das den nötigen Brennpunkt für Hoffnungen? Einen Grund zum Leben? Einen Grund, sich in Geduld zu üben, auf eine Art und Weise, wie nichts in Bruns Vergangenheit sie jemals zur Geduld angehalten hatte?

Möglich. Esmay stieg aus dem Becken, trocknete sich ab und kehrte in ihre Kabine zurück, wobei sie kaum Kenntnis von den Personen nahm, die sie unterwegs anredeten. Die letzten Reisetage brachte sie damit zu, alles zusammenzutragen, woran sie sich bezüglich der Wrackteile des Kauffahrers und Bruns erinnerte, und damit, ein Szenario nach dem anderen auszuprobieren. Falls Brun die Kinder als Brennpunkt nutzte, um ihren Verstand nicht zu verlieren, dann wollte sie sie sicherlich ebenfalls retten. Wie war das möglich? Esmay gestattete sich nicht den Gedanken, dass es womöglich nicht zu schaffen war.

***

Sektor-VII-HQ

Casea Ferradi hatte mehr Erfolg damit, Esmay Suiza anzuschwärzen, als Barin Serrano an die Angel zu bekommen. Sie hatte es geschafft, zum persönlichen Stab Admiral Hornans versetzt zu werden, wozu nur der leise Hauch eines Drucks auf den Major – inzwischen Lieutenant Commander – nötig gewesen war, den sie auf ihrem ersten Schiff so gut kennen gelernt hatte. Alle wussten, dass sie eine Klassenkameradin Suizas gewesen war, also fragte man sie mehr als einmal nach ihrer Meinung – sie brauchte gar nicht erst Gelegenheiten zu schaffen, um über Esmay reden zu können. Jetzt, wo Esmay Heimaturlaub hatte, brauchte sich Casea nicht mal um Gegenwehr zu sorgen.

»Und sie hat wirklich gesagt, die Großen Familien wären ihrer Meinung nach eine lächerliche Institution?«

Casea antwortete nicht direkt; sie starrte nachdenklich in die Ferne, auf eine Art, die noble Zurückhaltung andeutete. »Ich denke, es liegt daran, dass Altiplano keinen Sitz im Rat hat«, sagte sie nach langer Pause. Das Gleiche galt für die Halbmondplaneten, aber darauf kam es nicht an. »Da besteht keine Tradition des Respekts, verstehen Sie?«

»Mich erstaunt, dass niemand etwas gemerkt hat, als Suiza auf der Akademie war«, sagte Master Chief Pell. Sein Dienstrang reichte, obwohl er kein Offizier war, für Zugriff auf Dateien, an denen Casea besonders interessiert war.

»Sie hat sich bedeckt gehalten«, sagte sie. »Ich eigentlich auch – auf gewisse Weise waren wir beide Außenseiterinnen, wissen Sie? Deshalb waren wir auch so viel zusammen, und ich habe nicht erkannt, dass ihre Äußerungen wichtig waren.« Sie schüttelte den Kopf voller Bedauern über die eigene Ahnungslosigkeit. »Dann habe ich mich in andere Dinge vergraben, wissen Sie, und es einfach ... nicht registriert.«

»Es war nicht *Ihre* Schuld«, sagte Pell, genau die Reaktion von ihm, auf die sie abgezielt hatte.

»Vielleicht nicht«, sagte Casea. »Trotzdem habe ich ein mieses Gefühl dabei. Hätte ich es nur geahnt, wer weiß, ob man das alles nicht hätte verhindern können.«

Pell schien verwirrt. »Ich kann nicht erkennen, wie ...«

Sie hätte sich einen gescheiteren Vertreter aussuchen sollen. »Ich meine«, näherte sich Casea zentimeterweise der geplanten Botschaft, »wäre mir klar geworden, welche Bitterkeit sie gegenüber den Großen Familien empfand, hätte sie vielleicht nie Einfluss auf Sera Meager gewonnen.«

Pell blinzelte. »Aber Sie meinen doch nicht ... Hatte Suiza tatsächlich etwas mit der eigentlichen Entführung zu tun? Ich dachte, es wäre nur Zufall gewesen; Sera Meager wäre nur zufällig in das System geraten, wo die Piraten gerade diesen Kauffahrer ausplünderten ...«

»Ein sehr praktischer Zufall, finden Sie nicht? Und Sera Meager ist viel herumgekommen ... Da frage ich mich doch, warum sie zufällig gerade zu diesem Zeitpunkt genau diese Abkürzung genommen hat.«

»Und Sie denken, Lieutenant Suiza hätte ihr davon erzählt? Oder hätte denen davon erzählt ...«

»Ich denke nicht, dass wir das je erfahren«, sagte Casea. Die Chancen dieses Rettungseinsatzes gingen ihrer unausgesprochenen Meinung nach so nahe an null heran, dass es keinen Unterschied mehr machte.

»Aber – weiß der Admiral davon? Das wäre Verrat ...«

»Ich bin sicher, dass schon jemand daran gedacht hat«, sagte Casea. »Ich bin nur Lieutenant, und mir ist der Gedanke gekommen ...«

»Aber Sie kannten sie schon vorher«, warf er ein. »Die ranghöheren Offiziere wissen vielleicht nicht, was sie auf der Akademie gesagt hat.«

»Na ja ...« Casea täuschte Widerstreben vor, obwohl es ihr zunehmend schwer fiel. Sie hatte exakt diese Theorie schon unter mehreren potenziellen Helfern zu verbreiten versucht, aber bisher keine Anhänger dafür gefunden. Selbst Sesenta Veron, der eigene Suiza-Gespenstergeschichten erzählt hatte, hielt das für unmöglich.

»Ich denke, Sie sollten es dem Admiral erzählen«, fuhr Pell fort. Als dann seine Vorsicht zurückkehrte, setzte er hinzu: »Es wäre hilfreich, wenn Sie dafür Dokumente hätten.«

»Ich fürchte, die habe ich nicht«, sagte Casea. »Die einzigen Dateien, die womöglich nützliche Hinweise enthalten, liegen weit außerhalb meines Zugriffsrechts.«

Das Schweigen, das jetzt eintrat, dauerte so lange, dass sie schon fast kapitulierte, aber schließlich rechneten Pells träge Prozessoren zwei und zwei zusammen. »Oh! Sie benötigen Zugriff! Äh ... an welche Dateien haben Sie gedacht?«

»Ich habe mich gefragt, ob bei den Ermittlungen über diese Meuterei nicht etwas zutage getreten ist.«

»Aber sicherlich denken Sie doch nicht ... Ich meine, sie wurde für diese Aktion *ausgezeichnet*...!«

»Ich denke, man hat ihr vielleicht Fragen gestellt, die zuvor noch nicht gestellt worden waren«, sagte Casea. »Auch wenn man sich die Antworten nicht besonders gründlich angesehen hat.«

Pell schüttelte den Kopf. »Es wird nicht leicht sein, Lieutenant, aber ich sehe mal, was ich tun kann. Ich muss mich erkundigen, mit wem ich drüben in der juristischen ... Aber ich sage Ihnen Bescheid.«

»Danke«, sagte Casea und bedachte ihn mit der vollen Gunst ihres veilchenblauen Blicks und ihres Lächelns. »Ich möchte nur helfen.«

***

Barin Serrano war an Flottenpolitik gewöhnt; er war in diesen gefährlichen Gewässern aufgewachsen. Er navigierte vorsichtig durch die heiklen Einflussströmungen im Hauptquartier der Einsatzgruppe und merkte sich, welche konkurrierenden Familien die derzeitige Verärgerung Lord Thornbuckles über den Namen Serrano ausnutzten. Die Livadhis waren wie üblich gespalten; einige verkündeten ihre Freundschaft und Loyalität zu verschiedenen ranghohen Serranos wie seiner Großmutter, während andere in Freizeiteinrichtungen für Subalternoffiziere abfällige Bemerkungen von sich gaben. Barin ignorierte die Beleidigungen, hielt sich jedoch darüber auf dem Laufenden. Jemand in der Familie musste davon erfahren, sobald er genug Daten zusammengetragen hatte.

In einem anderen Winkel seines geschäftigen Gehirns hielt er Ausschau nach Problemen bei weiteren Master Chief Petty Officers. Einmal ist Zufall, zweimal ist Fügung ... Er war bereit einzugestehen, dass der Fall Zuckerman Zufall sein konnte und die übrigen, von denen er gehört hatte, womöglich nur Gerüchte, aber falls sie zutrafen ... dann ging irgendetwas vor. Sein Kommandant hatte den Fall sicher gemeldet, aber ob in der gegenwärtigen Krise irgendjemand zugehört hatte?

Barins Pflichten bestanden vor allem darin, persönlich Datenwürfel zu befördern; er verbrachte viel Zeit damit, in irgendjemandes Vorzimmer zu warten, und fand damit auch viel Gelegenheit, mit Leuten zu plaudern, die ihrerseits nichts Besseres zu tun hatten.

»... nehmen Sie zum Beispiel Chief Pell«, sagte gerade ein unmöglich kecker weiblicher Pivot-major. »Ich weiß ja nicht, ob es an der angespannten Situation oder so was liegt, aber er ist nicht mehr derselbe, der er am letzten Jahrestag der Flotte war.«

»Wirklich?« Barin spitzte gedanklich die Ohren.

»Wirklich. Na ja, gestern musste ich in seinem Auftrag Zugangscodes für juristische Ermittlungen nachschlagen ... Ich dürfte die Sperrsequenzen nicht mal kennen, aber er hat mich trotzdem gebeten, mich über diese Vorgänge von vor sechs Monaten zu informieren. Und er selbst konnte sich an *keine* Sequenz erinnern!«

»Meine Güte!«, sagte Barin, und in Gedanken ging er rasch mögliche Gründe dafür durch, dass Admiral Hornans leitender Verwaltungs-Unteroffizier gerade jetzt seine Nase in juristische Ermittlungen steckte, wo der Admiral angeblich hinter dem Job von Barins Großmutter als Kommandeur der Einsatzgruppe her war. Versuchte er etwas über Heris Serrano zu erfahren, die ein heikles Verfahren hatte durchstehen müssen? »Sie wissen vermutlich nicht, wessen Dateien er geplündert hat?«

»Von dieser furchtbaren Esmay Suiza«, antwortete der Pivot-major und warf den Kopf hoch. »Diese Frau, die die arme Tochter Lord Thornbuckles praktisch an die Piraten *verkauft* hat.«

Barin konnte sich gerade noch bremsen, ehe er über den Tisch sprang und dem Mädchen den Hals brach, aber es kostete ihn Mühe.

»Was bringt Sie denn auf diese Idee?«, brummte er.

»Na ja, alle wissen doch, dass sie sie gehasst hat. Und ich habe von Lieutenant Ferradi gehört: Hätten alle gewusst, was *sie selbst* über Lieutenant Suiza wüsste, dann hätte man diese nie in der *Nähe* von Sera Meager geduldet.«

Barin verschob in Gedanken ein Markierungszeichen und wechselte damit die Einschätzung Casea Ferradis von »Ärgernis« auf »Feind«.

»Sie ist so schön, nicht wahr?«, gurrte der Pivot-major.

»Hmm?«

»Lieutenant Ferradi. Sie haben Glück, dass sie Sie mag; sie könnte jeden Mann auf dem Stützpunkt haben.«

»Hat sie wahrscheinlich auch«, versetzte Barin, ohne nachzudenken; er blickte auf und stellte fest, dass der Pivot-major ihn entrüstet anfunkelte. »Ich meine, alle haben sie im Kopf«, verbesserte er sich rasch. Sie wahrte die finstere Miene lange genug, um ihm deutlich zu machen, dass sie nicht überzeugt war, und entspannte sich dann.

»Sie ist ein feiner Offizier, und Chief Pell findet das auch. Ebenso der Admiral.«

Tat er das ... wirklich? Barin ging hinaus, dachte angestrengt in mehrere Richtungen nach und stolperte beinahe über den feinen, schönen Lieutenant Ferradi.

»Oh ... Ensign ...«

»Ja, Sir?« Er brachte es fertig, sie anzulächeln.

»Haben Sie irgendwas von Lieutenant Suiza gehört?«

»Nein, Sir. Ich glaube, der Lieutenant ist in Urlaub, oder nicht?«

»Ja, aber ... im Grunde wollte ich mit Ihnen über sie reden.«

Jetzt kam es. Er packte seinen Zorn fest am Kragen und wartete.

»Ich weiß, dass Sie ... befreundet waren.«

»Wir haben gemeinsam auf der *Koskiusko* gedient«, sagte Barin.

»Ich weiß. Und ich habe gehört, dass Sie befreundet waren. Und es tut mir Leid, aber ... ich denke, Sie sollten wissen, dass eine Fortführung dieser Freundschaft nicht in Ihrem beruflichen Interesse liegt.«

Als ob sich Ferradi etwas aus seiner Karriere machte, abgesehen davon, aus seinem Familiennamen einen Vorteil zu schlagen.

»Ich hatte seit Copper Mountain keinen Kontakt mehr zu Lieutenant Suiza«, sagte Barin.

»Sehr klug«, versetzte sie beifällig.

Barin kehrte zum Liegeplatz der *Gyrfalcon* zurück und hoffte, dass Kommandant Escovar an Bord war. Diesmal wusste er, wann der Zeitpunkt gekommen war, Hilfe zu suchen.

Kapitel siebzehn

Escovar war nicht an Bord, sondern besuchte gerade eine weitere Konferenz.

»Kann ich Ihnen weiterhelfen?«, fragte Lieutenant Commander Dockery. Barin zögerte nur kurz.

»Ja, Sir, durchaus möglich, aber wir sollten uns lieber woanders unterhalten.«

»Probleme?«

»Vielleicht.«

»Sten, Sie haben die Brücke«, sagte Dockery, und zu Barin gewandt: »Dann kommen Sie – wir nehmen das Büro des Kommandanten.«

Barin fand gerade noch Zeit zu erkennen, dass er womöglich mehrere Karrieren versenkte, nicht nur die eigene, da wandte sich ihm Dockery auch schon wieder zu.

»Dann heraus damit. Ein weiteres Problem mit Master Chiefs entdeckt?«

Beinahe klappte Barin der Mund auf. »Tatsächlich habe ich das möglicherweise, Sir. Aber das ist nicht meine Hauptsorge.«

»Welche ist es?«

Am besten bekam er es rasch heraus, ehe er sich versucht fühlte, alles abzumildern. »Sir, ein Offizier unseres Schiffes hat Zugriff auf Unterlagen genommen, an denen sie kein legitimes Interesse hat, und sie hat womöglich Falschinformationen über eine weitere Person gestreut.«

»Hmm ... das ist eine ernsthafte Anschuldigung gegen eine unbestimmte ... Ich vermute, Sie haben einen Namen zu jeder dieser Personen?«

»Ja, Sir.« Barin holte tief Luft. »Lieutenant Ferradi hat mit einem Master Chief namens Pell gesprochen –

zufällig derjenige, der seit dem vergangenen Jahr bei seinen Untergebenen für Vergesslichkeit bekannt geworden ist – und ihn überredet, ihr Zugriff auf Lieutenant Suizas Unterlagen aus dem Kriegsgerichtsverfahren zu verschaffen.«

»Dabei sind Sie nicht auf die Idee gekommen, dass sie womöglich entsprechende Befehle hatte? Sie gehört derzeit zum Stab Admiral Hornans ...«

»Nein, Sir. Falls sie Befehle gehabt hätte, hätte sie den Dienstweg eingehalten und sich nicht an Chief Pell gewandt.«

»Und Sie beschuldigen sie auch, Falschinformationen über Lieutenant Suiza zu verbreiten? Welche Art von Falschinformationen?«

»Sie hat eine Menge Behauptungen aufgestellt, wie Es ... wie Lieutenant Suiza auf der Akademie war. Ich bin im Jahrgang zu weit zurück, um selbst Zeuge zu sein, aber andere Personen, die dabei waren, erzählen ganz und gar andere Geschichten.«

Dockery spitzte die Lippen. »Ich weiß, dass Lieutenant Ferradi Interesse an Ihnen zeigt, Ensign – das ist recht leicht zu erkennen. Gerüchte wollen wissen, Sie ... ›fielen unter ihren Bann‹; so lautet der Ausdruck, den ich am häufigsten gehört habe, glaube ich. Sind Sie sicher, dass Sie hier nicht nur aus einem Streit unter Verliebten eine offizielle Geschichte machen? Denn falls das so ist, dann stecken Sie tiefer in Schwierigkeiten, als Sie im Fall Zuckerman waren.«

»Nein, Sir, es ist kein Streit unter Verliebten. Ich habe kein Interesse an Lieutenant Ferradi und hatte nie welches.«

»Hmm. Das andere Gerücht lautet, sie wären in Esmay Suiza verliebt gewesen ...« Barin spürte, wie sein Gesicht heiß wurde; der Erste Offizier nickte. »Und so lautet die andere Möglichkeit, die ich sehe, dass Sie Lieutenant Ferradi unprofessionelles Verhalten gegenüber einem anderen Offizier vorwerfen, weil Sie nach wie vor in Suiza vernarrt sind und es nicht ertragen können, Kritik an ihr zu hören.«

»Sir, ich hatte ... Lieutenant Suiza sehr ins Herz geschlossen, als wir beide auf der *Koskiusko* dienten. Ich halte sie für einen prima Offizier. Auf Copper Mountain hatten wir Streit wegen Ihrer Äußerungen gegenüber Brun Meager ...« Und ihm gegenüber, obwohl er nicht vorhatte, das jetzt zu erwähnen. » ... und seitdem habe ich sie nicht mehr gesehen. Ob ich an einem schlimmen Fall von Heldenverehrung litt, wie mir es Lieutenant Ferradi sagte, oder ob es Freundschaft war oder – oder etwas anderes, hat im Grunde keine Bedeutung. Was Bedeutung hat, das ist die Frage, ob die Geschichten wahr sind, die Ferradi über Esmay Suiza verbreitet.«

»Und falls sie wahr wären, was würden Sie darüber denken?«

Barin spürte einen Schmerz in der Brust, der die Hoffnung aus ihm herausdrückte. »Dann, Sir – müsste ich meine Meinung ändern.«

»Barin, ich möchte Ihnen etwas erzählen, ganz im Vertrauen, denn Sie müssen es jetzt erfahren. Casea Ferradi war schon für jeden Befehlshaber, unter dem sie je gedient hat, ein Problem – deshalb findet man sie auch ganz am Ende der Beförderungsliste ihres Jahrgangs –, aber sie hat es nie ganz geschafft, sich den Herauswurf einzuhandeln. Hätte Lieutenant Suiza nicht diesen Streit mit Sera Meager gehabt, und hätte sich Lord Thornbuckle im aktuellen Schlamassel nicht auf sie als Sündenbock konzentriert, würde niemand den Anschuldigungen Ferradis zuhören. Jetzt tut man es sehr wohl – und falls Ferradi so weit gegangen ist, dass sie Vorschriften bezüglich juristischer Unterlagen gebrochen hat, dann haben wir sie endlich. Sagen Sie mir, wissen Sie, ob Koutsoudas nach wie vor auf dem Schiff Ihrer Kusine an den Scannern sitzt?«

»Ich denke schon, Sir.« Wohin führte das?

»Gut. Wir brauchen wirklich einen Experten am Scanner, um Ferradi auf frischer Tat zu ertappen, denn sie ist nicht blöd. Und nebenbei: gute Arbeit von Ihnen, das mit Pell herauszufinden. Wir haben hier noch zwei weitere Fälle entdeckt ... obwohl wir noch nicht recht wissen, worin genau das Problem besteht.«

Eine halbe Stunde später war Barin unterwegs zum Liegeplatz der *Navarino,* des Schiffes seiner Kusine Heris. Heris erwies sich als für Familienmitglieder erreichbar – Barin hatte das eindeutige Gefühl, dass er als ein Ensign Livadhi oder vielleicht Hornan eine Stunde hätte warten müssen, ehe er zu ihr vorgelassen wurde.

»Ihr möchtet, dass meine Scannertechs für euch Daten saugen? Was stimmt mit euren nicht? Escovar war doch immer in der Lage, sich gute Leute auszusuchen.«

Dockery hatte ihm überlassen, wie viel er sagen wollte, aber das hier war seine Familie. Barin hielt es so kurz wie möglich; er betonte seine anfängliche Annahme, Ferradi wäre hinter Heris' Dienstakte her gewesen, als Hilfe für Hornan, um Admiral Serrano das Kommando über die Einsatzgruppe zu entreißen.

»Bist du darin *verwickelt*?« Diese Betonung bedeutete eindeutig auch *schuldig.*

»Ja und nein«, antwortete Barin. »Zufällig betrachtet mich Lieutenant Ferradi auch als ihre Eintrittskarte in die Serrano-Dynastie.«

»Tut sie das inzwischen?« Heris wirkte auf einmal wirklich sehr gefährlich, als wäre ein schlafender Falke erwacht und richtete jetzt den tödlichen Blick auf sein Opfer. »Und was denkst du, hat sie getan, das nur Koutsoudas herausfinden kann?«

»Sie hat in angeblich sicheren Rechtsdateien herumgesucht und womöglich auch Daten geändert, Sir.« Das Letztere war seine eigene Vermutung; Dockery hatte er damit nicht beeindrucken können, aber Barin war überzeugt, dass Ferradi nicht darüber erhaben war, Unterlagen zu fälschen, wenn sie schon verbal log. Warum sonst hätte sie riskieren sollen, an diesen Dateien herumzumanipulieren?

»Ah. Na ja … ich sage dir was. Du kannst Koutsoudas ein paar Stunden lang einspannen – aber ich erfahre anschließend die komplette Geschichte!«

»Ja, Sir.«

»Und dein Kommandant schuldet mir ein Abendessen.«

Wie sollte er *das* jetzt erklären? Nachdenklich kehrte er zum Liegeplatz der *Gyrfalcon* zurück und meldete Dockery seinen Erfolg. »Koutsoudas kommt nach dem Mittagessen, Sir«, sagte er schließlich.

»Gut. Ich möchte, dass Sie derweil Sachbeschädigung treiben und sich dafür zur Schnecke machen lassen.«

»Sir?«

»Suchen Sie Lieutenant Ferradi – was nicht zu schwierig sein dürfte, da Sie ja sagten, sie wäre in letzter Zeit sehr anhänglich – und denken Sie sich eine Möglichkeit aus, ihren Datenstab zu beschädigen. Ich möchte, dass sie sich gezwungen sieht, einen neuen zu initialisieren. Mir ist egal, wie Sie das machen, solange Sie nicht den Lieutenant selbst beschädigen – aber ich weise doch darauf hin, dass es nicht reicht, das Ding in einem alkoholischen Getränk zu versenken. Die Anwendung ausreichenden punktuellen Drucks jedoch genügt.«

Barin brach zu diesem Einsatz auf und hatte dabei das unbehagliche Gefühl, dass Dockerys Vergangenheit möglicherweise interessanter war, als er geglaubt hatte. Wann – und warum – hatte Dockery herausgefunden, dass ein Datenstab nicht beschädigt wurde, wenn man ihn in Alkohol warf?

Ferradi entdeckte ihn, als er gerade in das Kasino und die Freizeiträume der Subalternoffiziere einbog. »Mittagessen, Ensign?«, fragte sie munter.

»Oh – ja. Verzeihen Sie, Lieutenant …« Er machte eine große Show daraus, sich die Taschen abzuklopfen. »Mist!«

»Was ist?«

»Ich sollte für Commander Dockery etwas überprüfen, und dann hat mich auch noch Major Carmody um etwas gebeten, und ... ich habe meinen Datenstab vergessen. Er liegt auf dem Schiff. Ich muss noch mal umkehren ... Außer ich dürfte mir Ihren leihen, Sir?«

»Sie sollten ihn ständig dabeihaben«, sagte Ferradi und zog ihren hervor. »Was hat Dockery gewollt?«

»Den Lieferplan für Ersatzteile«, antwortete Barin prompt. »Er sagte, die letzten vier Male wären sie zu spät gekommen. Wahrscheinlich wissen Sie alles darüber.«

»Oh, yeah. Alle beschweren sich.« Sie gab ihm den Datenstab, und Barin sah sich um. Der nächste Highspeed-Datenport befand sich draußen auf dem Flur.

»Es dauert nur einen Moment«, sagte Barin. »Ich habe gehört, heute gibt es lassaferanische Schneckenfischsuppe ...« Und klar doch, Ferradi ging schon zu den Serviertischen hinüber. Schneckenfischsuppe war eine seltene Delikatesse.

Barin fand den Highspeedport und rammte den Datenstab hinein. Nichts geschah; der Stab leuchtete normal auf. Barin zog ihn wieder heraus, sah sich um und rammte ihn erneut hinein, so fest er konnte. Wieder leuchteten die Anzeigen normal auf. Er zog ihn heraus und sah sich die Spitze an. Jemand hatte das Ding so konstruiert, dass es normaler Sorglosigkeit widerstand ... und Barin erkannte, dass ein Highspeed-Datenport wahrscheinlich interne Polster aufwies, die ihn ebenfalls gegen Stöße abschirmten. Prima. Was jetzt? Ferradi würde jeden Moment nach ihm Ausschau halten.

Er hatte eine Idee. Er kehrte ins Kasino zurück, winkte Lieutenant Ferradi zu, die einen Platz an einem kleinen Tisch vor dem Eingang gefunden hatte, deutete zur Toilette hinüber und ging rasch in diese Richtung, als hätte er es damit eilig.

Toiletten waren voller harter Oberflächen; Barin versuchte es an einer davon nach der anderen, während er zwischendurch immer mal wieder durchspülte, bis er der Spitze des Datenstabs eine Delle verpasst hatte, indem er sie zwischen Tür und Türpfosten rammte und die Tür als Hebel benutzte. Er hatte keine Ahnung gehabt, dass Datenstäbe dermaßen zäh waren.

»Verzeihung, Sir«, sagte er zu Lieutenant Ferradi, als er sich ihr gegenübersetzte und ihr den Stab zurückgab. »Eine Art Computerfehler, denke ich.«

Sie hatte den Datenstab weggesteckt, ohne einen Blick darauf zu werfen. »Und – nehmen Sie keine Fischsuppe?«

»Nein, Sir. Eigentlich möchte ich einfach nur hier sitzen, wenn Ihnen das recht ist.«

»Natürlich.« Sie warf ihm unter den langen Wimpern einen dieser Blicke zu. Ungeachtet seiner Meinung von ihr spürte er, wie sich etwas regte ... und sie wusste das. Allein dafür hätte er sie erwürgen können. Er hoffte sehr, dass er diesen Datenstab ausreichend beschädigt hatte.

***

Esmay wechselte noch an Bord des Schiffes, mit dem sie eingetroffen war, in die Uniform und nahm die Bahn hinüber in die Flottensektion.

»Lieutenant Suiza«, meldete sie sich beim Posten des Sicherheitsdienstes neben dem Eingang.

»Willkommen zu Hause, Lieutenant.« Der Gruß war nur ein Ritual, aber sie fühlte sich trotzdem freundlich aufgenommen. Hinter der Kontrollstelle ging es auf den Fluren geschäftig zu. Niemand schien Notiz von ihr zu nehmen – und es gab auch keinen Grund, warum es jemand hätte tun sollen.

Sie blieb stehen und sah sich die Meldetafeln an. Die Einsatzgruppe war nach wie vor hier; Esmays Schiff lag ebenfalls noch an der Station angedockt. Sie gab ihren Namen und die Codes ein und stellte fest, dass sie noch auf der Besatzungsliste stand, obwohl mit dem Hinweis versehen: »Status: In Urlaub, abgereist«. Alle anderen hatten Urlaubssperre.

»Na, wenn das nicht Lieutenant Suiza ist«, ertönte eine Stimme hinter ihr. Sie drehte sich um und sah sich direkt Admiral Hornan gegenüber. Er schien alles andere als erfreut. »Ich dachte, Sie hätten unbefristet Urlaub.«

»Das hatte ich, Sir«, sagte sie. »Aber wir haben uns zu Hause um alles gekümmert, und dann bin ich gleich zurückgekehrt.«

»Sie konnten es einfach nicht gut sein lassen, was? Denken Sie, Sie könnten sich schadenfroh an der Tochter des Sprechers weiden, falls es uns gelingt, sie herauszuholen?«

»Nein, Sir.« Esmay schaffte es, einen ruhigen Ton zu wahren. »Schadenfreude war nie meine Absicht.«

»Sie sind *nicht* der Meinung, dass sie verdient hat, was sie bekam? Ich habe anderes gehört.«

»Sir, ich habe weder gesagt noch gedacht, dass Brun es verdient hätte, entführt und vergewaltigt zu werden.«

»Ich verstehe. Sie sagten allerdings, sie wäre es nicht wert, ihretwegen in den Krieg zu ziehen.«

»Sir, ich sagte, dass niemand wegen einer Person einen Krieg führt, nicht, dass sie es nicht wert wäre. Das Gleiche haben andere auch gesagt.«

Der Admiral gab einen Laut von sich, der irgendwo zwischen Grunzen und Knurren lag. »Das kann sein, Lieutenant, aber die Tatsache bleibt bestehen: Den Unterlagen zufolge haben Sie gesagt, dass Sera Meager keinen Krieg wert ist.«

Ehe sie Antwort geben konnte – falls ihr überhaupt eine eingefallen wäre –, wandte sich der Admiral ab. So viel zu der Idee, sich Bundesgenossen zu suchen. Ihr fiel nichts ein, was sie hätte sagen können, um ihn umzustimmen.

Esmay hatte nie wirklich über die Menschen nachgedacht, die sich vielleicht über ihren Erfolg ärgerten oder neidisch auf sie waren. Der erste Triumph war ihr so zerbrechlich erschienen; sie hatte nicht geplant, die ranghöchste Überlebende einer Meuterei zu sein, und ihr Kampf, das Schiff zurück nach Xavier zu führen und Commander Serrano zu helfen, war ein verzweifelter Kampf gewesen und einer, den zu gewinnen sie nicht erwartet hatte – nicht mal im letzten Augenblick. Wie konnte ihr irgendjemand grollen, wo es doch eindeutig mehr Glück als Können gewesen war? Was die *Koskiusko*-Affäre anging ... Wiederum war es schieres Glück gewesen, dass sie zur Stelle war und nicht wie Barin von den Eindringlingen der Bluthorde gefangen genommen wurde.

Aber wenn sie jetzt darüber nachdachte, wurde ihr klar, dass die Altersgenossen es gewöhnt gewesen waren, sie als Unperson zu betrachten, die keine Gefahr für die eigenen Karrierepläne darstellte. Sie hatten glaubhaftere Rivalen schärfer ins Auge gefasst. Dass Esmays Erfolg so unvermittelt eingetreten war musste sie in den Augen anderer – die geneigt waren, so zu denken – noch gefährlicher erscheinen lassen, als sie eigentlich war. In der Folge zweifelten sie Esmays wirkliche Fähigkeiten entweder an oder fürchteten sie.

Also hatte sie ... vielleicht Feinde in der Flotte. Jedenfalls Konkurrenten. Manche wollten sie sicher daran hindern, ihre Ziele zu erreichen; andere wollten sich sicher im eigenen Interesse an ihre Rockschöße hängen.

Als sie darüber erst mal nachgedacht hatte, kam es ihr töricht vor, dass sie sich das nicht früher überlegt hatte. Wie andere Menschen mit ihr in Beziehung getreten waren, ohne ihre Gedanken und Gefühle zu kennen – nur den stillen, förmlichen, nicht von Ehrgeiz bewegten Lieutenant Suiza vor Augen –, so war Esmay ihrerseits mit anderen umgegangen, ohne deren Motivation und Ziele zu kennen oder sich viel daraus zu machen. Sie hatte sich natürlich dafür interessiert, was die Vorgesetzten von ihrer Leistung hielten ... Sie hielt inne und dachte über dieses »Natürlich« nach, um es dann für spätere Erwägung zur Seite zu schieben. Das Problem bestand darin, dass sie bis vor kurzem nur neben anderen Menschen hergelebt hatte, ohne sich ihrer bewusst zu sein, außer wenn ein Kontakt nötig wurde. Also hatte sie keine Ahnung, wer sie als Rivalin betrachtete und wer ein potenzieller Freund war. Außer im Fall Barins.

Als sie in dem ihr zugewiesenen Quartier eintraf, hing sie immer noch diesen Gedanken nach. Sie hatte gerade die Reisetasche ausgepackt und schlug Stichworte im Würfelleser nach, als die Türklingel ging. Als sie öffnete, sah sie sich einer ältlichen Frau gegenüber, die sie noch nie im Leben gesehen hatte, einer Zivilistin, die das Selbstvertrauen eines Admirals ausstrahlte – oder das einer sehr reichen und mächtigen Person.

»Sie sehen gar nicht aus wie eine verzweifelte Intrigantin«, sagte die alte Frau. Ihr nachtschwarzes Haar war von Silber durchzogen und zu einer Sturmwolke aufgetürmt, und mit ihrem fließenden Kleid aus leuchtenden Farben wirkte sie wie eine Legendengestalt. Wie Oma Eule oder die Mondmagierin oder etwas in der Art. »Nebenbei, ich bin Marta Katerina Saenz. Meine Nichte Raffaele ist mit Brun Meager zusammen zur Schule gegangen. Darf ich eintreten?«

»Natürlich.« Esmay wich einen Schritt weit zurück, und die Frau trat ein.

»Sie sind, vermute ich, Lieutenant Esmay Suiza, gerade von Ihrem Urlaub auf Altiplano zurück?«

»Ja ... Sera.«

Marta Saenz musterte sie vom Scheitel bis zur Sohle, ganz ähnlich, wie es Esmays Urgroßmutter getan hatte. »Sie sehen auch nicht wie eine Idiotin aus.«

Esmay sagte nichts, während die alte Frau durch das Zimmer stolzierte, wobei ihre fülligen Ärmel leicht flatterten. Schließlich lehnte sie sich mit dem Rücken an die Tür und betrachtete Esmay, den Kopf auf die Seite gelegt.

»Keine Antwort? Indirekte Fragen funktionieren nicht? Dann frage ich Sie gerade heraus – *sind* Sie eine herzlose Intrigantin, froh darüber, aus der Schande und dem Schmerz einer anderen Frau Profit zu schlagen?«

»Nein«, sagte Esmay mit so wenig Hitzigkeit, wie sie es nur schaffte. Dann setzte sie verspätet hinzu: »Nein, Sera.«

»Sie freuen sich nicht darüber, dass die Tochter des Sprechers entführt wurde?«

»Natürlich nicht«, sagte Esmay. »Ich weiß, dass manche Leute das denken, aber es ist nicht wahr ...«

Die alte Frau hatte dunkle, kluge Augen. »Als Sie einer anderen an den Kopf warfen – wie war das noch gleich? –, sie wäre eine ›dumme, selbstsüchtige, sexverrückte Hedonistin mit nicht mehr Moral als eine rossige Stute‹, dann kommen Leute auf die Idee, dass sie diese Frau nicht mochten.«

»Ich habe sie nicht *gemocht*«, sagte Esmay. »Trotzdem wollte ich nicht, dass ihr so was passiert.« Sie hätte am liebsten gefragt, *für was für einen Menschen halten Sie mich?*, aber andere hielten sie schon so lange für einen schlechten Menschen, dass sie sich nicht mehr darum scherte.

»Ah. Und waren Sie der Meinung, Brun habe moralische Mängel?«

»Ja ... obwohl das nicht heißt ...«

»Ich beglückwünsche Sie zu Ihrer klaren Sicht, junge Frau, mit deren Hilfe Sie so leicht feststellen, woran es anderen mangelt. Da frage ich mich doch: Haben Sie diese klare Sicht jemals auf sich selbst gerichtet?«

Esmay holte tief Luft. »Ich bin stur, hochnäsig, starrsinnig und etwa so taktvoll wie ein Stein, der jemanden am Kopf trifft.«

»Hm. Sie geben also in diesem Drama nicht die Rolle der makellosen Heiligen?«

»Heilig? Nein, natürlich nicht!«

»Ah. Als Sie also entschieden, es mangelte Brun an Charakterstärke, verglichen Sie sie mit einem objektiven Standard ...?«

»Ja«, sagte Esmay langsamer. Sie wusste nicht mal recht, warum sie dieser Person überhaupt Antwort gab. Sie hatte das schon so oft durchgekaut, ohne irgendjemanden zu überzeugen.

Die alte Frau nickte, wie in Reaktion auf irgendeinen unhörbaren Kommentar. »Falls ich die Sache einfach anhand von Bruns früherem Verhalten einschätze, dann denke ich, steckt letztlich ein Mann dahinter.«

Esmay spürte, wie ihr Gesicht heiß wurde. War sie wirklich so durchsichtig? Die alte Frau nickte erneut.

»Das dachte ich mir. Und wer bitte ist der junge Mann, den Brun ins Visier genommen hat und den Sie zu lieben glauben?«

»Ich liebe ...«, kam hervor, ehe Esmay es herunterschlucken konnte. Sie spürte, wie ihr Gesicht noch heißer wurde. »... Barin Serrano.« Ihr wurde klar, dass sie in jeder Hinsicht ausmanövriert worden war, in jeder Hinsicht unterlegen.

»Ach du liebe Güte.« Das war alles, was die alte Dame dazu sagte, obwohl sie blinzelte und die Lippen spitzte. Dann lächelte sie. »Ich kenne Brun, seit sie ein süßer kleiner verdorbener Fratz war, den alle Dummchen nannten ...«

»Dummchen?« Esmay konnte diesen Namen mit nichts in Verbindung bringen, was sie von Brun wusste. »Sie?«

»Blöder Spitzname – hat dem Mädchen viele Probleme bereitet, weil sie dachte, sie müsste ihm gerecht werden. Jedenfalls kenne ich sie schon so lange, und Sie haben Recht, dass sie eine so verdorbene Person war, wie es jemand mit ihren Fähigkeiten nur sein konnte. Meine Nichte Raffaele gehörte zu ihren engsten Freundinnen – und Raffa ist wie Sie jemand, der anderen Leuten aus der Patsche hilft. Sie hat das für Brun häufig getan.«

Wohin führte dieses Gespräch? Esmay war sich nicht sicher, ob sie dem Gedankengang der alten Frau folgen konnte; sie war immer noch zu erschüttert davon, dass sie zugegeben hatte – einer Fremden gegenüber! –, Barin Serrano zu lieben. Sie spürte kaum, dass sich die Gefühlsatmosphäre verändert hatte, dass die alte Frau jetzt weniger feindselig war.

»Wenn Sie mir sagen, Brun Meager hätte *keinerlei* Moral, dann ertappe ich mich dabei, wie ich sie verteidige. Aber wenn Sie mir sagen, sie hätte einen begehrlichen Blick auf Ihren jungen Mann geworfen, dann bin ich nicht nur bereit, es zu glauben, sondern auch keinesfalls erstaunt. So ist sie schon, seit sie zum ersten Mal die Jungen entdeckte.«

Sollte das eine Entschuldigung sein? Esmay empfand den so vertrauten dickköpfigen Groll. Die alte Frau legte eine Pause ein; Esmay sagte nichts.

»Sie haben Recht, falls Sie denken – und Ihr Gesicht macht ganz den Eindruck –, dass es noch schlimmer ist, gewohnheitsmäßig anderen Frauen die Männer auszuspannen, als sich zufällig in einen davon zu verlieben. Brun sammelt Männer wie Perlen an einer Schnur und zeigt dabei einen verwerflichen Mangel an Rücksicht auf anderer Menschen Gefühle. Oder tat es früher. Raffa sagte, sie wäre in den zurückliegenden Jahren ... äh ... diskreter geworden. Anscheinend hat jemand, auf den sie ein Auge geworfen hatte, es abgelehnt, mal so eben mit ihr Spaß zu haben.«

»Barin ... auch«, sagte Esmay. Als ihr dann klar wurde, wie vieldeutig das war, versuchte sie es zu erklären. »Ich meine, er war das nicht, aber er hat es auch abgelehnt. Er sagte ...« Ihr versagte die Stimme. Nach einer grässlichen Pause, in der Esmay am liebsten verdampft wäre, griff die alte Frau den Faden auf.

»Sie sollten jedoch wissen, dass Brun, obwohl moralisch unreif, doch in vielen Dingen die richtigen Instinkte hatte. Sie war wild, leichtsinnig, rebellisch – aber nicht absichtlich grausam.«

»Sie hat auch mir schlimme Dinge an den Kopf geworfen.« Das klang fast kindisch, und erneut wünschte sich Esmay, sie hätte einfach woanders sein können.

»In der Hitze eines Streits, ja. Das tat sie. Sie beide klingen auf dieser Aufnahme wie Marktweiber.« Die alte Frau nahm einen Datenstab und einen Memoblock zur Hand und legte beides wieder hin. »Ob Sie mir wohl erzählen, wie Sie ihr begegnet sind und was danach geschehen ist?«

Esmay sah keinen Grund, warum sie das tun sollte, fühlte sich aber zu erschöpft, um zu protestieren. Matt erzählte sie die Geschichte, wie sie Brun zum ersten Mal im Streit mit ihrem Vater erblickt hatte und was darauf gefolgt war, bis zum Eintreffen Barins.

»Mal sehen, ob ich das richtig verstanden habe. Brun hat Sie bewundert und wollte Ihre Freundin sein, aber Sie fanden sie aufdringlich und lästig.«

»Irgendwie schon. Ich hatte sie dabei gesehen, wie sie gegenüber ihrem Vater ausgerastet war ...«

»Das klingt ganz nach ihr – und nebenbei auch nach ihrem Vater. Stur wie Granit, die ganze Familie. Als Junge hatte ihr Vater die gleiche Auseinandersetzung mit *seinem* Vater. Aber als er zehn wurde, war er bereits umgänglicher geworden. Brun fiel Ihnen also von vornherein als verdorben und schwierig auf, und Sie wollten nichts mit ihr zu tun haben.«

»Nicht ganz«, entgegnete Esmay. »Wäre ich weniger beschäftigt gewesen und hätte nicht das doppelte Unterrichtsprogramm belegt, hätte ich vielleicht Zeit gehabt, um mit ihr zu reden. Sie wollte immer wieder irgendwohin gehen und eine Party feiern, während ich gerade lernen musste. Deswegen wollte ich aber noch lange nicht, dass ihr jemand wehtut!«

»Und wenn man Brun kennt, hat sie sich bestimmt auf ihren Charme verlassen; wahrscheinlich hat sie gar nicht kapiert, warum Sie nicht freundlicher zu ihr waren. Bestimmt hatte sie Sie als natürliche Bundesgenossin eingestuft – geflüchtet aus einem repressiven Zuhause, um eigenständig Karriere zu machen, ohne dass die Familie sich einmischte.«

»Ich schätze schon«, sagte Esmay. Hatte Brun so

gedacht? Ihr war selbst gar nicht eingefallen, dass Brun möglicherweise von vielen Gemeinsamkeiten zwischen ihnen ausgegangen war.

»Und dann hat sie zu allem Überfluss auch noch Ihren Mann aufs Korn genommen. Ich frage mich, ob sie ernsthafte Absichten verfolgte oder einfach dachte, er könnte ihr helfen, zu Ihnen durchzudringen, hm?«

»Sie hat ihn gebeten, mit ihr zu schlafen!«, sagte Esmay verärgert.

»Ah. Bestenfalls unklug von ihr. Und Sie hielten sie plötzlich für eine heimtückische Rivalin und eine Schlampe, nicht wahr?«

»Hmmm ... ja.« Wenn man es so ausdrückte, stand Esmay noch naiver da, als sie tatsächlich war. Falls das überhaupt ging.

»Und Sie wurden böse und haben sie dafür gescholten. Aber, meine Liebe, haben Sie sich je die Mühe gemacht und ihr erklärt, dass Sie in diesen Mann verliebt waren?«

»Natürlich nicht! Wir hatten uns keinerlei Versprechen gegeben ... Ich meine ...«

»Haben Sie es *irgendjemandem* gesagt?«

»Na ja ... Erst, als ich zu Urgroßmutters Begräbnis zu Hause war, habe ich es meiner Kusine Luci erzählt.«

»Die wie alt ist? Und was hat sie gesagt?«

»Sie ist achtzehn ... Und sie sagte, ich wäre ein Idiot.« Esmay blinzelte, als ihr plötzlich Tränen in die Augen traten. »Aber sie ... sie war diese ganzen Jahre lang zu Hause und hatte ihre Mutter ... und niemand hat mir je erklärt ...«

Die alte Dame schnaubte. »Nein, ich schätze, wie man eine Liebesaffäre handhabt, das wird weder auf der Akademie noch auf der Vorbereitungsschule gelehrt.«

»Dort hieß es, dass man sich mit niemandem einlassen darf, der in derselben Befehlshierarchie über oder unter einem steht, und dass man vermeiden muss, unangemessenen Einfluss auszuüben.«

»Das klingt nach einem Rezept, wie man Verwirrung stiftet«, kommentierte Marta.

»Im Unterricht über Berufsethik auf Copper Mountain gab es dazu weitergehende Erklärungen«, sagte Esmay. »Und ich fing an, mich zu sorgen, was ich Barin möglicherweise antat.«

»Beruflich, meinen Sie?«

»Ja. Ich stehe zwei Ränge über ihm; er ist nur Ensign. Zu Anfang kam mir unsere Beziehung ganz natürlich vor, und wir gehörten auch nicht derselben Befehlshierarchie an – aber vielleicht sollte ich lieber ganz die Finger davon lassen. Das habe ich mir zumindest gesagt«, fuhr Esmay fort und hörte die Traurigkeit aus dem eigenen Ton heraus. »Ich habe mir überlegt, wie ich mit ihm darüber sprechen konnte, aber – *sie* war immer dabei, und ich hatte ja keine Zeit...«

»Ach du liebe Güte! Ja, ich verstehe. Sie hatte die Erfahrung, und Sie hatten sie nicht. Sie hatte Zeit, und Sie hatten keine. Und Sie haben bei Brun bestimmt keine Sorge darüber erkannt, welche Wirkung sie auf seine Karriere haben würde, denke ich mir.«

»Nein. Immer hieß es nur, ›Barin, da es mit Esmay einfach keinen Spaß macht, lass uns in die Q-Town gehen und etwas trinken oder so‹.«

»Ich bin dem jungen Serrano begegnet«, erzählte Marta. Mit dem Finger zog sie eine Linie über den eingebauten Schreibtisch. »Gut aussehender Junge – wirkt sehr gescheit. Seine Großmutter hält große Stücke auf ihn und ist bemüht, es nicht zu zeigen.«

»Wie geht es ihm?«, fragte Esmay, und ihr ganzes Herz lauerte auf die Antwort.

»Ihm geht es prima, würde ich sagen, abgesehen von der Frau, die ihm auf den Fersen ist. Ein Lieutenant Ferradi, ein so professionell stilisiertes Stück Verführung, wie ich es nur je gesehen habe. Ich frage mich, wer für ihre Bioskulptur verantwortlich ist. Barin Serrano ist in genau dem Alter, Lieutenant Suiza, wo junge Männer mit guten Eigenschaften jede Menge animalischen

Magnetismus ausstrahlen und sich manche Frauen wie Eisenspäne verhalten. Sagen Sie mir doch, wenn Sie möchten, wer von Ihnen beiden den anderen zuerst entdeckt hat?«

»Er – ist auf mich zugekommen«, sagte Esmay und spürte die Hitze in ihrem Gesicht.

»Ah. Also keine Eisenspantendenz in Ihnen. Typisch – die Magneten ziehen es vor, sich mit anderen Magneten zusammenzuschließen: Gleiches zu Gleichem.«

»Aber ich bin kein ...«

»Magnet? Ich denke, Sie schätzen sich selbst nicht richtig ein; das trifft man bei Menschen häufig an. Die lästigsten Langeweiler sind absolut sicher, dass sie Faszination wecken; die mit dem geringsten Einfühlungsvermögen erklären Ihnen ausführlich, wie gut sie Ihre Gefühle verstehen; jeder Held, den ich je kennen gelernt habe, war mindestens halb von der eigenen Feigheit überzeugt. Falls Sie kein Magnet wären, könnten nicht so viele Menschen böse auf Sie sein.«

Esmay hatte Charaktereigenschaften nie unter diesem Gesichtspunkt betrachtet und wusste nicht recht, ob sie Marta zustimmte. Aber Marta fuhr fort:

»Sie sind eine geborene Führungspersönlichkeit; das wird aus Ihrer Dienstakte deutlich. Auch das ist eine magnetische Eigenschaft. Man stößt ab oder zieht an ... Sie sind also nicht sozusagen unmagnetisch. Für Brun gilt das Gleiche – und wenn Magneten einander nicht anziehen, dann stoßen sie sich häufig ab. Sie beide sind sozusagen mit den gleichartigen Polen zu nahe aneinander geraten.«

»Ich vermute ...«

»Sagen Sie mir: Falls Sie nicht so hart gearbeitet hätten und falls Barin nicht dort gewesen wäre – denken Sie, Sie hätten in Brun irgendwas entdeckt, das Sie gemocht hätten?«

»Ja«, sagte Esmay nach einem Augenblick der Überlegung. »Sie konnte lustig sein – die wenigen Male, die wir ein paar Minuten zusammen verbrachten, habe ich es genossen. Ich konnte erkennen, warum andere Menschen sie so sehr mochten. Sie belebt einen Raum richtig, sie ist aufgeweckt – wir gehörten demselben Ausbildungsteam im Fach Entkommen und Ausweichen an, wissen Sie? Sie hat schnell gelernt; sie hatte gute Ideen.«

»Gut genug, um sich aus ihrer gegenwärtigen Lage zu befreien?«

»Das ... weiß ich nicht. Man hat ihr nicht erlaubt, an der Feldübung teilzunehmen; das war ein Punkt, den sie mir vorgeworfen hat, dabei hatte ich gar nichts damit zu tun. Aber gegen einen ganzen Planeten – ich denke nicht, dass die Übung ihr da weitergeholfen hätte. Was mir Sorgen macht ist, dass die Planer des Rettungseinsatzes Bruns Charakter nicht berücksichtigen.«

»Ich dachte, Ihrer Meinung nach hätte sie gar keinen ...«

Esmay winkte ab. Falls diese Frau, wenigstens diese eine Frau sich das anhörte, was sie ausgearbeitet hatte, vielleicht half es dann Brun ja. »Ich meine jetzt nicht sexuelle Moral. Ich meine ihre Persönlichkeit, ihre Art, an Dinge heranzugehen. Man redet so oder hat zumindest so geredet, als wäre sie nur eine Schachfigur. Solange sie nicht tot ist, plant und tut sie auch *irgendwas* – und falls wir nicht wissen, was das ist, werden wir nur feststellen, dass wir mit unseren Plänen ihren in die Quere kommen.«

»Aber die Guernesi haben gesagt, es gäbe keine Möglichkeit, mit ihr Verbindung aufzunehmen – schwangere und stillende Frauen lebten ganz abgeschieden. Außerdem kann sie nicht reden.« Trotzdem forderte Marta Esmay mit dem Blick auf weiterzureden.

»Sie muss erfahren, dass wir sie nicht vergessen haben«, sagte Esmay. »Sie muss wissen, dass irgendjemand sie für kompetent hält ...«

»Sie hören sich an, als glaubten Sie, sie zu verstehen«, sagte Marta.

»Sie haben sie zum Schweigen gebracht«, fuhr Esmay

fort und ignorierte diese Provokation. »Das heißt aber nicht, dass sie nicht denken und handeln kann. Und – hat man Ihnen auch von den Kindern auf diesem Kauffahrteischiff erzählt?«

Marta runzelte die Stirn. »Ich ... weiß nicht. Ich denke, nein. Was hat das mit Brun zu tun?«

Rasch umriss Esmay ihre neue Theorie. »Falls die Angreifer diese Kinder nicht umgebracht haben, falls sie sie mitgenommen haben, dann haben sie Brun auch mit ihnen zusammengesteckt. Das könnte gereicht haben, um ihren Lebensmut zu bewahren – vorausgesetzt, sie empfand ein Gefühl der Verantwortung diesen Kindern gegenüber. Und ich wette, dass sie Pläne für deren Rettung geschmiedet hat.«

»Ich vermute, das ist möglich ...«

»Um diese Erfahrung letztlich überwinden zu können, selbst wenn sie gerettet wird, braucht sie außerdem das Gefühl, selbst etwas bewirkt zu haben. Das gehört zu den Dingen, die man uns beigebracht hat, und Barin weiß es aus eigener Erfahrung ... ein Gefangener, der einfach gerettet wird wie ein Stück Schmuck oder so was ... hat es viel schwerer, sich wieder im normalen Leben zurechtzufinden. Brun wurde nicht nur entführt; sie wurde stumm gemacht, vergewaltigt, geschwängert. Alle Möglichkeiten wurden ihr versperrt. Man sollte nicht nur daran denken, sie dort herauszuholen; man sollte daran denken, sie mit etwas intaktem Selbstbewusstsein herauszuholen.«

Marta betrachtete sie mit völlig verändertem Ausdruck. »Das meinen Sie ja ernst ... das hätten Sie sich nicht ausdenken können, wenn Sie sich nicht wirklich etwas aus ihr machten. Gut überlegt, Lieutenant – ausgezeichnet überlegt! Und ich kann Ihnen mitteilen, dass Sie Recht haben – die Planungsgruppe denkt über keinen dieser Punkte nach.«

»Können Sie es ihnen deutlich machen?«

»Ich? Es ist Ihre Idee.«

»Aber ich weiß nicht, wie ich irgendwen dazu bewegen könnte, mir zuzuhören. Alle sind so überzeugt, dass ich Brun Schlechtes gewünscht habe, dass mich niemand in die Nähe einer Planungskonferenz lässt, geschweige denn mich dort anhört. Falls Sie es ihnen erklären, hören sie vielleicht zu.«

»Sie sind also nicht auf die Anerkennung aus ...«

Esmay schüttelte den Kopf. »Nein. Brun ist diejenige, die in größter Gefahr schwebt. Natürlich würde ich gern als die angesehen, der die beste Lösung eingefallen ist ... aber es ist besser, wenn jemand anderes sie vorbringt, als wenn sie ignoriert würde.«

»Ich ... sehe mal, was ich tun kann«, sagte Marta. »In diesem Punkt wie in anderen.«

* * *

Admiral Serrano runzelte die Stirn, als die Tür aufging, aber ihre Miene entspannte sich, als Marta Saenz hereinrauschte. »Marta! Ich hatte schon gehört, dass du vom Planeten zurück bist. Wir haben dich bei den letzten Sitzungen vermisst. Lord Thornbuckle hatte sich tatsächlich vernünftig gegeben, als du abgereist bist, aber inzwischen hat er wieder Schaum vor dem Mund.«

»Ich habe mich unter die Soldaten gemischt, wie du es ausdrücken würdest. Und ich hatte gerade ein kleines Gespräch mit deinem Lieutenant Suiza«, erzählte Marta.

»Mit ihr?« Der Admiral runzelte erneut die Stirn. »Letztlich eine Enttäuschung, dass wir sie ermutigt haben, zur Kommandolaufbahn zu wechseln. Das ist überhaupt nicht aufgegangen.«

»Du hast das in den falschen Hals gekriegt«, sagte Marta. »Wusstest du schon, dass das Mädchen in deinen Enkel vernarrt ist?«

»Ich weiß, dass beide auf der *Koskiusko* eine gegenseitige Zuneigung entwickelt haben, aber ich freue mich zu sehen, dass das inzwischen nicht mehr von Belang ist.«

»Oh, aber das ist es!«, widersprach Marta. »Das dumme Kind hat sich zum ersten Mal im Leben wahnsinnig verliebt, und nichts aus ihrer vorangegangenen Erfahrung sagte ihr, was sie tun sollte, als sich eine reiche, schöne, charismatische Blondine in ihr Liebesleben einmischte.«

»Aber sie ist – wie alt? – fast dreißig!«

»Sie stammt aber auch von Altiplano und hat ihre Mutter mit fünf verloren, und anscheinend hat ihr niemand je etwas erklärt, was mit Liebe zu tun hat. Als sie sich schließlich doch verliebte, geschah es mit der Urgewalt eines Erdrutsches. Dann hat etwas, was sie im Unterricht über Berufsethik hörte, ihr Sorgen gemacht, ob sie eine Liebesbeziehung unterhalten sollte – als ob Bestimmungen jemals Einfluss auf die Schwerkraft oder die Liebe genommen hätten –, und während sie sich noch darum bemühte, ihre Gefühlsangelegenheiten zu ordnen, fing Brun an, mit deinem Enkel Hasch-mich zu spielen. Der, nebenbei, nicht mitspielte, aber das wusste Esmay noch nicht, als sie explodierte.«

»Ich kann kaum glauben …«

»Oh, es stimmt! Und dein Enkel ist gleichermaßen in Suiza vernarrt, obwohl er versucht hat, dagegen anzukämpfen. Er war zornig und verletzt, als Esmay ihm nicht vertraut hat, und da er nicht derjenige war, der unsicher und eifersüchtig reagierte, war er von ihrem Angriff auf Brun entsetzt.«

»Woher hast du diese ganzen … Kenntnisse von dem, was im Kopf meines Enkels vor sich geht?«

»In seinem Herzen, nicht im Kopf. Indem ich als neugierige alte Frau meine Nase überall hineingesteckt habe, und als eine … ähm … mehr traditionelle Großmutter, als du eine bist. Er konnte seine schuldbewusste Leidenschaft wohl kaum dir eingestehen, nicht wahr? Nicht, während seine Herzdame bei dir auf der schwarzen Liste stand und er wusste, dass deine Position selbst wackelig war – angesichts der Bemühungen des geschätzten Admirals Hornan, sich deine Befehlsgewalt unter den Nagel zu reißen.«

Admiral Serrano wirkte nachdenklich. »Sie beide glauben nach wie vor, dass sie einander lieben, nicht wahr?«

Marta lachte in sich hinein. »Alle Symptome sind erkennbar. Sie werden rot, sie zittern, sie blicken schüchtern drein – eigentlich ziemlich süß, und auch unmissverständlich. Ich gestehe ein, etwas für junge Liebe übrig zu haben, so chaotisch sie sich oft zeigt. Deshalb habe ich auch Raffa und Ronnie geholfen, sich von ihren entsetzlich sturen Eltern zu lösen. Du kannst also aufhören, nach versteckten politischen Motiven hinter Lieutenant Suizas Verhalten zu suchen – hier haben wir es mit der ältesten Geschichte überhaupt zu tun.«

»Das mag sein, aber es entschuldigt nicht …«

»Was sie gesagt hat? Nein, aber falls ihr Kommandeur von Anfang an gewusst hätte, dass der Streit um einen Mann ging, wäre er dann so damit umgegangen?«

Admiral Serrano spitzte die Lippen. »Na ja … wahrscheinlich nicht. Wir erhalten hin und wieder Spätzünder, und sie vermasseln es gewöhnlich mindestens einmal.« Der Admiral klang jetzt nachdenklich und weniger streng.

»Eine Liebesaffäre vermasseln gehört zum Erwachsenwerden«, sagte Marta und nickte. »Jemand anderes Karriere zu vermasseln, das erfordert allerdings Mittäter.«

»Ich kann dir nicht folgen.« Die dunklen Augen blickten jedoch wach und aufmerksam.

»Na ja, als die nette alte Dame vom Dienst auf dieser Station …« Der Admiral schnaubte, und Marta grinste kurz und fuhr fort: »Die jungen Leute erzählen mir vieles. Das haben sie schon immer getan. Deshalb war ich ja auch Raffas Lieblingstante. Ich fing langsam an, mich zu fragen, wie eine strahlende junge Heldin so schnell zu aller Welt liebster Schurkin werden konnte. Ich vermutete, dass jemand anderes ein Interesse daran hatte,

Lieutenant Suiza in ein möglichst schlechtes Licht zu rücken, und ich fand, dass dieses, wenn ich so sagen darf, schmutzige Abwasser aus ein paar Quellen stammt, die weit von Copper Mountain entfernt liegen. Deshalb bin ich ja auch auf den Planeten hinuntergeflogen, um von einer zivilen Einrichtung aus ein bisschen diskret in den Datenbanken herumzustöbern.«

»Und du hast herausgefunden...«

Marta hob die Hand und zählte die Punkte an den Fingern ab. »Ich habe Klassenkameraden Esmays von der Akademie gefunden, die eifersüchtig auf ihren Erfolg waren und einen Groll wegen der Ehren hegten, die ihr zuteil wurden; sie würden sie gern wieder auf der technischen Laufbahn sehen oder gleich ganz aus der Flotte hinausgeworfen, denn sie bringt nun mal Leistungen, bei denen ihnen schwindelig wird. Vieles, was ihr vorgeworfen wurde, geht auf diese Quellen zurück, und gleichzeitig haben sie das, was Esmay wirklich gesagt *hat,* ins ungünstigste Licht gerückt. Die Leute, die tatsächlich zusammen mit ihr gedient haben, sind zurzeit verwirrt und aufgebracht, aber es fällt ihnen schwer zu glauben, dass Esmay so sein konnte, wie sie derzeit dargestellt wird. Dann habe ich noch Personen gefunden, die Einfluss auf deinen Enkel gewinnen möchten, weil er ein Serrano ist ... und die sehr froh sind, eine Barriere zwischen ihm und Lieutenant Suiza errichten zu können.«

»Alles sehr interessant – aber bist du sicher, dass du auch die Wahrheit zu hören bekommen hast?«

»Vida, erinnerst du dich an Patchcock? Mein Näschen für Scheußlichkeiten dieser Art?«

»Ja ... in Ordnung ... aber damit ist Lieutenant Suiza noch keineswegs frei von den Folgen dessen, was sie gesagt und getan hat. Und wir haben einen Zeugen, der sie sagen gehört hat, Brun wäre es nicht wert, ihretwegen einen Krieg zu führen.«

»Das habe ich auch gesagt, meine Liebe. Und du. Und der Guernesi-Botschafter, mehr als einmal. Wir haben es in Plattitüden gewickelt, aber du weißt und ich weiß, dass niemand – nicht mal der Sprecher und sicherlich nicht seine Tochter – es wert ist, für ihn in den Krieg zu ziehen. Im Kontext betrachtet, kann man aus Suizas tatsächlich erfolgten Äußerungen nicht konstruieren, dass sie wirklich die Einstellung hat, die man ihr zuschreibt.«

Der Admiral breitete die Hände aus. »Also – was schlägst du vor? Da du mich aufgesucht hast, vermute ich, dass du einen Plan im Kopf hast.«

»Na ja … da ich in jüngster Vergangenheit für mindestens drei weitere Romanzen die gute Fee gespielt habe – du weißt von Raffa und Ronnie, aber du weißt nichts von den anderen –, fühle ich mich zum Engagement aufgerufen, wo es um Liebe geht. Falls Esmay und Barin ihre Probleme lösen können …«

»Du meinst, du hast nicht vor, es für sie zu tun?« Das wurde von einem herausfordernden Lächeln begleitet.

»Natürlich nicht!« Marta zeigte ein strenges Gesicht. »Kinder lernen durch die Praxis. Aber falls sie wieder zusammenfinden – und da sie nach wie vor verknallt sind, gehe ich davon aus –, wird dadurch einem Teil der Kritik die Zähne gezogen. Denn wenn sie einen Serrano zum Geliebten hat …«

»Aha – *deshalb* hast du dich zuerst an mich gewandt. Damit ich Barin nicht sage, er soll ihr aus dem Weg gehen.«

»Kurz und bündig. Übrigens, falls du Suiza für eine schlimme Person halten solltest, dann sieh dir mal die an, die Barin zurzeit auf den Fersen klebt. Eine von Esmays Klassenkameradinnen und obendrein eine schnittig entworfene Bioskulptur. Weiß alles über Männer, wovon Esmay keine Ahnung hat, und da sie auch eine Kolonistin von einem der Halbmondplaneten ist, muss man sich schon fragen, wo sie sich eine solche Fertigkeit angeeignet hat. Gerüchte wollen wissen: aus der Verführung ihrer Vorgesetzten.«

»Zieh deine Klauen ein, Marta – ich habe nicht vor, Barin zurückzupfeifen. Und ich weiß schon über Lieutenant Ferradi Bescheid – Heris zufolge hat sie womöglich noch Schlimmeres angerichtet, als du bislang ahnst. Falls sich das bestätigt, ist ihr Schicksal besiegelt; Heris hat Koutsoudas auf ihre Fersen gesetzt.«

»Du wirst mir doch hoffentlich davon erzählen? Nein? Böse Frau – aber andererseits bist du halt Admiral.« Martas leises Lachen verstummte. »Ich habe allerdings noch etwas. Als ich mit Lieutenant Suiza redete, präsentierte sie mir einige, wie ich meine, sehr gute Einblicke in Bruns Situation und ein paar Sorgen über die Planungen. Sie ist überzeugt, dass ihr niemand zuhören wird, und hat mich gebeten, diese Ideen als meine eigenen weiterzugeben. Ich hätte es allerdings lieber, wenn sie selbst in die Planungen einbezogen würde ...«

»Unmöglich!«, winkte Admiral Serrano scharf ab. »Lord Thornbuckle ist in diesem Punkt eisern. Anscheinend war sie ihm sympathisch, als er sie auf Copper Mountain kennen lernte, und seiner Meinung nach beweist diese Geschichte, dass sie ... eine Verräterin ist, wie sein Ausdruck lautete. Er möchte sie keinesfalls beteiligt wissen. Und ich bezweifle, dass du seine Ansicht ändern kannst. Nicht in der Zeit, die wir noch haben.«

Sie warf einen Blick auf den Wandkalender, und Marta folgte dem Blick. Ein rotes Rechteck deckte die wahrscheinlichste Zeit für das Ende von Bruns Schwangerschaft ab; ein grünes Rechteck kennzeichnete die Zeitspanne, die die Miliz bekanntermaßen einer Gefangenen einräumte, ehe sie erneut zur Zucht herangezogen wurde. Das war die geplante Einsatzzeit; irgendwann in dieser Zeit mussten sie Brun herausholen – oder sich mit noch schwierigeren Problemen konfrontiert sehen.

»In Ordnung. Ein Krieg nach dem anderen. Ich stelle Esmays Ideen vor; soweit ich Bruns Charakter kenne, machen sie jedenfalls Sinn.«

Kapitel achtzehn

Marta entdeckte Esmay in einer kleinen Kabine bei der Arbeit; Esmay ging mit nachdenklicher Miene einen Bericht durch.

»Ich habe gerade mit Admiral Serrano gesprochen«, sagte Marta. Esmay wurde ein bisschen rot und zeigte damit die Reaktion, auf die Marta gehofft hatte. »Ich habe ihr gesagt, ich hielte die Berichte von Ihrer Hartherzigkeit und Ihrem politischen Ehrgeiz für übertrieben ... und warum.« Die Röte wurde stärker, aber Esmay sagte nichts. »Sie werden feststellen, dass der Admiral kein Hindernis für Ihre Beziehung zu Barin aufbauen wird.«

»Falls ich je wieder eine habe«, sagte Esmay. Sie blickte auf, Tränen in den Augen. »Was, wenn er nicht mit mir reden möchte?«

»Na ja, Sie werden abwarten müssen, was er tut.«

»Aber Casea ist immer in der Nähe ...«

Marta setzte sich kerzengerade auf. »Sie begehen diesen Fehler doch nicht von neuem! Denken Sie nach, Kind! Was wissen Sie über diese junge Frau? Hat sie einen guten Ruf?«

»Nein ...« Esmays Stimme zitterte leicht.

»Denken Sie wirklich, Barin wäre die Art Mann, der diese Art Frau vorzieht?«

»Nein ...« Jetzt versagte ihr die Stimme ganz.

»Dann hören Sie auf, sich wie ein nasser Sack zu verhalten, und helfen Sie ihm dabei, sie loszuwerden. Seien Sie jemand, den er mit gutem Grund vorziehen kann.« Marta legte den Kopf schräg. »Ich persönlich schlage einen guten Haarschnitt vor, um einen Anfang zu machen. Und eine wirklich gut geschnittene Uniform.«

Esmay wurde wieder rot. »Das – das könnte ich nicht.«

»Was – Sie können nicht zeigen, was Sie haben, weil Ferradi sich wie ein Obstkorb präsentiert? Was ist denn das für ein Unsinn? Kommen Sie ...« Marta stand auf und sah sich an, wie Esmay langsam auf die Beine kam. »Mir ist völlig klar, dass Sie hier nur Sachen bewegen, um beschäftigt zu wirken. Ihr Kommandeur ist sauer auf Sie; niemand hat echte Arbeit für Sie – also verlange ich Ihre Dienste als Verbindungsoffizier.«

»Aber Sie ...«

»Meine Liebe, ehe Sie sich erneut blamieren, ich bin nicht nur Raffaeles Tante ... Ich bin selbst Ratsherrin, auch wenn ich normalerweise Ansel für mich abstimmen lasse, und falls ich einen Offizier für Verbindungsdienste anfordere, und sei es auch Admiral Serrano, wird sich mir niemand in den Weg stellen, am wenigsten Vida. Selbst Häschen wird ganz zahm, wenn ich in dieser Stimmung bin. Und Sie sind schließlich die Landbraut Suiza. Kommen Sie jetzt mit und hören Sie auf, Schwierigkeiten zu machen.«

Marta freute sich, den unwillkürlichen Ruck zu einer militärischen Haltung zu sehen, den sie damit hervorrief, und genoss regelrecht, wie sie dann durch die Korridore des HQ-Komplexes rauschte, begleitet von Esmay Suiza wie von einem schweigenden Schatten. Sie konnte den Schock fast sehen und stellte sich vor, wie er, Eiswasser gleich, bestimmten Leuten über den Rücken rieselte. Der spezielle blonde Rücken, dessen Unbehagen sie am liebsten gesehen hätte, tauchte nicht auf – nun, das kam dann halt später.

* * *

Esmay fiel ein Stück weit zurück, als Marta sie zu den Türen des modischsten Friseursalons in der Stadt führte. Sie hatte schon von Afino gehört – auch durch eine warme Empfehlung Bruns.

»Noch niemand hat bei meinen Haaren etwas ausrichten können«, sagte sie kläglich, wie schon mehrfach auf dem Weg hinunter zum Planeten. »Es ist einfach zu dünn, und es wird kraus ...«

»Und Sie tun wahrscheinlich nicht mehr, als es zu waschen, zu bürsten und, sobald es zu lang wird, abzuschneiden«, sagte Marta. »Hören Sie ... Ihr Haar, das sind nicht Sie. Sie haben die Wahl. Sie möchten Barin, und sie möchten Ihre berufliche Reputation zurückgewinnen. Das hier wird Ihnen dabei helfen.«

Trotzdem kam es Esmay mehr als nur ein bisschen unmoralisch vor. Ihr Haar war in modischer Beziehung stets ihr Untergang gewesen, und ihr fiel kaum mehr zu seiner Verbesserung ein, als es auszureißen und vom Genom an neu zu pflanzen. Bei den ernsten Lauten, die der Chef des Salons von sich gab, als er ihre Haare betrachtete, wäre sie am liebsten im Boden versunken.

»Sie haben wirklich dünne Haare«, sagte er. »Vielleicht gilt das auch für Ihre Eltern, oder hatten Sie als Kind mal hohes Fieber?«

»Ja, hatte ich«, antwortete Esmay.

»Daran könnte es liegen. Aber die Haare sind sehr gesund; Sie haben wenigstens nichts Dummes damit angestellt, wie es manche Frauen tun. Und Sie sind Flottenoffizier – bestimmt möchten Sie etwas Praktisches, Pflegeleichtes haben, das jedoch mehr nach ... mehr nach ...«

»Mehr danach aussieht, als hätte sie sich Gedanken darum gemacht«, warf Marta ein. »Weniger wie Fusseln aus dem Trockner.«

»Ah. Die dauerhaftere Lösung wäre die genetische, aber Sie sagten, die Angelegenheit wäre dringend.«

»Ja. Obwohl er auf lange Sicht Recht hat, Esmay – es ist teuer, aber Sie können sich Ihr Haar genetisch umprogrammieren lassen.«

So – selbst in einem Friseursalon wie diesem dachte man, dass ein Austausch an der Wurzel die beste Lösung war. Sie hatte jedoch gar nicht gedacht, dass das möglich war.

»Das würde Ihre genetische Identität leicht verändern«, erklärte der Mann. »Sie müssten es Ihren Vorgesetzten melden, und die müssten sich einverstanden erklären und Ihre Akten ändern. Aber so was hat man schon gemacht. Andererseits ist mit Ihrem Haar in seinem jetzigen Zustand alles in Ordnung, wenn wir erst mal die beste Möglichkeit gefunden haben, es zu schneiden.«

Mit einer Schere, dachte Esmay, sprach es aber nicht aus.

Drei Stunden später betrachtete sie erstaunt ihr Spiegelbild. Es waren dieselben Haare, aber irgendwie hatten sie sich mit einer Frisur einverstanden erklärt, die sowohl Kompetenz als auch Charme ausdrückte. Hier glatt, dort leicht gelockt. Fusseln war vielleicht das falsche Wort gewesen ... aber ihr fiel kein anderes ein. Esmay sah immer noch ganz nach ihr selbst aus, nur ... irgendwie sogar mehr als früher. Und unter Anleitung der Friseure hatte sie gelernt, wie sie die Frisur selbst pflegen konnte, vom Waschen bis zum abschließenden Kämmen.

Anschließend schleppte Marta sie in das benachbarte Modegeschäft. »Sie brauchen Freizeitkleidung. Ich habe Sie in Ihrer Uniform gesehen.«

»Ich schwitze«, sagte Esmay, aber ihr Protest fiel inzwischen schwächer aus.

»Ja, aber Sie brauchen nicht zu schwitzen, während sie beim Abendessen sitzen.« Marta streifte umher und schickte Esmay immer wieder in die Umkleidekabine, bis sie mit dem Ergebnis zufrieden war. Zu diesem Zeitpunkt verstand Esmay allmählich, worum es bei dem ganzen Aufstand überhaupt ging. Die blaue und silberne Montur war so bequem wie die alte, sah aber – wie sie zugeben musste – umwerfend aus. Und die anderen ...

»Die Leute, die Ihrer Meinung nach schon gut aussehend geboren wurden, sind genauso rot und runzelig auf die Welt gekommen wie alle anderen«, sagte Marta. »Ja, manche Gesichter sind hübscher als andere, und manche Figur ist leichter einzukleiden als andere. Aber mindestens die Hälfte aller Menschen, die Sie bewundern, sind nicht allein aufgrund ihrer Gestalt schön. Sie bringen die Wirkung erst hervor, die sie ausüben. Nun machen sich manche Leute nichts aus Wirkung und brauchen auch keine, und niemand braucht sie ständig. Wenn ich zu Hause im Garten arbeite, sehe ich genauso aus wie jede pummelige alte Frau in schmutzigen Gartenklamotten. Ich mache mir nichts daraus, und niemand sonst macht sich etwas daraus. Aber wenn ich als Marta Katerina Saenz auftrete, die Repräsentantin im Großen Rat, dann kleide ich mich im Hinblick auf meine Wirkung. Derzeit benötigen Sie jede Wirkung, die Sie nur erzielen können; es würde Ihnen nichts nützen und sehr schaden, wenn Sie im Hauptquartier herumschleichen, als schämten Sie sich Ihrer selbst. Das bringt Leute nur auf die Idee, Sie fühlten sich schuldig.«

Frisur, Kleidung, dann ein Besuch in einem Mineralbad, nach dem sich Esmay völlig entspannt fühlte. Zwei Tage nach ihrer Abreise vom Planeten und nachdem Esmay die neuen Sachen in ihrer Kabine untergebracht hatte, führte Marta sie zu dem Lieutenant Commander, der Esmays Abteilung vorstand.

»Hier ist sie – Sie können sie für eine Zeit lang zurückhaben, aber ich brauche sie vielleicht noch einmal. Danke, Lieutenant Suiza; Sie waren äußerst hilfreich.«

Lieutenant Commander Moslin blickte von einer zur anderen. »Sie sind ... zufrieden, Sera Saenz?«

»Mit Lieutenant Suiza? Natürlich. Die beste persönliche Assistentin, die ich je hatte. Entschuldigen Sie mich; ich darf mich bei Admiral Serrano nicht verspäten.« Marta winkte noch einmal und ging und ließ Esmay unter dem misstrauischen Blick des Lieutenant Commanders zurück.

»Nun ... ich dachte, sie wäre mit Lord Thornbuckle befreundet, und jetzt tritt sie für Sie ein.«

»Ich denke«, sagte Esmay und hielt sich an Martas Instruktionen, »dass ich sie an eine Nichte oder so was erinnere. Aber natürlich habe ich auch mein Bestes getan.«

»Ja. Na ja. Ich denke, Sie könnten jetzt weiter an diesem Bericht arbeiten, mit dem Sie schon angefangen haben...«

Esmay spürte seinen Blick im Rücken, als sie ging. Sie wusste, dass er eine Veränderung gespürt hatte, sie aber nicht genau definieren konnte. Esmay selbst konnte es ... und staunte darüber, dass sie sich nie die Mühe gemacht hatte, solch einfache Dinge zu erlernen. Sie sah, wie ihr Casea Ferradi entgegenkam, und machte genau das Gesicht, das Marta empfohlen hatte. Und tatsächlich stolperte Casea beinahe.

»Lieutenant Suiza...«

»Hallo Casea«, sagte Esmay, innerlich erstaunt und entzückt.

»Sie ... ich dachte, Sie hätten Urlaub.«

»Ich bin zurück«, sagte Esmay. »Allerdings bin ich beschäftigt – wir sehen uns später.« Das konnte Spaß machen. Es konnte tatsächlich noch Spaß machen. Aufgemuntert von diesem Gedanken, lächelte sie Admiral Hornan hinter der nächsten Ecke gelassen an.

***

Barin nahm Haltung an. »Ensign Serrano zur Stelle, Sir.«

Seine Großmutter blickte auf. »Rühren, Ensign. Setzen Sie sich. Wir haben Familienangelegenheiten zu besprechen.«

Familiengeschäfte trugen nichts zu seiner Entspannung bei, aber er setzte sich und wartete. Seine Großmutter seufzte.

»Marta Saenz hat mir berichtet, du und Lieutenant Suiza, ihr wärt euch über Brun Meager in die Haare geraten.«

Barin klappte beinahe der Unterkiefer herunter,

aber er drückte ihn noch rechtzeitig zu. »Das ist ... nicht genau das, was passiert ist, Sir.«

»Hmm. Na ja, was auch immer passiert ist und wie es auch immer um deine aktuellen Gefühle für Lieutenant Suiza bestellt ist – du sollst wissen, dass ich als Großmutter in diesem Punkt keinen Rat für dich habe. Zumindest nicht, was sie angeht. Was jemand anderen angeht, mit dem du gesehen worden bist, habe ich den Rat, den du dir vermutlich denken kannst. Als Admiral würde ich gern sehen, dass Lieutenant Suiza ihre beste Leistung bringt – sie ist im günstigsten Fall bemerkenswert gut –, und ich würde gern die Umstände eintreten sehen, die dazu am ehesten beitragen. Falls du also das Gefühl hast, du könntest ihr nützen, nur zu.«

»Sie ... spricht nicht mit mir.«

»Bist du sicher? Vielleicht denkt sie, dass du nicht mit ihr sprichst. Besonders da es Leute gibt, die womöglich daran interessiert sind, euch auseinander zu halten.«

»Lieutenant Ferradi ...«, presste Barin zwischen den Zähnen hindurch.

Seine Großmutter sah ihn an, als hätte sie ein Kleinkind vor sich; er kannte diesen Blick. »Unter anderem. Barin, du bist alt genug, um zu wissen, dass unser Familienname Neid ebenso anzieht wie Bewunderung. Lieutenant Suizas rascher Ruhm und rasche Beförderung hatten eine ähnliche Wirkung. Mir ist bekannt geworden, dass bestimmte Leute an einer Trennung von dir und Lieutenant Suiza interessiert sind. Wenn du dir nichts aus ihr machen würdest, wäre das eine Sache, aber da du es sehr wohl tust, scheint es mir eine Frage der Familienehre zu sein, die Absichten dieser Leute zu vereiteln. Sofern deine eigenen Gefühle dem nicht entgegenstehen.«

»Ah ... ja, Sir – Großmutter.«

Sie lächelte ihn offen an. »Sir Großmutter muss ein ungewöhnlicher Titel sein, aber ich nehme ihn an. Ernsthaft, Barin – liebst du diese Frau?«

»Ich dachte, ich täte es, aber ...«

»Na ja, denk erneut nach. Denk nach, aber fühle auch. Es liegt nicht an mir, in Amors Rolle zu schlüpfen; falls ihr füreinander gedacht seid, solltet ihr Amor nicht brauchen. Aber betrachte nichts als selbstverständlich, verstanden?«

»Ja ... Großmutter.«

»Gut. Sollte es Gerede geben, kümmere ich mich darum. Ich vertraue deinem Urteilsvermögen, Barin ... achte nur darauf, dass du ihm auch ausreichend Daten zugrunde legst.« Sie legte eine Pause ein, aber er schwieg. Was sollte er auch sagen? Mit einem forschen Nicken wechselte sie wieder von der Großmutter zum Admiral. »Nun – wie steht es um diese Ermittlungen hinsichtlich Lieutenant Ferradis?«

»Ich weiß nicht«, sagte Barin. »Sowohl der Kommandant als auch der Erste Offizier haben mich angewiesen, da nicht meine Nase hineinzustecken, also habe ich es auch nicht getan.«

»Erstaunlich«, murmelte seine Großmutter in einem Ton, bei dem ihm die Ohren heiß wurden. »Nun, wir nähern uns dem Einsatzzeitpunkt – da wäre es hilfreich für mich zu wissen, was abläuft. Ich möchte, dass du das Heris gegenüber erwähnst und dass sie es deinem Kommandanten ins Ohr flüstert – oder was sonst nötig wird. Klaus möchte nach wie vor meinen Job, und da er seit neunzehn Jahren nichts anderes mehr kommandiert hat als einen Schreibtisch, möchte ich ihn daran hindern, die Sache zu verpfuschen. Deine vorgebliche Nachricht an Heris lautet: Wir halten eine Familienfeier ab, da die Festlichkeiten zum Jahrestag der Flotte in diesem Jahr sehr begrenzt ausfallen. Das kannst und sollst du jedem sagen. Dies hier jedoch ...« Sie reichte ihm einen Datenstreifen. » ... ist nur für Heris' Hand gedacht, und benutze dafür den Familienhändedruck.«

»Ja, Sir.«

»Entlassen.«

***

»Sie ist ein Naturtalent als Spion«, fand Koutsoudas und deutete auf seine schematische Darstellung von Lieutenant Ferradis illegalen Aktionen in der juristischen Datenbank. »Hätten wir nicht diesen markierten Datenstab, hätte sie damit durchkommen können, selbst mit mir am Scanner.«

»Nun, was hat sie gemacht?«, fragte Kommandant Escovar.

»Sie hat Pells Codes benutzt, um Zugriff auf die erste Ebene zu erhalten, und dann andere ... Können Sie glauben, dass es Admiral Hornans waren?«

»Wie ist sie denn daran gekommen?«

»Ich habe keine Ahnung, Sir.« Koutsoudas betrachtete jetzt den Monitor, auf dem Lieutenant Ferradis adretter blonder Kopf fleißig über eine Konsole gebeugt war. »Möglicherweise von Pell – und obwohl mich das nichts angeht, sollten Sie wahrscheinlich erfahren, dass Gerüchte vermelden, Pell wäre zu einer außerplanmäßigen medizinischen Untersuchung einbestellt worden.«

»In der Tat«, sagte Escovar.

»Und ebenso drei weitere Master Chiefs ... was einige von uns nervös macht, um Ihnen die Wahrheit zu sagen.«

»In welcher Hinsicht?«

»Das geht über meinen Sachverstand hinaus, Sir.« Koutsoudas zeigte den Ausdruck eines Mannes, der nicht in Stimmung war, irgendjemandem zu trauen.

»Hmmm. Auch auf höherer Ebene als meiner sind Sorgen zum Ausdruck gebracht worden.«

»Das ist auch gut so. Ah – da haben wir sie erwischt!« Auf dem Bildschirm steckte Ferradi ihren Datenstab in den Port der Konsole. »Ich wette, dass sie jetzt eine Datei eingibt – sehen Sie mal auf ihre linke Hand. Yeah – da ist sie.« Auf Koutsoudas' Graphik schlängelte sich eine orangefarbene Linie an einem Gewirr anderer Linien entlang und bahnte sich den Weg in eine blaue Box, wo sie rhythmisch aufblitzte. »Sie verändert Daten, Sir, das ist hundertprozentig klar.«

»Wissen wir, wie die Daten vor der Veränderung aussahen?«

»Ich nicht, nein, Sir. Aber ich weiß, dass letzte Nacht eine zugriffsgesicherte Kopie angefertigt und getarnt in einem Speicher untergebracht wurde, den sie nie finden wird. Und das Spürsignal ihres Stabes wird nachweisen, dass sie etwas verändert hat und wo in der Datei die Änderungen zu finden sind.«

***

»Das sind sehr ernste Vorwürfe, Commander Escovar«, sagte Admiral Hornan. »Ich habe Lieutenant Ferradi als äußerst tüchtigen Offizier kennen gelernt...« Sein kurzer Blick auf Barin brachte Argwohn und Ablehnung gleich stark zum Ausdruck. Barin erinnerte sich daran, dass dieser Mann der Rivale seiner Großmutter war.

»Der Admiral hat Recht – das sind ernste Vorwürfe. Deshalb habe ich sie auch Ihnen vorgelegt, statt Lieutenant Ferradi selbst einzubestellen. Unter den gegebenen Umständen – den politischen ebenso wie den militärischen – zog ich es vor, Sie von Anfang an einzubeziehen...«

»Nicht von Anfang an, wenn Sie die Ermittlungen schon durchgeführt haben...«

»Nur so weit, um sicherzustellen, dass der ursprünglich erhobene Vorwurf auf Fakten begründet war, Admiral. Es bleibt noch mehr zu...«

»Na ja, hören wir uns doch einfach ihre Version an...« Hornan drückte eine Taste seines Komgeräts. »Lieutenant Ferradi, würden Sie bitte hereinkommen?«

»Sofort, Admiral.« Die Andeutung einer Pause, dann: »Soll ich die neuesten Informationen aus der Datenbanksuche mitbringen, nach denen mich der Admiral gefragt hat?«

»Ah – jetzt nicht, Lieutenant.« Röte stieg an Hornans

Hals hoch. Barin riskierte einen Seitenblick auf Escovar und erkannte, dass sie dem Commander auch nicht entgangen war. Also ... wie tief steckte Hornan mit drin?

Es dauerte nur wenige Augenblicke, bis Casea Ferradi das Büro des Admirals betrat. Sie machte große Augen und lächelte, und das Lächeln weitete sich zu einem Grinsen, das Komplizenschaft ausdrücken sollte, als sie Barin sah. Sie wurde jedoch wieder ernst, als niemand das Lächeln erwiderte.

»Admiral?«

»Casea – Lieutenant, diese Offiziere haben einige ernste Vorwürfe gegen Sie erhoben. Ich möchte hören, was Sie dazu zu sagen haben.«

»Gegen mich?« Nur für einen Augenblick und im Profil sah Barin etwas aufflackern, was vielleicht Panik war, aber dann wurde sie wieder ruhig. »Wieso – was soll ich denn getan haben?« Sie sah Barin an. »Bin ich dem armen Ensign Serrano zur Last gefallen? Ich hatte nicht vor ...«

Hornan räusperte sich. »Nein ... Lieutenant, ich muss Ihnen die Frage stellen: Haben Sie Zugriff auf irgendwelche Unterlagen der Flotte genommen, die Ihnen nicht offen stehen?«

»Natürlich nicht«, antwortete Ferradi. »Nicht ohne klare Befehle, das zu tun.«

»Die Ihnen die entsprechende Autorisierung verschaffen würden, ja. Sind Sie sicher?«

»Ja, Admiral«, sagte Ferradi. Barin sah, wie der Puls an ihrem Hals etwas schneller ging.

»Haben Sie irgendwelche Daten in irgendwelchen Unterlagen geändert?«

»Sie meinen, Wachdienstberichte und so etwas? Nein, Sir.«

»Oder in einer Datenbank? Sind Sie jemals in eine Datenbank eingedrungen und haben Inhalte verändert?«

»Nicht ohne klare Befehle, genau das zu tun, Admiral.« Aber dieser verräterische Puls ging jetzt schneller.

»Wenn ich Ihnen also sagte, dass man Ihnen vorgeworfen hat, sich Zugriff auf Ermittlungsunterlagen bezüglich der Meuterei auf der *Despite* verschafft und bestimmte Dateien verändert zu haben, die Befragungen von Lieutenant Esmay Suiza enthielten, dann würden Sie das abstreiten.«

»Das würde ich, Admiral.« Ferradi wurde auf einmal rot. »Ich streite das entschieden ab, und außerdem würde ich mir Gedanken machen, aus welcher Quelle dieser Vorwurf stammt.« Sie attackierte Barin. »Ensign Serrano, Admiral, hegt einen Groll gegen mich ... Er fand, seine familiäre Herkunft gäbe ihm das Recht, sich ... bestimmte Freiheiten zu nehmen, die über seinen Rang hinausgehen. Ich musste ihm gegenüber recht bestimmt auftreten, und er weiß, dass ich ihn wegen Belästigung hätte melden können. Wahrscheinlich hat er sich diesen Unsinn ausgedacht, um es mir heimzuzahlen ...«

Barin spürte, wie ihm das Blut in den Kopf stieg, aber ein strenger Blick Escovars sorgte dafür, dass er den Mund hielt. Admiral Hornan deutete mit einem kurzen Nicken auf ihn und betrachtete Escovar, den Kopf auf die Seite gelegt.

»Nun, Commander? Ich finde das törichte Verhalten eines heißblütigen jungen Mannes aus einer Familie von hohem Status glaubwürdiger als illegale Handlungen seitens einer Person wie Lieutenant Ferradi ...«

»Admiral, bei allem gebührenden Respekt, so geht das nicht. Lieutenant Ferradi hat Ensign Serrano nachgestellt, nicht umgekehrt. Ich weiß das, und jeder an Bord meines Schiffes weiß das. Hinweise auf Lieutenant Ferradis Verhalten finden Sie in ihren früheren Eignungsberichten; ihre gegenwärtige Einordnung in die letzte Beförderungsgruppe ihres Jahrgangs spiegelt das wider.«

»Das ist nicht wahr!«, erwiderte Ferradi. Das intensive Rot ihres Gesichts war inzwischen ungleichmäßig und wurde auf diesen perfekten Wangenknochen mal tiefer, mal schwächer.

»Und obwohl ihre sexuellen Vorlieben an sich keinen Anlass für disziplinarische Maßnahmen bieten würden, solange niemandes Diensttauglichkeit dadurch beeinträchtigt wird, geben ihr Eindringen in gesicherte Datenbanken, das Verändern der Daten und ihre Lügen über andere Offiziere – einschließlich Ensign Serranos – sehr wohl Grund dazu.«

»Und Sie denken, dass Sie Beweise dafür haben?«, fragte Hornan. Barin sah, wie Ferradi blass wurde, als der Wandel in Hornans Ton und Ausdruck zu ihr durchdrang. Beinahe empfand er Mitleid, denn in diesem Augenblick wechselte der Admiral die Seiten und bereitete sich darauf vor, sich aus einer Verlegenheit zu befreien.

»Ja. Wir haben die Unterlagen eines solchen Eingriffs in der Hand, aus einem für Lieutenant Ferradi initialisierten Datenstab, und dazu kommen Videoaufnahmen, die zeigen, wie sie den Datenstab zeitlich parallel zu diesem Eindringen und dieser Datenmanipulation benutzt.«

»Ich habe nicht...«, flüsterte Ferradi, aber der Admiral blickte sie jetzt nicht mehr an.

»Wie detailliert sind diese Unterlagen?«

»Äußerst detailliert, Admiral. Sie enthalten alle Autorisierungscodes, mit deren Hilfe sich der Lieutenant Zugriff verschafft und die Befehle zu der Datenmanipulation – wie ich vermute – gefälscht hat.«

Jetzt sah der Admiral Ferradi wieder an, und Barin hoffte sehr, dass ein solcher Blick nie auf ihn gerichtet werden möge. »Ich muss diese Beweise natürlich sehen«, sagte er langsam und fast ausdruckslos. »Aber falls Sie sie haben...«

»Das tun wir, Admiral.«

»Dann sieht sich Lieutenant Ferradi mit, wie Sie sagten, ernsten Vorwürfen konfrontiert. Lieutenant, geben Sie mir bitte Ihren Datenstab.«

Ferradi holte ihn langsam hervor und legte ihn auf den Schreibtisch des Admirals.

»Und dieser Bericht, an dem Sie gearbeitet haben, befindet sich – wo, Lieutenant?«

»Auf meinem Schreibtisch, Admiral. Aber der Admiral weiß, wer ...«

»Betrachten Sie sich als in Ihrem Quartier unter Arrest stehend, Lieutenant. Sie werden mit niemandem reden außer dem ermittelnden Offizier, sobald ein solcher ernannt wurde.«

»Aber Admiral ... Es ist eine Intrige ... Es ...«

»Entlassen, Lieutenant.«

Barin zitterte, als sie sich umdrehte und an ihm vorbeiging. Er hatte sie nicht gemocht; er hatte sogar Verachtung für sie entwickelt; und für das, was sie beinahe Esmay angetan hätte, hätte er sie sogar hassen können. Aber er wünschte niemandem die Gebrochenheit, die er tief in diesen veilchenblauen Augen sah.

Als sich die Tür geschlossen hatte, sagte Escovar: »Admiral – sie hat Ihre Zugriffscodes benutzt. Ich fürchte, wir können nicht verhindern, dass das in den Unterlagen erscheint.«

»Na ja – das war wohl auch kaum anders zu erwarten, wenn sie Daten ändern wollte, nicht wahr? Sie brauchte dazu jemanden mit genügend Vollmachten.«

»Haben Sie ihr diese Codes gegeben?«

Hornan stemmte sich hoch. »Commander, ich habe mich vielleicht wie ein Idiot benommen, aber Sie sind nicht derjenige, der diese Angelegenheit untersuchen wird. Die Sache geht an die interne Sicherheit, wie Sie sehr gut wissen. Und ich werde deren Fragen beantworten, so gut ich kann, nicht jedoch Ihre.« Er brach ab und fuhr dann fort: »Ich schätze, Sie werden mir jetzt sagen, ich müsste meine Meinung über Lieutenant Suiza ändern?«

»Nein, Admiral, das werde ich nicht. Was der Admiral über Lieutenant Suiza denkt, ist seine Angelegenheit; Suiza gehört nicht zu meinen Offizieren. Falls jedoch die Daten gefälscht wurden ...«

»Oh ja, oh ja!« Hornan wedelte mit der Hand. »Eins

nach dem anderen. Wir müssen erst die interne Sicherheit informieren und dann Grand Admiral Savanche. Er wird ja so begeistert sein! Genau, was ihm jetzt noch fehlt, noch jemand, über den er sich Sorgen machen muss…« Er drückte die Funktaste so heftig, dass der Summer zweimal ertönte. »Verbinden Sie mich mit der internen Sicherheit…«

»Admiral Serrano wird jetzt freie Hand mit der Einsatzgruppe haben«, bemerkte Escovar auf dem Rückweg zur *Gyrfalcon.*

»Warum, Sir?«

»Weil Hornan nicht das Risiko dessen eingehen wird, was Sie vielleicht sagen, falls er den Versuch unternimmt. Spielen Sie nicht den Dummen, Ensign – Sie wissen so gut wie ich, dass er in irgendeiner Weise in die Sache verwickelt sein muss. Zum einen ist Ferradi nicht clever genug, um ohne seine Hilfe an seine Codes zu kommen. Und Pell konnte ihr nicht helfen – ihm fielen nicht mal mehr die eigenen Codes ein, geschweige denn die des Admirals. Falls es jetzt dieser Zivilistin – Lady Marta Wieauchimmer – gelingt, Lord Thornbuckle an die Leine zu nehmen, schaffen wir es vielleicht endlich, diesen Rettungseinsatz in Gang zu bringen.«

»Sir.«

»Das war vielleicht ein Durcheinander«, fuhr Escovar fort und machte jetzt längere Schritte. »Es wäre auch im günstigsten Fall nicht einfach gewesen, aber Thornbuckle war mehr ein Hemmschuh als eine Hilfe, und auch Hornan hat immer wieder Hindernisse aufgebaut – und ich hätte nie gedacht, dass wir auch die übrigen Probleme loswerden, falls wir Ferradi überführen.«

Zum Beispiel die Frage, was mit Esmay Suiza zu tun war. Barin wartete darauf, dass der Kommandant ihn entließ, suchte dann die erste öffentliche Komnische auf, die er fand, und schlug Esmays Komcode nach. Sie hatte jetzt einen, wie er erfreut feststellte.

Ihre Stimme antwortete knapp und professionell.

»Lieutenant – hier ist Ensign Serrano. Ich …« Wie drückte er das am besten aus? »Ich würde gern … Ich muss – mit Ihnen reden.«

Eine lange Pause, in der er spürte, wie ihm erst heiß wurde, dann kalt und dann erneut heiß.

»Im Büro oder … Ich meine …« Ihr Ton war weicher geworden, und sie klang jetzt fast so zögernd wie er.

»Egal wo. Sie müssen etwas erfahren, und außerdem …« *Außerdem liebe ich dich wahnsinnig* war nichts, was er über eine öffentliche Verbindung sagen konnte.

»Wie wäre es mit der Bibliothek des Stützpunkts? In zehn Minuten? Fünfzehn?«

»Fünfzehn; ich befinde mich direkt neben der *Gyrfalcon.*«

Er schaffte es trotzdem in zehn, und erst, als er beinahe zwei Commander überrannte, die vor ihm spazieren gingen, wurde ihm klar, welches Tempo er angeschlagen hatte. Geduld! Ruhe! Er blieb vor der Tür zur Bibliothek stehen und konnte Esmay nicht sehen, in beiden Richtungen nicht. Er duckte sich hindurch, und – da war sie.

»Lieutenant …«

»Ensign.« Aber ihre Augen leuchteten; ihr ganzes Wesen leuchtete. Und da glaubten manche Leute doch tatsächlich, er könnte sich zu Casea Ferradi hingezogen fühlen!

»Es tut mir so Leid …«, sagte er und stellte fest, dass sich seine Worte mit ihren verhedderten. Es waren die gleichen Worte. Schweigend sah er sie an, und sie sah ihn an.

***

Waltraude Meyerson hatte den lahmen Versuch des jungen weiblichen Offiziers verfolgt, ein Interesse am Online-Katalog vorzutäuschen. Eindeutig wartete die Frau auf jemanden; Waltraude hatte mehr als einmal miterlebt, wie ein Student herumhing und auf einen anderen wartete; so etwas konnte sie nicht übersehen. Und klar doch, wenige Minuten später traf ein junger männlicher Offizier ein. Sie redeten miteinander; sie brachen ab; sie wurden rot und stammelten. Das war alles ganz normal, aber es lenkte auch sehr ab, wenn Waltraude gerade versuchte, Professor Lemons Daten mit ihren eigenen in Zusammenhang zu bringen und dem makellos organisierten Bericht zugrunde zu legen, den sie in wenigen Stunden vorlegen würde.

Der Bibliothekar war natürlich nirgendwo zu sehen, wie immer zu dieser Tageszeit. Das machte Waltraude normalerweise nichts aus, da sie seine Hilfe nicht brauchte, um durch die eigenen und Professor Lemons Datenbanken zu navigieren, aber der Mann war eigentlich dafür verantwortlich, hier für Ordnung zu sorgen. Ohne seine Anweisungen und sich selbst überlassen, würden diese beiden stundenlang süße Bedeutungslosigkeiten murmeln ... Waltraude kannte diesen Typ. Sie richtete sich zu ihrer vollen Größe auf und räusperte sich. Die beiden blickten sie mit dem für junge Liebe so typischen schuldbewussten Ausdruck an.

»Wir sind hier in einer Bibliothek, nicht an einem Ort für Stelldicheins«, sagte sie in bestimmtem Ton. »Seien Sie bitte so freundlich, Ihrer Leidenschaft anderswo zu frönen.« Für einen Moment machte der Schock beide Gesichter ausdruckslos, aber dann wandten sie sich ab und gingen rasch. So war es besser. Vielleicht fand Waltraude jetzt eine Möglichkeit, diese Militärs davon zu überzeugen, dass der Schlüssel für die Befreiung von Menschen aus einer feindseligen gesellschaftlichen Umgebung in besserem Nachdenken lag, nicht in besseren Geschützen.

* * *

»Ich liebe dich wahnsinnig«, sagte Barin, kaum dass sie zur Tür hinaus waren.

»Ich dich auch«, sagte Esmay und blinzelte, um den Blick von Tränen freizubekommen. Dann kicherte sie. »War sie nicht *schrecklich*?«

»Ja ... oh Esmay, wir sollten uns nie, *nie* wieder streiten!«

»Meine Kusine Luci sagt, Verliebte könnten ruhig streiten und es dann wieder vergessen.«

»Und welche Erfahrungen ...?«

»Mehr als ich habe. Sie nannte mich eine Idiotin.«

»Vielleicht hat sie Recht«, sagte Barin und riskierte es nach einem kurzen Blick den Flur hinauf und hinab, eng an sie heranzutreten und an ihren Haaren zu schnuppern. »Aber du bist *meine* Idiotin.« Er musterte sie von Kopf bis Fuß. »Liebste Idiotin. Lieutenant, Sir.« Ihm war danach zumute, den Flur entlangzutanzen oder auf den Händen zu laufen oder etwas ähnlich Albernes zu tun. »Oh, nebenbei: Lieutenant Ferradi hat Arrest in ihrem Quartier und erwartet eine Anklage.«

»Was!?«

»Ich kann dir nicht alles erklären – ich meine, ich sollte es lieber nicht tun, zumindest nicht hier draußen. Aber das war auch der Grund, weshalb ich dir aus dem Weg gehen musste, als du zurückgekommen warst. Ich sollte so tun, als ließe ich mich auf Casea ein.«

»Ich denke, sie hat Lügen über mich verbreitet«, sagte Esmay.

»Sie hat noch mehr getan – sie hat versucht, belastendes Material in deine alten Personal- und Rechtsdateien einzufügen. Aber darüber sollten wir jetzt wirklich nicht diskutieren.«

»Prima. Dann diskutieren wir über ...«

»Uns«, sagte Barin. »Vielleicht bei etwas Essbarem?«

***

»Also – da unser Agent jetzt bestätigt hat, dass Sera Meager dort ist, und da er weiß, wo sie steckt, kommen wir zu den Einzelheiten.« Der Sprecher, ein Commander mit den Schulterstücken des HQ-Stabes, rief eine Karte auf. »Es kommt durchaus vor, dass Männer heimlich über die hintere Grundstücksmauer des Kinderhorts klettern und einen kurzen Blick auf eine Frau werfen, auf die sie besonders scharf sind. Unser Agent kann sich Sera Meager schnappen, sie in sein Bodenfahrzeug stecken und in zwanzig Minuten aus der Stadt sein.«

Für Marta klang das nach einem albernen Plan, aber sie hatte den Versuch aufgegeben, die anderen davon zu überzeugen, dass sie mit Brun kooperieren mussten und sie nicht wie ein verlegtes Gepäckstück behandeln durften. Sie warf einen Blick durch den Raum auf Professor Meyerson, die wie üblich mit einem Stapel aus Büchern, Papieren und Datenwürfeln erschienen war. Meyerson hatte Fußnoten und Literaturhinweise parat, um ihren Standpunkt zu untermauern – der dem Martas ähnelte –, aber auch das hatte nicht funktioniert.

»Was, wenn sie sich widersetzt?«, fragte ein weiblicher Commander auf der anderen Seite des Raums. »Woher soll sie wissen, dass dieser Mann unser Agent ist?«

»Er kann es ihr sagen«, meinte der erste Commander.

Das soll sie einfach glauben, dachte sich Marta, und das nach fast zwei Jahren Gefangenschaft? Vielleicht funktionierte es; andererseits war auch möglich, dass Brun, wie sie nun mal war, den Burschen zu Boden schlug und sich selbst das Fahrzeug schnappte. Und wo stand dann dieser Planungsausschuss? Brun würde keine Ahnung haben, wohin sie sich wenden sollte, und auf dieser Seite würde niemand wissen, was passiert war.

»Der Agent hat uns mitgeteilt, dass er sie mit genügend Geld in einem kleinen Atmosphärenshuttle vom Planeten bringen kann. Er bringt sie aus der Stadt, liefert ihr eine Verkleidung und schickt sie dann zu dieser anderen Person. Unser gegenwärtiger Plan sieht vor, mit einem SAR ins System einzudringen – wo es durch Mikrosprünge ganz schön dicht an den Planeten herankommen kann – und Sera Meager aufzusammeln, während sich der Rest der Einsatzgruppe in einiger Entfernung für den Fall bereithält, dass es Schwierigkeiten gibt.«

Jemand anderes stellte die Frage nach der Systemverteidigung, die auch Marta auf der Zunge lag, und sie hörte sich die Antwort ohne rechte Konzentration an, während sie sich gleichzeitig fragte, wie es Brun wohl derzeit erging. Auf jeden Fall wartete sie nicht in aller Stille darauf, dass sie gerettet wurde, davon war Marta überzeugt.

***

Brun nahm das Schälmesser zur Hand und steckte es sich in den Ärmel. Die Heimleiterin sollte die Messer eigentlich jeden Tag zählen, aber sie tat es nicht. Sie döste gern in ihrem eigenen Zimmer, nachdem sie sich aus einem Tonkrug einen genehmigt hatte, und in gut der Hälfte aller Fälle ließ sie die Küche unverschlossen. Brun hatte das wiederholt überprüft und damit sichergestellt, dass der Diebstahl eine vernünftige Chance hatte, unbemerkt zu bleiben.

Der Druck des Messers am Arm, unter den Bändern, die es dort hielten, vermittelte ihr frischen Mut. Sie hatte so lange gewartet, wie sie nur konnte; sie wagte es nicht, noch länger auf Rettung zu warten. Weder sie noch die Babys mussten hier leben ... aber als sie die Klinge an den feuchten weichen Hals des schlafenden Rotkopfs hielt (sie wusste genau, wer *dessen* Vater war), wurde ihr klar, dass sie es nicht übers Herz bekam. Sie liebte diese Kinder nicht, nicht so, wie es Mütter vorgeblich taten, wie die anderen Mütter hier ihren Nachwuchs zu lieben schienen, aber sie hasste sie auch nicht. Es war nicht die Schuld der Babys; sie waren nicht von selbst in den widerstrebenden Leib der Mutter eingedrungen.

Sie konnte sie allerdings nicht mitnehmen, wenn sie flüchtete. Sie musste sich selbst irgendwie als Mann verkleiden ... und Männer trugen keine Babys auf der

Straße herum, selbst wenn zwei sich windende und allzu stimmgewaltige Babys Brun nicht ohnehin zu sehr aufgehalten hätten. Falls sie sie zurückließ, brüllten sie schon etwa eine Stunde später, dass sie wieder gesäugt werden wollten. Trotzdem brachte Brun es einfach nicht übers Herz, sie umzubringen, nur um mehr Vorsprung zu erhalten.

Ihr kam eine andere Idee. Obwohl im Kinderhort keine Medikamente zu finden waren, von denen sie gewusst hätte – und sie hatte keine Ahnung, welche der Kräuter in der Speisekammer die Babys vielleicht in Schlaf versetzten –, so gab es doch ein einfaches Schlafmittel, für jeden greifbar, der Obst und Wasser und ein bisschen Zeit zur Verfügung hatte.

Am späten Nachmittag ging sie wie üblich im Obstgarten spazieren und trug dabei ein Baby auf dem Rücken und das andere vorn. Ihre Füße waren zäh geworden; die Kieswege taten ihr nicht mehr weh. Unter dem langen Rock hatten sich harte Muskeln an den Beinen entwickelt nach all den Übungen, bei denen sie geschwitzt hatte. Ohne die Babys konnte sie schnell und weit laufen; sie konnte sich auch wehren, sofern sie nicht überrascht wurde. Und sie hatte nicht vor, sich erneut überraschen zu lassen. Hätte sie doch nur gewusst, *wo* sie Hazel und die Kleinen und wo sie offenes Land fand, in dem sie sich – davon war sie überzeugt – verstecken konnte!

Außer Sichtweite des Hauses nahm sie das Messer in die Hand und legte es in die Astgabel eines Apfelbaums. Sie kontrollierte, dass die Klinge nicht im Licht schimmern würde und damit jemandes Aufmerksamkeit weckte. Sie stopfte gefallenes Laub aus dem vergangenen Jahr ringsherum und spazierte weiter; als sie zum Haus zurückkehrte, hatte sie einen Strauß Wildblumen in der Hand.

Zwei Tage später stibitzte sie einen Krug aus der Küche. Sie nahm ihn mit in den Obstgarten, in der Schlaufe versteckt, mit der sie inzwischen die Babys trug. Für frisches Obst war jetzt nicht die richtige Jahreszeit, aber sie hatte Trockenobst dabei, wie es den Frauen immer zur Verfügung stand, sowie Honig und Wasser.

Die Mixtur gärte in nur wenigen warmen Sonnentagen. Sie roch seltsam, aber eindeutig alkoholisch. Brun kostete vorsichtig davon. Das Getränk hatte es in sich – genug, wie sie hoffte, um die Babys in tiefen Schlaf zu versetzen.

Sektor-VII-HQ

Während die Planungen der Einsatzgruppe mühsam ihren Fortgang nahmen, behielt Marta Häschen im Auge. Seine Einstellung gegenüber Esmay Suiza hatte sich nicht geändert, nicht einmal, als offenkundig wurde, dass viele der gegen sie erhobenen Vorwürfe Lügen und nichts als Lügen gewesen waren. Und warum nicht? Marta kannte Häschen schon den größten Teil seines Lebens lang; er war weder dumm noch gehässig. Sein Ruf, in Krisen die Ruhe zu bewahren und fair gegenüber allen Parteien zu sein, hatte ihn zu dem einen Kandidaten gemacht, dem der Große Rat nach Kemtres Abdankung vertrauen konnte. Warum also bemühte er sich in diesem späten Stadium nach wie vor darum, Suiza aus der Einsatzgruppe auszuschließen?

Marta fühlte sich versucht, mit Miranda Kontakt aufzunehmen, die auffälligerweise abwesend war, nahm jedoch Abstand davon. Tritt nie zwischen Mann und Frau, hatte ihre eigene Großmutter ihr beigebracht, und ihrer eigenen Lebenserfahrung nach ging es stets übel aus, wenn es jemand trotzdem versuchte. Also wandte sie sich fünf Tage, ehe die Einsatzgruppe aufbrechen sollte, privat an ihn.

»Fang nicht damit an«, sagte Häschen, ehe sie auch nur den Mund öffnen konnte. »Du möchtest mir sagen, dass Suiza gar nicht so übel ist, dass sie sich ihren Posten als Erster Offizier der *Shrike* verdient hat, dass es nicht fair ist, sie von der Sache abzuziehen …«

»Nein«, sagte Marta. »Ich möchte dich fragen, warum du Suiza die Schuld an Bruns Verhalten gibst.«

»Sie hat sie zur Raserei getrieben ...«, legte Häschen los. Marta unterbrach ihn.

»Häschen – wer hat die Struktur von Bruns Genom ausgesucht?«

»Wir natürlich ...«

»Einschließlich ihres Persönlichkeitsprofils?«

»Nun ... ja, aber ...«

»Du hast mir gerade erklärt, dass du absichtlich ein risikofreudiges Profil ausgesucht hast. Du hast dich für ein extrovertiertes, rasch reagierendes, risikofreudiges Mädchen entschieden, ein Mädchen, das immer von einem halb vollen Glas ausgeht und angesichts eines Raums voller Dung ein süßes Pony hinter der Ecke erwartet.«

»Ja ...«

»Und du hast einen charmanten, liebenswerten Wildfang bekommen, mit so viel Unsinn im Kopf wie ein Korb voller kleiner Kätzchen, und du hast dich jahrelang darüber gefreut, oder nicht?«

»Ja, aber ...«

»Du hast sie verdorben, Häschen.« Er starrte sie an, und seine Ohren wurden rot. »Du hast sie aufgrund eines Persönlichkeitsprofils ausgesucht, ihrer körperlichen Charakteristik und eines Intelligenzniveaus, bei dem *vorauszusehen* war, dass sie wahrscheinlich in bestimmte Schwierigkeiten geraten würde ... und was hast du in ihrer Kindheit getan, um das nötige Gegengewicht zu schaffen, nämlich Urteilsvermögen und Selbstbeherrschung?«

»Wir hatten noch andere Kinder, Marta. Wir hatten als Eltern Erfahrung ...«

»Ja, für die fröhlichen Konformisten, die ihr zuerst entworfen habt. Und bei ihnen ist es gut gegangen – ihr habt ihnen gegeben, was sie brauchten.« Marta legte eine kalkulierte Pause ein, ehe sie fortfuhr: »Habt ihr auch Brun gegeben, was sie brauchte?«

»Wir haben ihr alles gegeben ...« Aber sein Blick wirkte jetzt unsicher.

»Häschen, ich weiß, dass sich das anhört, als würde ich dich verdammen, aber so ist es nicht gemeint. Brun ist eine sehr ungewöhnliche junge Frau, und sie hätte eine sehr ungewöhnliche Kindheit benötigt, um in ihrem jetzigen Alter ohne großes Risiko mit ihren Talenten umgehen zu können. Kein Wunder allerdings, dass du und Miranda, wie alle anderen verzaubert von dieser Explosion der Freude, ihr nicht die Erziehung geboten habt, die gut für sie gewesen wäre.« Sie legte erneut eine Pause ein; Häschen hätte beinahe genickt – sie sah, wie die Halsmuskeln weicher wurden. »Aber nach meiner Meinung lautet dein wirklicher Einwand gegen Esmay Suiza – vielleicht unbewusst –, dass sie Brun ähnelt, nur mit eingebauter Bremse, mit Steuerungsvermögen. Und ihr Vater hat, was für ein Mensch er auch immer sein mag, einen besseren Job für seine Tochter getan als du für deine.«

Häschen wurde erneut rot. »Sie ähnelt überhaupt nicht ...«

»Oh doch, das tut sie. Hast du ihre Gefechtsberichte gelesen? Ich habe es. Intelligent, sehr sogar. Charismatisch – ja, besonders in einer Krise. Risikofreudig – sie ist nach Xavier zurückgekehrt und hat den Planeten gerettet – und nebenbei auch Brun. Brun fand selbst, dass sie viel miteinander gemein hatten; deshalb hat sie ja auch an Suiza gehangen wie ein kleines Mädchen an der großen Schwester.«

»Ich ... kann das nicht glauben.«

»Ich kann nicht glauben, dass du nach wie vor deine eigene Rolle in alldem nicht erkennst. Deshalb wolltest du auch nicht Miranda herbringen, nicht wahr? Sie würde es zugeben, und sie würde sich mit dir streiten.«

»Ich ... ich ... kann nicht ...«

»Häschen, es ist trotzdem nicht deine Schuld. Ich denke, dass du Fehler gemacht hast, aber das tun alle Eltern – dein Vater hat sicherlich auch Fehler bei dir gemacht. Aber es ist ebenfalls nicht Lieutenant Suizas Schuld. Sie hat Brun nicht in eine gedankenlose Raserei versetzt, die mehr als dreißig Tage gedauert hätte. Sie hatte einen Streit, der am nächsten Tag vorbei gewesen wäre, hätten beide nur Gelegenheit erhalten, sich auszusprechen – und im Herzen weißt du das. Richte deinen Zorn auf das richtige Ziel, auf diese Schlägerbande, die Brun entführt hat, und höre auf damit, deine Schuldgefühle auf Suiza abzuladen.«

Er hatte den Blick von ihr abgewandt; sie wartete, bis die Muskeln in seinem Unterkiefer nicht mehr zuckten.

»Wir sind darauf angewiesen, dass alle ihr Bestes leisten, um Brun herauszuholen«, sagte Marta, diesmal in sanfterem Ton. »Lieutenant Suizas beste Leistungen sind sehr gut – und sie könnten Brun das Leben retten.«

»In Ordnung.« Er hatte sich nicht bewegt, aber die Anspannung war aus ihm herausgeflossen. »Soweit es mich angeht, kann sie mitkommen. Aber ... aber sollte sie *irgendwas* tun, was Bruns Chancen mindert ...«

»Dann ziehe ich ihr persönlich die Haut in Streifen ab«, sagte Marta. »In hübschen schmalen Streifen und ganz langsam. Mit Miranda auf der anderen Seite und Vida Serrano in der Mitte. Und du kannst ihre Nieren auf Toastscheiben haben, soweit es mich angeht.«

Damit brachte sie ihn zum Lachen, auch wenn es erstickt klang. »Die Chance ist so gering«, sagte Häschen nach einer Pause. Marta hörte, dass die Tränen dicht unter der Oberfläche lauerten. »So gering ...«

»Du hast sie gerade verbessert«, sagte Marta. »So – soll ich jetzt den Admiral informieren, oder tust du es?«

Kapitel neunzehn

Entsprechend seiner Maske als Dorftrottel in der Stadt war der Mann im karierten Hemd die verschiedenen Straßen auf und ab spaziert, hatte ein oder zweimal die verschiedenen Begattungshäuser besucht und sich dann ein weiteres Mal die Vorführung der gelbhaarigen Ungläubigen aus dem Weltraum angesehen. Er hatte in der Kneipe, die er besuchte, mehreren Männern eingestanden, er fürchtete, dass die Frau nicht wieder zur Begattung freigegeben würde, ehe er »zurück in die Berge« musste. Endlich machte einer der Männer den Vorschlag, auf den er nur gewartet hatte ... gehe zur Rückseite des Obstgartens und warte dort auf sie. Es konnte nicht schaden, wenn sie ein paar Wochen zu früh geschwängert wurde, und wahrscheinlich erfuhr nie jemand davon. Sieh dir die Sache einen Tag lang oder so an und achte darauf, wann sie hinausgeht, wer sie begleitet.

Er verfolgte dort mit, wie Brun zum vorletzten Apfelbaum in der Reihe ging und etwas in die Gabelung legte. Na ja. Das war interessant! Hier draußen im Obstgarten sah sie viel mehr nach seinen Erwartungen aus als während der Vorführungen. Aber ob sie wohl kooperierte, wenn der Zeitpunkt kam? Falls nicht, musste er sie unter Drogen setzen – und es würde schwierig werden, sie über die Mauer zu schaffen, so groß, wie sie war. Und es sah danach aus, als hätte sie womöglich eigene Pläne ... wobei er hoffte, dass sie sich nicht als Fußangel für ihn erwiesen. Er ging weiter und traf seine Vorkehrungen. Er brauchte ein Bodenfahrzeug; er ging quer durch die Stadt, um eines in bar vom Raumhafenhändler zu mieten.

***

Simplicity – ein passender Name, fand Brun – hatte ihr von allen möglichen Dingen erzählt, von denen die übrigen Frauen nur beiläufig sprachen. Wie ihr klar wurde, konnten sich die anderen nicht vorstellen, dass jemandem solche Kenntnisse fehlten, während Simplicity sich von jedem Detail des Lebens frisch fasziniert zeigte. Anders als Brun informierte sie sich über den Zeitablauf und gab in ihrem arglosen Geplauder die nötigen Hinweise, damit Brun sich über die Markttage auf dem Laufenden halten konnte, obwohl sie im Kinderhort eingesperrt war. Bislang hatte sie nicht darauf geachtet, was das Personal mitnahm, wenn es zum Markt ging ... aber jetzt achtete sie auf Größe und Form der Körbe und Taschen und deren Inhalt nach der Rückkehr. Auf dieser Grundlage glaubte sie nun, einen regelmäßigen Ablauf zu erkennen. Täglich ging jemand hinaus, um frisches Grünzeug zu kaufen. Dreimal pro Woche gingen mehrere Frauen vom Personal hinaus und kehrten mit einer Vielzahl von Vorräten zurück, nicht nur mit Lebensmitteln, sondern auch Nadeln, Stecknadeln, Faden, Garn, Schrubbern, Haarbürsten, Seife ... was immer für die tägliche Arbeit benötigt wurde und womit sich die Frauen nicht selbst versorgen konnten.

Nach dem heiligen Tag dieser Menschen kam erst ein Markttag, dann wurden zwei übersprungen, dann war wieder Markttag, dann einer übersprungen, dann erneut Markttag und schließlich der heilige Tag. Der Wochenrhythmus drehte sich um den heiligen Tag, und die Anspannung stieg, je näher dieser rückte ... Deshalb entschied Brun, dass der erste Markttag für ihre Zwecke der beste war. Etliche Frauen vom Personal waren dann nicht zu Hause, und nach den strengen Anforderungen des heiligen Tages waren alle entspannter ... bereit, im Rahmen der Tagespflichten nur ein Minimum zu leisten, bereit, sich mit den Babys in den Garteneinfriedungen, in der weichen Frühlingsluft zu entspannen. Niemand bewegte sich so viel im Obstgarten wie Brun, sofern das Personal die Frauen nicht dazu anhielt, was nur in der Erntezeit geschah.

Das eigentlich Schwierige bestand – da Brun nicht sprechen konnte – darin, das Haus zu finden, in dem Hazel arbeitete, und darin, die eigene Stummheit zu verbergen. Sie wusste nicht, ob man jemals auch Männern die Stimme nahm – wahrscheinlich nicht, da ihr Glauben von ihnen verlangte, täglich heilige Texte zu rezitieren –, oder ob manche Männer vielleicht von Geburt an oder aufgrund eines Unfalls stumm waren; Brun vermutete jedoch, dass ein stummer Mann Anlass für Nachforschungen bieten würde. Immerhin wusste sie, dass Hazel in einem großen Haushalt unweit eines Marktes lebte.

Simplicity hatte das Haus ausführlich geschildert: seine Gärten, seinen Webschuppen, das Lager für die Wolle, die diversen Küchen, die Unterkünfte der Kinder, der Ehefrauen, des Gebieters – sie hatte dort einmal wischen dürfen, dabei jedoch einen kleinen Tisch umgestoßen. Man hatte sie nicht bestraft, wohl aber in Bereiche des Hauses verbannt, wo weniger zerbrechliche Gegenstände zu finden waren ... was, wie Simplicity lächelnd erzählte, eine Erleichterung für sie gewesen war, weil sie sich nicht mehr so viele Sorgen zu machen brauchte. Was sie nicht schildern konnte – sie kam überhaupt nicht auf die Idee –, war der Standort des Hauses. Brun wurde klar, dass das Mädchen es kaum jemals hatte verlassen können und deshalb keinen Ansatz fand, seinen Standort in Bezug auf irgendetwas anderes zu beschreiben.

***

An dem Markttag mitten in der Woche, vor dem geplanten Fluchttermin, entschied Brun, ihre Pläne auf die Probe zu stellen. Sie wollte die Babys stillen, bis sie nicht mehr konnten, und dabei ein wenig Selbstgebrautes in die Milch mischen ... Die Kinder waren gierig, und

Brun hatte herausgefunden, dass sie gezuckerten Obstsaft, den ihre Mutter an den Brüsten heruntertröpfeln ließ, mit der Milch zusammen tranken. Dann wollte sie mal sehen, wie lange die Kleinen schliefen, um eine Vorstellung davon zu erhalten, wie viel Zeit sie hatte, um Hazel zu finden.

Sie schloss ihre Haushaltspflichten ab und stellte fest, dass mit nur zwei Ausnahmen das gesamte Personal zum Markt gegangen war. Sie hob die Babys auf und weckte damit die Aufmerksamkeit einer der Aufseherinnen, die zu Hause geblieben waren. Brun nickte in Richtung Obstgarten.

»Dann geh nur. Ein schöner Tag für einen Spaziergang«, sagte die Frau. Brun ahmte Essbewegungen nach. »Oh – du möchtest dein Mittagessen mit hinaus nehmen? Fein. Ich läute die Glocke, wenn du zurückkommen sollst, falls du einschläfst.«

Brun nahm einen kleinen Laib Brot, am selben Morgen frisch gebacken, schnitt sich auch ein Stück Käse ab und legte das Messer ordentlich an seinen Platz zurück. Die Aufseherin hatte inzwischen eine Kanne mit Obstsaft und Wasser gefüllt – und an diesem Tag wurde Brun klar, dass es sich dabei um eine nicht geforderte Geste der Höflichkeit handelte. Sie lächelte; sie konnte nicht anders. Die Frau erwiderte das Lächeln, zeigte sich offen erfreut.

Brun konnte sich darauf nicht einlassen – auf dieses Angebot der Freundschaft, falls es das war. Sie nahm Kanne und Mittagessen, steckte beides in die Schlaufe, in der auch der Rotschopf zufrieden lag, verschob die Rückenschlaufe, bis auch das andere Baby besser im Gleichgewicht war, und trat hinaus auf die geflieste Terrasse zwischen den Gebäuden des Kinderhorts und dem Obstgarten.

Sie spazierte auf ihre übliche Art den Weg rechts entlang, blieb hin und wieder stehen und blickte hinauf zu den harten grünen Früchten, die in wenigen Monaten reifen würden. Heute war es noch nicht so weit; es war nur eine Übung. Warum klopfte ihr Herz dann so wild, dass sie das Gefühl hatte, andere müssten das Trommeln hören? Warum ging der Atem so kurz? Sie versuchte sich zu entspannen, streckte die Hand aus und strich über einen schwer mit Obst behangenen Zweig. Die Babys spürten jedoch ihre Anspannung und wanden sich nun und wimmerten. Das Kind, das sie auf dem Rücken trug, ruderte mit den Armen und traf sie damit am Hinterkopf.

Und seltsam genug, das war für sie der Impuls, sich zu entspannen. Sie ging weiter und beschleunigte jetzt ihre Schritte – suchte ihren Lieblingsplatz im Obstgarten auf, unweit der hinteren Grundstücksmauer. Als sie es zum ersten Mal bis hierhin geschafft hatte, die kleine Anhöhe hinauf, hatte sie zwischen den kahlen Ästen hindurch das Haus sehen können; jetzt jedoch standen die Obstbäume in ihrer vollen Blätterpracht, und Brun wusste, dass die anderen im Haus sie auch nicht besser sehen konnten als umgekehrt.

Sie legte die Babys auf die kleinen Steppdecken, die sie zusammengefaltet in den Schlaufen mitgebracht hatte, und setzte auch ihr Mittagessen ab. Die Babys wälzten sich umher und spielten, grapschten mit weit ausholenden Gesten nach einander. Brun biss ein Stück Brot ab, während sie zusah, und dachte erneut über ihren Plan nach, bestrebt, ihn zu verbessern. Er bildete jedoch ein Gewebe aus unwahrscheinlichen Größen … selbst wenn sie ihn auf doppelte Qualität brachte, blieb ihre Erfolgschance unter einem Hundertstel.

Das dunklere Kind entdeckte ein Blatt, das es erforschen konnte, und schaffte es mit großer Mühe, es aufzuheben. Der Rotschopf bemerkte, dass ihm der Bruder keine Aufmerksamkeit mehr schenkte, und steckte sich ersatzweise den Fuß in den Mund. Brun wurde mit dem Essen fertig; inzwischen wurden die Kinder unruhig und sahen sie an. Im Kopf hörte Brun eine Stimme, die irgendwie eine Mischung aus der eigenen Stimme und der Esmays darstellte: *Also okay; ich mache es.*

Beide gleichzeitig zu stillen, das war inzwischen schwerer, denn sie waren gewachsen; Brun hatte sich jedoch daran gewöhnt. Sie lehnte sich an den Baum und ließ die Gedanken treiben ... auf die eine oder andere Art würde sie in weniger als sieben Tagen nicht mehr hier sein. Vielleicht tot ... sie war nicht bereit, sich noch einmal lebendig gefangen nehmen zu lassen. Aber vielleicht ... irgendwo anders ... noch konnte sie sich kein rechtes Bild von dieser Möglichkeit machen. Ihre Imagination rief Bilder aus der Vergangenheit wach – Hügel, Täler, Wälder, Felder, Inselstrände, Felsvorsprünge. Der Shuttlehafen auf Rotterdam, dann das Shuttle, wie es über die Startbahn donnerte, wie es abhob, der Himmel dunkler wurde, immer dunkler, dann die Sterne ...

Sie schüttelte plötzlich den Kopf. Die Zwillinge hatten ihr die meiste Milch ausgesaugt; es wurde Zeit, ihr Gebräu auszuprobieren. Sie setzte ihm etwas Honig als Süßstoff zu und tröpfelte es ihnen in die Münder, während sie noch nuckelten. Rotschopf verzog das Gesicht und schnaubte, ehe er weitersaugte, aber der Dunkelhaarige unterbrach nicht mal seinen Rhythmus.

Brun hatte keine Ahnung, wie viel sie ihnen einflößen sollte. Heute jedenfalls nicht allzu viel; sie wollte nicht, dass jemand etwas bemerkte und sich um die Kinder sorgte. Schliefen Babys nach einem Löffel voll oder einem Becher ein? Sie wusste es nicht. Allmählich wurden die Nuckelbewegungen langsamer, und die Münder lösten sich von den Brüsten ... die Babys nahmen jedesmal ein Kilo zu, wenn sie schliefen, dachte sich Brun. Vorsichtig legte sie sie auf die kleinen Steppdecken. Wenn sie so schliefen ... konnte Brun sie beinahe ... aber nein. Jetzt nicht. Entschieden machte sie sich selbst klar, was sie bereits wusste: Man würde die beiden lieben und ihnen jede Möglichkeit eröffnen, die dieser Planet ihnen bot, denn es waren Jungen. Dass ihre Mutter ein fremdes, heidnisches Gräuel gewesen war, das würde sich nicht auf die Fürsorge auswirken, die man ihnen angedeihen ließ.

Sie würden auch so aussehen, so verletzlich, so schön, wenn sie sie am Markttag zurückließ, der auf den heiligen Tag folgte. Sie starrte sie aus schmalen Augen an. Sie konnte sie verlassen – sie *musste* sie verlassen – und sie würde sie verlassen.

Sie stemmte sich hoch, stand auf, machte das Kleid zu und streckte sich. Sie fand das Messer, das sie versteckt hatte, und drehte es in den Händen. Sie konnte jetzt aufbrechen ... nein! Besser, wenn sie sich an den Plan hielt, wie sie ihn ausgearbeitet hatte. Aber eines konnte sie tun, wenn sie ein Messer hielt. Sie starb vielleicht – wahrscheinlich sogar. Ihre Familie wusste womöglich nicht, wo sie steckte. Sie konnte jedoch einen Hinweis hinterlassen, den niemand vor dem Herbst finden würde, vielleicht selbst dann nicht.

Mit der scharfen Spitze des Schälmessers markierte sie den Baum, unter dem die Babys lagen, mit dünnen Markierungen, aus denen sich später deutlich erkennbare Narben entwickeln würden. Vielleicht. Es war ihr Name, jede einzelne Silbe davon.

Sie hätte gern mehr geschrieben. Sie wollte mit diesem Messer auf jeden Baum kritzeln, was die ganze Zeit unterdrückt worden war ... aber sie rief sich selbst zur Ordnung. Keine Schwäche mehr! Sie musste heute noch die Mauer testen, die eigene Kraft an deren Höhe messen. Sie wickelte ein Stück Garn um das Messer und hängte es sich um den Hals, holte dann die Stoffstreifen hervor, die sie angefertigt hatte, und band damit die Brüste flach. Wenn es Zeit für die Flucht wurde, wenn der richtige Zeitpunkt kam, dann würde sie sich die Brüste flachbinden, ehe sie das Kleid schloss ... aber heute diente es nur der Übung.

Nach einem letzten Blick auf die schlafenden Babys wandte sie sich ab und ging zur Mauer hinüber. Ein letzter Blick zurück, um sicherzustellen, dass man sie durch das dichte Laub nicht sehen konnte ... nein. Sie wandte sich erneut der Mauer zu und nahm ihren Mut zusammen. Es war die ruhigste Zeit des Tages, unmittelbar nach dem Mittagessen. Sie hatte eine gute Chance, dass sich derzeit niemand hinter der Mauer aufhielt. Falls dort jemand war ... falls er sie sah ... sie zögerte. Heute war es noch nicht so weit. Sie brauchte die Mauer heute nicht zu überwinden, und es wäre eine Katastrophe, wenn man sie unerwartet erwischte.

Sie blickte zu den Babys zurück. Sie schliefen weiter. Als sie sich wieder zur Mauer umdrehte, blickte ein Mann herüber. Brun erstarrte, bewegungslos vor Schreck.

Der Mann starrte sie an. »Brun?«, fragte er leise.

Ihr Herz machte einen Satz und hämmerte los. Jemand, der ihren Namen kannte – der ihren Namen *benutzte!* Es musste ein Rettungsversuch sein. Sie nickte, schwindelig vor Erleichterung.

»Können Sie herüberklettern?«

Sie nickte erneut, und ein Ballen aus braunem Stoff flog auf sie zu. Sie warf sich wütend zurück. Der Mann redete sie jedoch über die Mauer hinweg erneut an, drängend und kaum laut genug, um ihn zu verstehen. »Ziehen Sie das an. Decken Sie Kleid und Haar ab. Nur wenige haben hier derart helle Haare. Warten Sie dann, bis ich Sie rufe ... ich halte nach Fahrzeugen Ausschau. Bringen Sie nicht die Babys mit; man wird für sie sorgen.«

Die Babys! Sie hatte jedem nur ein paar Tropfen verabreicht – ob sie wohl lange genug schliefen? Sie zerrte den langen Rock bis zur Taille hoch, rannte zu ihnen hinüber, fummelte mit der Kanne herum und goss sich etwas von dem mit Honig gesüßten Gebräu auf die Handfläche. Ob sie davon tranken? Konnten sie es herunterschlucken? Tatsächlich öffneten die Kleinen für ihren Finger den Mund und nuckelten, und sie träufelte jedem mehr von dem Gebräu ein. Dann zog sie sich das neue Kleidungsstück über – ein mantelähnliches Ding mit Kapuze, zu warm für tagsüber – und lief zur Mauer zurück. Schon in diesen wenigen Augenblicken spürte sie, wie *schön* es war, an den Beinen unbehindert zu sein, nicht von dem engen Rock eingeschränkt zu werden. Während sie wartete, überlegte sie, wie sie dem Mann begreiflich machen konnte, dass sie Hazel und die kleinen Mädchen finden mussten. Sie konnte ohne sie nicht fortgehen; wenn sie schon den eigenen Kindern nicht die Schrecknisse dieses Planeten ersparen konnte, musste sie wenigstens Hazel und die Kleinen retten.

»Jetzt«, sagte er. Sie stand auf; sie überragte die Mauer und konnte sie mühelos überwinden. Die Mauerkrone war breit genug, um darauf zu liegen; sie wickelte den Mantel um sich und ließ sich herunterfallen; der Mann fing sie auf. »Sind die Babys dort drin?«, fragte er. »Wann werden sie losschreien?«

Wieso glaubte er, dass sie darauf eine Antwort wusste? Sie ahmte Trinken und Schlafen nach, und er nickte.

»Kommen Sie mit«, sagte er. »Wir müssen zum Wagen.« Er packte ihren Arm. »Senken Sie den Blick«, erinnerte er sie. Schäumend blickte Brun auf das unebene Pflaster und ließ sich von ihm führen. Sie wollte nicht auf der Straße mit ihm streiten, wo es jeder sehen konnte, aber sie musste ihn von ihren Absichten bezüglich Hazel überzeugen.

Er blieb neben einem Bodenfahrzeug stehen, das mit anderen in einer Reihe parkte. Er öffnete die Fahrertür, und schon sprangen die hinteren Türen auf. »Steigen Sie ein«, sagte er. Sie blickte ihm voll ins Gesicht und bildete mit den Lippen das Wort *Hazel.* Er wurde bleich. »*Senken* Sie den Blick! Steigen Sie *ein*!«, sagte er. »Ehe uns jemand bemerkt.«

Sie rutschte auf den Rücksitz, beugte sich vor und wartete auf ihn. Sobald er seine Tür geschlossen hatte, tippte sie ihm auf die Schulter. Er drehte sich um.

Hazel!

»Ich verstehe Sie nicht. Stimmt etwas nicht?«

Verdammter Idiot! Wie hatte Lady Cecelia nur verhindert, dass sie explodierte? Auf dem Platz neben dem Mann lagen eine Karte und ein Notizbuch mit Stift. Sie griff danach, schrieb in Großbuchstaben HAZEL HOLEN und setzte dann hinzu: HAUS RANGER BOWIE. Er las die Worte und wurde noch bleicher.

»Das geht nicht! Niemand kommt dort hinein! Verdammt, Frau, möchten Sie von diesem Planeten verschwinden oder nicht?«

Sie tippte erneut auf HAZEL HOLEN, blickte ihm finster ins Gesicht und versuchte, ihre Entschlossenheit auf gedanklichem Weg zu übermitteln.

»Wer zum Teufel ist überhaupt Hazel?«

Sie schrieb: MÄDCHEN VOM SCHIFF. AUCH SIE MITNEHMEN.

»Das kann ich nicht machen«, sagte er und startete den Wagen. »Lehnen Sie sich jetzt zurück, und ich bringe Sie zum vereinbarten ...« Die Trennscheibe zwischen ihnen stieg hoch; Brun warf sich nach vorn, legte ihr Gewicht darauf, und die Trennscheibe stockte, während ihr Mechanismus laut heulte. »Lehnen Sie sich *zurück,* Dummkopf!« Der Motor der Trennscheibe erzeugte ein knirschendes Geräusch und ging kaputt; die Trennscheibe sank wieder das kurze Stück zurück, das sie hochgefahren war. Brun kümmerte sich nicht darum und schlängelte sich über das Hindernis hinweg auf den Beifahrersitz. Hier waren die Fenster nicht mattiert. Der Mann lenkte den Wagen heftig aus der Parkbucht und beschleunigte. »Ihr Götter, Frau, falls man Sie hier vorne sieht ...«

Sie hielt den Zettel hoch: HAZEL HOLEN.

»Das kann ich nicht, sage ich Ihnen! Die fünf Ranger sind die mächtigsten Männer in der Stadt. Schon seit Mitch Pardue zum Ranger Bowie gewählt wurde, bemüht er sich um den Rang des Captains. Ich kann nicht einfach dort hineinplatzen und irgendein dummes Mädchen holen. Ich habe Sie; dafür habe ich auch den Vertrag gemacht.«

Brun warf einen Blick auf die Steuerung, auf seine

Bewegungen, wenn er abbog, bremste, erneut beschleunigte, eine weitere Abbiegung nahm. Ziemlich einfach. Nach der nächsten Abbiegung packte sie das Lenkrad und zerrte heftig daran. Er drehte es heftig wieder in Gegenrichtung und starrte Brun lange genug an, um beinahe ein anderes Fahrzeug zu rammen. »Verdammt, Frau! Kein Wunder, dass sie Ihnen die Stimme geraubt haben ... der Himmel allein weiß, was Sie sagen würden, wenn Sie könnten!«

Sie kritzelte rasch in das Notizbuch: HAZEL HOLEN. HEUTE MARKTTAG – DA GEHT SIE ZUM MARKT. MARKT UNWEIT VON HAUS RANGER BOWIE. Sie hielt ihm das vors Gesicht; der Wagen brach wieder aus; Brun senkte den Zettel, damit er ihn gleichzeitig lesen und darüber hinwegblicken konnte.

»Das geht nicht. Zu gefährlich. Ich habe schon alles geplant...«

Sie stach ihm heftig mit dem Finger ins Ohr und legte ihm die Klinge des Schälmessers auf den Oberschenkel, die Spitze dorthin gerichtet, wo er es nicht ignorieren konnte. Das Fahrzeug brach heftig aus, aber dann bekam er es wieder auf die richtige Straßenseite. »Sie sind verrückt; das sind Sie! Okay, wir fahren an Ranger Bowies Haus vorbei. Und dem verdammten Markt. Aber Sie müssen wieder auf die Rückbank steigen! Falls irgendjemand Sie sieht...« Er sah sie kurz an, und sie bleckte die Zähne. »Okay, habe ich gesagt! Ich mache es; wir fahren dort vorbei. Aber Sie bringen uns noch um Kopf und Kragen...«

Mit Bedacht manövrierte sich Brun wieder auf die Rückbank, wobei sie darauf achtete, genug Gewicht auf die Trennscheibe zu legen, damit sie nicht wieder hochsteigen konnte, falls die Steuerung nicht wirklich kaputtgegangen war. Sie hielt dem Mann das Messer ans Genick ... dort würde es nichts nützen, außer es erwies sich als kräftig genug, zwischen den Wirbeln hindurchzuschneiden, aber sie hielt es für zu eindeutig, es ihm an die Kehle zu halten.

»Man hatte mir gesagt, dass Sie wild wären, aber man hat mir nicht erklärt, dass Sie verrückt sind!«, schimpfte der Mann. Brun grinste. Sie hatten noch nicht gewusst, was man ihr angetan hatte, andernfalls hätten sie sich schon denken können, wie verrückt sie war.

»Dort ist das Haus von Ranger Bowie«, sagte der Mann schließlich. Brun starrte es unsicher an. Es war eines von fünf riesigen Häusern, rings um eine Piazza arrangiert ... in deren Zentrum ein riesiger fünfzackiger Stern mit Blumen und Gras umrissen war. Wirklich hübsch, falls man nicht gerade versuchte, von hier zu fliehen. »Ranger Houston, Ranger Crockett, Ranger Travis und Ranger Lamar. Ranger Travis ist derzeit Captain. Der dem Haus von Ranger Bowie nächstgelegene Markt liegt unten an dieser Straße dort ... die Tür für die weiblichen Dienstboten liegt gleich dort, sehen Sie?«

Brun entdeckte die im Schatten liegende Lücke in der langen Stuckwand. Als sie vorbeifuhren, sah sie die vom Bürgersteig zurückgesetzte Tür und die kleine Nische für den Türwächter. Sie fuhren an einer Seitenstraße vorbei und dann an einer weiteren. Weiter voraus an der Straße, auf der sie fuhren, blockierte hinter der nächsten Seitenstraße ein Seil den Verkehr.

»Das ist der Markt – Bodenfahrzeuge sind dort nicht zugelassen. Sie ebenfalls nicht. Jetzt, wo Sie gesehen haben, dass wir hier nichts ausrichten können, können wir ...«

Brun drückte ihm die Messerspitze direkt unters Ohr. Mit der anderen Hand tastete sie nach Stift und Notizbuch und schrieb in Druckbuchstaben: WENDEN SIE, SUCHEN SIE WEITER.

Auf der dritten Runde entdeckte Brun eine Frau, die auf das Haus von Ranger Bowie zuging, in jeder Hand einen Einkaufskorb; sie war noch einige Blocks von ihrem Ziel entfernt. Etwas an den raschen, kurzen, schleifenden Schritten erweckte Bruns Aufmerksamkeit. Sie tippte dem Fahrer auf die Schulter.

»Ist sie das?« Er lenkte den Wagen sachte näher heran.

Es war schwer zu sagen … der dunkle Kopf war gesenkt, der schlanke Körper schwebte auf diesen kurzen, schnellen Schritten dahin, wie sie durch das Kleid erzwungen wurden. Aber als der Wagen an ihr vorbeifuhr, erwischte Brun einen kurzen Eindruck von dem ernsten Gesicht und dieser eingezogenen Oberlippe. Sie klopfte dem Mann erneut und heftig auf den Arm.

»Ich werde das noch bereuen, das weiß ich.« Aber er lenkte den Wagen an den Bordstein und stieg aus.

»Du, Girlie.« Hazel blieb stehen, den Blick zu Boden gerichtet. »Bist du aus dem Haus von Ranger Bowie?« Sie nickte. »Ich habe dort zu tun. Steig hinten ein.« Er öffnete die hinteren Türen. Brun *spürte* Hazels Verwirrung richtig, ihre Unsicherheit, kurz vor der Panik. »Beeile dich«, sagte der Mann. »Ich möchte Mitch nicht erzählen müssen, du wärst faul.« Jetzt duckte sie sich in den Wagen, die Augen nach wie vor gesenkt. Dann erblickte sie Brun und machte große Augen. Brun lächelte. Der Fahrer stieg schimpfend wieder ein und versuchte die Trennscheibe hochzufahren, aber der Mechanismus gab nur ein schwaches Geräusch von sich, ohne dass sich die Barriere rührte. »Duckt euch«, sagte der Fahrer und beschleunigte rasch.

»Brun … was … wo …?« Hazels Stimme klang dünn wie Mottenflügel.

Brun bildete das Wort *Flucht* mit den Lippen, aber Hazel schüttelte den Kopf. Also ahmte Brun mit einer Hand eine Rakete nach und stieß sie schnell nach oben. Hazel starrte sie erst nur an und lächelte dann.

»Wirklich?« Hazel hüpfte vor Erregung auf dem Sitz, aber ihr Ton blieb leise. »Ich habe schon versucht, mir etwas zu überlegen … Ich hatte herausgefunden, wo du steckst und alles, und habe Simplicity so viel erklärt, wie ich konnte, ohne Probleme zu kriegen, und hoffte, sie würde dich sehen …«

Brun nickte. Sie deutete an, dass der Wagen sie zur Rakete brachte. Sie wusste nicht, ob der Plan so lautete – sie kannte ihn nach wie vor nicht –, aber sicherlich lief es letztlich darauf hinaus. Dann zeigte sie Hazel das Notizbuch und schrieb: KLEINE MÄDCHEN?

»Wir können sie nicht mitnehmen«, sagte Hazel.

DOCH.

»Nein, können wir nicht – ich bin schon vor Monaten zu dem Entschluss gekommen. Sie sind glücklich, sie sind in Sicherheit, und sie würden es ohnehin nicht schaffen.«

Brun starrte Hazel an. Dieses ... *Kind* hatte den Entschluss gefasst? Aber Hazels Miene blieb fest. Sie war nicht nur ein Kind.

»Es geht nun mal nicht«, sagte Hazel. »Allermindestens ...« Brun zuckte bei diesem örtlichen Ausdruck zusammen. »Zumindest wir«, korrigierte sich Hazel, »müssen es versuchen. Du auf jeden Fall. Und deine Babys?«

Brun zuckte die Achseln und schrieb: KANN SIE NICHT MITNEHMEN. ZU RISKANT. ZU KLEIN.

»Siehst du? Das Gleiche gilt für Brandy und Stassi. Wir können sie nicht mitnehmen.«

Der Fahrer meldete sich zu Wort. »Freut mich, dass wenigstens eine von euch Verstand hat. Okay ... wir haben nun ein kleines Problem. Ich hatte geplant, Brun als Mann auszugeben – habe Männerkleidung für sie mitgebracht; die Sachen liegen dort unter dem Sitz. Ich weiß allerdings nicht, was wir mit – Hazel machen sollen.«

Brun deutete Hazel per Zeichensprache einen Einkauf an und deutete mit dem Kopf auf den Fahrer. *Sag es ihm.* Hazel wirkte ängstlich, hatte die Lippen fest zugekniffen. Dann sagte sie mit hoher dünner Stimme: »Brun sagt, wir kaufen welche.«

»Wir kaufen welche! Wir kaufen welche, sagt sie. Und wie genau soll das gehen?«

Aber er stellte den Wagen ein paar Straßen weiter ab

und ging auf ein Geschäft an der Straße zu. Brun blickte forschend über die Trennwand hinweg und sah, wie er sich für eine blaue Hose, ein braunes Hemd und hohe Stiefel entschied, wie sie die meisten Männer trugen, sowie einen Hut. Er war in wenigen Minuten zurück, und als er den Wagen wieder startete, warf er die Kleider über die Trennwand.

»Zieht euch jetzt um, alle beide. Stopft eure alten Kleider unter den Sitz. Ich entsorge sie später. Ihr müsst euch auch die Haare schneiden, aber nicht hier – sie dürfen nicht im Wagen liegen bleiben. Ich habe Messer für euch beide besorgt.«

Während der Wagen rasch weiterfuhr, zunächst über die Straßen der Stadt und dann auf einer unebenen Piste hinaus aufs Land, mühten sich Brun und Hazel in dem beengten Raum auf dem Rücksatz, sich gegenseitig auszuweichen, die alten Kleider aus- und die neuen anzuziehen. Brun, die mehr auszuziehen hatte, zog sich zuerst um; Hazel half ihr dabei, die Brüste so flach festzubinden wie nur möglich. Dann war Hazel an der Reihe, und Brun riss einen Streifen vom Saum des Kleides ab, um auch Hazels Brüste flachzudrücken. Um die langen Hosen anzuziehen, während sie sich gleichzeitig geduckt hielten – außer Sicht für Menschen in anderen Fahrzeugen –, mussten sie sich jeweils auf der Rückbank ausstrecken und dabei gleichzeitig auf der Gefährtin liegen. Am schwierigsten war es, die Stiefel anzuziehen, steifes Leder über Füße zu ziehen, die mehr als ein Jahr lang nackt gewesen waren. All das wäre lustig gewesen, hätten sie nicht solche Angst gehabt, dass man sie einfing, und tatsächlich mussten sie doch kichern, als sie schließlich die verhassten Kleider unter den Sitz schoben. Brun fand bereits, dass sich das Unternehmen gelohnt hatte – seit ihrer Gefangennahme hatte sie nicht mehr gelacht, richtig gelacht, und obwohl sie keinen Laut hervorbrachte, entspannte sie sich dabei. Hazel steckte sich die Haare hoch und drückte sich den Hut auf den Kopf; Brun folgte ihrem Beispiel mit dem eigenen Hut.

Hazel sah, wie Brun fand, schon wieder richtig lebendig aus. Sie saß vornübergebeugt da; ihre Augen funkelten vor Erregung, und das Gesicht war nicht mehr hinter Haaren versteckt. Die Kleider saßen ein wenig locker, und die Hemdsärmel endeten ein kleines Stück über den Handgelenken, als wäre sie fast schon aus dem Kleidungsstück herausgewachsen. Hazel sah Brun lächelnd an und hob dann deren Hut hoch, um die Haare besser hineinzustopfen. Brun fand, dass die eigene Hose zu groß war und zu locker saß – aber alles war besser als dieser enge Rock.

Der Fahrer warf einen Blick nach hinten. »Unwahrscheinlich, dass man uns hier draußen sieht«, sagte er. »Ihr seht wirklich anders aus; das muss ich schon sagen. Ist es nicht peinlich, Männersachen zu tragen?«

Brun schüttelte den Kopf.

»Na ja, das ist auch gut so, denn die anderen werden nach zwei Frauen suchen, die jede ein Kleid trägt, nicht nach zwei Männern. Vergesst nicht, ihr müsst wie Männer gehen – große Schritte – und anderen Männern offen in die Augen blicken. Wir – sie – mögen kein ausweichendes Verhalten. Ich lasse euch gleich aussteigen, in etwa einer Meile ...« Wie weit das auch immer war; Brun war bislang aus Fuß und Zoll und Ellen nicht schlau geworden. »Und dann müsst ihr zu Fuß über diese Berge gehen ...« Er deutete voraus auf den Höhenzug. »Sobald ihr außer Sicht seid, müsst ihr euch die Haare *richtig* kurz schneiden, wie es keine Frau tun würde. Damit ihr auch den Hut absetzen könnt, ohne als Frau erkannt zu werden. Nehmt vor Frauen den Hut ab, obwohl sie euch eigentlich nicht anblicken dürfen – es gilt als höflich. Und Männer sehen euch sowieso.«

Er gab ihnen eine Karte, die sie zur nächsten Phase des Plans führen sollte, und dazu eine Feldflasche und ein Esspaket. Brun sah sich die Karte an und lächelte erleichtert. Jemand hatte sie in Standardmaßen markiert, nicht mit den idiotischen Meilen dieses Planeten.

Jemand hatte auch in einer Handschrift, die sie zu kennen glaubte, darauf notiert: *Brun – wir sind hier.*

Hinter einer Abbiegung führte ein Pfad in die Berge. Auf einem Wegweiser standen eine Reihe Namen, die Brun ignorierte. Nach ein paar wackeligen Schritten erinnerten sich ihre Beine wieder daran, wie man sich streckte, und sie fand allmählich ihr Gleichgewicht in den albernen Stiefeln. Hazel stolperte einmal und verzog das Gesicht, holte dann jedoch zu ihr auf.

Nach weniger als hundert Metern waren sie schon außer Sichtweite von der Straße und hatten dichtes Gestrüpp erreicht. Brun machte Scherenbewegungen neben dem Kopf, und Hazel nickte. Sie verschwanden vom Weg in die kopfhohen Büsche, um sich ein bisschen zu frisieren.

Mit Gesten machte Brun deutlich, dass sie die abgeschnittenen Haare unbedingt auffangen mussten. Sie hatte keine Ahnung, was sie damit anfangen sollte, aber sie hatte nicht vor, sie als leicht erkennbare Spuren zurückzulassen. Als die Haare fielen und der Wind über die Kopfhaut strich, hatte sie das Gefühl, dass sich auch das Gehirn abkühlte, und das, was sie im Entkommen-und-Ausweichen-Kurs bei der Flotte gelernt hatte, fiel ihr wieder ein. Sie verdrehte die abgeschnittenen Haarbüschel zu einem Ball der richtigen Größe, steckte ihn in einen der Ersatzsocken und stopfte sich diesen vorn in die Hose. Hazel glotzte sie an, musste dann aber ein Lachen ersticken, das halb aus Schrecken resultierte. Brun zuckte die Achseln und ging ein paar großspurige Schritte weit. *Wir sind Männer; wir müssen auch so tun.* Hazel hatte weniger Haare für ihr Imitat zur Verfügung, aber sie war ohnehin jünger. Und sie sah damit wirklich mehr nach einem Jungen aus.

Brun kämpfte sich in diesen albernen Stiefeln den Pfad hinauf ... barfuß hätte sie sich wohler gefühlt, aber Männer gingen nun einmal nicht barfuß. Dummes Volk, fand sie. Nur wirklich dumme Menschen verteilten Fußbekleidung nach Geschlecht statt nach praktischen Gesichtspunkten und entschieden sich zum Wandern für diese mörderischen Stiefel.

Hazel wollte sich unterhalten, aber Brun gab ihr mit einem Wink zu verstehen, dass sie den Mund halten sollte. Stimmen waren in der freien Natur weit zu hören, und Hazels weiche Stimme klang nicht sehr jungenhaft. Brun wusste nicht, ob Hazel eine Jungenstimme nachahmen konnte, und wollte sie auch gar nicht erst auf die Probe stellen.

Als sie dann Männerstimmen hörten, hatten sie ein paar Sekunden Vorwarnung. Brun zog Hazels Aufmerksamkeit auf sich, reckte das Kinn und ging weiter. Hinter der nächsten Biegung kamen ihnen zwei Männer entgegen, ganz ähnlich gekleidet wie Brun und Hazel, obwohl einer außerdem noch ein Bündel auf dem Rücken trug. Brun starrte den ersten Mann offen an, dann den zweiten und presste dabei die Lippen zusammen. Sie nickten ihr kurz zu und gingen weiter. Brun spürte, wie sie anfing zu zittern, und schritt kräftiger aus. Hazel packte sie am Arm und drückte fest. Brun nickte. Keine von ihnen blickte zurück, während sie sich weiter bergan mühten.

Sie hatten den ersten Kamm überwunden und waren auf halbem Weg den zweiten hinauf, als Bruns Brüste lospochten. Sie blickte zum Himmel hinauf. Verflixt! Die Zwillinge kamen inzwischen wohl langsam zu sich und wimmerten, selbst wenn noch niemand sie bis jetzt gefunden hatte.

»Was ist?«, fragte Hazel leise. Brun legte sich die Hände auf die Brüste und zuckte zusammen. Hazel fragte: »Sie schwellen?« Brun nickte. Von Minute zu Minute verstärkte sich das Pochen, bis sie das Gefühl hatte, es nicht mehr ertragen zu können ... aber ihre Füße taten fast ebenso weh.

Triff deine Wahl, dachte sie. Wenigstens bist du hier draußen. Und sie atmete die frische Bergluft so tief ein, wie sie nur konnte. Sie wollte lieber laufen, bis die Füße nur noch blutige Klumpen waren und die Brüste explodierten, ehe sie wieder in diesen elenden Kinderhort zurückkehrte.

»Vermisst du deine Babys?«, erkundigte sich Hazel.

Brun schüttelte heftig den Kopf. Hazel schien erschrocken; Brun bedauerte, dass sie so vehement reagiert hatte, aber ... sie empfand es nun mal so. Wären es die Kinder einer anderen Frau gewesen, hätte sie wohl eine Spur Zärtlichkeit für sie empfunden; sie hatte Babys schon immer gemocht, solange jemand anderes für sie sorgte. Aber sie mochte diese Kinder nicht. Entschlossen wandte sie sich wieder dem Weg zu und ging weiter.

Kurz vor Sonnenuntergang erreichten sie die auf Bruns Karte markierte Lichtung. Hier sollte jemand auf sie warten ... zumindest auf Brun. Wer immer es war, rechnete nicht mit Hazel.

Der Mann, der aus dem Schatten der Bäume hervortrat, hatte nicht nur nicht mit Hazel gerechnet; er wollte sie auch nicht mitnehmen. »Man hat mich nicht für zwei bezahlt«, sagte er grob. »Was versuchst du hier durchzuziehen, Missy?« Brun funkelte ihn an. Dann nahm sie Hazel das Notizbuch ab und schrieb: SIE KOMMT MIT.

»Man hat mich nicht ...«, legte der Mann erneut los. Brun gab das universelle Signal für Geld – und sah, dass er es erkannte, was erneut bewies, dass alle Menschen einen gemeinsamen Ursprung hatten, etwas, was sie während des zurückliegenden Jahres und der Monate zuvor bezweifelt hatte. Sie deutete zum Himmel hinauf und rieb dann wieder die Finger aneinander. Dort wartet Geld, falls du uns hinbringst. Der Mann spuckte aus.

»In Ordnung. Ich möchte aber keine Klagen hören, wenn es im Shuttle eng wird.«

Brun sah sich um. Stand hier ein Shuttle bereit? Das war kein Startplatz. Aber der Mann ging jetzt rasch am schattigen Rand der Lichtung entlang, und sie folgte ihm.

»Wir ham nochen weiten Weg, und ich schätze, ist'n Glücksfall, dass ich eins zusätzlich mitgebracht habe. Hoffentlich könnt ihr reiten.« Damit duckte er sich unter die Bäume, und Brun roch ... Pferde!

Unter solchen Umständen hatte sie eigentlich nicht geplant, wieder zu reiten. Sie hatte sich vorgestellt, wie sie auf einem der Jagdpferde ihres Vaters über die heimatlichen Felder galoppierte. Stattdessen musste sie nun die wunden Beine um den breiten Fassleib eines braunen Pferdes strecken, das im Charakter ganz einem Sofa entsprach, denn Hazel, die noch nie auf einem Pferd gesessen hatte, brauchte den Sattel. Der Mann schwor, dass er nicht auf nacktem Pferderücken reiten konnte – und falls er an diesen Lehnsessel von einem Sattel gewöhnt war, nahm das nicht Wunder. Wenigstens hatte Bruns Körper nicht den nötigen Gleichgewichtssinn verloren.

»Bei Gott, du *kannst* ja reiten!«, sagte der Mann, als sie neben ihm einfiel. Brun lächelte, wenn sie auch Gedanken hegte, die diesem Ausdruck gar nicht gerecht wurden, und der Mann blickte zu Hazel hinüber. »Das war es wohl«, meinte er. Brun folgte seinem Blick; Hazel schien entsetzt. Sie klammerte sich an den Sattelknauf, als könnte er sie festhalten, und versuchte das Pferd mit den Beinen zu erwürgen. Brun fing ihren Blick auf und deutete auf sich selbst: *Sitz aufrecht, Kopf hoch, halte die Beine locker.* Hazel streckte sich.

Sie ritten die Nacht hindurch und begegneten unterwegs niemandem. Brun verlagerte ihr Gewicht, als eine Körperstelle nach der anderen wund wurde. Sie hatte sich gewünscht, wieder eine Hose zu tragen, wieder zu reiten, aber das hier – sie dachte an das alte Sprichwort, dass man vorsichtig sein sollte mit dem, was man sich wünschte. Der Mann gab gelegentlich Erklärungen von sich: »Dort drüben steht Lems Hütte.« »Dieser Pass führt zu Smoky.«

Als das erste Licht den Baumwipfeln an den Hängen voraus Gestalt gab, wurde der Führer langsamer. »Nur noch ein kleines Stück«, sagte er. »Nur noch diesen Hang runter.« Am Fuß des Hangs kamen sie zwischen den Bäumen und Büschen hervor und erreichten eine ausgedehnte Graslandschaft, die an einem steilen Berg endete. Brun entdeckte nirgendwo etwas, was einem Shuttle ähnelte. War dies letztlich doch eine Falle? Der Mann führte sie jedoch um den Rand der Wiese herum, und ihr wurde klar, dass sie hier womöglich eine Startbahn aus Gras vor sich sah. Sie war länger, als es zunächst den Anschein gehabt hatte; als Brun zurückblickte, war das andere Ende von Bodennebel verhüllt. Als sie dem Berg näher kamen, wurde eine darin eingebaute Hangartür erkennbar. Das sah vielversprechend aus. Ein Stück weit unter den Bäumen entdeckte Brun eine Holzhütte mit Spitzdach; dahinter ragte ein größeres Holzhaus auf, eine Scheune; zwischen beiden lag eine Einfriedung aus abgeschälten Stämmen, in der zwei weitere Pferde und eine Kuh Heu mampften.

Der Mann führte sie zu einem Tor in der Einfriedung und schwang sich vom Pferd, als hätte er nur eine Stunde oder so geritten und nicht die ganze Nacht hindurch. Weder Brun noch Hazel konnten von selbst absteigen. Der Mann musste ihnen helfen, indem er teils schob, teils zog. Er schimpfte über sie. Brun wünschte sich, sie hätte zurückfluchen können. Sie hatte seit Jahren nicht mehr auf einem Pferd gesessen und in der Zwischenzeit Zwillinge geboren – was erwartete er eigentlich, nachdem sie die ganze Nacht lang ohne Sattel geritten war? Sie war überzeugt, sich die ganze Haut an Schenkeln und Hinterteil abgeschürft zu haben. Was Hazel anging, sie hatte noch nie zuvor auf einem Pferd gesessen; sie konnte sich glücklich schätzen, wenn sie in ein paar Stunden überhaupt wieder laufen konnte.

In der Hütte machte eine stämmige Frau für sie alle Frühstück. Sie schenkte ihnen keinen Blick und sagte kein Wort, aber stellte Teller vor sie hin und sorgte dafür, dass sie stets gefüllt blieben. Brun tobte innerlich, aber sie konnten nun mal nicht alle Frauen dieses Planeten mitnehmen. Ich komme zurück, schwor sie sich. Irgendwie ...

Nach dem Frühstück gelang es Brun, auf die Beine zu kommen; sie reichte Hazel die Hand. Draußen öffnete der Mann schon das Hangartor, und endlich sah Brun, was dort auf sie wartete. Ihr Lächeln wurde breiter. Es war ein kleines Mehrzweckshuttle der gleichen Art wie das, in dem Cecelia sie nach Rockhouse zurückgeschickt hatte. Notfalls konnte sie es selbst fliegen. Sie überlegte kurz, dem Mann eins überzuziehen und diese Idee in die Tat umzusetzen, aber sie hatte keine Ahnung, wie er der Verkehrsleitung auszuweichen gedachte – falls man hier so etwas wie eine Verkehrsleitung kannte. Was man hier allerdings kannte, das waren Kampfflugzeuge, und denen wollte Brun nicht begegnen.

Es erwies sich für sie als sehr umständlich, Hazel die schmale Leiter hinauf ins Shuttle zu helfen. Der Mann beschäftigte sich schon mit der Steuerung; er blickte böse herüber, als Brun nach vorn kam und auf dem zweiten Pilotensitz Platz nahm. »Fass nichts an!«, sagte er scharf. Brun sah ihm zu. Alles wirkte ganz ähnlich wie auf Coreys Schiff. Obwohl ihr die Maßeinheiten fremd waren, konnte sie den Zweck der meisten Instrumente erkennen. Der Mann arbeitete eine Checkliste der üblichen Art ab.

Die kleine Maschine holperte mit heulenden Motoren übers Flugfeld und gewann mit jedem Meter Geschwindigkeit. Aber konnte es reichen? Die Bäume am anderen Ende kamen zu schnell näher ... Brun erinnerte sich, auf Rotterdam noch viel schneller gewesen zu sein. Plötzlich stieg das Shuttle in die Luft, wie von einem Kran gehoben ...

»Kurzbahntauglich«, erklärte der Mann grinsend. »Hat dich überrascht, stimmts? Sie braucht ein Drittel weniger Startbahn und kann hundert Fuß hohe Hindernisse überwinden, wenn sie erst mal abhebt.«

Das Sonnenlicht strömte durch die Cockpitfenster herein; Brun starrte gierig auf die Steuereinrichtung. Geistig hatte sie die ganze Zeit nach etwas Wirklichem gehungert, nach etwas, was sie tun konnte. Sie warf einen Blick nach hinten, auf Hazel; das Mädchen lächelte und deutete auf die Instrumente. Ja – ein Raumfahrermädchen; natürlich hatte sie die gleiche Sehnsucht! Dann blickte Hazel jedoch hinaus und nach unten, auf das Schattengewebe der Berge und Täler, das unter ihnen zurückfiel. War das vielleicht gar ihr erster Planet? Daran hatte Brun noch gar nicht gedacht. Immer höher ... dort wand sich ein Fluss zwischen den Bergen hindurch, bedeckt von einer Schlange aus Bodennebel, die sich wie Wolle über den windseitigen Hang legte. Die Maschine stieg steil höher, und die Aussicht erweiterte sich mit jeder Minute. Dort drüben musste die Stadt liegen, aus der sie kamen, mitsamt ihrem Raumhafen ... ja! Die Stadt war klein, kleiner als Brun erwartet hatte, obwohl die Landebahnen des Raumhafens einem Dutzend Shuttlemaschinen Platz boten.

Im Funkgerät knisterte es; der Pilot sprach ins Mikro seines Headsets, aber der Lärm war so gewaltig, dass Brun ihn nicht verstand. Höher ... höher ... der Morgenhimmel, der sich in einem weichen, hellen Blau vor ihnen ausgebreitet hatte, wurde wieder dunkler. Das Instrument, bei dem es sich um den Höhenmesser handeln musste, hatte schon die Tausende und Zehntausende abgespult, aber Brun kannte die Maßeinheit nicht. Es ging jetzt auf sechzigtausend und irgendwas zu und darüber hinaus. Dann zog der Pilot den Bug noch höher und drückte einen Schalter an der linken Cockpitseite. Die Beschleunigung rammte Brun in den Sitz, während ein durchdringendes Tosen hinter ihr erwachte. Der Himmel wurde rasch dunkler und dann schwarz; Sterne tauchten auf.

Brun fiel ein sonnenbeleuchteter Kondensstreifen auf, der hinter ihnen emporstieg; der Pilot schrie etwas ins Headset. Der Kondensstreifen drehte ab. Der Pilot deutete durch die vordere Scheibe. Brun blickte suchend hin und her, wusste nicht recht, was er meinte, bis Hazel ihr auf den Arm tippte. »Auf halb zehn ... ihre Raumstation.« Dann entdeckte sie sie auch; die Station fuhr über eine funkelnde Fläche aus weißen Wolken über der Planetenwölbung darunter hinweg. Dort war Brun schon gewesen, im Inneren, ohne hinausblicken zu können ... und jetzt war sie hier draußen. Frei. Oder fast frei.

Der Mann reichte Brun ein Headset aus Kopfhörer und Mikro; sie setzte es auf. Jetzt verstand sie ihn. »Ich schalte von den Starttriebwerken auf systeminternen Antrieb um – wir sollen dort draußen jemanden treffen. Keine Ahnung, ob es ein militärisches oder ziviles Fahrzeug oder sonst was ist. Man hat mir Codewörter genannt, die ich durchgeben soll.«

Die Maschine schlingerte, als er von einem Antriebssystem auf das andere umschaltete. Dann sprang die künstliche Schwerkraft an, und Brun hätte jetzt genauso gut in einem Shuttlemodell auf der Oberfläche irgendeines Planeten sitzen können. Es war inzwischen auch ganz still, wie es sein sollte; nur das leise, trockene Rascheln der Ventilation war zu hören. Sie blickte nach hinten auf Hazel, die von einem Ohr zum anderen grinste. Also fand sie auch, dass alles okay war. Brun blickte zu den gleichmäßig leuchtenden Sternen hinaus ... aber sie erkannte keinerlei Konstellation. In welchem System war sie hier?

»Könnten genauso gut ein Nickerchen machen, wo die Kiste jetzt auf Autopilot steht«, sagte der Mann. Er schaltete die Instrumentenbänke aus, die für diese Antriebsform nicht gebraucht wurden, gähnte und hängte sein Headset an einen Haken. »Ich tue es jedenfalls.« Er schloss die Augen und sank auf dem Sitz zusammen.

Brun schob das Headset zum Hals herunter, folgte aber nicht seinem Beispiel. Zu viel stand auf dem Spiel.

»Ich bin echt müde«, flüsterte Hazel. »Und meine Beine ...«

Brun formte das Wort *schlafe* für sie und verfolgte mit, wie Hazel einnickte. Der Mann schnarchte inzwischen und erzeugte dabei Laute von einer Komplexität, die sie überzeugte, dass sie nicht vorgetäuscht waren. Sie streckte die Hand nach der Steuerung aus, und er rührte sich nicht.

So war sie nun unterwegs ... Sie fasste an ihre Messer und rief sich in Erinnerung, dass sie nicht bereit war, sich wieder gefangen nehmen zu lassen, falls irgendetwas schief ging. Und irgendwo dort draußen warteten Schiffe der Familias-Raumflotte auf sie. Sie war überzeugt, dass es die Flotte war; ihr Vater würde keinen geringeren Einsatz riskieren, wenn er es mit einem ganzen Planeten aufnahm. Sie hoffte, dass der Weg nicht zu weit war, und sie hoffte sehr, dass, egal welche Schiffe es waren, keines davon einen gewissen Lieutenant Esmay Suiza an Bord hatte. Brun war noch nicht so weit, sich zu allem Überfluss auch noch ihr zu stellen.

Eine Stunde verging, eine zweite, eine dritte. Brun konnte nicht anders und gähnte. Sie hätte ein Aufputschmittel eingenommen, wäre eines greifbar gewesen; sie machte sich selbst Vorwürfe, weil sie ein so umfangreiches Frühstück verzehrt hatte. Erneut musste sie gähnen ... Die Augenlider fielen ihr zu, und sie kämpfte darum, sie wieder aufzubekommen, nur um erneut gähnen zu müssen. Sie sah ihre Reisebegleiter an. Der Mann schnarchte jetzt nach einem anderen Muster, aber genauso laut wie zuvor. Hazel schlief adrett wie eine Katze, auf der Rückbank zusammengerollt. Brun versuchte es damit, sich zu zwicken, die Haltung zu wechseln, tief zu atmen ... aber in dieser gleichmäßigen, warmen Stille schaffte sie es einfach nicht mehr und schlief ein.

Kapitel zwanzig

Brun erwachte plötzlich mit dem Gefühl, dass irgendetwas überhaupt nicht in Ordnung war. Sie waren schwerelos ... aber sie waren vorher mit dem systeminternen Antrieb geflogen und mit eingeschalteter künstlicher Schwerkraft. Der Pilot war wach und veränderte Schalterstellungen an den Hauptarmaturen. Brun blickte zu Hazel hinüber, die ebenfalls wach war und mit dem Kopf nach unten über der Bank schwebte, auf der sie geschlafen hatte. Brun streckte die Hand aus, tätschelte Hazels Arm und deutete mit dem Kopf auf den Piloten.

»Was ist los?«, fragte Hazel mit vor Anspannung hoher Stimme.

»Ende der Fahnenstange, Mädels. Ich habe mit denen dort draußen gesprochen ...« Er deutete durchs Fenster, und Brun blickte hinaus und entdeckte eine dunkle Form vor dem Sternenmeer. Was das war oder wie weit entfernt es war, das konnte sie nicht erkennen, aber die Eiform deutete immerhin auf ein Kriegsschiff hin. Die Flotte? »Ich bekomme von ihnen mehr dafür, dass ich euch ausliefere, als von euch für die Flucht. Ein Gräuel war eine Sache – aber ich habe kein Geschäft über einen Flüchtling aus Ranger Bowies Haus abgeschlossen.«

Nicht die Raumflotte. Bruns Bauch verkrampfte sich. Der Pilot grinste süffisant und öffnete den Mund, um etwas ins Headset zu sprechen. Brun sprang von ihrem Sitz los, drehte sich im Flug und rammte ihm beide Stiefel seitlich an den Kopf. Hazel quietschte – kein anderes Wort passte für diesen kurzen, erschrockenen Laut; dann stieß sie sich jedoch von der Decke ab, legte den Arm um den Hals des Mannes und hielt ihn an die Sitzlehne gedrückt, während sich Brun aus dem Gewirr von Schnüren und Leitungen befreite, in die sie ihr Angriffsmanöver befördert hatte.

»Was soll ich machen, wenn er ...«, begann Hazel, da bäumte sich der Mann schon gegen ihren Griff auf, packte ihren Arm und versuchte sich zu befreien. Er war jedoch angeschnallt, und Brun hielt schon das Messer in der Hand und hatte seine Sitzlehne gepackt, um sich abzustützen; sie rammte ihm das Messer unter die Rippen und aufwärts, wie man es ihr beigebracht hatte. Er wand sich und zappelte noch einen Augenblick und sackte dann in sich zusammen – das lange Elefantenmesser war bis zum Herzen vorgedrungen. Brun starrte Hazel an, die weiß war vor Schreck.

Aber sie hatten keine Zeit, um erschrocken zu sein. Brun hakte die Füße unter dem Copilotensitz ein, öffnete den Sicherheitsgurt des Piloten, zog seine Leiche vom Sitz und schob sie nach hinten. Blutstropfen folgten ihr, schwebten in der Luft, lösten sich auf.

»Kannst du ... fliegen?«, fragte Hazel. Brun lächelte sie an, nickte und stieg auf den Sitz. Hazel kletterte über den Piloten hinweg, der noch ein wenig schnaubte, aber nicht mehr zu retten war, zog sich auf den Sitz des Copiloten und schnallte sich dort rasch an.

Brun suchte den systeminternen Antrieb ... wo fand sie den noch mal? Sie wollte nicht mitten auf das Kriegsschiff knallen. Sie gab Hazel einen Wink: Drehe die Maschine, damit wir in diese Richtung dort weisen, parallel zur Achse des Kriegsschiffes, in Richtung auf sein Heck, wie sie hoffte. Hazel griff an die Steuerung, und die Sterne kreisten wie verrückt. Brun kümmerte sich weder darum noch um ihre Ohren und entdeckte das eingelassene schwarze Quadrat, das der Startschalter für den systeminternen Antrieb sein musste. Sie drückte ihn. Nichts passierte. Was sonst ... Oh, ja! Die Sicherheitsfreigabe ... sie probierte es erneut in der richtigen Reihenfolge: Freigabe, Zündung, Triebwerk ein ... und der Ruck, der plötzlich durch den Staub im

Cockpit ging, verriet ihnen, dass das Triebwerk wieder lief. Jetzt zur künstlichen Schwerkraft ... da unten. Ein Zehntel ... der Staub setzte sich, und das Cockpit wirkte gleich sauberer. Hinter Brun plumpste die Leiche des Piloten auf den Boden. Ein rotes Tröpfchen trieb durch Bruns Blickfeld und legte sich auf ihr Hemd ... Blut. Das Blut des Piloten.

Sie hatte nie darüber nachgedacht, was geschehen wäre, hätte sie ihm in Schwerelosigkeit die Kehle durchgeschnitten. Sie wären in dem Zeug ertrunken, hätten die Steuerung nicht mehr gesehen ...

Vielleicht meldete sich ihre frühere Glückssträhne zurück. Verlassen wollte sie sich darauf jedoch nicht. Sie drehte den Systemantrieb langsam hoch. Falls sie den Piloten richtig eingeschätzt hatte, war er ein Schmuggler oder so was, und man konnte damit rechnen, dass sein persönliches Shuttle mit enormer Schubkraft ausgestattet war, bis an die Grenze der Rumpfstabilität und womöglich darüber hinaus. Sie entdeckte Beschleunigungs- und Geschwindigkeitsanzeige, aber das verdammte Ding zeigte »mph«* als Maßeinheit, was immer das war, und nicht Meter pro Sekunde. Immerhin – die Maschine war schnell und wurde noch schneller.

Hazel berührte sie am Arm. Sie hatte die Scannersteuerung gefunden. Zwei Bildschirme leuchteten auf: systemweiter und örtlicher Scan. Örtlich war das Problem, überlegte Brun. Das Kriegsschiff hinter ihnen leuchtete wie ein Weihnachtsbaum vor lauter aktiven Waffenscannern. Esmay zufolge waren jedoch alle Objekte von der Größe eines Shuttles nur schwer zu treffen ... vorausgesetzt, sie waren auch weit genug entfernt. Na ja, die Lösung dieses Problems bestand darin, sich weit genug zu entfernen – und das erforderte Geschwindigkeit. Brun drehte das Triebwerk noch

* Meilen pro Stunde. Anm. d. Übers.

höher. Die kleine Maschine vermittelte nach wie vor den Eindruck, stabil wie ein Felsen zu sein. Coreys Maschine war schneller gewesen – Brun gab erneut mehr Schub und ein weiteres Mal.

Hazel tippte ihr auf den Arm. Auf dem Systemscanner waren mehrere Schiffe mit Geschützmarkierungen versehen. Hinter dem Shuttle hatte das Kriegsschiff gewendet und verfolgte sie.

Die Chance war von Anfang an gering gewesen. Brun hatte das gewusst. Lieber starb sie hier draußen, als wieder dort unten zu leben. Sie hoffte, dass Hazel ähnlich empfand – sie betrachtete das Mädchen mit schrägem Kopf.

»Es wird knapp«, sagte Hazel. »Aber ich mag das.«

Na ja ... ob knapp oder nicht, das war die richtige Einstellung. Brun deutete auf die Triebwerkssteuerung und deutete an, sie bis an die Grenze zu bringen. Hazel blickte auf den Scanner und nickte. Ach zum Teufel, dachte Brun. Es kann nicht mehr schlimmer kommen. Sie rammte die Steuerung bis zum Anschlag. Der Triebwerkslärm stieg von einem tiefen Heulen zu einem hohen an, und das Shuttle vibrierte auf ganzer Länge.

Und hinter ihnen zerriss eine Explosion das Muster auf dem Scannerbild. Hätte Brun jetzt nicht beschleunigt...

»Wir könnten doch springen, oder?«, fragte Hazel. »Diese Shuttles sind sprungtauglich.«

Sie konnten springen, aber wohin? Angeblich wartete ein Schiff der Familias-Flotte im System darauf, sie an Bord zu nehmen. Wenn sie es doch nur finden könnte...

Eine weitere Explosion; das kleine Schiff bebte, als Fragmente auf seine minimalen Schutzschirme einprasselten.

»Noch eins!«, rief Hazel und zeigte darauf. Brun warf einen Blick auf den Scanner – und entdeckte ein weiteres Kriegsschiff mit erleuchteten Geschützen. Unmöglich, es hier hindurch zu schaffen – da konnte sie genauso gut springen und die Lage später klären, falls das möglich war. Sie fand die Sprungsteuerung und machte sich daran, die Checkliste abzuarbeiten ... lasse niemals die Checks aus, hatte Oblo ihr erklärt, denn eine technische Störung kann dich genauso umbringen wie ein Feind.

Navigationscomputer an; Zielsprungpunkt auswählen; Eintrittsgeschwindigkeit ... nicht gut, aber sie wagte es nicht abzubremsen. Ihre Finger flogen über die Steuerung, aber sie ließ nichts aus. Als sie bereit war, tippte sie Hazel auf die Schulter und deutete auf die Taste, die den Sprungvorgang auslöste. Hazel nickte, und Brun drückte die Taste.

Nichts geschah. Brun drückte erneut – manche dieser Tasten fraßen sich fest, wenn sie nicht regelmäßig bedient wurden.

»Sie fragt nach einem Bestätigungscode«, sagte Hazel, stupste Brun an und zeigte darauf. Auf einer Seitenfläche war ein kleines Display mit den Worten aufgeleuchtet: VOR SPRUNGEINLEITUNG STIMMPROBE ERFORDERLICH.

Brun zischte. Das, was sie auf keinen Fall hinbekamen, war so etwas wie die Stimme des Piloten zu erzeugen, inklusive der Codewörter, die er benutzt hatte. Sie rammte mit der Faust erneut auf den nutzlosen Schalter und wandte die Aufmerksamkeit auf das, was sie tun *konnte.*

Diesem Sonnensystem mangelte es beklagenswert an brauchbaren Felsbrocken, zumindest in der Nähe dieses Planeten. Keine Monde, auf denen sie hätte landen können – und sie hätte eine Menge für einen kleinen Mond mit Höhlen gegeben, um sich darin zu verstecken. Also – nutzen Sie das Gelände, das Sie haben, hatte es seitens ihrer Ausbilder geheißen. Gelände fand man allerdings im Weltraum nicht. Falls es ihr gelang, zum Planeten zurückzukehren, könnten sie sich dort in der Wildnis verstecken ... oder beim Versuch zu landen gefangen genommen werden. Das wäre schlimmer als der Tod; eher grub sie sich mit dieser Kiste in den Boden! Sie blickte kurz zu Hazel hinüber. Das Mädchen war blass, aber ruhig, und wartete darauf, dass Brun etwas unternahm.

Brun sah sich im Cockpit um. Irgendwo musste der Pilot Karten vom umgebenden Raum aufbewahrt haben – schließlich waren sie nicht mit irgendetwas von dem zusammengestoßen, was man hier oben finden musste, den diversen Satelliten und Raumstationen. Sie entdeckte keine Karten, wohl aber ein Notizpad. Sie kritzelte *Karten der Umgebung* darauf und reichte es Hazel. Hazel sagte: »Wir kehren doch nicht um, oder?«

Nicht ganz, dachte Brun und bildete das Wort *verstecken* mit den Lippen. Hazel schien es zu verstehen und nickte.

Sobald sie unter die Höchstgeschwindigkeit zurückgefallen war, erwies sich die kleine Maschine als erstaunlich manövrierfähig. Brun behielt die Scanner im Auge, während sie enge Kurven flog; dabei orientierte sie sich an einer zufälligen Zahlenreihe, die sie sich einmal nur so aus Spaß eingeprägt hatte. Das andere Auge ruhte auf der Treibstoffanzeige – die raschen Manöver verbrauchten den Treibstoff alarmierend schnell.

»Örtliche Navkarten kommen auf den Bildschirm«, meldete Hazel. Brun warf einen Blick darauf. Kleine Satelliten, große Satelliten, Raumstationen – sie hatte gar nicht gewusst, dass man über diesem Planeten mehr als eine Station fand – und eine große Zahl nicht kategorisierter Objekte. Die meisten trieben auf mehr oder weniger äquatorialen Umlaufbahnen, einige jedoch auf polaren Orbits. In der Größe reichten sie von bleistiftgroßen Stücken bis zu Raumstationen mit einem Kilometer Durchmesser. Brun brauchte etwas, das groß genug war – eine Orbitalstation wäre ideal gewesen, aber so was gab es hier natürlich nicht.

Hazel beugte sich an ihr vorbei und tippte auf etwas. Brun sah erneut hin. Das Objekt war lang und dünn, viel größer als das Shuttle und auf der Karte mit einem großen roten X markiert. Das Shuttle erzitterte, als ein Beinahetreffer an den Schilden rüttelte. Was immer das für ein Objekt war, es musste reichen. Brun nickte Hazel zu und deutete auf den Navcomputer. Sie konnte nicht im Kopf einen Kurs ausrechnen und gleichzeitig feindlichem Beschuss ausweichen. Einen oder zwei Augenblicke später erschien die Kursberechnung auf dem Navmonitor, zusammen mit einer Schätzung des Treibstoffverbrauchs. Sehr knapp ... sie mussten Treibstoff investieren, um abzubremsen, und einen viel längeren Anflug in Spiralen rings um den Planeten machen, als Brun lieb war, während andere Schiffe auf sie feuerten.

Und falls sie wirklich Glück hatten, stießen die beiden feindlichen Schiffe zusammen und beseitigten dieses Problem.

Während das Shuttle den Bogen zurück Richtung Planet nahm, rechnete Brun ständig mit dem hellen Blitz, der das Letzte sein würde, was sie jemals sah. Die beiden feindlichen Schiffe folgten ihr, auf jeder Seite eines, aber keines davon so nahe wie vorher. Die Schubphase nach draußen hatte Stunden gedauert ... wie lange würde nun der Rückweg dauern, mit aller Energie, die sie nur einzusetzen wagte? Wie viel von dem Flug nach draußen war ohne Antrieb erfolgt? Wie lange hatte sie geschlafen, ehe sie in Schwerelosigkeit zu sich gekommen war? Sie wusste es nicht; sie hatte nicht genug Zeit, um darüber nachzudenken, sondern nur dafür, die Scanner und den Navigationsbildschirm im Auge zu behalten und ihr Bestes zu tun, um Treibstoff zu sparen.

»Einer ist draußen«, sagte Hazel auf einmal. Brun nickte. Einer der Verfolger hatte eine Beschleunigungsphase falsch berechnet und war jetzt hinter dem Planeten außer Sicht. Der andere, der weiter zurücklag, war wahrscheinlich außer Raketenreichweite – zumindest war seit einiger Zeit nun nichts mehr irgendwo in der

Nähe des Shuttles explodiert. Die übrigen rot markierten Icons, die Brun sehen konnte, waren noch weiter entfernt und schienen sie nicht zu verfolgen. Noch nicht. Brun hätte jetzt Koutsoudas' verstärkte Scanner gut gebrauchen können; sie wusste nicht mal, wie groß diese Fahrzeuge da draußen waren. Sogar gewöhnliche Flottenscanner aus den Familias hätten ihr diese Information geliefert und obendrein jedes Flottenschiff im System gezeigt.

Sie konnten es tatsächlich schaffen. Sie blickte erneut auf die Treibstoffanzeige. Genug, um abzubremsen, sich der Geschwindigkeit des Zielobjekts anzugleichen ... und es reichte auch noch für diesen zusätzlichen kleinen Spielraum, der ihr die Chance zu einem letzten stürmischen Glücksspiel gab. Sie schaltete für den Anflug den Autopiloten und den Navcomputer zusammen, schenkte dem Universum genug Vertrauen, um sich diesen Augenblick Zeit zu nehmen und sich zu strecken, ehe sie an einem unbewohnten, verlassenen Objekt anzudocken versuchte.

* * *

Das kleine Shuttle lag an die Station angeschmiegt, durch einen Flügel der Station gegen jede Ortung aus verschiedenen Richtungen abgeschirmt. Brun hoffte, dass auch die Wärmesignatur des Shuttles abgeschirmt wurde, vertraute aber nicht darauf. Man konnte sie vom Boden aus ebenso orten wie aus dem Weltraum. Brun sah sich um. Der tote Pilot wurde von einem der Luftzüge der Ventilation an den schmutzigen Kunststoff des Schotts gedrückt.

Sie brauchten Raumanzüge. Obwohl Brun eigentlich nicht nackt war, spürte sie das hungrige Vakuum da draußen ... die Kleider schützten sie nicht davor. Sie mussten aus dem Shuttle und an Bord von etwas kommen, was größer war und einen größeren Luftvorrat hatte.

Sie brauchten ein Wunder.

Bewirke deine eigenen Wunder, hatte Oblo sie gelehrt. Die Ausbilder im Fach Entkommen und Ausweichen hatten ins gleiche Horn gestoßen.

Brun entdeckte etwas, was womöglich ein Schrank für Raumanzüge war, und gab Hazel den Hinweis. Und klar doch, sie fand darin einen verschmierten gelben Druckanzug, der locker groß genug war für jede von ihnen. Allerdings nur einen Anzug, nicht zwei. Hazel wusste eindeutig, wie man einen Raumanzug testete; sie führte die kleine Düse des Testgeräts an jeder Naht entlang. Brun wartete, bis Hazel alles kontrolliert hatte, einschließlich der Lufttanks.

»Er ist okay«, stellte sie fest. »Beide Tanks sind voll – das reicht für sechs Stunden, falls ich die Beschriftung richtig verstehe.«

Sechs Stunden für eine Person. Konnten die Flottenschiffe von ihren gegenwärtigen Positionen aus in sechs Stunden hier sein? Unwahrscheinlich. Der Luftvorrat des Shuttles war viel größer – er reichte für vier oder fünf Tage –, aber falls die Kriegsschiffe das Shuttle fanden, waren sie beide viel früher tot.

Priorität eins: Einen weiteren Raumanzug finden.

Priorität zwei: Einen Luftvorrat finden.

»Waffen wären auch nicht schlecht«, sagte Hazel und überraschte Brun erneut. Das Mädchen wirkte so sanftmütig, so süß ... dachte sie wirklich daran ...? Nach ihrem Gesicht zu urteilen, tat sie es.

Nachdem sie den Helm aufgesetzt hatte, kontrollierte Hazel ihr Funkgerät. Sie hatten beschlossen, dass sie es nur benutzen sollte, um Brun zu informieren, wann sie den Rückweg antrat. Nicht nötig, dem ganzen Planeten zu erklären, wo sie beide steckten, falls man sie nicht schon ausfindig gemacht hatte.

Während Hazel unterwegs war, nutzte Brun die Gelegenheit, den toten Piloten zu durchsuchen. Wie alle Männer hier hatte er ein kleines Arsenal eingesteckt: ein Messer am Gürtel, ein weiteres im Stiefel, ein drittes im Ärmel, dazu eine Geschosspistole, die das Schott durchschlagen konnte – was hatte er denn damit an Bord eines Schiffes gewollt? –, eine Nadelpistole im anderen Stiefel und zwei kleine Strahlenwaffen, eine weiter oben im anderen Ärmel und eine am Rücken im Gürtel.

Hazel meldete über Kom: »Ich bringe Anzüge.« Anzüge? Wieso im Plural? Brun zischte das zweisilbige Signal hervor, dass sie sich als Bestätigung ausgedacht hatten. »Probleme ...« Zur Hölle mit diesem Mädchen; wieso sagte sie nicht entweder mehr oder gar nichts?

Ziemlich schnell – schneller, als Brun erwartet hatte – hörte sie den Warnton der Luftschleuse und dann die gedämpften Laute von Hazel, die den Luftaustauschzyklus durchlief. Ein leerer Raumanzug kam als Erstes zum Vorschein und verstreute Staub von seiner türkisfarbenen Oberfläche. Türkis? Brun drehte ihn um und entdeckte am Rücken ein Etikett – BlueSky Biodesigns – sowie eine Codenummer, aus deren Bedeutung sie nicht schlau wurde. Als Nächstes tauchte Hazel im schmutzigen gelben Druckanzug des Piloten auf und schleppte ein weiteres Türkismodell hinter sich her. Schließlich folgten zwei Ersatztanks, die am zweiten Anzug festgebunden waren. Als alles durch die Luke war, griff Brun an Hazel vorbei und verriegelte die Innenluke, während Hazel den Helmverschluss öffnete.

»Brun – da drin ist es wirklich komisch! Ich habe sofort einen Anzugschrank gefunden, aber der Schrank daneben war leer. Ich musste also weiter suchen. Und ich habe noch nie so eine Station gesehen ...«

Brun klopfte ihr auf die Schulter, und Hazel brach ab. Brun schrieb: LABOR. GENTECHNIK.

»Oh! Das könnte die kaputten Sachen erklären. Aber hör mal, Brun, das Komischste überhaupt ... Erinnerst du dich? Dieser Raumanzug hier ist für Männer zugeschnitten. Alle Raumanzüge in den Schränken der Station – jedenfalls denen, in die ich geschaut habe – sind für Frauen zugeschnitten. Deshalb habe ich auch zwei mitgebracht. Das wird viel bequemer sein ... und soweit ich feststellen kann, sin' diese Anzüge mit allen Funktionen ausgestattet, die wir brauchen. Und ich habe Frauenkleider gefunden, die in der Gegend rumliegen, weiche Schiffsanzüge. Besser als diese groben Dinger, falls deine Beine auch so wund sin' wie meine.«

Brun war es zuwider, wenn Hazel in der Eile in den Akzent der Einheimischen fiel. Aber das Mädchen hatte Recht. Hazel war schon dabei, den Raumanzug des Piloten auszuziehen und mit der Geschicklichkeit langer Übung zu verstauen. Sie schwankte kaum, während sie sich mal mit der einen, mal mit der anderen Hand abstützte. Brun öffnete den ersten Türkisanzug und entdeckte darin die Kleider – Hose und Oberteil weich und flauschig, in Farben gehalten, die Brun viel zu lange nicht mehr gesehen hatte: leuchtende, klare, künstliche Farben. Und die wunderbare Hazel hatte eine ganze Sammlung in verschiedenen Größen und Farben mitgebracht.

»Du bist so viel größer als ich«, sagte Hazel. »Ich hoffe, dass ich Sachen mitgebracht habe, die groß genug sind ...«

Brun nickte. Sie sah zu, wie sich Hazel aus ihren Sachen zu schlängeln versuchte und darum kämpfte, sich die weicheren überzuziehen. Sie entschied sich für dunkles Grün; das Top wies ein gesticktes Muster aus Blumen und Wirbeln auf. Brun hatte eine schwarze Hose gefunden, die länger schien als die restlichen Hosen, und ein cremefarbenes Hemd mit mehr Oberweite – sogar im flach gebundenen Zustand waren die von der Milch geschwollenen Brüste größer als früher.

»Sollen wir die Shuttletoilette benutzen, ehe wir uns anziehen?«, fragte Hazel.

Brun schüttelte den Kopf. Sie würden noch jeden wiederaufbereiteten Rest Luft und Wasser benötigen. Sie versuchte, sich von der Hose zu befreien, und stellte fest, dass sie einfach zu steif war; es tat zu weh. Hazel half ihr; Brun packte eine Haltestange und knirschte mit den Zähnen, als Hazel Anstalten traf, ihr die steife Hose herunterzuziehen.

»Stammt dieses Blut vom Piloten oder von dir?«, wollte Hazel wissen.

Brun schüttelte den Kopf, zuckte die Achseln und nickte dann. Es kam nicht darauf an – die Hose musste herunter. Hazel schaffte es schließlich und brummte:

»Du bist ganz wund … vom Reiten, hoffe ich. Ich wusste gar nicht, dass es ohne Sattel so viel schlimmer ist, oder ich hätte mich mit dir abgewechselt…« Das hätte sie gar nicht tun können, aber Brun wusste das Angebot zu schätzen, obwohl ihr Atem zischend durch die Zähne ging.

»Wir müssen dort etwas auftragen«, sagte Hazel schließlich. Die kalte Luft biss in die wunden Stellen, und Brun schauderte es bei der Vorstellung, dass sie dort irgendeine Berührung hatte. »Ich sehe mal, was wir haben.« Einige Augenblicke lang blieb es still; Brun hielt die Augen geschlossen und bemühte sich, den Atem zu beruhigen. Es war nicht so schlimm wie eine Vergewaltigung; es war nicht so schlimm wie eine Schwangerschaft; es war nicht annähernd so schlimm wie zu gebären. Das alles hatte sie überlebt; das hier war nur … lästig. Sie öffnete die Augen und lächelte Hazel an, die sie besorgt musterte. »Ich habe eine Meditasche gefunden und sie in den anderen Raumanzug gewickelt«, sagte Hazel. »Eine von diesen Notfalltaschen, die man immer in der Nähe von Raumanzugschränken findet.« Brun nickte und löste eine Hand, um ihr mit einem Wink zu bedeuten, dass sie anfangen sollte.

Als das schmerzstillende Spray zubiss, hätte sie geschrien, falls ihr das noch möglich gewesen wäre, aber erstaunlicherweise ließ der Schmerz anschließend fast sofort nach. Sie hatte schon vergessen, wie schnell gute Medikamente wirkten. Hazel sprühte noch ein Antibiotikum und ein Hautabdichtungsmittel auf. Brun löste die Hände von der Haltestange und schaffte es, die weiche schwarze Hose aufzuheben, für die sie sich entschieden hatte, und sie selbstständig anzuziehen.

Dann hieß es, in die Raumanzüge zu steigen. Die Anschlüsse der Sanitäranlagen funktionierten alle korrekt, ebenso die Instrumente. Brun schnupperte in der Luft, die aus den Nasenfiltern stammte – keine Verunreinigung, die sie hätte riechen können, und laut dem Anzugcheck, den das Schiff durchführte, war alles okay. Sie füllten die Wassertanks der Anzüge aus dem Schiffsvorrat. Brun faltete einen weiteren Bordanzug zusammen, um ihn als Polsterung für das Rückenteil des Raumanzugs zu benutzen, und Hazel folgte ihrem Beispiel. Dann packten sie alle Lebensmittel zusammen, die sie im Shuttle fanden, und stopften sie in die Außentaschen der Raumanzüge.

All das hatte schließlich mehr Zeit in Anspruch genommen, als Brun gehofft hatte, aber den Shuttle-Scannern zufolge hatte noch kein aktives Scannersignal die Maschine erreicht. Jetzt stellte sie den Autopiloten auf etwas ein, wovon sie hoffte, dass es sich als wirkungsvolles Ablenkungsmanöver erwies. Im Idealfall hätten sie sich von der Raumstation aus in die Shuttle-Scanner einschalten und die Maschine mit der Fernsteuerung lenken können. Brun hatte es jedoch schon lange aufgegeben, auf ideale Bedingungen zu warten. Sie stellte eine verzögerte Startzeit ein, damit sie Gelegenheit fanden, erst die Station zu erreichen. Hazel hatte die Außenluke offen stehen lassen und sie mit einem Lufttank blockiert – nur für den Fall, dass irgendwelche übereifrigen Reste einer alten Programmierung noch funktionierten und die Luke zu schließen versuchten ... Aber so brauchten sie sich um ihre Zugangsmöglichkeit nicht zu sorgen.

In Anbetracht der geringen Treibstoffmenge an Bord konnte Brun keinen sehr komplizierten Kurs programmieren, und sie musste davon ausgehen, dass planetare Radarstellungen ihren Aufenthaltsort ohnehin schon bestimmt hatten. Wahrscheinlich näherte sich bereits in diesem Augenblick eines der Kriegsschiffe, um sie wieder einzufangen. Um die maximale Beschleunigung zu erreichen, entschied Brun, die Start- und Systemtriebwerke gleichzeitig zu fahren ... etwas, was kein erfahrener Pilot normalerweise tat, aber es war nun mal die einzige Möglichkeit, das Shuttle auf schnellstem Weg weit weg zu befördern.

Als sie fertig war, nickte sie Hazel zu, und beide schlossen die Raumanzüge. Die Pläne waren geschmiedet und alles war gesagt, was gesagt werden musste, bis sie die Station erreicht hatten. Sie zwängten sich in die winzige Luftschleuse und durchliefen den Austauschzyklus.

Draußen empfing sie ein Durcheinander aus hell erleuchteten und völlig dunklen Zonen; Brun folgte Hazel am Shuttlerumpf entlang zum Stationsflügel. Von hier aus sah sie, dass eine Andockbucht für Shuttles vorhanden war; hätte sie das gewusst, dann könnten sie schon seit Stunden sicher auf der Station sein, denn das Dock sah ganz danach aus, als wären die Fahrgastschläuche immer noch ausgefahren. Aber dafür blieb jetzt keine Zeit. Hazel führte sie von einem Haltegriff zum Nächsten, zur Notschleuse hinüber.

Sie hatte die Schleusenluke fast schon erreicht, als der Haltegriff, den sie gerade gepackt hielt, erst ruckte und dann kräftig vibrierte. Brun drehte sich um. Der Doppelantrieb des Shuttles war angesprungen, und das kleine Schiff entfernte sich von der Station. Die ausgestoßene Reaktionsmasse des Starttriebwerks leuchtete in der Dunkelheit. Die Maschine wurde immer schneller und zog ihre Bahn hinaus ins Sonnenlicht, wo sie wie eine leuchtende Nadel schimmerte.

Ob die Verfolger ihr dieses Manöver abkauften? Der Kurs, den sie berechnet hatte, wäre selbst für einen erfahrenen Piloten eine riskante Angelegenheit gewesen, die extreme Manöver für den Bremsschub und den Eintritt in die Atmosphäre erforderte – aber er war der direkte Weg zurück auf den Boden des Planeten, falls es einem nichts ausmachte, unterwegs in Brand zu geraten. Hier gab es jedoch keine weiblichen Piloten; ungeachtet dessen, was die Verfolger über Bruns Herkunft wussten, hielten sie sie – was sie hoffte – vielleicht für eine in Panik geratene Frau, die keine Ahnung von Orbitalmechanik hatte, die schnurstracks in Deckung strebte.

Sie war nicht umsonst mit Fuchsjagden aufgewachsen.

Sie drehte sich erneut um, ob sie wohl eines der Kriegsschiffe sehen konnte. Dort möglicherweise – eine dunkle Form, die einen Teil des Sternenhimmels abdeckte. Und darunter die eher spitze Form eines anderen Shuttles vor dem Wolkenfeld des Planeten.

Sie spürte, wie sich ihre Lippen zu einem humorlosen Lächeln dehnten. Sie kamen, um sie einzufangen, nicht wahr? Sie würden ganz schön überrascht sein ...

RSS Shrike

Eine Einsatzgruppe in ein Sonnensystem mit nur einem einzigen kartographierten Sprungpunkt zu schicken, das hatte viel heikle Navigation erfordert, besonders da man nur wenige Details der Systemverteidigung kannte. Als Erster Offizier der *Shrike* hatte Esmay jeden einzelnen der kurzen Überlichthüpfer ein ums andere Mal nachgerechnet, jede einzelne dieser Etappen, die sie vom Sprungpunkt eines nahe gelegenen Systems hierher geführt hatten – nahe gelegen zumindest in stellaren Begriffen. Das war jedoch eine schwierige Zeit gewesen; für manche Sprünge hatten sie Fluxstärken benötigt, die weit über dem empfohlenen Niveau lagen. Nachdem sie das System erst mal erreicht hatten, waren sie mit Mikrosprüngen bei geringer relativer Eintrittsgeschwindigkeit tiefer eingedrungen – anscheinend, ohne dass sie entdeckt wurden –, bis sie eine Position erreicht hatten, um die Flucht zu beobachten.

Seit Tagen hingen sie nun unbemerkt ein gutes Stück über der Ekliptik und überwachten den ganzen Funkverkehr des Planeten. Weit draußen wartete die restliche Einsatzgruppe darauf, dass eine Notlage ihr Eingreifen erforderlich machte, und erkaufte sich das sichere Versteck mit stundenlanger Scannerverzögerung. Die *Shrike* hatte mehrere Spezialisten an Bord genommen, die laut Admiral Serrano ihre Chancen verbesserten, falls irgendwas schief ging. Zu diesen Spezialisten gehörten Koutsoudas an den Scannern sowie die Warrant Officers Oblo Vissisuan und Methlin Meharry; alle drei hatten früher schon mit Brun zusammengearbeitet. Esmay verfolgte mit, wie Koutsoudas' verstärkte Scanner arbeiteten, und half dabei, alles zu kartographieren, was sie an Signalen hereinholten.

Zurzeit bestand die feindliche Kriegsflotte im Sonnensystem aus vier leichten Fahrzeugen, die eine klassische Vierecksformation rings um den Planeten bildeten, etwa eine halbe Lichtsekunde weit draußen. Ein fünftes leichtes Fahrzeug lag an der Orbitalstation im Dock. Drei dieser Schiffe gehörten zur Klasse der Geleitfahrzeuge, zwei waren Patrouillenschiffe. Drei Lichtminuten weiter draußen schien etwas von der Masse eines halben Kreuzers die Idee des Feindes von einer vorgeschobenen Verteidigung darzustellen. Alle diese Schiffe hatten die Waffensysteme unter Energie stehen, eine Sorglosigkeit, die es Koutsoudas erleichterte, sie zu analysieren.

Die Nachrichten von der Befreiung waren widersprüchlich. Der Guernesi-Agent vor Ort hatte auf der vereinbarten Frequenz ein Signal übermittelt, aber mit der Pluralform »Kühe« anstatt »Kuh« und mit Hinweis auf einen Preisanstieg. Es hatte nicht zum Plan gehört, die Babys mitzunehmen ... was konnte der Plural also bedeuten? War Brun in Begleitung einer anderen Frau? Das könnte sich als katastrophal erweisen; die Verfolger konnten so rascher aufholen, oder die andere Frau leistete Widerstand. Esmay fragte sich, ob es sich bei dieser zweiten Person womöglich um das ältere Mädchen von dem Kauffahrer handelte.

Während Koutsoudas sich die Funksprüche anhörte, fing er etwas darüber auf, dass »Ranger Bowies Geduld« sich verflüchtigt hätte und eine Suche nach dem »Gräuel« in Gang wäre.

»Sie wissen, dass sie geflüchtet ist – ich hoffe, sie ist gut weggekommen.«

»Aus diesem Grund hat Ranger Bowie wahrscheinlich die Geduld verloren – er war es, der sie entführt hatte.«

»Vielleicht.«

Als Koutsoudas Stunden später das Signal des Shuttles auffing, nahm die Spannung wieder zu. Esmay hatte das Gefühl, kaum noch Luft zu bekommen. Der jetzt auf den Scannerschirmen sichtbare helle Punkt entfernte sich vom Planeten und kam ihnen dabei immer näher. Falls der Plan perfekt funktionierte, würden sie sich in etwa einem Tag mit der kleinen Maschine treffen, Brun an Bord nehmen und aus dem System springen, ehe der Feind überhaupt bemerkte, dass sie jemals hier gewesen waren. War Brun dann in Sicherheit, konnte der Rest der Einsatzgruppe eine Blockade über den Planeten verhängen und Verhandlungen über die Freigabe der übrigen Gefangenen führen. Falls der Plan nicht funktionierte ... ein Sturzregen von Ausweichplänen nahm von jedem Entdeckungszeitpunkt an seinen Lauf.

»Seht zu, dass ihr etwas in den Bauch bekommt, Leute«, sagte Kommandant Solis. »Das wird eine lange Wartezeit. Suiza, damit sind auch Sie gemeint – gehen Sie essen und dann schlafen; melden Sie sich in vier Stunden zurück.«

Esmay riss sich von den Bildschirmen los und stellte fest, dass sie tatsächlich eine komplette Mahlzeit herunterbekam – sie hatte ein paar Mahlzeiten übersprungen, ohne es überhaupt zu bemerken. Sie wusste, dass sie jetzt lieber schlafen sollte, aber sie lag nur auf der Koje und dachte an Barin drüben auf der *Gyrfalcon,* an Lord Thornbuckle im Sektor-HQ, an die bemerkenswerte Frau Professor Meyerson ... Der Wecker riss sie aus dem Schlaf, und sie wälzte sich von der Koje, strich sich das Haar glatt – was inzwischen viel leichter ging – und machte sich auf den Weg zur Brücke.

Dort fand sie eine grimmige Stimmung vor, ganz anders als vorher.

»Dieser Schweinehund hat sie verkauft«, sagte Koutsoudas. Er beugte sich über den Scanner. »Er hat den systeminternen Antrieb abgeschaltet und eine ballistische Flugbahn in Schwerelosigkeit hinüber zu diesem Milizschiff eingeschlagen ...« Die Feindschiffe hielten nach wie vor ihre Vierecksformation.

»Welche Möglichkeiten haben wir?«

»Wir können einen Mikrosprung zwischen das Shuttle und das Kriegsschiff durchführen, aber der Triebwerksausstoß erwischt vielleicht das Shuttle. Die Signale, die ich hier bekomme, sind eine Minute alt; wir wissen also nicht genau, wo es gerade steckt.«

»Es ist einen Versuch wert.«

»Moment!« Koutsoudas hob eine Hand. »Oh *verdammt* ... sie hat sich nicht hereinlegen lassen ...«

»Was ist ...?«

»Da ... ich bekomme kein richtig klares Bild von der Kabine, aber dort geht etwas vor ... was – da drin sitzen *drei* Personen, nicht zwei!«

»Sie rotieren!«, rief ein anderer Scannertech. Koutsoudas warf einen Blick auf seinen Monitor.

»Sie haben Recht, Atten. Mal sehen ...« Aber alle sahen bereits, dass das Icon des Shuttles mit diesem Kegel aufgeleuchtet war, der für Beschleunigung stand. Der Kegel wurde immer länger. Deutete weg vom Planeten, vorbei an dem Kriegsschiff ...

»Das muss Brun sein«, meinte Koutsoudas. »Sie hat sich daran erinnert, dass sie an ihm vorbeimuss. Komm schon, Mädchen, du musst jetzt aufs Ganze gehen!«

Von Sekunde zu Sekunde wurde der Kegel länger, ein

Pfeil, der vom Planeten wegdeutete, in die ferne Freiheit des tiefen Weltraums. Aber die kleine Maschine steckte noch tief im Gravitationstrichter des Planeten, und das Kriegsschiff hatte dort den Höhenvorteil.

»Waffenentladung!«, brüllte der andere Scannertech. Alle ächzten; das Shuttle war nach wie vor für die Raketen des Kriegsschiffes bequem erreichbar. Aber kurz bevor die Raketen den berechneten Shuttlekurs schnitten, verlängerte sich der Kegel erneut.

»Das Mädchen ist der geborene Siegertyp«, fand Koutsoudas. »Sie hat sie ausmanövriert wie ein Profi. Natürlich sind die Systeme des Gegners dafür optimiert, langsame und große Objekte zu treffen – sehen Sie, das Ding ist nicht an der geplanten Stelle explodiert. Sie haben die Armierungsoptionen nicht verändert. Hoffentlich rechnet sich Brun das aus. Sie müssten wirklich Glück haben, um ...«

»Ein weiteres Feindschiff ist hinter ihr her!«, warf der andere Tech ein. »Es schneidet ihr den Weg ab – noch mehr Raketenstarts.« Das zweite Schiff, das zur Patrouillenklasse gehörte, hatte seine Position in der Viereckformation verlassen und beschleunigte, um das Shuttle abzufangen.

Koutsoudas grunzte. »Komm schon, Mädchen ... tu etwas!« Die Form des Kegels veränderte sich; die Spitze schwenkte in eine andere Richtung; die Farben spalteten sich auf und flossen erneut zusammen. »Verdammt, so nicht!«

»Sie versucht auszuweichen – aber so schafft sie es nicht. Damit erhält der Gegner Zeit, um in Position zu kommen.«

»Es könnte trotzdem funktionieren – falls der Gegner nicht daran denkt, seine Zielerfassungsoptionen neu einzustellen, und falls er keinen Glückstreffer landet. Aber es wäre besser, wenn Brun in unsere Richtung flüchtete. Wenn sie doch nur wüsste, dass wir hier sind ...«

Esmay betrachtete die Displays mit klopfendem Herzen. Sie konnte sich ausmalen, an Bruns Stelle zu sein – jeder Zug Bruns war einer, den sie selbst gemacht hätte, ein ums andere Mal.

»Sie fliegt zurück...«, meldete der Scannertech. »Möchte sie eine Landung auf dem Planeten probieren?«

»Nein«, hörte Esmay sich sagen. »Sie nimmt Kurs auf die Orbitalobjekte.«

»Denken Sie wirklich?«, fragte Koutsoudas, ohne aufzublicken. »Und was bringt Sie auf die Idee, Lieutenant?«

»Es ist ihr Stil. Sie hat bestimmt einen Sprung versucht und ist daran gehindert worden – das Shuttle müsste Sprungtriebwerke haben, aber vielleicht funktionieren sie nicht. In dieser Situation würde ein geradliniger Flug ein leichtes Ziel aus ihr machen ... also weicht sie aus. Das wiederum kostet Treibstoff. Deshalb sucht sie nach Deckung.«

»Das setzt eine Menge Nachdenken bei jemandem voraus, der gerade aus dem Gefängnis geflohen ist«, warf jemand ein.

»Sie gerät nicht in Panik«, entgegnete Esmay. »Sie ist clever, tapfer und risikofreudig.«

»Das stimmt.« Koutsoudas grinste kurz. Dann wurde er wieder ernst. »Aber sie steckt in ernsten Schwierigkeiten – es sei denn, sie hat vor, mit einem Raumanzug auszusteigen und zu hoffen, dass der Gegner das Shuttle abschießt. In dem Shuttle sitzen jedoch nach wie vor zwei lebendige Personen. Sie hat jemanden mitgebracht.«

»Falls sie mehrere Raumanzüge haben«, sagte Esmay, »wird sie das wahrscheinlich versuchen. Wenn wir jedoch von dem ausgehen, was wir über die Menschen hier wissen, dann bezweifle ich, dass Raumanzüge für alle an Bord vorhanden sind. Wir sollten mit einem Mikrosprung näher herangehen.«

»Und ihnen damit verraten, dass wir hier sind? Ehe die restliche Einsatzgruppe da ist? Ich dachte, Sie wären es, die gesagt hätte, eine einzelne Frau wäre keinen Krieg wert!«

Würden sie das ewig falsch interpretieren? Der Zorn bewirkte eine Schärfe in ihrem Ton, die sie selbst mitbekam. »Solange eine Chance besteht, sie ohne Krieg herauszuholen! Wenn eine verdeckte Befreiungsaktion jedoch gescheitert ist, dann müssen wir uns halt offen nähern, um ihr überhaupt helfen zu können.«

Kommandant Solis musterte sie ausgiebig. »Sie würden den gesamten Einsatz riskieren?«

»Ich würde einen Mikrosprung bis auf fünfzehn Sekunden Scanner-Verzögerung riskieren, ja, Sir. Das würde ich. Geben wir dem Gegner Anlass, sich über etwas anderes Gedanken zu machen. Er weiß, dass sie vorhatte, jemanden zu treffen; er weiß aber nicht, wen.«

»Er weiß nicht mit Sicherheit, dass das Rendezvous in diesem System geplant war...«

»Falls der Pilot die Fronten gewechselt hat, hat er dem Feind auch alles verraten, bis hin zu den Erkennungscodes. Man weiß also, dass jemand auf Brun wartet. Da können wir genauso gut auch etwas zeigen – jede Verzögerung kann ihr helfen, und wir sind ausreichend manövrierfähig, um unser Schiff nicht zu gefährden.«

»Suiza, das klingt schon viel mehr nach der Heldin von Xavier!« Solis wandte sich an den Komoffizier. »Geben Sie mir eine Richtstrahlverbindung und übermitteln Sie eine komprimierte Fassung unserer Scannerresultate; wir setzen auch eine Funkboje aus. Dreißig Sekunden bis zum Sprung, Leute!«

Die *Shrike* fiel mit geringer Geschwindigkeit relativ zum Sonnensystem aus dem Sprung heraus, und die Scannerbildschirme wurden klar.

»Völliger Blackout 2 Minuten 45 Sekunden«, sagte Koutsoudas. Auf den Scannern leuchteten die Funkfeuer des Shuttles und der übrigen Schiffe auf – drei

Kriegsschiffe der Geleitklasse, zwei der Patrouillenklasse, etwas von der Masse eines halben Kreuzers und eine Ansammlung kleiner Fahrzeuge. Auf allen leuchteten die Warnicons, die für aktivierte Waffensysteme standen. »Sie alle werden uns in einer Sekunde orten – und wir müssten gleich aktive Scannersignale ... da haben wir sie!« Die Icons der Kriegsschiffe zeigten jetzt alle Beschleunigungskegel; bei denen, die schon unter Schubwirkung gestanden hatten, waren die Kegel verzerrt, typisch für Richtungsänderungen. »Sieht ganz so aus, als lockten wir sie vom Shuttle weg.« Die verzerrten Kegel wurden länger, als diese Schiffe sich von der alten Kursbahn der Verfolgungsjagd entfernten, um sich dem Neuankömmling zu widmen.

Das Shuttle hatte die Position gewechselt; man konnte jetzt klar sehen, dass es zum Planeten zurückkehrte und dabei immer wieder rapide die Beschleunigung wechselte, um kein leichtes Ziel zu bilden. Die Bildschirme blinkten, als das SAR einen ganz kurzen Mikrosprung durchführte, und wurden wieder klar. Die Feind-Icons reagierten diesmal langsamer. Gut. Alles war hilfreich, was sie verwirrte, sie ablenkte. Ein weiterer kurzer Sprung auf eine halbe Lichtsekunde heran, dann noch einer. In der Ferne kam es zu einer Explosion, als eine der feindlichen Einheiten eine Rakete auf mehr als deren maximale Reichweite abgefeuert hatte, nur damit sie nutzlos detonierte. Das Shuttle war jetzt tief genug über dem Planeten, um sich im Orbitalmüll zu verstecken. Es verschwand hinter der Planetenkrümmung. Lange Minuten verstrichen, in denen die Besatzung der *Shrike* wartete und aufs Geratewohl Mikrosprünge durchführte, um den Feind zu verwirren. Falls Brun ausreichend abgebremst hatte, dann dauerte es sicher noch anderthalb Stunden, ehe ihr Icon wieder auftauchte.

Nur zu bald entdeckten sie das Shuttle wieder, das jetzt mit hoher Geschwindigkeit eine selbstmörderische Sturzbahn hinunter zum Planeten beschrieb.

»Auf diese Weise verbrennen sie schon beim ersten Anflug«, sagte Koutsoudas. »Was zum Teufel denkt sich das Mädchen eigentlich? Hat sie die Kontrolle über die Maschine verloren?«

»Vielleicht hat sie nicht mehr genug Treibstoff für einen geordneten Landeanflug«, meinte jemand anderes. »Vielleicht verbrennt sie lieber, als ...«

»Sie ist nicht mehr an Bord«, warf Esmay ein. Sie spürte ihr Herz klopfen; sie wusste ohne jeden Zweifel, was Brun getan hatte.

»Was, Sie denken, das Ding fliegt sich selbst? Sie waren es doch, die gesagt hat, dass dort nicht genug Raumanzüge an Bord sind; sie können also nicht in den Weltraum ausgestiegen sein.«

»Es sei denn, sie haben etwas gefunden, wo es Raumanzüge gab oder einen Luftvorrat«, sagte Esmay. »Falls das so ist ... kann ich mir gut vorstellen, dass Brun das Shuttle als Köder losschickt.«

»Die einzige aktive Raumstation – das einzige Objekt mit Luft und Raumanzügen hier oben – ist die Hauptstation, wo die *Elias Madero* angedockt liegt«, sagte Koutsoudas. »Ich kann dafür garantieren, dass das Shuttle dort nicht angedockt hat – wenn man überhaupt mal außer Acht lässt, dass man sie dort gleich gefangen genommen hätte, weil die Station bemannt ist.«

»Ah – oh!«

Sie drehten sich um. Die Milizschiffe hatten nicht erst abgewartet, ob das Shuttle wohl in der Atmosphäre verglühte. Aus sicheren Positionen außerhalb der Gefahrenzone heraus hatten sie der Maschine Raketen nachgeschickt, und das ersterbende Glühen auf dem Bildschirm zeigte, dass sie sie getroffen hatten.

»Nun«, meinte Kommandant Solis, »das war es also. Mal abgesehen von Lieutenant Suizas unwahrscheinlicher Idee, dass irgendwo im Orbit zwei Raumanzüge treiben, sind sie tot. Niemand überlebt einen direkten Treffer gegen ein Shuttle.«

Esmay war derweil schon damit beschäftigt, Koutsoudas' Scannerdaten vom Orbitalmüll zu sichten. »Ich habe hier etwas – und es deckt sich mit dem Ursprung der letzten Schubphase des Shuttles.«

»Es ist ein Wrack«, sagte Koutsoudas nach einem kurzen Blick darauf. »Im Kern steckt ein alter Reaktor, aber der Rest hat Umgebungstemperatur.«

»Es ist groß genug«, wandte Esmay ein. »Der Shuttlekurs nimmt hier seinen Anfang...«

Koutsoudas seufzte und zog eine vergrößerte Version der Miniskizze im Katalog hervor. »Sehen Sie mal – das Objekt ist groß, aber ein Wrack. Sogar von hier aus kann man sehen, dass ganze Abschnitte davon zum Vakuum offen stehen...«

Esmay blinzelte. Zum Vakuum offen, ja, aber ... sie erinnerte sich an die Herstellungsanlage für Spezialstoffe auf der *Koskiusko,* die ebenfalls offen gestanden hatten. »Handelt es sich womöglich um eine Vakuumfabrik?«

»So etwas haben die Leute hier nicht«, sagte Kommandant Solis. »Sie kaufen oder stehlen, was sie an weltraumgefertigten Produkten benötigen.«

»Heute tun sie das«, entgegnete Esmay. »Aber hat der Guernesi-Botschafter nicht erwähnt, dass es früher hier eine solche Anlage gab – ehe die Miliz den Planeten übernahm?«

»Das maßgebliche Wort hier lautet Wrack, Lieutenant. Selbst falls Brun und ihre Gefährtin es bis dorthin geschafft haben, wird es ihnen nichts nützen. Keine Luft, keine Lebensmittel, keine wirksamen Schilde, keine Waffen.«

»Womöglich haben sie dort Raumanzüge vorgefunden, Sir. Selbst wenn die Miliz das Objekt geplündert hat, haben sie vielleicht nicht alles mitgenommen. Ich denke, dass Brun dort ist, und ich denke, wir sollten sie herausholen.«

»Ich denke, Sie versuchen Ihre Karriere zu retten, Lieutenant, und zwar auf Kosten von Menschenleben.« Solis musterte sie finster.

Schweigen senkte sich über die Brücke; Esmay hörte jeden Atemzug jeder Person hier. Dann hörte sie sich selbst reden.

»Sir, der Kommandant hat das Recht, sich jede beliebige Meinung von mir zu bilden. Aber diese Frau – diese Frauen – haben nur eine Chance zu überleben, und sie besteht darin, dass jemand auf unserer Seite mit Luft und Schutz zu ihnen vordringt, ehe ihnen entweder die Luft ausgeht oder sich die bösen Buben ausrechnen, dass das Shuttle nur ein Ablenkungsmanöver war. Falls der Kommandant mir ränkeschmiedende Großmannssucht unterstellt, dann haben wir noch andere Leute an Bord, die den Rettungseinsatz ausführen können. Aber er muss ausgeführt werden.«

Solis betrachtete sie ausgiebig, und sie erwiderte den Blick offen. »Melden Sie sich für diesen Einsatz freiwillig?«

Natürlich!, sprang ihr auf die Zunge, aber sie schluckte es herunter. »Ja, Sir.«

»Hmm. Wer sollte Ihrer Meinung nach gehen?«

»Ein volles SAR-Team, Sir. Obwohl wir nur von zwei Personen wissen, die vielleicht körperliche Beschwerden haben, sollten wir auch ein Enterkommando der Miliz erwarten ... vorausgesetzt, dort rechnet man sich Bruns Taktik ebenso aus wie ich. Wir müssen vielleicht kämpfen; selbst im günstigsten Fall müssen wir uns auf einen Rettungseinsatz unter feindlichen Bedingungen einstellen.«

Solis sah sich auf der Brücke um, und sein Blick blieb auf Koutsoudas ruhen. »Sie haben schon mit Brun Meager zusammengearbeitet...«

»Ja, Sir.«

»Was denken Sie?«

»Sir, ich denke, Lieutenant Suiza hat Recht, was Bruns Denkweise anbetrifft – sie ist reaktionsschnell, sehr erfinderisch und bereit, Risiken einzugehen. Falls sie an irgendeinem Stück Schrott angedockt hat, das diesen Planeten umkreist, dann ist das Stationswrack die erste Wahl. Falls Brun nicht tot ist, finden wir sie dort. Suiza hat auch in dem Punkt Recht: Falls Brun dort angedockt hat, dann wurde sie dabei von jedem anständigen Bodenradar geortet. Wir dürfen nicht davon ausgehen, dass man dergleichen hier nicht zur Verfügung hat. Falls ich zur Miliz gehörte, hätte ich längst Shuttles losgeschickt – und tatsächlich haben wir insgesamt drei Shuttlestarts festgestellt.«

Solis blickte an Esmay vorbei. »Meharry, man hat auch Sie speziell für diesen Einsatz abgestellt. Wie lautet Ihre Einschätzung?«

»Der Lieutenant hat den Nagel auf den Kopf getroffen, Kommandant. Und je länger wir hier herumsitzen und die Sache durchkauen, desto schlimmer wird es sich für Brun entwickeln.«

»Sind Sie bereit, Lieutenant Suiza in einem solchen Einsatz zu vertrauen? Oder zieht sie nur eine Nummer ab?«

Esmay spürte Meharrys unruhige Präsenz im Rücken. Über Meharry kursierten viele Geschichten, und sie legten meist eine unerfreuliche Betonung auf ihre tödlichen Fähigkeiten. »Solange ich dabei bin, ganz sicher, Kommandant. Persönlich denke ich, dass sie es aufrichtig meint, aber falls ich mitmache, findet sie ohnehin keine Gelegenheit, die Sache zu verpfuschen.«

»Lord Thornbuckle hat die ganze Zeit darauf beharrt, dass Sera Meager Lieutenant Suiza sicher nicht zu sehen wünscht«, sagte Solis in nach wie vor kühlem Ton.

»Ich denke, Brun wäre nur zu froh, irgendjemanden von uns zu sehen«, entgegnete Meharry. »Und nach dem, was ich bei Xavier miterlebt und von Leuten auf der *Kos* gehört habe, ist der Lieutenant für derlei Dinge ideal geeignet.« Das bot mehr als eine Deutungsmöglichkeit, aber Esmay war nicht in wählerischer Stimmung.

»Sehr gut. Lieutenant, Sie nehmen Team eins mit sowie die Warrant Officers Meharry und Vissisuan.«

Man brauchte Esmay gar nicht groß zu erklären, dass sie nicht nur mitkamen, um Brun zu helfen, sondern auch, um sie selbst im Auge zu behalten.

Jetzt, wo sie endlich tun durfte, worin sie am besten war, spürte Esmay, wie ihre Stimmung stieg. Der Einsatz war mehr als nur schwierig – aber das hatte für andere Einsätze zuvor auch gegolten. Brun hielt sich vielleicht gar nicht im Wrack auf, oder falls doch, konnte sie schon an einer von tausend Ursachen gestorben sein. Falls sie sie fanden, dann womöglich eine Leiche, oder sie wurden alle von einer Rakete der Miliz zerrissen, ob nun gezielt oder zufällig.

Nichts davon war jetzt von Bedeutung. Esmay sah den Plan klar vor dem inneren Auge, als hätte ihn jemand in scharlachroter Tinte auf weißes Papier geschrieben ... und sie hörte sich selbst dabei zu, wie sie ihn den anderen in knappen Wendungen erläuterte. Und die anderen reagierten auf ihre Zuversicht, ihren Enthusiasmus.

Als Esmay endlich an Bord der Pinasse war und schon im Raumanzug steckte, obwohl sie ihn noch nicht geschlossen hatte und die Handschuhe noch aufgeklappt waren, setzte sich die erste Hektik der Aktion und wich einer zielbewussten Geschäftigkeit.

Die Stimme des Kommandanten ertönte in ihrem Ohr. »Lieutenant – Sie hatten in zwei Punkten Recht. Koutsoudas hat ein einzelnes Signal von dem Wrack aufgefangen und glaubt, dass es nur von Sera Meager stammen kann. Flottenfrequenz, Flottencodes und die Nachricht, dass sich der Fuchs versteckt hat. Und mindestens ein Shuttle hat Kurs auf das Wrack genommen. Wir können Sie nicht dort absetzen, ehe es eintrifft; aufgrund unserer Sprungbegrenzung treffen Sie mindestens fünf Minuten später ein.«

»Ja, Sir.«

»Der Rest der Einsatzgruppe ist im System eingetroffen, und ich stehe schon in Kontakt mit dem Admiral.

Ich schicke beide SAR-Teams, und die zweite Pinasse bringt alles an Nachschub, was wir nur hineinstopfen können. Sie, Suiza, entscheiden selbst, welches Maß an Gewalt nötig ist, um Sera Meager und ihre Begleiterin zu schützen. Wir schicken Verstärkung, sobald wir uns mit den übrigen Feindschiffen befasst haben, aber das kann einige Stunden dauern. Ist das klar?«

»Ja, Sir.« Stunden ... Es dauerte womöglich Tage, bis sie Verstärkung erhielten. Und sie hatten keine schweren Waffen dabei. Die Schallgeneratoren zur Aufruhrbekämpfung auf Raumstationen, die eine Atmosphäre enthielten, funktionierten nicht auf einem Wrack, das zum Vakuum hin offen stand ... Was konnte Esmay überhaupt einsetzen? »Meharry ...«

»Ja, Sir.« Meharrys Augen zeigten ein wildes Glitzern, das Esmays eigenen Enthusiasmus widerspiegelte.

»Der Kommandant sagt, dass wir fünf Minuten nach einem feindlichen Shuttle andocken. Die Station enthält angeblich keine Luft – zumindest sind Teile von ihr ohne Luft. Wir brauchen aber mehr als Handfeuerwaffen.«

»Bin schon dabei.« Meharry duckte sich außer Sicht, und Esmay starrte in die hohle Luft. Na ja, Meharry arbeitete seit Jahren mit Heris Serrano zusammen ... und so lief es angeblich ... man erklärte den guten Leuten, die man hatte, was zu erreichen war, und machte ihnen dann den Weg frei. Esmay hatte jedoch nicht damit gerechnet, dass sie sich dabei so fühlte ...

»Lieutenant ...« Es war eine Gruppe der neuroverstärkten Soldaten, schwer mit Waffenbauteilen beladen; der Sergeant reichte Esmay einen Monitor voll mit offiziellen Zahlen und Buchstaben zur Genehmigung; falls sie ohne alle acht CFK-201.33er zurückkamen, lag es an Esmay zu erklären, was aus ihnen geworden war ... dabei hatte sie nicht mal eine Ahnung, *was* das überhaupt für Dinger waren; das galt für die ganze lange Liste an Komponenten, die sich anschloss. Esmay zog ihren Kommandodatenstab am unteren Ende der Liste entlang und gab sie zurück.

»Wir steigen wie üblich als Erste aus«, sagte der Sergeant, und der Satz endete nicht wirklich mit einem Fragezeichen.

»Klar«, sagte Esmay. Sie verbannte jeden Gedanken an Meharrys Verschwinden und die Mysterien der Bestandsverwaltung in der Raumflotte und wandte sich wieder dem aktuellen taktischen Problem zu. »Denken Sie daran, dass der Feind vor uns eintrifft und wir keine Ahnung haben, ob die zu rettenden Zielpersonen Raumanzüge tragen.«

»Kein Problem«, fand der Sergeant. »Nach allem, was ich gehört habe, wird keiner der feindlichen Soldaten eine Frau sein, unsere Zielpersonen dagegen schon. Also erschießen wir einfach die bösen Buben und lassen die Mädels in Ruhe.«

Kapitel einundzwanzig

»Was jetzt?«, fragte Hazel. Brun zuckte die Achseln. Sie musste nachdenken. Sie war hungrig und durstig – sie nahm einen Schluck aus dem Helmschlauch – und sehr, sehr schläfrig. Und die Beine taten weh; die Wirkung des Betäubungssprays ließ nach.

Was konnten sie schon mit den wenigen Waffen ausrichten, die sie hatten? Sie hörte fast die Stimme von Commander Uhlis, wie er sie vor der versammelten Klasse anbrüllte: Ihre stärkste Waffe tragen Sie zwischen den Ohren! Ja, sie hätte sie gern dort behalten, am liebsten intakt.

»Falls wir die künstliche Schwerkraft anwerfen könnten«, sagte Hazel, »könnten wir sie im richtigen Moment wieder abschalten.«

Brun vermutete: um den Feind zu verwirren. Sie gewannen damit jedoch nur Minuten, falls überhaupt. Sicherlich verrieten sie damit, dass sie hier waren, denn der Schwerkraftgenerator würde nicht laufen, ohne dass jemand an Bord war. Umrisse eines Plans zeichneten sich in Bruns Kopf ab, zunächst noch unbestimmt wie aufsteigender Nebel.

Die Steuerelemente zu erkunden, während sie einen Raumanzug trug, war viel sicherer, als ohne diesen Schutz damit herumzuspielen; Brun lächelte, als sie an Oblos mahnende Geschichten denken musste. Sie betätigte einen Schalter nach dem anderen, um zu probieren, was wohl funktionierte.

»Licht!«, rief Hazel. Das war offensichtlich, aber war es nur das Licht in diesem Raum oder überall? Brun führte eine weitläufige Geste aus; Hazel nickte und stieß sich ab, um auf Erkundung loszuziehen. Brun betrachtete wieder das Steuerpult. Falls sie nur herausfand, wie sie die Stationsscanner aktivieren konnte, dann müsste auch irgendwo ein idiotensicheres Display auf dem Hauptpult aufleuchten und ihr alles verraten, was sie wissen musste – und das in mehreren Sprachen und nichtverbalen Symbolen. Und da die Steuerung überhaupt funktionierte, sollte Brun auch in der Lage sein, die Scanner in Gang zu bringen.

Sie fand den Kipphebel schließlich unter einer Klapptafel. Brun drückte ihn mit einem lautlosen Gebet um Glück ... und die Displays erwachten zum Leben, flackerten zwar zuerst fürchterlich, beruhigten sich dann jedoch. Wie lange war diese Anlage wohl nicht mehr in Betrieb gewesen? Und woher stammte jetzt der Strom? Sie hielt Ausschau nach dem idiotensicheren Display.

Da war es. Wie sie erwartet hatte, war eine der benutzten Sprachen ihre eigene ... und eine weitere war Guerni. Die dritte verstand sie überhaupt nicht, aber das war jetzt ohne Belang. Sie ging das Eröffnungsmenü durch: Grundriss der Station, Steuerung der Umweltanlagen, Lebenserhaltung, Notfallprozeduren (wozu ein Abschnitt über die Eindämmung von Biogefahren gehörte), Energieanlage, Funk.

Der Grundriss ließ erkennen, welchem Zweck die Station einmal gedient hatte – wahrscheinlich eine Art Biolabor, dachte Brun, eine dieser bei neuen Kolonien recht verbreiteten Einrichtungen, die Biomaterialien auf die spezifischen Bedingungen des Planeten zuschnitten. Viele Kolonien hatten eine ... aber warum war diese hier ein Wrack?

Die Station war klar aufgeteilt: Wohnraum für die Arbeiter und acht Labors, voneinander getrennt durch Schleusen und Verschlüsse – drei in einem Flügel, fünf im anderen. Die große offene Lücke lag, wie Brun entdeckte, kurz vor dem Ende eines Flügels; sie selbst hatte unter einer Solarkollektorfläche auf halber Höhe des anderen Flügels angedockt.

***

Tief im Kern der Station schlief schon seit Jahrzehnten örtlicher Zeit der Experte. Alle Peripheriegeräte waren inaktiv; alle Sensoren abgeschaltet. Die jüngste Instruktion lag ganz oben im Speicher, zur Ausführung bereit, falls irgendjemand den Strom einschaltete, aber das Vakuum und zufällige Strahlung hatten ein paar Bits hier und dort verändert. Normalerweise wäre das kein Problem gewesen; die Selbstreparaturmechanismen waren notwendigerweise robust und für den industriellen Einsatz im Weltraum entworfen worden. Nicht jedoch entworfen waren sie für Jahrzehnte in einem Wrack, das man in großer Eile mutwillig zerstört und dessen Experten man in der Hälfte der eigentlich erforderlichen Zeit heruntergefahren hatte.

Als das Licht ansprang, rieselte Strom durch die Verbindungen des Experten, dort hingeleitet von den Konstrukteuren, denn der Experte sollte ja jedesmal funktionsfähig sein, wenn die Station besetzt war. Langsam – für seine technischen Verhältnisse – erwachte der Experte Schicht um Schicht. Strom in den Leitungen bedeutete, dass jemand zurückgekehrt war; damit hatte er die Erlaubnis, selbst Strom anzuzapfen und die Selbstprüfung und die Selbstreparatur einzuleiten. Der oberste Satz Instruktionen wurde ausgeführt und hemmte die Rückkehr einiger aktiver Funktionen. Wer die Station derzeit bewohnte, das waren entweder legitime Arbeitskräfte oder Eindringlinge ... im letzteren Fall durfte sich der Experte nicht durch eigenständiges Vorgehen verraten, sondern musste die Personen isolieren und einen Hilferuf absetzen.

Die passiven Scanner sammelten Informationen. Zwei Menschen, nach allen Parametern zu urteilen weiblich, bekleidet mit Druckanzügen für weibliche Arbeitskräfte, deren Codenummern der Experte in seinem Verzeichnis fand: Notevakuierungsanzüge aus Labor zwei. Der Experte fragte vorsichtig die Anzugstelemetrie ab; die Personen in den Anzügen bemerkten es nicht. Keine der beiden Personen entsprach einem ihm bekannten Profil, aber eine kurze Kontrolle der Verfallsdaten aus dem Reaktor gab Hinweis darauf, dass es Jahrzehnte her war, seit man den Experten heruntergefahren hatte. Deshalb war unwahrscheinlich, dass er diese Arbeitskräfte kannte.

Eine Person im Kontrollzentrum führte einen sinnvollen Neustart der Stations-Lenkfunktionen aus. Der Experte mischte sich nicht ein, sondern beobachtete sie nur. Sie schien zu wissen, was sie tat. Die andere Person erkundete den Korridor, der in den zweiten Flügel führte. Der Experte wandte sich der Außenwelt zu.

* * *

Hazel kehrte ins Kontrollzentrum zurück. »Das Licht brennt auf ganzer Länge dieses Korridors. Ich konnte allerdings nicht in alle Kabinen sehen. Wo ich nachsehen konnte, waren einige dunkel und andere nicht. Du musst einen Hauptschalter erwischt haben.«

Brun nickte und deutete auf die Steuertafel für die Beleuchtung. Sie zeigte an, dass die Lampen auf der ganzen Station Strom erhielten; außerdem war angegeben, welche Lampen ausgeschaltet waren und welche nicht funktionierten, obwohl sie eingeschaltet waren. Brun deutete auf weitere Steuertafeln; Hazel beugte sich näher heran. Brun hatte die Energieanzeigen für den internen Reaktor gefunden – der fast erschöpft war und weniger als 40 Prozent seiner früheren Leistung erbrachte – und für die Solarkollektoren, die ebenfalls unter Nennwert blieben. Wenn sie an die Schäden dachte, die sie von außen gesehen hatte, glaubte sie das gern. Trotzdem, die Station war als Standort für Forschung und Produktion konstruiert worden; selbst die jetzt noch verfügbare Energie reichte mühelos, um überall an Bord die Lebenserhaltung wieder in Gang zu bringen, falls sie nur den Luftvorrat fanden.

Den Vorrat für den Stationskern hatte Brun schon gefunden – die Abwärme des Reaktors hatte schon all diese Jahre lang die Pflanzenbasis des Umweltsystems genährt, und die sich langsam akkumulierende Luft war unter Druck gespeichert worden. Aber sollte Brun jetzt die Atmosphäre aufbauen? Das würde es überflüssig machen, Tanks mitzuschleppen, und damit die Lebensdauer der Tanks strecken, aber gleichzeitig beweisen, dass jemand an Bord war – denn eine Atmosphäre war von außen leicht zu entdecken. Falls außerdem feindliche Kräfte die Station hochjagten, dann kostete es Brun und Hazel das Leben, wenn sie keine Raumanzüge trugen.

Brun dachte immer noch darüber nach, als Hazel ihr einen Handcomputer mit Stimmausgabe brachte ... Brun lächelte und nahm ihn. Er verfügte über Standardstecker, also schloss ihn Brun an die äußere Helmfunkbuchse an und drückte auf einige der voreingestellten Tasten. Sie konnte zwischen drei Sprachen und zwanzig vorprogrammierten Meldungen wählen. »Alles korrekt«, sagte eine blecherne Männerstimme mit starkem Akzent. Brun sah Hazel an und legte den Kopf schief.

»Ich habe nichts gehört«, sagte Hazel. »Vielleicht musst du erst die Sendetaste im Helm drücken, damit andere Raumanzüge dich empfangen.«

Wie lästig! Brun fummelte am Computer herum und drückte die Helmsendetaste mit dem Kinn, als sie die voreingestellte Mitteilung aktivierte. »Alles korrekt.«

»Jetzt hab ich's gehört!«, rief Hazel. »Vielleicht finden wir noch ein Gerät, das mehr kann.«

»Alles korrekt«, drückte Brun erneut. Dann bediente sie nacheinander jede Taste, um sich davon zu überzeugen, welche Mitteilungen darunter gespeichert waren, und sie wiederholte den Vorgang, um zu üben, wie sie »Hilfe!« und »Gefahr!« und »Arbeitsmeldung!« sagen konnte. Eine der Tasten übermittelte kein Stimmsignal, sondern ein elektronisches Piepen, das nach Bruns Überzeugung wahrscheinlich eine Art ID-Code für den Zentralcomputer war. Diese Taste bediente sie nur einmal.

Neben den vorprogrammierten Mitteilungen verfügte der Handcomputer noch über Eingabemöglichkeiten für weitere Daten. Brun probierte es mit »Funktioniert das?«, aber Hazel schüttelte den Kopf.

***

Der Experte wartete darauf, dass dem Autorisierungssignal Anweisungen folgten. »Funktioniert das?« wurde keinem seiner Protokolle gerecht, aber seine Sprachverarbeitung zeigte sich der Aufgabe gewachsen, diese Worte zu interpretieren. Sie mussten bedeuten: »Hat das Expertensystem diese Autorisierung empfangen, und versteht es Tastatureingaben?«

»Zu Ihren Diensten«, übermittelte er auf den korrekten Frequenzen. Beide Menschen erstarrten auf diese typische Art, die Menschen zeigten, wenn sie mit neuartigen oder unerwarteten Daten konfrontiert wurden.

»Was war das?«, fragte die Person, die den Autorisierungscode nicht übermittelt hatte. Der Experte wartete darauf, dass die andere Person sie beruhigte, während er einen kompletten Satz Messwerte aus dem Raumanzug abspeicherte, die auf Ermüdungsgifte und leichte Unterkühlung hinweisen; gleichzeitig analysierte er das Stimmmuster und folgerte daraus, dass es sich bei der Sprecherin um eine pubertierende weibliche Person handeln musste, mit Gaesh als Muttersprache und dem Akzent, der eher zu den hiesigen Kauffahrern aus den Regierenden Familias passte als zur Guerni-Republik. Er gab dem Raumanzug Anweisung, etwas stärker zu heizen und die Sauerstoffzufuhr zu erhöhen.

Derweil tippte die andere, ohne ein Wort zu sagen, rasch auf der Tastatur ihres Handcomputers. Ungeachtet aller Fehler, die ihr unterliefen, interpretierte der Experte die Eingabe; die Person wusste anscheinend, dass sie mit einem Expertensystem in Verbindung stand.

»Das System übernimmt die Stimmkommunikation«, sagte der Experte zu der anderen.

»Alles korrekt«, übermittelte Brun und hoffte, Hazel

würde verstehen, dass der Experte ab jetzt ihre Tastatureingaben weitergab.

»Im Labor 1-21 finden Sie Stimmsynthesizer, die leistungsfähiger sind«, sagte der Experte. »Obwohl umfangreiche Schäden an der Ausstattung vorliegen, melden meine optischen Sensoren, dass einige der kleinen Synthesizer intakt scheinen.«

»Kannst du uns dort hinführen?«, fragte Brun und bemerkte, dass der Experte ihre Eingabe als Sprachmeldung an Hazel weitergab.

»Kein Problem, aber ich habe stattdessen eine mobile Einheit aktiviert, die die Geräte holt. Annäherung von Raumfahrzeugen; meine Analyse deutet darauf hin, dass sie vom Planeten kommen.«

»Plan?«, fragte Brun.

»Daten«, antwortete der Experte. »Nichtfeindliche Raumfahrzeuge im System ... zu weit entfernt.«

Nichtfeindliche ... die Raumflotte?

»Kannst du mit ihnen Verbindung aufnehmen?«

»Sender nicht funktionsfähig. Geschätzte Dauer bis zur Wiederherstellung der Sendeleistung ... 243 Standardsekunden. Wie lauten die Parameter?«

Hazel, die sich eine Zeit lang nicht in den Wortwechsel eingemischt hatte, fragte jetzt: »Woher sollten wir Frequenzen und Codes der Flotte kennen?«

Brun lächelte vor sich hin. Sie kannte sie. Eine nach der anderen gab sie die Zahlen ein und definierte jede sorgfältig: Frequenzen, Frequenzwechsel mit Intervallen, Identifizierungscodes, einschließlich dessen, den man ihr mal als persönliche ID gegeben hatte. Dann gab sie mit großer Sorgfalt die Meldung ein, die sie gesendet haben wollte. Ihr verschwamm immer wieder der Blick, aber sie blinzelte die Tränen heftig weg. Sie hatte noch Zeit genug zu weinen, wenn sie Hazel erst mal in Sicherheit gebracht hatte.

Und die kleinen Kinder. Aber daran konnte sie jetzt nicht auch noch denken. Eins nach dem anderen.

»Diese Frequenzen und Codes entsprechen nicht

dem Inhalt meiner Verzeichnisse für den Regular Space Service der Regierenden Familias«, sagte der Experte. Er beherrschte Ausdrucksnuancen und klang pingelig.

»Prüfe Datum«, tippte Brun ein. »Codes ändern sich.«

Eine lange Pause folgte. »Es ist sehr lange her«, sagte der Experte schließlich. »Ich war davon ausgegangen, dass das Datum ein Fehler war, bedingt durch die Schäden an der Station, als sie überrannt wurde ...«

»Wann treffen die Gegner ein?«, tippte Brun. Manche Expertensysteme waren so komplex, dass sie sich in endlos neu ansetzender Selbstprüfung aufhängen konnten. »Wann ist Sendeleistung hergestellt?«

»Siebenundneunzig Sekunden, bis der Sender läuft; ich übermittle Ihre Nachricht, sobald die Funktionsfähigkeit bestätigt ist. Es besteht eine hohe Wahrscheinlichkeit, dass nicht angepeilte Fahrzeuge die Nachricht abfangen können; Sie haben keine Chiffrierung vorgenommen.«

»Sie vermuten ohnehin schon, dass wir hier sind«, brachte Hazel Bruns Gedanken zum Ausdruck. »Und wenn die Miliz weiß, dass wir hier sind, sollte es unsere Flotte ebenfalls wissen. Ich vermute, Brun, dass dein Vater ...«

»Alles korrekt«, tippte Brun. Sie wünschte sich wirklich einen besseren Stimmsynthesizer; die Finger wurden schon müde, und sie hatte noch viel mehr zu sagen.

»Die geschätzte Ankunftszeit der Invasorenshuttles vom Planeten schwankt jetzt zwischen einer Stunde zehn Minuten und drei Stunden einer Minute«, erklärte der Experte. »Es sei denn, sie verändern den Kurs, wozu sie die erforderliche Leistung aufbringen können ... derzeit nähern sich anscheinend drei Shuttles, die vom Planeten gestartet sind.«

Drei Shuttles ... warum glaubten sie, drei Shuttles zu benötigen, nur um zwei Frauen einzufangen? Oder wollten sie mit den Shuttles gegen die Flotte kämpfen? Sicherlich waren sie doch nicht so dumm!

»Waffenentladung«, meldete das Expertensystem.

»Ein Schiff in der Nähe, das sich als Milizkreuzer *Yellow Rose* identifiziert, hat Raketen auf ein Familias-Schiff unbekannten Typs abgefeuert.«

***

Der Feind hatte das Shuttle direkt in das Loch gesteuert, das in einem Flügel der Station klaffte. Zweifellos wussten die Milizionäre, was hier offen stand und was nicht – vorausgesetzt, sie waren es, die die Station in ein Wrack verwandelt hatten. Wäre Esmay an Bord eines regulären Kriegsschiffes gewesen, hätte sie jetzt eine Rakete in diese Bucht gelenkt und als Erstes das Shuttle weggepustet. Aber ein SAR-Shuttle wagte sich normalerweise nicht auf feindliches Gebiet vor; es verfügte über keine außen montierten Waffen, und sie hatten auch nicht genug Zeit gehabt, um etwas zu improvisieren. In Anbetracht dieser Umstände sorgte Esmay dafür, dass die komplette Station zwischen ihrem Shuttle und dem des Feindes blieb, und schmiegte sich unter eines der Solarsegel am äußersten Ende. Erneut mussten die üblichen Verfahrensweisen den Zwängen dieses besonderen Einsatzes geopfert werden. Sie konnten nicht riskieren, ein Loch in den Rumpf des Wracks zu jagen, weil die Gefahr bestand, dass sich Brun und ihre Begleiterin an genau dieser Stelle versteckten. Normalerweise sollten sie das nicht, aber niemand kannte die Bedingungen im Inneren der Station. Außerdem würde es mindestens vier Stunden dauern, eine der tragbaren Luftschleusen zu montieren und vorsichtig ein frisches Loch in den Rumpf zu schneiden. Deshalb mussten die Teams durch einen bekannten Zugang auf die Station vordringen, obwohl alle Beteiligten wussten, dass das die beste Möglichkeit war, sich selbst als Ziel zu präsentieren.

Im günstigsten Fall blieb ihnen die Hoffnung, dass die Miliztruppen noch nicht am Ziel waren. Die neuroverstärkte Truppe wirkte nicht übermäßig besorgt. Esmay, die am hinteren Ende der Schlange wartete, sah die klobigen Gestalten vor der Notschleuse kurz warten und dann weit schneller eindringen, als sie erwartet hatte. Vielleicht konnte sie daraus den Schluss ziehen, dass auf der Station kein Luftdruck bestand.

»Lieutenant, die künstliche Schwerkraft ist eingeschaltet.«

Das hätte eigentlich nicht sein dürfen ... die Station war ein Wrack. Esmay spürte jedoch den Zug des Schwerkraftgenerators am eigenen Körper. Was Hinweis auf eine ansehnliche Energiequelle gab, mehr als die ramponierten, schlecht ausgerichteten Steuertafeln eigentlich vermuten ließen. Ob wohl eine Atmosphäre bestand? Hatte Brun die Anlagen eingeschaltet? Esmay schüttelte diese Fragen ab. Jetzt kam es darauf an, in die Station einzudringen. Falls Schwerkraft herrschte, waren die in Schwerelosigkeit ausgebildeten Kämpfer nicht im Vorteil.

Auf der Station sahen sie sich mit den chaotischen Trümmern aus systematischem Vandalismus konfrontiert, alles im Licht ganz normaler Leuchtplatten in der Decke gut sichtbar. Raumanzüge lagen auf dem Korridor verstreut, alles türkisfarbene Monturen mit dem Emblem und einer Codenummer von BlueSky auf dem Rücken. Jemand hatte fünfzackige Sterne und andere merkwürdige Symbole auf die Wandschotten gemalt und dafür braune Farbe benutzt – oder Blut. Der Schrank für Lufttanks neben dem Anzugschrank war leer. Der Luftdruck kam so dicht ans völlige Vakuum heran, dass es auch keinen Unterschied mehr machte ... aber warum bestand überhaupt Druck? Warum brannte das Licht?

Esmay setzte einen vorsichtigen Gruß auf der Frequenz ab, die Brun laut Koutsoudas für ihren Funkspruch benutzt hatte ... erhielt aber keine Antwort.

* * *

Nichts schädigte die Reputation eines Mannes mehr als widerspenstige Frauen. Noch vor dem Start wusste

Mitch Pardue, dass er sich vom Traum, die Position des Captains an sich zu reißen, für mindestens zehn Jahre verabschieden konnte. Womöglich wählte man ihn sogar vom Posten des Rangers Bowie ab. Selbst wenn er diese dummen Frauen zurückholen konnte, hatten sie ihn schon das gekostet, was er sich in mehr als zwanzig Jahren erarbeitet hatte.

Die Motive, die das Gräuel bewegten, konnte er ja verstehen. Sie war verrückt, sogar ohne Stimme. Aber die Flucht des Mädchens tat weh. Prima hatte sie so gern gemocht, und das Gleiche galt für die übrigen Ehefrauen. Das Mädchen hatte hart gearbeitet, und man hatte sie wie ein Familienmitglied behandelt. Vielleicht lag darin das Problem. Vielleicht war man einfach zu nachsichtig gewesen. Na ja, diesen Fehler würde Mitch bei den kleinen Mädchen nicht wiederholen! Diese Herrische, die schon im Webschuppen das Zepter schwang – er würde dafür sorgen, dass sie nicht herrisch blieb. Was Patience anging … er hatte sie fast schon einem Freund als dritte Ehefrau versprochen, aber das hatte sich jetzt erledigt.

Warum hatte das Mädchen nicht eingesehen, wie viel besser es ihr im Haushalt ging? Warum waren Frauen überhaupt so pervers?

Beinahe gestattete er sich den Gedanken, dass Gott mit der Erschaffung der Frauen einen Fehler gemacht hatte, aber er schreckte doch vor dieser Ketzerei zurück. So was passierte einem, wenn man über Frauen nachdachte – sie führten die Gedanken in die Irre.

Wenn sich die Flüchtigen auf dem Stationswrack aufhielten – und davon war er überzeugt –, würde er sie gefangen nehmen und ein Exempel an ihnen statuieren. Das gelbhaarige Gräuel würde man exekutieren müssen; es war ihm zuwider, Frauen umzubringen, aber wenn diese Frau einmal geflohen war, schaffte sie es später vielleicht erneut. Das Mädchen … darüber entschied er lieber später, nachdem er erfahren hatte, was genau geschehen war. Einem Zeugen zufolge, den man schließlich gefunden hatte, schien es, dass ein Mann das Mädchen angewiesen hatte, in den Wagen zu steigen. Falls das zutraf, war sie wahrscheinlich keines anderen Vergehens schuldig, als dumm den Befehlen eines Mannes zu folgen, und mehr als das konnte man von einer Frau schließlich nicht erwarten. Er hoffte, dass es der Wahrheit entsprach.

»Ranger Bowie!« Das war sein Pilot. Er beugte sich ins Cockpit vor.

»Was ist, Jase?«

»Da draußen ist ein komisches Schiff, sagen die Scanner.«

Ein komisches Schiff. Es musste das Schiff sein, mit dem sich die Frauen hatten treffen wollen.

»Was sagt unsere Verteidigung?«

»Dort heißt es, es wäre komisch, Ranger. Nichts, was sie kennen würden, viel kleiner als ein Kreuzer. Aber es kann diese kleinen kurzen Sprünge ausführen, wie man sie bei der Familias-Flotte beherrscht...«

»Es sucht nach den Frauen«, sagte er. »Es ist kein Kriegsschiff, oder es hätte als Erstes unsere Schiffe weggeballert, genau wie wir es an ihrer Stelle getan hätten. Wohl irgendein kleiner Transporter.« Das Schlimmste an dieser Lage war, dass die Familias jetzt wussten, wo sie die Miliz fanden – und dass womöglich noch mehr Schiffe kamen. Es ist genug, dass ein jeglicher Tag seine eigene Plage habe, sagte er sich. Eins nach dem anderen. Er musste diese Frauen in seine Gewalt bekommen, oder die Hölle brach aus.

Allerdings – hätte er die Lage vorher schon gekannt, dann hätte er ein Shuttle gepanzerter Raumkampftruppen von der *Yellow Rose* anfordern können. Deren Raumanzüge waren gehärtet, wenn auch nicht gegen die Art Waffen, wie sie ein Schiff der Familias-Flotte hatte. Trotzdem würde man dort zögern zu feuern, wenn man glaubte, dass die Tochter des Sprechers mitten im Getümmel steckte.

Mitchs Großvater hatte zu denen gehört, die damals

dieses gottlose Ding verwüsteten; Mitch war mit den Geschichten darüber aufgewachsen. Immer wieder hatte man sich darüber unterhalten, ob man es sprengen sollte, war aber stets zu dem Schluss gelangt, dass es vielleicht eines Tages mal nützlich war. Nützlich! Das bewies nur, was passierte, wenn man sich in einer moralischen Pflicht nachlässig zeigte. Er verfolgte mit, wie der Pilot in die alte Shuttlebucht steuerte. Als er spürte, wie die Shuttlegreifer mit dumpfem Klang das Deck packten, stand er auf und bahnte sich den Weg nach hinten zur Luke.

»Jetzt hört ma' alle zu«, sagte er. »Wir gehen da rein und suchen nach diesen Frauen. Nicht, um Sachen anzugaffen oder sogar kaputtzumachen. Wir ham Kriegsschiffe im System; wir müssen diese Sache durchziehen und dorthin zurück, wo wir was ausrichten können. Kapiert?«

Sie nickten, aber er hatte seine Zweifel.

»Die Frauen können nur die Waffen dabeihaben, die dieser Typ in seinem Shuttle hatte. Vielleicht ein paar Messer, eine oder zwei 45er. Und es sin' Frauen, und sie kennen sich in Schwerelosigkeit oder Vakuum nicht aus. Sie haben Raumanzüge an, wahrscheinlich welche, die nicht richtig passen. Wir brauchen uns also keine Sorgen zu machen, falls wir vernünftig vorgehen. Spaziert nur nich' einfach los, wo eine von ihnen euch leicht wegpusten kann! Und achtet drauf, dass eure Personenscanner auf hohe Leistung eingestellt sin'!«

Er klappte den Helmschild herunter und verriegelte ihn, ehe er die Anzugsverschlüsse des Mannes kontrollierte, der vor ihm stand; der andere kontrollierte das Gleiche bei ihm. Terry Vanderson – ein guter Mann, zuverlässig. Schließlich drehte sich Mitch um und führte seine Leute durch die Luftschleuse des Shuttles.

Die reguläre Luftschleuse, die vom Shuttledock zum Stationskorridor führte, funktionierte normal, aber auf der Station bestand keine Atmosphäre. Das hatte Mitch erwartet. Bestimmt hatten sich die Frauen einen Tank oder so aus ihrem Shuttle mitgenommen und inzwischen nur noch einen knappen Luftvorrat.

Hinter der Luftschleuse erreichten sie einen kurzen Korridor, der zu einer T-Kreuzung führte. Mitch betrachtete die alten Aufzeichnungen seines Onkels; er wusste, dass beide Flügel der Station jeweils ein Labyrinth aus Labors und Lagerräumen darstellten; sie würden alle Winkel durchsuchen müssen. Er blickte auf seinen Scanner. Niemand in der Nähe, aber sie würden jeden einzelnen Raum erst überprüfen und dann dichtmachen.

»Vergesst nicht, auf die Decken zu achten!«, ermahnte Mitch seine Leute. Nicht, dass es nötig gewesen wäre; sie hatten an mehr als einer Enteraktion teilgenommen.

Lewis und Terry machten sich davon, um das äußere Ende dieses Flügels zu kontrollieren. Es schien ewig zu dauern, aber wahrscheinlich waren es nicht mehr als fünf Minuten gewesen, bis sie zurückkehrten. Jetzt folgte die Gruppe dem Korridor zum Stationszentrum.

* * *

»Ich glaube das einfach nicht!«, brummte Oblo. »Sie spazieren durch die Gegend, als wäre das ein Picknick.« Auf dem Scanner rückten die zwanzig Gestalten in ihren Raumanzügen als geschlossene Gruppe vor und kontrollierten Kabinen und Türen, ohne jedoch wirklich Vorsicht walten zu lassen. Kein Kundschafter, keine Nachhut. »Und sie tragen keine Raumpanzer, nur Raumanzüge. Brun könnte sie eigentlich selbst erledigen, falls sie irgendeine Waffe hätte.«

»Sie denken, dass sie nur mit zwei unbewaffneten Frauen konfrontiert sind«, sagte Esmay. »Sobald jemand sie informiert, dass wir hier sind ...«

»Das müsste inzwischen geschehen sein«, fand Oblo. »Es sei denn, sie lauschen überhaupt nicht.«

Das führte zu Fragen, die zu beantworten Esmay keine Zeit hatte. War irgendjemand in den Reihen der Miliz daran interessiert, dass dieser Einsatz scheiterte? Und warum?

Die Sturmsoldaten rückten vor und fühlten sich dabei sicher, denn sie wussten, dass ihre Panzerungen jeden Scanner abwehrten, der nicht speziell konstruiert war, um sie zu durchdringen. Esmay spürte die vertraute Woge der Erregung; sie wäre am liebsten mit ihnen gegangen, aber es war wichtiger, Brun und das Mädchen zu finden. Der Scanner zeigte zwei Lebenssignale in Druckanzügen diesseits des Stationskerns, in einer Kabine an einem Seitenkorridor. Das Problem bestand jetzt darin, sie zu informieren, dass Esmay und die anderen freundlich gesinnt waren – denn die auf ihre Wirkung im Gefecht hin konzipierten Panzerungen wiesen keine Abzeichen im sichtbaren Spektrum auf.

***

Alle Kabinen dieses Flügels waren überprüft und gesichert worden, und Mitch Pardue fühlte sich ziemlich gut, als er seine Männer in den Zentralkern führte. Eine sorgfältige Scannermessung hatte dort nichts gezeigt – falls die Frauen noch lebten, hatten sie sich wahrscheinlich irgendwo im gegenüberliegenden Flügel verkrochen, unweit der heißen Zone, wo sie ihr Shuttle angedockt hatten. Mitch empfand eine angenehme Spannung, als er an sie dachte – an die Angst, die sie sicher hatten, die Hilflosigkeit...

»Gehen wir, Jungs«, sagte er und trat hinaus auf den breiteren Kernkorridor.

Sie durchquerten etwas, was früher ein Salon gewesen war; heute lagen die Stühle aufs Geratewohl verstreut. Anschließend erreichten sie die Steuerzentrale. Hier blieb Ranger Bowie stehen. Es war schon ein bisschen überraschend gewesen, dass die künstliche

Schwerkraft nach wie vor funktionierte – er erinnerte sich eindeutig an Schilderungen seines Onkels, wie sie damals die Leichen in Schwerelosigkeit durch die Korridore geschoben hatten. Er fragte sich, ob die Frauen vielleicht versehentlich die entsprechenden Schalter gedrückt hatten.

»Wartet eine Minute«, sagte er zu den anderen. »Ich möchte mal was kontrollieren.« Sie trieben sich aber in seiner Nähe herum, waren nicht weniger an der alten Station interessiert als er. Er beugte sich übers Steuerpult und versuchte die Beschriftung zu lesen ... kein anständiges Tex, aber er erkannte die Sprachen wieder: die der Regierenden Familias, der Guerni-Republik und der Baltischen Konföderation. Allesamt Heiden. Und klar doch, der Staub war verwischt; er sah an verschiedenen Stellen etwas, was Abdrücke von Handschuhen sein konnten. Er entdeckte die Schwerkraftsteuerung und streckte die Hand danach aus, als ihm schwarz vor Augen wurde und jemand ihn heftig nach hinten zerrte.

»Lämmer auf der Schlachtbank«, hörte Esmay aus dem Funk. »Wir sollten sie jetzt in den Weltraum hinausbefördern, oder möchten Sie Gefangene?«

»Können Sie irgendeine ID feststellen?«

»Na ja, einer von ihnen hat dieses Sternending auf seinem Raumanzug, und er sieht wie der Anführer des Haufens aus, der die *Elias Madero* gekapert hat.«

»Ja, wir möchten Gefangene«, sagte Esmay mit Entschiedenheit. »Besonders den.« Sie hätte am liebsten mitgehört, wie es weiterging, aber Brun zu finden, das hatte nach wie vor Priorität, und die Scannersignale blieben in Bewegung – als ob Brun ihnen absichtlich auswich. Vielleicht tat sie genau das.

»Team Blau!« Das kam von außen, vom Scannerspezialisten des anderen Teams.

»Hier Lieutenant Suiza.«

»Zwei Shuttles im Anflug, die sich ohne Abschirmung

unterhalten. Sie haben vor, auf die Station zu gehen und jeden umzubringen, den sie finden.«

Das ergab keinen Sinn – und dann tat es das doch. Falls diese Leute so zersplittert waren, wie gemeldet worden war, dann bot sich hier einer Fraktion die ausgezeichnete Gelegenheit, sich von der Führung einer anderen Fraktion zu befreien.

»Sie wissen, dass wir hier sind, nicht wahr?«

»Yeah – aber sie denken, sie könnten es mit uns aufnehmen. Ich schätze zwanzig Mann pro Shuttle – insgesamt vierzig, wiederhole vier null Bewaffnete. Keine schweren Waffen.«

Das war ein Glücksfall. Hätten sie schwere Waffen oder gar Schiffsgeschütze gehabt, dann hätten sie vielleicht beschlossen, die Station wegzupusten.

»Haben sie einen Hinweis gegeben, wo sie andocken möchten?«

»Ein Shuttle nimmt Kurs auf dieselbe Shuttlebucht wie die erste Maschine. Die Besatzung möchte erst nach der anderen aussteigen – die Kurs auf das Ende dieses Flügels hat.«

»Ah . . . die alte Zangenbewegung.«

»Ja, Sir.«

»Mr. Vissisuan«, sendete Esmay, »rechnen Sie mit vierzig Eindringlingen in zwei Shuttlefuhren, nur mit Handfeuerwaffen ausgerüstet. Nach den Scannersignalen zu urteilen, wissen sie, dass wir hier sind, denken jedoch, dass wir leicht zu überwältigen sind. Sie haben ihre Kräfte aufgeteilt und rechnen damit, uns in die Zange zu nehmen.«

»Sir! Unser Plan?«

»Bis wir Brun und das Mädchen in Sicherheit gebracht haben, bleibt genau das unsere erste Priorität. In diesem Moment sieht es so aus, als hielte sich Brun zwischen unseren Leuten und dem anfliegenden Shuttle auf. Also beeilen wir uns lieber. Außerdem sichern Sie die Gefangenen, die wir gemacht haben, und nehmen falls möglich weitere.« Falls ihnen irgendwelche hochrangigen Milizionäre in die Hände fielen, konnten sie vielleicht eine Schlacht vermeiden und die Kinder sicher herausholen.

***

Brun hoffte, dass das Expertensystem wusste, was es tat. Es schickte sie von einer Kabine zur Nächsten, angeblich außerhalb der Reichweite der Personenscanner, wie die Milizionäre sie mitführten. Es behauptete auch, weiterhin nach einem besseren Stimmsynthesizer zu suchen, und hatte dazu zwei weitere mobile Einheiten losgeschickt. Sie hätte es gern gefragt, ob es irgendeine Antwort von den Familias-Schiffen erhalten hatte – sicherlich taten die doch *irgendwas*! –, aber sie konnte einfach nicht auf der Tastatur tippen, und Hazel verstand ihre Gesten nicht. Brun war so müde ... Sie hoffte, dass es nur an Erschöpfung und nicht an Sauerstoffmangel in den Geweben lag.

»Brun – wach auf!« Das war Hazels Stimme, und sie schien kurz davor, in Panik zu geraten. »Ich spüre was im Boden – Schwingungen ...«

Sicher erinnerte sie das an ihre Gefangennahme. Sich in diesen verwüsteten Räumen zu verstecken, darauf zu warten, dass irgendjemand kam, ohne zu wissen, wer ... das rief wohl alle ihre Albträume zurück. Brun klopfte ihr auf den Arm und lächelte. Hazel erwiderte das Lächeln, aber es drückte keine Spur von Frohsinn aus.

Brun spürte das Klopfen und die Schwingungen selbst. Jemand war ihnen näher gekommen, und es war mehr als einer. Sie probierte es erneut mit ihrer Compad-Tastatur und tippte: »Flottenunterstützung?«

»Ich bin nicht sicher«, sprach ihr das Expertensystem direkt ins Ohr. »Zwei Shuttles haben angedockt, zwei weitere Andockmanöver stehen kurz bevor. Mehrere Eindringlinge sind an Bord und bekämpfen sich gegenseitig.« Dann mussten einige davon auf ihrer Seite stehen, überlegte Brun. Aber sie wusste es nicht genau.

»Nicht alle Shuttles haben dieselbe Form, aber ich empfange auch keine Erkennungscodes von denen, die in der Nähe aufgetaucht sind.«

Aufgetaucht? Von einem größeren Schiff aus gestartet, das sich per Mikrosprung genähert hatte?

»Probiere es mal mit Flottencodes auf den Komkanälen«, tippte Brun.

»Ich habe keinen Zugriff auf die Funkverbindungen irgendeiner der Gruppierungen«, sagte der Experte. »Ich weiß nicht, welche Frequenzen ich dazu benutzen soll.«

Abgeschirmte Helmfunkverbindungen. Das klang immer mehr nach der Familias-Flotte, aber wie konnte Brun nur Kontakt aufnehmen? Bestimmt lauschte jemand nach nicht abgeschirmten Mitteilungen ... »Auf allen Bändern«, sagte Brun. »Benutze die Codes, die ich dir genannt habe.«

Das Deck bäumte sich auf, und Brun und Hazel wurden in der geringen Schwerkraft hochgeschleudert und prallten an einem der Schotts ab. Bruns Compad flog durch die Gegend, und der Stecker war aus der Anzugverbindung gerissen worden. Hazel hastete hinterher, während eine weitere Folge von Schwingungen und Stößen sie erschütterten. Etwas musste die Station gerammt haben, etwas, das eine weit größere Masse hatte als eine einzelne Person. Brun konnte in den nächsten Raum blicken; das Schott war an der Ecke abgerissen und hatte jetzt ein dreieckiges Loch. Möglicherweise löste sich die Station ringsherum auf und sie wurden in den Weltraum hinausgeschleudert wie winzige Samenkörner aus einem Bovistkopf.

Brun kämpfte die Panik nieder. Jetzt, in diesem Augenblick, hatten sie nach wie vor Luft und steckten in intakten Raumanzügen, und sie waren nicht dabei zu erfrieren und nicht gänzlich durchlöchert. Hazel arbeitete sich wieder zu ihr vor und hielt ihr das Compad und den Verbindungsstecker hin.

***

Der Scannertech, der die anfliegenden Milizshuttles im Auge behielt, meldete, dass eines davon eher aufprallen als andocken würde. »Er ist viel zu schnell; er wird die Station aus ihrer Bahn rammen; Countdown sieben, sechs, fünf, vier, drei, zwei, eins ...« Das Deck bäumte sich auf; in der minimalen künstlichen Schwerkraft stieg eine Staubwolke auf und blieb wie ein zerrissener Vorhang hängen. »Sie haben das äußere Ende des Flügels ganz schön ramponiert, scheinen aber leider selbst keine großen Schäden eingesteckt zu haben.«

»Halten Sie uns auf dem Laufenden«, sagte Esmay. Meharry und fünf weitere Soldaten waren bei ihr, während sie Bruns Signal durch den Irrgarten der Korridore nachspürte.

»Lieutenant!« Das war wieder ihr Ausguck am Scanner. »Ich empfange Funksprüche im Flottencode, die von der Station ausgehen ... Der Absender identifiziert sich als das Expertensystem der Station.«

»Was möchte es?«

»Es sagt, zwei Angestellte hätten es beauftragt, mit uns Verbindung aufzunehmen, und ihm dazu die Codes übermittelt. Sagt, es versuchte sie zu beschützen, und ob wir wohl freundschaftliche Absichten nachweisen könnten?«

»Die einzige Person hier, die vielleicht über Zugriffscodes der Flotte verfügt, ist Brun ... aber angeblich kann sie nicht mehr sprechen.«

»Das System kann derzeit nicht mit dieser Person sprechen – es sagt, ein Kommunikationsgerät hätte versagt.«

Toll! »Kann es uns zu ihr führen?«

»Es sagt ja, aber tut es erst, wenn wir nachgewiesen haben, dass wir legal hier sind und sie uns kennt.«

Es wurde immer schlimmer. Expertensysteme waren für ihre starre Interpretation von Vorschriften berüchtigt.

»Das System soll ihr ausrichten, dass wir auf die Flottencodes geantwortet haben, und sie bitten, unsere ID per Signal anzuerkennen oder zu bestreiten.«

»Ja, Sir.« Eine Pause folgte, dann: »Das System versucht es, Sir.« Eine weitere Pause. »Es sagt, sie möchte wissen, wer hier ist. Einen Namen.«

Esmay überlegte kurz. Lord Thornbuckle zufolge war Esmay die letzte Person, die Brun zu sehen wünschen würde oder der sie begegnen sollte. Aber es wäre immerhin ein Name, den sie kannte.

»Sie kennt uns, Lieutenant«, sagte Meharry. »Methlin und Oblo ... das wird sie wiedererkennen.«

»Nur zu«, sagte Esmay. »Richten Sie ihr das aus.«

Eine weitere kurze Pause trat ein. »Einverstanden. Das System wird den Weg markieren und Sera Meager mitteilen, dass jemand kommt.«

»Es soll ihr unsere Raumanzüge schildern, damit sie uns von den anderen unterscheiden kann«, sagte Esmay.

Auf ihrem Helmdisplay leuchteten jetzt die Icons der Angreifer auf: zwanzig rote Punkte auf einer Graphik des Stationsflügels. Esmay folgte mit ihrem Team den Anweisungen des Expertensystems; das andere Team folgte dem Hauptkorridor, um die gelandete Truppe abzufangen.

Hier im Sekundärkorridor lagen an manchen Stellen türkisfarbene Raumanzüge herum wie Leichen. Jedesmal, wenn Esmay einen sah, fröstelte sie, aber der Experte drängte sie weiterzugehen, wozu er den Scannertech als Relaisstation benutzte. Endlich glitt vor ihnen eine Kabinentür auf. Vorsichtig ging Esmay weiter ... und da waren sie: Brun, deren Gesicht sie durch das Visier des Raumanzugs sehen konnte, und ein verängstigt wirkendes junges Mädchen. Meharry schob sich an Esmay vorbei und stellte ihr Helmvisier auf Durchsichtigkeit, damit Brun sie erkannte. Brun stolperte vor, als wäre sie ernsthaft verletzt, und fiel Meharry in die Arme.

»Medizinisches Team!«, verlangte Esmay. Sie kamen im Laufschritt und klappten dabei die Vakuumbetten auseinander, die auch ohne Außendruck einen lebenserhaltenden Zugriff auf einen Patienten im Raumanzug ermöglichten. Erst jetzt kam Esmay auf die Idee, den Scannertech nach der Frequenz zu fragen, die der Experte und Bruns Helmfunk benutzen mussten. Sie sah sich in der Kabine um und entdeckte eine auffällige Lücke, wo die verformten Wandschotten auseinander geplatzt waren. Ging das auf den eben erfolgten Aufprall des Milizshuttles zurück, oder war es ein alter Schaden? Sie wusste es nicht, und es war auch egal.

Brun befreite sich aus Meharrys Griff und deutete auf das Mädchen. Das Ärzteteam klappte eine weitere Liege auseinander und öffnete sie. Dann drehten sie jede der beiden Frauen auf eine eigene Liege, versiegelten sie dort und öffneten die Tanks. Die transparenten Zelte bliesen sich auf; sie waren mit nach innen gewandten Handschuhen und Ärmeln ausgestattet, die eine Behandlung ermöglichten.

Das Mädchen redete sofort los. »Bitte – sie kann nicht reden – sie braucht ein Kommunikationsmittel …«

»Sicher, Süße … Und wie heißt du?«

»Hazel … Hazel Takeris. Und sie ist Brun … Sie hat ein Compad mit Stimmausgabe benutzt, aber die Verbindung ist abgerissen.«

Esmay entdeckte das Compad und steckte es in den Port von Bruns Liege. Sie sah, dass Brun das Gerät überprüfte und dann hochhielt, ohne es zu benutzen. War der Stecker beschädigt? Die Geste bedeutete bestimmt, dass sie das Gerät in den Druckanzug hatte einstöpseln müssen. Brun führte die universelle Geste für *Luftdruck aufgebaut?* aus, und Esmay antwortete. Brun öffnete ein Ärmelsiegel an ihrem Anzug, wie sie es bei der Sicherheitsausbildung gelernt hatte: Vertraue nie der Information eines anderen, was Luftdruck angeht. Dann zog sie einen Handschuh aus und tippte auf die Tasten des Compads.

»Alles korrekt«, verkündete die Audioaufnahme aus dem Luftzelt der Liege.

»Sera Meager?«
»Alles korrekt.«
»Können Sie Ihren jetzigen Zustand schildern?«
»Nein.« Das war, wie Esmay sah, eine andere Taste. Das Ding musste über vorprogrammierte Mitteilungen verfügen. Wozu diente dann die komplette Tastatur?
»Können Sie vollständige Antwortsätze tippen?«
»Nein.«
Esmay wandte sich ab, um über die Gesamtlage nachzudenken. Die Milizionäre, die diesen Flügel gerammt hatten, hatten die halbe Strecke zum Standort von Esmays Gruppe geschafft, folgten allerdings dem Hauptkorridor.
»Probleme«, meldete der Scannertech. »Große Probleme. Die bösen Jungs am anderen Ende führen Sprengstoff mit. Ob das auch für die an unserem Ende gilt, kann ich nicht erkennen, aber es wäre möglich.«

***

Die mobilen Einheiten des Expertensystems waren sekundäre Modelle, die der ursprünglichen Verwüstung entgangen waren, weil sie nach einfachen Kästen aussahen. Es hatte länger gedauert als vom Experten erwartet, einen von ihnen wieder aufzuladen, seinen Kettenantrieb anzuwerfen und ihn zum Labor 1-21 zu schicken, um dort nach Stimmsynthesizern zu suchen. Jetzt jedoch war das Gerät unterwegs. Der Experte umgab es auf seinem Weg mit einer Zone höherer künstlicher Schwerkraft, damit der Kettenantrieb festen Kontakt mit dem Decksbelag behielt. Der Experte hielt sich etwas darauf zugute, dass er alle Befehle gleichzeitig ausführte, egal wie komplex sie waren. Er schickte eine weitere mobile Einheit los und dann eine dritte, für den Fall, dass die erste irgendwie außer Gefecht gesetzt wurde. Es war eindeutig wichtig, dem größeren der beiden Menschen ein Kommunikationsgerät zu besorgen.

Die erste Einheit erreichte das Labor und streckte gerade einen Arm mit Kneifzange aus, um einen der Synthesizer aufzuheben, als ein Aufschlag die Station erschütterte. Die Einheit wurde vom Deck hochgeschleudert, aus dem Einzugsbereich der erhöhten Schwerkraft hinaus; sie flog durchs Labor, auf den Korridor hinaus und krachte ans Schott gegenüber, direkt hinter der Gruppe neuroverstärkter Marineinfanteristen, die gerade vorbeigeschlichen war. Der Infanterist am Schluss der Formation schoss auf das Gerät, ehe es Gelegenheit fand, zu Boden zu fallen, und schrie dabei: »Angriff!«

»Was ist los?«, erkundigte sich Kim Arek. Sie stellte dabei erstaunt und erfreut fest, dass ihr nicht die Stimme versagte.

»Dieses Ding ist gerade durch die Luke auf mich zugeflogen...«

»Etwas, was vom Aufprall weggeschleudert wurde?«

»Hat nach einem dieser robotischen Bombenträger ausgesehen, soweit ich es erkennen konnte.«

»Na ja... haltet Ausschau nach mehr von diesen Dingern.«

***

Pete Robertson, Ranger Travis und Captain der Rangers, hatten auf dem Flug in den Orbit reichlich Zeit zum Nachdenken. Es war alles Mitchs Schuld, und Gottes Urteilsspruch über Mitchs übereiltes Vorgehen und sein ungesundes Interesse an fremder Technik stand kurz davor, über sie alle zu kommen. Pete fasste seinen Entschluss und rief die anderen an – sie würden sicherstellen, dass niemand diese heidnische Station jemals wieder für irgendetwas nutzte und dass Mitch den Preis für seinen Unglauben zahlte.

Er hegte keine echte Hoffnung, dass sie in guter Verfassung aus dieser Geschichte hervorgehen würden – nicht, wenn feindliche Schiffe im System waren –, aber zumindest würde die Miliz sich erst mal um die eigene schmutzige Wäsche kümmern. Und Mitch hatte keine Chance mehr, je Ranger Captain zu werden; dafür gedachte Pete persönlich zu sorgen.

Die beiden feindlichen Shuttles, die an dem Wrack angedockt hatten, stellten kein Problem mehr dar, wenn man die Station einfach hochjagte – und er spielte mit der Idee, das von der *Yellow Rose* und der *Heart of Texas* besorgen zu lassen, ehe sie sich nach draußen wandten und gegen die Invasoren kämpften, aber er wollte es doch lieber selbst tun. Er fand es einfach richtig.

Und so schlurfte er, während er in seinem gepanzerten Raumanzug doch ein bisschen schnaufte, vorsichtig mit dem Rest der Travis-Crew aus dem Shuttle und führte sie durch den Korridor, der offen vor ihnen lag. Sam Dubois, der Ranger Austin, war am äußeren Ende der langen Struktur gelandet; beide Gruppen würden Sprengsätze montieren, während sie gemeinsam gegen den Feind vorrückten, und sich dann zurückziehen und die Station hochjagen. Komisch fand er nur, dass seine Personenscanner lediglich eine kleine Gruppe Lebensformen weit vor ihnen im Zentralkern anmaßen sowie zwei Lebensformen irgendwo weiter rechts. Hatte Mitch die Frauen noch nicht eingefangen? Pete lächelte vor sich hin und vergaß für den Moment den Feind aus den Shuttlefahrzeugen, der nirgendwo zu sehen war.

Als der kleine Kasten auf seinen Gleisketten aus dem Seitenkorridor hervorrumpelte, warf Pete sich herum, zog und feuerte mit trainierter Leichtigkeit. Kugeln prallten von dem harten Kasten ab und durchlöcherten das Schott in einem Streuungsmuster. Die Maschine näherte sich weiter und hielt in einem Gelenkarm irgendeinen Apparat ... und ihr folgte eine weitere Maschine dieser Art, die gerade um eine Ecke herum in Sicht kam.

»Macht sie fertig!«, rief er und feuerte erneut. Hinter ihm stampfte die Travis-Crew heran, und jemand zerschoss den Apparat, den die Kiste hielt. Die Kriechkästen rückten jedoch weiter vor, wenn auch jetzt langsamer. »Sie kriegen uns nich'«, sagte Pete. »Kommt weiter…« Und er wandte sich ab und traf Anstalten, in die ursprüngliche Richtung weiterzugehen.

Die jetzt jedoch von riesigen Gestalten in schwarzen Panzerungen blockiert war, mit Waffen, wie er sie noch nie gesehen hatte.

»Erledigt sie, Jungs!«, brüllte er und feuerte.

Dann rülpsten die seltsamen Waffen Ströme irgendeines grauen Mediums hervor, das ihn zurück zwischen seine Männer schleuderte und sie alle zu einer unbeweglichen Masse zusammenklebte. Als die nächste Explosion am äußeren Ende des Flügels erfolgte, hatte er die entsetzliche Angst, dass sie die Sprengsätze zündete, die seine Leute dort montiert hatten, und sie damit alle hochjagte. Er war, wie er feststellte, nicht annähernd so bereit, seinem Schöpfer zu begegnen, wie er immer behauptet hatte.

***

»Dümmer als Dreck«, fand Jig Arek ausgesprochen zufrieden. »Man könnte meinen, sie hätten noch nie was von Aufruhrbekämpfung gehört.«

»Wir haben es immer noch mit einem Haufen zu tun«, wandte Oblo ein.

»Schluss damit!«, sagte Meharry in einem Ton, der für ihre Verhältnisse angespannt klang. »Wir haben schlimmere Probleme. Brun und Suiza sind aus der Station geschleudert worden.«

Kapitel zweiundzwanzig

In einem Augenblick überprüfte Esmay noch, wo alle waren, und im nächsten zerriss ohne Vorwarnung das Druckzelt der Krankenliege. Luft schoss daraus hervor. Sie mussten unter Beschuss stehen. Esmay warf sich auf die Liege, deckte Brun ab und knallte deren Visier zu. Sogar durch die Panzerung hindurch spürte sie Bruns Atem; sie sah Bruns Gesicht, starr vor Wut oder Entsetzen – sie konnte es nicht unterscheiden –, aber das Visier blieb klar und gab damit Hinweis darauf, dass Luftversorgung und Filter weiterhin funktionierten. Esmay stemmte sich ein Stück weit hoch und sperrte die Anzugsgelenke in der Ellbogenposition, damit die Panzerung Brun nicht zerdrückte, falls etwas sie mit großer Wucht traf. Irgendwas stieß gegen die Panzerung und tat es erneut; jemand stürzte auf sie; aufgeregte Stimmen brüllten im Helmfunk. Esmay kümmerte sich nicht darum; sie und ihre Panzerung standen zwischen Brun und dem, was immer hier geschah; um Letzteres konnte sich jemand anderes kümmern.

Dann bäumte sich das Deck heftig auf und verbeulte sich, und das beschädigte Wandschott löste sich ab. Esmay sah kurz, wie andere Gestalten in Raumanzügen durch die Gegend purzelten. Jemand griff nach der zweiten Liege. Dann schob irgendein Stoß Esmay auf die Öffnung zu und hinaus ins helle Sonnenlicht.

Als ihr klar wurde, dass sie außerhalb der Station trudelte, bemerkte sie auch, dass sie sich weiterhin an Brun klammerte; die motorunterstützten Handschuhe der Panzerung hielten den Rahmen der Liege fest gepackt. Die Aussicht wechselte in einem irren Muster: hell/dunkel, Sterne/Planet/Station. Sie versuchte sich auf die Anzeigen im Helm zu konzentrieren und entdeckte schließlich die, wo sie eine Schätzung ihrer Geschwindigkeit relativ zum »Schiff« – der Station – erhielt: gerade mal 2,43 Meter pro Sekunde.

Als sie in Bruns Gesicht blickte, stellte sie fest, dass Brun ihr entgegensah, ohne sie zu erkennen. Natürlich nicht; Esmay hatte das Helmvisier nicht auf durchsichtig gestellt. Jetzt war das unmöglich. Sie hatte keine Ahnung, was sie tun sollte, aber sie wusste, dass sie eines *nicht* tun durfte – den Bettrahmen loslassen. Ihr Raumanzug war es schließlich, der das Funkfeuer ausstrahlte.

»Lieutenant!« Der laute Schrei aus dem Helmfunk weckte ihre Aufmerksamkeit. Sie hoffte, dass es der erste Versuch war, sie zu erreichen.

»Hier Suiza«, antwortete sie, erstaunt darüber, dass ihre Stimme so ruhig klang.

»Lieutenant, haben Sie die Liege?«

»Jap«, sagte Esmay. »Brun lebt; die Luftversorgung ist intakt.«

»Was ist mit Ihnen? Jemand dachte, er hätte einen Luftstoß gesehen.«

Ein weiterer Blick auf die Helminstrumente war weniger beruhigend. Ihr eigener Luftvorrat war in den Keller gestürzt, und die Anzeige fiel weiter sichtbar schnell. *Hier war ich schon einmal,* dachte Esmay und erinnerte sich an ihren ersten erschreckenden Weltraumspaziergang auf der *Koskiusko. Und es hat mir damals schon nicht gefallen.*

»Nur noch Reste«, sagte sie. »Vorrat sinkt weiter.«

»Die Explosion hat vielleicht die Luftzuleitung abgerissen; können Sie das überprüfen?«

»Nicht, ohne das Bett loszulassen«, sagte Esmay. »Und das habe ich nicht vor. Wie ist die Lage?«

»Sie sind tot; wir haben zwei Tote, und vier sind ins All getrudelt, wobei Sie und die Liege als eins gezählt sind. Max hat Sie alle auf dem Scanner. Wir sind in weniger als zehn Minuten mit einem Schlitten bei Ihnen.«

Sie hatte keine zehn Minuten mehr.

»Wie lange reicht Ihre Luft noch?« Das war Meharry.

»Drei Minuten«, antwortete Esmay. »Falls sie nicht noch schneller durchs Leck hinausgeht.«

»Ist Brun bei Bewusstsein?«

»Ja. Sie sieht mich an, kann mich aber nicht erkennen – mein Helmvisier ist nach wie vor verspiegelt.«

»Ich funke sie an und sage ihr, sie soll mal sehen, ob sie Ihr Leck nicht stopfen kann.«

»Nein – das ist zu gefährlich.«

»Es wird noch gefährlicher, wenn Sie das Bewusstsein verlieren und nicht mehr helfen können, den Schlitten heranzuführen.«

Sie sah den Wechsel in Bruns Gesichtsausdruck, obwohl Meharry den Funkspruch nicht in Esmays Helm weitergeleitet hatte. Dann schlängelte sich Brun, schob einen Arm durch die Gurte, die an der Liege hingen, und griff hinter Esmay. Ihr Arm war nicht lang genug; sie klopfte Esmay auf die Schulter.

Falls Esmay mit einer Hand losließ und sich umdrehte, konnte Brun vielleicht die Problemstelle erreichen, welche auch immer es war. Aber Esmay verlor vielleicht auch den Halt an der Liege – und sie fanden sie dann womöglich nicht. Brun klopfte jetzt fester zu. Esmay lächelte vor sich hin. Welche Verletzungen Brun auch immer erlitten hatte, sie hatten einige Wesensmerkmale nicht verändert. Vorsichtig und langsam löste Esmay auf dieser Seite ihren Griff vom Bettrahmen und verlagerte die Hand an einen der Greifgurte an Bruns Raumanzug. Brun schlängelte sich weiter. Die Luftanzeige fiel weiter ... stabilisierte sich ... bei acht Minuten.

»Acht Minuten«, gab Esmay an Meharry weiter.

»Sie hat wirklich das Glück auf ihrer Seite, diese Frau«, sagte Meharry. Sie sagte jedoch nicht, ob acht Minuten reichten. Esmay redete sich zu, dass eine Minute Sauerstoffentzug von jedem zu verkraften war. Brun stieß an sie, streckte einen Arm und ein Bein aus.

Was tat diese Idiotin da ... oh! Sie bremste die Rotation ab. Esmay streckte ihre Beine zur anderen Seite aus. Der verwirrende Wirbel von Aussichten wurde langsamer, während sie fast quer zueinander lagen und zusammen mit dem Bettrahmen ein Rad aus sechs Speichen bildeten, das langsam durchs All rollte.

Dann griff Brun mit dem in den Gurten verwickelten Arm nach oben und schob Esmays Spiegelabschirmung hoch, ehe Esmay sie aufhalten konnte. Bruns Augen weiteten sich. Dann grinste sie, ein so schelmisches und fröhliches Grinsen, wie Esmay es in diesem Gesicht nur je gesehen hatte. Mit demselben Arm löste Brun den wärmesicheren Beutel mit den intravenösen Flüssigkeiten, der mit Klebeband am Bettrahmen befestigt war, und setzte mit vollem Bedacht die aufmontierte Antriebsschraube ihres Handschuhs ein, um ein Loch hineinzustechen. Dann blinzelte sie Esmay zu, blickte an ihr vorbei, drehte den Beutel und drückte ihn zusammen.

Ein Strom Salzlösung spritzte hervor und verwandelte sich sofort in einen Sprühnebel aus Eiskristallen, die in der Sonne glitzerten. Esmay fragte sich, ob Brun gerade völlig verrückt geworden war. Dann wurde ihr klar, worauf Brun abzielte. Was sie damit auch immer bewirkte – sie benutzte die intravenöse Flüssigkeit als Reaktionsmasse, um sie beide schneller zur Station zurückzubringen.

Esmay tat ihr Bestes, um still zu halten, sogar als ihr die Luft ausging und der Hunger nach Sauerstoff sie überwältigte, sie drängte zu rennen, zu kämpfen, sich wieder aus dem dunklen erstickenden Tunnel freizustrampeln, der das Leben aus ihr herauspresste.

Sie hörte Stimmen, ehe sie etwas sah, die gleichmäßigen, ruhigen Stimmen von Ärzten, und irgendwo hinter diesen eine ganz schöne Menge Flüche und Schreie.

»Was macht ihr pO2?«

»Steigt. Haben sie noch rechtzeitig bekommen ...«

»Wir brauchen hier drüben noch eine weitere Sprühdose ...«

»Mein Gott, was haben die nur mit ihnen gemacht?«

»Es war das Pferd, denke ich ...« Das sagte eine zögernde, weiche Stimme.

Esmay öffnete die Augen und sah, wie sich unbehelmte Gesichter über sie beugten. Sie wollte die logische Frage stellen, aber sie kam nicht dazu. Eine der Ärztinnen kam ihr damit zuvor.

»Wir sind wieder im Shuttle. Unsere Zielpersonen sind am Leben und wurden bei der Schießerei nicht verwundet. Wir haben zwei Tote auf unserer Seite und acht Personen mit geringfügigen Verletzungen. Die Station ist weitgehend dahin, und irgendwo weiter oben wird noch gekämpft. Und jetzt, wo wir Sie wieder bei uns haben, brauchen wir uns keine Sorgen mehr um Sie zu machen.« Die Ärztin blinzelte. »Aber ich muss Ihre geistige Verfassung prüfen.«

Esmay holte tief Luft und spürte erst jetzt, dass ihr nach wie vor etwas in der Nase steckte und sie mit Sauerstoff versorgte. »Mir geht es gut«, sagte sie. »Was geht sonst vor?« Sie wollte sich aufrichten, aber die Ärztin drückte sie wieder nach unten.

»Nicht, solange wir uns nicht vom Zustand Ihrer Blutgase überzeugt haben. Ihre Anzugstelemetrie meldet, dass Sie etwa zweieinhalb Minuten lang ohne Luft waren, ehe wir sie wieder an die Luftversorgung anschließen konnten, und damit waren sie schon dicht am kritischen Bereich.«

»Mir geht es gut«, behauptete Esmay.

»Das tut es nicht«, erwiderte die Ärztin, »aber das wird es, sobald wir mit Ihnen fertig sind.« Sie fügte eine Spritze in den intravenösen Schlauch ein, den Esmay erst jetzt bemerkte, und ein weicher Gazevorhang breitete sich zwischen Esmay und dem übrigen Universum aus.

* * *

Barin hatte die ungemütliche Ehre, den kompletten Zusammenbruch der »einfachen, geradlinigen Befreiungsaktion« von der Brücke der *Gyrfalcon* aus mitzuerleben. Der größte Teil des Blutbads war schon vorüber, als das Signal der *Shrike* eintraf und seine Großmutter dem Rest der Einsatzgruppe hineinzuspringen befahl. Sie kamen weniger als dreißig Lichtsekunden vom Planeten entfernt wieder zum Vorschein, nur zehn Sekunden vom nächsten feindlichen Schiff. Die erste Salve der *Gyrfalcon* löschte es aus; die gewaltigen Energiegeschütze des Kreuzers brannten sich in weniger als einer Sekunde durch seine Schilde.

»Nicht an die Konfrontation mit echter Feuerkraft gewöhnt«, sagte Escovar ruhig.

»Kommandant – die *Shrike* hat ein Shuttle geborgen ... Verluste ...«

Bitte, bitte, lass es nicht Esmay sein ... Barin ballte die Faust um den Ring, den er für sie gekauft hatte.

»Feuerschema für das zweite feindliche Schiff ... das ROTE Licht ist die *Shrike* ...«

»Festhalten!«

»Erwischt!« Das kam von der *Navarino,* die freies Schussfeld auf das zweite Feindschiff gehabt und es so sauber weggepustet hatte wie die *Gyrfalcon* das erste.

»Drittes Ziel flüchtet – zum Sprungpunkt ...«

Das war dann die Aufgabe für die *Applejack,* den leichten Kreuzer für die Aufräumarbeiten ... Barin betrachtete konzentriert die Scannerschirme, während das feindliche Schiff sich dem Minenfeld näherte, das die *Applejack* in den letzten sechs Stunden im Sprungkorridor ausgelegt hatte.

***

Hazel hatte gesehen, wie sich das Wandschott abtrennte, und war für einen Augenblick in völlige Panik geraten – doch nicht jetzt noch, nach allem, was sie durchgemacht hatten! Dann packte jedoch ein Handschuh die Stange am Ende ihrer Liege und schlang kurz eine Leine darum, die er anschließend an einem Haftflicken sicherte. Als Hazel jedoch hinsah, entdeckte sie eine davonstürzende Form, bei der es sich um Brun und um jemanden handeln musste, der sich an ihr festhielt.

Sie sagte nichts – in den Funkgeräten herrschte ohnehin schon genug Lärm –, bis jemand sie fragte, ob sie okay war.

»Ja, aber – was ist mit Brun?«

»Wir holen sie zurück«, erklärte eine beruhigende Stimme. »Mach dir mal keine Sorgen. Und wir bringen dich in ein Shuttle.«

»Yeah, ehe hier alles auseinander bricht...«

Sie wurde von einer Hand zur Nächsten weitergereicht, wobei jeder sie sorgfältig an einen neuen Satz Sicherungsleinen hängte, ehe er den alten löste. Schließlich ging es durch eine Frachtluke in ein Shuttle. Menschen bewegten sich ringsherum, waren allesamt beschäftigt, wobei Hazel hoffte, dass es damit zu tun hatte, Brun zu retten. Sie hatte schon ihr ganzes Leben lang von den Such-und-Rettungsschiffen der Flotte gehört, aber noch nie eines in Aktion erlebt. Sie hatte gar nicht gewusst, dass SAR-Leute schwarze Raumanzüge trugen, die wie Raumpanzerungen aus Abenteuerwürfeln aussahen. Eher hätte sie damit gerechnet, dass sie helle Farben mit Leuchtmarkierungen trugen oder sonst etwas, womit sie leichter zu sehen waren.

»Hallo – sagst du uns noch mal deinen Namen?« Das kam von einer blonden Frau mit schläfrigen grünen Augen.

»Hazel Takeris«, antwortete Hazel. »Von der *Elias Madero.*« Die übrigen Dinge konnte sie einfach nicht sagen, all die Dinge, die sie im Kopf so oft geprobt hatte.

»Wir sind gerade unterwegs zu Brun«, erklärte die Frau. »Der Offizier bei ihr strahlt ein Funkfeuer aus – wir können sie also nicht verlieren.«

Hazel fühlte sich besser, aber sie spürte die Spannung in den Menschen ringsherum. Irgendwas war immer noch nicht in Ordnung.

»Was ist los?«

»Kein Grund zur Sorge«, antwortete die Frau. »Das Ganze sollte nur eine schnelle, simple Befreiungsaktion werden ... und von dir wussten wir überhaupt nichts ...«

»Es tut mir Leid«, sagte Hazel mechanisch. Die Frau wirkte erschrocken.

»Es braucht *dir* doch nicht Leid zu tun! Es sollte diesen Idioten Leid tun, die den Einsatz geplant haben!«

Die Frau wandte plötzlich den Blick ab, und Hazel drehte selbst den Kopf, um zu sehen, was los war. Die Frachtluke stand wieder offen, und drei weitere Gestalten in schwarzen Raumanzügen kamen hereingeschwommen und schoben eine vierte Gestalt, die fest an Bruns Liege hing.

»Luke geschlossen«, hörte Hazel im Funk.

»Luftdruck aufbauen! Los!«

»Steck das in den Anzug, verdammt!«

Hazel konnte am Rande Bruns türkisfarbenen Raumanzug sehen ... bestimmt hatte sie Luft aus den Tanks.

»Luftdruck auf Nennwert«, sagte jemand.

Dann bewegten sich die SAR-Leute wieder, kamen mit der Gestalt im schwarzen Anzug an Hazel vorbei. Zwei von ihnen zogen sich die Anzugshandschuhe aus und öffneten den Raumanzug der reglosen Person mit irgendeinem Werkzeug – und das Ding klappte auf wie die Schale eines Käfers. Hazel starrte hin – es *war* ein Raumpanzer. Darin entdeckte sie eine schlaffe Gestalt, ein bleiches Gesicht mit offen hängendem Mund. Geschäftige Arme und Hände machten sich ans Werk – und dann klopfte jemand Hazel auf die Schulter.

»Das willst du bestimmt nicht sehen«, sagte die Frau mit den grünen Augen. »Es wird unschön. Und da die anderen ohnehin schon an ihr arbeiten, haben sie mich gebeten, eine erste Untersuchung an dir vorzunehmen. Irgendwelche Atemprobleme?«

»Nein«, sagte Hazel, »aber ...«

»Also fein. Möchtest du den Helm öffnen? Wir können dann ohne Funk reden, was die Interferenzen senkt.«

Hazel stellte fest, dass sie die Hände heben und das Visier öffnen konnte. Die Frau hatte auch ihren Helm geöffnet und zog sich gerade die Handschuhe aus.

»Hast du irgendwelche Knochenbrüche, von denen du wüsstest?«

»Nein ... Ist Brun okay?«

»Ihr geht es gut; sie hat ein eigenes Team, das sich um sie kümmert.«

»Aber wer war das ...«

»Lieutenant Suiza – nur eine kleine Sauerstoffarmut, keine Sorge.«

Hazel wünschte sich, die Leute würden aufhören, ihr zu sagen, dass sie sich keine Sorgen machen sollte. Sie funkelte die Grünäugige an.

»Ich bin kein Kind, wissen Sie?«

»Du siehst aber wie eins aus.«

»Na ja, ich bin ...« Sie wusste nicht mal genau, wie alt sie war. Wie lange hatte man sie gefangen gehalten? Mindestens ein Jahr, weil Brun in der Zwischenzeit diese Kinder bekommen hatte. »Ich bin siebzehn«, sagte sie.

»Hmm. Na ja, ich bin achtunddreißig und heiße Methlin Meharry. Möchtest du mir erzählen, wie du entkommen bist?«

»Ich war auf dem Rückweg vom Markt ...«, begann Hazel und kam bis zu der Stelle, wo sie beide sich mit den langen Messern die Haare schnitten ... da hörte sie jemand zufrieden *Ja!* sagen, der an dem Offizier, an Lieutenant Suiza, arbeitete.

»Kommt sie wieder zu sich?«, fragte Meharry.

»Jeden Augenblick jetzt.« Einer der anderen kam herüber zu Hazel.

»Okay – lassen Sie jetzt uns Profis ran.« Und zu Hazel sagte er: »Jetzt holen wir dich lieber mal aus diesem Raumanzug heraus und sehen, in welchem Zustand du bist.«

»Seien Sie sachte«, verlangte Meharry.

»Sie können gerade reden!«, sagte der Arzt, aber ohne boshaften Ton. »Wenn man an Ihren Ruf denkt.«

»Ich könnte ihn selbst ausziehen ...«, fing Hazel an, als der Arzt durch die Ärmel griff, um die Verschlüsse ihres Raumanzugs zu öffnen.

»Ja, aber wir möchten, dass du im Zelt bleibst, nur für den Fall eines Druckabfalls im Shuttle ... Unwahrscheinlich, aber da draußen geht es zu wie in einem Zoo.« Der Arzt entfernte einen Teil des Raumanzugs nach dem anderen; Hazel hörte Rufe von den Leuten, die sich um Brun kümmerten, und reckte den Hals, um etwas zu sehen; in diesem Augenblick entfernte ihr Pfleger die Beinlinge des Raumanzugs und die Unterkleidung. »Mein Gott – was haben sie nur mit ihnen gemacht?!«

»Ich denke, es waren die Pferde«, sagte Hazel. »Wir sind die ganze Nacht lang auf Pferden geritten.«

»Pferde! Wir haben eine Einsatzgruppe durch den halben Sternenhaufen geschickt, und man hat euch auf *Pferden* herausgeholt?«

»Darauf wird man richtig wund«, sagte Hazel. »Und die Kleider waren hart.«

»Barbaren!«, brummte jemand. »Wir hätten die ganze Bande ins Weltall hinauswerfen sollen.«

Die *Shrike* sammelte das Shuttle ein, und die Ärzte brachten Hazel und Brun auf die geräumige Krankenstation. »Ihr kommt in den Regenerationstank«, sagte der Arzt im grünen Kittel, als er das Zelt der Vakuumliege zurückgeklappt und ein Hemd auf Hazel geworfen hatte. »Du wirst dich nach einer Stunde – vielleicht zwei – im Tank viel besser fühlen.« Hazel hatte nicht vor, mit ihm zu streiten; sie sah, dass Brun zum anderen

Tank geführt wurde. Hazel senkte sich in die warme, entspannende Flüssigkeit und döste ein.

* * *

Brun war wütend. Man redete wieder über ihren Kopf hinweg, als wäre sie gar nicht da, und niemand hatte daran gedacht, ihr einen Stimmsynthesizer zu holen. Seit drei Stunden war sie an Bord und wurde weiterhin wie ein dummes Kind behandelt.

»Sie braucht weitere fünf Stunden Regeneration wegen dieser Abschürfungen«, meinte ein Arzt. »Und ich denke immer noch, dass wir eine Parasitenuntersuchung anordnen sollten.«

Brun streckte die Hand aus, packte ihn an der Uniform und zerrte kräftig. Er stolperte und drehte sich zu ihr um.

»Sind Sie okay? Alles in Ordnung?« Er redete etwas zu langsam, etwas zu laut, als wäre sie ein taubes Kind.

Brun schüttelte den Kopf und deutete an, dass sie etwas schreiben wollte.

»Oh – Sie möchten uns etwas sagen?«

Ja, sie wollte etwas sagen, etwas sehr Entschiedenes! Stattdessen lächelte sie und nickte und ahmte wieder Schreibbewegungen nach. Endlich reichte ihr jemand ein Pad.

WIE GEHT ES ESMAY?, schrieb sie.

»Lieutenant Suiza geht es gut«, antwortete der Arzt. »Machen Sie sich keine Sorgen – Sie brauchen sie nicht wiederzusehen. Es war strikt gegen alle Befehle ...«

Wovon redete er da? Brun entriss ihm das Pad wieder. ICH MÖCHTE SIE SEHEN.

»Das ist keine gute Idee«, sagte der Arzt. »Sie hätten ihr eigentlich gar nicht begegnen dürfen. Wir verstehen, wie traumatisch das für Sie ...«

Brun unterstrich die Worte ICH MÖCHTE SIE SEHEN und streckte ihm das Pad wieder hin.

»Aber es war alles ein Versehen ...«

WAR ES EIN VERSEHEN, MIR DAS LEBEN ZU RETTEN? Diese Worte gerieten zu einem Gekrakel, das zu lesen ihm schwer fiel.

»Nein – dass sie daran beteiligt war. Ihr Vater sagte, dass Sie ihr unter keinen Umständen begegnen sollten, nach allem, was sie über Sie gesagt hat.«

Ihr Vater. Wut kochte hoch. Sie zwang sich zur Ruhe und fasste ihre Mitteilung in Druckbuchstaben. MIR IST EGAL, WAS MEIN VATER GESAGT HAT. ESMAY HAT MIR DAS LEBEN GERETTET. ICH MÖCHTE SIE SEHEN. SOFORT!

»Aber Sie können nicht ... Sie müssen noch länger in den Regenerations ... Und außerdem, was wird der Kommandant sagen?«

Als ob sie sich darum scherte, was der Kommandant sagte. Oder ihr Vater. Sie war nicht in die wirkliche Welt zurückgekehrt, um sich anzuhören, dass sie nicht mit jedem reden konnte, mit dem sie reden wollte – selbst wenn sie gar nicht sprechen konnte.

»Sie regt sich auf«, sagte jemand anderes. »Die Herzfrequenz steigt, die Atmung ... Vielleicht sollten wir ein Beruhigungsmittel ...«

Brun schoss vom Bett hoch, ohne sich um die paar schmerzhaften Stiche zu kümmern, die sie noch spürte, und schlug die zögernde Hand des ersten Arztes weg. Der andere packte den Injektor mit dem Beruhigungsspray. Mit einem Tritt, wie ihn Brun seit Monaten heimlich geübt hatte, knallte sie ihm das Mittel aus der Hand; es tröpfelte am Schott herunter. Sie zeigte den Ärzten einen warnenden Finger, nahm das Pad zur Hand und gab das Wort SOFORT ein.

»Gut, dich wieder auf den Beinen zu sehen«, sagte eine lässige Stimme von der Tür her. Brun wappnete sich für einen Angriff und stellte dann fest, dass es Methlin Meharry war, in deren Gesicht sich nichts rührte, während ihr Blick über die beiden Ärzte schweifte, den zerschmetterten Injektor und Brun mit dem kurzen Krankenhauskittel, der ihr um die Schenkel schlackerte. »Haben dir Schwierigkeiten gemacht, was? In Ordnung, Jungs – raus!« Die Ärzte sahen einander an und dann Meharry und entschieden sich klugerweise für den Rückzug.

Brun hielt Meharry das Pad hin.

»Du möchtest Suiza sehen? Warum nur, Mädchen? Ich dachte, sie hätte dich auf Copper Mountain runtergemacht und dich so aufgebracht, dass du nach Hause geflüchtet bist.«

Brun zuckte die Achseln – es spielte keine Rolle; dann tippte sie wieder etwas ins Pad ein.

»Yeah, gut, sie hat dir wirklich das Leben gerettet, und du ihr, schätze ich. Oder hast ihr zumindest geholfen. Dein Vater dachte, sie wiederzusehen würde ein schreckliches Trauma für dich bedeuten. Falls nicht – na ja, es ist deine Entscheidung.« Meharrys Mundwinkel zuckten. »Du möchtest dir vielleicht erst etwas anziehen ... es sei denn, du möchtest, dass sie herkommt.«

Das wollte Brun nicht. Sie war nur zu bereit, die Krankenstation zu verlassen. Einfallsreich wie immer, trieb Meharry rasch einen Bordanzug für Brun auf, der beinahe passte. Er war nicht ganz so weich wie die Monturen, die Hazel auf der Station gefunden hatte, passte ihr jedoch besser.

»Nun, es ist Brauch, dem Kommandanten einen Höflichkeitsbesuch abzustatten. Da der Kommandant den Lieutenant angewiesen hatte, dich nicht über ihre Anwesenheit zu informieren, und sie das trotzdem getan hat – könnte sich das als etwas heikel erweisen. Nur, damit du Bescheid weißt.«

Meharry führte sie durch ein Labyrinth von Korridoren bis zu einer Tür mit der Aufschrift LT. E. SUIZA, ERSTER OFFIZIER. Meharry klopfte.

»Treten Sie ein«, sagte Esmay. Als Meharry die Tür öffnete, saß sie halb aufgerichtet auf ihrer Koje und sah blass und müde aus.

»Brun möchte Sie sehen«, sagte Meharry. »Sie hat

irgendwie darauf bestanden, als die Ärzte sie ruhig zu stellen versuchten ...«

Brun schob sich an ihr vorbei und streckte das Pad aus, auf das sie schon gekritzelt hatte: DANKE.

Esmay starrte mit gefurchter Stirn erst das Pad an, dann Brun. »Sie haben kein Sprechgerät für dich! Was denken sie sich eigentlich?« Esmay wirkte fast so wütend, wie Brun war.

SIE SORGEN SICH UM MEINEN GEISTESZUSTAND.

»Sie sollten sich um deine Stimme sorgen, verdammt! Das ist lächerlich! Es sollte das Erste sein, was ...«

DANKE, schrieb Brun erneut. HAT MEIN VATER DIR SCHWIERIGKEITEN GEMACHT?

Esmay wurde rot. »Sie hatten das Band mit dem, was ich an jenem Abend zu dir gesagt hatte ... Und es tut mir Leid, es war wirklich beleidigend ...«

DU HATTEST RECHT.

»Nein ... ich war wütend, das war der Punkt. Ich dachte, du wolltest mir Barin wegnehmen – als wäre er mein Eigentum, was abscheulich von mir war, aber so hatte ich mich nun mal gefühlt.«

LIEBST DU BARIN? Auf diese Idee war Brun gar nicht gekommen, nicht mal in den Monaten der Gefangenschaft. Esmay, der kühle Profi, sollte verliebt sein?

»Ja. Und du hattest so viel Zeit. Während ich arbeitete, wusste ich, dass du Zeit mit ihm verbrachtest ...«

WIR HABEN ÜBER DICH GEREDET.

»Das wusste ich nicht. Jedenfalls – es tut mir Leid. Aber sie denken – sie dachten –, ich hätte etwas gegen dich und deine Familie. Dein Vater wollte mich nicht an der Planung oder der Durchführung der Rettungsmission beteiligen. Aber das ist nicht, worauf es jetzt ankommt – es geht darum, dir eine Stimme zu verschaffen.« Esmay dachte einen Moment lang nach. Meharry. Sie kannte alles und jeden, soweit Esmay feststellen konnte. Falls dieses Gerät auf der Station intakt geblieben war, dann wusste Meharry, wo man es fand, und falls es nicht mehr existierte, dann wusste sie, was man tun konnte.

»Ein Sprachsynthesizer? Sicher – ich kann einen besorgen. Fragen Sie nur nicht, wo.«

Zehn Minuten später lieferte ein junger Pivot, ein absoluter Grünschnabel, einen Kasten von der Größe einer Aktentasche ab. Darin steckte eine Tastatur mit vorprogrammierten Mitteilungen, die auch Direkteingabe ermöglichte.

»Hier«, sagte Esmay. »Probiere es mal damit.«

Brun betrachtete sich den Apparat und drückte ein paar Tasten. »Sieht aus wie das Gerät, das Lady Cecelia auf Rotterdam benutzt hat«, verkündete eine tiefe Bassstimme.

Esmay fuhr zusammen und lachte dann.

»Mal sehen, wie das hier klingt«, sagte der Kasten diesmal mit einer Sopranstimme.

»Das gefällt mir nicht; ich versuche es hiermit...«, tönte es in Mezzosopran; Brun zuckte die Achseln. »Ich nehme die.«

»Ich frage mich, warum sie dir nicht von Anfang an so was gegeben haben«, sagte Esmay. »Falls sie einen Stimmsynthesizer an Bord hatten, warum haben sie ihn dir nicht sofort gegeben?«

»Arroganz«, tippte Brun ein. »Sie wussten ja, was ich brauchte; wozu mich noch fragen?«

»Brun, es tut mir so Leid...«

»Vergeude keine Zeit. Ich danke dir. Du hast mir das Leben gerettet.«

Esmay überlegte sich noch, was sie darauf sagen sollte, als Bruns nächste Äußerung ertönte.

»Und nebenbei: Wer macht dir die Haare? Sie sehen gut aus, selbst nachdem sie im Helm zerdrückt wurden.«

»Sera Saenz – Marta Saenz – hat mich mit zu Afino genommen.«

»Raffaeles Tante Marta? Du musst Eindruck auf sie

gemacht haben, wenn sie dich dahin mitgenommen hat. Schön für dich.«

Esmay konnte gar nicht glauben, wie schnell Brun die Worte eintippte – es war, als benutzte sie ein solches Gerät schon seit Jahren. »Du kannst gut mit dem Ding umgehen«, sagte sie.

»Praxis«, tippte Brun. »Bei Cecelia. Und du hast ja keine Ahnung, wie gut das tut! So, was läuft nun zwischen der Flotte und dem Planeten? Hazel möchte, dass sie die übrigen Kinder herausholen.«

»Und deine Babys«, sagte Esmay. »Dein Vater gibt sich in diesem Punkt eisern: Er lässt seine Enkelkinder nicht dort zurück.«

»Er kann sie haben.« Bruns Gesichtsausdruck forderte Esmay zu einem Einwand heraus, aber sie erhob keinen.

»Ich habe keinen vollständigen Überblick über die Lage«, sagte Esmay. »Da ich in Ungnade gefallen bin, weil ich dir meine Anwesenheit bekannt gemacht habe, informiert man mich nicht mehr. Du bist hier auf einem Such-und-Rettungsschiff; uns begleitet eine Einsatzgruppe, aber im Augenblick machen wir nur Mikrosprünge durch die Gegend, um den Kriegsschiffen der Miliz auszuweichen.«

»Mit wem kann ich reden?«, übermittelte Brun. »Wer gibt die Befehle?«

»Auf diesem Schiff Kommandant Solis. Was die Einsatzgruppe insgesamt angeht, ist es Admiral Serrano.«

»Gut. Ich muss mit ihr reden.«

»Mit Admiral Serrano?« Esmay erinnerte sich noch rechtzeitig daran, dass Brun den Admiral schon kannte ... vielleicht hörte sie ihr also tatsächlich zu. »Ich kann dich bis zu Kommandant Solis bringen, aber es besteht Funksperre zur Einsatzgruppe.«

»Zuerst Kommandant Solis«, tippte Brun ein. Esmay nickte und ging ohne ein weiteres Wort voraus. Brun sah sie an. Neben dem wirkungsvolleren Haarschnitt hatte sich noch etwas verändert. Während Esmay sie durch das Schiff führte und Brun sah, wie andere sich vor ihr beugten, wurde Brun klar, dass Esmay vielleicht wirklich in Ungnade gefallen war, aber viel mehr verkörperte, als Brun sich je vorgestellt hatte. War sie bei Xavier und auf der *Koskiusko* so aufgetreten? Die eigene Idiotie wurde ihr wieder grell bewusst, die herablassende Art, mit der sie dieser Frau begegnet war, die Art, wie sie vorausgesetzt hatte, dass Esmay nicht mehr war als jeder andere Schüler, nicht mehr als beispielsweise Brun selbst. Dieser Mann in der Kneipe der Kampfveteranen hatte Recht gehabt – Brun hatte überhaupt nichts verstanden.

Sie warteten vor einem Quergang, während riesige Gestalten in Panzerungen vorbeimarschierten.

»Fühlen Sie sich besser, Lieutenant?«, fragte eine davon.

»Gut, danke«, antwortete Esmay. Sie wandte sich an Brun. »Sie gehörten zu dem Team, das dich herausgeholt hat.«

»Ich danke Ihnen«, übermittelte Brun rasch. Sie speicherte diesen Satz ab; sie würde ihn noch oft brauchen.

Kommandant Solis stand auf, als Brun eintrat, und hielt ihr die Hand hin. »Wir freuen uns so, Sie wiederzuhaben!«

»Ich freue mich, wieder hier zu sein.« Brun hatte den Bedarf an diesem Satz vorausgesehen und ihn deshalb gespeichert.

»Ihr Vater wollte nicht, dass Lieutenant Suiza Sie belästigt, aber soweit ich gehört habe, wollten Sie sie sehen?«

»Ja.« Das musste sie sorgfältig, Wort für Wort erklären, und Brun nahm sich Zeit. »Ich wollte mich bei ihr für mein Verhalten auf Copper Mountain entschuldigen. Während meiner Gefangenschaft ist mir klar geworden, wie sehr ich sie falsch eingeschätzt habe. Und ich wollte meine tiefe Dankbarkeit für das ausdrücken, was sie für mich getan hat.«

»Das meiste davon kennen Sie nicht«, sagte Kommandant Solis. »Sie war es, die nach der Explosion Ihres Fluchtshuttles darauf beharrte, Sie wären wahrscheinlich noch am Leben – Sie hätten das als Köder arrangieren können –, und wir müssten nach Ihnen suchen.« Er schenkte Esmay einen Blick, der, wie Brun feststellen konnte, beifälliger als üblich ausfiel. »Ich könnte glatt meine Einstellung ändern.«

»Ich habe meine geändert«, tippte Brun ein.

»Na ja, da wir jetzt Sie und die andere – Hazel Takeris, war das noch gleich ihr Name? – an Bord haben, können wir getrost zur Einsatzgruppe zurückspringen und ohne weitere Störungen von hier verschwinden.«

»Nein«, übermittelte Brun und wechselte zur Männerstimme, damit es nachdrücklicher klang.

Kommandant Solis fuhr zusammen; Brun verkniff sich ein Lächeln. Es ging nicht an, diesen Mann auszulachen. »Aber ... was ...?«

»Wir müssen noch die übrigen Kinder holen«, tippte Brun. »Die von dem Schiff, auf dem Hazel war.«

»Ich wüsste nicht, wie ...«, begann Kommandant Solis.

»Wir müssen einfach«, sagte Brun.

»Aber Hazel sagte, sie wären in Sicherheit, sie hätten sich an die neue Familie gewöhnt ...«

»Wir können nicht hinnehmen, dass kleine Mädchen, von Geburt Bürger der Familias, in einer Gesellschaft aufwachsen, in der man ihnen wie mir die Stimme rauben kann, nur weil sie das Falsche gesagt haben.«

Solis musterte sie. »Sie sind natürlich überreizt ...«, legte er los.

Brun stach so heftig auf die Tastatur ein, dass es ihm die Sprache verschlug und er wartete. »Ich bin müde, wund und hungrig und bin es extrem leid, keine Stimme zu haben, aber ich bin nicht überreizt. Könnten Sie das korrekte Maß an ›Überreizung‹ für jemanden in meiner Lage definieren? Diese Kinder sind ihren Familien gestohlen worden; ihre Eltern wurden auf entsetzliche Art und Weise ermordet; und die Kinder sind jetzt in der Hand von Menschen, die bereit waren, mich zu entführen, zu vergewaltigen und zu missbrauchen. Wie können Sie es wagen anzudeuten, dass sie dort in Sicherheit sind?«

»Sera – es ist nicht meine Entscheidung. Sie liegt beim Admiral, vorausgesetzt, sie kann es ohne Autorisierung durch den Großen Rat entscheiden, was ich bezweifle.«

»Dann rede ich mit dem Admiral«, sagte Brun.

»Es wird einige Zeit dauern, ehe wir ein sicheres Rendezvous durchführen können«, sagte Solis. Er warf Esmay einen langen Blick zu. »Und könnten Sie inzwischen eine Unterkunft für unseren Gast auftreiben, Lieutenant? Ich weiß, dass wir durch zusätzliche Besatzungsmitglieder schon überfüllt sind, ganz zu schweigen von den Gefangenen ...«

»Ja, Sir«, sagte Esmay.

»Gefangene.« Das ertönte in einem ausdruckslosen Bariton, nachdem sie die Brücke verlassen hatten.

»Zwei Gruppen«, berichtete Esmay. »Drei verschiedene Shuttlebesatzungen hatten Kurs auf die Station genommen, um dich einzufangen; eine hat sich selbst hochgejagt, aber die beiden anderen haben wir erwischt.«

Brun wollte sie sehen. Sie wollte, dass die Gefangenen sie sahen, frei und gesund und ... aber nein. Sie wollte erst ihre Stimme zurückhaben und sie dann aufsuchen.

»Etwas zu essen?«, tippte sie.

»Sofort«, antwortete Esmay und führte sie in die Offiziersmesse. Brun genoss es, in einer Mahlzeit zu schwelgen, die jemand anderes zubereitet hatte; Geschmacksrichtungen, an die sie gewöhnt war, Gewürze, die sie mochte, jedes Getränk, das sie haben wollte, während sie die ganze Zeit aus dem Augenwinkel Esmay betrachtete. Was *hatte* Afino nur mit ihrem Haar angestellt?

Und was konnte Brun eigentlich mit ihrem eigenen Haar machen, das sie so blindwütig mit einem Messer geschnitten hatte?

Mehrere Tage später fühlte sich Brun bereit, sich mit Admiral Serrano auseinander zu setzen – jetzt, wo ihr Haar dank des Mannschaftsfriseurs wieder ein Tumult aus wuscheligen Locken war.

»Du kommst mit«, sagte sie. »Ich brauche dich; ich vertraue dir.«

»Du könntest Meharry mitnehmen ...«

»Methlin ist ein Schatz ...« Esmay blinzelte und stellte sich vor, was wohl die respektgebietende Meharry dächte, wenn sie sich so geschildert hörte. »Aber sie ist nicht du. Ich brauche dich.«

»Ich bin der Erste Offizier; ich kann nicht einfach von Bord gehen.«

»Na ja, dann kann der Admiral herkommen. Was denkst du, gefällt ihr wohl weniger?«

So ausgedrückt, war es überhaupt keine Frage. Esmay spürte Kommandant Solis auf und erhielt die Erlaubnis, Brun aufs Flaggschiff zu begleiten.

»Und mir ist nicht entgangen«, sagte Solis, »dass fast zwei Jahre ohne Stimme es dieser jungen Frau nicht annähernd abgewöhnt haben, Befehle zu erteilen. Wir verschaffen ihr lieber ein Offizierspatent, damit es wenigstens legal ist.«

Unser Texas, Haushalt von Ranger Bowie

Prima hatte von Anfang an gewusst, dass große Probleme im Verzug waren. Sie konnte kaum glauben, dass Patience weggelaufen war – und tatsächlich schien es, dass man sie entführt hatte. Es passierte manchmal, dass Mädchen geraubt wurden, aber normalerweise belästigte niemand den Haushalt eines Rangers. Und der Mann hatte laut genug gesagt – genug, um verstanden zu werden –, dass er Geschäfte mit Mitch zu besprechen hatte.

Sie hatte es Mitch nicht erzählen wollen, solange sie nicht sicher wusste, was passiert war. Mitch war in einer Konferenz, einer wichtigen Konferenz. Sein jüngerer Bruder Jed war jedoch zu Besuch, wie so oft, und als Tertia erschien und meldete, dass Patience immer noch nicht nach Hause gekommen war, übernahm es Jed selbst, Mitch zu finden. Er gab gern Befehle, dieser Jed, und Prima wusste, dass es seinen Ehrgeiz noch nicht befriedigte, der Bruder eines Rangers zu sein. Er wünschte sich selbst diesen Stern, und Mitch erblickte darin keine Gefahr.

Und dann kam Mitch nach Hause, wütend darüber, dass Prima das Mädchen nicht besser beaufsichtigt hatte; wie es schien, war auch die Frau aus dem Kinderhort an der Crockett Street verschwunden, die man damals zusammen mit Patience gefangen genommen hatte. Mitch rief die älteren Jungen zusammen, und alle machten sich auf die Suche; er schickte auch nach dem Pastor, damit er Prima und den übrigen Frauen den ganzen Nachmittag lang predigte.

Das war mehr als nur lästig; eigentlich war Backtag, und sie mussten den aufgehenden Teig vergessen und schweigsam aufgereiht zuhören, wie Pastor Wells ihnen ihre Faulheit und Sündigkeit vorhielt. Prima hielt respektvoll den Blick gesenkt, aber sie fand doch, dass es eine Schande und ein Ärgernis war, wenn man hart arbeitende Frauen an der Arbeit hinderte und zwang, sich anzuhören, wie ihnen jemand Faulheit vorwarf. Und Wells erging sich unaufhörlich darüber, dass ihre Sünden auf die Kinder abfärbten. Prima hatte Schwierigkeiten mit diesem Teil der Lehre: Falls ihre Fehler, egal wie sehr sie sich bemühte, den armen Sammie zum Krüppel und Simplicity dumm gemacht hatten, wie konnte dann diese Ausländerfrau – die nach einem Leben in Sünde und Lästerung hier eingetroffen war – so schöne und gesunde Kinder gebären?

Mitch kam an diesem Abend spät nach Hause und hatte von Patience weder etwas gesehen noch gehört ... vermutlich auch nicht von der anderen Frau, der gelbhaarigen. Prima hätte gern nach den Babys der Gelbhaarigen gefragt, wusste es aber besser. Mitch war nicht in Stimmung, um sich irgendeine Dreistigkeit bieten zu lassen, sei es auch von ihr. Sie brachte das Haus in Ordnung und wartete an der Tür der Frauen, aber er kam nicht zu ihr. Früh am nächsten Morgen hörte sie, wie er das Haus verließ; als sie ihm nachblickte, sah sie Jed in seiner Begleitung. Sie hatte kaum geschlafen. Sie hörte das Tosen des Shuttles, als es vom Raumhafen startete, und einige Zeit später den Lärm einer zweiten und einer dritten Maschine.

Ein paar Stunden später lockte ein Tumult im Quartier der Jungen sie zu dessen Tür. Sie hörte, wie der Hauslehrer die Jungen anbrüllte, damit sie wieder Ruhe gaben ... und dann fegte Randy, Tertias jüngster Sohn, mit klappernden Sandalen zur Tür heraus.

»Daddy ist tot!«, schrie er aus Leibeskräften. Prima hielt ihn fest. »Lass mich los! Lass mich los!« Er ruderte mit beiden Armen, um sich von ihr zu befreien.

Der Lehrer folgte ihm auf den Fersen. »Prima – setz ihn ab.«

Der Lehrer war zwar ein Mann, aber er war nicht Mitch, und sie wagte es, ihm ins Gesicht zu blicken, das weiß wie Molke war. »Was ist los?«, fragte sie.

»Dieses Gräuel«, stieß er zwischen zusammengebissenen Zähnen hervor. »Sie hat ein Shuttle gestohlen und zu fliehen versucht. Ranger Bowie und andere haben sie verfolgt; es ist zu einem ...« Licht stach zu den Fenstern herein, ein kurzer erschreckender blauweißer Blitz. Prima wirbelte herum und spürte plötzlich, dass ihr das Herz kräftig an die Rippen klopfte.

Der Lehrer hatte das Fenster geöffnet und blickte forschend hinaus und zum Himmel hinauf. Prima folgte ihm. Draußen waren die Autos kreuz und quer stehen geblieben, und Männer blickten in den Himmel. Prima riskierte einen Blick hinauf und sah nur blaue Flecken zwischen weißen Wolken. Normal. Ungefährlich.

»Ich möchte die Nachrichten sehen«, sagte sie zu dem Lehrer und betrat das Jungenquartier des Hauses, ohne auf seine Erlaubnis zu warten.

Kapitel dreiundzwanzig

In den Nachrichten sah sie zwei aufgeregte Männer, die ins Aufnahmegerät brüllten. Prima verstand sie kaum. Flucht, Verfolgung, Invasion ... Invasion? Wer konnte das sein? Und warum? Mobilisierung, sagte einer der Männer.

»Was ist los?«, fragte sie erneut. Die älteren Jungen griffen schon nach ihren Pistolenkästen.

»Es ist das Ende der Welt«, behauptete einer. Daniel, glaubte sie. Secundas Dritter.

»Sei nicht albern!«, erwiderte ein anderer. »Es sind die Heiden, die uns ihre schmutzige Lebensweise aufzwingen möchten.«

»Warum?«, wollte Prima wissen. Ihr ganzes Leben lang hatte noch nie jemand Unser Texas belästigt, und sie konnte sich keinen Grund vorstellen, warum das irgendjemand tun sollte.

»Mach dir keine Sorgen«, sagte Daniel und tätschelte ihre Schulter. »Wir beschützen dich! Geh jetzt wieder in die Frauenquartiere hinüber und sorge dort für Ordnung.«

Prima wandte sich ab, wusste immer noch nicht recht, was passierte und was das möglicherweise hieß. In der Küche stritten Secunda und Tertia über die Bedeutung des Lichtblitzes, und beide wandten sich an sie, um eine Antwort zu erhalten. »Ich weiß es nicht«, sagte sie. Wer konnte es wissen? Sie spürte doch den Kitzel einer Versuchung ... nein, sie wollte nicht ihre Seele aufs Spiel setzen, indem sie einer Ausländerin eine solche Frage stellte, aber ... Sie traf einen Entschluss und ging hinaus in den Webschuppen.

»Miriam!« Die Ausländerin blickte von ihrem Webstuhl auf. Ihr Gesicht war angespannt; sie musste den

Blitz ebenfalls gesehen haben. »Weißt du, was dieses Licht zu bedeuten hatte?«

Miriam nickte.

»Kam es aus dem Weltraum? Von Raumschiffen?« Wieder nickte Miriam, diesmal mit einem breiten Grinsen, einem triumphierenden Grinsen. Miriam deutete mit Gesten eine Rakete an, die startete und eine andere Rakete abschoss.

Invasoren. Es *waren* Invasoren! »Wer?«, fragte Prima die hohle Luft. »Wer würde das tun? Warum?« Sie fuhr zusammen, als Miriam an ihren Arm fasste. »Was ist?« Miriam deutete an, dass sie schreiben wollte. Schreiben ... Sie erinnerte sich, dass Mitch angedroht hatte, Miriam die rechte Hand abzuhacken, wenn sie nicht aufhörte zu schreiben; Prima hatte gehofft, dass das nicht nötig sein würde, weil diese Frau eine begabte Weberin war. Jetzt führte Prima sie in die Küche und gab ihr den Block Papier und den Markierstift, den sie für die Buchhaltung benutzten.

Licht ist Waffe, schrieb Miriam. Prima kniff die Augen zusammen und versuchte so schnell zu lesen, wie Miriam schrieb. Waffe, so viel war eindeutig. *Ionisiert Atmosphärengase.* Das ergab keinen Sinn; Prima kannte keines von diesen Worten. Miriam blickte auf und schien das zu erraten. *Bringt Luft zum Leuchten,* schrieb sie. Na ja, aber wie konnte Luft leuchten? Luft war Luft, einfach nur klare Luft, solange kein Rauch darin war.

»Wer?«, fragte Prima erneut. »Wer würde uns angreifen?«

Miriam kritzelte rasch: *Die Guerni-Republik, die Smaragdplaneten, die Baltische Konföderation, die Regierenden Familias* ... Prima hatte keine Ahnung, was das alles war, abgesehen davon, dass es sich um gottlose Fremde handelte. *Schlacht im Weltraum, kein Angriff hier unten. Jemand, von dem ihr gestohlen habt.*

»Wir stehlen nicht!«, widersprach Prima und verkniff sich gerade noch, Miriam zu ohrfeigen. »Wir sind keine Diebe.«

Habt mich geraubt, schrieb Miriam. *Habt Kinder und Frauen geraubt und Männer getötet.*

»Das ist nicht wahr! Du lügst! Die Kinder hatten keine Familien mehr, und ihr Frauen wurdet vor einem Leben der Erniedrigung gerettet ...« Aber ihre Stimme schwankte. Miriam war seit über zehn Jahren hier; falls sie immer noch glaubte, dass man sie geraubt hatte, falls sie nicht verstanden hatte ...

Ich kann es beweisen, schrieb Miriam. *Gehe zu einem Sender – rufe durch – stelle fest, wer das ist, und frage sie.*

»Das kann ich nicht tun! Du weißt, dass es verboten ist. Frauen benutzen keine Männertechnik.« Aber ... falls sie es doch erfahren konnte? Falls es möglich war ...

Ich weiß wie, schrieb Miriam. *Es ist einfach.*

Verbotenes Wissen. Prima sah sich um, stellte fest, dass die anderen in der Küche sie anstarrten und dieses Gespräch zu verstehen versuchten. »Ich ... Ich weiß nicht, wo solche Geräte stehen«, sagte sie schließlich.

Ich weiß, wie man sie findet.

»Wie?«

Hohe dünne Dinger, die über Dächern aufragen.

»Es ist trotzdem verboten.« Beim Gedanken, zu hohen dünnen Dingern aufzublicken, wurde ihr schwindelig. Der Gedanke, Männermaschinen anzufassen, war noch schlimmer.

Wir können uns die Nachrichten ansehen. Sie musste damit das Gerät meinen, in dem die Frauen religiöse Sendungen verfolgten.

»Wie? Ich weiß nicht, wie man es einstellt.«

Ich weiß es.

Miriam ging zu dem Schrank hinüber, in dem es aufbewahrt wurde, und holte es hervor. Mit mehr als nur ein bisschen Angst half ihr Prima, das Ding auf seinem Wagen in den hinteren Raum der Küche zu ziehen, wo zusätzliche elektrische Anschlüsse vorhanden waren. Miriam entrollte das Kabelgeflecht, das Mitch zurückgelassen hatte, und steckte dieses Kabel und jenes Kabel in die Rückwand und die Seitenwände des Apparates. Prima hatte keine Ahnung, was wohin gehörte, und erwartete ständig, dass das Gerät in Flammen aufging. Stattdessen erzeugte es ein schwaches Brutzelgeräusch, und dann tauchte ein Bild mit demselben Hintergrund auf, wie sie ihn drüben im Apparat der Jungen gesehen hatte. Diesmal blickte nur ein Mann daraus hervor. Miriam hantierte weiter an dem Ding herum, und es zeigte plötzlich ein anderes Bild, scharf und bunt ... Männer in seltsamen Uniformen, die sehr merkwürdig aussahen.

Prima fühlte sich auf einmal schwach auf den Beinen. Einige dieser merkwürdig aussehenden Männer in Uniformen waren Frauen. Das Bild verengte sich, konzentrierte sich auf sie, auf eine Frau mit dunkler Haut und dunklen Augen und silbernem Haar. Miriam drückte eine der Tasten an der Vorderseite des Geräts, und eine Stimme ertönte.

»... die Rückkehr der Kinder, die bei der Kaperung des Schiffes *Elias Madero* entführt wurden. Herausgabe der Säuglinge, die von Sera Meager während der Gefangenschaft geboren wurden ...« Prima tastete hinter sich nach dem Tisch und lehnte sich daran. Diese Gelbhaarige ... Es musste um diese Gelbhaarige gehen. »... die Schiffe wurden vernichtet; Ihre Orbitalstation wurde zerstört. Um weitere Schäden und weitere Tote zu vermeiden, legen wir Ihnen dringlich nahe, mit uns zu kooperieren. Diese Nachricht wird laufend wiederholt, bis wir eine Antwort erhalten.«

Schiffe vernichtet. Auch Mitchs Schiff? War er tot? Prima spürte das Gewicht dieses Verlustes. Falls Mitch tot war, würde jemand anderes Ranger Bowie werden, und sie – sie und Mitchs übrige Ehefrauen und Kinder – gehörten dann Mitchs Bruder Jed, falls der noch lebte. Oder Jeffry, falls Jed umgekommen war.

Sie fuhr hoch, als sie Schüsse auf der Straße hörte. »Schalte das aus«, sagte sie zu Miriam, »ehe wir noch Schwierigkeiten bekommen. Lege ein – Tischtuch darüber.« Sie wusste, dass sie das Gerät lieber weggepackt hätte, aber falls Mitch doch nicht tot war, gab es vielleicht Nachrichten über ihn, und sie konnte sich einfach nicht überwinden, diese Verbindung aufzugeben. »Die Mittagszeit ist vorbei, und wir haben noch nicht mal das Essen serviert«, tadelte sie und wischte damit die Fragen weg, die die anderen Frauen gern gestellt hätten. »Kommt schon, füttert die Kinder. Und legt die Babys in die Betten, damit sie schlafen können. Was würde Ranger Bowie denken, wenn er uns so sähe!«

Sie spülten gerade das Geschirr, als Jed auftauchte. Er war bleich und redete fast ohne Zusammenhang. »Prima – es ist was Schreckliches passiert! Mitch ist tot oder wurde gefangen genommen; alle Rangers sind es! Bring mir was zu essen, Frau! Ich muss – jemand muss das jetzt übernehmen ...« Prima eilte hinaus und vertrieb die Mägde; sie würde ihn selbst bedienen. Das war sicherer. Als sie ihm einen Teller mit Braten und Kartoffeln und jungen Bohnen voll geladen hatte, rief sie Miriam.

»Schalte den Apparat ein, aber stelle ihn leise. Halte dich bereit, ihn wieder zu verstecken.«

Als sie das nächste Mal durch die Küche ging, waren alle erwachsenen Frauen um das Gerät versammelt. Diesmal gehörte das Gesicht auf dem Monitor einer Frau in einem anständigen Kleid – oder immerhin einem Kleid. Das dunkle Haar war von Silber durchzogen – eine ältere Dame.

»Sie sagt, die Gelbhaarige wäre die Tochter eines wichtigen Mannes.«

Oh Mitch ... mit Ehrgeiz gräbt sich der Unbedachte selbst eine Grube ...

»Sie sagt, unsere Männer hätten Menschen ermordet und Sachen gestohlen ...«

»Das ist eine Lüge«, behauptete Prima automatisch. Dann schnappte sie nach Luft, als der Bildschirm Mitch zeigte – wie er kläglich an einem Tisch saß, ohne etwas zu essen, umgeben von Männern, die Prima kannte. Terry ... John ... und da saß der Captain, Ranger Travis.

»... sind die Ranger entweder gefangen oder tot.« Das war wieder die Stimme aus der Maschine mit ihrer merkwürdigen abgehackten Sprechweise. So, wie Patience zu Anfang gesprochen hatte.

»Prima! Raus da!« Das war Jed mit seiner gewohnten Brüllerei. Prima eilte davon und empfand erneut Widerwillen gegen jenen Teil der Heiligen Schrift, der sie diesem Mann gab, nur weil er Mitchs Bruder war.

***

Mitch Pardue wurde im Bauch des Wals wach, einer riesigen, schattigen, kalten Höhle, wie es schien. Er blinzelte, und die bedrohlichen Krümmungen ringsherum lösten sich zu etwas auf, was er sofort als Teil eines Raumschiffes erkannte. Nicht des Shuttles jedoch und nicht der Raumstation, auf der er schon gewesen war. Er sah sich vorsichtig um. Auf dem Deck in seiner Nähe lagen etwa zwanzig seiner Gefährten, die meisten noch schlaff und bewusstlos; nur einer oder zwei starrten ihn verängstigt an.

Wo waren sie hier? Er stemmte sich hoch und war erst jetzt wieder wach genug, um zu bemerken, dass er einen knappen Bordanzug ohne Schuhe trug und seine Fußknöchel in Plastikfesseln steckten. Er spürte sein Herz klopfen, ehe er das Grauen bestimmen konnte, das ihm einen solchen Schrecken einjagte. Er räusperte sich ... und wurde starr vor Entrüstung und Entsetzen. Nein! Das konnte nicht sein! Er probierte es erneut und formte ein leises Wort mit den Lippen, aber kein Ton kam hervor.

Er blickte sich wild um – auf einer Seite von ihm seine eigene Besatzung, Männer, die er gut kannte, von denen jetzt mehr zu sich kamen und lautlose Worte des Protestes bildeten. Auf der anderen Seite ein weiterer Haufen Männer, die er kannte – Pete Robertsons Bande, da war er sicher –, die sich allmählich regten und zu sprechen versuchten und in deren Gesichtern sich die Panik und der Zorn ausbreiteten wie bei ihm selbst.

Die Soldaten, die einige Zeit später eintraten, überraschten ihn nicht; er wappnete sich auf Folter oder Tod. Aber nachdem sie seine Fesseln kontrolliert hatten, standen sie nur reglos an der Wand, wachsam und gefährlich, und warteten auf das, was immer kommen würde.

Er hätte seine Männer sammeln und diese Soldaten angreifen sollen. Er wusste das, wie er jedes Wort der Heiligen Schrift kannte, die er sich auf Anweisung eingeprägt hatte. Aber wie er hier lag, stumm und mit Fußfesseln, kam er auf keine Idee, wie das zu machen war. Er wandte erneut den Kopf und sah, dass Terry ihn beobachtete. *Mach dich bereit,* versuchte Mitch mit den Lippen zu bilden. Terry starrte ihn nur ausdruckslos an. Mitch nickte scharf; Terry schüttelte den Kopf.

Die Frauen hatten sich per Lippensprache untereinander verständigt; einige hatten eine Gestensprache entwickelt. Männer müssten dazu auch in der Lage sein – er probierte es erneut, blickte diesmal an Terry vorbei auf Bob. Bob machte mit den Lippen Bewegungen, die Mitch nicht deuten konnte, und sah verängstigt aus. Mitch war durch und durch angewidert. Wer waren sie eigentlich, einfach so aufzugeben? Er drehte sich um, um sein Glück mit Pete zu versuchen, aber einer der Wachtposten hatte sich bewegt und machte eindeutige Gesten mit der Waffe. Mitch sah genauer hin. Mit *ihrer* Waffe.

»Schluss damit!«, sagte sie. »Kein Flüstern, keine Lippensprache.« Sie hatte eine klare, helle Stimme, die nicht gefährlich klang, aber sie hielt die Waffe absolut ruhig. Und er zweifelte nicht daran, dass die anderen ihn kriegen würden, wenn er mit ihr irgendwas probierte. Weiter unten in der Reihe erzeugte jemand einen Kusslaut, ein lang gezogenes Schmatzen. Mitch blickte in dunkle Augen auf, die an Obsidiansplitter erinnerten, und gab keinen Laut von sich. Ein anderer

Soldat ging zu dem Schmatzer hinüber und trat ihm absichtlich in die Eier. Er konnte nicht schreien, aber die rasselnden Atemgeräusche der Qual waren laut genug.

Eine weitere Gruppe Soldaten traf ein. Mitch fand sich von zwei Soldaten in Raumpanzerungen aufgehoben und wurde einen Flur entlang zu einer großen Toilette geschleppt. »Benutze sie«, sagte eine Stimme aus dem Helm. Ob Mann oder Frau, das konnte er nicht feststellen, aber er musste dringend. Das Gleiche galt für andere neben ihm. Von dort aus brachte man sie in eine Kabine mit einem langen Tisch, der mit Lebensmittelpaketen gedeckt war.

Er sollte nicht essen. Er sollte lieber verhungern, als mit diesen Ungläubigen zu essen. Er wollte seinen Männern ein entsprechendes Signal geben, wollte darauf kommen, wie er sie aufhalten sollte, aber vier rissen schon ihre Packs auf. Er saß starr da, den Mund wider seinen Hunger fest zugepresst, während die anderen aßen. Nach einer kurzen Weile schleppten ihn zwei Soldaten zu einer kleinen Kabine, in der jemand in einer schmuckeren Uniform saß.

»Sie möchten nicht essen?«

Er schüttelte den Kopf.

»Dann füttern wir Sie.« Und in dem demütigenden Kampf, der nun folgte, hielten ihn starke Arme fest, während man ihm zwangsweise eine dicke Flüssigkeit einflößte.

»Die Möglichkeiten des Selbstmordes oder des Widerstandes stehen Ihnen nicht offen«, sagte der Offizier kühl, als sie ihn wieder zu dieser Kabine schleppten. »Sie werden mit uns zusammenarbeiten, weil Ihnen gar nichts anderes übrig bleibt.« Danach schafften sie ihn in eine andere Kabine, eine kleine Einzelzelle.

In jungen Jahren war Mitch ein oder zweimal unter falschem Namen auf Schiffen gefahren, die in den Familias registriert waren, und hatte ein paar der großen kommerziellen Orbitalstationen gesehen. Aber nichts von all dem glich dem Inneren eines Elitekriegsschiffes. Er hätte es am liebsten verachtet; er wollte die übertriebene Höflichkeit verspotten, die ernsten Rituale, den Schliff und die Präzision … aber ohne Stimme blieb ihm nichts weiter übrig, als das alles einfach zu erleben und dabei zu erkennen, einer wie törichten Fehleinschätzung seiner Gegner er aufgesessen war. Er hatte den Zorn Gottes auf das eigene Volk herabgerufen, und hier erblickte er das Instrument dieses Zorns: schnittig, blitzblank, von perfekter Disziplin, absolut tödlich.

Er wollte ihnen trotzen. Er wollte sie hassen und ihnen trotzen und sie verdammen und bis zum letzten Atemzug Widerstand leisten, aber er musste immer wieder an Prima und Secunda denken … an den Duft des Brots im Ofen, die leuchtenden Blumen im Garten, an die Kinderstimmen, die in den Fluren widerhallten, das Klatschen der Sandalen, wenn die Jungen herumrannten, das Stapfen, wenn die größeren Jungs in festen Schuhen gehen lernten, das leichte Tapsen der Mädchen … das Gefühl ihrer weichen kleinen Arme um seinen Hals, den Duft ihrer Haare. Seine Frauen. Seine Kinder. Die jemand anderem gehören würden, die vielleicht gezwungen wurden, draußen auf jemandes Feldern zu arbeiten, die vielleicht weinten, ungeschützt, verängstigt, weil er es verpfuscht hatte – er erwachte schweißgebadet und mit brennenden Augen.

In den leeren Stunden, in denen er an die kahlen Wände starrte, blickte er tiefer in sich hinein als je zuvor – oder als er es je gewollt hatte. Gott bestrafte ihn für seinen Ehrgeiz. Das war nur richtig so, falls er gefehlt hatte. Aber seine Familie … Warum sollte sie bestraft werden? Ihm verging von neuem der Appetit, diesmal nicht aus Widerspenstigkeit, sondern aus Trauer … und diesmal zwangen ihn die Wärter nicht zum Essen.

Jemand klopfte an und trat ein. Ein Mann – dafür wenigstens war er dankbar –, aber in einer Uniform, die er noch nie gesehen hatte.

»Ich bin ein Kaplan«, sagte der Mann. »Meine Überzeugungen decken sich nicht mit Ihren, aber ich bin damit beauftragt, Angehörigen der Flotte in Fragen des Glaubens und Gewissens zur Seite zu stehen.« Er brach ab und blätterte durch ein kleines Buch. »Ich denke, für Sie wäre das geeignetste Wort für mich *Pastor* oder *Prediger*. Sie werden im Territorium der Familias vor Gericht gestellt, und unsere Gesetze verlangen, dass jeder, gegen den solch schwerwiegende Anklagen erhoben werden, geistlichen Trost erhalten muss.«

Welchen geistlichen Trost konnte ihm ein Ungläubiger, ein Heide spenden? Mitch drehte das Gesicht zur Wand.

***

»Wir haben nur eine geringe Chance, diese Kinder lebend herauszuholen«, erklärte Waltraude. »Ich weiß, dass Sie mit diesem Ranger Bowie nichts zu tun haben möchten – aber solange er seine Ehefrau nicht anweist, sie herauszugeben, wird sie es nicht tun. Und er ist der Einzige, der Einfluss auf seinen Bruder hat, und der Bruder erbt jetzt die Verantwortung für seine Frauen und Kinder.«

»Aber das ist lächerlich! Warum können wir nicht mit ihr reden?«, wollte Admiral Serrano wissen. »Ich sehe keinen Grund, mit ihm zu verhandeln – er ist unser Gefangener. Er erhält einen guten, raschen, legalen Prozess und die Todesstrafe.«

»Möchten Sie diese Kinder herausholen? Ihre Familien möchten es. Ihre Familien werden wissen wollen, warum all diese Menschenleben für die Tochter des Sprechers geopfert wurden … und warum Kinder der eigenen Familie in der Sklaverei zurückgelassen wurden.«

»Oh – in Ordnung.«

***

Mitch war noch nie auf der Brücke eines Kriegsschiffes dieser Größe gewesen; beinahe lockten ihn die Größe, die Komplexität, die Andeutung von Macht aus seinem Elend hervor.

Die Wachen führten ihn vor eine Frau – eine Frau in nachtdunkler Uniform, mit Abzeichen, die sie für ihn als Admiral kenntlich machten, und hellen, bunten Streifen auf der Brust. Und er stand barfüßig und ohne Stimme vor ihr und wünschte sich, er hätte in ihr das schiere Ebenbild Satans erblicken können – aber es gelang ihm nicht.

»Sie haben eine Wahl, Ranger Bowie«, sagte sie in der schnellen Sprechweise dieser Leute. »Ihre frühere Gefangene Hazel Takeris besteht darauf, dass Sie Ihre Frauen und Kinder wirklich lieben.«

Er nickte.

»Wir werden die übrigen Kinder herausholen, die Sie von der *Elias Madero* geraubt haben, nachdem Sie ihre Eltern ermordet hatten. Allerdings zeigen Ihre Männer – die anderen Männer auf dem Planeten – keine Spur von Kooperationsbereitschaft. Wir sind besorgt, dass Ihre Frauen und Ihre Kinder Schaden erleiden könnten, falls man uns dort unten in die Quere zu kommen versucht ... dabei wünschen wir ihnen nichts Schlechtes. Wir möchten nicht, dass auch nur ein Kind einen Kratzer abbekommt. Verstehen Sie das?«

Er nickte wieder, wenn er auch nicht sicher war, ob er ihr glaubte.

»Wir führen keinen Krieg gegen Kinder ... obwohl Sie das getan haben. Wir werden jedoch diese Kinder zu ihren Familien zurückbringen, was immer es kostet, und dadurch könnten weitere Unschuldige in Gefahr geraten. Also – hier ist Ihre Wahl: Wir können Ihnen die Stimme zurückgeben, damit Sie Ihrer Familie den Befehl übermitteln, die Kinder herauszugeben. Falls Sie sich weigern, bleiben Sie bis zu Ihrem Prozess stumm – wie lange das auch dauert.«

Er konnte vielleicht wieder reden? Wieder eines Mannes Stimme haben? Er konnte es kaum glauben – aber ringsherum sah er Männer und Frauen, die ganz den Eindruck machten, dass sie es glaubten.

»Unsere Landungsboote sind startbereit«, erklärte der Admiral. »Falls man auf sie schießt, erwidern sie das Feuer. Falls man sie aufzuhalten versucht, kämpfen sie sich den Weg frei ... und Ihre Leute, Sir, verfügen über keine geeigneten Mittel, um sie aufzuhalten. Also liegt es bei Ihnen, wie es abläuft.« Sie legte eine Pause ein und fuhr dann fort: »Werden Sie die entsprechenden Befehle erteilen oder nicht?«

Es bedeutete, mit dem Teufel zusammenzuarbeiten, wenn man einer Frau gehorchte – einem weiblichen Soldaten, dem Gräuel aller Gräuel. Einen Augenblick lang dachte er an die in der Stadt versteckten Waffen, die Chance, dass es den anderen Männern vielleicht gelang, sie abzufeuern. Und doch – er spürte beinahe die weichen Wangen seiner Töchter im Gesicht, hörte fast das Lachen seiner Kinder. Sie töten? Sie in Gefahr bringen? Er hatte noch nie im Leben ein Kind getötet – das brachte er gar nicht fertig –, aber diese Leute konnten es oder behaupteten es zu können ...

Er nickte.

»Sie tun es also. Gut. Schaffen Sie ihn auf die Krankenstation, damit die Behandlung rückgängig gemacht wird, und bringen Sie ihn dann auf die Brücke zurück.«

Er war ein Verräter, ein Abtrünniger ... auf dem ganzen Weg zur Krankenstation zitterte er unter dem inneren Konflikt. Seine Wachen sagten nichts zu ihm, führten ihn nur mit unpersönlicher Effizienz den Weg entlang.

»Wir müssen Sie kurz in Schlaf versetzen«, erklärte der Arzt. »Gerade lange genug, um die Halsmuskeln zu entspannen ...«

Er erwachte wie aus einem Augenblick der Unaufmerksamkeit und spürte einen Kloß im Hals. Als er sich räusperte – konnte er es hören. »Ich – kann – reden ...«

»Nicht mit mir, nein«, sagte einer der Wachen. »Sie können sagen, was der Admiral Ihnen befiehlt. Kommen Sie jetzt mit.«

Er setzte sich auf den Platz, der ihm angewiesen wurde, und blickte in das kleine blinkende Licht, das eine Videoaufnahme kennzeichnete; und obwohl seine Stimme zunächst zitterte, wurde sie fester, während er sprach.

»Jed, hör mir zu. Hier spricht Mitch, und ja, ich bin ein Gefangener, aber das ist jetzt egal. Ich möchte, dass du den Leuten, die landen werden, diese Ausländerkinder mitgibst. Prima weiß, welche vier das sind. Und schicke auch nach diesen Zwillingen im Kinderhort an der Crockett Street, nach den Kindern der gelbhaarige Schl ... Frau. Ich möchte, dass alle sechs an die Leute übergeben werden, die sie holen kommen. Prima, zieh diese Kinder jetzt entsprechend an ...«

»Ein Signal kommt herein, Admiral.«

»Sehen wir es uns mal an ...«

Es war ein Videobild aus seinem Haus: Jed, der wütend aussah, mit Prima ein gutes Stück hinter ihm, die Hände respektvoll vor sich verschränkt. Sie waren im kleinen Wohnzimmer, wo er so oft mit den anderen zusammengesessen hatte, dem Raum mit dem Kamin an einem Ende und dem Konferenztisch an der Wand gegenüber.

»Mitch, ich glaube nicht, dass das von dir stammt, oder sie haben dir was gegeben oder so was. Das ist irgendein Trick! Ich bin jetzt Familienoberhaupt, und ich habe nicht vor, irgendwelche Kinder aus diesem Haus in die Hände dieses – dieses gottlosen Abschaums zu geben!«

Mitch spürte, wie ihm auf Gesicht und Händen der Schweiß ausbrach. »Jed, du musst einfach! Sie kommen sowieso ... Wenn du ihnen Schwierigkeiten machst, gibt's noch mehr Tote! Höchstwahrscheinlich auch Kinder...«

»Dann kommen sie zum Herrn. Ich werde nicht...«

Hinter Jed hatte sich Prima bewegt. Ohne zur Videoaufnahme aufzublicken, hatte sie eine Hand ausgestreckt und den Schürhaken in seinem Ständer gepackt. Mitch stockte der Atem im Hals.

»...werde nicht zulassen, dass die Ehre unseres Namens beschmutzt wird, weil du dich wie ein Schwächling hast gefangen nehmen lassen...«

Prima hielt den Schürhaken in der Hand ... ganz mühelos in einem Griff, dessen Kraft aus dem Kneten von Brotteig stammte, dem Auswringen der Wäsche, dem Hochheben der Babys. Mitch kannte die Kraft in diesen massiven Schultern, diesen Armen.

»Jed, bitte ... Setze nicht das Leben der anderen Kinder für diese paar aufs Spiel; das ist es nicht wert! Bitte, Jed, lass sie gehen!« Ehe Schlimmeres passierte, ehe Prima etwas tat, das er nicht übersehen konnte. Er bemühte sich, den Blick fest auf Jed gerichtet zu halten.

»Wenn sie einen Kampf wollen, können sie ihn haben!« Jed schien ebenso viel Triumph zu spüren wie Wut. »Die Prediger haben uns schon aufgefordert, uns zu sammeln und zu kämpfen...«

»Die Prediger!« Mitch konnte kaum weiterreden, während er sah, wie Prima ganz leise, ganz leise auf ihren nackten Füßen an Jed herantrat und den Schürhaken hob. Entsetzen und Hoffnung stritten sich in Mitch – dass irgendeine Frau nach einem Mann schlug, gar ohne ihn zu warnen – dass die Kinder ohne Jed vielleicht in Sicherheit waren...

»Du könntest sie aufhalten«, fuhr Mitch fort, bemühte sich, es Jed klarzumachen, Jed, der noch nie etwas kapiert hatte, was er nicht kapieren wollte. Er sollte Jed eigentlich warnen; er sollte Prima ermahnen. Aber die Kinder ... »Du könntest sie überzeugen, falls du es nur versuchen würdest...« Und auf dem Bildschirm hob Prima schließlich doch den Blick, sah direkt in die Aufnahme und lächelte. »Tu es!«, sagte Mitch, ohne recht zu wissen, zu wem er es sagte, und als Jed gerade den Mund öffnete, krachte ihm der Schürhaken auf den Schädel – mit aller Kraft in Primas Schultern und Armen ... und Blut spritzte, und sie schlug wieder und wieder zu, während er zu Boden stürzte ...

»Prima!«, brüllte Mitch, und der Hals schnürte sich ihm zu und unterband weitere Worte. Sie hob erneut den Blick zur Aufnahme, und in ihrem Gesicht breitete sich wieder die übliche Gelassenheit aus nach einer Emotion, die Mitch dort früher noch nie gesehen hatte. »Lasse nicht zu, dass sie den Kindern wehtun«, sagte er; es kam in einem knarrenden Ton hervor wie dem eines jungen Hahns, der gerade krähen lernte. »Lasse nicht zu, dass sie ihnen wehtun ...« Die Stimme versagte ihm erneut; Tränen brannten ihm in den Augen.

Primas Stimme kam viel ruhiger durch die Verbindung als seine. »Ich möchte sehen ... was das für Menschen sind, denen du unsere Kinder anvertraust.«

»Sei vorsichtig«, konnte er gerade noch flüstern. »Bitte ...« Er flehte eine Frau an ... bettelte ... und das war falsch, aber der Hals tat ihm weh und das Herz, und er wollte keinen Schmerz mehr haben, weder für sich noch die Kinder. Der Bildschirm vor ihm wurde leer, und dann rollte er sich um sein Elend zusammen wie ein Kind um sein Lieblingsspielzeug.

* * *

»Ich möchte mitkommen«, sagte Hazel. »Ich sollte es wirklich – die Kinder kennen mich; sie haben dann nicht so viel Angst. Brun würde auch mitkommen, wenn sie könnte.« Brun stand unter Beruhigungsmitteln und steckte nach dem heiklen Eingriff, der ihr vielleicht die Stimme zurückgab, im Regenerationstank. Sie kam frühestens in drei Tagen wieder heraus.

»Keine schlechte Idee«, fand Waltraude Meyerson. »Und ich natürlich auch.«

»Sie! Sie sind nicht nur Zivilistin, sondern haben gar nichts mit der Sache zu tun ...«

»Ich bin die Expertin, die Sie speziell mitgenommen haben – ich sollte Gelegenheit erhalten, diese Anhänger eines Texas-Mythos auf ihrem eigenen Grund und Boden zu erleben. Und ich empfehle Ihnen wirklich, Admiral Serrano, ein Mitglied Ihrer Familie mitzuschicken – vielleicht diesen Enkel, der sich mit hoffnungsvoller Miene ständig hier herumtreibt.«

»Ich halte Barin kaum für die richtige Wahl«, sagte der Admiral.

»Diese Leute legen Wert auf Familie. Falls Sie ein Familienmitglied schicken, zeigen Sie ihnen, dass Sie Familie riskieren, um Familie zu retten. Günstig ist auch, dass er ein Mann ist – das ist leichter zu akzeptieren, solange auch Frauen mitkommen.«

»Ich verstehe. Und wen empfehlen Sie sonst noch? Haben Sie schon den kompletten Einsatzplan im Kopf?« Sarkastische Bemerkungen Admiral Serranos wirkten sich auf die meisten Menschen aus, als stünden sie direkt neben einer großen Industriesäge, aber Professor Meyerson zuckte mit keiner Wimper.

»Nein, das ist Ihr Fachgebiet. Meines sind Altertumsstudien.«

***

Schwebefahrzeuge folgten den Straßen, und ein mobiles Kommando hielt mit ihnen Schritt, die Helmschilde geschlossen.

»Sieht irgendwie albern aus auf den leeren Straßen«, fand Hazel.

»Die Straßen wären nicht leer ohne das Kommando«, wandte Barin ein. Sein Helm informierte ihn über Gefahrenstellen in den Häusern; sie ballten sich hinter jeder abgeschirmten Fensternische. Er hoffte, dass keiner von denen eine Waffe hatte, die seine Körperpanzerung durchschlagen konnte ... und er hoffte noch mehr, dass Ranger Bowies Mitteilung sie überzeugt hatte, keinen Widerstand zu leisten. Derzeit hatten die Flottenstreitkräfte Status Gelb zwei, was bedeutete, dass sie ohne gesonderte Erlaubnis nicht mal zurückschießen durften, wenn jemand auf sie feuerte.

Hazel deutete auf den Haupteingang des Hauses und auf die Seitenstraße, die zur Tür der Frauen führte. »Ich habe nur einmal den Haupteingang benutzt, als er mich hergebracht hat.« Barin fiel auf, dass sie weder den Namen noch den Titel des Mannes benutzte. »Ich habe die andere Tür benutzt, wenn ich Abfall hinausbrachte oder zum Markt ging.«

»Aber du denkst, wir sollten den Haupteingang nehmen?«

»Damit etablieren wir Autorität«, erklärte Professor Meyerson. Sie hatte sich für einen Rock entschieden, sich aber auch damit einverstanden erklärt, darunter eine Körperpanzerung zu tragen, was ihr eine entschieden massigere Gestalt verlieh.

Sie ging voraus zur Tür; diese wurde geöffnet, kurz bevor sie sie erreichte. Eine füllige Frau in blauem Kleid mit weitem, rüschenbesetzten Rock funkelte sie an. Sie hatte sich ein geblümtes Tuch fest um den Kopf gebunden.

»Das ist Prima«, sagte Hazel leise. »Die erste Ehefrau.«

»Ma'am«, sagte Professor Meyerson. »Wir sind wegen der Kinder hier.«

Prima riss die Tür weiter auf. »Treten Sie ein. Welche von Ihnen ist die Gelbhaarige?«

»Sie konnte nicht mitkommen«, antwortete Hazel. »Sie wird wegen ihrer Stimme medizinisch behandelt.«

»Sie hat ihre Babys im Stich gelassen – ein Gräuel wie sie hat keine Kinder verdient«, meinte Prima.

»Sind sie hier?«, fragte Hazel.

»Ja ... aber ich bin nicht überzeugt, dass sie mitgehen sollten ...«

Hazel trat vor. »Bitte, Prima, geben Sie uns die Kinder mit.«

»Ich habe nicht vor, diese süßen Mädchen irgendwelchen abscheulichen Heiden auszuliefern«, beharrte Prima. Sie zeigte das angespannte Gesicht eines Menschen, der bereit war, für seine Überzeugungen zu sterben.

»Ich bin es doch«, sagte Hazel leise. »Sie kennen mich; Sie wissen, dass ich für sie sorgen werde.«

»Du – du Verräterin!« Primas Gesichtsfarbe hatte von Weiß zu Rot gewechselt, und Tränen glänzten in ihren Augen.

»Nein, Ma'am ... ich musste doch an meine eigene Familie denken ...«

»Wir waren deine Familie – wir haben dich wie ein Familienmitglied behandelt ...«

»Ja, Ma'am, das haben Sie. So gut Sie konnten. Aber zu Hause ...«

»Und Sie!« Prima wandte sich gegen Professor Meyerson. »Sie sind was ... eine *Soldatin*! Unnatürlich, abstoßend ...«

»Tatsächlich bin ich Historikerin«, stellte Meyerson fest. Prima machte ein ausdrucksloses Gesicht. »Ich erforsche die texanische Geschichte.«

»Sie ... was?«

»Das ist richtig. Ich bin gekommen, um mehr über Sie zu erfahren – über das, was Sie von der texanischen Geschichte wissen.«

Prima schien völlig verwirrt und konzentrierte sich dann auf Barin. »Und Sie – wer sind Sie?«

»Admiral Serranos Enkel«, antwortete Barin. Als Prima nicht zu verstehen schien, setzte er hinzu: »Die Frau, die Sie vielleicht im Funkbild gesehen haben – dunkel, mir ähnlich, mit silbernem Haar? Sie befehligt die Einsatzgruppe.«

»Eine *Frau*? Die Männer kommandiert? Unsinn. Kein Mann würde ihr gehorchen ...«

»Ich tue es«, sagte Barin. »In ihrer Funktion als Admiral wie als Großmutter.«

»Großmutter ...« Prima schüttelte den Kopf. »Trotzdem ... glaubt irgendjemand von Ihnen an Gott?«

»Ich tue es«, sagte Barin. »Es ist nicht Ihr Gott, aber in meiner Familie hat es immer Gläubige gegeben.«

»Trotzdem dienen Sie als Soldat neben Frauen? Unter dem Befehl von Frauen?«

»Ja, manchmal.«

»Wie ist das möglich? Gott hat befohlen, dass Frauen keine Waffen tragen, dass sie an keinem Krieg teilnehmen.«

»Das ist nicht die Lehre, die man mir vermittelt hat«, sagte Barin.

»Sind Sie ein Heide, der an viele Götter glaubt?«

»Nein, nur an einen.«

»Ich verstehe das nicht.« Prima blickte ihm forschend ins Gesicht. »Und doch erkenne ich Wahrhaftigkeit in Ihrem Gesicht; Sie sind kein Lügner. Erzählen Sie mir: Sind Sie verheiratet?«

»Noch nicht, Ma'am, aber ich habe es vor.«

»Mit einer ... einer anderen dieser Soldatinnen?«

»Ja.« Falls er das hier überlebte. Er wünschte sich sehr, Esmay wäre jetzt bei ihm.

»Schwören Sie mir auf den heiligen Namen Gottes, dass Sie diese Kinder zu ihren Familien bringen?«

»Ja«, antwortete Barin. Prima sackte in sich zusammen; ihr Gesicht verzog sich unter Tränen. Barin trat näher heran. »Gestatten Sie mir, Ihnen von diesen Familien zu erzählen, Ma'am, damit Sie es verstehen. Brandy und Stassi – Prudence und Serenity, wie Sie sie nennen – haben Tanten und Onkel: die Schwestern und den Bruder ihrer toten Mutter, die Schwester ihres Vaters. Paolo hat Großvater und Onkel, Dris Tante und Onkel. Wir haben Aufnahmen von diesen Menschen mitgebracht, auf denen sie um die sichere Rückkehr dieser Kinder bitten.«

»Sie sind hier glücklich«, sagte Prima. Sie senkte den Blick und wandte ihn ab; sie erweckte den Eindruck eines Menschen, der sich bis zum letzten Argument wehren wollte, wohl wissend, dass er nicht gewinnen konnte. »Es wird ihnen wehtun, wenn man sie jetzt fortbringt.«

»Sie sind jetzt glücklich«, sagte Professor Meyerson. »Es sind kleine Kinder, und ich weiß, dass Sie freundlich zu ihnen sind – Hazel hat es uns berichtet. Aber sie werden älter werden, und Sie sind nicht ihre richtige Familie und können es nicht sein. Die Kinder müssen ihr eigenes Fleisch und Blut kennen lernen.«

»Sie werden weinen«, sagte Prima, selbst unter Tränen.

»Möglich«, sagte Professor Meyerson. »Sie hatten einige schwierige Jahre, in denen sie ihre Eltern verloren haben und dann an einen solch fremden Ort gebracht wurden, den sie jetzt wieder verlassen. Sie haben geweint, als sie herkamen, nicht wahr? Aber schließlich weinen alle Kinder über irgendwas, und das ist nicht Grund genug, um etwas Falsches bestehen zu lassen und etwas Gutes ungeschehen.«

»Ich bin erledigt«, sagte Prima und faltete ihre Schürze. »Aber ich musste es versuchen ...«

»Sie sind eine liebevolle Mutter«, sagte Professor Meyerson. Das erstaunte Barin; er hatte sich Meyerson nicht als jemanden vorgestellt, der familiäre Bande hatte oder sich darum sorgte. Trotzdem schien ihr Unterton der vorbehaltlosen Zustimmung Prima zu beruhigen. »Ich möchte, dass Sie sich die Aufnahmen von den Familien der Kinder ansehen ...«

»Das brauche ich nicht ... Ich glaube Ihnen ...«

»Ja, aber es hilft Ihnen vielleicht, es besser zu verstehen.« Sie nickte Barin zu, der den Würfelleser und den Monitor aufstellte. »Wir haben unsere eigene Stromquelle mitgebracht, da Ihre elektrischen Leitungen die falsche Spannung für unsere Geräte aufweisen.«

»Das ist Männersache«, fand Prima.

»Gott hat Männern und Frauen Augen gegeben«, wandte Professor Meyerson ein. Sie steckte den ersten Würfel ins Lesegerät. »Das ist eine Aufnahme von Brandys und Stassis Eltern, ehe sie getötet wurden.«

Auf dem Bildschirm wiegte eine Frau, der ein langer dunkler Zopf über die Schulter fiel, ein Baby auf den Armen. »Das war kurz nach Stassis Geburt; ihre Mutter hieß Ghirian. Ihre Eltern stammten aus der Kolonie Gilmore. Brandy war damals ein Jahr alt.« Ein Mann tauchte auf, ein älteres Kleinkind auf den Armen. »Das ist ihr Vater Vorda. Er und Ghirian waren acht Jahre lang verheiratet. Ihre Familie war schon seit Generationen eine Familie interstellarer Kauffahrer.«

»Sie – waren verheiratet?«

»Oh ja. Und sehr verliebt, obwohl ich von Hazel gehört habe, dass Sie keinen Wert auf romantische Liebe zwischen Männern und Frauen legen.«

»Sie hat keinen Bestand«, erklärte Prima, und es klang nach einem Zitat. Ihr Blick hing am Bildschirm, wo die Zuneigung zwischen Mutter und Vater, zwischen Eltern und Kindern offenkundig war. »Sie bildet keine zuverlässige Grundlage für eine starke Familie.«

»Nicht allein, nein. Aber zusammen mit Aufrichtigkeit und Mut ist sie ein guter Anfang.«

Der Bildschirm flackerte und zeigte jetzt eine etwas ältere Brandy, die mit unsicherer Hand Bauklötze montierte.

Prima saugte Luft zwischen den Zähnen ein. »Spielsachen für Jungen ...«

»Wir würdigen alle Gaben, die Gott einem Kind mitgibt«, sagte Professer Meyerson. »Falls Gott nicht wollte, dass sie etwas baut, warum hat er ihr dann die Fähigkeit verliehen? Man hat diese Aufnahme ihren Großeltern geschickt; der Vater ihrer Mutter war Bauingenieur in Gilmore. Er war froh zu sehen, dass die Enkelin seine Begabung geerbt hat.« Das Kind stieß die Bauklötze um, schenkte der Kamera ein Lachen mit Grübchen, stand auf und tanzte im Kreis. Dann kam ihre Mutter ins Blickfeld, Stassi auf den Armen, die sich inzwischen selbst zu einem unruhigen Kleinkind entwickelt hatte. Sie streckte den Arm aus, hob Brandy hoch und drückte sie. Professor Meyerson drehte die Lautstärke des Würfellesers höher.

»... und haben uns also entschlossen, sie mitzunehmen. Käpten Lund sagt, es wäre okay; sie haben dort schon zwei Kinder im gleichen Alter und noch ein paar ältere. Das Schiff verfügt über einen voll ausgestatteten Kinderhort und ein Spielzimmer sowie über alles Bildungsmaterial, das man sich nur wünschen kann; mach dir also keine Sorgen, dass sie zurückbleiben könnten. Es ist so sicher wie auf einem Planeten – in mancher Hinsicht sicherer. Kein *Ungeziefer*!« Die Frau schnitt eine Grimasse. »Und kein Wetter. Ich weiß, ich weiß – du magst den Wechsel der Jahreszeiten, aber bei diesen beiden hat man es entweder mit Erkältung im Winter zu tun oder mit Allergien im Sommer.«

Professor Meyer hielt das Gerät an. »Das wurde aufgenommen, kurz bevor sie wieder auf die *Elias Madero* gingen, etwa ein Jahr vor ihrem Tod.«

»Gab es schließlich doch eine Krankheit auf dem Schiff?«

»Nein.« War es möglich, dass Prima nichts davon wusste? Meyerson warf einen kurzen Blick auf Hazel, die den Kopf schüttelte. »Sie wurden bei der Kaperung des Schiffes umgebracht, Ma'am.«

»Nein ... es muss ein Unfall gewesen sein! Mitch würde niemals Frauen umbringen ...«

Die Sache nahm jetzt größere Ausmaße an als geplant; man war davon ausgegangen, dass die hiesigen Ehefrauen wussten, wie außerplanetare Kinder eingefangen wurden. Professor Meyerson sagte nichts, wusste eindeutig nicht, wie sie sich ausdrücken sollte. Prima wurde bleich.

»*Sie* denken ... Sie glauben, unsere Männer hätten die Eltern getötet und die Kinder absichtlich zu Waisen gemacht? Hätten *Mütter* getötet? Haben Sie uns deshalb angegriffen?«

»Sie haben sie für Pervertierungen gehalten«, sagte Professor Meyerson. »So wurde es auf den Aufnahmen gesagt.«

»Ich glaube das nicht! Sie lügen! Sie haben keine Beweise!« Prima packte Meyerson am Arm. »Oder haben Sie welche? Kann Ihr ... Ihr *Apparat* so etwas zeigen?«

Kapitel vierundzwanzig

»Vorsicht...!« Das Murmeln in Barins Ohr lenkte ihn von Prima ab. »Möglicherweise Ärger im Verzug ... eine Art Versammlung auf der anderen Seite der Stadt...« Ein winziges Bild erschien im Winkel seines Helmdisplays. Jemand in einem leuchtend blauen Bademantel schrie auf einen Haufen Männer ein.

»Verzeihen Sie, Ma'am«, sagte Barin. »Wissen Sie, was das bedeuten könnte?« Er übertrug das Bild auf den größeren Monitor, den sie für den Würfelleser benutzten.

Prima blickte ihn böse an, drehte sich jedoch um und sah hin. Sie wurde bleich. »Das ist Pastor Wells...«

»Ein Pastor ist ein religiöser Führer«, erklärte Professor Meyerson mit erneuertem Selbstvertrauen. »Erstaunlich ... sehen Sie sich mal das Gewand an...«

»Das ist eine Soutane«, erklärte Prima.

»Nein, das ist keine Soutane«, erwiderte Meyerson, als korrigierte sie ein Kind. »Soutanen waren schmaler, schwarz und vorne zugeknöpft. Das ist eine Variante der akademischen Aufmachung, die in einem Zweig des Christentums populär war...«

»Professor ... ich denke nicht, dass es jetzt darauf ankommt.«

»Aber sehen Sie sich das mal an ... diese Männer tragen Nachbildungen von Bowiemessern – und das sieht wie der Nachbau eines echten Gewehrs aus dem einundzwanzigsten Jahrhundert aus...«

»Professor, wir müssen die Kinder holen und von hier verschwinden«, sagte Barin. »Wir möchten nicht in eine Auseinandersetzung verwickelt werden, sondern sie in Sicherheit...«

»Oh. Ja, natürlich!« Meyerson wurde ein wenig rot. »Verzeihung. Es ist nur ... Dinge zu sehen, von denen ich bislang nur gelesen hatte – das ist sehr aufregend. Ich wünschte, ich hätte mehr Zeit...«

»Nicht dieses Mal«, sagte Barin. Er wandte sich an Prima. »Bitte, Ma'am, die Kinder...?«

»Kommen Sie mit.« Sie war immer noch wütend, aber eindeutig sagte ihr das Bild auf dem Monitor noch mehr als der Professorin. »Ich möchte Ihnen zeigen, wo sie untergebracht und wie sie versorgt wurden, damit Sie es ihren Familien erzählen können ...« Sie führte sie durch den Flur zum Flügel der Frauen. Durch die Fenster hatte Barin Ausblick auf einen Garten voller leuchtender Blumen mit einem Springbrunnen in der Mitte; dann kamen eine Mauer und ein weiterer Garten.

»Der Garten der Kinder«, murmelte Hazel. »Die kleinen Mädchen durften dort ein bisschen herumlaufen.« Der Garten war jetzt leer. Der Duft warmen, frisch gebackenen Brots trieb durch den Flur, als Prima eine weitere Tür öffnete. »Dort unten liegt die Küche; Prima führt uns zu den Schlafzimmern der jüngsten...«

Ein weiterer Hof, dieser mit breiten Steinplatten gepflastert und im Schatten eines Baums, der in der Mitte aufragte. Prima bog ab und führte sie durch einen schmalen Außengang in ein großes Zimmer. Hier standen ein Dutzend Betten an beiden Wänden aufgereiht. Auf fünf der Betten lagen Kinder und schliefen.

»Hier haben sie geschlafen«, erklärte Prima. »Wir haben jetzt die ruhige Zeit nach dem Mittagessen, und diese Kleinen machen ein Nickerchen. Prudence und Serenity sind inzwischen zu alt für Mittagsschläfchen; wir finden sie bestimmt im Nähsalon.« Sie ging weiter voraus in ein Zimmer, wo zwei ältere Frauen und ein Dutzend junge Mädchen in Hazels Alter und darunter mit gesenkten Köpfen über ihren Näharbeiten saßen. Nur die Frauen blickten auf; die jüngere von ihnen erhob sich. »Ist schon in Ordnung, Quarta. Sie haben Familien, richtige Familien.«

Jetzt blickten auch die Kinder schüchtern auf und starrten die Eindringlinge an. Barin lächelte sie an; er wollte nicht zu einer angsterfüllten Erinnerung für sie werden. Zwei der Kinder starrten Hazel lange an; dann fragte eines leise: »Patience?«

»Ja«, sagte Hazel. »Ich bin wieder da. Erinnerst du dich an Onkel Stepan?« Das Kind nickte mit ernster Miene.

»Er möchte dich wiedersehen; auch deine Tante Jas möchte es. Wir können jetzt nach Hause, Brandy.«

Das Gesicht des Mädchens leuchtete auf, und sie ließ ihre Nähsachen fallen; dann sah sie vorsichtig die ältere Frau an.

»Du kannst jetzt mit Patience – mit Hazel – gehen, Prudence.«

Das Mädchen rannte auf Hazel zu und drückte sie. »Ich habe es nicht vergessen; ich verspreche, dass ich es nicht vergessen habe!« Sie beugte sich zurück und blickte zu Hazels Gesicht auf. »Nach Hause auf das Schiff? Ist Mama da? Kann ich den Computer wieder benutzen? Kann ich Bücher haben?«

Das andere Kind, jünger und scheuer, musste erst von ihrem Platz weggeführt werden ... aber als ihr klar wurde, dass sie tatsächlich fortging, klammerte sie sich an Brandys Hand und lächelte.

Die anderen Mädchen blickten ihnen ernst nach. Sie hatten eindeutig keine Ahnung, was geschah.

Barin sah Prima an und hoffte, dass sie die erforderliche Erklärung gab. Sie verzog das Gesicht, kam aber seinem Wunsch nach.

»Prudence und Serenity kehren zu ihren eigenen Familien zurück«, sagte sie. »Wir wünschen ihnen Gottes Segen für ihr neues Leben.«

»Aber wer wird sie beschützen?«, fragte eines der anderen Mädchen. »Ist dieser Mann ihr Vater? Ihr Onkel? Warum halten diese Frauen Waffen in der Hand?«

»Wir beschützen sie«, sagte Barin. Alle machten

erschrockene Gesichter. »Bei uns zu Hause können Frauen Soldaten sein oder auf Raumschiffen arbeiten…«

»Das ist falsch«, sagte eines der älteren Mädchen entschieden; sie nahm ihre Näharbeiten wieder zur Hand. »Es ist falsch, wenn sich Frauen in die Belange von Männern einmischen.«

Quarta streckte die Hand aus und klopfte dem Mädchen mit dem Finger, auf dem der Fingerhut steckte, sachte auf den Kopf. »Es ist falsch, wenn Kinder Erwachsene unterrichten. Aber ich glaube, Faith, dass du Recht hast und diese Heiden nicht gedeihen werden.«

Die Jungen hielten sich im Flügel der Jungen auf. Prima schickte eine der anderen Frauen los, um sie zu holen, während sie selbst die Besucher zum Kinderhort führte, um dort Bruns Zwillinge einzusammeln. Sie schienen gesund und glücklich und zappelten auf dem Boden herum, als würden sie bald das Krabbelalter erreichen.

»Simplicity…«, flüsterte Hazel und deutete mit dem Kopf auf eine junge Frau, die ihr Baby wiegte. Sie blickte mit einem schüchternen Lächeln auf; sie machte große Augen, als sie die Besucher entdeckte. Hazel nahm einen der Zwillinge auf, und Prima trug den anderen; als sie wieder die Eingangshalle erreichten, erwarteten sie dort die Jungen, die besorgt und unsicher wirkten.

»Paolo!«, sagte Brandy. »Wir fahren nach Hause!« Sie wollte ihn umarmen, aber er wich aus.

»Ich denke nicht…«

»Das müssen Sie sich anhören, Ensign…« Das hörte Barin in seinem Kopfhörer. Automatisch schaltete er die Wiedergabe auf die Lautsprecher des Würfellesers.

»… die Fallstricke des Satans!«, sagte der Mann in der blauen Robe gerade. »Gottes Urteilsspruch ist über diese Ranger und ihre Familien gekommen wegen der Sünden, die sie begangen haben. Duldet nicht, dass die Bösen gedeihen und die gottlose Frau die Stimme erhebt…«

»Damit meint er Sie«, wandte sich Professor Meyerson an Prima. »Sie sind jetzt in Gefahr.«

»Wir müssen die Häuser der Ranger wieder einnehmen und sie vom Schmutz der Verunreinigung säubern ... vernichtet die Ungläubigen mit heiligem Feuer...«

»Nicht, dass wir uns echte Sorgen machen müssten«, sagte der Major der Marineinfanterie; seine Stimme übertönte die des Pastors im Funk. »Sie haben nur altmodische Handfeuerwaffen und große Messer. Im Bodentransporter sind Sie weitgehend in Sicherheit...«

»Nein«, wandte Hazel ein. »Sie haben alles, was auf der *Elias Madero* war. Darüber haben sie gesprochen, nachdem sie mich gefangen genommen hatten.«

»Was *war* denn an Bord?«, fragte Barin. »Schiffsgeschütze?«

»Ich weiß nicht, aber irgendwas Schlimmes, etwas, was man der Raumflotte gestohlen hatte.«

Ein kalter Schauer lief Barin über den Rücken, als führe dort jemand einen Eiszapfen entlang. Die Guernesi hatten von Waffenschmugglern und gestohlenen Waffen gesprochen ... und Esmay hatte erwähnt, ihr Kommandant sorgte sich über fehlende nukleare Gefechtsköpfe.

»Major, es könnte viel schlimmer sein – womöglich haben diese Burschen unsere fehlenden Atomsprengköpfe.«

Eine Pause trat ein, in deren Verlauf die Tirade über Sünde und Entweihung und Tyrannei ihren Fortgang nahm. Dann: »Ich *wusste,* dass wir keinen Serrano hätten mitnehmen dürfen! In Gesellschaft eines Serranos wird es immer *interessant*! In Ordnung, Ensign, schlage vor, Sie informieren den Admiral, während ich mal sehe, wie ich diese Burschen am Einsatz dessen hindern kann, was immer sie in der Hinterhand haben.«

Barin zeigte gerade noch genug Geistesgegenwart, um die Verbindung zu den Lautsprechern des Würfellesers zu kappen, ehe er auf den Kanal der *Navarino* im Orbit umschaltete.

»Wir kümmern uns darum«, erklärte man ihm zunächst. »Wir überwachen den ganzen planetaren Funkverkehr ... und unsere Scanner arbeiten daran, spaltbares Material zu orten. Holen Sie diese Kinder heraus, wenn Sie können.«

»Ich möchte nicht die Dienerin eines anderen sein«, sagte Prima plötzlich. »Ich möchte nicht, dass meine Kinder im Haus eines anderen Mannes aufwachsen.«

Barin hatte einen kurzen Blick für sie übrig, aber nicht mehr; er versuchte, eine Verbindung zu den Schiffsscannern herzustellen und zu sehen, ob er nicht selbst etwas entdeckte. Da packte ihn Prima am Arm.

»Sie ... ist Ihre Großmutter wirklich der Befehlshaber? Und Sie sind ein Mann aus ihrer Familie? Dann müssen Sie mir Schutz gewähren!«

»Ich versuche es«, sagte Barin.

»Ich möchte fort von hier«, erklärte Prima. »Mit allen meinen Kindern. Bringen Sie mich zu meinem Mann.«

Barin starrte sie an, er war aus seiner unmittelbaren Sorge aufgeschreckt. »Sie mitnehmen? Sie meinen, auf das Raumschiff?«

»Ja. Dieser Mann ...« Sie deutete auf den jetzt toten Bildschirm. »Er wird mich jemand anderem geben; er weist ihn vielleicht an, mir die Stimme zu nehmen, nur weil ich mit Ihnen gesprochen habe. Und falls er erfährt, dass ich gestern Abend Jed getötet habe, tut er es ganz bestimmt.« Gewichtig und ohne jede Anmut kniete sie vor Barin nieder. »Ich beanspruche Sie als meinen Beschützer anstelle meines Mannes.«

Barin sah sich um; Professor Meyerson zeigte wie üblich ein Gesicht, das von aufmerksamem Interesse kündete, und die Wachtposten wirkten eindeutig erheitert. »Ich ... gestatten Sie, dass ich zuerst mit meiner Großmutter rede«, sagte er. Wenn du im Zweifel bist, frage um Rat.

»Nein – es ist Ihr Schutz, den ich beanspruche.«

»Sie meint es ernst«, sagte Meyerson. »Und sie wird wahrscheinlich etwas Drastisches tun, falls Sie sich nicht einverstanden erklären.«

Und er hatte sich die Kommandolaufbahn immer gewünscht. Na ja, jetzt hatte er sie. »Fein«, sagte er. »Sie stehen unter meinem Schutz. Rufen Sie die Mitglieder Ihres Haushalts zusammen ...«

»Ich kann nicht für die anderen Frauen sprechen«, sagte Prima.

»Würde er auch *sie* weggeben? *Sie* stumm machen?«

»Ja ...«

»Dann *können* Sie sehr gut für sie reden und haben es schon getan. Rufen Sie sie zusammen; bringen Sie jedoch nichts mit, außer was am Körper getragen wird.« Er bediente den Helmfunk mit dem Kinn. »Major, wir holen den ganzen Haushalt heraus. Ich weiß nicht mal, wie viele es sind ...« Er sah Hazel an, die jedoch den Kopf schüttelte. Nicht mal sie wusste es. »Wir brauchen mehr Transporter«, sagte er und zerbrach sich den Kopf darüber, ob sie über ausreichend Shuttle-Kapazität verfügten. Falls sie sich hineinzwängten und niemand die Shuttles auf dem Weg nach oben wegpustete ...

Menschen drängten sich in die Eingangshalle: Frauen mit Babys auf den Armen; Mädchen, die jüngere Mädchen führten, Jungen, die jüngere Knaben vor sich herschoben, und ein Mann – ein dünner, eckiger Bursche, den Barin gleich nicht leiden konnte. Sie alle starrten Barin und die Soldaten an, aber es herrschte weniger Lärm, als man hätte erwarten können. Die Mädchen blickten alle schweigend zu Boden; die Jungen starrten alle schweigsam auf die Waffen der Soldaten, und man sah ihnen Ehrfurcht und Sehnsucht an.

Prima bahnte sich einen Weg durch die Menge und senkte den Kopf vor Barin, wobei er sich entschieden unwohl fühlte.

»Darf ich sprechen?«

»Ja«, sagte er. »Natürlich.«

»Ich habe durch die Frauentüren Sendboten zu den Häusern der übrigen Ranger geschickt, zu deren Damen.«

»Was? Nein!« Aber noch während er das sagte, wurde ihm klar, dass es unumgänglich war. »Denken Sie ...«

»Sie haben gesagt, ich könnte für die übrigen Frauen sprechen. Als mein Beschützer sind Sie gleichzeitig ihrer; schließlich waren es Ihre Leute, die ihre Gatten getötet haben.«

Barin blickte über die Menge hinweg, die die Halle komplett füllte und sich noch auf die Flure weiter hinten erstreckte – irgendwo zwischen fünfzig und hundert Menschen, da war er sicher. Er stellte die simple Berechnung an.

»Wir brauchen mehr Shuttles«, brummte er vor sich hin. Und was war mit den männlichen Verwandten der anderen Ranger, die sich bestimmt in deren Häusern aufhielten wie jener ... wie hieß er noch gleich? Dieser Bursche, mit dem Ranger Bowie hier unten gesprochen hatte. Ob sie wohl Widerstand leisteten? Barin konnte unmöglich so viele Menschen inmitten eines Aufstands aus der Stadt bringen, ohne dass es Verluste gab. Ein Kind wimmerte, und jemand beruhigte es.

»Wie sieht Ihre Lage aus, Ensign?«

Ich warte auf Inspiration, hätte er sagen können. Stattdessen gab er seinen Bericht so knapp wie möglich in die zischende Leere des Funks, die ihn lange genug leer anzischte, um ihm Sorgen zu bereiten. Dann hörte er die Stimme seiner Großmutter im Ohr.

»Verstehe ich das richtig, dass du die Evakuierung der gesamten Zivilbevölkerung dieses Witzes von einer Stadt auf unsere Schiffe angeordnet hast?«

»Nein, Sir: Nur etwa fünfhundert. Die Haushalte der Ranger.«

»Und auf wessen Befehl hin?«

»Es ... hat sich zu einer Frage der Familienehre entwickelt, Sir. Und der Ehre der Familias.«

»Ich verstehe. Ich vermute, dass wir in diesem Fall

nicht umhin können, dein Vorgehen zu unterstützen, und sei es auch nur, damit wir dich am Kragen packen können, sobald uns die Rechnung präsentiert wird.« Gerüchten zufolge, die er lieber nie auf die Probe gestellt hatte, konnte seine Großmutter einem faulen Offizier die Haut in einem einzelnen spiralförmigen Streifen vom Scheitel bis zur Sohle abziehen, ohne laut zu werden. Er hatte das Gefühl, gefährlich dicht vor einer Probe zu stehen, ob sie ihre vollen Kräfte auch gegen einen unausgegorenen Nachkommen einzusetzen bereit war.

»Feindberührung!« Das war der Major, der den Landetrupp der Marineinfanterie kommandierte. »Man schießt auf uns; ich wiederhole: Wir sind feindlichem Beschuss ausgesetzt!«

»Gefechtscode: Offen Grün.« Als sich seine Großmutter mit diesen Worten an die übrige Welt wandte, klang ihre Stimme flach und ohne Schärfe. »Wiederhole: Gefechtscode lautet Offen Grün.«

Offen Grün ... Neues Ziel, neue Gefechtsregeln. Sie hatte ihm nachgegeben. Barin spürte, wie ihm das Herz gleichzeitig aufging und in die Hose sank, eine Empfindung, bei der ihm fast schlecht wurde; dann fasste er sich wieder.

»Zur Unterstützung von Ensign Serrano und einer unbekannten Zahl zu evakuierender Zivilisten, die in die Hunderte geht: Offen Grün.«

Er hörte, wie der Major Luft holte: Die Bodenunterstützung, die für eine kleine Gruppe mehr als ausgereicht hätte, war bei weitem ungenügend, um Hunderten sicheres Geleit zu geben.

»Unterstützung unterwegs ...«

Barin versuchte auszurechnen, wie lange es dauern würde, und ob Shuttles und Truppen von den übrigen Kreuzern und der *Shrike* angefordert werden mussten. Dann schüttelte er diese Gedanken ab, denn dafür war jemand anderes zuständig; er kümmerte sich lieber wieder um die eigene Aufgabe – nämlich diese Menschenmenge zu einer Stelle zu bringen, wo sie am besten zu schützen war, um dort auf die Kräfte zu warten, die seine Großmutter schickte.

Er wandte sich an Prima, die immer noch vor ihm wartete: »Sie schicken weitere Shuttles, aber das dauert einige Zeit. Wir sorgen so gut wie möglich für Ihre Sicherheit, aber...« Aber ... falls die Aufrührer wussten, wo sie die Atomsprengköpfe fanden, falls sie sie zünden konnten, dann gab es einfach keine Sicherheit. »Falls Sie irgendetwas über fremde Waffen wissen und wo sie versteckt sind, wäre das hilfreich.«

»Ich weiß was.« Das sagte ein Junge von vielleicht dreizehn Jahren, der mit dem Arm winkte.

»Was?«, fragte Barin.

»Daddy hat Onkel Jed seinen Schlüssel gegeben un' ihm alles erklärt, kurz bevor er weg iss, um das geflüchtete Mädchen zu jagen.«

Ein Schlüssel. Das war bestimmt der Schlüssel, der eine Bombe scharf machte. Barins Bauch verspannte sich zu einem kalten Knoten.

»Und wo ist dein Onkel Jed, was denkst du?«

»Da drin auf dem Fußboden...« Prima deutete auf eine Tür in der Wand gegenüber. »Ich wusste nicht, was ich mit ihm machen sollte, also habe ich ihn liegen gelassen...«

»Sehen Sie nach«, wies Barin die Wachsoldaten an. Einer von ihnen ging hinüber und schloss die Tür wieder, um den Gestank des Todes auszusperren, der hinaus in die Halle gedrungen war.

»Sieht aus wie ein Waffenschlüssel; er trägt ihn an einer Kette um den Hals. In den Taschen – noch ein Schlüssel, der anders aussieht; macht ganz den Anschein, als hätte er den Primärschlüssel für ein System und den Sekundärschlüssel für ein anderes.«

Aber wie viele Systeme gab es, und wie viele Männer hatten die Schlüssel, und ob sie wohl wussten, in welcher Reihenfolge die Schlüssel zu benutzen waren? Barin konnte sich nicht darauf verlassen, dass auch die

Ehefrauen der übrigen Ranger die Verwandten ihrer Gatten niederschlugen.

»Wir haben zwei Waffenschlüssel«, meldete Barin dem Major. »Ranger Bowies Bruder hatte sie dabei. Ich vermute, dass jeder Ranger über einen oder mehrere Schlüssel verfügte und sie einem Nachfolger hinterlassen hat.«

»Wie viele Soldaten haben Sie bei sich?«

»Nur vier Mann Geleitschutz.«

»Verdammt! Wir müssen diese Schlüssel aus den Häusern holen, ehe wir alle in einem hübschen Feuerwerk hochgehen. Diese Kerle sind verrückt – Sie sollten mal sehen, wie die sich dort draußen benehmen!«

Barin hörte in der Ferne den Lärm wie von einem Schießstand.

* * *

Als Esmay Suiza wieder auf der Brücke der *Shrike* war, wo sie hingehörte, stellte sie fest, dass jeder an Bord – einschließlich des Kommandanten Solis, der nun auch seine letzten Zweifel an ihren Absichten abgelegt hatte – sie mit übertriebener Vorsicht behandelte. Alle Spezialmannschaften, die man von der *Navarino* ausgeliehen hatte, waren dorthin zurückgekehrt; Meharry hätte Esmay, wie diese wusste, nicht wie zerbrechliches Glas behandelt, nur weil sie einen Zustand der Hypoxie erlebt hatte. Sie fühlte sich durchaus fit für den normalen Dienst und war mehr als bereit zu arbeiten, statt neben Brun zu sitzen, während diese im Regenerationstank schlief. Wäre Esmay bei Barin auf der *Gyrfalcon* gewesen, hätte sie es vielleicht anders empfunden, aber recht bald würden sie wieder auf einem Stützpunkt sein und konnten das zu Ende bringen, was sie begonnen hatten.

»Mir geht es gut«, antwortete sie auf das dritte Angebot, eine Pause einzulegen. »Es ist meine Wache ...« Im Augenwinkel entdeckte sie einen bedeutsamen Blickwechsel zwischen Solis und Chief Barstow am Funk. »Was ist? Mache ich Fehler?«

»Nein, Lieutenant, Sie machen das gut. Nur sind gewisse ... Entwicklungen eingetreten.«

Irgendetwas Kaltes kroch ihr durch die Brust und hinunter zu den Zehen. »Entwicklungen?«

»Ja – während Sie Freiwache hatten, ist eine Landungsgruppe aufgebrochen, um die Kinder zu holen ...«

»Was ist schief gegangen?«

»Es ist zu – Komplikationen gekommen. Und – Admiral Serranos Enkel ist dort unten.«

Barin war gelandet? »Warum?«, entfuhr ihr in einem anklagenden Ton, den sie gegenüber ihrem Kommandanten gar nicht hatte anschlagen wollen. »Ich meine«, sagte sie, um Wiedergutmachung bemüht, »ich hätte nicht gedacht, dass man einen Ensign für ein solches Team aussuchen würde.«

»Das wurde er ursprünglich auch nicht. Aber jetzt ist er auf dem Planeten, und da Sie und er ... Na ja, so habe ich es verstanden ...«

»Ja«, sagte Esmay entschieden. Was immer sonst noch ein Geheimnis war, dieser Punkt nicht mehr.

»Er hat es geschafft, in einen richtigen Schlamassel hineinzugeraten, und wir sollen ihm heraushelfen; ich denke jedoch nicht, dass Sie zum Team gehören sollten. Sie hatten schon Ihren Gefechtseinsatz im Schutzanzug ...«

»Mir geht es gut«, versetzte Esmay. »Ich habe mich völlig erholt und wurde medizinisch zu hundertzehn Prozent diensttauglich geschrieben. Natürlich ist es die Entscheidung des Kommandanten ...«

Solis schnaubte. »Fangen Sie nicht wieder *damit* an! Jeden Trick bitte nur einmal. Außerdem musste er während Ihrer Abenteuer auf der Station Nägel kauen; es ist nur fair, wenn Sie damit jetzt an der Reihe sind.«

»Krieg geht nicht um Fairness«, brummte Esmay. Zu ihrer Überraschung blitzte im Gesicht des Kommandanten ein Lächeln auf.

»In diesem Punkt haben Sie Recht, Suiza, und falls ich zu dem Schluss gelange, dass Ihre Talente gebraucht werden, schicke ich Sie mit Sicherheit in den Einsatz. Vorausgesetzt, Sie überzeugen mich davon, dass Ihre Liebe zum Enkel des Admirals nicht Ihr Urteilsvermögen beeinträchtigt oder sich auf Ihr Leistungsvermögen auswirkt.«

»Ich liebe nicht den Enkel des Admirals«, wandte Esmay ein. »Ich liebe Barin. Sir.«

Ein weiterer Blickwechsel zwischen Kommandant und Chief; sie spürte, dass sie heiße Ohren bekam.

»Wunderbar«, sagte Solis in einem Ton, der mehrere Deutungen erlaubte.

***

Das Prasseln von Gewehrfeuer war jetzt näher gekommen, wie auch das Wummern und Krachen leichter Geschütze der Raumflotte. Barin hatte das Gefühl, er müsste mit seiner Menagerie *irgendetwas* unternehmen, wusste aber einfach nicht was. Falls er mit den Leuten auf die Straße hinausging und den Weg zum Raumhafen einschlug, konnten sie erschossen werden; falls sie hier blieben, bildeten sie ein gewaltig großes Ziel.

»Serrano – Ihr Taxi ist da und bietet Platz für fünfzehn Personen.«

Das vereinfachte die Lage ein bisschen. »Sera Takeris, Professor – nehmen Sie die Kinder von der *Elias Madero,* die Babys und ... mal sehen...« Platz für fünfzehn Erwachsene ... daraus konnte er zwei Erwachsene und vier kleine Kinder machen und – ganz bestimmt noch zehn Babys mit hineinzwängen. Nein, noch einen Erwachsenen und zehn Babys. »Prima, holen Sie acht weitere Babys, falls Sie so viele haben, und eine zuverlässige Frau, die sich um sie kümmert.«

Die Letztgenannte entpuppte sich als eine grauhaarige Frau, runzelig wie Trockenobst; in weniger als drei Minuten hatte er die zehn Babys, die vier Kleinkinder und die Erwachsenen zur Tür hinausbugsiert und in den ersten Bodentransporter gesteckt. Klirrend fuhr der Wagen davon. Barin blickte die Straße entlang zu dem blumenübersäten Park an ihrem Ende. In dessen Zentrum befand sich ein großer Stern aus Stein. Die Spitzen des Sterns waren stumpf, wie ihm auffiel, und schienen mit Bronzeplaketten versehen zu sein.

Während er noch hinsah, ging auf der Straßenseite gegenüber eine Tür auf und eine Frau trippelte auf ihn zu, die den Blick gesenkt hielt. Kurz vor ihm blieb sie abrupt stehen. Hinter ihm schrie Prima auf, und die andere Frau stürmte weiter und schnatterte auf Prima ein, so schnell sie konnte.

»Un' Travis' kleiner Bruder hat diesen Schlüssel genommen un' in dieses Ding gesteckt, diesen Kasten, un' dann hat Travis' Prima ihn mit ihrer Bratpfanne niedergeschlagen, die sie aus der Küche geholt hat un' die voller heißem Fett un' Brathühnchen war, un' dieser Kasten hat gesummt un' gesummt, un' Prima hat gesagt, lauf schnell rüber un' sag es ihr, weil die stumme Ausländerin ins Fett geschrieben hat: SCHLIMM, SCHLIMM, SCHLIMM, HOL SCHNELL HILFE!«

Prima blickte über den Kopf der anderen hinweg auf Barin. »Es ist eine Bombe«, sagte er und hoffte, dass sie dieses Wort verstand. »Diese Schlüssel schalten sie ein ...«

»Wie eine Lampe?«, fragte sie. »Ein ... Schalter?«

»Ja. Falls das die Bomben sind, die sie uns gestohlen haben, braucht man mindestens zwei Schlüssel, um sie scharf zu machen ...« Falls die Bomben jedoch woanders gestohlen worden waren, dann hatte er keine Ahnung. »Damit niemand es versehentlich tut«, fuhr er fort. »Man muss die Schlüssel in der richtigen Reihenfolge benutzen.«

»Wo sind die Schlüssel?«, fragte Prima die Frau.

»Ich weiß nich', Ma'am; sie hat mir nur gesagt, ich soll rüberlaufen un' es Ihnen sagen, weil Sie uns gesagt haben, dass wir fortgehen, un' der Bruder von Ranger

Travis sagte nein un' wir wären allesamt Huren des Satans un' hätten sowieso verdient zu sterben.«

»Ich schicke …«, begann Barin, aber Prima hob die Hand.

»Sie werden Ihnen nicht trauen; sie vertrauen aber vielleicht meinen Frauen. Möchten Sie sicherstellen, dass niemand beide Schlüssel benutzt?«

»Möglichst überhaupt keinen Schlüssel, falls wir nicht schon zu spät kommen.«

Prima schickte eine Gruppe Frauen los, die der anderen über die Straße folgten. Der nächste gepanzerte Transporter traf ein. Ein Baby, ein halbes Dutzend Kleinkinder und Frauen, die sich um sie kümmerten, drängten sich hinein. Barin fiel auf, dass Prima bei der Auswahl nicht zögerte und dass diejenigen, die warten mussten, keinerlei Anstalten trafen, sich zusammenzurotten oder zu protestieren. Noch ein Wagen, und sie hatten ein Shuttle voll – das Shuttle, mit dem die Landegruppe selbst gekommen war.

Barin war überzeugt – beinahe –, dass zwei Sätze Schlüssel noch nicht benutzt worden waren. Noch mindestens drei weitere, und er konnte sich glücklich schätzen, wenn das alles war …

Eine Explosion erfolgte weiter oben an der Straße, und eine Bö aus beißendem Rauch fegte an ihm vorbei, gefolgt von etwas, das heftig auf die Hauswände und die Straße einprasselte. Noch ehe er einen vorsichtigen Blick riskieren konnte, vernahm er den Major im Kopfhörer.

»Etwas ist gerade in diesem hübschen kleinen Park hochgegangen, oben an Ihrem Block, Ensign. Sieht so aus, als hätte es die Spitze von diesem dekorativen Stern gerissen …«

Barin blickte hinaus und sah durch die Wolke aus Staub und Rauch, wie eine bedrohliche Gestalt langsam aus den leuchtend roten und gelben Blumenbeeten aufstieg.

»Ich denke, wir haben die Atomsprengköpfe gefunden«, sagte er, erstaunt über den eigenen gelassenen Ton. »Sie hatten ein Silo unter diesem Ding. Und jemand hat beide Schlüssel benutzt.« Was immer es auch nützte, er gab Prima mit einem Wink zu verstehen, dass sich alle auf den Fußboden legen sollten, setzte dann selbst den Helm wieder auf und verriegelte ihn. Er hätte Esmay gern Lebewohl gesagt, aber ...

»Sie bewegt sich nicht mehr«, sagte der Major. »Welche optischen Eindrücke haben Sie davon, Ensign?«

Barin blickte vorsichtig um den Türrahmen und fragte sich erst jetzt, warum er die Tür offen gelassen hatte. »Sie – ragt etwa zehn Meter über dem Boden auf und ... bewegt sich nicht.«

»Wartet sie auf ein Zündsignal?«, fragte eine weitere Stimme im Kopfhörer.

»Keine Ahnung. Unsere Vögel wären inzwischen längst draußen und unterwegs«, sagte der Major. »Dient dieses Ding nur dazu, die Stadt hochzujagen?«

Hübscher Gedanke. Barin hatte daran gar nicht gedacht und hoffte sehr, dass diese Hypothese falsch war.

Der erste gepanzerte Transporter, der für eine weitere Fuhre zurückkehrte, kam knirschend um die Ecke, als wäre nichts in der Welt von Belang, und hielt vor der Tür. Barin zuckte die Achseln: Falls der Wagen dort hochging, wo er jetzt stand, war egal, ob Menschen im Haus waren oder in dem Wagen saßen – sie waren auf jeden Fall tot. Er nickte Prima zu, die wieder Köpfe abzählte, bis der Fahrer darauf beharrte, dass kein Platz mehr war.

»Shuttles im Anflug ...« Wenn das Ding hochging, während die Shuttles landeten, würden auch die Leute darin umkommen. Barins Entscheidung, mehr Menschenleben zu retten, konnte durchaus die Ursache dafür werden, dass mehr Menschen umkamen.

Und er hatte sich um die Kommandolaufbahn beworben.

Eins nach dem anderen zogen die Shuttles Schockwellen über den Boden, unter denen die Fenster klapperten; sie klangen nach schwereren Geschützen, als bislang in diesem Gefecht zum Einsatz gekommen waren. Barin zählte mit – zwei, vier, sechs ... Wie viele schickten sie mit einem Schwung herunter? Neun, zehn, elf, zwölf ... Sie mussten jedes Shuttle von der *Navarino* genommen haben und dazu noch die meisten von den übrigen Schiffen. Dreizehn ... der rollende Donner nahm seinen Fortgang, und Barin verlor den Überblick. Na ja, falls man sich auf etwas festlegte, dann tat man es halt richtig.

Jetzt ertönte in größerer Nähe ein Getöse, begleitet von einem unangenehmen ächzenden Heulen.

»Landetruppen.« Er spähte erneut hinaus und sah, wie ein erstes Shuttle im Tiefflug vorbeizog, die Absprungbucht geöffnet, aus der Marineinfanteristen herausstürzten, die dann den Sturz mit ihren Gravopads abfingen und eine Formation bildeten. Ein blendend heller Balken aus blauem Licht zuckte nach Norden. Ein zweites Shuttle, dicker und noch langsamer, kroch mit geöffneter Frachtluke vorüber und spuckte dabei schwarze Kleckse hervor, von denen Barin hoffte, dass sich darin mehr Waffen und schnellere Transporter versteckten. Ein lautes Grollen aus der Ferne kündete von der Landung weiterer Shuttles.

»Ausrüstung ...« Gravoschlitten, jeweils groß genug für zwanzig gepanzerte Soldaten, folgten vorsichtig den breiten Straßen rings um die zentrale Piazza. Mit der Ausgabe von Code Offen Grün war jeder Versuch über Bord gegangen, nur Technik einzusetzen, die der dieses Planeten gleichwertig war. Na ja, so ging es schneller ...

Ein weiterer dumpfer Schlag in der Ferne und wieder einer, und eine Säule aus schwarzem Rauch stieg auf – Barin hatte fast Mitleid mit den Männern, die nur Gewehre und lange Messer hatten. Ein Gravoschlitten landete vor der Tür, und seine sechs Insassen sprangen ab und machten damit Platz für die Frauen und Kinder.

Prima hatte die nächste Gruppe schon ausgesucht und schickte sie nun wortlos zur Tür hinaus. »Das erste Shuttle ist gestartet«, hörte Barin im Kopfhörer. Also war der ursprüngliche Einsatz abgeschlossen, vorausgesetzt, das Shuttle traf sicher auf dem Schiff ein. Der Gravoschlitten flog los, begleitet von einem Heulen und einem Staubwirbel; der nächste landete an seiner Stelle, und Prima dirigierte eine Gruppe hinaus zu ihm.

»Wir landen auf allen Straßen«, hörte Barin. Von der Tür aus sah er landende und startende Schlitten auf drei der Straßen rings um die Piazza. Er warf einen Blick hinter sich und stellte fest, dass dieses Haus nach einem weiteren Schlitten evakuiert war. »Jetzt sind Sie an der Reihe«, sagte er zu Prima.

»Sie kommt nich' mit«, sagte eine Männerstimme. »Sie hat'n Tod verdient, die mörderische Hure.« Der dürre Mann, den Barin gleich nicht hatte leiden können, den er aber nach dem ersten Eindruck ignoriert hatte, hielt sein langes Messer in der Hand und drückte es Prima an den Hals. Sie sah Barin an, ein Blick, der vielleicht eine Warnung enthielt, aber jedenfalls keine Angst.

Dann tauchte die neuroverstärkte Marineinfanteristin auf, die die Hinterzimmer durchsucht hatte, brach den Arm des Mannes wie einen Strohhalm, schmetterte ihn an die Wand und fing Prima auf, ehe sie stürzte. Primas Hals blutete, aber es war nicht die tödliche Fontäne aus einer durchtrennten Arterie. Die Marineinfanteristin setzte ihr ein Feldpflaster auf. Prima sah Barin an.

»Sie sind ein guter Beschützer«, fand sie und schlug rasch die Augen nieder.

»Nein, sie ist es«, sagte Barin und deutete mit dem Kopf auf die Marineinfanteristin, die ihr Helmvisier aufklappte, damit Prima sie erkennen konnte. Prima starrte sie an.

»Sie sind ... eine Frau?«

»Jap. Und auch noch Mutter. Bleiben Sie am Ball, Lady, und Sie werden okay sein.«

Die letzte Gruppe war schnell an Bord des Schlittens; Barin schwenkte sich an Bord und sah, wie weitere Schlitten Menschen an Bord nahmen und starteten, während ihr Fahrzeug seine Bahn über die Stadt zog und dabei Kurs auf den Raumhafen hielt. Dort entdeckte Barin statt des Chaos, mit dem er gerechnet hatte, eine perfekte, normale Verkehrsleitstelle für Landetruppen. »Ah – Ensign Serranos letzte Fuhre, schön. Bucht 23, damit wird das Shuttle voll ...«

In Bucht 23 stand ein Shuttle mit der Aufschrift *RSS Shrike.* Barin half seinen Passagieren aus dem Gravoschlitten in die Maschine mit ihren schmalen Bänken, die eigentlich für gepanzerte Soldaten gedacht waren, nicht für Zivilistinnen in Kleidern. Er machte sich daran, ihnen beim Anschnallen zu helfen, und ignorierte dabei das Klopfen seines Herzens, das sich bei der Aussicht beschleunigt hatte, Esmay wiederzusehen.

»Barin!«

Sein Herz blieb erst stehen und raste dann wieder los. Da war sie, lebendig und in guter Verfassung, und winkte ihm aus dem vorderen Teil der Maschine zu. Er nickte und lächelte, war aber sprachlos vor lauter Gefühlen, und fuhr mit seiner Arbeit fort. Er spürte, wie das Shuttle ruckte, gefolgt vom Rumpeln des Fahrwerks auf der Startbahn.

»Kennen Sie sie?«, fragte ihn Prima und packte ihn dabei am Handgelenk.

»Ja. Sie ist ...« Wie sollte er ihr das erklären? Er wusste nicht einmal, welche Worte ihr verdeutlichen konnten, was in seiner Kultur eine Verlobung bedeutete. Primas Augen zuckten kurz zu seinem Gesicht hinauf und senkten den Blick wieder. Sie nickte.

»Ich werde eine gehorsame zweite Frau sein«, sagte sie. »Nachdem Sie meinen Ehemann Mitchell hingerichtet haben.«

Darauf wusste Barin nun überhaupt nichts zu sagen, und das ansteigende Donnern der Shuttletriebwerke machte ohnehin jedes weitere Gespräch unmöglich.

***

Unten auf dem Planeten erreichten die Männer schließlich, als die letzten Shuttles schon zum Himmel hinaufflogen, die Häuser der Ranger, das Waffenarsenal und die Versammlungshalle. Die Häuser waren leer, von einem oder zwei toten Männern in jedem abgesehen; und die Schlüssel – die Schlüssel, die sie so dringend benötigten – fehlten.

***

Man hatte Mitchell Pardue berichtet, dass seine Frauen und Kinder in Sicherheit waren, aber er hatte es nicht geglaubt. Nicht bis Prima vor ihm stand, gehörig barfuß, aber völlig unangemessen bekleidet mit einem Bordanzug in hellem Orange, mit einem Bettlaken um die Hüften, das als Rock durchgehen sollte.

»Wir haben einen neuen Beschützer«, erklärte sie ihm. Sie warf einen kurzen Blick in sein Gesicht und senkte dann respektvoll die Augen. »Aus der Serrano-Familie.«

»Prima – du kannst doch nicht einfach ...«

»Ich denke, du hast mich angelogen, mein Gatte«, sagte Prima. Sie sah ihn erneut an, und diesmal blieb ihr Blick unverwandt auf seinem Gesicht ruhen. »Du hast gesagt, es wären alles Waisen. Du hast gesagt, diese Ausländerfrauen wären alles, was du je vorgefunden hättest. Du hast mir nie gesagt, dass du *Eltern* vor den Augen ihrer Kinder umgebracht hast, dass du *Frauen* umgebracht hast, sogar *Mütter*!«

»Ich ...«

»Soweit es mich angeht, können Sie dir genauso gut die Stimme rauben, Mitchell Pardue, denn wenn deine

Zunge nicht die Wahrheit sprechen kann, warum sollte sie dann überhaupt reden?«

Und danach stellte er fest, dass er kaum noch ein Bedürfnis hatte zu reden und auch niemanden, mit dem er reden konnte. Als eine letzte mitfühlende Tat, die ihm das Herz zerriss, zeigten ihm seine Wärter das Video von seinen Kindern, wie sie in der Turnhalle des Schiffes spielten.

* * *

Sie hatten fast schon den Sicherheitsposten an der Flottentür von Rockhouse Major erreicht, als sie die Menschenmasse auf der anderen Seite der Barriere entdeckten. Das Sicherheitskommando trat vor und bezog Stellung.

»Oh Gott, die Medien!« Bruns neue Stimme klang immer noch belegt und weicher als früher, gewann aber kontinuierlich an Kraft. Esmay blickte zu ihr hinüber.

»Du wusstest doch, dass sie hier sein würden.«

»Ich denke schon, aber ich durfte doch wohl hoffen, oder? Und weißt du, früher fand ich es toll, eine Topattraktion für die Boulevardnachrichten zu sein.«

»Na ja, diesmal könnte dich Barin glatt übertreffen«, sagte Esmay mit einem boshaften Lächeln.

Barin wurde rot. »Ich habe nicht wirklich neunzehn Frauen…«

»Nein, aber denkst du, das würde die Medien interessieren? Es ist eine Mordsstory.«

»Esmay…«

»Ich würde ihn nicht necken«, sagte Brun. »Schließlich könntest du dich selbst als Sensation entpuppen.«

»Nicht ich; ich bin hier die Unauffällige.«

»Das denke ich nicht. Die Landbraut Suiza, verliebt in einen Mann, an dem neunzehn fanatische Kultistinnen hängen; die Suiza, die sich von der Schurkin im Fall meiner Entführung zur Heldin der Rettungstruppe entwickelt hat? Wir könnten uns gleich der Wahrheit stellen – wir *alle* sind zu einem Beitrag in den Abendnachrichten verdammt.«

»Also ... wie lautet dein Rat, oh erfahrenes Opfer der Presse?«

»Entspannt euch und genießt es«, antwortete Brun. »Liefern wir ihnen sogar eine richtige Show! Schließlich ist es unsere Geschichte. Wir sind die Helden der Stunde – dann können wir es auch richtig machen.«

»Ich frage nur ungern«, sagte Barin mit einem Blick auf Esmay. »Hast du eine Ahnung, was sie meint?«

»Nein«, antwortete Esmay. »Das möchte ich auch gar nicht, aber wir werden es erfahren.«

»Hakt euch unter, und ich zeige es euch«, sagte Brun.

»Das können wir nicht tun! Wir sind schließlich ernsthafte Profis, Flottenoffiziere ...« Aber Brun hatte sie schon an den Armen gepackt, und sie gingen durch das Tor wie ein Trio von Revuetänzern, mitten hinein in das Licht und den Aufruhr.

»Sorgen zu machen brauchen wir uns nur«, sagte Brun munter mit funkelnden Augen und warf dabei die goldenen Locken, »wegen Piraten, Dieben, Verrätern, Schmugglern, Meuchelmördern und des gelegentlichen Irren.«

Esmay sah an ihr vorbei und warf einen Blick auf Barin. »Möchtest du sie in den Brunnen werfen, oder soll ich?«

»Tun wir es gemeinsam«, schlug Barin vor.

»Jederzeit«, sagte Esmay.